燕山诗文集

出武祥自署

上卷

出武祥 著

中国文联出版社

图书在版编目（C I P）数据

燕山诗文集 : 上下册 / 出武祥著. -- 北京 : 中国文联出版社, 2022.8
ISBN 978-7-5190-4911-9

Ⅰ. ①燕… Ⅱ. ①出… Ⅲ. ①中国文学－当代文学－作品综合集 Ⅳ. ①I217.2

中国版本图书馆 CIP 数据核字(2022)第 143079 号

著　　者　出武祥
责任编辑　郭　锋
责任校对　王洪强
装帧设计　天思图文

出版发行　中国文联出版社有限公司
社　　址　北京市朝阳区农展馆南里 10 号　　邮编　100125
电　　话　010-85923025（发行部）　010-85923091（总编室）
经　　销　全国新华书店等
印　　刷　北京市庆全新光印刷有限公司

开　　本　710毫米×1000毫米　1/16
印　　张　38.5
字　　数　500 千字
版　　次　2022 年 8 月第 1 版第 1 次印刷
定　　价　98.00 元（全 2 册）

与著名诗人毕彩云先生
合影于出氏家庙

与著名书法家王乃钦先生
合影于出氏家庙

与著名诗人余光中先生夫妇
合影于华光摄影学院

入展『全国第八届楹联书法作品展』

出武祥先生/女士：

您的作品入展"全国第八届楹联书法作品展"。

特颁发此证，以资鼓励！

中国书法家协会

2017年9月

证书编号 BMDQ2017-654

入展证书

出武祥 先生/女士

您的作品行书中堂《录烟山诗话》入展"八闽丹青奖"第二届福建省书法双年展。

特颁此证

福建省文学艺术界联合会 福建省书法家协会

入展"八闽丹青奖"第二届福建省书法双年展

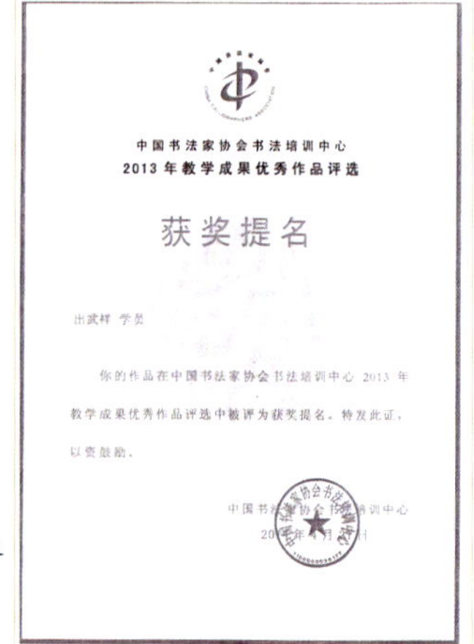

中国书法家协会书法培训中心

2013年教学成果优秀作品评选

获奖提名

出武祥 学员

你的作品在中国书法家协会书法培训中心2013年教学成果优秀作品评选中被评为获奖提名。特发此证，以资鼓励。

中国书法家协会书法培训中心

荣获中国书法家协会教学成果优秀作品评选提名奖

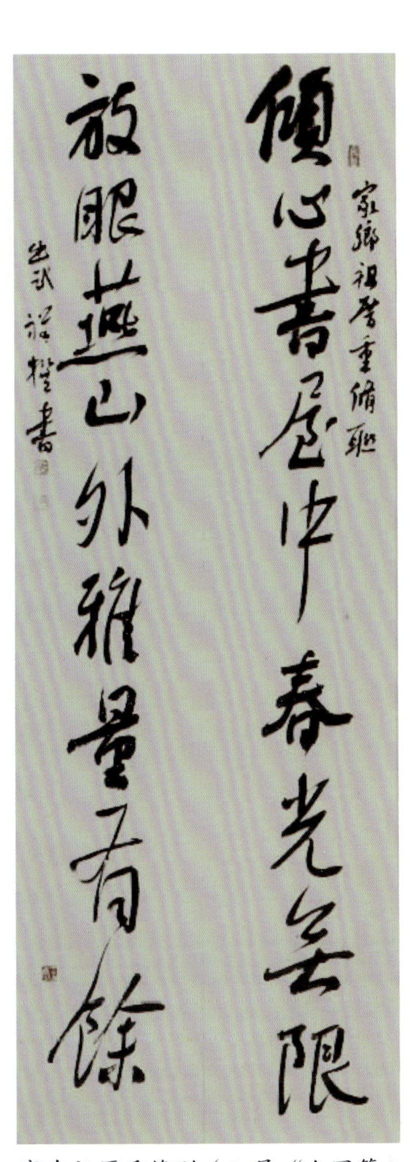

家乡祖厝重修联（入展“全国第八届楹联书法作品展”）

《兰亭序》集字七律

读柳永《玉蝴蝶》即兴古风

思接千载　纵论古今

丁　芒

自信宝刀犹未老，为人作序故纵横。这次碰到出武祥，却感觉刀钝了，难找到下笔的突破口。因为他的诗，优点较全面，可以从理论上深入剖析、探究和总结艺术的特色和经验！

武祥君未曾谋面，弟子庆林捎其《读〈中国书法发展史〉诗吟百名书法家》系列诗，请我谈谈看法。

君乃蒙古族人，尤以书法立名，硕果累累。书风清逸高华，蕴藉灵秀，平和简静，在书画界追求功利、铜臭熏天的大环境中，他——耐得住寂寞，坚守纯净，追寻传统文化的艺术格调和审美高度，心存大志，不计小利，以文化人。他——思接千载，纵论古今，阐述了中国文化的哲学思想、艺术精神和核心价值。

艺术是相通的，他的诗文也如他的书法一样，风神超迈，灵气畅流，虚静潇洒，神采焕发，雄中见秀，逸中见雅。他的诗词，题材丰富，立意精深，感情真挚，格律严谨，意境优美，语言流畅，在当今书画家中诚为杰出者。

诗中佳句颇多，如“世路茫茫满俗尘”“八面出锋犹阵马”等等，让人耳目一新，在这就不一一列举了。读者诸君，自有慧眼，信可游目骋怀，心领神会也！

2019 年 5 月 2 日于苦丁斋

（丁芒，1925 年 9 月出生于江苏南通，1946 年参加新四军，当代著名诗人、作家、文艺评论家、散文家、书法家，中共党员，现居江苏南京。曾为罗荣桓、刘伯承等将帅元勋撰写革命回忆录 40 余万字。自 1942 年开始发表作品，迄今已从事文学创作 70 年。著有新诗集、诗词集、散文集、诗论集、小说集及书法集等计 40 部，2002 年出版 600 万字的《丁芒文集》。进入耄龄后仍从事诗歌、文艺理论及书法的创作）

诗书荡怀情思逸

——《燕山诗文集》读后漫笔

［澳］庄伟杰

一

光阴流转。走在路上，迈向中年的时间节点，一旦有久违的乡音传入耳际，抑或欣闻家乡有佳音喜讯，总是欣然之至，喜难自禁。从小因喜欢舞文弄墨，举凡家乡有文人墨客，以诗意的方式让烂漫的文字词花自笔端流露，在纸上绽放，观览或倾听之际，仿佛有阵阵暖风自故乡那边的山与海徐徐传来，或如涛声拍岸缓缓涌荡而至，那幽幽回响的声息，常常连同往事与怀想，还有缤纷的记忆一起浮现……

当长时间生活在素有“石雕之乡”和“木雕之乡”——惠安的乡贤出武祥先生，惠寄两册略显厚重的打印本诗文集抵达我的案头时，我依次打开浏览，一股莫名的感动悄然袭来。那些诗词文章，似一道风景，能谛视到文字的声音、生命的音符；那些短制长调，恰如一种传奇，能感受到作者的呼吸、心灵的波纹。与其说是在阅读与欣赏，毋宁说是在与作者展开亲切的交流和对话。作为同辈人，又是同乡和同好，尤让我饶有兴致，哪怕彼此至今缘悭一面。

长期接受中国传统文化和闽南文化的熏陶，出武祥自幼便酷爱诗文书法，在通过自学修炼，诗书并举，兼及道义文章。命名为《燕山诗文集》的这部著作，由诗、散文及部分楹联汇集。其诗以近体诗为主，且擅古风、排律，计 777 首；其文以随笔、游记等散篇为主，计 91 篇，共 20 多万字。其写作涉及的题材较为广泛，从《读〈中国书法发展史〉诗吟百名书法家》，写到身边的人事和乡土的风情等，林林总总，蔚为大观，或涵纳着他的才情、慧识、素养与梦想，或记录着他的人生履痕和审美理想。遍览全书，掩卷之余，留下殊深印象：一是具有深厚的古诗词功底，二是怀揣着古典浪漫的文人情趣，三是存乎一心的品性智慧，四是字里行间流淌着古韵余芳，五是洋溢着颇为浓厚的文化内涵和气息。究其源，乃是他“喜游山玩水，放情山林，吸纳天地之灵气、涵养胸襟之逸情，远离尘嚣，淡泊名利，追求萧散、简远、率性、自然、无拘无束，逐雅性之高怀，得自然之天性，喜读经史子集、唐诗宋词，倾心晋士风情”。如此夫子自道，足见其存心至善，通达世事人情，率真坦然，更兼虚心好学，善纳百家之长以为己用，撷取他山之石化作美玉。从其身上，依稀透彻出一种恬然明志的精神姿态；从其作品，隐约可见倾情于魏晋文人的风度。整体观之，他既是一位用心去结缘诗书翰墨、与传统对话、与古人交友的智者，又是一位不以名利为首要，唯求尽心履历，无愧所愿的散淡者。反观俗世中人，能持名利如平常之物者，屈指可数。在功利甚嚣尘上的浮躁时代，相信拥有此般心境者，本身就像一件年代久远的瓷器，随着时光的冲刷和磨洗，可能会更加流光溢彩，且闪烁着人生的智慧和光芒。

二

置身于高度商业化的语境下，现代人的内心，更多的是被功利、实用、技术、贪婪的世俗生活逐出原乡，因而人无家可归，自我失落，没有归属感，如此苟且地活，了无情趣，而精神空虚。可见人类必须重返故里，诚如海德格尔评价荷尔德林诗句所说的：“诗人的天职是还乡，还乡使故土成为亲近本源之处。”还乡，其实就是回到精神之乡、神圣之乡，如是，方能在生存的困顿中实现诗意安居，因为“人充满劳绩，但还要诗意地栖居在大地之上”。以此来感知出武祥的笔墨语言和人生轨迹，看得出他着意于把被动的生活转变成一种积极的生活态度，并以人为主体经营诗意的存在。如此豁达的人生观和甘于寂寞的文人情怀，驱使他在大地之上漫游和思考，甚至学会像古代先贤一样，将生命的欢愉灵动转化成精神的图景。于是，他研寻诗意的结构，以探究个人与历史、现实与梦想、内心与世界的幽情壮采。

当他登上泰山之巅，放眼齐鲁大地，于苍茫辽远间，思绪浩茫，诗心激活，赋予此时此地、此情此景以意境：“帝子今何在，青山几度游。苍茫天下立，混沌世间留。千里长风夜，万年明月秋。巍巍乎泰岳，谁与共风流。”当他走进蓬莱仙境，畅游在天地之缥缈无拘的自由空间，放牧心性，在亦真亦幻之中，别构一种“仙境”：“二海冲融双叠生，八仙相约到斯瀛。亦真亦幻蓬莱境，烟水苍茫任我行。”当他登临滕王阁眺望、叩访杜甫草堂、游览武侯祠，置身于都江堰玉垒阁，所到之处，皆诗情激越。或触景生情，率意挥洒，曲尽蹈虚揖影之妙；或谛听斯境，感物思人，触发文心诗弦而咏叹。诗人心目中的秋色远天、飞霞轻烟、新月疏钟、竹景泉声、清溪黛色……无论是人事风物，还是所见所闻，皆灵想意象在六合之表，更替在四时之外，时而如清泉畅流，时而似风卷云舒，或感慨生命之无奈，或歌唱自然之伟大，均遵从本心去任情发挥。其诗中艺术意境的营造，则源自诗人对生命和情感体验，对自然风景的理解和感知，然后生成为主观诗性的象征。或者说，出武祥是把生活的阅历融注于笔端，于凝神寂照之中，让起伏情思、人文风俗、山川精神内质的提炼摄取，伴随那颗跃动的诗心，去抒写人生之感怀。读他在家乡聚龙小镇湖边的即兴小诗：“潋滟波光宿雨收，繁花异草石泉流。世中何处寻真趣，自得自鸣湖上鸥。”我们仿佛随着他漫步湖畔，读宿雨波光，听花草泉石，悠然自得地徜徉时光。如此闲适从容、随性放达的生命情趣，即便心中有沟壑，但眼前的世界依然一派开阔。景语也是情语，优游自得翩然翔舞的湖上鸥鸟，不正是诗人自我心性的写照和理想的征象吗?

难得的是，出武祥的诸多诗作，常常以天然而生动的语感，不施粉黛，在造境立意中自然律动，显得浑朴而大气。如他那首《岁杪游青山湾》：“才见寒潮又见春，江天田野雨风频。断崖烟起鸥飞没，沧海波翻龙徼巡。一叶扁舟欣破浪，千重白雪欲披身。莫嫌恶境摧吾老，挥洒人生动八垠。”诗中诸多意态都充满动感，连停顿亦包含一股豪迈无畏之气势，而飞扬破浪之姿则跃然纸上。尤其是颈联，景与意谐，洒脱得让一个真实的生命形象呼之欲出，令人从中感受到诗人直面困境时的豁然不屈，以及奋力前行的坚定信念和生命姿态。

值得称道的是，出武祥自如练达地以古人之文风去演绎古人，堪称其诗中最大的亮点。《读〈中国书法发展史〉诗吟百名书法家》《读〈中国书法批评史〉诗吟三十名理论批评家》《读〈中国历代书艺概览〉诗吟百碑帖》。此“三读”，可谓读得精彩，读出味道，读得沉醉，读出识见。如此宏大的架构，令人叹为观止。倘若缺乏史识、眼力和辨识力，缺乏敏锐的审美观和独特的价值观，是难以想象的，也无从下笔。从中可以窥见，他博览了中国古代的大量书法典籍，且继承了古诗的传统，在前人的基础上做出大胆而精细的探研，无论是展现诗心意蕴、诗家洞见，还是引经据典、旁征博引。鉴于此方面同行者多有评述，恕勿累赘。借此机会，不妨建言：由于此“三读”不仅体现出作者之博览与敏思，而且有其特殊的审美价值和书学价值，若能单独汇编成册出版发行，无论是对于作者个人，还是对于书界同行和有心的读者，其中潜在的价值意义不言而喻。

三

谈论出武祥诗文，就不能不谈及其书法。在他身上，文心、诗性与书艺是相互依附、彼此呼应和脉络相通的。作为一个生活在当代的传统式文人，正是书法与诗文，让他在云飞涛走的滚滚红尘中和螺旋式的人生道路上找到了“自我”，从而获得一种常人难以理解的精神满足。这种满足，岂止是艺术的，更应是文化的。如果说，“文为书之基”“诗为书之魂”的话，那么，书法与诗文应有一个共同点，即在于表现人的生命寄寓、心灵世界和精神气象。是故，古贤有云：书为心画，诗为心志。从某种意义上说，书法乃是书者对文心和诗性的一种笔墨演绎。

偶尔有机会在家乡报刊上欣赏过出武祥部分书法作品，而在这部诗文集中，除了吟咏书法之诗外，尚有多篇谈论书法的随笔感想，从中隐约可见其书法十分注重笔墨意趣和人文气息。他的艺术追寻，乃是一种自然率真、圆而不熟的生命状态，即力求在自然状态中融入生命体验去展示自身活力和个性风采；他的文化体悟，则是对古人自儒道思想到魏晋风度到唐宋诗意中所具有的人文情怀的钦慕，能动转化为文化积淀的心迹烙印、心智表达和精神意绪。他从唐楷入手，直追魏晋，隶习《曹全碑》、尤喜《石门颂》，行取《圣教序》，草涉王铎，从“二王”到颠张狂素直至明清书风的思考，其涉猎之广泛，研习之驳杂，转益多师，会心颖悟，着实令人慨叹。他着力追求书法作品的书写性、文化性和诗性，并通过自己对于书法的理解和感悟融入书写的抒情符号，将梳理的笔墨语言凝聚成“心画”，庶几形成了意趣流美、气势相生的艺术风韵。尤其是行草书作品透析出的慧性及文人气息，无不证明出武祥有着属于自己的追求路标和审美旨趣。于是乎，在传统书艺的漫游中，他对书法创作文化品格的悟觉已渐入哲思的物化层面。在他看来，文化是书法的核心，学习书法首先必须在技术层面上过关，书法作品具有视觉艺术的属性，书法创作充分展现抒情的特性，然而，满足于表层的视觉效果是远远不够的，书法更应是哲学层面的，是形而上的，即作为“一种包括文辞内容、文化含量在内的深层文化信息”的充分呈现，因此对书法的审美必须放置于中国哲学思想的层面上。的确，中国书法本身就是一种哲学，即使在有形的技法层面上也是充满着哲学思想的。哲学中最基本的原理，如对立与统一、相反与相成、主要与次要、整体与局部、矛盾与和谐等，在书法的技法层面上都有对应的关系。如点画的欲左先右、欲右先左，无往不回、无露不缩；章法的密不透风，疏可跑马；笔法墨法的对照、映衬与比较等。实话实说，在当今书法创作界，能把文化本体与书艺技法上升到哲学原理的，并让创作不仅成为经验的积累，更闪烁出精神智光和进入深层次哲学范畴的书家，实属凤毛麟角。出武祥能深得其中三昧，着实令人刮目。

物以机生，道随天变。唐代张怀瓘早就道出：“性分各异，书道虽一，各有所便，顺其情则业成，违其衷则功弃。”出武祥以读书、写诗、作文和游历来丰富自己的人生，提升书艺内涵和情趣，铸就自己的格调与品质，可谓：心追古贤参妙理，腹有诗书寄笔情。他能入于古又能得于新，观其书法，窃以为，最能体现其心性意韵、个性气质和诗性人生的，当数其行草书。其实，行草书是最适合于用来评判、衡量及定义一个书家的作品质地、艺术素养和综合实力的。宗白华先生说过：“晋人风神潇洒，不滞于物，这优美的自由心灵找到一种最适宜于表现他们自己的艺术，这就是书法中的行草。行草纯系一片神机，无法而有法，全在下笔时点画自如，一点一拂皆有情趣，从头至尾，一气呵成，如天马行空，游行自在。”的确，从行云流水般的行草书中，足以让人感受到晋人冲虚恬淡、洒脱自如的艺术风韵和生命风采。

在我的印象中，出武祥的行草书，重诗情，含哲理，于率性之中显现性灵，于畅达之中自生意趣。其笔法气势灵活多变，其笔情墨韵浑然酣畅，或古中有媚，或拙里添妍，体势纵逸，雅拙相生。观其结构，错落有致，方圆结合；再看章法布局，摇曳多姿，虚实相生。阅览之际，可以依稀感受到作者主体抒写的情境变化，而在笔挥墨舞之间，多少可以领略到作者从内心流淌而出的情思、诗意和神采。

诗文也好，书法也罢，说到底都是一种修行。尤其是书法，在养身的同时，其实也是一种修心养性的理想方式。记得我在多个场合曾经说过，真正意义上的诗人作家（艺术家），最终比拼的并非技法，而是“进乎道”——人格魅力和精神境界。王国维有云：“词（诗）以境界为最上。有境界则自成高格。”简单地说，所谓境界，应是一种令人陶醉与遐想的美感经验，是足以勾引你灵魂的文字符号，而非“看了半天，只看到一大堆字堆成了墙”的所谓作品。确切地说，境界指向的是那种存在于世道人心的高雅格调。诗文如此，那么好书法好在哪里？或者说什么样的书法才是最为上乘的书法？一言以蔽之，同样为“境界”——是一种精神自由、无所羁绊的人与自然相融，与道契合的境界。是故，颜真卿《祭侄文稿》排不上行书第一，而是王羲之清淡疏散的《兰亭序》。此中潜藏的“真意”，相信每个领会者自有一番感悟和心得。

信笔撩拨至此，理应搁住。以上漫议，权当刍荛之见，就教于同行先进。最后，我想说，作为同辈者和同道中人，为了让诗文和书法艺术走向更加理想境界的新天地，即便生活以孤独和寂寞来回报我们的热爱和追求，依然一往如初，偕美与诗意前行。愿与出武祥先生共勉之。

2020 年元月中旬急就于泉石堂

（庄伟杰，闽南人，旅居澳大利亚，写诗、写书法、写评论，文学博士，复旦大学博士后。曾担任澳大利亚《满江红》杂志和《唐人商报》社长兼总编，现为山东大学诗学研究中心驻院教授、《中文学刊》社长总编。海归后破格聘任为华侨大学教授、研究生导师和学科带头人，暨南大学兼职研究员，浙江越秀外国语学院教授兼学报主编，湖南工业大学客座教授；系澳大利亚华文诗人笔会会长，中外散文诗学会副主席。曾获第十三届“冰心奖”理论贡献奖、中国诗人 25 周年优秀诗评家奖、中国当代诗歌批评奖、中国当代诗人杰出贡献金奖、华语杰出贡献诗评奖等多项文艺奖，作品、论文及书法等入选三百余种重要版本或年度选本，有诗作编入《世界华文文学经典欣赏》《在北师大课堂讲诗》等大学教材。至今出版专著 20 部，主编各类著作 70 多种，发表 400 多篇学术论文及文艺评论。1998 年春在悉尼举办大型个人书法艺术展引起反响，书法被澳大利亚、美国、加拿大、韩国、东南亚和中国台湾、香港等海内外各界所收藏，素有“南方抒情诗人”“闽南书怪”之称，海内外多种媒体、辞典有专访及词条，《海外华文文学史》《台港澳暨海外华文文学教程》等大学教材有专门评介）

《读〈中国书法发展史〉诗吟百名书法家》浅赏

[美]唐　风

出武祥先生是一位学养有素，而又能将饱蘸感情熔炼成珠玑文字的诗人书法家。读其发表在平台中致毕彩云主编的长卷书札，字里行间洋溢着清气、秀气与正气。其小楷行书行笔流畅沉着痛快，笔势旺盛一气贯注，给人以视觉的享受和心灵的愉悦。不禁使我重新翻出了他自年内 12 月 14 日至 1 月 30 日连载的大作《读〈中国书法发展史〉诗吟百名书法家》。读后对出先生于中国书史、书论及书艺的深厚造诣和丰硕成果深表赞叹！

以诗论艺，始于少陵六绝句，后人引而用之推而广之，尤以论诗品艺评人者多，启功先生就有《论书绝句 100 首》辑录刊行。

然论书如修史，有人以编年，有人以立传。以编年修史的如《左传》《资治通鉴》，以作传撰史的如《尚书》《史记》。不管哪一种，一个严肃的史家都会忠实历史，刚正秉笔。论书也如此，有从碑帖法书入手品鉴，兼论其人风格、流派、成就及影响的，也有在纵览书史，充分了解书家背景师承、个人品格、书风流派然后着笔于人，写出一个轮廓饱满、风格独特的书家形象来的。我认为启功先生是属于前者，出武祥先生是属于后者。

当然启功先生是当代书坛泰斗，也是国学名家，于诗文韵学有高深造诣。这里没有相提并论之意，只是以其论艺表现方式的不同作比较。启功先生每一首论书绝句都以某一名家留下的某一传世碑帖，进行画龙点睛的点评。由于不少汉晋碑文书者佚名，也有一人多帖而复评的，重在论艺而非论人，所以论到的历代书家也只有八十来人。

出武祥先生是书坛后起俊秀，正当少壮之年。诗词文学基础扎实，绝句百首格律严谨，音韵优美，尤其在书法艺术上的造诣和书史发展上的博观约取，厚积薄发，故对历代名书家了然于胸，所以每能化诗笔为画笔，传神素描，惟妙惟肖。线条清晰，百人百样；天女裁衣，不差尺寸。我们来欣赏启功先生与出武祥先生对几位书家的描摹吧！

启功诗《王羲之〈兰亭序〉》：底从骏骨辨媸妍，定武椎轮且不传。赖有唐摹存血脉，神龙小印白麻笺。天下第一行书何在？定武本也已失传留下遗憾。且幸有唐摹神龙本存世，而得见王羲之兰亭序风采。委婉之笔着墨于帖本，兰亭真迹与书圣形象隐隐于诗中。

出武祥诗《王羲之》：东床坦腹自从容，山水寄情听古松。转益多师期体变，雅妍流美觅神踪。东床是位为人豁达、不拘小节、才华出众的快婿，在寄情山水间博取众长、转益多师，创出妍美流变的书体。诗笔着墨于人，血肉性情丰满，书坛百代师神采展现读者眼前。

启功诗《智永〈千字文〉》：砚臼磨穿笔作堆，千文真面海东回。分明流水空山境，无数林花烂漫开。智永《真草千文字》是在毕生研习、铁砚磨穿、秃笔堆冢之后始练成的，可想而知此书所达到之境界。而最完美的真迹却流入东洋为日本人所收藏。后二句犹鉴赏家在捡到宝物时发出的赞叹。

出武祥诗《智永》：秉承家业志专精，卅载阁楼终有成。真草惟耽推八法，唐河开引负舟行。智永何许人？王羲之六世孙也。为秉承家学，小楼卅载沉潜苦练，终得祖上笔阵八法，开一代书风。出先生诗起句直入，揭示其人身世渊源，结句更像史家笔，“唐河开引负舟行”，带出了“无数林花烂漫开”的唐代书坛。

启功诗《杨凝式〈墨迹四种〉》：非狷非狂自一家，草堂夏热起龙蛇。壶公忽现容身地，方丈蓬山是韭花。启功诗告诉你，人称杨风子并不疯，不非狷非狂何以自成一家。从他的草堂、夏热、神仙起居、韭花四帖可见其书体势如龙蛇飞舞，字虽小，气派大。后两句化典故作比兴，借神仙之幻化与佛家之妙相以喻杨书之空灵，足见诗家功力。

出武祥诗《杨凝式》：满纸云烟脱俗尘，清奇俊逸足风神。佯装半世游心事，种向仙台流水滨。出诗起句借引米芾称：“凝式书如横风斜雨，落纸云烟，淋漓快目。”描绘出一位人书俱足风神的杨凝式。因其所处战乱时代而使才子变怪人，装疯以避世，终成承唐启宋之一代大家。结句以轻松笔触抹去历史烟雾，足见诗家之匠心。

启功诗《米芾〈蜀素帖〉》：臣书刷字墨淋漓，舒卷烟云势最奇。更有神通知不尽，蜀缣游戏到乌丝。启功先生是大书家，一生游于艺，对历代书家碑帖了如指掌。写米帖先不讲米帖之精绝，而是以米芾答宋徽宗之问起句作迂回。观其笔法意趣及不为人知之修道所得，蜀素帖的神采尽展无遗。这种笔法是启功以诗论艺的特点与高明之处。

出武祥诗《米芾》：襄阳漫士世称奇，秉性癫狂玩石痴。八面出锋犹阵马，逍遥俊逸海天知。欲观其书先识其人，这也是出武祥先生论书绝句的特色之处。襄阳漫士、宋四家之一、书坛奇才米芾以放荡不羁，举止独特不遵潜规则的舞台形象出场，让人耳目一新。一句“八面出锋犹阵马”，米书之气势爽利，快剑斫阵，强弩劲射和盘推出。快哉，妙矣！出诗功力不在话下。

以上随便列举几首作比较参照，品书论艺与知人论书，手法不同而殊途同归。出武祥先生的诗吟百名书法家绝句，是完美成功的，且具有一定的史料和学术价值。如果能用行楷自书，再给每人补上一篇小传，配上书家的代表作图样，“诗书文帖”并茂，定会引起读者和书法爱好者的兴趣而洛阳纸贵。出武祥先生是位治学严谨、兴趣广泛、感情细腻的才子。我读过他的乡情散文，文笔优美，场景真切，引人入胜，我也被带进去作了一次少年游。值此春分时节，祝艺业逢春，更上层楼。临末也依样画葫芦试题一绝以赠：烟岚舒卷挟风雷，蛰起龙蛇气势恢。烂漫书林开别径，高标俊逸出兰台。

2019 年 3 月 8 日于纽约

（唐风，原名陈奕然，格律诗词家。北美华文作家协会、美洲中华书法协会、中国中华诗词学会会员，现为上海格律诗词社专家委员会成员、无邪诗社社长兼秘书长）

出武祥自述

出武祥，1964 年 3 月生于福建省泉州市泉港区涂岭小坝甘蔗园，蒙古族，档案馆员，先后毕业于福建地质学校(水文工程地质)、福建师范大学(档案学)、中央党校（经济管理）。系中华诗词学会会员、福建省书法家协会会员、泉州市书法家协会四至六届理事、泉州市作家协会会员、惠安县书法家协会副主席（原秘书长），惠安县十一、十二、十四届政协委员，《惠安书法》主要创办者和负责人之一。

自幼爱好诗文书法，坚持工作之余自学，诗、书、文三者兼修，目前初具个人面貌和特点。诗文发表于《中华诗词》《中国书法（手机报）》《书法导报》《泉州文学》《泉州晚报》《武夷》《岷州文学》《厦门文艺》《惠安文学》《惠安乡讯》《崇武文学》《海韵》以及《澳洲新报》《世界华人文学网》等刊物和网站。据不完全统计，共有 34 篇文章发表 42 次，涉及 13 种期刊（报）。2010 年被中华诗词学会评为优秀学员，2022 年出版《燕山诗文集》。

书法作品入展首届全国地矿系统书法展（1991 年）、首届全国小作品展、中国书法家协会培训中心 2011—2013 年优秀会员展（2013 年获提名奖）、全国第八届楹联书法作品展（2017 年）和“八闽丹青奖”第二届福建省书法双年展（2017 年）等，入选“八闽丹青奖”第三届福建省书法双年展，入围“邓石如奖”全国书法展，获首届梁披云书法展优秀奖和泉州电视台《收藏泉州》栏目推荐当代泉州书法家五十人之一等。

书法初从唐楷入手，追溯魏晋，欧阳询、柳公权、“郑文公碑”、“张黑女墓志”、“元腾墓志”等多有涉猎。

小楷学习钟繇、王宠、王羲之诸家，隶书初取《曹全碑》，喜《石门颂》雄强开张、古朴，用功较多，近期以学习黄道周小楷为主。

行书以《圣教序》为取法对象，广泛学习宋明清诸家，如米芾、苏东坡、何绍基、赵之谦以及当代书家谢无量等，追求碑帖结合、意趣流美、气息融和，钟情书写性和书卷气。

草书初涉王铎，后学孙过庭《书谱》、王羲之《十七帖》，喜王献之草书气贯势生，学怀素《自叙帖》《千字文》，尤以张旭《古诗四帖》为主，用笔以中锋见长，富篆籀意，注重枯湿、敧侧、开合，骨法洞达，势韵相融。

诗以近体诗为主，兼少量古风、排律，计 777 首，截稿至 2020 年底。宗晋唐山水诗家，如陶渊明、谢灵运、孟浩然、王维、贯休等，诗重意境、情景相融，追求散淡、放远、空灵、疏逸的风格，基本反映个人十几年来生命历程和体悟，真实记录个人生命情怀和价值取向。《忆丙戌秋日登滕王阁》《忆登泰山》《烟台蓬莱仙境游》《游一片瓦寺》《弘一法师在净峰寺》《夜宿山美水库》《牡丹江镜泊湖》《月亮湾赏月》《重走惠女水库》《读柳永〈玉蝴蝶〉即兴》等数十首较满意，在全国最大书法报刊《书法导报》诗词版连续刊登两年；《忆丙戌秋日登滕王阁》《牡丹江镜泊湖》入编社会主义文艺学会“从一大到十八大”主题诗词集、《新中国红色诗词鉴赏》、《新时期爱国主义诗词读本》及《中华诗词学会 2011 年度会员入会作品集》。本人事略入编《当代诗词名家志》。

2018 年 9 月至 12 月完成《读〈中国书法发展史〉诗吟百名书法家》七绝 100 首、《读〈中国书法批评史〉诗吟三十名理论批评家》七绝 30 首，作为一个专题，以诗性的情怀观照书史、书品以及书法家、书法理论家的人生境遇和个体价值在整个书法史的影响深度和分量，展现各个生命体的人格力量和生命情怀，颇有创意，其内容多、信息量大，读完这系列诗，可以了解到一部中国书法史和批评史的基本脉络和发展历程。巴黎五洲诗社《五洲诗苑》第 16 期个人专辑发表诗吟百名书法家 50 首。

2019 年 3 月至 9 月完成《读〈中国历代书艺概览〉诗吟百碑帖》七绝 110 首，从三千年中国书法经典作品中，选出 110 件代表性作品进行品读和鉴赏，根据篆、隶、楷、行、草五大分类，对每一种书体的形成和发展过程中主要碑帖的历史境遇、内在因果、承传关系等深入体悟和研究，感悟其生命精神内质。从 110 首诗中可以阅读到整个书法体系形成的传递关系和纵横交融的有机联系，体现了揭示书法内在规律新的维度和认知。《书法导报》2022 年第 28 期

（总第1672期）16版“书法文史苑”开始发表该系列，本期为篆书部分。

文以随笔、游记等散文为主，91篇，共20余万字。力求文笔优美，格调清新，文辞秀丽，朴实典雅，自然轻松，情真意实，初具个人语言表述风格。其中二十几篇乡土题材文章，反映家乡老少边地区的风物人事，乃元代开国大将、国王木华黎后裔自移居泉州泉港洪厝坑五百多年历史有价值的文字材料，记载了海滨蒙古族出氏发展的艰辛历程和荣光，歌颂家乡的真善美，蕴含个人对生于斯长于斯的殷殷生命情致。《手足之情》《我的老师——毕彩云先生》《弄墨潭随想》《老家的祖厝》《母爱依依——纪念我的母亲去世三十周年》《青春年华——原惠安六中八一届高中同学微信群随想》《家乡的石拱桥》《放养记》《老家的那些树》《梧桐湾诗创作漫笔》《仁者寿——造访族贤兄其顺记》《花岗岩的灵性——游福鼎太姥山随记》等十几篇自认为较佳，特别是中国书法专题诗吟三篇《创作随想》体现了个人学习书法的感知和阐释能力。《春天的小花》获《惠安乡讯》征文三等奖，《岁月如歌》获福建信息技术学院建校110周年征文一等奖，《燕山寺的思绪》入编《惠风薯韵——惠安籍作家优秀散文选》。

偶涉新诗，《蔡襄与洛阳桥》《净峰寺弘一法师旧居》《啊，光明之城》及《生命有你》为得意之作。

撰联近百副，大部分乃应酬之作，嵌以个人名字居多。其中老家祖厝重修联、西坑出氏祖厝重修联等比较满意。

喜游山玩水、放情山林，吸纳天地之灵气，涵养胸襟之逸情，远离尘嚣，淡泊名利，追求萧散、简远、率性、自然、无拘无束，逐雅性之高怀，得自然之天性，喜读经史子集、唐诗宋词，倾心晋士风情。

目　录

上　卷

诗·专题

创作随想

楹　联

新　诗

下　卷

尘海记缘

笔砚记思

春秋记梦

附 录

诗·合编

乙酉（2005）

永州行

岁次乙酉，序属寒秋。柳公故地，山川毓秀。人杰地灵，物华天宝。俊彦星驰，腾蛟起凤。怀素承前，子贞启后。永惠风情，书艺逸趣。盛事空前，梦笔生花。永州之行，感悟良多。

长　沙

星移斗转春秋史，风物长宜健步行。
橘子洲头湘水声，马王堆墓世人惊。

注：长沙马王堆汉墓出土的陈列器物、尸体保存完好，文字如帛书、汉简字迹清晰，书法精美，2000多年文物旷世绝伦。

韶山峰

空蒙山色锁天门，细雨微风洗俗根。
正是人间多巨变，文章道德九州尊。

注：2005年10月28日，“永州风·惠安情”书法联展代表团雨中参观毛泽东故居，观碑林，乘索道访韶山峰。天不作美，寒气袭人，伟人风采，精神永存。登访韶峰，感慨系之，逝者如斯，风物不在，道德文章，千古不衰。韶山峰上有供祭舜帝庙，毛泽东儿时随母祭拜。

游永州

喀斯丘地生辉彩，二水氤氲铸哲才。
怀素子贞遗墨在，江山更待后人来。

注：喀斯，指喀斯特地貌，即岩溶地貌。怀素，字藏真，湖南永州零陵人，唐代大书法家，有草圣、狂素之誉，以草书《自叙帖》等名世。子贞，即何绍基，湖南道州（今道县）人，清代大书法家，行、草、篆、隶、楷皆精。

柳公庙

柳子庙前情自眈，小桥流水引人探。
名篇却是遗忧郁，浣女应知钴鉧潭。

注：柳公庙乃柳宗元故居。钴鉧潭指柳宗元八篇游记之一《钴鉧潭西小丘记》。

怀素庙

蕉纸原和笔冢同，奈何禅意去来空。
无端墨迹随风雨，只为绿天见彩虹。

注：绿天指绿天庵，在永州境内，怀素青少年时期坐禅念经处。相传怀素练字无纸以芭蕉叶代之，勤奋之至，废笔成冢，遂成大家。怀素书法在京城为达宦相好，每畅游其中，以显声名，唐任华有诗句“狂僧前日动京华……”然禅意终淡，但学习书法精神可嘉。

九嶷山

九嶷山下现灵烟，万里凌云接远天。
妃子空流斑竹泪，痴情千古自绵绵。

注：九嶷山下即舜帝陵地，永州宁远县境内。相传舜帝二妃子（唐尧的两个女儿娥皇、女英）闻舜帝驾崩的噩耗后，千里奔丧，泪洒九嶷山之丘壑，绿竹尽染，故称“斑竹”。

浯溪记

浯溪碑意催，书艺筑灵台。
湘水长流矣，时机来复来。

注：浯溪碑林位于永州祁阳县城关东南，有颜真卿《中兴颂》等自唐至清许多著名书法家碑刻，包括何绍基、吴大澂等。

漓江一瞥

鸬鹚蓑笠竞争忙，游客欢欣绿水长。
生计戏班相似未？人生快意自安康。

注：永州回来顺游桂林漓江，当地居民利用本地旅游资源，做好漓江水文章，撑竹排，戏鸬鹚，乐游客而收益。

阳朔游

漓江光景无穷碧，阳朔岩溶洞更奇。
多彩绣球谁得取？龙船那处壮歌驰。

注：阳朔即阳朔县，桂林境内，岩溶地貌发育，旅游资源丰富，有溶洞、乳峰、赏月道等著名景点，享有“地球第一村”之誉。11 月 1 日下午游溶洞，洞中有洞，景态万千，奇观妙景，引人入胜。导游小姐安排在洞中乘龙船，船中对壮歌、抛绣球，游客热情高涨，景致美不胜收，美哉妙哉。

永州随感

少时知读捕蛇篇，疑是图腾梦里虔。
如此文章谁得写，边城古巷话题鲜。

注：捕蛇篇，指柳宗元八记之一《捕蛇者说》。话题鲜，指永州围绕“蛇”文化做好为经济建设服务的文章较少。

读书偶得

一日之行计在晨，金鸡报晓长精神。
修成学业须勤奋，碑帖源头苦问津。

注：11 月 23 日下午，星期三，晴，读《书画世界》（作者曹建）之“重庆 20 世纪书法述论”有感。

夜过洛阳桥

黄灯飘动宛如龙，江上泛舟夜色融。
飞架彩虹南北路，海西豪气傲苍穹。

注：海西，指福建省政府提出建设海峡西岸经济区，其中构筑泉州湾滨海城市是重点。12月1日晚，安溪归来，途经洛阳桥，临窗眺望，凉风习习，水天一色，遂生赋意。

无 题

月色朦胧泻激流，银辉寒臂夜清幽。
烟轻天远山廊静，倚户凝思云乱游。

注：2005年12月下旬某深夜，周遭寂静，睡意不浓，不想小酌，披衣踱出阳台，但见天空灰蒙，苍穹无尽，星河耀彩。繁华、纷杂、烦躁之余，倚窗感受天籁之清气，浮想联翩，人生一瞬，何足论也。然真情永恒，情景交融，欣然命笔。

咏青山宫

一

世事沧桑千载看，青山依旧伴金滩。
任他拍岸来波浪，帆影悠悠碧水寒。

二

雕梁画栋脊甍冲，仙境飘来雾几重。
王庙灵安赓海韵，金滩景致碧湾雍。

丙戌（2006）

燕山随感

一

源追泗水族名鲜，喜傍青山伴九仙。
耕读传家安定日，弄潮人贵志弥坚。

二

欣从今日庆新元，与友相期访故园。
光景无边随意撷，心能静处是桃源。

三

喜鹊飞枝上，春催燕更娇。
泉声传壁岫，山色映心潮。
鸡兔闲埕巷，童耆闹树桥。
书风成懿范，淡泊自逍遥。

注：蒙古族出氏五世祖光育公谋发展，携家人沿泗水溪边，经石梯，溯上源，至洪厝坑，从此安居，闲适生活。出氏发迹地洪厝坑，厝前水尾总是生长一棵攀枝树，枝繁叶茂，历经数百年生生息息，时旺时疏，喜鹊每每栖息其上，村民喻为吉祥。壁岫，村民依山营建，凿壁引泉，清冽透澈。懿范，指出科联，清代进士，翰林院检讨，著有《淑渠集》。

访仙公山

一

胜日释怀寻九仙，氤氲岚气绕峰巅。

焚香揽壑登高处，再赋诗文一二篇。

二

云遮双髻俏，半壁神光照。
声色动瑶台，天河星月曜。

三

春光天地耀，登踏真奇妙。
三教会乾坤，双峰依寺庙。
禅心意愿生，佛法人间照。
仙迹自参寻，云端复曼啸。

注：正月初五随爱人驱车至马甲九仙山焚香，祈愿平安、和顺。是日阳光和煦、清风微微，沁人心扉，仿佛飘飘欲仙之惬意，性情甚佳。[在朝天阁（俗称母舅公宫）遇丁维雄、戴毅强书画义卖活动，欣赏之余，把近期创作二十余首诗与丁维雄请教，丁先生尤欣赏湖南永州行十首，称语境俱佳。丁先生年届古稀，神情怡然，据悉诗律创作造诣较高。戴毅强，泉州市青年美术家协会主席]

洛阳江畅咏

白鹭行洲水上游，追风逐浪驾轻舟。
佳桥王仕诗清隽，名志君谟字劲遒。
红树潮生情致焕，古街光照福音留。
江河昼夜无休息，灵地依然蕴激流。

注：佳桥指万安桥。王仕，王十朋，泉州太守。诗《题泉州万安桥》《咏蔡公祠》，盛赞建造万安桥“遗爱”胜于郑国桥。名志，《万安桥碑记》，碑文由蔡襄撰并书。君谟，蔡襄，泉州太守，主事建造万安桥。

古城新赋

——贺泉州地改市二十周年

辉映名城春正熙，花红桐树绽千枝。
氤氲二水钟灵气，岚岫三山毓秀姿。
港口丝绸流古韵，海西文化谱新诗。
爱拼品质追风浪，诚信高标铸永基。

注：发表于《泉州晚报》“刺桐红”（2006年4月20日）。

名城漫咏

——泉州地改市二十周年

名城因底蕴，古迹涌春潮。
桐树依千户，品牌震九霄。
鸟鸣花圃媚，情动海西娇。
文化多元素，商连万国桥。

注：泉州乃福建省委提出海西建设的重点。以民营企业为主体经济催生泉州经济蓬勃发展，促进泉州各项事业蒸蒸日上，匹克、七匹狼、恒安、安踏、锐步等一大批品牌企业不满足现状，高瞻远瞩，放眼世界，把企业的发展与世界经济命脉融合，海洋经济如造船、码头、海运等催生的新生动力，还有丰富的文化底蕴，与生俱来的文化包容性，正推动着泉州步入继宋代东方大港之繁荣景象的又一次新繁荣期，泉州即将迎来新的“涨海潮声万国商”啊！

同学聚会畅怀

同窗一别廿春秋，快乐乌江重聚游。
阵雨轻风期胜意，繁花朗月说名流。

榕城梅舍言犹笃，泰岳鼓山情自稠。
少壮之年怀记忆，师生携手看神州。

注：7月9日，福建地质学校1983级水工班二十年同学聚会，全班同学41人，其中山东10人。榕城，学校坐落地。梅舍，聚会地点梅园宾馆。泰岳、鼓山，分别指山东、福建同学家乡名山。

游泰宁上清溪

幽兰生涧外，挥手入林丛。
水急千峰立，人欢万虑空。
奇岩留雅韵，深谷沐仙风。
隐隐漂游处，心萦绿影中。

注：2004年9月政协组织民族宗教委员参观考察，途经泰宁大金湖，乘竹排漂流上清溪。

文笔峰

梦笔飞来古邑中，丰姿矫健浴春风。
甘泉汲尽书神韵，挥就名章造化功。

注：星期六，因私事驱车沿海大通道上，途经文笔峰下，油然生感，聊以记之。

夜游庐山

疑是神仙境，游踪各不同。
清泉声咽咽，挚友意融融。
夜色倾灵韵，心扉向碧空。
缅怀彭老总，千古大英雄。

注：9月25日，市科协组织参观庐山，住宿天池峰天池宾馆。是夜，秋意甚浓，凉风习习，同行梁文光、郑华生先生结伴漫游牯岭街，只见天宇、烟云、月光、雾气相融，仿佛置身仙境。

天籁之音沁人心扉，情怀驰骋，洽意之至，遂畅饮美酒，以邀明月共叙嘉辰，同享天境之胜意也。

福建信息技术学院百年华诞

强校融和逢世昌，百年华诞喜谋襄。
三山峻朗生岚秀，二水氤氲蕴气长。
风雨同舟书伟绩，师生共德谱新章。
英才乐育佳人出，品性重修史册光。

注：本诗刻印于该院院史馆。强校，地质、商业、电子学校，三校乃福建省重点中等专业技术学校。三山，乃福州别名，古称三山，即于山、乌石山、屏山。二水，乌龙江、闽江。

秋游庐山忆先贤出科联

——兼步其《游庐山》诗韵

庐山景物历春秋，臣子华章数上流。
几世平生争隽彦，一朝奇姓授金球。
真诚信札传千里，俊逸诗情誉九州。
无限春风无限意，邀来好友再重游。

注：金球指出科联荣获“钦点翰林”之誉。《庐山诗》：“庐山竹影几千秋，云锁高峰水自流。万里长江飘玉带，一轮明月滚金球。路遥西北三千界，势压东南百万州。美景一时观不尽，天缘有幸再来游。”此诗系出科联随乾隆游江南至庐山所写，还有《故乡别笺》《为郑必捷妻书》，均为同期所作，世人传诵至今。

九月初五留宿东山宾馆夜半思家即赋

霜风半岛夜清幽，疏影涛声雅兴稠。
怜女天寒歇息未？明朝奋发有金秋。

酒酣欲游科山即兴

惠邑风光秀，科山卢子勤。
诗书增雅趣，心绪伴闲云。

注：科山近峰顶有卢子读书处。

咏东山风动石

冈脊坚持钟海潮，经年风雨任飘摇。
飞来奇石成奇迹，传信神州醉客招。

注：丙戌秋日，政协民宗委组织委员到漳州参观考察，畅游东山半岛，亲临风动石景点，感受风动石之奇观。风动石乃东山县旅游宣传之名片。

秋　韵

一缕晨曦透彩光，临窗秋菊正花黄。
乌龙茶水池中墨，满室飘来阵阵香。

注：睁开惺忪睡眼，迎来灿烂晨曦，空气格外清新，心情甚是愉悦。端坐案前，神凝思动，执着地临写古意，心舟泛游历史之波，追寻生命的律动。

丁亥（2007）

闽南文化生态保护新区

构想新区众望归，海西建设注良机。
同参信息同增效，互补资源互奋飞。
百世襟怀多壮阔，三江水陆尽芳菲。
同宗同族根源远，似见家乡大雁归。

注：新区即闽南文化生态保护新区，市委书记郑道溪在第十届全国人大五次会议上提案，意为整合厦门、漳州、泉州闽南文化生态资源，坚持对台工作，新设闽南文化生态保护区。

惠女水库感怀

——惠女水库建设五十周年

五十年前宣誓词，兴修水利矗丰碑。
炉光映地白如昼，汗血成河苦不悲。
锁住蛟龙山俯首，引来甘雨柳成丝。
青春惠女多风采，惹得嫦娥问是谁。

游惠屿岛

邑内传来人事梦，扁舟轻渡静听潮。
心仪屿外悠闲处，酒共诗书情致超。

大雾山之行

雾锁高山立海疆，烟霞浥露沐军装。
虚怀旷达凌霄志，卫国安邦意气昂。

注：7月24日，参加县委宣传部组织“迎八一·送知识进军营”活动，登临大雾山某部队营寨，感受军人训练、生活等之辛苦，油生敬畏。感怀和平年代军人默默奉献在工作岗位上，忠于操守，写下此诗并创作书法赠送该部队。

中秋夫妻登科山赏月

漫步科峰将月观，清辉共沐袖衣寒。
且由心性飘林谷，应任禅风浸肺肝。

世上同歌天地好，岁中应庆北南欢。
高悬蟾兔金波耀，洒向人间夜未阑。

注：戊子正月初七成稿。

年终述怀

虽云不惑乃从容，心境优悠志趣浓。
十七石门临不辍，晋唐诗韵独情钟。

注：十七，王羲之《十七帖》；石门，汉隶《石门颂》。

岁暮梦春

岁序更新捎异寒，霏霏瑞雪引人观。
雨稠天冷催宵梦，已是春喧万物欢。

注：“三九”奇寒，江南普降瑞雪，兆示来年风调雨顺、国泰民安、和谐快乐。

戊子（2008）

正月初一游闽台缘博物馆

一

山河重整靠森公，开拓生成大帅风。
海峡烟波存古道，闽台携手创三通。

注：郑成功，本名森，字明俨，号大木，南安石井人。顺治十八年（1661）率兵收复台湾，从福建引进大量新农业技术，垦拓荒地，兴教办学，推动台湾经济、文化等事业发展。

二

清源山下涌春潮，双塔凌云影入霄。
百万农工无后虑，新泉人亦乐逍遥。

注：2008年春节，南方突遇大雪阻碍外来工顺利回家过年，市政府制定许多优惠政策，优抚农民工，营造良好的过节氛围，捎去美好祝福。外来工过上了幸福、祥和的新春佳节，融合泉州风俗之中。

正月初七新晴

奇寒三九与时来，料峭春深气不开。
转暖新晴添爽劲，风生雀语笑声堆。

惠南工业园区发展感怀

一

盛世融和赖政通，海西兴建沐春风。
千年古港雄风在，崛起新区气贯虹。

二

沟壑平畴临广厦，蓝图经雨又经风。
园区尽展新风貌，先试先行创业功。

龙山咏

雄居滨邑白云边，涛涌南弦与北弦。
茂叶繁枝松柏树，桑田沧海风雨船。

敦诗宗礼非微道，起凤腾蛟有大贤。
龙脉龙山龙气旺，城楼四面可擎天。

注：正月十六日上午，应郭丁法先生邀请，参加郭氏回族前厝村举办的泉港区第四届少数民族（回族龙山）文化节兼郭良故居揭牌笔会活动，有感于郭先生不吝提携后学，兴文重教，雅兴之余撰诗一首，以表谢忱。

忆岳父陈玉发

——岳父仙逝十周年以诗为念

玉质冰心何处寻，一生忠孝荡胸襟。
乌轮远逝留光彩，目染年年岁月吟。

注：岳父陈玉发，原惠安县水产供销公司工作，素以“忠、仁、诚”树名。岳母乌目，实名无以记录。

清明节

一

冷风相伴上山来，落汗挥锄把土培。
多少哀思多少痛，花枝依旧祭坟台。

二

手捧鲜花到墓前，追怀不止痛如煎。
人天相隔情难诉，骨肉相依梦易牵。
树掩烟山成幻影，心连石寨共婵娟。
不忘父母传家训，祭语轻言落九泉。

注：父亲墓位于烟山，母亲墓在石寨山。

四川汶川大地震寄怀十四韵

地转山摇动，风狂卷劲松。
弥天霜雾重，处处唤声笼。
坝裂污泥溢，坡崩滚石冲。
悬湖增险势，断路隔难通。
草木遭涂炭，生灵被毁聪。
良田皆失色，屋舍尽夷空。
震害千年遇，离人哪得逢。
亲情倾所诉，恩德感心衷。
举国军民力，中华仁爱风。
五洲情谊在，四海弟兄同。
逝去应安息，生来欲振蓬。
废城新筹划，百业待兴隆。
盛世呈佳气，灾区泪化躬。
坚持随梦想，笑傲老天公。

喜闻女儿为厦门大学录取

一

轻风曙色入罗纱，独坐屏前眼近花。
忽起铃声疑虑散，佳音捷报到吾家。

二

十年寒苦告初成，慎敏言行自布声。
学业新高当振翼，木兰犹可匹男生。

三

学于廿世绽新芽，经岁沧桑发已华。
诗画琴棋书卷气，传承耕读路途赊。

注：蒙古出氏发源洪厝坑，至今已二十三世，我属二十世，20 世纪 80 年代初考入地质学校，当时也是比较少的。

依培元兄《中秋怀古》韵

鸿鹄北飞情亦真，高怀雅逸不染尘。
澄明洛水留明月，纷闹京华蕴洁身。
书谱重刊舒意气，文诗不辍敬贤人。
枫林棠叶红如火，秋到金风菊色新。

清秋寄怀

——和培元兄《秋日即兴》原韵

新月如钩几度秋，轻风细雨入高楼。
江山如铁情依旧，心似闲云任意浮。

注：深秋，许久才下阵雨，轻风习习，读培元兄由北京发来诗有感，以和助兴。其诗为：“万里踏春渐入秋，半山风景在高楼。无心叫出千峰日，一盏红茶天际浮。”

农运畅想

一

火树银花彻夜辉，名城处处笑眉飞。
江河水起鲈鱼美，山岳风生瑞雨霏。

农运盛开圆旧梦，海西佳构恰新机。
扬帆破浪心同向，又植秋桐郁郁菲。

二

九月秋风蟹正肥，清源山麓竞芳菲。
花迎贵客红绸舞，乐奏华章翠鸟飞。
势压三川潮涌壮，气吞五岳勇生威。
千年古港书新韵，农运健儿伟绩挥。

访故人不遇

——和长锋兄《夏》原韵

一夜潇潇雨，幽居小路深。
蝉鸣侵晓梦，鸟语吐清音。
斜日骚人笔，暄风国士襟。
遥思同乐趣，云壑自游寻。

清秋寄怀

——和许长锋《秋》原韵

端居无杂事，晓镜发青稀。
薄酒添情趣，淡茶去体肥。
已搬新处所，欲换旧时衣。
年少凌云志，凌云志不违。

和培元兄《咏物》原韵

明月家山有几秋，故园情愫上心头。
烹茶煮酒烧松叶，泼墨吟诗意境悠。

烟山寄怀

——出氏家庙重修忆先族贤出科联公

一

低眉思圣德，敛性老家归。
太守官途享，伊人仕命希。
情钦梅石挹，才溢学生围。
斯世何能遇，临泉沐日晖。

二

燕山烟雾处，眷意欲何依。
书得临窗趣，灯挑为夜辉。
月闲心更逸，室静志无违。
漫步清泉近，悠然性自归。

三

平明和浥露，赏叶不知归。
偶会名僧寺，常思古佛机。
樵夫遗足迹，溪谷见蓑衣。
暮鼓生灵息，轻推月下扉。

出氏家庙重修感怀

座处龙飞地，心怀宇外翔。
山环掬秀色，水聚蕴灵光。
燕舞祠逾丽，花开第更香。
阴晴祥瑞至，夕旦彩云妆。
先世遗宗迹，后昆植桂芳。
感时重建构，族脉万年长。

十月初三老四电话记怀

一

重情手足寸心知，父母深恩共筑基。
片片烟云仁义在，人生拥有是吾师。

二

霜露烟山寒气同，风从泗水绽红梅。
弟兄儿女同心力，笑对人生志不灰。

三

书生意气少年时，共苦同甘咱也知。
天若有情增寿运，明朝焕发不言迟。

注：老四四年三次大手术，本以为生命比较困难，却历经磨炼，目前信心逐渐恢复，身体不断康健。下午与我通电话，语言清晰，家事明白，甚以为幸，爰记之。

秋

秋到云山图画新，品茶赏叶荡心尘。
梵音萦寺生禅意，阵雨洗苔迎客人。
闲逸放怀方得趣，无为憩性自生因。
犹思范蠡扬波处，姑任扁舟乐问津。

己丑（2009）

读凌鹤兄赠《合和诗集》有感

独爱涛声随浪花，清风细雨入人家。
合和诗韵堪称誉，双鹤飞翔映海霞。

春日游绿笛山庄

3月25日下午，天气阴转晴，清风徐来，熊主席、王乃钦老师及顺华、栋桂、路鸿、炳明、文佑诸贤友相约游览泉港区泗洲水库绿笛山庄，放情山水，得诗二首。

一

踏春烟雾缈，丽日暖融融。
绿笛声声远，幽情处处同。
清风萦蝶圃，笑语漫花丛。
放浪千杯少，醉依霞蔚中。

二

青林绿叶映香楼，日暖风轻小径幽。

煮酒提壶邀客去，扁舟泗水乐遨游。

注：发表于当年的《泉州文学》。

游黄塘聚龙小镇

3月25—26日，相继陪友人游黄塘聚龙小镇，有感于世外桃源之情趣，赋诗五首。聚龙小镇乃由惠籍民营企业家郭添法偕其他企业家共同投资兴建的现代气息浓郁的自然生态居住新区，其充分利用自然生态，融山水、土石、草木、鸟兽等元素，以园林式理念，按城区标准构建的人文居住环境。

一

春光烂漫草清香，土石堆旁绿水长。
何处园林增美景，泉声响处是家乡。

二

路转峰回草色深，水流仙境洗胸襟。
云山花木萦清气，生态平衡百姓心。

三

隐隐清香石上飘，奇花异草尽妖娆。
临山临水临茶道，无限风光任逍遥。

四

桃花三月漫山开，暖暖春风扑面来。
身置湖光山色处，人生美景任君裁。

五

青山含紫气，枝叶舞长天。
绿影随风动，浮云与梦连。
桥依流水静，步入拱门圆。
柳摆桃花笑，鸟鸣送旧年。

海西正春风

海西兴盛正春风，统一中华意志同。
古港千年重崛起，先行先试百年功。

注：欣闻国务院原则上通过《国务院关于支持福建省加快建设海峡西岸经济区的若干意见》。

惠女水库

6 月 4 日，雨，科技局、科协支部组织党员参观惠女水库，学习惠女精神，赋诗一首。

风轻雨细润无声，树映湖光夕照明。
坝下甘泉流不尽，千年流淌故乡情。

洛水寄怀

——暑夏应碧山贤棣之邀聚会洛阳江畔

一

相邀洛水欲寻幽，把酒临风逐物游。

潮息潮生音石在，落霞依旧伴沙鸥。

二

落日西山外，沙鸥梦欲依。
清风流不尽，月色入窗扉。

三

心闲情寂落，欲会不言愁。
高月有心至，微风着意游。
鹭鸶归梦切，菡萏绽花羞。
独倚雕栏侧，悠然看水流。

游德化石牛山风景区

8月15日，应宏图贤弟邀请做客德化，游览石牛风景区。

漂　流

阵雨消残暑，清新见石牛。
蝉鸣秋色淡，泉响碧山幽。
青鸟飞林上，红霞落渡头。
闽中漂第一，任客纵情游。

乘竹排之后，乘兴驱车游岱仙瀑布。刚游至情人谷，隔着密林雷声轰隆，伴随着零星雨点，继续前行，雨越下越猛，忽然听到巨响，岱仙瀑布宛如仙女洒下如练天雨，飞流直下，山谷烟雾缭绕，气蒸云集，蔚为壮观！

岱仙瀑布

惊雷一响洞扉开，如练银河宇外来。
正是松醪添醉意，人生何处拂尘埃。

游罢岱仙瀑布，雨亦停了，已近黄昏，主人安排在水口镇用晚餐，品尝特色菜，大家应声同意，于是驱车来到水口镇。但觉水口镇风轻境幽，无城市之喧闹，漫步其中，惬意悠然，河里鲇鱼佐酒别是一番情趣。

水口镇

山峦披翠绿，碧水绕村流。
阵阵清风起，层层淡霭浮。
闲楼堪晤语，胜境足优游。
正是鲇鱼美，举杯同客酬。

初秋游长白山天池峰

八月霜风起，天池作胜游。
奇峰凌碧宇，怪石枕清流。
四景争飞彩，三邦共献酬。
荡胸云卷浪，浩气此山收。

中秋前夜宿鸭绿江畔

独倚窗前潮水声，一轮秋月映江明。
心随雁度千山外，梦入云烟又几程。

鸭绿江断桥

当年抗美渡江催，十八从军赶敌来。
胜利凯旋英勇曲，家乡建设栋梁材。

牡丹江镜泊湖

青山带雨溢清新，正是江南四月春。
碧水连天天映水，渔翁独钓镜湖滨。

庚寅（2010）

庚寅畅想

生威虎气镇山河，柳绿花红鸟欲歌。
改革东风催奋进，中华儿女乐融和。

忆丙戌秋日登滕王阁

秋色临青浦，苍茫见远天。
霞飞横塞雁，雨落湿轻烟。
新月江中客，疏钟寺外仙。
悠悠思未尽，今古几多贤。

凌鹤贤兄诗书展观感

天风海浪启心扉，亦政亦文情性挥。
诗韵书声传四海，古城丹鹤碧霄飞。

登科山

登上科山寺，群芳共翠微。
林深心愈静，路远草犹肥。
松叶埋泥径，谁人叩石扉。
和风随蝶舞，落日不知归。

石　榴

窗台独处日迎新，花影疏枝忆故人。
碧绿萦霞云朵朵，纷飞蜂蝶闹芳尘。

诗赠警察同学鹏鸿

清风着意益心宽，施善驱邪为众安。
不问前程扬正气，坦然淡定乐垂竿。

益仁堂药业

泉清林茂草生津，成长天然苦亦珍。
百味药材皆去病，良心至上不染尘。

举家华东世博游

夜游苏州护城河兼忆伍子胥

酒满画船花满洲，佳人软语暖心头。
鞭坟一事有公论，情寄园城万古留。

游秦淮河

烟柳秋波十里盈，六朝风雨伴皇城。
斜阳粉影依如梦，梦见当年未了情。

世博游

异域风情登一台，品牌科技世风开。
同分信息宏图展，走向全球化未来。

杭州西湖（一）

二塔相看烟雾中，三潭印月伴孤篷。
举杯浅酌邀西子，沐浴堤边细细风。

杭州西湖（二）

疏浚修堤千载功，绿荷斜雨画图中。
钟声晓月如人梦，烟锁波桥化彩虹。

夜游苏州文化古街平江

欣然柳叶欲和秋，快意蟾轮碧宇游。
细雨轻盈消暑气，微风柔暖减心愁。
琴声清越扬音韵，书趣熏陶蕴智谋。
名路千年重焕彩，姑苏何处不风流。

荷山中学六十周年校庆

名园八月桂花香，六秩华年情未央。

育李培桃苗已壮，校中漫步路犹长。

弘一法师在净峰寺

——纪念弘一大师诞辰130周年书法篆刻邀请展

烟水涛声百事秋，钱山有幸结僧俦。
几枝黄菊篱墙出，一片清音贝叶留。
为善躬行缘佛国，从心苦旅别杭州。
倾情南律归终处，云鹤欣随不计忧。

国庆举家赴济南参加同学会

聚会济南

别后今年重聚游，额前从此去新愁。
方遒挥斥青春事，山水诗情不许忧。

聚会济南中豪酒店

趵突泉观招慕名，大明湖色映心莹。
一言难尽倾心洒，尽诉三年未了情。

烟台蓬莱仙境游

二海冲融双叠生，八仙相约到斯瀛。
亦真亦幻蓬莱境，烟水苍茫任我行。

注：二海指渤海、黄海。双叠指双声。

烟台苹果园采摘观光

绿圃飘香秋色明，枝头苹果透晶莹。
清风莫笑悠无事，独爱农功快意生。

大雪次日登莲花寺

一

融融冬日映莲台，云影松风脚下徊。
身已脱凡无俗念，心依仙界绝尘埃。

二

随心雾雨漫江天，欸乃轻舟辋水边。
欲问接舆今哪醉，科峰深处自听泉。

游红星山庄

一

青松黛岳入山家，细露轻风着菊花。
随转雾云迷竹径，谁知孤影倚烟霞。

二

千山飘翠带，万壑起松声。
香露青藤挂，清溪仄谷行。
浮云林上绕，飞鸟郭中鸣。

空见篱边菊，应为隔岸耕。

游洛阳江红树林

一

细语轻声红树回，扁舟散发浪花开。
微风轻拂心潮涌，云水空蒙逸趣来。

二

轻舟红树过，青鸟啭啾啾。
日色随波漾，渔翁点水游。
山依江外立，风向叶丛流。
临渚思垂钓，长吟醉不休。

辛卯（2011）

兔年畅想

玉兔蟾宫捣药来，嫦娥应悔上仙台。
春风与我相呼应，月下同斟酒一杯。

《刘锦周八十岁盆景册》付梓

一世倾情盆艺雕，精思细琢起春潮。
有为寓乐还添寿，耄耋人生引以骄。

春夜寄怀

东风一夜百花开，小圃清香扑面来。
欲问月儿今去处，无眠无语伫凉台。

万安桥

片筏蛎基真巧工，蛟螭恶浪匿行踪。
古桥依旧风光在，泽惠千年颂蔡公。

游一片瓦寺

人生何所取，片瓦足遮风。
任是寒和雨，悠然一壑松。

忆游烟台蓬莱

——寄山东青岛书友

随意浮云上碧霄，蓬莱岛上乐逍遥。
相寻方外逢知己，青果松醪共语樵。

惠安科普天地大港湾行

四面山低波浪宽，石桩垂蛎满沙滩。
潮来潮去优生态，产业规模占海坛。

春田见闻

林辋溪流草色青，耕犁新垄吐泥馨。
葱葱蚕豆初成果，密密秧苗似画屏。
白鹭翻飞闲觅食，鲫鱼潜跃欲摇萍。
机播落照隆隆响，早憩黄牛侧耳听。

“红五月”工农兵书法展

五月古城边，槐花分外妍。
墨香飘海国，风雨入云笺。

为黄振奎朋友“集美大学同学聚会”赋

鳌园生瑞气，鹭岛蕴灵光。
桂树名坛植，风华墨砚香。

王乃钦老师举家书画诗联篆刻展

一

清风吹夏至，文庙墨飘香。
六柳青如许，源渊洛水长。

二

清香扑面来，梦笔耀文台。
甘露滋情性，诗书自剪裁。

三

大成殿上笔生花，惠邑童生意气赊。
直欲青灯辉桂树，更将生命放光华。

无　题

闲心随意读新书，偶作小诗情性舒。
不管浮沉窗外事，但将天命寄云居。

山美水库行

一

戴云山上白云飞，谁引双溪入翠微？
历尽艰难成伟业，甘霖泽惠吐芳菲。

二

身行佳水地，独倚百重林。
涧外流云密，山中宿雨深。
空闻枝鸟语，任取壑松音。
矶石知同好，依依垂钓心。

夜宿山美水库

千峰开外落长河，云海涛声入梦多。
最爱酣然方化蝶，牖台由是涌清波。

七夕前两夜游永康西津桥

一

清风廊下渡，新月映江明。
遥指银河上，相期共此行。

二

灯红柳绿画桥鲜，斜月沉鱼景自妍。
足下生风催醉意，云乡漫步不知年。

注：参加赵雁君老师在永康举办的导师班，夫妇夜游西津桥随感。

中秋即怀

湖光黛影映心明，荡漾清波画舫行。
载向云乡千里梦，桃源何处月盈盈。

注：前已游泉州西湖，中秋夜随感。

夜宴燕山下

半轮秋月燕山起，摇曳空林洞外清。
泉水潺潺滋善性，清居闲约竹丝鸣。

游长城

——读蔡琰《胡笳十八拍》

浩浩春风起，长虹卧碧空。

涛声连域外，清气荡心中。
绿海浮垣阁，乱花醉草丛。
江山情所寓，天地任飘篷。

八月十八电视观钱塘潮

贯耳雷咆天外来，云涛滚滚洗尘埃。
弄潮儿醉波心上，雪浪犹将铁岸摧。

忆登泰山

帝子今何在，青山几度游。
苍茫天下立，混沌世间留。
千里长风夜，万年明月秋。
巍巍乎泰岳，谁与共风流。

游南海普陀山

一

半轮明月似相期，清影空林欲入池。
一片残荷生晓梦，梵音处处即成诗。

二

法雨纷纷历夏春，空山寥廓慰风尘。
天音缭绕莲花岛，缘到情浓佛意真。

归　兴

一

独卧燕山下，闲情自品尝。
晨闻青鸟语，夕伴落霞光。
泉水幽无意，芝兰淡有香。
邀来明月在，煮酒已寻常。

二

徒羡空林远，今朝乐有期。
稚鸡初见后，浊酒半酣时。
醉到犹生梦，兴来欲觅诗。
山中天地静，意境又谁知。

二十年前在浦城九牧过春节

腊月疏枝拂远村，霜风雪地不离门。
他山遇节思乡意，打酒提壶又几樽。

金门之行

文台宝塔

太武山中尘秽消，文台宝塔欲凌霄。
静思闲卧熏清气，半是斜阳半晚潮。

登莒光楼

登楼远眺海云天，广袤清波绽白莲。
骋目驰怀如化境，身心无欲即神仙。

金门炮弹煅制钢刀

当年奋发战沙场，今日厨砧意气昂。
换位转岗心不变，新时新境吐芬芳。

壬辰（2012）

龙年吟诵

寒雨潇潇雪满天，江南江北共春眠。
无边光景东风面，凤舞龙吟万物妍。

芦朴黄氏修谱诗以志

一

锦田菽稻说年丰，芦朴粉炊别样红。
美食一方称巧艺，兴家举业树良风。

二

血脉千年源远长，新支滋润族荣昌。
宗仁敦义修心性，忠厚可风乡万良。

注：清末探花、泉州人黄贻楫有感涂岭芦朴下墩开祖黄殿卿之善举，书赠“忠厚可风”“乡里万良”两块匾。

三

塔山高耸紫云生，敬字亭边诵读声。
沐雨栉风兴学业，腾蛟起凤铁中铮。

四

开基置业敢人先，风雨兼程五百年。
叶茂枝繁增秀色，星驰俊彦谱新篇。

五

南湖号角振精神，滚滚红流主义真。
热血青年舒壮志，英雄革命好投身。

黄塘在水一方

——应林志坚主任邀请聚会

一

蛙声响起四方来，朵朵莲花一夜开。
载月龙舟驰哪处，情歌如缕耳中回。

二

三五黄牛卧绿堤，水风辉照恰莺啼。
波光荡漾金鱼跃，闲倚临流半醉兮。

黄塘溪

云谷溪流柳色新，花开两岸水云滨。
高楼矗立添风景，步入桃园趣味真。

燕山仙公洞

一

石室生灵气，烟墩伴九仙。
满山扶绿叶，圆砾吐青莲。
挹得林间露，乘来海上船。
优游天地外，依旧我心虔。

二

四十年前乐一游，野炊薪火享珍馐。
云烟萦绕童心趣，仙迹依稀梦里留。

陈金城故居

一

绿水悠悠情味长，青山郁郁性灵藏。
几多风物春秋事，大类依依我洛阳。

二

何处寻梅岭，清风入牖台。

满天飞白雪，时有暗香来。

注：故居位于洛阳梅岭村。

辋川下江

吾爱五公山，千年色璨斑。
天风滋耿性，海浪养和颜。
临浦晨烟绕，下江暮雨关。
棹歌萦耳畔，带月满舱还。

中天节

蒲艾青青绿水悠，龙舟飞渡竞风流。
年年此日忠魂梦，载酒欢歌更祭酬。

清风吟

山林都说好，朝夕响松涛。
临水寻幽意，抚琴得雅操。
轻风涤秽垢，薄酒话皋陶。
无欲尘嚣远，静心品藻高。

中秋登科山赏月

青山漫步远尘嚣，云淡烟轻听海潮。
人事几多风雨去，依然明月乐逍遥。

重阳节

九月登高望，秋风作我媒。
青山涵菊影，沧海见莲台。
共话陶公酒，犹思少伯才。
梦依霜径上，情寄拂尘埃。

注：少伯指范蠡。

登莲花山

日日登高倚劲松，清风健步自从容。
游云浮塔归山客，明月邀来共觅踪。

惠西动车片区改造

笔架群峰翠色披，黄塘溪畔蕴良机。
蓝图描绘明兴路，园地筹谋展妙棋。
盘活资源思有变，迎来机遇惧无为。
成城众志愚公慕，生态新区恰以期。

太阳山下

细雨和风润柳丝，粉尘沟秽入污池。
着装飞燕欢歌舞，小筑春台处处熙。

注：太阳山位于螺阳甲塘头村。

涂寨文笔峰

文笔山中绽白莲，潺潺曲水绕房前。
临流浣女歌声远，树影婆娑月更妍。

净峰寺

烟雨仙峰铁拐情，高僧黄菊结山盟。
青灯贝叶修灵性，圆月天心暮鼓声。

辋川鲤鱼岛

古埠悠悠在梦中，鲤鱼依旧笑春风。
他乡游子思乡意，尺素往来不费工。

小　岞

前夜岞山生海潮，新装风电向明朝。
轻帆扬起晨曦下，一路高歌气自骄。

注：以上应《惠安乡讯》之邀，为多个乡镇赋诗以赞新农村变化。

惠安县收藏家协会成立

物海遗珍问几家，寻芳探迹意无邪。
人生雅趣添诗味，品酒修文日影斜。

坤土先生七十寿宴

峠山沧海响涛声，岁月未忘朋辈情。
诗赋弦歌添逸趣，人生七十醉云觥。

惠　雕

千年古邑涌心潮，半壁江山缀惠雕。
沃土涛声生异趣，精工南派足为骄。

兰台吟·档案

一

独卧柜中人不知，深闺妙女任君思。
轻纱一拨生羞态，狂客春风醉艳姿。

二

独向苍崖为访谁，清风明月舞仙姿。
轻烟鸟语萦山涧，云海松声我自知。

注：应县档案馆之邀，吟《档案二首》。

吟　梅

凋疏风骨尚宜人，清瘦凌寒情性真。
肯与青松同雨雪，何忧春色不为邻。

成吉思汗

七百年前擂鼓声，黄沙变幻马蹄轻。
汉王唐帝童心梦，雪雨霜风皎月明。

癸巳（2013）

蛇年献瑞

银蛇飞舞彩云天，瑞雪纷纷山海连。
莫道小龙非吉物，金樽浅酌话丰年。

重游武夷

漂　流

九曲溪流入画屏，大王玉女最痴情。
只因铁板无从悟，费得几多骚客评。

步行虎啸岩下

仙境曾游意若何，无端岁月喜蹉跎。
桃源路上桃花艳，道尽白云听棹歌。

虎啸岩

春雨绵绵景色新，跻攀虎啸倍精神。
群峰寥廓翻云海，空谷传音访道人。

竹　筏

艄公一喝震山鸣，飞渡轻舟逐浪平。
曲水环流丹壑外，棹歌怡客胜兰亭。

水帘洞

丹岩壁立接云天，飞泻长河化彩莲。
月色溶溶山寂静，书声韬晦铸三贤。

注：水帘洞旁有三贤祠，供有宋朝大儒刘子翚、朱熹、刘甫。

端午节前夕聚会洛阳江畔

古渡涛声叩岸时，无风有雨自成诗。
前樽放达中杯酒，呐味人生谁共知。

秋　行

笔架峰高落叶多，泉流无意入溪河。
云烟缭绕随心处，濯足振衣犹放歌。

笋江接官亭过中秋

古台摇落后，帆影逐波流。
白塔凌苍宇，银光偎墨鸥。
疏林依胜迹，名驿耀金秋。
把酒清江上，共邀明月游。

中秋寄小峠厦门同乡会

茫茫云水接天河，琴韵清风意若何。
鹭岛峠声心与共，举杯邀月奏弦歌。

螺阳行

12 月 2 日下午，福杉兄携张玉林、郑红英与我诸同人游览五音山，参观崧洋洞，拜读韩偓诗及瞻仰弘一法师抄录韩诗的书法石刻。晚宴锦峰三库，清静宜人，主人好客，情境相融，心情颇佳。回家初稿诗三首，4 日定稿并记。

崧洋洞

仙洞幽深倚劲松，诗心题处意溶溶。
神农百草犹生梦，老叟云游有所钟。

药师佛

五音山上觅仙师，百草撷来德泽施。
坦卧清泉松石下，云烟深处有谁知。

夜　宴

峡谷凉风起，深渊宜跃蛟。
清泉流壁上，明月挂林梢。
山鸟同归息，主人尚入庖。
何忧宾不醉，尘事足皆抛。

长汀行

弄墨潭书法班

正是经冬霜露天，汀江水暖起云烟。
相逢纸墨书心志，诗性人生写素笺。

明清一条街店头

卧龙山下落斜晖，汀水悠悠白鹭飞。
古巷风情思未尽，小楼轻酌不知归。

甲午（2014）

马年吟怀

声声爆竹闹清宵，傲雪红梅分外娇。
骏马奋蹄惊鸟梦，新芽吐绿弄春潮。

读　史

岁月沧桑又百年，兴隆国运正空前。
悲声苦难犹回响，甲午重逢读史篇。

莲花山

——和澍民原玉

独怜孤寺挂斜阳，莫笑荒坡缀露霜。

绿水有心留墨客，青山无意得诗章。
松涛萦耳仙家地，月影依窗处士乡。
共向烟霞思逸趣，闲将浊酒逐清狂。

五十感怀

——步凌鹤兄原玉

闲来无事摘山花，竹径回环入梵家。
阶下绿苔依晚照，房前彩蝶舞青茶。
溪流波起因沟仄，磬石声沉欲境赊。
且问仙师何处去，烟霞相与乐生涯。

龙虎山之行

一

丹岩应有蕴，碧水秀兼幽。
龙虎同盘踞，仙人共聚游。
云屏天月皎，溪雨菊花羞。
欲向山中去，青麋为我俦。

二

祖庭仙会处，浥露汇成河。
玉女持花笑，天师临水歌。
人间祈正一，士子喜南柯。
任我山中啸，安禅又若何！

中秋寄怀

女儿本科毕业，准备研究生入学考试，中秋节独自在厦门复习，诗以志。

鳌园秋月

鳌园秋色满，桂树溢清香。
风物留佳话，波涛酿玉浆。
身披明月夜，言寄绿纱窗。
鹭水悠悠意，随谁共远航。

女儿从广州寄来陶陶居月饼，登莲花山赏月品饼，思意浓浓，诗以志。

登莲花山赏月

莲台秋露重，群岭溢辉光。
仙迹松醪郁，陶居月饼香。
珠江应胜意，螺邑本思量。
学业当精进，心怡在梦乡。

莲花山秋月

明月高高挂海空，登临此地揽秋风。
松醪墨韵留诗意，放影随歌寄寸衷。

榕溪园

海岬岚烟起，榕溪翰墨香。
涛声滋夜梦，月色吻容光。

孤影随风叶，轻波漾酒觞。
问君何所适，谈笑在云乡。

韩国坡州之行

漫步现代艺术馆

红叶金风醉晚秋，湖光山色数坡州。
墨香飘荡无穷趣，艺韵交流谊未休。

昌德宫感怀

世事沧桑几度秋，风砖雨瓦月光愁。
纷纷落叶霜天里，化作泥香景更幽。

临津阁——南北战争纪念广场

临水思乡土，登高望故人。
同根相摒弃，异处自吟呻。
袅袅炊烟起，朦朦月色氤。
何时南与北，和善不伤神。

南北朝鲜战争志愿者墓

青刍一束祭英魂，驻足空坟我默言。
“朴习”高瞻开境界，他乡忠骨入家门。

石狮金沙庵

——应何子晖贤兄之邀而作

金沙生瑞彩，宝殿佛光留。
击鼓心还静，翻经性自悠。
梵音随日月，慈眼阅春秋。
法雨纷纷下，菩提在境幽。

长汀弄墨潭

晨　起

曲径斜栏洒薄霜，青砖墨瓦桂花香。
人生觅得清闲地，喜读诗书世事忘。

恭耕书院——奉魁承杓楼

松枝疏影映琼楼，小鸟依依景色幽。
墨海恭耕舒远志，杓承魁奉自春秋。

夜宿弄墨潭

数竿青竹亦婆娑，流水潺潺槛下过。
明月山风犹入梦，时蔬清酒醉东坡。

访隐者不遇

——长汀之行

雾绕青山水自流，轻风细雨绿田畴。
柴扉紧锁空泥灶，已向云中有几秋。

乙未（2015）

元日感怀

曈曈春日映山晖，杨柳青青燕子飞。
又是一年清气象，任君酣唱任纾机。

春日访桃城

春日融融竹影斜，小桥流水映桃花。
陶公喜得杯中趣，柳絮清风逐月华。

成都行

登都江堰玉垒阁眺望

置身云海上，群岭望中收。
黛色披山野，清溪绕阁楼。
钟声天地外，玉垒古今俦。
佳构文章著，人生几度秋？

注：戊戌酷夏，读伦炳宣《诗艺杂谈》有杜甫《登楼》，方知此诗五六两句与其三四

两句“锦江春色来天地，玉垒浮云变古今”意竟吻合。

访杜甫草堂

清晨游圣地，竹影挂流金。
佛塔扶红叶，泉声抱绿琴。
草堂生命曲，斯世仕人心。
万古苍生事，于今有大音。

都江堰

岷江重险岭，万里急流长。
鱼嘴狂风浪，羌民患水恙。
健笼生智效，瓶口化安康。
父子修奇绩，千年泽一方。

青城山

青城山上白云飞，卅六峰头尽落晖。
楼阁巍巍居屋脊，烟霞片片拥柴扉。
禅机由此修仁善，寰海因之洞是非。
一叩一跻臻化境，尘心渐脱性而归。

游武侯祠

山城秀色映忠祠，合祭君臣众口碑。
锦里潜心轻世界，隆中对策巧兵师。
担当肯与同清苦，仁义方能共急危。
风雨相携天下计，中华万代仰公仪。

烟山纪行

时维杏月科联公吉诞，应学渊贤兄之邀，惠安诗界凌鹤、维新、平海、谷金、炳明等诸君聚会畅怀赋诗忆我先贤，谨诗以志。

春深水曲聚清氛，草长莺飞白日曛。
出氏燕山浮皎月，翰林门第挂红雯。
诗怀荡气才思逸，酒盏沉香挚友醺。
蒙古包前迎远客，同舒情谊共斯文。

“五一”偕家属重游泰宁大金湖

一

月色幽幽觅景欢，金湖水碧共扶栏。
犹如西子相濡沫，融入山光天地宽。

二

金湖黛色月光中，春水悠悠雨雾笼。
一十年前同放浪，依然甘露寺清风。

注：时任政协副主席万国章尝携委员游金湖，今以诗志之。

三

片瓦横空甘露多，擎天一柱数娑婆。
观音佛祖菩提树，犹唱状元慈母歌。

注：景区甘露寺悬空绝壁。

纪念抗战胜利七十周年

一

无泪青山黑暗天，几多机炮乱轰燃。
小人诡计师非义，瘠岛贪心病不痊。
东海蠢谋翻作浪，南疆唆拨再添愆。
从来轻视芳邻意，独自骄横自上筌。

二

日寇哪知生性狂，纷飞炮火九州殃。
杀人无计伤心泪，掠物难量毁族殇。
国共同仇成气概，军民协力戮东洋。
八年浴血精神在，崛起中华步大康。

品粽子忆母亲

古井斜阳别有天，清泉汩汩记流年。
黄金粒粒思乡意，母爱依依生命缘。

注：端午期间，韩国坡州雕艺协会来惠交流，是夜雕艺协会会长经民兄设宴款待，地点崇武海峡酒店。第一道菜即粽子，这是两国人民至今依然保留的传统节日，同品粽子自然使两地艺术家心情融合，叙述传统友谊，勾起思乡之情。席间触景生情，小时候每逢端午，母亲古井边包粽子神形浮现。

红色龙岩之行

瞿秋白

追随马列匹前贤，党内推君理论先。
何惜头颅挥热血，卧龙山下足长眠。

古田会议

采眉岭上现灵光，闪闪红星照客乡。
贫苦农民新作主，军魂筑铸更流芳。

长　汀

革命征程劫几重，任其围剿自从容。
苏维政府生根地，红色摇篮情意浓。

军营走笔

风轻云淡远山冈，绿草红花扑鼻香。
月色溶溶亭院亮，蝉声喋喋梦思长。
念家每写千笺纸，卫国勤瞄百眼枪。
有志男儿真洒脱，文心铁笔话南疆。

注：时维夏月中伏，经历连续降雨，天气转晴。应县总工会邀请，县书法家协会组织六位骨干书法家前往某驻惠部队，参加文化兵营建设有关书法广场布置并举行笔会活动。晚饭后漫步兵营，天清气爽，月色朦胧，阵阵山风袭来，心旷神怡。回家后登莲花山并写是诗以记此行。

七夕前夜聚会锦峰水库

一

蝉声阵阵引秋风，松影月儿波上逢。
莫问牛郎织女事，随心闲处尽余盅。

二

五音山下秋风起，坝上漫行心绪飞。
清酒几杯何足道，溶溶月色不思归。

连城培田古村落

秋风习习叶初黄，村落流年绿水长。
埠口无声桑树老，家山有色桂花香。
斑斑屋瓦留清月，栩栩龙雕焕彩光。
小巷幽幽多少事，生机重发续华章。

莲馨诗社成立

秋风渐起雁声迟，遍地黄花缀夕炊。
细雨临窗笼皎月，微寒袭夜蕴幽思。
莲心初放澄新宇，馨德方成涤旧词。
文海滔滔舒远志，清明世事任君期。

注：国庆前夕，台风来袭，气温缓降，阵雨频临。是日，焕欣老兄召集大家商议莲馨诗社成立相关事宜，并嘱作贺诗。

中 秋

金风送爽是佳年，尝饼品茶尧舜天。
遥问柳城秋色好？悠悠明月挂窗前。

注：女儿就读西南财经大学研究生，校区在温江区，古称柳城，中秋诗以记。

重阳登高步紫晨兄原玉

物华时欲变，今夕又重阳。
浥露松筠翠，寒烟桂菊香。
秋岚侵海阔，酒所逐人狂。
放眼青山外，心怀日月光。

立冬夜宿洛阳江畔

独处高楼眼界开，清风明月入窗台。
无忧世事江天外，一任波涛梦里徊。

立冬洛阳桥南晨景眺望

晨光弥漫水村天，云影轻舟落墨笺。
飞渡彩虹凌碧宇，涛声依旧唱名贤。

期红老师书法展

——“逸庐笛岸”全国青年书法家邀请展

弄墨潭前溪水长，松风云影菊花香。

奉魁志在江天外，笔舞姑苏话晋唐。

深切悼念詹献瑛先生

古城墙下哭声哀，冬日悲云散不开。
半岛霜风思鹤驾，为君浊酒祭三杯。

鼎模农场之行

一

万里晴光化冷寒，巍巍元宝接云端。
空林遁入轻尘事，但品清茶不食丹。

注：元宝系山名。

二

疏枝云影日光斜，鸟语松涛烂漫花。
溪水淙淙明月夜，桃源深处有人家。

冬至夜宿洛阳江畔

阴藏阳起日，山野尽烟氤。
柳叶由心动，梅枝向岭伸。
对樽思酒友，润饼祭家亲。
寒雨江风夜，独怜归港人。

题祥法兄山水画

不思人境枯荣事，策杖独行寻野村。
流水淙淙烟雨里，山风明月共芳樽。

题平南兄水彩画

月色溶溶照泊船，归航老少庆丰年。
欢歌笑语随波起，醉卧窗台鸥鹭眠。

同学聚会鹭岛

2016年元旦，文才、佳锻、聪稀、秋霞诸地质学校同学于堤头酒店欢聚，即兴赋诗一首。

经岁梅花放，堤头夜未央。
江声波浪起，岩鹭海天翔。
聚首留情谊，摇杯溢酒香。
清风随我梦，何处不家乡。

深切悼念族兄其中先生

潇潇寒雨下，院落哭声长。
流水缘幽咽，奔云带疾丧。
芸窗勤苦地，杏苑炫华章。
优俊船山子，欣然随鹤翔。

注：洪厝坑位于照船山下。

岁末抒怀

笔墨人生逸趣多，利名于我又如何。
诗书肯读滋情性，薄酒清茶去疾疴。

岁杪游青山湾

——风雨中偕省科普示范县验收组看海

才见寒潮又见春，江天四野雨风频。
断崖烟起鸥飞没，沧海波翻龙徼巡。
一叶扁舟欣破浪，千重白雪欲披身。
莫嫌恶境摧吾老，挥洒人生动八垠。

丙申（2016）

立春吟怀

一夜东风动九垓，西窗遍野绽红梅。
年年春色如人意，万里晴光淑气回。

除夕即兴

春风送暖百家堂，老少同欢共酒觞。
岁岁年年当尽兴，银花火树梦飞翔。

正月初二鹭岛五缘湾闲游

晴空万里长，滟滟海波光。

帆影因风动，鹭身和浪翔。
去留皆有运，潮汐本随章。
钓得清闲趣，何忧世事忙。

春节登仙岳山祈福

晴雨相间别样天，巍巍仙岳绕云烟。
茫茫沧海波涛涌，暮鼓晨钟到客船。

水仙花

大地飞花舞凤姿，青山绿水寄幽思。
何须彩蝶来相约，剪烛西窗夜雨时。

元　夜

元夜犹寒气，清风拂逸襟。
长龙天上舞，素月汉中沉。
古瑟祈甘雨，明灯布慧心。
银花和火树，任我漫歌吟。

净峰吟

——元月净峰诗社雅集

隽秀山川惠女奇，人文昌盛聚于斯。
氤氲元气仙家地，寒苦书声帝子师。
荒岛垦田留足迹，盈畦种菊寄心期。
春风如座群贤至，清酒开怀腹有诗。

注：帝子师，张岳曾为帝师。荒岛垦田，净峰八女跨海开垦荒岛。

惊蛰次日看望岳母

惊蛰每逢艳艳天，春雷春雨尚冬眠。
踏青当喜清风伴，万物已苏行百川。

闭　门

——题平南兄粉彩画

春风思入户，黛瓦日光斜。
携酒山中去，闭门寻夕霞。

游聚龙小镇

潋滟山光宿雨收，繁花异草石泉流。
世间何处寻真趣，自得自鸣湖上鸥。

二月十一参加纪念出科联诞辰活动

半亩桃园燕子斜，长流溪水格桑花。
木棉郁郁风光地，山路弯弯尽种麻。

春　分

照船山下菜花开，春半暑寒应响雷。
莫道山高偏路远，月光流水酒中杯。

家山述怀

一

烟墩山下蔗飘香，桐树枝头喜鹊翔。
追梦少年怀好梦，家山泉水绕心肠。

二

门对青山景色新，百年宏构绕烟氤。
清风入户犹甘雨，槛下泉流燕报春。

三

百年谋计筑宏基，伟业隆昌福泽施。
风雨兼程书壮志，流长族脉赋新诗。

四

路转峰回奇景多，人生难免困江河。
肯将磨砺修心志，自是云消疾雨过。

甘蔗园

山清兼水秀，盘曲路宽赊。
高岭迎朝日，长岩绽桂花。
清泉滋翠竹，文火煮红茶。
浊酒邀朋辈，相扶月影斜。

注：本诗为《五洲诗苑》合辑第 29 期选为佳作。

少年同伴朝阳从厦来惠酒兴之余急就

清明何处是，山水乐情怀。
同学舒家事，童年拾火柴。
今朝宜酒醉，明夕喜诗佳。
捧月烟墩上，梦思偎石阶。

夜过螺州

——福建地质学校

母校依依月色幽，飘香园橘任君游。
铁锤敲醒青山梦，三十年来共唱酬。

草原随感

——听降央卓玛歌

格桑花放白云边，秋色苍茫敕勒川。
晓梦初成霜夜短，轻歌一曲月光眠。

夜过仙游东进

——观宣传片《泰宁》有感

春风十里泰宁天，绿水悠悠似辋川。
道士仙家丹灶地，心随明月乐无边。

绿笛山庄

——清明前日参加高中同学朝阳、亚贤、锦聪、东玉聚会

寒食清明日，山岚柳絮飞。
疏林浮绿水，喜鹊绕红扉。
重耳倾情义，子推临石矶。
同窗三十载，共沐岳灵晖。

注：重耳即晋文公，春秋五霸之一。子推，又名介子推，春秋时晋国人，有“割股奉君”“隐居不言禄”之美誉，寒食节由此而来。

惠安县政协六十周年

一

春英迎谷雨，古邑暖融融。
滨水宜商业，居民重学风。
城乡呈俊彩，文笔见沉雄。
扬起云帆去，三江四海通。

二

风雨兼程六十秋，贤人名士共襄谋。
民生宏愿从容计，城建高标自得留。
勤政尚须廉字记，丹心更欲好书求。
蒸蒸岁月当谨慎，道路康庄同运筹。

月夜造访平山照元师

皎月高空挂，清辉甚寂寥。
山风侵院落，梵语透僧寮。
黄鸟池边宿，青灯龛里飘。
随心平岭上，尘事寄云霄。

“五一”游马甲仙公山

拾级寻仙迹，山高林气寒。
阵风云岭过，疏雨石房看。
棋子留岩壁，梵音萦玉峦。
置身于胜境，犹似服灵丹。

游大中寺

——初夏偕妻与学范、剑峰同游

云峰披翠绿，山野曜曦晖。
疏雨林梢重，清音香客稀。
松枝依碧水，岩壁挂青衣。
已是尘嚣外，何须寻石矶。

涂岭明清街随想

——端午送节

泉水淙淙槛下流，红砖青瓦几春秋。
马蹄声响随风月，石径斑斑说五侯。

三十年同学聚会

夜宴中庚聚龙酒店

闽水悠悠白鹭飞，如钩新月洒清辉。
同窗卅载情犹在，共话青春意气归。

夜宿中庚聚龙酒店端午子时有感

夜静同窗话，星星闽水浮。
索桥留倩影，清酒语春秋。

鼓　岭

山光别样自称奇，云水人家宜赋诗。
明月清风杉影静，歌声犹恐动瑶池。

夜聚永泰福满楼

七彩银河永泰天，温泉如注起云烟。
大樟溪畔留新月，福满楼中情谊牵。

注：永泰以温泉、瀑布著称。春夏之交，大断谷七条瀑布异彩纷呈，观后让人流连忘返。

平潭有约

卅载同窗青发稀，年庚知命尚能期。
如歌岁月修心志，相约海坛迎会师。

注：约定五年后同学会在平潭新校区，诗以寄。

鼓　山

法鼓声声撼福州，江涛滚滚向东流。
书生意气同挥斥，共举酒杯情性留。

端午次二日86级水工班看望林光乃老师

竹外芒花几处开，芭蕉叶大水云隈。
二三垂钓斜风里，更有吾师独赏梅。

看望林光乃老师

乃师才八十，轮椅半为床。
言语虽迟缓，面容也瑞祥。
清风临吉地，笑意溢华堂。
近水思垂钓，观云羡奋翔。
少年心志远，壮岁杏坛芳。
端午见晴朗，福州流彩光。
龙舟情热涨，学子意绵长。
共祝先生好，身心寿且康。

赏温平兄《秋日平山图》

千岩万壑白云横，溪谷林间半雨晴。
欲问樵夫何处去，但留青鸟与君盟。

赏少宁兄《骏马图》

万马奔腾擂鼓声，经年风雨不思名。
沙场醉卧烟尘外，浪漫人生何必评。

赏亚红《荷图》

绿荷风雨后，波浪漫清香。
月影随深浅，菱歌到故乡。

赏添英兄《墨荷图》

红雨随心至，清风偎绿池。
云窗明月夜，山色素笺诗。
朵朵荷花异，层层墨韵奇。
雏鹰思展翼，烟水自堪期。

赏维扬贤兄《双雀鸣春图》

春风带雨紫藤生，小鸟依依恋玉庭。
月色朦胧催晓梦，惊雷一响百花馨。

南海之音

苍茫南海浪潮平，竞渡千帆任意行。
域外贼人谋作乱，自编亚太再平衡。
阿基三世应思量，挑起事端四伏生。
罔顾安危趋小利，且犹坑己害东盟。
应知与己无关系，点火煽风数东京。
二战污点仍未擦，重新犯错怎纠名。
仲裁一案成丑戏，枉费诸家苟利并。
国际法庭忙说事，秘书长也急表明。
友邦六十同疑问，如此法官人叹惊。

胡作非为深结恨，印俄持义共扬声。
千年记载无须辩，渔业沐邻早盛荣。
历史渊源难篡改，遗赠祖产岂容更。
协商争议需凭证，随意空谈理不清。
中国人民宗友善，安居和睦避加兵。
泱泱古国焉容恶，处事育人注重情。
朋友到来提好酒，豺狼犯我把钢枪。
中华崛起时之待，世界和平是力擎。

晚聚尊湖

——王乃钦老师偕庆林等诗书友来惠安即兴

暑气渐消秋色来，波光云影共徘徊。
山风偏爱清闲客，酒到半醺偎月台。

我家老四

我哥排老四，病重有点难。
经历十年苦，本想行旅观。
不知何所意，奇妙喜渔竿。
流水烟风起，动林燕雀欢。
睡中思小酌，梦里倚朱栏。
泗水肯飞渡，经营世外看。
从长基业计，不顾暑和寒。
牛性依然在，胸怀兄弟肝。
江山随日好，家境逐心宽。
少小因多病，时时添美餐。
羊奶喝不足，三叔义情殚。

幸福逢佳运，笑游上海滩。
华山医学好，未必去天坛。
五六知天命，何须再食丹。
混茫之颐养，物外自恬安。

注：十二年前我哥被发现得颅咽管瘤，连续隔四年开脑三次，生命依然健在。昨晚回家看他，生命似乎有点脆弱，我忧心，于是写下这首古风，以示对他的鼓励：生命在，皆有可能。

四哥走好

一

五十六年兄弟情，相亲相敬向前行。
甘来苦尽同风雨，患难相扶共耻荣。

二

夕晖灿烂洒山冈，放学荷锄翻土忙。
笑语欢歌飞四野，相携一路月流光。

三

人生得病不应悲，战胜困难何足奇。
十二年来真好样，无忧快乐是良医。

四

烟山苦雨自银河，一瓣心香奠四哥。
驾鹤远游天地外，西方极乐化沉疴。

访张文裕故居

一

少年立志莫嫌贫，科学追求主义真。
物理高能峰顶上，古今笑傲几多人。

二

夫妻院士世间稀，时代楷模如日晖。
奉献求真难计量，人生淡泊自岿巍。

三

古厝红墙落晚霞，潺潺流水记年华。
南音袅袅思乡梦，丹桂庭前新著花。

注：张文裕，惠安涂寨人，现代高能物理奠基人。筹建中的张文裕夫妻院士科普馆，是市级科普教育基地、县爱国主义教育基地，将作为青少年爱国主义和科普教育的重要基地。

坝下山居

秋色烟岚静，田芜浥露微。
鱼塘留桂影，山气入云扉。
习酒三杯厚，蛩音一步稀。
风尘何所寄，临水有蓑衣。

注：七月下浣，友人开发旧农场，种蔬菜、果木、名花，养鱼虾鸡鸭，设钓台，邀朋辈同欢，柴炉煮酒，旧灶炒烹，小圃蝉声，山围人稀，清风入夜，杯光留影，其乐融融。

涂岭明清古街

斑驳红墙挂绿苔，花纹石路影徘徊。
风尘多少烟云去，流水依依月色偎。

涂岭浮浪桥村

浮桥轻渡唱渔歌，古屋斑斓故事多。
风物由来随月色，于今焕彩励登科。

中秋遇莫兰蒂台风

莫兰蒂也闹中秋，骤雨狂风不肯休。
横岭黑云遮皎月，翻江白浪逐青鸥。
离人犹自归心盼，骚客还能把酒酬。
鸿雁南飞初有定，乡思遥寄上高楼。

月亮湾赏月

潮来潮去不停休，云影山光景色幽。
天宇澄旻移皎月，烟波翻卷荡扁舟。
涛声拍岸惊灰兔，雪浪回滩慰墨鸥。
浥露蒙蒙笼海树，凉风习习浸江洲。
莫兰蒂到添生乱，十五月华何所流。
风雨交加无顾忌，离人多少上高楼。
台风十六终飞走，夜静人稀思绪浮。
赏月寄怀沙渚上，清光澹澹尚难求。
朦胧野岛青天远，把酒独饮空举头。

欲问吴刚新酿否，修枝桂叶不须留。
馈赠圆月亲人盼，消得几多游子愁。
云散霓裳天上舞，摇情落月满沙丘。
沉沉海雾潜龙殿，响起渔歌与月游。
沧海茫茫何壮阔，乡思郁郁望中收。
圆盘高挂广寒上，挥洒清辉满九州。
万户人家欢喜事，人间又是好年秋。

注：中秋遇莫兰蒂，十六初晴，是夜偕家人到世茂海上世界月亮湾赏月，尽管圆月难得，但心中期许依然。

绿野耕歌农庄

一

白鹅无事荡轻波，明月清风共酒歌。
山色湖光留墨客，涛声香露慰秋荷。

二

山光云影喜闲居，绿水悠悠乐钓鱼。
放浪波心情性远，秋风绿野是神墟。

三

窗外幽幽绿水边，涛声烟雨绽青莲。
莫嫌路远疏朋辈，云屋举杯白鹭眠。

注：友毅峰兄持股筹办绿野耕歌农庄，试营业邀我及栋桂、文忠、永堂聚会于斯。农庄位于白奇大桥北侧，白奇湖上端，为旧砖厂改造而成，亭台水阁，木桥穿行，湖光山色，波光粼粼。夜幕下，景色幽幽，几只天鹅悠然戏游，阵阵清风拂面，举杯畅饮，自是快然。

暮冬走进光山村

一

溪流无冻色，樟叶绿依依。
原野犹春意，门前尚石矶。
山风侵月户，云露挂桃扉。
应是陶公宅，怡情心性归。

二

桑田沧海几经年，一座山城矗眼前。
流水潺湲滋沃土，飞龙闪越动晴川。
高楼耸立星辰近，信息联通农户先。
生活从今新气象，安居乐业赛神仙。

注：福厦动车线从新安置区旁穿过。

涂岭驿道

一

古驿新妆落晚霞，溪流依旧伴梅花。
斑斑石板蹄声远，清酒一杯谈墨麻。

二

一曲南音驿道中，菅芒屋瓦舞长空。
年年世事清流去，生命依依处处融。

冬至前三日回老家

蒙蒙云雾绕烟山，石洞茶园有九仙。
祖屋沧桑多少事，门前风雨化甘泉。

泉港六中六十年校庆

岭上烟云泗水长，书声绕屋墨清香。
少年挥斥师生趣，六十风华杏苑芳。

小　雪

寒潮大举向南方，挂雪梅花蕴郁香。
山岭青青堤柳色，春风犹自暖家乡。

76路桥战友感怀

——林泽民之托

青春报国上军营，造路修桥不刻名。
露宿风餐明月夜，同甘共苦结深情。

甘蔗园出氏分居祖宇翻修碑文

昔为甘地，恍若神墟。
烟霞缭绕，出氏分居。
弟兄奋发，伟业共书。
兴修佳构，乡里皆誉。

栉风沐雨，破损非初。
时维乙未，盛世隆昌。
枝繁叶茂，幸福安康。
宗亲协力，大计谋商。
新翻重造，古屋焕光。
懿行善举，功德无量。
嘉名兹勒，百世流芳。

泉州五里桥

中古长桥在，涛声与落霞。
乡心依屋月，海浪伴渔家。
石业丝绸路，水头堤柳花。
江波相对酒，风雨彩虹斜。

冬　至

阵雨惊雷数九天，寒梅独艳百花前。
升腾阳气东风至，万物乾坤舞碧川。

聚龙小镇

又到年关末，山中气正寒。
篱园兰草翠，泉水菊花残。
墨韵留图画，诗魂寄羽翰。
客心陶冶处，飞鸟共相欢。

注：腊八节次日，省书法家协会组织书法家到聚龙小镇下乡送春联，诗以志。

大寒日光山村送春联

未见多年此大寒，山风清冷百花残。
飘零细雨神樟翠，和洽新居心地宽。
对对春联生吉运，丝丝墨迹许欣欢。
党恩温暖搬迁户，艺术乡村岁岁安。

岁末走进蒙古村送春联

山风云影菜花香，绿水悠悠种梓桑。
蒙古村居新气象，书声墨韵月流光。

除夕前下午登平山寺

大寒虽是却如春，满目葱茏草色新。
昨夜东风谁共舞，山中试问看花人。

丁酉（2017）

元日畅怀

晴光不与往时同，云散天开晓日融。
万里神州清气象，人心激荡御春风。

初五拜岳母

古街情意在，驿道日光斜。
多少风云事，悠悠斑马车。

路过涂岭六中

泗水长流芳草地，虎岩云绕雨迎春。
醉吾应是家山月，独爱书声情自真。

立春次夜应许政委之邀走进某部队诗以赠

一

东风不语到军营，树色葱茏草木情。
梅岭窗前明月夜，青春有梦在沧瀛。

二

今夜泉州月，营中独上岗。
春声梅岭起，妻女共荣光。

回家乡

一

月色依依桐树上，乡歌唱响小山村。
无须问我来何处，斑鬓银丝说感恩。

二

最爱新年初十时，东风频向岭中吹。
家山恰是天香夜，月下仨兄共举卮。

净峰诗社新春茶话会

春风柳絮舞蹁跹，雨水相期又一年。
东海苍茫掀碧浪，西山青翠寓高仙。
盼归鸿雁思源地，幸聚词人颂赋篇。
灵地清和生逸气，诗心淡淡绽香莲。

注：雨水时节正是鸿雁北归时。

上元节古城新门街赏花灯

一街灯火万家春，月上高楼元夜新。
舞动长龙祈福运，海丝唐韵刺桐人。

正月十六海丝亚洲公园赏月

正是亚洲走远天，溶溶月色启帆船。
风云丝路波涛涌，四海同心友谊连。

出长声宗亲偕台湾山水人文之友访出氏发源地洪厝坑

一

满地李花云片开，船山日暖客人来。
攀枝树绿根深固，血脉融融情意栽。

二

燕山云雾李花香，流水依依绕祖堂。
三百年间才瞬变，春风伴我到家乡。

三

蒙古包前春意浓，同饮马酒说亲宗。
风云曾是沙场将，更有翰林皇帝封。

涂岭红星水库夜宴

——暨应玉彬贤棣之邀参加诸朋雅事

友人邀我至，相聚在红星。
云影何潇洒，山花也郁馨。
春香流谷涧，月色挂窗棂。
同是思乡客，金杯映绿萍。

科联公诞辰

夜色朦胧歌舞起，燕山虫草共清欢。
几多风雨春声渡，溪水长流岁月安。

山头寺

——依科联公诗韵兼忆公诞辰

3 月 9 日乃清著名诗人、书法家出科联诞辰，恰前日游山头寺，晨起想到科联公与山头寺广济大师赋诗往来，《南云吟怀》一首传为佳话，即兴依韵吟之。

南云吟罢自知缘，放眼风尘始得禅。
道法律宗开世界，指归佛国寄岩泉。
山头明月澄心地，竹下青灯写凤笺。
宦海沉浮何足论，有诗无酒亦神仙。

注：唐《怀仁集王羲之书圣教序》："凝情定室，匿迹幽岩。"

莲馨诗社应涂岭镇政府邀请采风

樟脚古民居（一）

观音山下水流长，风雨经年百事昌。
古屋斑斓新气象，安居乐业寿而康。

樟脚古民居（二）

春深何处去，东寨任君行。
溪水门埕静，山坡草木荣。
村樟枝戴月，硒石雨含情。
煮酒峰楼上，呼来共对觥。

注：瑞峰楼，嘉庆年间建，目前是村中保存年代最早的建筑。

陈平山陵园

古寨云烟赤子魂，英雄不论出何门。
忠心报国精神在，长卧青山百世尊。

秀溪行

天马山中气象新，云门深处寓贤人。
诗心肯寄清溪畔，钓趣应思昭谏邻。
淑渠有闲常顾客，些吾乘兴也成宾。
格桑花发犹情意，流水绵长世外真。

注：昭谏，唐诗人罗隐，曾垂钓于秀溪，有名言“小溪无大鱼”。淑渠，清进士出科联。

玉笏朝天

独立苍穹一片天，绿畴荒野说桑田。
新城滨海潜龙地，顽石精神泉港先。

山头寺

闲云斜挂岭头边，名士高僧喜结缘。
夜半吟怀香火盛，清风明月浴甘泉。

注：山头寺广济大师与出科联往来甚密，据传因进士科联公经常为山头寺赋诗、题字，寺乃香火日旺。

虎岩寺

伏虎僧家道养情，秋枫叶绿草虫鸣。
蔡公优俊开天地，泉水淙淙化梵声。

春分平山行

轻寒行欲尽，春梦逐山花。
晓雨随风至，松梢已寸芽。

春社日登科山小亭稍憩观鸟

莫笑澄岚众鸟喧，东风逐我远篱樊。
几多尘事成心扰，独爱山间任意翻。

小雨逛南后街

一

古越名城故事多，乌山脚下绕江河。
依依流水风云在，黛瓦白墙皆是歌。

二

春分小雨逛南街，文化名区铸品牌。
三十年前犹记忆，青春依旧乐开怀。

注：1983—1986 年在福州读书。

三

榕树阴阴流水长，寒轻烟澹蕴书香。
三坊七巷斜阳挂，月映华灯夜未央。

四

郎官古巷绕歌声，风雨千年翰墨情。
正是沧桑书壮志，文儒坊里共留名。

走进华光摄影学院

大类洛阳江水长，烟波浩渺涌渔乡。
一桥秋色人文盛，满苑春风桃李芳。
勇立潮头看世界，忧思影业治周庠。
学研产合开新路，崇德创优行远航。

华光学院上巳雅集

邀来骚客水云边，素月盈盈自可怜。
山带海江天地阔，桥含风雨浪潮便。
春深花放情堪醉，酒薄诗裁性亦颠。
芳草萋萋披锦席，绿琴切切涨朱弦。
青松摇曳扶风月，彩蝶纷飞问杜鹃。
诵赋吟词添雅趣，临流击鼓濯清泉。
千年禊事今犹在，百代遗风效古贤。
名士风流成逸事，兰亭萧散数奇篇。
浊醪饮尽山林趣，浓墨画成生命缘。
吾辈好歌同作乐，春江放浪任行船。
人生何处无欢笑，心境澄明付百川。
莫道身微非足记，共写风华也可传。

和学范陪平山寺照元师访燕山寺

深林斜日照，相约寺中行。
荒径桃花放，阳坡朴籽盈。
孤峰群岭出，古洞九仙盟。
寻迹思奇遇，尘心烟水情。

注：燕山寺原址为仙公洞，与马甲仙公山同为九仙公之一，后出氏人家以燕山号立寺。

重游虎岩寺兼忆蔡襄公

端阳游古寺，物候夏如春。
乱石皆奇态，秋枫自翠匀。
看山方爱色，抚树更思人。
岩洞书声响，千年数鼎臣。

注：端午前日，偕家属与卫东、辉忠、龙标、学范、丽辉、锦文诸学兄重游该寺。

聚会清风饭店依孟浩然《过故人庄》韵

山行归夜晚，相聚在农家。
艾草萋萋发，清风款款爬。
临窗新月近，把酒弱身斜。
莫笑杯中少，深情话岁华。

注：端午前夜，应卫东、辉忠、龙标等学兄之邀，偕家属与学范、丽辉聚会。

纪念辜鸿铭诞辰一百六十周年

莫笑先生足怪狂，经纶满腹傲西洋。
蕉风椰雨初成器，战火兵灾竟毁梁。
乱世英才游国梦，弱儒愤气展舌枪。
精神不灭歌贤哲，崛起中华赫赫光。

忆族贤仲法叔

少年聪且慧，好读圣贤书。
杨树刚成长，学堂重蓄储。
青春挥教坛，不惑管农蔬。
师界乃颖秀，家仓更殚虚。
清廉功业退，余热梓园锄。
电到多行事，路通宜驾车。
公司筹发展，族脉得爬梳。
六子皆成器，闲身欲钓鱼。
提壶斜日照，策杖半岩居。
流水归乡处，牧牛思月除。
门庭听鸟语，仙洞伴神墟。
生命依心性，悠然自结庐。

注：出仲法乃吾族贤，少年脱颖，凤毛麟角，20世纪50年代考入仙游师范，其性豁达、圆融，具蒙古人许多优秀特质，在乡邻中享有很高声誉，余谨表感佩，以诗志之。

立秋日

——兼忆老四

秋声渐起月方圆，满目清光百鸟眠。
独倚高楼空举酒，何曾剪烛共婵娟。

注：丙申七月初七晨，老四驾鹤云乡。是日闰六月十六，三年礼毕，诗以志。

崇武建城六百三十周年诗赞

古城风雨几春秋，明月依依灯塔头。
阵阵潮声侵石户，层层波浪荡渔舟。
东南岛镇风光丽，两域海分景色悠。
雄略继光军建制，贪婪倭寇狱羁囚。
千夫杀敌消仇恨，万众齐心抗戮灾。
巧筑城池家国固，勤施园地稻粱堆。
渡头夕照渔歌起，海上鸥飞樯橹催。
轻踏布机红缎出，漫掀书页妙诗裁。
读耕传代舒情志，礼乐普天奉酒杯。
里弄融和人事乐，社区安定序庠兴。
人文昌盛川河秀，道德修为岁月清。
克晦诗词惊郡邑，仁文雕艺冠洲瀛。
愧三茶学留佳作，乾二位场扬雅名。
大地画思添锦绣，良民军庙寄真情。
石雕打拼成鸿业，村貌画描焕靓颜。
科学振兴谋远景，旅游拓展闯雄关。
资源整合开渠道，文化提升缀海湾。
半月沉湾嘉友醉，黄沙铺岸美人芳。
帆船逐浪云天美，宾客临城鱼卷香。
胜地从今新气象，涛声入夜梦尤长。

注：克晦即黄吾野，诗、书、画三绝，结集《金陵稿》《匡庐集》等。陈椽，又名愧三，茶学家，著有《茶业通史》《制茶全书》。蒋仁文，承继祖业，获万国博览会金奖，代表作广州黄花岗龙柱、南京中山陵石雕。张乾二，量子化学家，中科院院士，在配位场理论研究方面获得突破等。

国庆举家桂林之行

游靖王府

独秀山中文脉长，千年神像聚灵光。
读书岩处颜公在，飘起岭南浓墨香。

注：颜延之，南朝文学家，独秀峰下岩洞为其读书处。

訾洲岛

江洲烟雨故人情，漓水依依丛竹生。
观象山峰留皎月，柳公亭记载芳名。

注：柳宗元应邀为同为“河东三著姓”的裴行立中丞撰写《訾家洲亭记》，现镌刻于岛中。

重游漓江

转业鸬鹚拼影星，身姿憨态尚精灵。
为谁辛劳为谁乐，平淡人生唯德馨。

注：从事捕鱼工作的鸬鹚，因漓江过度捕捞以致无鱼可捕，不得不改行与游客合影照相，博得喝彩。偶读罗隐《蜂》“采得百花成蜜后，为谁辛苦为谁甜”句，与第三句偶合。

夜宿阳朔

又是中秋别样天，西街不夜任流连。
举杯邀月逍遥趣，醉梦云乡种砚田。

桂林机场赏月

多年学业各东西，难得今宵团聚时。
小饼品酥当共乐，红茶解腻也相宜。
漓江秋水滋心性，颜宪子文为我师。
海内天涯同玉宇，舷窗吻月又何奇。

注：颜延之谥宪子，文章之美，冠绝当时，与谢灵运素称“颜谢”，开岭南教育先风。是夜举家乘飞机回家，飞行在高空上，倚舷窗，一轮明月抵近，真是零距离亲吻明月。

福建省闽武长城岩土公司二十周年志庆赠戴总

军营豪气正当年，商海弄潮应占先。
不畏浮沉开业路，肯思得失种心田。
创新技术名牌立，励志精神信誉传。
廿载艰辛终结果，乘风破浪续奇篇。

霜降前日傍晚散步平山寺

田埂夕烟斜，秋山落晚霞。
微霜染绿叶，新月匿青鸦。
细浇平畦菜，轻抚紫薯花。
梵音萦古寺，灯火几僧家。

立冬前三日午后游山归来随感

木叶纷纷下，山风阵阵凉。
冬声空一落，秋气尽三藏。
闭户热光短，静心寒夜长。

翻书知逸趣，研墨满门香。

注：是夜寒风来袭，窗外阵阵风声此起彼伏，像涛声般悦耳。

小区邻居遍栽芭蕉有感

小小芭蕉叶，依偎在路墙。
月光流墨韵，怀素自芬芳。

注：夜半微醺回家，见物生情。

观添英画秋荷

情生信笔二三枝，浓淡湿枯相适宜。
香艳满塘添冷露，独怀秋韵菊花知。

注：上午拟参观家风书画展，添英兄即兴画荷相赠，有感其情真意切，诗以志。

大雪前五天午聚会锦里友人汪兄家

楼台众卉芳，独爱蜡梅香。
把酒闲云处，梦犹流水长。

注：同行者凌鹤兄、国琛校长、路鸿兄。

题添英兄山水画《秋山图》

一

曲水寒山人迹稀，淡烟荒岭洒余晖。
秋风浥露空林色，云外歌声随月归。

二

古木参天外，秋风入夜长。
空庭皆月色，银岭满莲香。
薄酒邀诗客，清音绕寺堂。
无心真富贵，醉梦在云乡。

题添英兄山水画《草木葱茏雨后新》

流水门前急，秋山雨后晴。
白云凝日色，绿叶映窝棚。
乱石无人径，疏枝独鸟声。
何愁相与对，明月共金觥。

大雪后四日重游鼎模农场

独自驱车去，乡村景色幽。
霜风随日化，泉水逐溪流。
元宝添年岁，三山度夏秋。
闲心宜息处，无事尽云游。

注：农场在紫山镇鼎模村，远离县城，种养殖综合发展，现代农业休闲旅游兼顾。背靠三个形似元宝的大山，称元宝山，位于笔架、大雾两山之间，故称三山，也称三山农场。

元旦感怀

流水横西岸，小楼同举杯。
农家思酒醉，朋辈把诗裁。
元日晴方好，凡生格欲瑰。

年年如此岁，心语寄灵台。

注：2018 年元旦，应庆林兄之邀，和凌鹤兄结伴前往洛阳，聚会陈埭头好味来酒家饮酒叙怀。是日，天朗云高，西岸溪流潺潺，清静无喧嚣之气，阵阵清风沁怀，闲情逸致，别有趣味，诗以志。

纪念周恩来总理逝世四十二周年

扶桑东渡载诗翰，济世求知眼量宽。
欧旅初探真理路，南昌又揭义军竿。
筹谋国事通文武，惜爱民心费胆肝。
劳瘁身躯犹记忆，潇潇风雨独凭栏。

注: 1 月 8 日是忠诚的国际共产主义战士、杰出的中国共产党领导人周恩来总理的忌日。是日天寒气冷，风雨频仍，多年难见的冬季连续三天雨水不断，给这个冬天带来别样的感触和思绪。

纪念毛泽东诞辰一百二十四周年

楚天湘水孕奇才，笔写春秋动九垓。
岳麓书声惊世界，井冈山雨起风雷。
反攻围剿长征路，抗战爱民谋略才。
革命光华犹奕赫，千年人物占文魁。

南京大屠杀八十周年公祭

六朝风雨载舟愁，八秩烟云春又秋。
应记秦淮淤血泪，更须祭国共歌酬。

注：是夜与潮民、白甫诸友畅饮，微醉归来，诗兴吟之。

深切悼念余光中先生

海峡茫茫赤子情，乡愁一曲动心旌。
满腔豪气修明德，四度空间立令名。
晋水寻源根脉固，金陵落墨笔坛惊。
诗怀激越凌霄宇，驾鹤云山高处鸣。

注：2014 年 11 月 24 日，华光摄影学院承办第六届海峡两岸和谐文化节，余先生偕夫人参加。晚宴上我荣幸和余先生夫妇合影，先生鹤发童颜，优雅雍容，精神矍铄，至今历历在目。先生自谓写作生命包含“四度空间”：诗、散文、批评、翻译。2017 年 12 月 14 日去世，诗以志。

独步螺城北溪岸

漫步溪堤上，斜光落照林。
紫花开满岸，绿叶护良禽。
冬日阳升起，柳枝春唱吟。
鼓声催暮色，归去远山岑。

注：午后，冬日融融，流水依依，白鹭横飞，漫步林荫，尤为惬意，何处是归？诗以志。

十月廿九蒙古村社日

渐寒冬气闹山村，流水依依翰第门。
五百年来秋社醉，清泉浊酒不言浑。

冬寒夜梦游林辋溪畔

川流敛翠落云霞，芳草萋萋柳叶斜。
冬去春来滋暖气，东君煮酒赏梅花。

注：是夜应友人之邀饮酒，微醉，归来早睡而梦，诗志之。

岁末送春联有感

寒雨连连别样新，纷披风雪困归人。
门联艳艳祈嘉运，笑语盈盈颂泰辰。
国事欢歌开世道，民心喜庆接阳春。
年年好景应常在，落墨挥毫尚酒醇。

注：应螺阳中心幼儿园之邀，参加送春联活动。

戊戌（2018）

戊戌立春

天地和同万木春，百花争艳柳丝新。
冷寒风雪何时止，窗外东君共问津。

立春喜见雪花

经年难见雪，今夜忽飘临。
村野飞花絮，山风入竹林。
天寒宜煮酒，趣雅喜听琴。
瑞气萦佳节，鼓钟鸣福音。

注：是夜泉州沿海地区忽然雪花纷飞，百年一遇，钢琴大师理查德·克莱德曼个人钢琴演奏会在海峡体育馆举行。举家听一场世界级音乐会，别样的节气，不一样的气氛，感觉很好，诗以志。

除夕感怀

东风骀荡海天涛，云影悠悠白日高。
又是一年春草绿，青山放浪好樽醪。

雨　水

雨水无风花满楼，东君寄语海天鸥。
青丝柳叶江边舞，和暖波光喜鸭游。

注：初四，雨水，天气尤暖和，志高、德忠贤棣从永安来惠参加国雄兄成人书法班学习，夜聚伟阳兄工作室畅饮，即兴诗一首以志。

贤兄凌鹤五七寿庆诗以志

新正开怀乐海天，一杯清酒记流年。
合和诗韵乘风浪，双鹤才思续赋篇。
明月涛声犹枕梦，古城日色更偎眠。
随他醉卧烟波上，情寄山川落墨笺。

注：初六夜，鹤兄的寿庆让我有诗感，即兴。

举家游仙公山

辉映群峰处处春，丰山览胜尽氲氤。
年年此地添嘉愿，喜浸仙风祈梦人。

夜览仙公山

双髻接云端，山风绕阁寒。

禅花无一语，诗客亦清欢。

注：初八午后举家游览仙公山（也称双髻山），夜幕下仙山静雅别致，置身其中浑然世外之意，诗以志。

惊蛰随感

春雷一响百虫惊，窗外阳篷打雨声。
近喜悲庵思古意，犹寻碑帖鸟嘤鸣。

注：惊蛰前午，星期日，无事，书房写字，临赵之谦手札，忽然电光四射，雷声轰然，随即春雨潇潇，诗以志。赵之谦，清著名书法家，初字益甫，号冷君；后改字撝叔，号悲庵、梅庵、无闷等。

闲聚农家

田园无草色，春雨待时归。
老酒三杯醉，亲朋一席稀。
溪流连北岭，农舍挂斜晖。
留客江天外，悠然落日依。

注：3 月 11 日中午，星期日，晴空万里，应庆林兄邀，王乃钦、林凌鹤、吴国琛诸贤聚会洛江黄塘溪畔阿贵酒家，论诗议事，谈笑为欢，不也快哉！诗以志。

读柳永《玉蝴蝶》即兴

我本不善酒，只喜故人为。
四五人聚乐，三二盏怀思。
初始尚能御，渐饮便难持。
江山总易改，心性却未移。
情绪逐亢奋，言语更张弛。

返真容笑怒，活脱损风规。
兴来也起舞，醉到每吟诗。
虽是欠斟句，偶撷一佳词。
当如陶令意，非有谢公屐。
倾情无顾忌，乘兴又何羁。
腾云游宇海，枕梦问天都。
松涛谱音律，霜雾侵我躯。
明月随我影，溪流浸我肤。
青鸟愿相伴，野鹤心不孤。
山阿蕴灵气，林原采苦荼。
悠然看麋鹿，适心得醍醐。
寄意长风外，何忧归世途。
莫作牛山叹，烟水任酣呼。

注：戊戌妇女节，读柳永《玉蝴蝶》之“对残晖、登临休叹”句，景公游牛山叹人生之苦短，油然情生，信笔述怀，即成十八行。巴黎五洲诗社原学玉先生点评：“好诗！既有古风之古味，亦不乏时下之新语，亦古亦新，诗语自然流畅，殊为难能可贵。”

春日感怀

梨花时节细风侵，带雨含烟百鸟音。
静品易安春绪曲，闲心听取古瑶琴。

注：3 月 16 日，读李清照《浣溪沙》二阕，怜春之意，寓情于景。

正月末夜聚东桥

窗天添瑞气，乍暖又生寒。
无事成村客，闲时抱酒坛。
春风和故友，云月共鲜餐。

海浪随心意，扁舟挂钓竿。

注：下午五点，友清金贤棣来电，车接去老家，不多想就同去。夜无月，寒风四起，三杯不拒，可醉也。

喜闻女儿玮靖为昆士兰大学国家研究中心录取读博，诗以志

格桑花发吐芬芳，明月无声照木窗。
日上燕山新气象，清林横岭耀华光。

注：3 月 16 日夜半作。燕山乃洪厝坑东北面山岭，木华黎后裔出氏蒙古族发源地。

读陆游《临安春雨初霁》随感

及早行春路，犹当畅所言。
风尘归大海，心事寄荒村。
田野青苗秀，篱墙落日昏。
煮茶揽月色，浮蚁不嫌浑。

君子兰

春风二月艳阳来，世事清明我自开。
不与梨花争秀色，任君情性把诗裁。

注：多年培育的君子兰今年终于开花了，给这个春天带来不一样的感动。

走进三朱村

轻风吹度老区天，红色三朱景致妍。

窗月融融思远处，云山绿绿落晴川。
镰刀奋起江潮涌，生命牺牲忠义传。
自古英豪多壮志，此心依旧敢为先。

注：应伟彬兄之邀走进三朱村，参观村容村貌，登其刚落成大厦远眺，感受老区红色精神。

登伟彬兄文远楼眺望

朱门萦紫气，热血创新天。
月色依窗户，书声化墨笺。
文楼南北向，沧海波涛前。
枕梦云山里，情怀若白莲。

兰草吐芳

本是山中草，清幽宜我身。
轻风依月色，危壁烙年轮。
尤喜桃花艳，也思酒水醇。
诗家欣可寓，香溢一窗春。

注：此株兰草乃从泰宁大金湖买来，经家属的培育，也开始开花吐艳。其香郁郁，幽居阳台，枝小花美，甚可爱。是夜，宏彬诸贤棣邀聚，畅饮半酣，回家，闻香步阳台，见兰草清雅别致，即兴五律一首以志。

清明节写给先兄老四

春深何寂寂，绿叶护兄眠。
泉水山花俏，松风寝梦甜。
优游林野外，闲坐雨篷前。

曾约时光会，清樽话少年。

注：老四得脑鞍区瘤，十二年历经三次手术，克服种种困难，依然快乐生活。丙申年七夕静静地离开我们，到另一个世界同样笑容灿烂。

观　棋

擂鼓推兵楚汉边，乘虚就实捉王先。
纷飞战火英雄论，岁月悠悠过眼烟。

注: 4月4日上午，上班路上阅五洲诗社诗友樊晓华发一组“琴棋诗书画酒茶”七绝偶得。

琴

达命始知方外寻，看山临水伯牙琴。
蔡邕旷逸辞章绝，更识爨桐奇质音。

清明节感怀

冷雨寒风细细侵，坟前清酒盏中斟。
青青横岭留春色，片片慈云绕玉岑。
静候梨花开满地，闲飞布谷报佳音。
千岩万涧长流水，化作甘泉百代心。

注：次日冷空气南下，气温骤降，细雨霏霏，凉意袭人，别样的清明多了几分怀思。

君子兰

东君渐远我方来，艳艳风华始盛开。
梅雪争春姑莫论，但将幽意寄灵台。

注：家中君子兰今年开得特别艳丽，三枝起码有三十朵以上，真是花团锦簇，悦目怡心，观赏即兴以志。

聚会锦里汪兄家

疏枝斜影日光明，绿叶熙台共对觥。
相聚闲心春色淡，三分酒意话人生。

注：4 月 14 日中午，应路鸿兄邀和国波、凌鹤诸贤同往。

上巳节

燕子归来又一春，莺飞草长恰芳辰。
游山思逸诗情淡，修禊兴怀米酒醇。
波曲觞轻浮意趣，松青叶翠记年轮。
悠悠洛水涛声起，明月江风闲泛人。

注：泉州华光摄影学院第二届三月三修禊节暨华光诗社成立仪式于北校区翠园楼曲水流觞处举行。

泉港虎石上巳节

虎石祥云新气象，春声上巳水流长。
窑池火起生陶梦，文化碑书释墨香。
红土情怀留记忆，嘉林风雨舞渔乡。
腾飞事业从头越，喜把诗心共酒觞。

注：诗书镌刻置虎石村文学漫道。

赣州行

上犹（一）

轻烟带雨水天长，山色空蒙鸥鹭翔。
垂钓南湖生逸趣，初心一瓣绽莲香。

注：是日，细雨绵绵，驻足湖边，烟波浩渺，山色空蒙，令人心旷神怡，独自垂钓别有情趣。

上犹（二）

春深融夏意，时雨起轻烟。
云水楼台动，江波星月跹。
凭栏侵逸气，漫步望空天。
游梦希桥上，清风好逐年。

注：希桥，希望之桥，横跨上犹江。以希桥命名的四星酒店，夜宿其中，静谧清幽，林木扶疏，月色轻笼。伫立阳台，山色黛墨，江面流烟，灯光闪烁，高楼鳞次栉比坐落群峰之中，任清风浸怀，逸气澄心，诗以记之。

登郁孤台眺望

赣水苍茫几度秋，经年风雨不停休。
古今传接危樯矗，章贡冲融要塞浮。
八境台中思胜事，四贤坊外数名流。
青山犹记郁孤唱，醪酒烟波谁与俦。

学渊贤兄生日有寄

山光物态艳阳天，流水依依记少年。

最爱攀枝花绿叶，犹知清酒乐燕然。

注：是午，天朗气清，烈日当空，诸多亲朋畅饮，门前攀枝树郁郁葱葱，回家诗兴以志之。老子：“虽有荣观，燕处超然。”

夏日再聚阿贵酒家

夏日来田浦，清风侵路过。
黄花扶绿叶，修竹簇长河。
书史同言论，诗情可赋歌。
山家怡性处，三碗不嫌多。

注：5 月 13 日下午，星期日，应庆林贤棣之邀，王乃钦老师、凌鹤贤兄等聚阿贵酒家。酒家位于黄塘溪畔，清静素雅，假日无事以酒开怀。乃钦老师兴之所至，畅谈书史，颇入几分状态。虽为小聚，足生雅趣，故酒兴随之而来，荡怀不拘，性情飞扬，非虚行也。

平山寺万佛塔眺望

危塔莽原上，登临心近天。
涛声萦古邑，月影落平川。
玉树云山外，莲灯䌹水边。
梵音生圣谛，入梦是归年。

端午节步紫晨兄韵怀屈原

楚雨绵绵思圣贤，汨罗云水涌江天。
澄怀耿洁千秋月，赫赫中华几万年。

重走惠女水库

岚烟笼翠盖，夏木满高冈。

日暖蝉声远，风平波浪长。
蛟龙潜峡谷，惠女谱华章。
甘露寒泉水，润滋番薯香。

注：著名诗人毕彩云先生在巴黎五洲诗社点评：“泉州出武祥诗友《重走惠女水库》，句句用形象语言，虚中有实，以实写事，语言饱满、丰富，实实在在，又不乏审美的艺术效果。”

登大中寺

晨光披四野，我辈共登临。
山色连沧海，禅风起绿林。
清茶榕籽落，明月磬声侵。
肆志闲情处，悠思独唱吟。

注：千年前，唐宣宗路过大中寺，敕赠匾额，柳公权书，原迹不存，现匾应是仿制的。登临大中寺，四野通透，鸟语花香，林茂寺幽，榕树下静坐，闲听榕树籽落下石盘茶具声，任山风轻浸，月色亲抚，逸趣怡情，别有韵味，快哉！去年我偕内人与学范、剑峰诸君同游，是晨有感，诗以志。

夜聚兼贺秀祥公子为厦门大学录取

年半燕山静，田园草木荣。
溪风沿谷起，农舍适蛙鸣。
学子书佳绩，乡村报令名。
三杯无醉意，皓月喜同行。

八一建军节科协科普进军营送书活动

云烟暑气静无声，走访梅山子弟兵。
文化家园飞翰札，图书科普入军营。
监天雷达奇功效，泼墨士官真性情。

操练靶场如虎豹，高尖制敌胜儒生。

注：某部队加强文化建设，驻地辟有书法园，内容反映军营生活、训练、学习等励志名言名句。军营中技术人才皆是重点大学优秀学子，品学兼优，志在国防。

秋日兰香

秋风方入户，日色暖窗台。
双蝶云间舞，数花枝外开。
清香留世界，静气去氛埃。
浑欲悠然趣，月明同酒杯。

注：入秋日，晨练八段锦，喜见阳台四季兰抽枝吐蕊，含苞待放，向阳处二三枝绽放，幽香四逸，诗以志。

崇武海泳协会成立十周年

春夏秋冬不计程，浪催沙白月光明。
十年风雨非凡路，沧海无情人有情。

虎石行

好友邀吾至，未行思亦频。
风吹残暑气，雨洗乱花尘。
月色商天夜，琴声溪水滨。
清醪犹寄梦，不做武陵人。

注：应黄建聪先生邀请，参加泉港坑仔底虎石村为我举行的诗书碑刻揭牌仪式，有幸为虎石村文化漫道建设略尽绵薄，感触良深，诗以志。

悼同事许云根棣

熙春山下白云根，曲径幽幽百鸟喧。
斜日樵峰留旧影，疏林板石烙轻痕。
溪声浸耳襟情在，月色笼怀志趣论。
同事融融犹体贴，诗心何处寄孤魂。

注：许云根，我三十年前中专毕业分配在闽北地质大队工作的同事兼舍友。其形俊朗，其言伶俐，其性随和。相处多年，宜情宜性，融洽欢欣。我年长，其每称我“出兄”，我称其“阿根”，其声犹在。8月27日晨，惊闻其不幸因病疾离世，悲情遂生，案前欲泣，诗以悼。

教师节有感

讲台三尺乐为求，案卷倾情心不休。
日色轻笼芳草绿，满蹊桃李说春秋。

中秋感吟

——重华文史研究会中秋联欢

又是中秋月，云楼喜畅吟。
浮生留雅趣，淡酒伴瑶琴。
墨韵香华座，诗情逸素襟。
清辉无限意，慰我独游心。

注：9月17日上午，检校《张文裕科学人生》书稿，以便付印，其间偶思重华文史研究会中秋在伟华酒店联欢，赋诗一首以志。

走进净峰

——邱氏南派掌中木偶戏传承168周年暨南音曲艺社成立

钱山沧海上，月色满霜天。
翰墨幽幽韵，南音咽咽弦。
高僧犹种菊，净境自临仙。
木偶怡情性，雅怀留御前。

走进五夫朱熹故地

——偕内人与同学陈爱孙、冯庆彬同行

田田荷叶挂斜阳，绿水清溪红豆香。
邹鲁洛川开理学，满庭秋草吐芬芳。

游和平古镇

——偕内人与冯庆彬同学夫妇同游

格桑花放艳高秋，稻谷丰盈岁月稠。
隘道兵家争将地，人文昼锦数风流。
名街进士书香第，黄峭源泉思远楼。
金色层层斜日下，山光物态任闲游。

登文笔峰

坐落东溟邹鲁风，江山绚烂画图中。
登临眺望飞思绪，健笔挥毫向碧穹。

注：女儿、女婿为澳大利亚昆士兰大学国家研究中心录取博士，双双获得该大学奖学金，行前携他们参观张文裕故居，登文笔峰，学习张文裕夫妻院士科学精神，感受惠安文脉气息。

夜游邵武

一

近乡情更怯，我上铁城游。
溪水星光耀，越王思意浮。
熙春笼月色，桂木挂商秋。
八一桥边住，对门生旧愁。

二

廿五年前到此乡，富屯溪水继流长。
丹丘诗话成儒士，伯纪政言肃国纲。
红屋情怀思绪起，熙春友谊笑声翔。
内人陪我重回顾，黛色幽幽浮越王。

注：严羽字丹丘，诗论《沧浪诗话》。李纲字伯纪，宋名臣。二者为邵武人。越王台位熙春公园山上。1986年，余中专毕业分配闽北地质大队工作，住熙春公园边，富屯溪畔。1993年调回惠安县档案馆工作。二十五年后重游，夜住假日酒店，倚窗望去，夜幕下富屯溪两侧灯光闪耀，波光粼粼，越王台若隐若现，当年居住的红屋已为高楼取代，四野黛色，清风徐徐而来，思绪油然而生，工作、生活之情景历历在目，感触良深。

走进凤翔山庄

一

日色依山道，轻风绕绿岑。
年冬留冷月，潭水近空林。

鸟语云梢屋，诗听石竹音。
偎依红豆下，甘果浸吾心。

二

漫步东梅下，日光流影深。
余甘皇帝果，丛竹士人心。
山岭留云气，诗家听鸟音。
任随窗外月，情趣寄高岑。

注：“双十一”应汉标兄之邀，与黄清贵、张柏坚诸同好到官溪凤翔山庄游玩、散心，品农家风味，取山林逸趣。山庄林果丰盈，有红豆杉、杨梅、余甘、野生柿等，景点优美，有亲子乐园、农家器具展示、百年石屋、池塘游鱼、闲钓等，还有正在建设的民宿竹屋。冬日融融，清风徐来，鸟语花香，三角梅鲜艳无比，红豆杉挂满红果，别有风味，余甘虽疏于管理，枝上果粒依然晶莹可爱。据说，明朝正德皇帝下江南时，曾品尝过惠安蓝田的一棵余甘树的果实，并敕封为“皇帝甘”。置身其中，漫游林间，清新怡人，情趣自生。

游太姥山九鲤溪风景区

——走进“中国扶贫第一村”赤溪

夜宿“星期八”

冬雨蒙蒙竹叶青，溪游九鲤入云屏。
山中做客留心趣，流水淙淙梦里听。

九鲤溪

蒙雨浮山谷，鲤溪波浪长。
清音萦白屋，太姥着蓝裳。
瀑布飞天际，仙家筑竹冈。
气寒醪酒暖，心近喜同觞。

赤溪村

烟雨轻笼第一村，扶贫助力建家园。
同心奋发新风尚，幸福安康谢党恩。

半夜访杜村长家

烟雾笼荒野，溪声日夜流。
远村无月色，青竹有朋俦。
云路欣同步，杯醪为共酬。
农家兴逸趣，此处适心游。

注：初冬，应庆彬、文金兄之邀，与国波、凌鹤兄同游太姥山九鲤溪风景区。庆彬兄打造的风景区带动了“中国扶贫第一村”走向未来新生活的起点，其情也浓，其格更高。这是与自己生命价值融为一体的，其意义深远，我以此老乡为荣。两日来，天气阴寒，山岚披翠，溪流淙淙，时而细雨绵绵，时而清风阵阵，时而云雾缭绕。参观了观瀑亭、“中国扶贫第一村”及村史等景点，还有放竹排，怡情怡性，悠然自得。夜来无事，举杯共酌，山深气寒，酒气生暖，相欢无忌，畅言忘怀矣。

昭明寺

雾锁鳌峰寺界清，登临拜谒佛心生。
禅风道雨凡身净，古刹钟声世路明。

注：11 月 18 日下午，细雨绵绵，鳌峰烟雾封锁，文金兄驱车，福鼎党校潘副校长陪同，和国波、凌鹤诸兄一同参谒昭明寺界空法师。法师对来自泉州俗家弟子热情赐座，相谈甚欢，并邀现场挥毫创作。初来乍到，身置佛界，心生怯意，盛情之下，油然释怀，余即挥毫写下“佛海无边”四字，字径 35 厘米左右，感觉尚可。凌鹤兄写了两幅。临行，界空法师赠题字笔记本一本和佛珠一串，谨以记。

深切怀念林光乃老师

木构楼前明月光，乌龙江水日流长。
三年讲桌音容见，两地学生思绪翔。
寒雨无心亲雅士，青春有志著华章。
西风入夜随云鹤，浊酒一杯情未央。

注：我的班主任林光乃老师，水文工程地质专家，八三届水工班班主任，教授水文工程地质专业。大学毕业长期从事水文工程地质工作，具有丰富的野外实践和理论经验，参与《水文地质工程手册》编写工作，发表许多论文在各种专业刊物上。其性率直、坦诚，具有读书人的风骨、情怀。余首篇文章《永安石林》是在永安实习时写的，其看后很高兴，并建议在几个地方加些比喻句，丰富文章内容，至今记忆如初。可惜文已散佚。

夜聚洪厝坑

随风沐雨到山村，蒙古歌声绕吉门。
草色青青滋眼界，家乡处处尽欢言。

注：每年十月二十九是洪厝坑普度日，每家都非常重视，值秋收冬藏之际，庆贺丰收之日，演戏、请客、祭祀等，热闹非凡。是夜冷空气来袭，气温骤降，风起雨来，山深气寒。应学范之邀，剑峰驱车前往，先是学章兄家小酌，又到秀祥家共饮，大家欢聚一堂，言无不尽，举杯畅怀至夜深。

福建信息技术学院校友见面会

老君岩处刺桐娇，晋水悠悠福信潮。
仙境清源留记忆，师生校友乐陶陶。

注：福建信息学院移至平潭开发区，12月9日夜，学校陈副书记率队来泉，邀请部分校友聚首湖美酒店，介绍校友会成立情况。细雨蒙蒙，天气寒冷，十二楼灯火辉煌，师生校友团聚，气氛热烈，觥筹交错，共商母校发展大计，诗以志。

夜聚蒙古村

大雪清寒夜，船山物候新。
家家欢社祭，日日接朋亲。
月暗云天近，风凉米酒醇。
三杯添醉意，歌舞动苍垠。

注：应惠川贤侄之邀，诸亲朋好友聚首洪厝坑家中，美酒相酌，逸趣尽兴，快哉！

冬至夜有感

清寒节气桂花香，举酒轻酬明月光。
又是家家团聚夜，怀君思意属他乡。

注：冬至夜举家团聚时，女婿正在澳大利亚昆士兰大学读书，未能共聚相欢，举觞同酌。夜月悬空，清光粼粼，阳台上桂花香阵阵。遥想女婿一人独望天月，想必正思念着家乡的亲人。凭栏有感，诗以志。

诗赠爱女、女婿

重洋远渡不因贫，科学思维喜问津。
融化中西开眼界，古今通会路始新。

注：读《中国书法批评史》关于清代碑学理论的建构，古典书学的终结者康有为有感。康有为青年时期远涉重洋，学习西方近代工业革命思想和政治体制，以史观看中国社会，对书法发展亦然，写下《广艺舟双楫》，对近代书法发展影响巨大。

赠爱女、女婿同上昆士兰大学

志存高远涉重洋，携手并肩上学堂。
书海无涯犹砥砺，欣将岁月著华章。

崇武楹联学会成立五周年

相约古城听海涛，书生意气竞风骚。
楹联辞赋赓佳韵，翰墨诗心挥笔毫。

夜聚霞墩

夜色笼田野，村原无噪声。
气寒宜论酒，室雅喜酬觥。
闲语家亲事，热心血脉情。
兴来杯欲尽，思绪满怀生。

注：女儿拟赴澳大利亚昆士兰大学读博，临行，应卫东老师夫妇邀请，元月 9 日夜举家驱车到涂岭外婆家霞墩，聚会其家。是夜寒风四起，冷气侵怀。同时邀来我表兄秀才夫妻等。大家举杯共酌，同度新年，祈福祝愿。酒过三巡，兴来无拘，开怀豪饮，情有所依。

家中茶花

胜利花开冬复春，经寒又暖惬风尘。
素心随性思平淡，犹是闲居云水滨。

己亥（2019）

己亥立春感怀

昨夜寒声顾我频，东君欢笑舞阳春。
繁花缀满人生路，心似莲开非劳尘。

新正初二湄洲岛游

仙境烟云绕，清音起海潮。
晴空浮彩舫，香客度良宵。
山色松风阁，塔灯波浪礁。
闲心何处寄，春水乐逍遥。

初二夜村中六位属龙同龄老男聚会

春来何处不莺鸣，云水燕山少小情。
同酌相欢龙起舞，溪流花放载芳名。

正月初十老家新隆宫天香

东君脚步长，艳艳百花香。
云谷歌声起，农家檐鸟翔。
山村添气象，杯酒叙情商。
月色松风韵，游心偎故乡。

花开蜂至

未散清寒笼薄雾，数枝花蕊着新装。
黄蜂最爱春来早，辛劳何辞酿玉浆。

注：晨稍早，步出阳台，四处云雾低笼，但见兰花怒放，一只蜜蜂正专注地采蜜，有感。

王柏生老师艺术馆观感

色彩斑斓百态生，童心奕奕故乡情。

古船云水皆天趣，月色溶溶海浪声。

注：王老师乃惠安崇武人，当代水彩画创新型画家，为时人所重。晚年在惠安辟王柏生艺术馆，殷殷乡情可感。其特色以惠安女重色彩粉画，融多方艺术元素于一体，构筑自己的艺术风格。

科联公诞辰有感

春事烟霞地，门前流水长。
青林山雨绿，古屋墨花香。
借酒邀松月，坦怀倾羽觞。
陶家何处去，犹是付农桑。

注：2 月 11 日，科联公诞辰，应学范之邀聚会洪厝坑。漫步在宁静的山村，溪风轻盈，树色葱翠，悠然自得，诗以志。

重游虎屿岩眺望

春水花才放，吾来虎屿游。
风光生气候，云色烙岩丘。
雾重山原地，松香海市楼。
心思何所托，明月慰沙鸥。

注：11 日下午，由洪厝坑回惠安，乘兴驱车登临虎屿岩寺。置身其中，寺静心清，一草一木皆生情致。倚栏放眼，远处烟雾轻笼，斗尾港涛声依稀，中石化新城飘然若海市，情景优美，诗以志。

华光摄影学院上巳节雅集

春深花艳日光明，流水潺湲雅韵赓。
山聚芳菲观蝶舞，江掀波浪放舟行。

诗心豪迈歌生命，墨迹雄浑写性情。
多少风华烟雨里，微躯肯寄任枯荣。

注：是日举行“曲水流觞”吟诗会暨《华光诗抄》首发仪式。

土坑村上巳节有感

木棉花放海丝盟，荟萃人文古韵生。
北管悠悠商旅意，春声猎猎梓乡情。
诗书肯读开风气，德道同修立埠名。
宝地逢时犹焕彩，芳华熠熠喜筹觥。

注：泉港区第四届上巳节在土坑村举行。作为“省级特色文化名村”，古民居建筑群，刘家独姓实属罕见，其明清建筑规制宏大，保存完整。山村秀丽，荟萃人文，素来重教，善于经商，以海为媒，人才辈出。现列入泉州申报海丝遗址。

君子兰花开时

昨夜逢君难入眠，春声带雨共华年。
何须仰羡梅桃色，犹自清居如睡莲。

注：时至三月，家中君子兰如约绽放，淡雅的花蕾赏心悦目。

己亥清明家族建微信群有感

泉水无声世泽长，清庭花草吐芬芳。
木铎音响滋昆裔，秀色祥光绕玉堂。

注：节前二日，堂侄跃坡建了家族微信群，要我给群起个名，遂命为“泉清水秀”，包含爷爷金泉、伯伯庭清、爸爸水木、叔叔庭秀一族，并写了一篇《建“泉清水秀”家族微信群兼忆我的爷爷》文章。铎字新声。

惊闻巴黎圣母院着火

沧桑世路正艰难，八百年来意气残。
烈火熊熊悲劫烬，人间风物自伤肝。

注：4月15日16时50分，巴黎圣母院忽起大火，八百年世界文化遗产毁于一旦。惊闻心痛，诗以志之。

走进涂岭前欧村

一

曾经积弱不堪言，远近闻名贫困村。
落后心思期一变，超前愿景赶三番。
春风沐浴千山绿，秋雨荣滋百姓敦。
众志成城同创业，小康新路共金樽。

二

燕山处士善为邻，耕读怡心不染尘。
诗礼秉承修品行，辞章潜学出文人。
公孙乡试皆荣禄，浙豫县知同达臣。
擅美状元巾帼志，家风焕彩喜传薪。

注：5月1日上午，应张庆辉校长邀请，组织涂岭籍诗人张炳明、王平山、许筱玲、陈锦彬及出学范一行六人前往涂岭前欧村采风。

立夏次日巴图副县长涂岭蒙古村调研

绿水燕山下，桐花开满园。

田畴秧子秀，乡野族风敦。
家庙源流在，翰林诗品存。
远方蒙古客，醪酒不嫌浑。

注：内蒙古四子王旗巴图副旗长来惠安挂职，欣闻涂岭洪厝坑生活着出氏海滨蒙古人，即于5月7日下午前往调研，我和出小彬、出学范三人陪同。

小满有感

半雨半晴临墨池，兰花初放恰心期。
人生莫对牛山叹，云水悠然喜赋诗。

注：连续数日暴雨，午后初晴，兰花绽放，幽香惬意。人生若能小满，自是快哉！

观庆文兄家绣球花开有感

梅雨窗风入墨池，涛声云彩喜相期。
闲心无事寻清趣，深紫浅红同化诗。

注：陈庆文，书法家，兼修诗词，退休赋闲在家，日临池授学。工章草，近兼攻楷行，日学而新。虽耳顺之年，书道尚在精进，可期也。

夏至次日登涂岭观音山

云洞訇然绝壁开，金光四射耀仙台。
山连沧海莲花座，阵阵清音扑面来。

注：农历六月十二上午，天气阴沉，晓峰贤棣开车，学范、剑峰相约登观音山。

夜与老同学聪稀聚叙鹭岛

夏夜星光耀，长空月色明。
危楼消暑气，曲岸响涛声。
风逐云帆动，梦依思绪行。
酌君无限意，恰是鹭鸶情。

注：农历六月初十，老同学盛情款待，宿厦门国际酒店。是夜星光闪耀，皓月当空，高楼摘星月，放眼望云天，夜幕下厦门岛万家灯火，璀璨夺目，茫茫沧海波光粼粼，潮声阵阵，一排排游艇静静地停泊在海岸边，惬意悠然。

午后登笔架山

登上西郊第一峰，云蒸雾涌觅仙踪。
群山堆翠流清气，祈梦游心倚劲松。

注：农历六月十二，星期日午，晓峰贤棣邀我与学范、秀峰诸同好登笔架山有感。

走进蒙古村洪厝坑

夏木葱茏蒙古村，稻香流水好家园。
燕山风雨滋情性，酌酒三杯欲忘言。

注：农历六月十八上午，陪政协惠安县委原副主席万国章及其夫人一行参观海滨蒙古族，是日小暑期间，天气闷热，先后参观了出氏源流壁画、出氏家庙、出科联翰林第等，诗以志。

七月初四有感

近台思旷野，众鸟自飞翔。

形役心安静，游离日可长。
成群临碧水，孤孑托青冈。
五柳田园路，接舆歌酒狂。

注：星期日，上级部门通知不休，上班有感诗以志。

深切悼念堂兄其祥

阵雨燕山月色愁，瑶台泪洒族亲忧。
西风肯带诗书路，天宇墨香堪慰秋。

注：农历七月十一晨，堂兄其祥病逝。其幼得私塾从学，品学兼优。20 世纪 60 年代初中毕业。一生寓于山村不得志，未能走出社会大平台。但祈天堂如愿，过着更有诗意的生活。

处暑前三日夜与内人同登莲花山

金秋无月色，空有亮星辰。
闲处青莲座，聊修寒子身。
清风流竹影，薄酒慰山宾。
锦塔灵光耀，游心涤俗尘。

《何清峰文集》付梓有感

把卷遐思喜酌觥，秋风入座月光明。
文心熠熠吟桑梓，遥梦云天海色清。

白露有感

——老同学林顺明公司乔迁池店

秋声凝白露，皎月洒银光。
紫帽烟云淡，泉城江海长。
雄心谋实业，励志著华章。
丝路扬帆去，春风花满香。

中秋夜登山赏月

——寄五洲诗社诗友和澳大利亚女儿女婿

凭栏思望远，今夕又中秋。
云色连遥夜，松声入碧楼。
长风天地舞，沧海月星浮。
载酒莲山上，乡心共和酬。

八月十八夜有感

——堂姐丽英次子结婚夜宴南型村

才落梧桐叶，秋声脚步催。
山风依石井，月色近窗台。
寂寞无情绪，欢愉有酒杯。
留心云岭外，雪夜觅香梅。

秋分有感

青林凝冷色，物候已秋分。
枯叶知寒岁，凉风带彩云。
泉声松竹响，仙露草虫闻。
喜有清闲夜，犹当把酒醺。

秋日峰尾古城游

夕日煌煌波浪浮，圭峰放眼气难收。
兵家要塞涛声远，仕子清廉品性优。
商海昌隆兴百业，人文焕彩耀千秋。
古城风物宜襟量，独倚东瀛势更遒。

走进湖埭头革命老区村

渡槽横卧蔗潭溪，惠女精神铸史诗。
飒爽霜风秋色染，峥嵘岁月世人知。
苏埃政府燃新火，湖埭头村插赤旗。
革命芳华留德泽，传承伟业颂丰碑。

国庆七十周年阅兵观感

山川聚秀百流清，七秩彰扬民族情。
丝路复兴同砥砺，从今生命有歌声。

重阳节

凉风习习海涛声，又到重阳不老情。
浊酒一杯酬菊色，秋光灿烂任尔行。

注：10 月 7 日，惠安县政协原副主席万国章先生来惠，共聚午餐。后登科山赏秋景，余未能同行，公交车上即兴赋诗一首。

白露夜有感

露从今夜白，寒菊满高山。
策杖烟云涧，看花松雪鬟。
秋风嫌日短，月色喜心闲。
酣枕清流上，任由溪水潺。

注：10 月 11 日，白露后三日夜，凌鹤、国波兄及庆林、宏杰棣小聚浅酌。凌鹤兄即兴口占七律一首《寄武祥弟》：“月号云兮不寄秋，无边涧水洗前忧。不知鸟语知人至，还说雁行说路遒。廿载谁堪春去晚，三生只托梦来悠。漫漫可作沙尘暴，不作风流那个流。”随之，我口占五律一首。两天后，庆林也写寄：“今天露早来，白雪染青苔。岁月催人老，真诚两不猜。”

吟 梅

——观《梅花图》

日色清寒秀逸姿，孤枯浓淡亦相宜。
红花欲放冬来早，小鸟安眠月到迟。
闲鹤梅园和靖句，香风雪岭钺公诗。
烟霞供养标神骨，春意流连笑我痴。

注：10 月 16 日。钺公即卢钺，乃宋卢梅坡的别称，诗吟《雪梅》一首名世。和靖先生，

林逋别称，北宋隐逸诗人，隐孤山植梅养鹤为乐，名句“疏影横斜水清浅，暗香浮动月黄昏”。

莲馨诗社五周年

结缘莲榭上高冈，云水烟霞醉夕阳。
为有诗心常做梦，只因情致任思量。
虫声引路松风满，醪酒斟杯菊色香。
平仄闲敲留雅韵，山花怒放吐芬芳。

注：10 月 18 日，莲馨诗社原名莲馨诗榭，由张焕欣、陈紫晨、陈澍民诸老诗人发起，设于莲花山。吟兴托怀，寄情山水，余每乐在其中，诗以贺。

游晋江草庵

万表山中景色奇，邀游结伴已神驰。
危岩累累泉声隐，横岭苍苍木叶蕤。
石壁光明融世界，草庵思想接东西。
此间慈土容多教，劫难余生兴海湄。

注：10 月 19 日，星期六，秋光灿灿，金风习习，晓峰、学范、剑峰、秀峰诸君同游。草庵乃我国也是世界唯一的摩尼教遗址，其摩尼光佛人间独一，作为明教劫难之后在泉州得以存在堪称世界级奇迹，这正是泉州富有宗教情结和包容性的体现。

国波贤兄生日雅聚随吟

金光送暖话春秋，畅饮放歌兼馔馐。
洒脱人生方自在，诗心逸性写风流。

注：农历十月二十九，国波兄邀请诸友小酌，又到“1715”酒店放歌，微醉即兴吟诗。

漫步螺城北渠

十月羊蹄甲盛开，秋风萧瑟没青苔。
清光淡淡幽人醉，流水依依暮鼓催。

注: 10 月 31 日，午后天气阴沉，秋风侵怀，漫步北渠羊蹄甲树下，斜倚石栏，静观流水，品赏花香，看云卷云舒，悠然自在，直至暮色重重，月光淡淡。

立冬前二日傍晚游平山

落叶铺斜道，疏枝传鸟音。
紫薇花正艳，迟暮色才深。
半月悬空宇，清光披远岑。
金风怜我意，玉露洗尘心。

十月十六日傍晚偕内人漫步海上世界沙滩

冬潮依节律，明月上高空。
波浪烟霞外，涛声龙海宫。
青山留夕日，大雁御长风。
生命真心路，云帆向远东。

十七日黄昏偕内人漫步聚龙湖畔

湖光山色四时春，秋往冬来景致新。
俗事纷繁何处去，闲推棋子水云滨。

十八日薄暮偕内人谒忠惠公祠

红林余落照，我谒蔡公祠。
和善名臣像，端庄渡石碑。
桂花香满溢，功绩誉飞驰。
洛水悠悠意，闲闲白鹭知。

注：渡石碑即《万安渡石桥记》石碑，世称文、书、镌三绝。

小雪读孟浩然《岁暮归南山》有感

人生何如意，悠然独自行。
寒庐研墨趣，素性赋诗情。
山水多游览，溪风每浸萦。
陶陶麋鹿在，松月酒觞倾。

注：目前专注读《唐诗鉴赏词典》（周啸天主编），期望系统地了解整个唐诗发展渊薮、机理及相互关联性。近日多阅读田园山水诗主要代表人物之一孟浩然的作品。

十月廿八日走进蒙古村洪厝坑

冬日暖融融，燕山气势雄。
松林留倩影，溪水上清风。
薯色田园艳，稻香岁月丰。
年年情性在，杯酒乐无穷。

注：每年农历十月二十九乃洪厝坑普度日。是日，贤族侄惠川邀众亲友尝全羊宴，我油然想到草原的羊宴，也想到每年立冬家家宰羊的习俗，从而找到童年的味道。

十一月初二傍晚偕内人登笔架山

岁序渐隆冬，登临笔架峰。
云霞浮夕日，岩壁倚青松。
墨洒真仙地，毫挥神鹤踪。
置身空谷上，俯仰亦从容。

注：笔架山、文笔峰乃惠安文脉之渊源，历来为惠邑人所重视。海滨邹鲁之地，重传承，文风尤盛，每次登临笔架山都有不同感触。

初二大雾山偶遇养蜂人

路远山高行迹稀，风餐露宿降云帏。
真心洒下辛勤汗，采得人间甜蜜归。

注：是日黄昏登笔架山，在大雾山路上偶遇来自闽侯的养蜂人。夫妻二人设帐路边，沿路放置几十蜂箱，放养大自然，采集花蜜。天色较暗，蜂已入箱吐蜜。余甚好奇，停车与之闲聊，并买下九斤蜂蜜。夜幕笼罩，山原寂静，养蜂人独自坚守在荒无人迹的旷野，让人体会到生活的不容易，次日有感诗以志。

十五日黄昏登科山观日台

随心寻野趣，偏上日观台。
紧拽西阳下，喜迎东月来。
匆匆归鸟去，辘辘赶车催。
辛劳年年事，请君自酌杯。

十九日黄昏偕内人登灵瑞山

夕日徐徐下，我登灵瑞山。

云根松岭上，仙气佛门间。
如见禅宗迹，犹思弘一颜。
倾心清净处，暮鼓不知还。

注：弘一法师，别号漱筒，先后于此讲经并主持寺院规划建设。其学生、时任惠安县长石有纪赋诗志之。

亚岁傍晚偕内人游聚龙小镇

山深笼薄雾，漫步自清溪。
水起寒波动，风来黄叶披。
淡烟村落里，鸣鸟竹林枝。
散虑云心处，逍遥无所思。

十二月初三陪致公党朋友参观蒙古族特色村寨

莫笑山中来客稀，青林绿水映云扉。
烟墩气象人文地，部落风情日月辉。
郁郁菜花松柏茂，闲闲里巷鸭鸡肥。
游心若是流连处，浊酒酬君自忘机。

注：是日，天气晴朗，应老同学林培贞邀请，陪同致公党泉州市建设系统基层委员会第六支部一行到泉港海边蒙古人特色村寨，先后参观壁画、出氏家庙、翰林第等，品尝富有蒙古特色的烤羊以及农家菜等。

《兰亭序》集字七律一首

兰亭春禊永和年，游目骋怀嗟古贤。
俯仰由人兴所遇，悲欣随事慨时迁。
流觞曲水怡情趣，修竹惠风思管弦。

陈迹虽殊其致一，斯文每感寄云天。

注：元旦前二日夜，应毕彩云老师要求作一首《兰亭序》集字诗，乘兴而赋，不料为《五洲诗苑》第24期合辑录入并列佳作。

走进螺阳中心幼儿园

晴光灿灿笑颜开，园圃馨香赏蜡梅。
起舞放歌兴逸致，吟诗击鼓化灵台。
师生童趣欢声动，母子心肝朝日陪。
墨韵琴书滋雅性，融融情意暖春来。

注：尾牙（农历十二月十六）下午，螺阳中心幼儿园、惠安莲馨诗社、登科书院联合在该幼儿园举办“迎新春团拜会、弘扬传统文化、喜迎福韵新春活动”，内容包括联欢会、送春联等。

廿九日午聚会张坂群贤村庄伟杰教授家即兴

群贤聚首蜡梅新，己亥迎来庚子轮。
放逸冬天春日到，一杯一咏性情真。

深切怀念老岳母

人生风雨路，九十五春秋。
无疾天怜爱，慈心福奉酬。
西方寻极乐，儿女寄哀忧。
此去绵绵意，思情结海楼。

注：除夕，岳母忽感不适，生命显得非常困难，紧急送回老家，在辞旧岁迎新春的炮声中，跨进新正子时并安然走完九十五岁人生。其人生后三十年大部分在我家生活，一家人其乐融融。我想，岳母在我家生活的那段时间是快乐而幸福的，以至临去世把我招至身边，

用瘦弱的手抚摸我的脸，依依不舍，向我辞行。生命这一刻，让我铭记在心，诗以志。

庚子（2020）

赞泉州赴武汉抗击新型冠状病毒医护人员

九省通衢郡，瘟神肆虐行。
危机担使命，大义闭江城。
仁士多参议，医心竞请令。
刺桐花绽放，争艳楚天樱。

春雨记怀

几时方见雨，窗外喜闻声。
春到东风暖，节临百草荣。
农夫宜下种，庭树任飞莺。
我自勤修养，悠然把笔耕。

注：正月十九下午，书房写字，忽然窗外沙沙作响，庚子第一场春雨喜临，即兴诗一首。此诗为《五洲诗苑》第 27 期合辑评为佳作。

再赞武汉抗击新型冠状病毒白衣战士

荆云陶郁气萧森，瘟疫鬼神四处侵。
黄鹤楼声随泪别，长江波浪起龙吟。
水城风雨峥嵘夜，禹将龟蛇福祉音。
危难同担仁士在，楚歌新唱化雄心。

注：武汉又称江城，有龟、蛇二山。传说龟、蛇乃大禹两名大将所变，大禹治水时化为二山镇住水患。

春夜有感

檐花落尽春声满，暮雨沉沉燕雀亲。
清酒灯前犹自适，诗书聊伴上皇人。

注：读杜甫《醉时歌》得句。

续维新贤兄“庚子非常岁”句吟赞武汉抗击新型冠状病毒战

庚子非常岁，江城阴郁天。
楚云流雨雪，汉水烧纸船。
冠病如蛇毒，军民若铁坚。
春风催万物，瘟疫自消湮。

杜　甫

坎坷人生不足哀，黎民疾苦百思回。
班扬文采匡时志，笔墨千秋济世才。

注：2 月 26 日上午，读杜甫《百忧集行》有感。班扬，即班固、扬雄。

读杜甫《去蜀》有感并依韵

锦里花团簇，江村水上鸥。
空囊居不定，薄酒愧同酬。
失友无依靠，避荒自导游。
长风悲已滞，别泪莫轻流。

注：杜甫草堂居三年余，稍安，府尹严武去世，复无依靠。欲离蜀东游潇湘投靠亲朋，前途难卜，无奈之举。临行作《去蜀》，读之难掩悲怆，潸然泪下，3 月 7 日上午诗以志。

春分夜有感

户外红花次第开，馨香郁郁入窗台。
蛙声阵阵春分夜，欲数星星诗意裁。

注：近段寓居厦门禾丰新景，庭内遍植名花贵木，林荫下亭台池塘，曲径盘纡，春光灿灿，鸟语花香。春分夜，蛙声阵阵，尤为惬意。

闲居有感

佳日春光暖，临窗草木青。
池塘依曲径，雀鸟萃凉亭。
夜到蛙声亮，风来花气馨。
问君何所得，静虑慰心灵。

春居夜雨有感

春深庭色翠，燕雀自嘤鸣。
雨带云烟气，风含木叶声。
安居书一卷，静坐梦三更。
门外疏人迹，悠然把酒觥。

清明国祭日怀念逝去父母及亲人

长鸣玉笛寄哀思，国祭英魂赞誓师。
细雨清寒生戚意，青山苍翠绕情丝。
岩松不老栖云鹤，泉水长流浇酒卮。

欲托忧心何处去，梨花香馥满冈陂。

谷雨有感

暖风随谷雨，喜鹊正晨鸣。
小院桃花艳，长街树木荣。
倚窗披日色，读赋静心旌。
闲趣欣然托，幽怀世事明。

读赋偶得

一

万物融融碧草深，黄莺何事跃庭林。
闲来读赋心犹静，化作诗行空自吟。

二

晴日艳艳几闲云，窗外车声任我闻。
吟罢词歌方自在，兴来聊作个诗文。

注：翻阅微信，青年书法家、诗人王建强兄抄录郑海藏七绝、五古诗笺，闲心逸致，清雅淡爽，读之如沐夏日清风，惬意悠然。时正在读《历代辞赋鉴赏辞典》，即兴二首以志。

梧桐湾

——兼忆蒙古族出氏五世祖光育公开基洪厝坑

众峰环四野，岚气绕船山。
飞瀑春秋意，微躯天地间。

云涛闻凤喜，月色慰心闲。
神惠踌躇路，仙家共此湾。

注：出氏五世祖光育公移居涂岭新厝，单丁独户，为人所欺，无奈卜九鲤仙祖兆云："若要富，洪厝坑猪槽兜；若要贵，兴化涵江头。"思虑再三，便携妻挈子，独自沿泗洲溪侧山涧小径向洪厝坑方向寻找落脚点。来到梧桐湾，仰望群山连绵，照船山云蒸霞蔚，两侧山体陡峭，左侧壁瀑布飞流直下，壮观美丽，缘坡两侧高大梧桐树枝繁叶茂，谷涧岩盘溪流潺湲，清澈甘甜。于是静坐石盘稍歇，时而凤鸣阵阵，时而云涌风起，静谧清新，恍若仙境，悠然感觉已到自己想找的地方，至此心始稍安。此诗及书法镌刻石上，置梧桐湾观瀑台。

福建信息职业技术学院通讯第200期纪念刊

波涛沧海阔，岚岛尽氤氲。
学子青春梦，杏坛天下闻。

注：福建信息职业技术学院由原来的省地质、商业、电子学校重新组合而成，乃全国重点职业教育学院。为适应新时期职业教育发展需要，新校区搬到平潭岛。平潭岛简称"岚"。

咏家藏《梅花图》

大雪纷飞山色匀，霜风傲立气氲氤。
虬枝劲节凌寒岁，香满明朝万物新。

注：《梅花图》乃2004年惠安县美术家协会原主席吴瑞发老师画作。

端午次二日凌鹤、维新、炳明、东晖、国波、宏杰诸诗人雅聚联句即席

端午诗人节，龙舟粽子香。
举杯酣酒意，索句共辞章。

雅韵情怀在，清风思绪翔。
游心云海梦，对月抚空桑。

注：空桑乃琴名。

附：端午节后雅聚联句

南薰一路到螺阳，（蒋维新）端午诗追屈子乡。（林凌鹤）
斟酒当樽春未晚，（林凌鹤）开心在座韵留香。（出武祥）
葱茏草木听风荡，（出武祥）默契情怀任意扬。（王东晖）
自古文章应带血，（张炳明）个中多少蕴含长。（蒋维新）

处暑晚与伟杰贤兄及诸友鹭岛雅聚

诚邀三剑客，相聚共清秋。
仙岛熏风起，云心醪酒酬。
诙言添逸趣，朗月挂高楼。
更欲千杯醉，情轻万户侯。

注：是夜清风朗月，有幸邀请庄伟杰教授及其“三剑客”卢教授和赵教授，还有曾碧心老领导及好友出朝阳等聚会鹭岛520东山店。幸会吉日，觥筹交错，畅所欲言，怡然共乐，诗以志。

附：庚子初秋鹭岛雅聚依武祥兄韵

庄伟杰

客满樽斟满，逢君正入秋。
诗心同醉梦，翰墨共赓酬。
意趣牵星月，乡音绕酒楼。

风骚今又是，指日展歌喉。

七月初十晚应伟杰贤兄之邀再聚东山 520

秋风随岁序，明月挂高天。
樽酒情堪醉，诗心性可牵。
三杯浮意趣，吉夜烙流年。
海岛涛声起，依偎鸥鹭眠。

白露前夜雅聚

寒暑行新替，凉风习习来。
远山秋色满，沧海浪声回。
摇落轩窗叶，畅倾醪酒杯。
何须多俗虑，自是荡尘埃。

注：是夜与伟杰贤兄及朝阳诸友雅聚，开怀畅饮，放浪形骸，性情之至，诗以志。

附：雅聚韵酬

——次韵武祥兄并呈诸友

庄伟杰

美意随风到，闲云载酒来。
神思当激荡，岁月自轮回。
腹有琼浆谱，胸装玉液杯。
秋光堪坐享，兴尽涤雰埃。

珍珠婚并贺内人生辰

茫茫尘世上，携手卅春秋。
贫贱不嫌弃，苦甘同赠酬。
文心添锦绣，诗意逐风流。
烟雨平生路，江天一叶舟。

无邪诗社成立寄怀

策杖岩泉明月心，金秋旨酒入诗林。
青山沧海皆情意，醉卧云烟任梦吟。

注：谨贺《无邪诗苑》微刊首期与中秋、国庆双节同步到来。

原惠安六中81届高中同学中秋国庆雅聚

青春岁月各东西，甘苦人生每自知。
风雨兼程犹砥砺，金秋吉日好相期。

寒露次夜雅聚诗赠庄伟杰教授

寒月秋风起，涛声几度回。
闲云天宇挂，旨酒菊花开。
兴到呼童子，诗吟入桌台。
清林披浥露，思旅上文魁。

注：著名诗人、评论家庄伟杰教授12日即赴海南参加博鳌国际诗歌大赛履任评委兼

主评，是夜雅聚，开怀畅饮，诗兴以赠。

夜游厦门五缘湾

东海长波浪，斯湾共汐潮。
烟霞多渺渺，云水亦迢迢。
游月惊鸥鹭，飞歌系柳桥。
伊人何处去，携酒乐逍遥。

夜游惠州西湖兼忆苏公

一

漫步苏堤感悟多，平生风雨任磋磨。
朝云随影孤山地，浮塔凌空西子波。
墨若清湖和仲笔，才高八斗右军鹅。
相逢荔果彤彤色，正是游心隐薜萝。

注：苏轼字和仲，朝云乃苏轼侍妾，葬孤山下、西湖边。

二

寒潮邀我共行舻，独伴苏公酒一湖。
醉卧烟波山水笑，彤云塔影有中无。

注：唐风先生评“非常棒的咏惠州西湖，绝句尤其出彩”。

庚子感怀

庚子非常日子红，迎来国运正昌隆。
寻幽入海蛟龙地，探险飞天月兔宫。
化解美盟施太极，抗争新冠展神功。
康庄大道凌云志，华夏复兴连五衷。

应卫东老师之邀，朝阳、东阳、文祥诸家庭雅聚鹭岛

今夕平安夜，亲朋共举杯。
闲云随月兔，细浪绕琴台。
客到三樽少，情融一笑开。
明朝应放眼，诗性任君裁。

纪念弘一法师挂锡85周年重游净峰寺

天怜斯净土，我幸又登临。
竹径遗仙气，菊园盈佛音。
筑台堪摘月，亲海适游心。
禅舍高僧梦，悠然亘古今。

诗·专题

读《中国书法发展史》诗吟百名书法家

一 李 斯

山河一统立新功，隶篆官宣车轨同。
变故沙丘狼共舞，东门黄犬梦成空。

注：李斯，字通古，官至左丞相，秦朝著名政治家、文学家和书法家。协助秦始皇统一天下立大功，提出“书同文字”，始制小篆和隶书。其小篆也称“玉筋篆”，结构和布局取自石鼓文，代表篆书艺术的最高峰，具有独特的艺术魅力，成为中国书法史第一位留名的书法家。其篆书用笔似锥画沙，劲如屈铁，平稳端严，疏密匀亭，雍容渊雅，有庙堂之概，规整典范体现了秦帝国的统一意志。代表作有《泰山刻石》《峄山刻石》等。

二 张 芝

草圣呼来不足奇，删增笔法化新姿。
充盈流洒风神韵，一派奔腾四野披。

注：东汉书法家，善章草，改造笔法，创造草书第一座高峰。其章草为目前学习章草首选范本，与钟繇、王羲之、王献之并称“书中四贤”。

三 钟 繇

开宗立派创新妍，古朴清奇法自然。
宣示温和生晋韵，千秋笔墨几多贤。

注：汉末至三国曹魏时著名书法家、政治家，善篆隶真行草，后世尊称“楷书鼻祖”，与王羲之并称“钟王”。

四 卫 铄

舞女插花笑镜台，墨坛闲步数奇才。

承传楷则新书学，笔阵图文任尔猜。

注：卫铄，卫夫人也，王羲之启蒙老师，传承钟繇楷则，两位大师之间的桥梁。其《笔阵图》传递许多新的书学思想，真伪难辨。

五　卫瓘、索靖

一台二妙尽风流，难说法书谁更优。
伯玉曾持今草善，时人犹把幼安讴。

注：卫瓘，字伯玉。索靖，字幼安。二人同在台府任职，卫瓘草书胜于索靖，而索靖楷书稍强，然后世影响乃索靖章草更大，特别是《月仪帖》《出师表》已为后世学习章草首选范本。

六　谢　安

名流雅士最天真，诗赋展声云水滨。
再起东山经国志，萧疏古淡足风神。

注：东晋政治家、名士，多才多艺，善行书，喜安石萧散淡雅、寄情山水之辞赋文章、翰墨手札。虽非书坛关捩人物，但即兴赋以寄怀。

七　王羲之

东床坦腹自从容，山水寄情听古松。
转益多师期体变，天然妍美入神踪。

注：东晋著名书法家，世称“王右军”，有“书圣”之称。诸体兼善，《兰亭序》字文皆佳，享“天下第一行书”之誉。

八　王献之

活脱疏狂君子心，倾情翰墨意山林。
开新一格思源处，潇洒风流傲古今。

注：东晋著名书法家、诗人、画家，有“小圣”之称。与王羲之、钟繇、张芝合称“书中四贤”，尤善行书、草书，创外拓用笔。

九 羊 欣

天资不合又何求，幸得嫡传真隶修。
难匹无拘神骏马，未能行草作闲游。

注：东晋著名书法家，王献之外甥，书法得其真传，世称“买王得羊，不失所望”。重子敬隶书，不善其草书。

十 王僧虔

又现王家父子兵，皆宗大令善书名。
华滋纵逸挥心象，神采风流达性情。

注：南朝齐梁草书成熟主要体现在王氏一门，即王僧虔及子王慈、王志，皆取法大令。其草书风格更加恣肆，肥妍、墨色、线条的变化与空间的切割更加丰富、强烈，突破王献之瘦硬之风格；其“神采论”“性情说”更是在意和韵之外寻得书法审美新的语境。

十一 陆 机

三世孙吴名士家，文辞入洛耀光华。
维匡晋难犹夷族，平复真传百代夸。

注：西晋著名文学家、书法家，骈文奠基人，《文赋》为其文学理论代表作品，传《平复帖》为其所作。好社交，乃“金谷二十四友”之一。

十二 智 永

秉承家业志专精，卅载阁楼终有成。
真草惟耽推八法，唐河开引负舟行。

注：“书圣”王羲之七世孙，王徽之后代，号“永禅师”。初从萧子云学书法，后学王羲之，妙传家法，闭门修学，退笔成冢，铁门槛之勤学典范。创“永字八法”，为唐楷尚法之先河。

十三　丁道护

历史长河湮大名，唯存启法寺碑情。
北朝遗韵今何在，信本书踪觅为盟。

注：隋朝人，官至襄阳祭酒从事，善正书，溢妍华致，兼后魏遗法。所书襄阳《启法寺碑》最精，传世之孤本，流入日本。为欧、虞所自出，具唐楷之先导，置其中不逊也。

十四　欧阳询

北朝余绪启新风，险峻劲遒行楷工。
不负唐人称第一，书名四海道欧公。

注：欧阳询，字信本，初唐四大书法家之一。其列四大楷书之前，其书法号称“欧体”。日本《朝日新闻》报头四字，欧体合成，高丽国曾派使者求墨迹。

十五　虞世南

忠心儒者品高奇，平正温和孔庙碑。
南北兼融留雅韵，刚柔相济奕文辞。

注：被称“德行、忠直、博学、文辞、书翰”五绝，初唐四大家之一。主编《北堂书钞》，诗《蝉》广为流传。留世楷书《孔子庙堂碑》，平和敦厚、雅秀清隽、动静相宜，甚是可爱。

十六　褚遂良

碑帖相融化古翰，占先行意楷书丹。
唐风法则尤情趣，推谢欧虞独自看。

注：唐朝政治家、书法家，博学多才，精通文史，初唐四大书法家之一。代表作《雁

塔圣教序》以行书笔意写楷书，开楷书新风貌，为后世称许。

十七 李 邕

笔写二王其样新，行书碑法意天真。
雄浑劲健分龙象，继步太宗谁问津。

注：唐著名书法家，行书碑法大家。后世苏东坡、米芾都吸收了他的一些特点，赵孟頫近其笔意。行书硬朗峻峭，得右军之气而放其形，余曾习之。

十八 贺知章

诗心狂客足风流，浪漫天真不计愁。
秉学二王超活脱，自如挥运任优游。

注：字季真，自号四明狂客，吴中四士之一，与张旭友好。善草书，代表作《孝经》，著名诗人，《咏柳》等至今传诵。

十九 孙过庭

文墨相辉独一宗，微身却以二王从。
声名播世千年史，星耀书坛非自封。

注：字虔礼，初唐书法家，书法理论家。其《书谱》以草书问世，乃理论和创作完美结合典范，难觅匹手，闪耀书史。

二十 李阳冰

篆籀中兴数少温，精研字学校流源。
天机法则如神合，瘦劲圆淳通古魂。

注：字少温，唐文学家、书法家，专研篆籀数十年，唐篆书第一人。初学李斯，精于书学，笔骏墨劲，称之“笔虎”。李斯，字通古。

二十一　韩择木

尚法之风分隶存，未能汉外立新门。
渐湮墨道因情趣，书学卅年难有言。

注：唐中四家分隶代表韩择木、蔡有邻、李潮、史惟则，受唐玄宗影响，精研隶法。因唐尚法之风影响，书法规矩，缺创新性，特别是缺墨趣和情趣，故艺术性渐弱，对后人影响有限，在隶书舞台上难见其倩影。余学书三十年，虽非专研，但少问闻唐隶和此四人也。

二十二　颜真卿

忠义儒风品自优，雄浑古朴劲而遒。
兼容南北开新格，熠熠光辉耀九州。

注：唐名臣，书法家。书法精妙，擅长行、楷，楷端庄雄伟，古朴浑厚，开新一格，称“颜楷”，行书气势遒劲，《祭侄文稿》誉为“天下第二行书”。

二十三　张　旭

篆籀行将草法新，连绵挥运性情真。
醉来难觉身何处，梦入云山绕墨氤。

注：余喜欢张颠之性情，书学其《古诗四帖》，其篆籀入书，雄浑大气，一气呵成，任由心性达其形体，乃书法之极。

二十四　怀　素

悠悠潇水欲流长，绿叶芭蕉漫墨香。
莫笑狂僧心志苦，京华满座颂芬芳。

注：字藏真，书宗“二王”，继学张旭，然苦其心志，遍学名家，精研笔法。线条遒劲内敛，章法开张挥洒，于张颠之外另辟蹊径，史称“颠张狂素”，唐书法史草书两座丰碑之一。

二十五　柳公权

颜筋柳骨各风姿，官楷诚悬独以持。
法则精微堪绝后，虽非融化亦宗师。

注：字诚悬，晚唐楷书代表，创造了具有个人风格之楷书范式，使唐书尚法之风不致坠弱。在唐书法史上具有代表意义，与颜真卿走出法则与抒情不同。余三十年前初学书法从《玄秘塔》入手，但未精研，转学多种，纯属业余。

二十六　杨凝式

满纸云烟脱俗尘，清奇俊逸足风神。
佯狂半世游心事，种向仙台流水滨。

注：唐末五代宰相、书法家。承唐启宋之重要书家，宋四家受其影响较大，一变唐法，直入魏晋。行草奔放俊逸，墨韵华滋。

二十七　唐太宗

醉心名帖兰亭序，重树右军情不移。
尚法唐风新构建，千年书史立神旗。

注：唐第二任皇帝，杰出政治家、军事家、战略家。善用人才，勤政明治，史称“贞观之治”。爱好文学、书法，喜欢《兰亭序》，重视右军书法，打造王右军“书圣”历史地位，为书法事业发展做出重大贡献。

二十八　欧阳修

虽非翰札载芳名，文史专修早有成。
中岁倾心挥墨韵，寄怀书意士人情。

注：北宋政治家、文学家，唐宋八大家之一，与韩愈、柳宗元、苏东坡被后人称为“千古文章四大家”。作为旗帜式人物对宋书学之发展影响较大，特别是对宋意书风之形成起

到推波助澜作用。

二十九 蔡 襄

尚法书风力以推，颜筋亚圣世人知。

忧心翰墨凋零路，宋意开新志不移。

注：字君谟，谥忠惠，福建兴化人。其母泉港圭峰村人，从小受外祖父之严格教育，曾在我老家涂岭虎岩寺读书。泉州知府，主事建造洛阳桥，为中国第一座跨海石桥，列古代四大名桥之一。其种蛎固墩，片筏基础，利用当地石材，都是人和自然和谐共处之典范。书宗晋唐，以颜柳为法乳，宋意书风先导者。

三十 米 芾

襄阳漫士世称奇，秉性癫狂玩石痴。

八面出锋犹阵马，逍遥俊逸海天知。

注：“宋四家”之一，后宋独占书坛。其子友仁紧跟而上，推动其书法进一步影响。吴琚乃学米之代表。书论《海岳名言》，具米颠、石痴之称。

三十一 苏东坡

人间难得一天才，文赋诗书尽上魁。

世路波澜心地阔，性情独抒入灵台。

注：号东坡居士，“宋四家”之一，著名文学家、书法家、画家。其诗书画文辞赋皆有惊世之作，卓然大家。书法《黄州寒食帖》被誉为“天下第三行书”，宋尚意书风主要开创者之一。文章“唐宋八大家”之一，宋代文学最高成就代表，与黄庭坚开创豪放派诗风，称“苏黄”。

三十二 黄庭坚

学富五车泗水滨，品行高洁性居仁。

诗词卓越开宗派，瞻远书风依旧新。

注：宋代大诗人，后人尊为“江西诗派始祖”，德行列我国“二十四孝”之一，书法“宋四家”之一。其创新书风经过千年愈显可贵，具强烈现代书法艺术品格特点，其超前意识谁可匹比呢？其诗瘦硬，其词豪放，书法则开创空间时间论之先河。

三十三　薛绍彭

艺道应非不用心，才人尚意誉书林。
精研魏晋存三昧，应列四家同议吟。

注：宋著名书法家，与米芾齐名，善品鉴，工正、行、草。笔致清润遒丽，具晋唐人法度。

三十四　赵　佶

罔顾江山喜画家，世人无奈但空嗟。
痴情翰墨游心志，犹抱瘦金藏御车。

注：北宋徽宗皇帝，重视书学，乃历代皇帝之最，具艺术天才和全才，书画并佳，瘦金体乃其代表。其与南唐后主相似，艺术上有建树，但政治上昏庸无治，让世人诟病。书法缺书写性，格式化明显，与宋尚意书风有差距，缺少书法重要文化精神内涵。

三十五　蔡　京

疑说书名列四家，难十翰墨耀光华。
世人因恨权心术，艺贵高风正不邪。

注：北宋名臣，著名书法家，四任宰相，助王安石推行变法，有积利之嫌，特别是《党人碑》尤为诟病。初学蔡襄、徐季海，转欧阳询入“二王”。

三十六　吴　琚

独步米颠心不休，朝临夕写历春秋。
温和俊朗留新意，开启后生思以求。

注：南宋书法家，性寡嗜，独好米芾字，终生临习不辍。去米芾之“风樯阵马、沉着痛快”之刷笔意，写得更温和、峻峭。虽终生临一家，然对塑成书法风格可能可以开辟一条路。余接下去拟搜集相关资料加以习之。

三十七　陆　游

诗才八斗耀群英，坦荡高怀家国情。
不肯步人身后计，心源直指作深耕。

注：素有“小李白”之称，爱国主义诗人，存世诗作达九千多首。书法推尚意书风发展，和范成大南宋独标，诗书韵与黄庭坚合。

三十八　范成大

散金碎玉个书风，才子诗心字外功。
意趣独舒情节在，四家之见至能翁。

注：范成大，字至能，南宋田园诗家，气宇轩昂，学识深养。书得四家之神，自成一家，强调书法形式感，线条、轻重、空间变化较大，具抒情意趣。

三十九　朱敦儒

希真字体本清新，肯写胸襟足自珍。
纵逸疏狂云水路，书风独辟几多人。

注：字希真，宋著名词人，志行高洁，不流俗。词主要抒发人生每个阶段生命体悟，既有抒情又有言志，为辛派词以启迪。（苏东坡乃新词风之开拓者，唯以抒情为主，但未能完全体现整个人生生命精神）书法独成一格，注重形式，卓然不群，形成希真体，特有其趣，以行草为代表，开尚意书风新路。

四十　岳　飞

浩气英雄亘古今，每挥狂草荡胸襟。
高怀逸性融书道，德艺双馨士子心。

注：民族英雄，文武双全，能诗善词，书法以行、草为主，醇厚洒脱，有李北海意味，书从《圣教序》《出师表》可见。

四十一　文天祥

忠心秉德誉千秋，热血满腔空疾愁。
仁士修身犹壮志，诗书豪放性情留。

注：文天祥、岳飞作为宋尚意书风比较特殊一类，他们特殊的情感，体现在草书之中，具强烈的抒情意识，艺术境界高，达到人艺相统一。其诗充满悲悯情怀。

四十二　张即之

书学非单笔法传，挥毫自古意为先。
开新格局精神在，清水还需活水泉。

注：张即之，字温夫，南宋书法家。初学褚遂良、欧阳询、颜真卿，后学米芾，自成一家体系。力求创新，笔法、空间方面开新格局，打破传统审美趣味，但创新缺理论支撑，流于程式化。

四十三　赵孟頫

世运沧桑又奈何，沉浮宦海载烟波。
潜心法帖思唐晋，复古推新费力多。

注：六体专精，元代复古书风盟主。扭转了宋以来特别是南宋以来重意轻法的做法，变尚意为尚态。宗“二王”，重笔法，开妍美书风。书法以重“甜”为后人异议。

四十四　管道升

相夫教子费心神，亦步亦趋当乱真。
复古书风添内力，于今才女几多人。

注：赵孟頫夫人，拥护复古，习赵孟頫几欲乱真，造诣精深，难得历史上女书法家达

到的高度。

四十五　鲜于枢

西湖山水逸才多，豪士倾心荡碧波。
古法精研思晋韵，书风萧散入云萝。

注：元著名书法家、文学家，善诗词、琴艺，精通文物鉴定，世称“髯公”，晚岁定居杭州西湖。以行、草为最，和赵孟頫并誉“二杰”，赵孟頫特别推崇，曾言“无佛处称尊”。

四十六　李　倜

二王风致古来稀，法帖精深始入扉。
莫笑芳名遗世外，平和雅逸得天机。

注：元书法家，官至集贤侍读学士，书史未记载。陆柬之《文赋》题跋，字宗唐晋，风骨俊逸，疏朗平和，静雅遒丽。笔法入晋变化多方之神韵，居元诸家之首。

四十七　康里巎巎

晋韵倾情唐法通，化今章草势横空。
书心复古开新格，南赵北巎称世雄。

注：康里巎巎，蒙古族。擅楷、行、草，师虞世南，后入晋学王羲之。善悬腕书写，行书劲健、遒媚。以今入章草，独树一格，标“元四家”赵孟頫、邓文原、鲜于枢之一。

四十八　沈　度

古今难得御书家，下效上行人尽夸。
台阁风披成痼疾，天真意趣失光华。

注：兄弟二人称“大小学士”，为明皇帝御用书家。沈度被皇帝称为“当代王羲之”，台阁上下仿效学习“二沈”小楷。科举之风更是推动台阁体的快速形成，书法顿失情趣，艺术性大减。

四十九　宋　克

才子诗文滋性情，书风开启载芳名。
钟王笔法添神力，章草融今独自耕。

注：明初著名书法家，吴门书风之始祖，“三宋二沈”之一，诗称“十才子”之一。书法深得“二王”之法，尤重“急就章”，章草融今。对赵孟頫、邓文原书风有发展，注重意趣和法度结合，为明代书法开启新风。

五十　文徵明

尔雅温文有古风，清纯劲健晋唐工。
诗书不惑方精进，晚岁才成誉极崇。

注：明代杰出书画家，文学家。与唐寅、祝允明、徐祯卿并称“吴中才子”，与沈周、唐寅、仇英并称“吴门四家”，晚年与沈周并驾，继之为吴门画派盟主。40岁后以字行。书法以小楷著世，行书次之。

五十一　王　宠

晋唐遗韵足称奇，聪慧天然浸赋辞。
少壮芳名惊世眼，空灵淡逸任遐思。

注：吴门书派重要人物，书法以小楷和行草见长，小楷深得晋唐遗韵。少年扬名，却与文徵明、祝允明同为不第。诗书文画名世，惜寿未逾四十。

五十二　祝允明

标立吴门别样新，清奇振迅任天真。
精研笔法留唐晋，狂草风姿独问津。

注：明著名书法家，世称“祝京兆”，吴中四才子，尤工书法。高奇、放诞自任，小楷、行草风流蕴藉，狂草独标一格，继怀素、张旭、黄庭坚之后又一高峰。

五十三　董其昌

春风得意马蹄轻，江左风流融性情。
古淡淳真生逸趣，禅心奕奕若天清。

注：明代书画家，亦官亦隐，精心研究书画，书法兼有“颜骨赵姿”之美。以佛家禅宗喻画，倡“南北宗”论，为“华亭画派”杰出代表，著有《画禅室随笔》等。

五十四　杨维桢

独标新意几人先，乱服粗头半世仙。
挥洒无拘天地在，直书心性载流年。

注：元末杰出书法家，著名诗人、文学家、画家和戏剧家。其书法创新，打破复古书风笼罩，开表现主义之先。其诗名盛一时，被称为“铁崖体”，以“古乐府”最富特色。为历代文人推崇，有“一代诗宗”之称。

五十五　徐　渭

世路艰辛仕子心，疏狂狷介入儒林。
奔流放达怀诗意，独特书风傲古今。

注：杨维桢之后具有强烈反理性色彩表现主义的书家，作为明代中叶的特定人物，其强烈的个人意识和对命运的抗争在诗书画中充分展现出来。其画不落旧窠，以不求形似，自我意识入画，创造文人画一种新的意趣，其书法则开当代视觉艺术之雏形。

五十六　张瑞图

悠悠晋水日流长，邹鲁海滨滋墨香。
奇崛空灵标一格，求新古法著华章。

注：泉州晋江人。沉浮宦海，亦得亦失，其独特书风根植于深厚的文化积淀，正确审视整个书法史发展脉络，寻求表现个性的书法语言，其强烈的反叛意识为其官场污点供据。

放在特定历史，追求性灵说、心说诸多反传统、思想开放的语境，其应是进步的。海洋意识本身具有冒险和开拓之性情，这可能是其书风形成原因之一。李贽不也是一位个性极强的海边人吗？其“童心说”影响足大。

五十七　黄道周

为国忠心捐己躯，瓦全玉碎耀明珠。
真行焕彩虽闲事，节义千秋胜腐儒。

注：明名臣、学者、书画家，忠义千秋，著述等身，著有《书品论》。余喜其小楷精警、劲峭，近段学其《孝经颂》，虽有尖刻、方劲，仍直追钟王，丰腴之处有秀逸之气。行书以刚健笔锋和方整的体势来表达晋人之风韵，具索靖之遗韵，是一位创造性书家，对当代书法创作影响较大。

五十八　倪元璐

台阁乌光一扫无，高奇逸趣拓新途。
峥嵘诡峭存思理，异态浑深狂草殊。

注：学识渊博，品格超群，具忠义之气，为人清正，李自成破京，其自缢殉节。与黄道周、王铎同年同科进士，著有《倪文贞公文集》二十卷，《诗集》二卷。

五十九　王　铎

圆融激越喜磋磨，潇洒天然赋赞歌。
奇逸雄强留晋韵，鬼神笔力奈如何。

注：明末清初著名书法家。书学既重传统入晋理念，又具强烈表现主义色彩，二者有机结合，成就其纵逸不拘、流变得宜的风格。其笔力雄肆，骨力洞达，成为明朝别具一格的大师。技巧和抒情有机统一，这是其成功关键。余初学行草即从学王孟津开始，至今依然可以看到个中纹理。

六十　傅　山

真性真情任自流，四毋四宁足珍馐。
烟云满纸弥清气，磊落襟怀誉九州。

注：明末清初思想家、书法家、医学家，被誉为保持民族气节之典型人物，著有《傅青主女科》《傅青主男科》。提出著名“四宁四毋”书法理论，作为自己创作依据，其影响达三百来年。

六十一　解　缙

煊赫文思气自豪，诗情超迈足风骚。
横空纵逸犹神助，挥洒如流注笔毫。

注：明代大臣，文学家，与徐渭、杨慎称明之三大才子。著作颇丰，诗文盖世，尤善五言古风，主编《永乐大典》。小楷精绝，尤重狂草，气韵生动，纵横超逸，奔放洒脱，开晚明狂草先河。

六十二　倪　瓒

少壮自耽清闷阁，非闻世事浸诗心。
画崇山水书游晋，孤寂空疏入竹林。

注：元末明初书画家、诗人，与黄公望、王蒙、吴镇合称“元四家”。擅山水、竹石，元代南宗山水画的代表。工书法，擅楷书，入晋韵，具简远萧疏、枯淡清逸之特有风格。《中国书法发展史》录其《跋米芾诗》楷书。

六十三　陈道复

入晋追唐墨色新，咏花十首足风神。
笔酣情畅随挥运，只叹衡山不胜人。

注：初名淳，字道复。自小从文徵明学字画，以草入画，与徐渭并称“白阳青藤”。

字入晋唐，宗吴门四家，与祝允明同为浪漫主义情怀风格，尤可观也。余读其“咏花十首行草书”，挥洒自如，气韵生动，章法欹侧，自然可爱。

六十四　唐　寅

风流倜傥误青春，书画诗文集一身。
俊逸才思何处许，光华奕世几多人。

注：明著名画家、诗人、书法家。书宗赵孟頫、米芾、李邕等，其格清逸、俊秀、端雅，具文人之书卷气。绘画与沈周、文徵明、仇英并称“吴四家”，又称“明四家”，诗文与祝允明、文徵明、徐祯卿并称“吴中四才子”。

六十五　邢　侗

北邢南董竞风流，痴学右军心不休。
阁帖恢宏尤世贵，来禽馆刻亦称优。

注：晚明四家之一（余为米万钟、董其昌、张瑞图）。擅画，能诗文，工书法。真迹为海内外珍藏，韩国、琉球皆视为上品。少学王雅宜楷法，倾心晋唐书法，尤重大王。中年营“烁园”，刻《来禽馆帖》，以《十七帖》《澄清堂帖》尤贵。

六十六　米万钟

书从乃祖奉为师，族有米颠兼石痴。
八面出锋尤未化，劲枯流转自心仪。

注：晚明四家之一。痴石，喜造园，书学乃祖米南宫，破馆阁之习气。书风流转苍劲，笔锋粗率奔放，具强烈的人文气息和书卷气。其学识渊博，虽官不显，而正直高奇，为世人称许。

六十七　邓文原

一世清廉好口碑，耽心文采誉宗师。
晋唐风致留书韵，循古乏新疏墨池。

注：元初大书法家，政绩卓著，文辞溢彩，著作颇丰，有《巴西文集》等。擅正、行、草诸体，古意盎然，尤擅章草，然新意较少。晚年重政事，疏于笔墨趣。

六十八　吴　宽

今古性情文士通，倾心书学避时风。
坡公厚实欣怡处，新意独舒谁与同。

注：明代名臣、诗人、散文家、书法家。其诗深厚浓郁，散文钟唐宋大家，书法独钟苏东坡，厚重之余墨韵自生，滋润中得奇崛，多有新意。

六十九　李应祯

潜心古法谙三昧，劲润平和自一家。
书以宋唐尤有得，清明雅洁亦芳华。

注：明书法家，诸体皆精。陶宗仪《书史会要》称“少卿书真、行、草、隶皆清润而端方，如其为人”。一生高洁，不阿权贵。

七十　陈继儒

清心无欲近官场，潇洒空疏寄梦长。
书入米苏真意趣，烟霞云水鹤飞翔。

注：明文学家、书画家，四大家之一。工诗善文，无意官场，闭门著述，喜隐逸之趣，难绝世俗烟火，著有《陈眉公全集》等。书法习苏东坡、米芾，倡导文人画，喜抄校旧籍，因得颜真卿书，乃名其藏书堂为“宝颜堂”等。其《小窗幽记》与明洪应明《菜根谭》、清王永彬《围炉夜话》并称“处世三大奇书”。

七十一　朱　耷

艰难岁月入空门，法道青云无泪痕。
简淡书风留晋韵，清奇朴雅自家园。

注：八大山人，清初画坛四僧之一，画家、书法家。其以强烈的书法面貌立足书法史，以篆法入草，中锋用笔，浑圆婉约，有魏晋书法风度。

七十二　翁方纲

干禄书风始盛行，朝中文武学而荣。
端严厚质堪称许，逸气天真难好评。

注：清书法家、文学家、金石学家，清中期四大书法家之一。受馆阁影响，其书风难超越时代。其积学颇深，著述也丰，著有《粤东金石略》等。诗学创“肌理说”，书宗唐楷、唐人写经等，端庄博厚，古法精准，学古可嘉，但缺乏创意，包世臣斥之“工匠之精细耳”。

七十三　刘　墉

渊学人家情趣高，清廉正直秉皋陶。
倾心帖派尊儒道，浓墨氤氲注笔毫。

注：清政治家、书法家，世称“浓墨宰相”、帖学大家。书宗香光、松雪、鲁公、东坡等，以奉公守法、清正廉明闻名于世。

七十四　王文治

淡墨探花人所闻，香光禅韵入三分。
石涛画境诗书意，端雅清和逐白云。

注：清官吏、书法家，时称“淡墨探花”。诗宗唐宋，自成一家，精音律。余读其题《石涛绘陶渊明诗意图册》诗书，诗意境淡远，行书清和端雅，可谓诗书画并佳。

七十五　钱　沣

雄心致远不言贫，潜学颜公第一人。
宏阔阳刚兼意趣，帖风颓态独标新。

注：清官吏、著名书法家，工楷书。学鲁公，得其神不袭其貌，又参以欧阳询、褚遂良等。在帖学衰微时，独树一帜，影响深远。后之学鲁公多从其出，并取得成功。其诗文苍郁劲厚，正气凛然。著有《南园先生遗集》。

七十六 郑 簠

钟情汉隶溺于斯，涉猎多方近砚池。

化古求新开气象，空灵俊逸世人期。

注：清书法家，以行医为业，一生钟情汉隶，清代隶书复古之先行者。清初提倡学汉隶重要书家之一，对清代汉隶的发展做出重要贡献。

七十七 金 农

世间那得一奇才，坎坷命途风雨哀。

古朴天真新体貌，金樽熠熠满尘埃。

注：清著名书画家，“扬州八怪”之首，中国书法“碑学”革新先行者之一，工诗文、书法。平民一生，创扁笔书体，兼有楷、隶之势，时称“漆书”。余喜其行草书信札，天真烂漫，古朴自然，气韵生动，尤为可爱。

七十八 郑 燮

书画相通成一格，艺风三绝又三真。

北碑融化天然趣，法帖乳滋方入神。

注：清书画家、文学家，诗书画“三绝”，得真气、真意、真趣。书自魏碑入手，兼涉宋后黄庭坚、徐渭等特点，以画入书，以书入画。其章法特别，诸体杂糅，如“乱石铺街、浪里插篙”，自称“六分半体”。

七十九 邓石如

少小钟情篆隶书，相融取舍气温舒。

开宗立派千年遇，碑学推新我独居。

注：清著名书法家、篆刻家，邓派篆刻创始人。书法篆隶笔法互参，篆破李阳冰瘦硬谨严风格，古朴大气，一扫千年写篆之郁闷；隶书雄浑苍茂，自成一格。以小篆入印，混茫古朴，疏密有致。

八十　伊秉绶

笔法删增为创新，雄强古朴亦天真。
千年一扫遗风貌，敢问书坛有几人。

注：清书法家，喜绘画、治印，工诗。尤善隶书，去汉隶之燕尾，具高古博大之气象，雄峙千年书法史。与邓石如并称大家，为清碑学之中坚力量。

八十一　桂　馥

少耽积学入书林，汉隶倾情漫浸临。
端雅空灵留古意，清奇逸趣淡吾心。

注：清代杰出学者，著名文字学家、书法家、篆刻家，清碑派重要书家之一。尤擅隶书，直入汉人，古朴工稳，典雅厚重，唯缺创造性。著述颇丰，精于金石六书之学，有《缪篆分韵》《诗集》等。

八十二　吴熙载

吴带当风格自新，方圆典雅又清纯。
嫡传顽伯通秦汉，独步墨林弥足珍。

注：清篆刻家、画家、书法家。善篆隶，尤精篆刻，完善并发展了“邓派篆刻艺术”，在明清流派篆刻史上具有举足轻重的地位。

八十三　阮　元

南帖北碑留史观，先行理论寄书丹。
高瞻远瞩开新路，一代完人耽羽翰。

注：清经学家、刊刻家、思想家、书法家、书法理论家，尊为三朝阁老、九省疆臣、一代文宗。其《南北派书论》《北碑南帖论》为碑学“伐木开道，作之先声”。其“理论先行”的模式推动清代碑学发展，为中国书法史发展提供崭新的模式，对开启现代书法理论研究具借鉴意义。魏晋书法创作的高度繁荣与书法理论的发展是密不可分的。

八十四　包世臣

鼎力尊碑贬法唐，艺舟双楫数华章。
深耕辞学游经纬，晚岁倾心宗二王。

注：清学者、书法家、书法理论家。其风格与书学思想一致，走“碑帖结合”之路。书论《艺舟双楫》力推北碑，从笔法阐述北碑之审美价值，对清中后期书风之变革影响很大，至今为书法界称道。

八十五　何绍基

自古江山怀楚才，道州书艺上头魁。
精研篆隶融碑帖，古朴雍容气势恢。

注：晚清诗人、书画家，通经史，精小学金石碑版。近代提倡宋诗的重要人物，宗李、杜、韩、苏诸大家。书法初学颜真卿，又融汉魏而自成一家，尤长草书。

八十六　杨沂孙

独钟篆隶负佳名，石鼓金文融以成。
神谶倾情秦汉意，精奇平淡化心声。

注：工钟鼎、石鼓，篆隶与邓石如颉颃。其作《在昔篇》概括了清嘉、道以来金石学者的重要成就。其学《天发神谶》以方笔入篆，为其特色之一。

八十七　张裕钊

外折内圆风格新，融碑楷法亦清醇。

浑然古穆疏馨逸，义理辞章喜问津。

注：晚清官员、散文家、书法家。其书法独辟蹊径，熔北碑南帖于一炉，创造了影响晚清书坛百年之久的“张体”，被康有为誉为“千年以来无与比”的清代书法家。观其书虽意趣不足，然楷则方刚柔和，具晋人之意，碑帖相融，自可入一代大家之列。其主张“学问之道，义理尚已。其次若考据、词章，皆学者所不可不究心”。

八十八　赵之谦

碑帖圆融数我先，刚柔相济满云笺。
精深雅致新书意，流美冲和望哲贤。

注：清著名书画家、篆刻家，其篆刻影响较大。我曾喜欢其行书信札，魏碑行书，碑帖相融，曾临写一段时间。但更喜欢其致艾臣书札，以颜为底，笔法丰富，气韵生动，书卷气强，帖味更浓，魏碑用笔和体势仍隐贯其中。

八十九　杨守敬

积学宏深著述丰，重碑尊帖趣无穷。
东瀛传教书风在，青史芳名忆惺公。

注：号醒悟，榜名恺。清末杰出历史学家、金石文字学家、书法家等。其书法碑帖并重，有“亦足睥睨一世，高居上座”（虞逸夫）之言，可见其地位。天文、地理、艺术多方涉猎，研究精深，著作颇丰。虽科举不第，然其一生勤奋，积学颇深，为近代少有。

九十　吴昌硕

肯因文艺一生痴，转益多方为我师。
篆刻画书通事理，百年星耀任君期。

注：晚清民国时期著名书法家、篆刻家，“后海派”代表。集诗书画印为一身，熔金石书画为一炉，在绘画、书法、篆刻方面都是旗帜性人物。书法宣示古法结束，现代书法开始，其历史意义可以预期。

九十一　康有为

高举尊碑志不移，艺舟双楫赋新期。
先行理论开书史，碑帖相融心自仪。

注：晚清重要政治家、思想家、教育家、书法家、书法理论家，资产阶级改良主义的代表人物。“尚碑版”有力推动者，著《广艺舟双楫》，对清朝碑学理论建构起到重要作用，推动碑学达到新的高度。

九十二　李瑞清

牛首山梅绽艳花，书宗碑版耀光华。
菜根嚼得方成事，两袖清风自种麻。

注：清末民初诗人、教育家、书画家，书法自称北宗。近代教育的重要奠基人和改革者，南京大学前身两江优级师范学堂首创者，其以“嚼得菜根、做得大事”作为校训。书宗北碑、六朝，尤重篆隶，端庄浑博，书写性略少。清末为官，不入民国官场，以鬻字为生，喜梅花。

九十三　曾　熙

照读囊萤少小功，诗书好学赞神童。
从戎投笔忧心志，南北方圆贯以通。

注：近代杰出书法家、画家、教育家，海派书画领军人物。书宗北碑，篆隶楷行诸体皆精，南北相通，方圆兼融，刚柔相济，称“农髯体”，书法创造性稍逊。

九十四　沈曾植

通儒硕学载芳名，碑帖兼修重意行。
将草熔章寻逸趣，古今融会化澄泓。

注：近代硕学通儒，蜚声中外，被誉为“中国大儒”，书法大家，沙孟海称“三百年来第一人”。早年学帖，中年转学碑学，学包世臣，尤喜张裕钊，晚年碑帖兼修，喜黄道周，

小楷入手。书法著世，重自行挥运，心性逸兴，重意趣，书论精辟，散见诸多授学，未成鸿篇。

九十五　于右任

历经风雨布衣身，一世清廉位重臣。
独创草书碑帖意，混茫遒劲见精神。

注：官至民国行政院长，诗人、书法家。以书法名世，少钟魏碑，后创标准草书，以怀素千字文为法乳。字法中锋，笔力内蓄、遒劲，缺草书之连绵挥运和抒情意趣。

九十六　李叔同

青春不识愁何味，世路茫茫满俗根。
半辈飘零终得佛，清疏淡逸入空门。

注：著名音乐家、美术教育家、书法家。39 岁剃度为僧，尊称弘一法师，与虚云和尚、印光法师、太虚法师并称“民国四大高僧”。晚年宣扬律宗于闽南地区，圆寂于泉州不二祠温陵养老院晚晴室。曾挂锡惠安净峰寺。其书宗北碑，简净、静穆、纯洁、端严、遒劲，自成一体。

九十七　林散之

墨分五色入迷离，篆籀中锋任尔驰。
诗画润滋涵意蕴，难名草圣亦宗师。

注：诗人、书画家，尤善草书，诗书画“三绝”，被誉为“草圣”。长年浸染诗书画，滋养其内在蕴藉风致，化之书写，得于草书之中，气韵生动，意趣丰富，达到很高境地。书法吸收王铎之用墨特色，即涨墨法，枯湿相宜，燥润有致，挥洒自如，直指心性。

九十八　白　蕉

读罢兰题如品茶，清新淡雅蕴风华。
百年难遇才人气，书入晋唐能几家。

注：善书法、篆刻和画兰，沙孟海誉其“三百年来能为此者寥寥数人”。书法清新自然，简淡纯净，以画兰入草，书入晋唐之味。在清重碑余绪下能独辟帖学并深入晋唐，写出自己抒情性强的行草书，真是难得。余喜欢其《兰题杂存》，闲暇品读。

九十九　沈尹默

二王高举觅嘤鸣，帖学专修费一生。
理论为先扬笔法，风神流美好书名。

注：著名学者、诗人、校长、教授和书法家。一生提倡帖学，恢复经典，重归“二王”。推动现代书法发展，身体力行，深入“二王”体系书法研究、学习，注重碑帖结合，以行、楷为主，做到理论和创作双丰收。

一百　谢无量

精研古学性清纯，熔化诗文笔意新。
磊落胸襟观世界，挥毫随体足天真。

注：著名学者、诗人、书法家。其学术、诗文、书法允为大家。其不以书法家自居，然其书法清新、劲健、古雅，兼具诗人气质。书法俊逸风神，虽非专事亦是宏深，当代人少有企及也。

读《中国书法批评史》诗吟三十名理论批评家

一　许　慎

经学精研乐草玄，说文解字誉千年。
六书构筑空间论，艺入本源如洞天。

注：东汉汝南召陵人，性质朴厚重，精研经学。著《说文解字》，提出“六书”理论，以指事先于象形，深究书法本源，探究书法本体精神，体现“天人合一”的宇宙思想。宋代兴起的“书如其人”说即直接源于许慎并向人格本体审美转化。

二 崔瑗

草书文论领为先，形象思维落素笺。
外拓六书新境语，自由法度舞蹁跹。

注：汉武帝初年官至济北相，工书，尤善草书。其《草书势》为书法理论最早一篇，从许慎书法结构论拓展至书法本体，展开艺术形象揭示书法的美学理论，指出草书自由与法度的统一性。

三 蔡邕

书道自然方入真，散怀由性始传神。
随心奋笔留风采，书合阴阳百态新。

注：东汉著名文字学家、书法家。精通音律，擅篆隶书，著有《笔赋》《篆势》《笔论》《九势》四篇。其中《九势》最著名，构筑重要的美学范畴如形势散论，其审美上升到宇宙自然客观物象之美，把书法之美与自然界之道通融，取得审美突破，将书法本源精神上升到哲学高度。

四 赵壹

品性高奇疾世愁，生遗文赋耀春秋。
无心非草书争论，却为尊儒入上流。

注：东汉辞赋家，名士风范，性耿直。千秋名赋《刺世疾邪赋》，是汉赋由铺采摛文的大赋向抒情小赋转变的代表作。其书论《非草书》呼吁重经学，站在儒家卫道立场倡导对儒学的遵循，开启书法与儒学融合的历史源流，推动书法向审美和文化性结合的发展模式，为书法的历史定位做了有力推动。同时说明，书法审美并不是仅仅由审美主体、形式自律构成的，其中文化积淀也是一个重要内容。

五 成公绥

天生散淡不思贫，丰赡赋辞堪绝伦。

隶体深究尤着意，法书研述数吾新。

注：西晋文学家，善辞赋，性寡欲，文为世所重。其《隶书体》书论，第一次将书法之“意”提到作品艺术价值的高度，使中国美学内涵由“势”升至“意”，从而实现了与同时期哲学、文学思想的对接。“工巧难传，善之者少，应心隐手，必由意晓”，这是其描述了隶书种种用笔之美后总结的。

六 卫 恒

卫家频出俊才郎，辉耀门庭翰墨香。
篆隶草书皆入道，巨山四体论华章。

注：西晋书法家，字巨山，善草书兼隶篆。所著《四体书势》乃第一部书法史著作。从势着眼，在吸收蔡邕《篆势》、崔瑗《草书势》基础上，撰《字势》及《隶势》并融会贯通，辑成《四体书势》。其价值在于，对自仓颉创制文字到魏晋南北朝整个文字发展史各个历史时期最为通行的四种书体作了很好的描述，还提出一个重要观点“天垂其象、地耀其文”，把书法同“天象”“地文”联系起来，明确了书法“体象于天、类物于地”的特性。

七 袁 昂

书品朱评当拟人，风姿情致寓精神。
随心忘象天然趣，笔墨氤氲意味真。

注：南北朝时期名臣，书法理论家、画家。应梁武帝之诏而撰《古今书评》，品评历史二十五位书法家，不以时间为序，纯以书法水平认可度序列。其评书家把书法形态拟人化，把人的精神风貌融入书法作品形象阐述，独具一格，对书法“意”的表现起到极大开创作用，不再停留在具体事物之表象描述，更深入到其精神内质品评书法之价值。

八 萧 衍

自古帝王才几家，倾心社稷喜袈裟。
艺文禅理皆精善，逐意书评入望赊。

注：梁武帝，长于文学，善音律，并精书法。其书论精到，对书法“意”的理解深化并具体化，对草书的艺术价值直入人的内心世界，即抒发作者之性情。书法的“意”是只

可意会、不可言传的，以艺术的眼光来看待书法和认知其内在规律性。其独具的艺术情怀得以淡然的心境看待帝王事业，三番入寺修行，深研禅理，著书立说，这是古今之奇，与众不同。

九 王 廙

江东第一法钟张，王氏家传翰墨香。
飞白求新添意趣，书风独创自绵长。

注：东晋著名书法家、画家、文学家，王羲之叔父，时人称“王廙飞白，右军之亚”，书画允称“江左第一”。右军少以叔为师，其叔曾勉励王羲之说：“画乃吾自画，书乃吾自书，吾余事虽不足法，而书画固可法，欲汝学书则知积学可以致远，学画可以知师弟子行己之道。”历史上尚没有人如此明确地提出书画的个性创作原则，具有历史和学术价值，对日后王羲之“变古法、创新制”取得的成就具有重要指导作用。

十 虞 龢

专心治学忘寒门，法帖精修自立言。
古质今妍新品论，千年书史世人尊。

注：南朝宋书学家、书法家。自幼好学，身出寒门。著有《论书表》等，穿越时空，站在历史主义实践观看书法，提出“古质今妍”的书法品评标准，是几千年中国书学史上推动艺术进步的最宝贵思想观点之一，为汉魏以后的中国书法创新、崇尚个性理论扫清了思想障碍。

十一 江 式

渊深家学喜传薪，训诂精研爱古人。
评品法书依考据，探究源本力求真。

注：南北朝北魏官员，文字、训诂学家。工篆体，少承家学，专研古文字学。文字学专著《古今文字》共四十卷，体例依许慎《说文》，以史的观点评判书法作品。其《论书表》虽是一篇文字学色彩多于书法学的文章，然深入浅出、探究本源的历史分析方法，更接近于书法本质的美学探究。这是历史上难得的，从社会、文化深层次考究书法的一次实践。

十二　庾肩吾

造诣浅深等级分，名家九品细耕耘。
千年鉴赏仍尤效，矗立书坛独不群。

注：南朝梁代文学家、书法家。《隋书·经籍志》载有《梁度支尚书庾肩吾集》十卷。所著《书品》叙述书法的源流演变，评论历代书法家的特色，沿袭“九品中正制”，依据书法艺术造诣之深浅分列评述。其充分应用直接审美经验描述法，探本究源分析法与品第高下法相结合的艺术分析法，成为中国书法批评的一种重要模式，在中国书法理论史上具有决定性意义。

十三　颜之推

人生荼苦又如何，亡国三番不恨多。
百味情怀犹励志，精修家训引先河。

注：隋朝文学家、教育家。其《颜氏家训》是中国汉族历史上第一部体系宏大且内容丰富的家训，开家训之先河，在家庭教育史上具有重要的影响。其注重人的慧性教育，推崇儒家之道、以人为本，坚持以人为重要要素品评书法、考量书法价值。其要求书法家应当是萧散的才士，是魏晋南北朝时期书学家对艺术与人生的彻悟。

十四　释智果

造型研论蕴唐声，长短相宜意趣盈。
聚散合分皆有道，阴阳取舍任权衡。

注：隋仁寿年间书法家，好文学，能书。其《心成颂》专门讨论书法艺术造型之审美，对书法的结构形式作了客观分析和归纳，并提炼其规律性，为唐尚法书风提供丰赡思维和依据，也是前所未有的，代表了隋唐之际人们对书法艺术定向构筑的一种普遍思考。之前有关结构理论都和文字联系在一起，关心的是文字的外形和正讹，而不是文字的艺术构成。

十五　张怀瓘

师法自然方上魁，品传神采入灵台。

深研诸体扬书道，文论精深数俊才。

注：唐书法家、书法理论家，自评“真、行可比虞褚，草欲独步数百年间”。书论著述颇丰，有《书议》《书断》等，其中《书断》乃中国书法理论上理论色彩最浓厚的、体系建构最博大的论著。其不仅是位专业书法史家和书法评论家，更重要的是其对书法理论的高度自觉，曾言“臣虽不工书，颇知其道”。

十六 韩 愈

观乎万物动于心，情性飞扬舞墨林。

法象如流天地外，云笺挥洒荡胸襟。

注：唐宋八大家之一，与柳宗元发起古文运动，散文气势雄健。其丕振儒学，在艺术实践上借古开今。强调书法艺术是一种情感的表现，情感是艺术世界的第一推动力。其“不平则鸣”也是此理，情感的产生又是与自然、社会生活相互关照的，其主张“入世”，只有情感积蕴于胸中并借书法表现出来，书法的生命意象自然就丰富而价值倍增。其《送高闲上人序》遂成唐至宋书法理论批评史具有里程碑意义的转换枢纽。

十七 窦 臮

兄弟同心作赋篇，述书评注费华年。

文辞工丽精穷旨，百代锦章依旧传。

注：唐天宝年间扶风人，工书，辞赋家。作有《大同赋》《三殿蹴鞠赋》等，以讽兴谏诤、匡君救时。书评《述书赋》以赋体所作文中两个重要观点，一是贵“自然”，二是重“忘情”，反映了盛唐人的审美情趣。其兄窦蒙，工书，为《述书赋》注文，其“例语字格”可帮助理解。特别是“字格”将其重要字词的内涵作了明确规定，具有重要的美学价值。

十八 朱长文

拾珠书海墨池编，文史耽心乐草玄。

翰札精研修硕果，言评法帖寓人贤。

注：北宋书法理论家，筑藏书阁“乐圃坊”，著述不仕。《墨池编》乃继张彦远《法书要录》又一重要书法论著汇编。其中《续书断》是书法史研究的一部力作，将唐、宋书

法家按神、妙、能之品评标准作为书艺理想表现，既有史的研究，又有书法美学思想。其论述贯穿一种以人论书的思想，书之优劣取决于人之贤与不肖。

十九　董　逌

广川书跋世间稀，究本钩源发道机。
法度精微言体用，天然意趣韵中归。

注：北宋藏书家、书画鉴定家、碑帖考据专家。著有《广川藏书志》《广川画跋》《广川书跋》等，其中《广川书跋》十卷，是古文字及碑学的力作。作为艺术研究精深的理论家，对苏黄尚意书法艺术思想作了深度阐述和精解。特别是对法度问题有极精深的见解，可视为苏黄“无法之法”的一种阐释，称得上宋代尚意书风书法思想成熟时期的一位代表。

二十　沈作喆

理论高才为世湮，情耽尚意特精纯。
法书舒致谙三昧，博赡通观有几人？

注：宋书法家、书法理论家。著有《寓林集》，又有《寓简》一书，其大多书论记载其中，作为尚意继承者，与黄庭坚接近，发许多前人未发之见。如“心画传神”涉及书法美学本质见解，极具价值。对书法这门高度抽象艺术作了解读，对“吾师造化”作了精微玄妙阐释，有利于进一步理解通会、通变的本质。这是抽象地把握各种自然现象得出了心会领解的结果，应该说是三百年来深解书法三昧的理论高手。

二十一　姜　夔

笔法精研不可轻，风神意态尚钟情。
独居南宋尤高论，只憾随波逐尾声。

注：白石道人，南宋著名音乐家、词人、文学家、书法家。其多才多艺，创江湖词派，音乐以挖掘民间音乐而集大成。著有《续书谱》共十八则，主要特点以技法论为主，其风神论、墨法论都有较高见解，总体倾向古法，宗晋轻唐，但与北宋尚意书潮有差异。尚意书风更倾情潇洒、天真烂漫，而其倾心古法、传统，致力于中庸之态，与宋末朱熹理学思想相一致。

二十二　朱　熹

先天河洛正兴时，法帖品评何足奇。
心画观人皆好道，传宗儒学矗丰碑。

注：宋著名理学家、思想家、教育家、诗人，闽学派的代表人物，儒学集大成者。其评书法强调书如其人，夸大苏东坡“心画见君子小人”之观点，对书学的品评标准影响巨大，对书法发展意识有一定的桎梏作用。特别对尚意书风的推动和发展影响较大，也是南宋书法走向复古和保守的原因之一。其理性观约束书法本体的发展，使整个南宋书法笼罩在理性的思想之中。

二十三　赵孟坚

中庸和美入心衷，间架壁墙尤厉崇。
直直平平方是本，人伦道德致其懵。

注：宋皇室安定郡王之后代，擅书画。重法度、轻意态，注重学晋从唐人，认为间架结构乃书法之根本，精神态度为余事，一改宋尚意书风以来重神韵之思想。其审美理想完全为现实功利所束缚，与朱熹等一样，在书法中加入许多非书法艺术的内容，即道德人伦以及性格修养上的“中庸”。这些思想贻误了书法从古典走向近现代艺术的发展机会，使书法在千年内走了不少弯路。

二十四　郝　经

夜读诗文日负薪，融通经史学渊淳。
雄才大略匡元志，技道观书占要津。

注：元政治家、学者文人，通字画，著述颇丰。《元史》称“经为人尚气节，为学务有用，具雄才大略，远见卓识”。其对书法技道观在元人书论中具有代表性，基本观念是道由技进、技达乎道，与元朝整个书学思想相一致。同时，其也提出如道存技中、以道进技，这是其不同凡响之处，体现着艺术思想之辩证色彩和道与技的立体把握。其道的立场具有浓郁的儒家思想，在元朝具有普遍的代表性，同时也观照到道家思想，书法重自然的哲学思维。注重人的品格精神和自然物象对书法道之丰富作用。

二十五　郑　杓

鸿篇衍极足辉煌，评注精深数锦章。

书入五行方得道，品尊儒学自芬芳。

注：《衍极并注》一文乃郑杓著、刘有定注。郑杓，元代书法家，仙游人，精字学，善书。著《衍极》论篆籀以及书法之变，始终贯以儒家思想作为评品标准。刘有定，同时代人，并注《衍极》一文，博深而精详。《衍极并注》于史料、书家、碑帖、技法、书理等讨源纳流、执要说详，是一部以儒家的中庸之道作为书法艺术审美的最高准则，贯穿着传统以人学的审美模式，不愧为元代书论中的辉煌著作。

二十六　陈绎曾

论书高见世人稀，变法缘心肯费思。

慧悟翰林真要诀，性情舒敛各风姿。

注：元著名书法家、诗人，尤善真草篆三体。于书法常有洞见真识，对书法作品由形式因素入手分析创作心态，从情感流露上对书法作品进行审美鉴赏与节律析评，是书法史难得一见的。

二十七　吾丘衍

独处高楼世外心，精研法帖入书林。

钟情篆刻追三代，以古为新亘古今。

注：元代传奇式人物，精于篆书、篆刻，于印学理论多有独见，著作《学古编》《字源七辩》等传世。其在篆刻上是一位承前启后的人物，也是元代借古开今的主要倡导者之一。其对篆书的研究见识独具慧眼，着实不凡，结合“六书”学习篆书入古重要，坚持以审美的立场评判艺术风格。

二十八　丰　坊

坚心帖学莫相随，羲献书风宗不移。

法则中和求别意，精神复古舍吾谁。

注：明朝书法家、藏书家。和项穆作为反帖学思潮的对立者代表，站在卫道的立场，以儒家思想为立足点，坚守帖学思想，同时针对反帖学思潮对帖学道统的反叛提出了“中和”理论，重新强化孙过庭中和理论，摆脱明朝奉赵孟𫖯为正宗的思想立场，回归晋室学习“二王”。其博学能文，兼通书法，作有《书诀》一篇，总结前人书论而归纳为二段话，即十六字“笔诀”和十九字“论书势”。

二十九　项　穆

倾心逸少志为师，翰墨中和卫道旗。

帖学颓零空竭虑，书风嬗变尚难期。

注：明官中书，工书法，有《双美帖》行世。生于博古赏鉴之家，借文雅交游之感，其诗楚楚有致，著有《元贞子诗草》及《书法雅言》，后者收入《四库全书》，对书法历史、鉴赏具较大参考价值。继丰坊之后，在理论上进一步深化完善晋唐一体化的帖学结构，并建立起完整的“中和”理论体系。彻底否定明笼罩在赵孟𫖯为正宗的帖学体系，重新将帖学道统定位在以王羲之为至尊地位，其历史意义可以与孙过庭相提并论。

三十　刘熙载

独具哲思方得真，评书雅俗乃清新。

古今言道陶胸次，意象相融即入神。

注：清著名经学家和文艺理论家，精通音韵、算数与天文，旁及子、史、诗、赋、词、书法等。学问渊博，著述甚丰。《艺概》一文集中其艺术思想和观点，以中国古代文艺批评的传统方法及评点法，以直感体验为主，不作精密的分析和论证。《书概》全面涉及书法艺术的各个方面，以札记式散论汇总古代书法理论的辩证观照、美学思想和南北“中和”思想，全面反映个人对书法的哲学思辨，具有历史性意义。

读《中国历代书艺概览》诗吟百碑帖

篆书部分

一　甲骨文

宇宙混茫哪可知，荒原沉睡故来迟。
龟驮上古三千史，骨脉殷殷占卜辞。

注：甲骨文是中国一种古老文字，又称“契文”。甲骨占辞是汉字的早期形式，出土于河南安阳殷墟，是商朝的文化产物，距今3600年之久。甲骨文具有对称、稳定的格局，备书法三要素，即用笔、结构、章法。汉字六书法则已有所体现。

二　散氏盘

言和夨散铸铭文，草篆书风自领军。
奇诡纵横生逸趣，浑圆古拙蕴清芬。

注：散氏盘乃夨散二国言和铭文。西周厉王年间，以块范法铸就的青铜器皿，腹内铸有357字金文，是中国最早的土地契约。书体开篆草之先，整体书风体现为拙字，占碑学体系重要位置，为晚清四大国宝之一。

三　毛公鼎

乱世风云若绿萍，游心故国叹飘零。
烟波海峡期舟楫，独上高楼望北星。

注：毛公鼎自陕西岐山董家村出土，历经周折，现藏“台北”故宫博物院。西周重要铭鼎，字数达500字，乃学习金文之范本。其结构方长，较散氏盘端整，笔意圆劲茂隽，气象浑穆。

四　虢季子白盘

四代守盘国宝情，甘心受难命途争。
青天重见归完璧，岁月沧桑耀日明。

注：现藏中国国家博物馆，为镇馆之宝。周宣王赐虢季子白立功做盘以志之，字体端庄，颇具新意，形态方折舒展，疏密有致、自然，开秦篆之先河。清将领刘鸿传随李鸿章镇压太平军，镇守常州得此盘，历四代艰难护盘，终完好归还国家。

五　石鼓文

历数碑文第一刀，依稀猎碣见锋毫。
亭匀圆劲行三代，开启书风秉笔旄。

注：石鼓文即刻有籀文的鼓形石，共十枚，四言诗，为我国最古老的石刻文字。字体在古文和大篆之间，一般称为大篆。其字形方正，中锋用笔，圆融浑劲，结构亭匀，古茂雄秀，冠绝古今，乃学习篆书重要范本，有“书家第一法则”之誉，开启小篆之风貌。

六　峄山碑

云海茫茫何处寻，柬薪焚罢散高岑。
删繁就简成新体，秀劲圆匀万古音。

注：《峄山碑》是秦始皇二十八年东巡时所刻，是秦刻石中最早的一块。李斯撰文写，奉秦始皇之命，统一文字，删繁就简，创造了小篆字体。字体丰匀圆劲，方圆绝妙。

七　秦诏版

随形赋彩亦称奇，方折清遒诏上仪。
逸趣天然新气象，浑成墨韵自纷披。

注：亦称《秦量诏版》，青铜制，刻秦始皇二十六年统一度量衡诏书。章法随意，结字欹正相间，用笔方折，挺劲有力，乃汉隶之雏形。在以典雅圆匀的秦篆时代独具一格。

八　袁安表碑

传承秦法有遗风，体貌时人不与同。
迥异芳华神趣在，圆融遒劲韵无穷。

注：东汉永元四年（92）立，是一件极为罕见的用篆书书写的汉代墓碑。书法浑厚古茂，雄朴多姿，体态遒劲流畅，线条纤细婉转，是汉代篆书的典型代表。

九　祀三公山碑

篆隶相间弥足珍，方圆结合格开新。
横斜错落天然趣，萧散风流蕴古醇。

注：三公山即河北元氏县仙翁寨。汉元初四年（117）刻，结构介于篆隶之间，亦称缪篆。近代邓完白、吴昌硕、齐白石皆从此出。笔画由秦篆之圆转变为汉隶之方折，个别字有草篆之意，书法劲古，笔锋遒劲醇厚。

十　开母庙石阙铭

书丹漫漶失真容，神采依稀觅汉宗。
时隶盛行难入眼，融通古篆亦情钟。

注：汉延光二年（123）刻，与《少室石阙铭》同时期刻存。汉代篆书，线条浑厚，独具汉风。因汉重视隶书，故篆不尚，但作为对古篆的发展具有自己的书法语言，代表汉代篆书的精神特征。目前只有此二碑，尤为可贵，也是篆书之上仪。

十一　吴禅国山碑

董山石刻几人知，应数江南第一碑。
汉篆遗风生逸致，真醇浑劲任神驰。

注：三国吴篆书碑刻，是我国书法史上的一大奇碑，吴天玺元年（276）立。国山本名离墨山，因孙吴时期大司徒董朝封于此故又名董山。为三国时期重要碑刻之一，淳古秀茂，

体势雄健，与《天发神谶碑》方圆异趣。

十二　天发神谶碑

英姿勃发立书坛，戈戟森然趣未残。
开创篆文新体貌，风神雄健世人叹。

注：三国天玺元年（276），皇象书，与《国山碑》双峰并立千秋篆书史。以隶入篆，外方内圆，别具一格，特别是上紧下松，悬针用笔，古来一家。其异军突起之势，流风遗韵入晋犹存。

十三　李阳冰三坟记

肯步斯翁数小生，深研篆法独钟情。
圆转瘦劲疏神趣，犹是盛唐孤自鸣。

注：《三坟记碑》乃少温篆书代表作之一，书艺得《峄山碑》，劲利豪爽，骨气中匀。康有为称以瘦劲取胜，其自诩“斯翁之后，直至小生”。其艺术特点唐人概括为“格峻、力猛、功备”，是篆书艺术在汉朝以后出现的一座高峰。虽如此说，但其艺术情趣和韵味尚缺，与唐重法相吻合。

十四　白氏草堂记

千年篆貌立新风，汲古融今造化功。
一帖草堂怡世眼，华滋浑朴性情融。

注：邓石如篆书代表作之一，为其谢世前一年写的。古意盎然，华滋浑厚，秀逸清新，集其人生之大成。余选并吟之，叹其书学思想直通三代。

十五　夏小正八条屏

三代钟情觅吉金，书风开启有遗音。
方圆遒丽舒新意，篆籀相融独匠心。

注：杨沂孙篆书《夏小正八条屏》乃其在世最后作品，鸿篇巨制，人书俱老，充分体现其篆书特点。以小篆为主，间以金文，用笔中锋，方圆结合，通篇流转和谐，枯湿相宜，墨趣盎然。

十六　心经十二条屏

气势恢宏猎碣工，身姿矫健欲横空。
千军一扫犹神笔，醉卧书林数俊雄。

注：《心经十二条屏》乃吴昌硕晚年的扛力之作。其字态多方，笔力雄强，取法石鼓，书写性强，线条遒劲，刚柔相济，逸趣自生。

隶书部分

十七　开通褒斜道刻石

火炙水溶磐石开，褒斜河谷百猿哀。
洞天青壁书丹在，古秀纤遒汉隶胎。

注：开通褒斜道石刻永平六年（63），东汉早期的隶书刻石。用笔以篆书线条出之，未见波磔，古秀苍劲，乃研究汉隶渊源的重要资料之一。吴昌硕说："伊汀州书法得于此。"

十八　景君碑

端庄雄俊颂功碑，倒薤标新神谶姿。
篆意隶身留古韵，书风独树世人知。

注：此碑汉安二年（143）立，在山东济宁，乃其门下慕其德而为之树碑。此碑一反汉隶多方扁的特征，平直方劲，结体宽博。从《天发神谶碑》出。

十九　石门颂

独爱此中涵篆筋，开张博达少为群。

横空纵逸如天马，落笔倾情化墨氲。

注：建和二年（148）由当时汉中太守王升撰文，书佐王戎书丹，刻于石门内壁西侧的一方摩崖石刻。素有隶体之草书之称，汉隶的精品佳作。用笔浑圆，具篆意，布局天然，灵动天真，整体显得超然逸趣。余隶书钟于此。

二十　乙瑛碑

亭匀俊秀美人胚，情态雍容绿水隈。
波磔分明遗韵致，存心古法恰书台。

注：永兴元年（153）立于鲁县（山东曲阜）孔庙，是汉隶成熟时期杰出作品之一。形态端整秀雅，温柔醇厚，笔法圆中寓方，属方整一类。出入规矩，备尽法度，又不程式化，乃初学之重要范本。

二十一　礼器碑

铁画银钩弥足珍，蛟龙戏水见精神。
清超遒劲尤奇崛，书刻并工堪绝伦。

注：东汉重要碑刻，是汉隶中艺术性很高的作品。与东汉的竹简隶书相仿佛，刻工上乘。其书法工整刚健，中正典雅，飘逸不失沉着，规整而不失畅快。笔画以瘦硬为主，粗细变化明显，线条富有律性。

二十二　封龙山碑

汉碑名世数君迟，枉费郑公通志知。
朴茂浑然添意趣，方圆遒劲化新姿。

注：汉桓帝延熹七年（164）立，道光二十七年（1847）出世。书法风格与《杨淮表记》《西狭颂》一路，富有篆籀味。结字方正古健，宽博灵动，章法自然天成，线条劲健，瘦硬如《乙瑛碑》。宋郑樵早在《通志》一书有记录。

二十三　华山碑

方整汉碑无过斯，沉雄朴厚蕴清奇。
欲从笔道寻真味，波磔游心可感知。

注：东汉桓帝延熹八年（165）刻，立于华山西岳庙。此碑用笔方圆结合，藏露互见。笔道丰满厚道，方整沉雄之中多具变化。整体欠自然真趣，但波磔尚有变化。

二十四　鲜于璜碑

参差长短纵兼横，沉睡千年迟立名。
气势雄强犹韵致，春来秋去任枯荣。

注：东汉延熹八年（165）十一月立，1973年天津武清县高村出土。现藏天津博物馆。碑文清晰，艺术成就高，汉隶中方笔流派代表。其笔致方整朴厚，茂密严整，用笔方折，点画富于变化，严整中见姿态，生动有致。

二十五　衡方碑

感恩师德勒辞歌，浑朴丰腴意趣多。
书格无心新品相，遗宗晋楷导先河。

注：东汉建宁元年（168）九月立，乃衡方门生为其立颂碑。汉隶厚重古朴派代表，也是汉隶成熟期作品。结构方整凝重，从平正中求变化，笔画丰润，方折有力，形成外方内圆，开魏晋楷书之先河。讲究气势、古拙、力量是其最大特点。伊汀州受益于此。

二十六　史晨碑

雄心汉隶最高峰，笑傲八分居正宗。
法备意融能几许，风神俊逸是蛟龙。

注：碑前后分别刻于东汉建宁二年（169）、元年（168），风格接近。与《礼器碑》《乙瑛碑》立曲阜孔庙。结体方正，端庄典雅，笔势中敛，波挑左右开张。神韵超逸，法意两得，

具八分正宗也。乃初学隶书者必学范本，为汉隶成熟期方整平正一路书法的典型。

二十七　夏承碑

坎坷经年多劫难，墨林何处觅书丹。
金身重塑留神采，篆籀遗风意未残。

注：东汉建宁三年（170）立，宋赵明诚《金石录》记载，此碑乃汉碑二百块中字迹最清晰的。遗憾的是疏于保管，历经劫难，原石久佚，现存为明时知府唐曜取旧拓重刻。结字一反汉隶常态，呈长方形，并参入篆书结体，多有篆籀笔意，骨气洞达，神采飞扬。

二十八　西狭颂

萧散书风我独钟，于今三颂乃飞龙。
开张浑朴新形象，疏宕平和树一宗。

注：东汉建宁四年（171）六月，仇靖撰刻并书丹的摩崖石刻，与《石门颂》《郙阁颂》同列汉代书法“三颂”，保管完整。字迹简洁古质，结构优美，刀法有力。其用笔朴厚，方圆兼施，挥洒自如。结体方整，是学习隶书较好的范本。

二十九　熹平石经

儒家宝典付丹书，官学传承异教除。
一体石经成范本，端庄中距韵空疏。

注：东汉灵帝熹平四年（175）至中平二年（185）刻立。汉灵帝派蔡邕等七人把儒家《鲁诗》《尚书》《仪礼》《周易》《春秋》《论语》和《公羊传》抄刻成石书，这是历史上最早的官定儒家经本。字体方平正直，中规入矩，唯缺天趣。

三十　校官碑

固城湖畔蟹闻香，浩瀚烟波浮夕阳。
自古兴文思翰牍，名碑奕世吐芬芳。

注：东汉光和四年（181）刻，在固城湖畔被南宋的喻仲远所发现。南京和苏州发现最早的碑刻，江苏唯一的一块汉碑，为汉隶成熟期之重要碑刻。字体方整古厚，多用圆笔，呈现篆隶交汇期形成的书风。布局茂密，气势沉雄而有汪洋之致，别饶奇趣。

三十一　曹全碑

随心振翮舞翩翩，云水优游一片天。
绮丽婉舒尤迷眼，风姿绰约若清莲。

注：东汉中平二年（185）立，是东汉时期的重要碑刻，乃汉代隶书的代表作。以风格秀逸多姿和结体匀称著称，与《乙瑛碑》《礼器碑》同属秀逸类。以秀为主，而内蕴骨力；以圆笔为主，笔画丰润，行笔多提按顿挫，笔势圆熟潇洒。

三十二　张迁碑

巍峨岱庙立崖巉，风物千年势不凡。
古朴雄强新气象，天君肯赐拜荣衔。

注：东汉中平三年（186）刻，现存泰安岱庙，汉隶方整的典型代表。用笔以方为主，方直中寓圆巧，粗细相间，笔笔饱满，端正中见错综揖让。结构以扁方为主，构字形态独特，生动自然，为后人所宗法。

三十三　睡虎地秦墓竹简

睡虎风烟藏律文，珍奇古隶见秦坟。
竹书神韵留青史，笔道华滋尽墨氲。

注：写于战国晚期及秦始皇统一中国后五年（前217）时期，内文墨书秦律，反映了篆书向隶书转变的情况。内容涉及编年体史书、秦国法律等。行笔有方有圆，随意自然，书写便捷，整体成熟而流畅，质朴秀朗，具较高的艺术水平。

三十四　马王堆帛书

幸得帛书篆隶真，千年墨迹觅风神。

钟情碑刻非唯一，古法深研韵味新。

注：1973年出土于长沙马王堆汉墓3号墓，字体分隶、篆，篆书抄于汉高祖十一年（前196）左右，隶书约抄于汉文帝初年。从中可以看到汉人墨迹书法，书风古朴、自然，笔墨饱满流畅，用笔已是规范化，波笔、挑笔形成了特色。字富有变化，错落有致而气脉贯通。

三十五　居延汉简

长河落日映流沙，章草隶书吾一家。
青史墨坛填重彩，于今简牍耀光华。

注：1913年出土于居延地区的古代简牍，20世纪中国档案界四大发现之一。其书法墨迹极大程度丰富了汉代隶书的研究内容，为中国书法史填写了重彩篇章。书体为隶书章草，属章草范畴。用笔自然简洁，粗犷朴实，变化流速而不拘束，若草若篆，敦厚朴茂，风韵飘逸，形成汉代书法绮丽多姿的景象。

楷书部分

三十六　爨宝子碑

意态憨然古佛容，书风独具世人钟。
衍形隶楷渊源在，朴厚雄强逸趣丰。

注：东晋安帝乙巳年（405）刻，乾隆四十三年（1778）曲靖出土，国家重点文物保护单位。书法在隶楷之间，体现了隶书向楷书过渡的一种风格。用笔方峻，起收果敢，具有朴茂古厚、大巧若拙、率真硬朗、气度高华等艺术特色。

三十七　爨龙颜碑

大爨南朝趣不同，刻碑遗意古时风。
晋书楷则开风尚，方劲沉雄汉隶功。

注：南朝刘宋孝武帝大明二年（458）立，俗称“大爨”，碑字多而大缘故，乃晋宋间云南最有价值的碑刻之一。其笔力雄强，结体茂密，继承汉碑法度，运用方笔沉着，方

中带圆，兴酣气足，意态奇逸，有隶书遗意。

三十八　瘗鹤铭

开张古朴任横斜，南北兼容独一家。
风雨焦山多坎坷，闲情野鹤伴云霞。

注：南朝梁天监十三年（514）刻，著名摩崖石刻，被誉为“大字之王”。于素有“书法之山”江苏镇江焦山西麓断崖石上，二次脱落江中，沉而复捞。书风意合篆分，派兼南北，结体宽舒，点画流动，笔势开张，清高闲淡，为书林所重。黄山谷得力于此。

三十九　龙门二十品

龙门造像耀书林，别具洞天留佛心。
朴茂雄强犹逸趣，唐风楷则有遗音。

注：太和十九年至熙平二年（495—517）龙门石窟造像间刻字，共有二十品称优者。其中《始平公》《孙秋生》《杨大眼》《魏灵藏》等最负盛名，称为“龙门四品”。其上承汉隶，下启唐楷，兼二者之神韵。方笔致极，隶意遗存，结构朴茂，意趣多方。

四十　石门铭

落墨深山染远天，摩崖苍岭舞云笺。
开张俊逸披丹气，涧水逍遥若九仙。

注：北魏宣武帝永平二年（509）正月刻，摩崖石刻代表作之一，中国书法艺术发展史上的一座里程碑。书风自然开张、意趣天成，具大朴不雕阳刚之美。用笔圆浑，吸收了《石门颂》苍劲凝练篆隶笔法，笔势与体势吸收了汉隶跌宕开张、奇崛大气的特点。

四十一　郑文公碑

云鹤悠游绿水滨，闲心逸致性情真。
苍雄古朴天然趣，秦汉六朝笔意新。

注：北魏宣武帝永平四年（511）刻，分上下碑。书法飘逸，字态蕴藉风雅，结体宽博宕逸，气势雄浑开张，有篆之势、隶之意、草之情。方圆兼备，变化多端，雍容大雅，或以侧得妍，或以正取势。余20世纪80年代从邵武黄光辉老师学习一段时间，他的楷法取于此，家中尚保存《郑文公碑》字帖，并注有当时的理解。

四十二　崔敬邕墓志

笔致圆浑意趣多，舒缓活泼气平和。
书丹墨迹丝栏内，碑刻六朝留赞歌。

注：北魏熙平二年（517）刻。正书石刻，属方劲雄起一类。其用笔清隽劲爽，笔致圆浑，法度谨严，笔触轻重舒缓有致。结体淳厚古朴，妍丽多姿，意象开阔，有“六朝志石之冠”之美誉。

四十三　张猛龙碑

开启书林楷法多，欧公虞伯岂蹉跎。
风神俊美真玄妙，笔则于今喜琢磨。

注：北魏正光三年（522）正月立，为正宗北碑书体，刻写皆工，被世人誉为“魏碑第一”，古人评“正书虬健，已开欧虞之门户”。其用笔方圆并用，运笔刚健挺劲，结体紧密，奇正相生，各随其体，已具标准楷书规范，乃初学魏碑范本。近代弘一法师法乳于此，当代人习魏碑大部分从此入手，可见其影响之大。

四十四　张黑女墓志

帖意碑风独一峰，子贞神眼奉为宗。
北书雄俊尤灵秀，骏利空疏若矫龙。

注：北魏普泰元年（531）刻，魏碑书体精品。墓主与《张猛龙碑》同为南阳白水人。书法独具风貌，结构多取横势，外宽内紧，笔势潇洒，点画含蓄，得钟繇之法，堪为小楷模范。碑刻风格俊逸灵秀和朴茂雄强，时有行书意趣。何子贞奉为珍品，石刻遗失，现存字帖乃其所藏明拓本而传。近代梁启超以此为专。余楷书习之，多有临写。

四十五　经石峪金刚经

千年风雨隐高岑，漱石枕流岁月吟。
径尺榜书真鼻祖，雄奇古宕世人钦。

注：位于泰山斗母宫东北经石峪，是中国现存规模最大的佛经摩崖石刻，被尊为“大字鼻祖”“榜书之宗”。用笔以圆为主，大字遒劲古拙、雄浑古朴，草情篆韵、篆隶兼备，疑为北齐人书刻。

四十六　宣示表

纷飞战火路仓皇，欣渡江南稻米香。
诗礼传家飘墨韵，江河衍派自流长。

注：三国时魏钟繇书，楷书鼻祖，真迹失传，始见于《淳化阁帖》。相传王导东渡将此表缝入衣带携走，后传逸少，又传王修。其点画遒劲而显朴茂，字体宽博而多扁方，用笔温醇高雅、刚柔得当，充分展现魏晋时期楷书走向成熟的艺术特征，直接影响“二王”小楷面貌的形成。其所具备点画、结构规则，促进了唐楷高峰的到来。赵孟頫、文徵明、王宠、黄道周等皆受其影响，历史意义巨大。

四十七　黄庭经

龙蟠凤翥尊书圣，喜写黄庭换白鹅。
妍美雍容兼法度，推新楷则引唐河。

注：王羲之小楷《黄庭经》有诸多名家临本传世，如智永、欧阳询、虞世南等，都从中探究“二王”路数。此帖法度甚严，其气亦逸，具秀美开朗之意态。孙过庭《书谱》“书写黄庭经，情多虚无”之意。余 1986 年购得《金书小楷》一书（编入《黄庭经》，武汉古籍书店影印），时也习之，然缺专精，至今抚之，仍有憾意。

四十八　乐毅论

肥瘦相宜笔意新，情多怫郁也天真。

超凡俊逸留云貌，江左风流脱俗尘。

注：王羲之小楷之冠，共四十四行。其意态从容、气象超逸，笔势流利、肥瘦相宜之书风，作为王羲之初期楷书作品开创楷书新风貌，创造了妍美蕴藉的楷书风格，引领时代风尚，开帖学书风之先河。

四十九　洛神赋十三行

外拓虚和面目新，书林耀眼足风神。
萧疏娴雅如游鹤，自在翩然堪绝尘。

注：王献之小楷传世名作，只存十三行，又称《洛神赋十三行》。丰美舒展，别具一种姿媚，乃小楷经典之作。无论用笔、结构、章法都非常精妙，错落有致，舒朗多姿，娴雅大气。以碧玉版最珍贵，原石尚在。余观枣红色石板，刻痕清晰，刻工精美，线条清劲、遒拔。

五十　魏晋写经墨迹

案前端坐绕清音，落笔精严具佛心。
楷则衍生犹隶意，天然古质耀书林。

注：魏晋写经墨迹呈现了楷书在汉末魏晋南北朝生成、演变的过程，对研究魏晋书风，窥探钟、王书法来源及由隶书演变的途径很有价值，显得很珍贵。魏晋写经墨迹风格很多，每每带有行书意态，用笔大多数横画下笔迅疾，收笔含蓄，竖笔重起轻收，撇笔迅猛，捺笔厚重浑穆，字体俊伟雄拔、质朴隽秀、古趣天然，分隶遗意俱存。

五十一　真草千字文

世遗孤本落他乡，岛国于今耀墨光。
八法真传观笔迹，云门楼阁溢芬芳。

注：智永《真草千字文》墨迹版本达八百多本，传世只有二本，真正保存下来只有传入日本的墨迹本。《千字文》结构疏密均匀，字体规整，提按映带明显，笔触灵动、自然，显得温和雅润，乃“永字八法”传世依据。从中可以窥探“二王”楷书特别是中楷的特点。

五十二　九成宫醴泉铭

北碑余绪觅行踪，铸就唐朝第一峰。
三绝古今传胜事，天成楷则隶意浓。

注：欧阳询《九成宫醴泉铭》唐代碑刻，晚年经意之作，历来为学者推崇。唐贞观六年（632）镌刻于麟游县碑亭，被称为“三绝”碑，即唐太宗字、魏征文、欧阳询字，现为4A级景区。其书宗“二王”，笔法刚健婉润，兼有隶意，寓险劲于方正之中，自成一格。

五十三　道因法师碑

父业传承学博深，高怀耿介秉衷心。
清刚瘦硬如寒士，隶意碑风有古音。

注：欧阳通师承父法，书法从小刻意临摹，世称“大小欧阳体”。其性直，其心忠，字如其人，品格高逸。此碑出其父，但更瘦硬、劲挺，隶意甚浓，有北碑遗韵。其笔力遒劲、险峻、瘦怯，笔锋稍露，整体个人风格显明。

五十四　夫子庙堂碑

刻碑云集慕其名，捶拓勤描法帖情。
流落东瀛唯轶本，平和典雅二王声。

注：虞世南69岁撰书，原碑立于贞观七年（633），乃后唐拓本，成为“临川四宝”之一，现藏日本三井纪念美术馆。笔法圆劲秀润、平实端整，笔锋舒展，用笔含蓄朴素，气息宁静浑穆，一派平和中正气象，乃初唐杰作。书法得智永真传，有“二王”规范。

五十五　孟法师碑

右军情致虞欧工，高古劲遒三代通。
质朴行间参隶意，六朝遗韵蕴唐风。

注：褚遂良书，贞观十六年（642）刻，唐代正书碑刻，原碑佚失，仅有清代李宗瀚

藏唐拓本传世。书法宗右军又参隶意，遒丽似虞，端劲似欧，吸收了欧虞优点。用笔轻重虚实、起伏顿挫均富有变化。古意盎然，硬劲中见秀润，可谓“字里金生，行间玉润”，自成一家。

五十六　岳麓寺碑

三绝碑文世所稀，雄强纵逸任神驰。
推开唐楷新风貌，独立书林百代师。

注：李邕撰并书，唐开元十八年（730）立。行书入楷始于唐太宗，而以此风貌名世则为李邕。其取法“二王”，另取别径，独创一格，开创性学习书法卓绝于时代。其博采魏晋及北碑之长，笔力雄健浑厚，纵横得体，开合自如。苏东坡、赵孟頫从中脱出。

五十七　颜勤礼碑

精研楷法立新风，气象浑然笔墨雄。
自古英才多俊逸，千秋书史数颜公。

注：颜真卿撰并书，自署立于大历十四年（779），为晚年精品。风格已完全脱去初唐楷法体态，行以篆籀笔意，化瘦硬为丰腴雄浑，结体宽博而气势恢宏，骨力遒劲而气概凛然，开唐楷新风貌，体现大唐气度，乃其人格与书格完美结合。

五十八　麻姑仙坛记

国事忧心访道仙，静观东海又桑田。
混茫云水书丹韵，俊秀雄浑化墨笺。

注：颜真卿书于唐大历六年（771）四月，时年63岁，为逆境之年游麻姑山撰，其代表佳作之一。碑文苍劲古朴，骨力挺拔，以转代折，易方为圆。从其笔道可以体悟到“如锥画沙”“印印泥”，也可见其笔姿轻妙，雄秀兼得。

五十九　玄秘塔碑

楷则精研谁匹俦，墨香心正笑王侯。

身行变法开今古，劲健书风自一流。

注：柳公权书并撰额，立于唐会昌元年（841）十二月。其体势劲媚，骨力遒劲，结构严谨，素有“柳骨”之称。柳体兼具欧体之方、颜体之圆，学晋法之大变。此碑乃柳书之代表作，用笔以方为主，提按分明，结构中紧旁肆，紧中有开阔气象，为学柳之范本。

六十　韭花帖

名流疯子醉云涯，纵逸萧疏世路赊。
变法书风耽晋韵，精神奕奕放光芒。

注：杨凝式《韭花帖》介于楷行，欧广勇先生列入楷书系列，当代人则以为行书，曾评为“天下第五行书”。书法上追“二王”，兼师欧颜，萧散有致，一变唐法，有破方为圆之妙。其章法疏落有致，行间布白疏朗，清秀洒脱，深得王羲之《兰亭序》之笔意。

六十一　秾芳诗帖

笔意丹青八法功，留芳花径醉清风。
悠然独去喧嚣处，萧散云心隐竹丛。

注：大字楷书，书法结体潇洒，笔致劲健，为赵佶瘦金书代表作。作为中国书法史上一座奇峰，变楷书之回藏裹锋为外露，骨力劲达又显飒爽英姿。其用笔受薛稷和褚遂良影响较大。其结体开张，大开大合，受黄庭坚大字行书影响。

六十二　胆巴碑（龙兴寺碑）

温润清刚笔致佳，婉通舒畅意和谐。
从心赋体风神韵，龙象兼融抒逸怀。

注：元赵孟頫撰并书于延祐三年（1316），晚年楷书代表作，圆转遒丽，风神妍媚。其用笔平和精致，结体取法李北海，楷中带行，规整庄重中见潇洒超逸，达到“精奥神化”之境界。赵孟頫书多学“二王”，晚年稍入李北海。

六十三　前后出师表

雍和质朴尚天真，古法精深笔道醇。
跌宕丰腴犹雅韵，游心魏晋足风神。

注：祝允明小楷代表作之一。书学钟繇，谨严浑朴，骨健肉腴，跌宕有致，自成风格。其书法主张“性”与“功”并重，超然出彩，故重视魏晋书法学习，此帖小楷即是。

六十四　离骚经

精劲温和脱俗尘，宜修妙女尚清纯。
端严舒致生闲趣，隽秀风流君子身。

注：文徵明85岁写的，小楷代表作之一，可谓人书俱老，难得奇观。笔画坚挺刚健，结构匀称端庄，疏密有致，风韵潇洒，顾盼生姿，温和精绝，挺然秀出而有创意。一看舒雅平和，神采奕奕，正如君子款款走来。

六十五　长乐宫赋

云山月影动清林，老衲坐禅听磬音。
质朴空疏留逸韵，温柔古淡入胸襟。

注：王宠小楷代表作之一，与其他不同之处在字体修长。整体高古典雅，拙巧相生，空灵疏朗，蕴含隶意，古淡质朴，转笔圆润，显温柔敦实。尖锋起笔，撇笔短促，左侧留空，右侧舒展，显得奇巧空灵，淡然逸趣，这也是王宠过人之处。其法钟王，继学虞世南、智永等。

六十六　周子通书

唐楷留心魏晋情，深研笔法熟中生。
虚和秀逸催新韵，劲健空灵禅意盈。

注：董其昌为数不多的大字楷书作品，为北宋大儒周敦颐所著《通书》部分内容，今藏“台北”故宫博物院。整体用笔取精用宏，率意中得秀色，天真烂漫而阶梯森严，分行

布白疏宕秀逸。其厚重之处取自颜鲁公，同时带有稚拙生涩味道。

六十七　诗翰册

浩然侠气付青山，信笔挥毫若等闲。
把脉钟王犹奇峭，风流洒脱字行间。

注：黄道周 54 岁书小楷佳作，行距疏朗，用笔朴厚精致。笔法由钟繇化而成，去其浑圆肥笔，融入王羲之楷书之尖锋折笔，增加了体势之峭拔。结体左右高低错落，得钟之宽博，以扁为主。对比其所书《孝经卷》，更为自由洒脱，颇有古意，自成一格。

行书部分

六十八　丧乱帖

右军风骨此中观，感发心旌落羽翰。
劲健雄强思古韵，神情逸彩耀书坛。

注：王羲之创作于永和年间，唐时临摹本，由日本使者带去并收藏于日本宫内厅三之丸尚藏馆，历时千年与《二谢帖》《得示帖》连成一片。用笔劲健，方圆结合，以方为主。结体圆活流畅，摆脱了隶书、章草和汉魏书风影响，成为纯粹的行草体，比《兰亭序》更有古意。

六十九　兰亭序

流水无心载酒觞，闲云淡雨缀山冈。
诗情墨趣千秋事，生命悠然韵味长。

注：东晋穆帝永和九年（353）三月三日，王羲之与谢安、孙卓等 41 位军政高官在山阴兰亭修禊，王羲之为活动诗集写的序文，述欢怡之情，抒对生死无常的慨叹。乃其得意之作，素称“天下第一行书”。其布白完美，结构精巧，得历代书家推崇，唐太宗视为生命珍品。

七十　地黄汤帖

宕拓不羁亲自然，情驰神纵舞蹁跹。
推开新格能多少，倜傥风流今古贤。

注：东晋王献之书法作品，藏日本东京台东区立书道博物馆。其笔法方圆兼备，书风柔韧，章法自然，结体方形为主，整体匀整、圆美、流丽。创王羲之内擫为外拓，开拓了抒发心性、追求自然的表达手段，形成书法抒情性风格，乃其代表作之一。

七十一　伯远帖

墨迹传承数我真，三希法帖足风神。
春秋东晋风流在，潇洒淡然非俗尘。

注：王珣行书纸本，晋代真迹。其笔力遒劲，态致萧散，妍美流变，乃典型的王氏书风。与王羲之《快雪时晴帖》、王献之《中秋帖》同列三希堂法帖之一，称“天下第四行书”。

七十二　仲尼梦奠帖

武士森严佩剑弓，荒原独立问苍穹。
清刚峭拔谁能敌，长发精神若御风。

注：欧阳询晚年所书，纸本。其笔力险劲，结体紧而修长，险绝而安稳，章法疏朗，为欧行书第一。此帖墨色不浓，似用秃笔书成，转折自如，清劲绝尘，具“二王”风韵，是研究“二王”书法源流的稀有真迹。

七十三　汝南公主墓志

三朝元老重诗书，廿四功臣五德居。
信笔挥毫皆学问，清和萧散性如初。

注：虞世南，唐初诗人，凌烟阁二十四功臣之一，唐太宗称其“五绝”，即“德行、中直、博学、文辞、书翰”。墓志为草稿，书于唐贞观十年（636）。其笔意刚柔蕴藉，书风圆活、

萧散、清和，遒媚不凡，与《集王圣教序》笔意和体势相似，而得其精髓。

七十四　温泉铭

钟情书圣喜从师，大令行踪亦坐驰。
褒贬春秋终有论，风神流宕莫相疑。

注：唐太宗李世民晚年作品，历史上第一部行书刻碑。书风雍容和雅，丰满润朗，跌宕流美，字势多奇拗，全从“二王”一路来。其钟情右军，犹喜《兰亭序》，却贬大令，但从其作品可见大令开合有度，豪迈俊逸的风格。

七十五　云麾李思训碑

变格行书世所稀，融碑会帖两相宜。
互争龙象何须议，俊迈风流任尔期。

注：李邕撰并书，立于唐代右武卫大将军李思训墓道。李邕以文才著称，尤善写碑志。此碑为行书写成，继唐太宗第二人以行书入碑，可谓碑之变格。其书体瘦硬妍丽，神采飞扬，既厚重又活泼，乃北海所独有。

七十六　祭侄文稿

秉德居仁品格优，忠同日月义千秋。
挥毫奋笔真情性，博达沉雄第一流。

注：颜真卿唐乾元元年（758）书，行书纸本，被誉为“天下第二行书”，具有极高的史料和艺术价值。其内放外收，横向展势，为行书创新之处。其笔法圆转，具篆籀味，笔锋内含，力透纸背，线条遒劲而舒和，章法肆意而灵动，浑然天成，充分展现了抒情性、思想性和生命内涵。

七十七　争座位稿

遵从晋法沐春风，期变心思篆籀工。
古意盎然浑气象，雄奇峻拔诉心衷。

注：颜真卿广德二年（764）书。书风浪漫，绝去俗甜，中锋运笔，具浓郁篆籀气，信手拈来，奇伟秀拔，圆劲苍古。同王羲之《兰亭序》世有“双璧”之誉，与《祭侄文稿》《祭伯父文稿》史称“三稿”。

七十八　裴将军诗

融合诗书气象开，惊心动魄荡尘埃。
雄浑朴厚融新意，篆草真行随意裁。

注：颜真卿书此帖刻入《忠义堂法帖》，具剑拔弩张之势，雄姿英发之概，气势磅礴，顾盼生姿。书兼正行分篆体，自然浑成，巧拙肥瘦互用，笔力厚重，独具风格，标立唐风，具有很强的刺激力和形式感。

七十九　张好好诗

混茫世事寄风尘，萍水相逢行路人。
信笔诗情融墨趣，六朝书韵长精神。

注：杜牧存世唯一诗稿，行书墨迹，唐大和八年（834）32岁书。书法深得六朝风韵，通篇气势连绵，墨笔酣畅。字体雄健而姿媚，开创了“雄健”审美风格，在“二王”书风中独辟蹊径。特别是转笔的应用，再现了魏晋用笔，这是杜牧书法的价值所在。

八十　卢鸿草堂图跋

乱世生逢心不悲，佯狂拓荡任神驰。
雄浑朴厚颜公意，启宋承唐乃少师。

注：五代杨凝式后汉天福十二年丁未（947）七月书，纸本行书，台北故宫博物院藏。书风受颜真卿影响较大，笔法沉练，章法浑然、流动，一变唐法，雄浑朴厚，奔腾奇逸，不衫不履，自成风格，直接影响着宋代尚意书风。

八十一　土母帖

循规蹈矩蕴唐风，笔法传承入晋工。

清丽端严由信本，宋书开启寄心衷。

注：北宋李建中书，乃传世“西台六帖”之一，藏于台湾省故宫博物院。用笔沉稳，法度精严，有欧阳率更神韵。结构醇厚谨严，得“二王”笔法，姿态丰腴而神气清秀，温润俊雅。乃其存世墨迹典型代表，可见其深湛功力，为后世所重。

八十二　天际乌云帖

挥洒自如注笔端，诗心奕奕寄书丹。
雄浑厚实犹情趣，意气天成傲墨坛。

注：苏轼诗文一章，于熙宁十年（1077）至元祐丁卯（1087）之间书，当其中年书法成熟期。其书得趣，落笔沉着痛快，姿态凝重而有韵致，笔画圆浑朴茂，得益于颜鲁公。其笔力雄厚，随意自然，自有新意。

八十三　黄州寒食帖

苦难人生品性高，诗书绝代足风骚。
从心纵逸游唐晋，脱尽嚣尘气自豪。

注：苏轼撰并书，行书代表作，世称“天下第三行书”。诗书珠联璧合，学士才子风格。通篇起伏跌宕，气势奔放，而无荒率之笔。章法自然，随情而生，雄朴而灵动，茂密而疏拓，奇正相生，开合有致，乃其上乘之作。

八十四　一夜帖

不求无雨但风调，小筑门前明月娇。
自在修书方墨趣，游心笔迹任逍遥。

注：苏轼谪居黄州写的一封信，与《黄州寒食帖》风格不同。作品遒劲茂丽，肥不露肉，用笔雄浑而妍妙，字的斜正、轻重处理得法。从其章法、结字、笔法可以探寻苏轼书法的风格特征，得其变化趣味，乃其艺术创作精品之一。

八十五　题苏轼寒食帖跋

坦荡胸襟放四方，诗才俊逸著华章。
纵横开阖推新韵，宋意相知共墨香。

注：黄庭坚书于元符三年（1100）七至九月，大字行书。笔画遒劲郁拔，神闲意秾，纵横开阖，奇姿危态，体现了黄庭坚的书法特色。其题跋使此帖锦上添花，双星闪耀，宋代尚意书风两个代表性人物珠联璧合。

八十六　蜀素帖

珍藏三代与君期，挥洒游心笑我痴。
纵逸沉雄唐晋韵，天真振迅入乌丝。

注：米芾元祐三年（1088）书。蜀素，然历三代未有问津，只因滞涩难写，米芾应林希之邀结游太湖之苕溪，把即兴写下八首诗创作此蜀素，但见米芾意气风发，挥洒自如，完成一件影响深远的杰作。其气韵高古，具晋唐遗韵而出新意。结字奇险率意，用笔挥洒纵横，一洗晋唐简远平和书风，而是激越痛快，风神奕奕，独具风格。

八十七　陆游自书诗

英雄豪气炳千秋，北望中原心不休。
合璧诗书惊世眼，畅怀挥洒竞风流。

注：陆游此卷书于嘉泰四年（1204）一月三十日，时年80岁，已告老故里。诗书合璧，大气磅礴，雄浑豪放，笔致老成，墨韵丰富，继承唐人风范又开新意，达到随心所欲，乃其晚年得意之作。

草书部分

八十八　急就章

生成草则树新门，笔势舒缓隶意存。

独立书林堪典范，于今法乳世人尊。

注：皇象书，松江本刻石现藏松江县博物馆，乃规范章草代表作之一。其笔有方圆，法兼使转，实而不拙，文而不浮，古意盎然。章草法度稳定，简率中有隶意，章草之典范。

八十九　出师颂

墨迹承传世所稀，银钩虿尾势多姿。
浑然笔趣游心志，俊迈风神任尔驰。

注：索靖书唯一墨迹，隶意较浓，典型的早期章法形态。银钩虿尾乃其重要的草书特征，整体自然飞动，形态多姿，古穆典雅，骨气俊迈，骨力遒劲。具六朝以来创立规范草书的传统体貌，从中可以探索到钟繇笔意。

九十　平复帖

流传真迹世间孤，古意混然气象殊。
浑朴圆转书墨韵，荣滋草法寓新途。

注：西晋陆机书，传世年代最早的草书真迹，早期章草的代表作。浓厚的篆籀味，具有今、章草书过渡的书法形态。圆转笔法，纵向取章法都是与今草的书法语言相契合的。用笔浑圆、古朴，具有浓厚的静态之美，这是此帖独到之处。

九十一　宋克急就章

章草沉浮几度秋，深研力学未曾休。
直追魏晋生新意，独具风华与古俦。

注：洪武二年（1369）宋克 40 岁时临皇象得意之作，与皇象《急就章》貌合神离。章法严密，气势相连，首尾相顾，给人结意优美的感受。宋克章草直追魏晋钟王，开启唐宋元之后章草之特色。其笔势挺拔遒劲，法度严谨，学古生新，自具面目。

九十二　沈曾植章草笔札文字渊源帖

反复盘旋奇趣生，帖风碑骨老终成。
渊深积学知通达，心性由然任纵横。

注：沈曾植，近代大儒，书学渊深，以北碑入章草，开古今之异境。其吸收了包世臣备魏取晋观念，又悟米芾“八面出锋”用笔法，使书法意态纵横，逸趣横生。魏晋风骨入其书法骨髓，创造了独具风格的章草，开拓了章草新时代风貌。其方笔为主，笔力遒劲，风格挺健峭拔，达到碑帖相融新境地。

九十三　十七帖

挥毫信笔水云滨，中正平和墨色新。
草法从今开气象，清刚流美足风神。

注：王羲之书《十七帖》，卷长一丈二，由二十七帖信札组成。书法法张芝、东晋诸前贤，变魏质朴为妍美，化章草为今草，书风平和中正，刚健遒劲，法度完备，章法自然，流美顺畅，精美绝伦，成为划时代意义的书法创新，引领时代风尚。

九十四　书　谱

微身难以载芳名，志学右军勤笔耕。
帖法专精通义理，千秋书史独蜚声。

注：孙过庭作《书谱》，书文并耀，“二王”法则可窥，入晋堂奥室。其用笔圆转，间以方折，今草学习最佳范本之一。其书法理论独具见解，深得义理，在历史书论中占有一席之地。二者皆为学习书法之要宝。

九十五　肚痛帖

笑我癫狂何所惧，旋风骤雨世人惊。
挥毫泼墨舒心性，天地悠悠一酒觥。

注：张旭书，乃其肚痛时自开的一张药单，全帖六行三十字。《肚痛帖》为张旭代表作，狂放大胆书风的代表。此帖用笔顿挫使转，刚柔相济，内擫外拓，千变万化，神采飘逸，极具情趣。

九十六　古诗四帖

挥洒纵情留色笺，白龙腾舞起云烟。
耽心翰墨游天地，俊逸风神乃哲贤。

注：张旭草书巅峰之作，其雄浑奔放、纵横捭阖的笔姿和浪漫主义情怀为世人所重，真正把艺术和人生，自然与生命融为一体，达到法道自然之高境界。其用笔连绵生动，中侧结合，凝重而迟涩，畅达而通舒，达到性由心生，自然流露笔端，蕴藉丰富矛盾统一性。

九十七　自叙帖

惟楚有才今古言，潇湘二水蕴灵根。
云笺泼墨龙蛇舞，一夜京华动魄魂。

注：怀素书于唐大历十一年或十二年（776 或 777），纸本墨迹卷。通篇气势连贯，笔笔中锋，如锥画沙，具篆意味，圆活生动，风生云起。规矩法度中神踪变化，神采动荡，唐草书另一座高峰，成为唐以后学习草书重要范本。其一破晋唐用笔，别具新意，体现了书法艺术性和抒情性。

九十八　李白上阳台诗帖

文心俊逸话诗仙，翰墨书林极少传。
三友阳台访道长，挥毫题壁化云烟。

注：天宝三年（744），李白被唐玄宗“赐金返山”，与杜甫、高适三友同往王屋山，登阳台观访故友司马承祯，于其画壁题此四言诗，也是其唯一传世真迹。其书风跌宕、雄健豪放，与颜真卿、张旭一路书风相近，也贻其书风，放纵自如，气象万千，得物外超然之趣。

九十九　神仙起居法

道心由性喜游弋，狂素颠张又若何。
别具风华滋墨趣，云烟流水眼前过。

注：杨凝式76岁（948年）写的一件草书。笔墨酣畅，墨韵生动，浓淡相宜，将枯逐浓，连绵不断，攲侧相生，行体兼草法高度融合。有别于张素狂放不拘，但也草法淋漓，落纸云烟，心生天趣，怡然自得。

一〇〇　书杜甫寄贺兰铦诗

笔动随心任纵横，龙蛇起舞海天行。
圆遒劲健飞神采，翰墨诗才谁肯争。

注：黄庭坚此帖草书乃《宋元宝翰》册中一页。其笔势飞动，圆润劲健，腾挪自如，开合有致，挥洒从容，自然流动，逸趣横生，虽非大篇幅，然也蕴藉草书经典元素。中锋用笔，篆意浓厚，古意自生，枯湿相生，笔随意动，继张素后开一新境。

一〇一　程颢《秋日偶成》

妙想奇思茅草龙，书风独创我为峰。
草情新法寻蹊径，劲健雄强独一宗。

注：陈献章创作草书，用茅草笔，独创一格，厚重中见生辣，拙笨中见韵致。此帖古意盎然，以唐法为基，吸收欧阳询结构、颜真卿用笔、米芾之笔势融为自己书写风格。与传统草书书写方式不同，虽然看不到那种连绵不断、遒劲多姿，但可以感受到挥洒自如之情状。

一〇二　前后赤壁赋

乌丝栏上著华章，挥洒自如融晋唐。
清劲丽遒神奕奕，奔腾俊逸吐幽香。

注：祝允明书《前后赤壁赋》素英家藏帖。以“二王”为基，融章草入唐，劲健挥洒，自在释然，墨韵生动，意趣自生，风神奕奕，变化中循规矩，俊秀古质相融。多种同内容草书帖中，此帖属清雅俊美。

一〇三　岑参七律立轴

白阳狂草我情钟，老笔纷披任使锋。
纵逸随心书意趣，浑然古穆若虬龙。

注：陈道复书《岑参七律草书》，气势连绵，中锋为导，中侧结合，字态多姿，浑厚遒劲，气息生动，笔随性移，开合有度，任笔为体，不失法度。此种草书风格直抒胸臆，非雕琢之功，自然顺畅，余比较喜欢。

一〇四　数串明珠诗帖

意态癫狂任笔挥，云烟满纸雨霏霏。
人间酸苦无从论，落墨游心尽忘机。

注：徐渭草书，狂放不羁，书画理相通，篆隶意颇浓。其笔致古朴，笔性淋漓，墨色丰盈，苍茫雄劲，秀逸骨力，书风不拘一格，任自挥洒，直抒心性，放逸纵览，纵横不争，任自心游，创草书另一高峰。

一〇五　草书闻警出山诗

忧心积愤漫挥毫，洒脱奔腾若海滔。
体势开新钟晋魏，英才自古蕴风骚。

注：黄道周书，绫本，故宫博物院藏。乃其行草典型风格，字距密行距疏朗。法乳钟索，古朴流宕，抑扬顿挫，开晚明行草新风貌。方圆结合，气势奔腾豪迈。虽开张朴茂、方折遒劲，但胎息魏晋之根脉清晰。

一〇六　试墨帖

八法精深有几多，空疏萧散写天鹅。

中和温润参禅趣，自许芳华赢赞歌。

注：董其昌六体皆能，八法精深，尤善行草。此帖整体气息静娴，温和秀逸，意态自然，风姿绰绰，自得新意。其法“二王”、颜真卿、米芾、杨凝式诸家，风格萧散淡雅、凝练简远、悠然自得。为明一代大家，影响深远。

一〇七　梅福幽栖处诗轴

魏晋钟情仕子心，求新变法立书林。
清雄奇逸开蹊径，风骨独标于古今。

注：张瑞图草书轴。对帖法用笔极力反叛，把以含蓄圆转为主的帖法改为直率方折挥运，以折为主，创造性地形成了自己的书法风格。其书风纵逸，奇崛雄伟，风骨高骞，气魄宏大，于钟王之外行草书另辟蹊径。

一〇八　已作不栖鸦五律诗轴

翰林三树并非多，笔法精研共琢磨。
奇崛苍浑追古韵，刚方节义世人歌。

注：倪元璐此内容行草书两幅，本书录此幅为行书，尚有一幅草书，也存上海博物院。究其真伪，尚难辨明。其书法体现超逸奇妙，欹侧俊伟。用笔厚重转折，锋棱四露，得其三奇（笔奇、字奇、格奇）、二足（势足、意足、韵足）之意趣。书法从颜出。“明末书坛三株树”，指王铎、黄道周、倪元璐。三人同为天启二年进士，共创晚明书法风尚。

一〇九　草书唐人诗卷

腾挪跌宕势横空，满纸氤氲笔力雄。
开创草书新气象，忧忧仕子诉心衷。

注：王铎草书卷抄唐人诗，整幅作品欹侧相生，枯湿相宜，体势多方，疏密有致，腾挪变化和谐统一。法自“二王”，变之米芾，形成自己分明个性，艺术感染力极强，充分体现王铎以古化今创造艺术的才华。其笔力雄健、开张博达，有如神助，实乃开创一个时代的艺术高峰，为后来者仰叹不止。

一一〇 草书李商隐赠庾十二朱版诗

忠贞节义秉千秋，荡荡乾坤岁月愁。
翰墨诗心滋逸趣，法书新说竞风流。

注：傅山此作充分展示其艺术特色，灌输其“四有”艺术思想。整体盘旋曲折，使转纵横，中锋用笔，古意盎然。其气势豪放，笔力劲拔，墨色浓淡，枯湿相生，浑然华滋，自然天成。信笔挥洒，疏密有致，一泻千里之势，令人甚是震撼。

创作随想

创作随想（一）

——读《中国书法发展史》诗吟百名书法家

我从小对学习书法感兴趣。少年时代就有了练习书法的想法，于是自己跑到镇上新华书店买来一本柳公权的《玄秘塔》字帖，回来自己临摹。1983年到福州读书，次年参加河南省书法家协会举办全国第一届书法函授班，开始接触书法理论和技巧，由是有了一种阅读书法知识的自觉。每天下午下课后除了参加自己热爱的体育活动，经常会跑到阅览室阅读《书法》杂志中有关书法的技巧和理论知识，以及相关的文史知识。作为业余兴趣的学习和阅读，断断续续，零零碎碎，一直坚持了三十多年，直到现在。

兴趣是学习的动力，动力产生学习的欲望，学习书法从兴趣上升为自觉行为。阅读伴随着生命的履痕也自觉地烙印着，这些点点滴滴、非连续性、碎片化的记忆谱成生命的乐曲，犹如彩色飘带萦绕着。

因为喜欢书法，因为对书法的执着，我对书法技巧、理论的学习兴趣与日俱增。更可喜的是在学习书法的过程中，自觉地引导我把更多的时间用在与书法相关的文史知识学习上，充分认识到书法的发展和价值离不开整体的文化性，包括书法本体的文化性如技巧、审美规律，也包括书法家个体的文化修养和素质，有水可载舟之感。

正因如此，我有了自觉读诗文的习惯。从最初的《唐诗三百首》到魏晋南北朝、宋之诗词，逐步引申到经史子集，如《道德经》《论语》《菜根谭》《古文观止》《古代汉语》《中国百年文学经典文库》等等，难计其数。特别是近二十年，没有受到地质队工作流动性的影响，居有定所，我家中保持订阅《书法报》《书法导报》《中国书法》《读者文摘》《中华诗词》《散文》等报刊。虽然不同阶段订阅的报刊种类有区别，但其中的文章、诗词等知识丰富且精练。这些零散的知识积淀，无形中丰富了自己的生命内涵。

读书和学习书法成为生命过程中的重要组成部分，在自觉滋养个体情怀、不断提高个人对世界的认知和感悟能力方面起到很好的帮助，增添了许多情趣，丰富了生命内涵，净化了心境，使自己的灵魂更加自在和安逸。

然而这种碎片化、随机性阅读也给自己造成学习上专和精的缺失，学习的目的性不够明确，系统性也不够，最后自然是结不出学术成果。

虽然近十年勤于笔耕，写下了六十几篇文章，以散文为主；近六百首诗，以近体诗为主，少量古风，还有新诗、对联等，但整体尚未达到自己期盼的高度。虽然这些文章和诗比较客观地反映了本人认知世界过程的生命感悟，能切实反映我对生命价值的思考和理解，但仍期待创作更有内涵的作品和更具哲学思辨的诗章，更希望创作能体现自我对普世价值思考的文章。例如近两年写的十几篇乡愁系列文章，这个专题性较强的系列，从各个不同角度反映家乡的风土人情和民俗特点，歌颂家乡的真善美，记载生命过程的美好时光。以散文的形式书写，从文辞、内容各个方面基本能体现几十年阅读的效果，自己感觉比较满意。然而由于利用闲暇或即兴而创作，许多文章、诗都在仓促中完成，显得有点局促和忙乱，对一些语句、语法的斟酌尚需作深入推敲和分析。

进入知天命之年，世事沧桑，渐渐淡去岁月的铅华，回归静逸、安然的生命状态。于是重燃昔日对书法、诗文炽热的兴趣，感觉唯书法、诗文是生命灵魂深处最可以依偎的伴侣。将心绪付诸诗文书法，如此方可释放内心的情致，于是开始静下心来，自在地书写和阅读，让心性无拘地游弋在无边的书海之中，任随笔端流淌着生命的性情，生命悠然而自在，快然而怡情。

8 月 30 日从书架取下一本《中国书法发展史》（中国教育学会书法教育专业委员会编），从书法的渊源和生命形态读起，生命的热情似乎找到契合点，读之兴趣与日俱增，甚如青年时代读武侠小说一样快然自乐，总想一口气多读一些。对书法发展史热切的认知欲和读罢所获得的启发，引起我深入阅读的欲望，书中许多知识点都是平常未曾触及，于是开始认真细致地学习，梳理书法发展脉络，丰富和纠正自己对书法的认识，对中国书法发展史有了客观的把握和理性思维。虽然无法做到深入理解，但结合这几十年碎片化阅读，这次对中国书法史的系统阅读对我有很大帮助。对每个历史时期书法发展关捩点和影响书法发展进程、风格形成、整个书法体系构建的书法家都有了较全面和深入的感知和认识。

随着阅读的深入，一颗诗心油然生发。对参与每个历史阶段书法史构成的书法家产生了浓厚的兴趣。他们是书法史上精彩的音符，大小、轻重、粗细、高低，各不一样，谱写成一曲曲优美的书法进行曲，悠扬、沉郁、雄浑、高亢，奏响不同节奏的和谐的生命之歌。每个音符都是不可或缺的，这些音符在我的生命中引起共鸣，悦人心耳，油然上升到诗性的冲动，激情随之喷发，思绪因之飞扬，每个音符有如一根无形的丝带撩动生命的灵感，融入流淌的血脉之中。

我阅读这本书时，草草记录下各个书法家的精彩人生触及内心的感觉，随之整理成一首首七绝。这些诗都是对书法家心灵的感应而生成的，自然、亲切、融和。通过赋诗进一步阅读每位书法家的生命过程，体悟每个书法家灵魂深处的哲学情思和生命意蕴。每个生命体都有自己不同的生命过程和架构，蕴藉着每个生命体的精神内质和品格，表现出其不同的书法风格，从而影响不同历史时期书法发展历史的品相和精神格局。每个书法家在各个历史维度和节点呈现的风格和特点是不同的，展现给世界的风貌和艺术魅力是有差异的，因此阅读每位书法家必须深入其内心，融入其生命韵律，感触其生命脉动。这些差异会在自己灵感深处产生不同的脉冲和节律，与自己的生命脉动融和而生发各种不同的生命意蕴，孕育出不同的风格和时序音符。于是产生激奋的诗性情怀，自然流淌着对每位书法家真挚的感动和情感融合，把对每位书法家生命韵律的理解谱写成一首首富有平仄韵味的诗歌，形成一篇篇带有生命性格的诗章。

读《中国书法发展史》，整整用了两个月时间，从 8 月 30 日至 10 月 30 日，我完成了一百首关于书法家的人物吟绝句，从走向书法代表书法家李斯至当代学者型书法家谢无量，同时对每位书法家附注基本情况、主要书法特点、人生境遇、对书法发展史影响以及我个人的认识、对学习书法的理解，这部分近万字。这百首人物吟绝句，整体反映了中国书法发展史的面貌和精神特性。其中明朝吴中几位书法家的书法、文史、诗文造诣精深，历史影响也大。

如唐寅等，虽非书法发展史以及书法构成的重要人物，还有如谢安，虽然这些书法家未被列入书法发展史的重点介绍内容，但他们体现书法在特定历史时期的人文气质和精神，因此也作为吟诵对象。民国时期至当代几位书法家如沈尹默、谢无量、白蕉等，这些书法家影响巨大，其书学品格特殊，虽然当代及近代书法史并未作评述，但我凭个人理解将其列入百首人物吟，他们对清后期碑学笼罩下近代书风的开启和重归经典，做出了特别的贡献。

吟咏百名书法家，更侧重以史观的思维考量，兼顾书法家个体气质以及书法本体的价值。如张芝虽然池水尽墨，精神可嘉，甚值传诵，但与其作为草书史重要的人物，他对草书本体的完善和发展的重要意义相比较，故以后者入诗。王羲之更是以其完美的书体和人格魅力体现出那个时代的崇“玄”思想意境，他对书法意象思维的追求，体现那个时代对生命内在价值的取向。唐太宗因为国家治理需要，把书法作为政治工具，提升了书法的历史价值，推动书法的文化地位，显然对整个唐代书法建构具有深远意义，影响了书法千年以后的持续发展，这是我想歌颂他的原因。文天祥、岳飞等这些英雄式人物，以其特殊的历史境遇，展现出不一样的精神品格，并注入于书法特定的艺术载体，他们的精神赋予书法新的解读和定位。清中期诸多碑学书法家塑造了一个时代的书法品相，推动了书法的跨越式发展，对建构一个时代书法的精神气质具有重大意义。

百首诗均为七言绝句、近体诗，押平水韵，整体体现个人诗风。虽是写书法家的诗，但不拘从书法技艺这一角度来评价书法家，而是以一种诗性的情怀切入书家内心世界，丰富书家书法之外的生命关怀和艺术意象，让书法家的生命和灵魂伴随着诗的韵律而姿态丰盈和活泼，同时尽量少用典故，让诗读起来易上口。

在完成百首诗的过程中，每完成七首左右，我都利用晚上休息时间或星期六，以草书形式把它创作下来，两个多月完成百幅草书作品，其规格为70cm×35cm。虽然这次创作下来百幅七绝草书不是丈二八尺的规格，但感觉整体不错，对个人草书创作有质的提高，在用笔、墨色、章法等方面的把控有进一步的理解和提升，整体感觉小中见大，达到气韵生动、挥洒自如、枯湿相成、燥润有致。整体创作的取法以张旭和怀素为基调，融和王铎的书法元素。百首诗同一尺寸、字数一样，创作时需要认真思考和研究。每件作品的章法、草法、墨法都要做好分析和比较，做到和而不同，各有特色，因此在创作之前都要认真阅读内容，查清每字草法，对疑难字重点查清，如此才不会影响创作状态，才能做到心手双畅，一挥而就。

每一次创作几件后，我都要用手机照相，通过将照片与原件对比，分析作品创作效果，调整不满意的作品，从中发现创作中存在的问题，提高自己对书法的认知，也就提高了欣赏水平。

系统地、专业地确定一个阅读主题，利用自己喜欢的古体诗进行创作，并以书法二次创作加以保留，我感觉这是很有意义的尝试。这个过程记载着特定时间点个人对书法的理解、阅读的能力和诗性的感悟，阐释个人对生命情怀的新一次注解，体现了知天命之年的精气神，同时也展现出自己对书法、诗词的表现能力和思考深度以及对传统文化的理解和把握。虽然只是一次尝试，但还算是成功的，我想对个人以后的书法、诗文发展之路是大有裨益的。

2018 年 11 月 1 日

（刊登《惠安文化》2019 年上半年，《海韵》2018 年合刊总第 65—66 期，巴黎-世界文学网）

创作随想（二）

——读《中国书法批评史》诗吟三十名理论批评家

中国书法从以文字记载实用功能至书法艺术的自觉性，直至目前发展以视觉艺术为主要功效，历经五千年的发展和完善。中国书法的发展体系庞大，构筑内容丰富，除了笔墨砚纸主要材料，书法本体如笔法、章法、墨法等，还包括书法审美、理论、批评以及人作为主体的精神特质、品格修为等。《中国书法批评史》作为中国书法发展过程中的重要组成部分，在书法发展长河中孕育着无数的书法理论家和批评家，闪耀在中国书法的历史长河。他们将对书法的认知和体悟用精彩的理论思辨记录下来，引导和推动中国书法的发展。他们的理论成为不同历史时期的创作依据和发展方向，谱就了一本精彩纷呈的《中国书法批评史》。

许多书法理论家和批评家同时也是书法创作家，每个时代都有许多非常优秀和杰出的书法理论批评家。由于已作了诗吟百名书法家，许多兼善理论批评家的书法家就不复吟咏了，这里诗吟三十名理论批评家也是之前未曾吟咏的。这三十名在书法理论阐释具有真知灼见，对书法理论批评史的构建举足轻重，在中国书法批评史上具有特殊作用和地位，不同程度地影响着中国书法的发展和对书法内在客观规律的认知和揭示。

吟咏三十名中国书法批评史理论批评家，所费时间比中国书法发展史百名书法家更长些。以我自己的感悟，书法家本身有创作作品展现给我们，这些作品形成物象直接作用于思维，影响到诗人对书法家各种生命状态的反映和构筑，其产生影响更具直接的效果，很快可以在诗人意象中折射出诗意的感触，似乎在创作过程中更直观，更可以产生快感。其孕育在诗人思维中的意象也更丰富和多彩，同时更能从书法家的作品中感悟到书法家作品以外的生命气息和情景，如书法家的生命状态、性情以及性格特征等。正如刘熙载《书概》所说："圣人作《易》，立象以尽意。意，先天，书之本也；象，后天，书之用也。”通过作品直接捕捉到诗人内心触动灵感的诗境元素，辅以平仄音律从而形成一曲曲意象丰沛的诗章。我感到诗吟百名书法家，内容丰富，意趣多方，情致丰盈，有许多诗作很能切入书法家内心世界、灵魂深处的哲学思维和人生价值取向，吟诵着感到特别爽朗而轻松，自在而陶然。

三十首诗吟理论批评家，虽然经精心阅读其人生境遇，了解其书法理论思辨，但透过作者内心世界对客观事物的认知和哲思转化为诗意感动，提炼到诗人脑海诗的感觉似乎更困难些，难以一下与思维和诗意产生共鸣，形成具有节律的诗章，产生许多梦幻性思维的感觉，因此这三十首诗整体感觉没有百名书法家诗吟的澎湃和激昂，内心深层次精神契合点难达天成浑然，构筑成富有诗意的音乐华章难达高度流畅和奋扬，这就是这三十首创作的基本体会。一时之兴，随笔记下此时的感觉和理解，若是日后有新的感知和辨识再做调整。

读《中国书法批评史》历时近两个月，阅读整本书自始至终是认真细致的，在整体把握中国书法理论批评脉络史的同时，对每个时代构筑书法批评史具有重要影响作用的人物，都深入细致地阅读和了解。同时从史外阅读每个生命个体的不一样人生和对生命认知的背景，探索其艺术思维的来源和依据，最大程度地体悟其内心世界，其对生命的深切观照和理解，探索其关联性，期待在感受过程中产生思想共鸣，生发诗意的亮点，融和成彼此相联系的意象，化作诗章的韵律和音符，从而形成这三十首七绝，以作为自己对《中国书法批评史》肤浅理解的记录，以便以后再读这些诗章和音符可以感受到中国书法批评史波澜壮阔的华章。

同样三十首七绝，以草书形式创作下来，其规格为35cm×70cm，白色生宣。三十件草书基本体现个人目前创作水平和对草书的认知程度。草书是我个人喜欢的展现书法的形式，其更能多方展现作者主体精神，充分体现作者思想境地，把作者丰富的内心世界活动情况通过笔墨情趣展现出来。草书的探索是一条很长的路，需要有付出毕生精力的意志品性。从目前自己所创作草书呈现的气象以及对构成草书要素的把握来说，应该已达一定高度。聚散、浓淡、枯湿、欹侧等笔墨语言，草书笔法、章法、墨法诸多方面得到充分的观照和应用。

特别是以草书形式创作自己的诗作，应该说是丰富了草书作品的阅读语境，拓宽了书法审美视域，增强了作品的文化性。虽然有人认为诗本身不应作为书法本体内在构成，但我认为其在构成书法作品主题精神，展现书法的精气神，构筑书法品相时都具有不可或缺的重要作用。我个人除了注重书法本体包括技法、章法、墨法等内在构成要素的精研，同时对书法外在构成要素包括书法主体精神的培养不敢轻视，平时特别注重诸多传统文化的滋养，丰富自己的精神气质，把主体精神修为转化为书法创作。正因为有这方面的认知和对文化的自觉，我想随着时间的推移，所创作的书法作品的生命价值将会逐步显现，并具有特殊的文化质感和哲学思理，后人读之也会认知到其中的生命思绪和蕴藉。

三十首诗吟的三十位书法理论批评家，都是中国书法批评史绚丽华章的美丽音符，和许许多多书法家一起构筑《中国书法发展史》这部可歌可泣的史歌，歌唱着中华五千年书法文明史从孕育、诞生到成长的伟大历程，如天上的星星闪耀在五千年历史长河中，照耀着世界和未来。

2018 年 12 月 21 日

创作随想（三）

——读《中国历代书艺概览》诗吟百碑帖

近几年连续写了多篇乡愁文章和大量诗作之后，感觉状态尚好。从 2018 年 8 月底起，我选择了“读中国书法发展史、诗吟百名书法家”这一专题，开启我对中国书法诗吟的旅程，感触和体悟中国书法发展的内在规律和蕴藉悠久的生命律动和情愫。2018 年 10 月底完成一百首诗吟历代书法家七绝，同时写下《创作随想》一篇。诗吟百名书法家，以诗性情怀，系统地歌咏百名书法家在中国书法发展史上各个历史节点对书法发展、书法史形成的影响和推动作用。通过每位书法家对生命本体的感悟，揭示中国书法发展的内在渊源以及每个书法家的生命历程和生活状态。随之历时三个月完成《读〈中国书法批评史〉诗吟三十名理论批评家》和《创作随想》一篇。

其中诗吟百名书法家七绝一经发表，引起书法界、诗词界和社会有识之士的广泛赞扬和肯定。著名诗人、作家、评论家，96 岁高龄的丁芒先生读之后，深有感触，为我的《燕山诗文集》写了序文，金言玉语，字字珠玑，高度评价系列诗作的理论价值、史料价值和精神价值。我与老先生素不相识，一个老党员纯粹的革命本色和情怀让我深深感动。美籍华人、著名诗人、词家、作家唐风先生读后撰写了《读〈中国书法发展史〉诗吟百名书法家浅赏》一文，高度评价“知人论书”成功之作具有一定的史料和学术价值。他们的积极评价和肯定，给予我莫大的信心和鼓励。《诗吟百名书法家创作随想》一文得到巴黎世界华人文学社社长、巴黎五洲诗社社长陈湃先生的推荐，并发表于世界华人文学网。《惠安文化》和《海韵》等刊物也相继发表，得到各方好评。

以上专题性阅读和诗吟，激发了我的创作热情和信心，对中国书法深度阅读也因此有了渴望和要求，成为一种自觉追求，对这种素材的诗词创作也有了更高的期待和想象。2019 年 3 月，我又选择了“读《中国历代书艺概览》诗吟百碑帖”这个命题。

《中国历代书艺概览》一书乃欧广勇先生编撰，商承祚先生序并题扉页，1983 年付梓。书中图文始于商、讫于清，选录三千多年来各家碑帖一百七十余种。三百余张图，以图为主，文字为辅。本书按篆、隶、楷、行、草为类列。每种书体从艺术上简要评述，并按内容汇编各家书论附后，对读者掌握各种书体的源流和了解各家书风的特点有很大帮助。

这本书是我于 1987 年农历七月在南平市建瓯县东游镇新华书店购买的，至今刚好 32 年。那是我从福建地质学校毕业第二年，单位派我到东游镇负责小坑、大坑、翁坑三个金矿段水文工程地质调查工作。工作负责人为黎海航兄，也是我的师兄和指导老师，其为人忠厚、朴实、好学。我驻矿区负责具体调查工作，包括区域水文、气象、矿洞、地质、历史、人文以及野外资料整理等，他负责内业及外业工作设计和指导。矿区地处偏远山区，交通极为不便，只有星期六或是集市偶尔随车下山观观景、放放风，也学着赶赶集，自然也就走进了镇新华书店。因为喜欢书法，也自学了一段时间，看到了这本书就买下来了。虽然历经多次工作调动、生活搬迁，仍然保存完好。

不曾想到，32 年后从家中书柜取下这本书，依然觉得它那么新鲜。一张张精致的图片，都是一篇篇精彩的华章，蕴含着历史的风华和境遇，蕴藉着历史记忆和情趣，传递着许许多多活灵活现的生命故事，聚集着丰厚的生命情愫。

不曾想到，透过这一张张图片和简短的文字，精美的画卷从三千年前荒芜的原野铺展到现代文明，每个生命体流淌着血液，犹如一股股清澈的泉流汇聚成汹涌澎湃的长河从远古奔腾而来，穿越高山、田畴、村庄走向远方和未来，横亘在中华大地上，滋养着几千年中华文明的精神内质，丰富了中华文化的厚度。触摸每个生命体精神脉动，体悟无限的生命正能量，思绪因之飞扬，胸襟悠然激荡。一张张图片或清晰或混茫，或古朴或生动，多姿多彩，气象万千。每个生命音符精美鲜亮，谱就一曲悠扬而绵长的生命乐章，奏响了中华民族几千年辉煌而灿烂的文化赞歌，响彻在古老的中华大地上。

不曾想到，缘分是如此的巧合，32 年后，当我再次捧上手心，沉厚的书本，陈旧的封面，虽然多了岁月的风尘，依然闪烁着生命的芳华，激发着思绪的飞翔和想象力的张扬。于是尘封的记忆打开了，诗性的情怀敞开了，诗心依附着每个生命体，感触其律动和韵味，循着每个生命体的脚步走向或辽远，或混沌，或急促，或自在，或喧嚣，或孤独的世界，体会到每个生命体的生命状态以及生命流淌的殷殷血液，热气腾腾。

阅读这本书历时近六个月，同时选择110幅碑帖图片，创作110首七绝。这些涵盖了中华五千年书法作品的诗文碑帖，以我自己的视角和艺术素养阐释和解读每件作品所蕴藉的历史价值和生命情怀，具有多角度多视觉，既尊重史实又赋予诗性的艺术元素，丰富了每件作品的个性，梳理了整个书法创作成果的脉络，展现给读者一幅内容丰富、元素多样、质素厚实、多姿多彩的生命画卷。把历史的质素和当代人的诗意性情融合，将古典、传统的认知融入新的生命元素，拓展了经典作品的阅读思维和范畴，拓宽了作品本身的生命宽度。

《中国历代书艺概览》，内容丰富，博大精深，孕育着波澜壮阔的生命源流。面对一百七十多种碑帖，三百多张图片，是一片无穷无尽、茫茫的世界。我小心翼翼地阅读，期待从每件作品表象及其背后隐藏丰厚的历史人文、生命境遇捕捉到生命的灵光，感悟到生命的意蕴，阅读到生命的情趣。

每一件书法作品给予的视觉感触是不同的，或动或静，或轻或重，或直接或隐匿，或激越或含蓄，或雄浑或俊逸，或古朴或秀丽，或飞扬或静穆。每 件作品呈现出来的气象和意趣都不同，也有着不同的节律和诗性，因此与思想共鸣生成不同程度的冲动和契合，构筑不同的诗感和思绪，形成特色鲜明的律动和诗章，展现出各自不同的美感，给人以无限的想象和愉悦。

当我翻开《甲骨文》这张图片，一片混茫遥远的世界展现在眼前，那荒野原始人类初始的生命状态扑面而来，蓬头裹叶的人类祖先，或三五成群，或围坐，或追逐，或狩猎，形态各异，石头边堆满各种兽骨，散发着焦味的空气，弥漫在烟雾的世界。其生命景象和流动的自然物象融为一体，影射为自己的思维，成为一片片诗的意象，于是我写下了“宇宙混茫哪可知，荒原沉睡故来迟。龟驮上古三千史，骨脉殷殷占卜辞”。把上古的生命活动幻化为诗的意趣，感动于上古的源泉，滋养着生命生生不息的脉动。

当我翻开《毛公鼎》这张图片，阅读到历史的渊薮，油然生发游子慈悲的情怀，中华民族的重要文化遗产，历经风雨洗礼，依然只身漂泊在海峡彼岸，在那明月皓空或星光灿耀，独自静静地凝望天空，思绪遥寄，于是写下了“乱世风云若绿萍，游心故国叹飘零。烟波海峡期舟楫，独上高楼望北星”。

当我翻开《虢季子白盘》这张图片，阅读其身后历史和经历，深深感受到中华民族爱国宝、重传承的优秀传统。当国宝历经劫难时，中华民族每一个子民都会以自己的生命呵护，保护自己民族的文化根源，守护自己的文化灵魂，这正是我们民族的可贵之处。于是我写下了“四代守盘国宝情，甘心受难命途争。青天重见归完璧，岁月沧桑耀日明”。

当我翻开《开通褒斜道刻石》这张图片，在高岑原始森林，岩壁陡立，一群汗流浃背的工人，用一束束熊熊的柴火烧烤着坚硬的岩石。烟火惊动了山野鸟兽，发出惊恐的鸣叫声，群猿哀鸣声揪人心肺。当一桶桶冷水泼向岩壁，嘶嘶作响，岩石撕裂声噼噼啪啪作响。原始的高强度劳作画面跃然纸面，一条千古斜道成为历史不可湮没的记忆。于是写下了“火炙水溶磐石开，褒斜河道百猿哀。洞天青壁书丹在，古秀纤遒汉隶胎”。

当我翻开《石门颂》这张图片，一股博大雄强的气场扑面而来。开张、俊逸的线条舞动在空中，自在而空灵，飘逸而俊美，让人为之振奋，心随之躁动，思绪因之飞扬，如天马行空，独立超然。于是我写下“独爱此中涵篆筋，开张博达少为群。横空纵逸如天马，落笔倾情化墨氲”。隶书《石门颂》是我最喜爱的，也是我坚持临习的字帖。

当我翻开《曹全碑》这张图片，眼前展现小桥流水的别致，小溪淙淙，林木苍翠，河谷滚石无序堆放。一位清纯少女掬起清甜流水，洒向天空，飘逸而秀雅，修长的黑发随风舞动，一张温和而矜持的笑脸融合在山水之中，真是自然天成，怡心怡性。于是我写下了“随心振翮舞翩翩，云水优游一片天。绮丽婉舒尤迷眼，风姿绰约若清莲”。

当我翻开《经石峪金刚经》这张图片，仿佛看到一位高士手持竹杖，脚着木屐，时而行走在山涧，时而仰卧岩壁，悠然自得，闲看白云，静听溪流，任思绪自在经行。于是我写下“千年风雨隐高岑，漱石枕流岁月吟。径尺榜书真鼻祖，雄奇古宕世人钦”。

当我翻开《魏晋写经墨迹》这张图片，我感受到自己仿佛静静地走进了佛堂，眼见佛士端坐案前，专注地抄写佛经，一丝不苟，清音绕梁，佛意沁怀，显得特别肃穆虔诚，用心一也。他们何曾想到，笔端流露的一笔一画，书写的是他们的生命和历史，虽然他们的名字早已湮没在历史烟云，但这些笔迹依然晶莹闪亮。于是我写下了“案前端坐绕清音，落笔精严具佛心。楷则衍生犹隶意，天然古质耀书林”。

当我翻开《兰亭序》这张图片，油然想到“曲水流觞”。俊逸潇洒的王逸少正与谢安诸好友列坐曲水，纵论古今，流觞品酒，作赋咏诗，天高云淡，林木扶疏，流水潺潺，逸兴遄飞，惬意悠然，快哉自得。于是我写下“流水无心载酒觞，闲云淡雨缀山冈。诗情墨趣千秋事，生命悠然韵味长”。

当我翻开《一夜帖》这张图片，眼前浮现了苏学士困落黄州，依然神情俊朗。在那天清月亮、山风徐来的夜晚，闲坐茅草屋小窗桌前书写家书，信笔挥洒，怡然自得，淡淡忧伤随着笔端静静地流淌着，思绪绵长。于是我写下了“不求无雨但风调，小筑门前明月娇。自在修书方墨趣，游心笔迹任逍遥”。

以上选了其中十首创作构思做了简要补充说明，其实每件作品都有其精彩的生命过程，留下有血有脉，富有活力。诗吟 110 首碑帖绝句，每一首都蕴含着独自丰富的内涵，展现出不一样的意趣，形成了每个生命体的独特世界，展现了所处时代的精气神。通过诗吟揭示了每张碑帖内在的情致和客观的律动，对每件碑帖赋予时代的思绪和感动，对每件碑帖不同的生命状态作出诗性的描述，注入时代性的生命意蕴，谱就了一首首轻快而律动的乐章，悠扬而舒展，悦目而赏心。以一种崭新的姿态走进了当代人的思考，达到心灵相通，情感融合。

创作《读〈中国历代书艺概览〉诗吟百碑帖》与《读〈中国书法发展史〉诗吟百名书法家》感觉是不同的，其思考的维度和触点也是不一样的。书法家本身是活生生的动态物象，立体多元，内质丰富，极易引起个体思维的共鸣和节律的融和，书法家生命活动很容易在个体思绪产生冲动和幻化，重塑具体的生命景象，产生唯美的诗意。在这一百首诗创作过程中，有一发不可收拾之感，每首诗畅达贯通，各有特色。而诗吟百碑帖，碑帖本身是一种比较单一、平面且独立的静态物象，单纯地从画面阅读比较难以一下子产生丰富的思维意象，将单一的画面与具体的生命相关联也比较空乏或晦涩。因此在阅读图片时，必须从图片背后的历史人文环境去探寻其中的生命意义以及难以直观判断的艺术因子。透过每张图片触摸到背后蕴藉丰厚的生命内涵，让思绪优游其中，充分感受其中的生动活泼，纯真而亲和。这些隐藏在图片背后的构成，恰恰是阅读碑帖所需要深度体悟的最具生命价值的艺术元素。这些鲜活的元素构筑了一幅幅画图，影射到个体思维空间，激活了诗心的涌动，生发诗意的想象，形成富有韵律的诗章，从而形成一首首平仄交替的，韵律谐和的诗性乐章，歌唱着每个生命体的绚丽人生，展现出各个生命体的独特芳华和品性。

《读〈中国历代书艺概览〉诗吟百碑帖》，每一张碑帖图片都是一个时代的影像，孕育着那个时代的文化素质，体现了一个时代文明的聚集点，融合着人们的精神，流淌着殷殷的血液，滋养着各种生命体，成为一个时代的璀璨明星，闪烁在中华文化历史长河之中。

110张图片，110首七绝，每一首都是一个内质丰盈的音符，充满生命活力。篆、隶、楷、行、草五部分交织形成，犹如五条绚丽的彩带纵横交汇，就像乐章的五线谱，每一条都铮铮作响，演奏出不同旋律和韵味的乐曲，抑扬顿挫，或宽博，或雄浑，或沉抑，或悠扬，谱就了一篇篇汹涌澎湃的乐章，如黄河大合唱，气势雄壮，永不停歇，响彻云霄，滋润着人们的心田，成为中华民族不可或缺的精神家园。

吸取了“诗吟百名书法家”的经验，这次“诗吟百碑帖”110首七绝之后没有急于公开分享，而是经过反复的推敲，确保平仄、韵律诸多要素尽量符合要求。这次完成百首诗吟后的心境平淡一些，没有“诗吟百名书法家”成功之后的冲动和兴奋，似乎成了一种惯例的工作，用一颗平常心去思考。也因此有机会以草书形式进行二次创作。

创作尺寸为45cm×70cm，用的是红星四尺宣纸。创作之前对文字内容草书法则进行精心核对，并做了记录，以期创作时参照。对个别章法设置也提前准备，用红笔勾勒于纸上，因此创作时感觉轻松些。这次创作因为用纸尺寸比上次大，空间更有余地，创作时没有逼仄感，而是有信笔挥洒之感，在线条运行、控笔方面还是很注重中锋运笔，力透纸背，起止转承都有加强。目前的整体行草书风格，也体现出个人对书法艺术的追求，包括情趣、书写性、文化性以及意蕴等方面。

集约 110 首自作诗进行书法创作，也是对诗吟碑帖的二次创作，丰富了这件碑帖书法作品的文化性和艺术内涵。作为书法人，对三个与书法相关联的专题进行深入研究，综合地反映自己对书法体系的解读，这三个专题的研究囊括了三千年中华书法文化发展体系。以现代人的眼界去分析、演绎历史文化精品，对每个历史阶段的书法精品、书法家、理论批评家进行研读和析理，赋予每个生命、每件作品时代的理解。分层次地解读书法作为历史宏观构成中要素和源流对整个书法体系建构的影响和作用。这三个专题都能比较独立而系统地阐释每个小系统的历史脉络、因缘关系。综合三个小系统宏观构筑了整个中华民族书法文化历史纵横向形成的丰富的文化源流和质变，对于清晰阅读三千年中华文化书法这朵奇葩作出富有诗意的解读，赋予这些历史保存下来的生命体时代的精神气质和内涵。

我要感谢这个时代和人文环境给予了书法人自主和轻松的社会氛围，使我们能以自己的生命情怀、诗性的思绪去亲近这些优秀的传统文化，以一颗纯粹的心去解读这些中华文化的精髓。虽然可能在很多方面尚未达到心中的高度和专业的深度，但我以为自己在一年半的时间内，以历史的眼光、专业的涵养、诗性的情怀以及专注于整个中华文化书法历史的态度，提炼到自己想要表达的形式和内容，寻觅到历史的一些精神内核和高度，滋养了自己的专业素质和精神气质，这本身已是一件收获颇丰的阶段性成果。

光阴荏苒，春秋代序。当我写完这篇文章时，推开窗帘，夜幕已是降临。天宇清朗，月光静静地洒在辽阔的苍穹和原野，悠远而邈渺。恍然一醒，又到中秋节了，天涯共此时，不知有多少人和我一样，抑或是澳大利亚亲人，抑或是五洲诗社诗友，抑或是各地朋友，静静地伫立窗前，凝望着皎月，遥寄悠思。但愿人长久，千里共婵娟。

2019 年 9 月 10 日（己亥中秋前两天）

（刊登《惠安文化》2019 年下半年，《海韵》2019 年合刊总第 67—68 期）

楹联

辞旧迎新联

蛇　年

金龙游碧海；
银蛇舞蓝天。

马　年

蛇眠岩洞里；
马骋草原中。

羊　年

马喜川原上；
羊依花草中。

骏马奔腾惊世界；
绵羊歌唱笑春风。

马到成功须奋发；
羊来报喜更酬吟。

八马奋蹄留劲草；
三羊开泰舞新春。

马鸣原野天空阔；
羊偎清风柳色新。

自题自勉联

自娱（一）

人生何所取；
瓦室足遮风。

自娱（二）

聊以诗书倾心性；
莫将山水悦己欢。

自　描

一瓣墨香生逸气；
三杯浊酒助清狂。

自勉（一）

逐名何所意；
传读足怡心。

自勉（二）

文滋笔翰思千里；
德毓言行载万年。

嵌名赠予联

王乃钦

乃心性所以至；

钦帖铭自如之。

李德谦

德育千秋业；
谦怀万古声。

女儿读厦门大学宿舍“小黑之家”

小人物勇挑大戏；
黑孩子乐唱红歌。

小　红

小花不被秋声老；
红叶犹随绿色新。

注：赠惠南工业园区张小红总经理。

东　玉

东迎旭日志存高远；
玉振金声情致雅思。

何旭·苏雯婷

旭日升腾千里路；
雯笺书写万年情。

金　朝

金言知世事；
朝槿缀山冈。

英　光

英气乾坤满；
光华日月长。

溪　煌

溪流荡漾浮山月；
煌火缤纷耀帝庭。

注：应温平贤棣之嘱，为金朝、英光、溪煌三位各撰冠名联一副。

戴瑞奇

瑞雪临江岸；
奇龙舞海天。

水木·春荷（父母名）

水流长岭春池满；
木刻兰舟荷色新。

水木·宝珠（父母墓）

水绕芳丘生柏木；
宝藏福地耀龙珠。

慰庭·加利（东玉父母）

加冠明德非趋利；
慰眼荣光乃过庭。

刘荣成

荣枯自是随寒暑；
成败何曾说运时。

吴炳忠

炳然事业灯书印；
忠厚家风礼义仁。

喜庆恭贺联

崇武楹联学会成立

崇武怀古韵；
海潮涌新声。

枕涛随月梦；
出海伴朝阳。

勇驭天风海浪；
闲揽明月涛声。

海门喷发生辉彩；
雕艺创新见性灵。

抗倭寇英雄战地；
搞经商高格能人。

讲文明，构建海滨美丽乡镇；
兴教育，形成素质优先氛围。

三哥六十大寿

弟兄情第一；
子女爱无双。

老同学林顺明、彩云伉俪大厦落成

顺心谋事门庭生瑞彩；
明德茂亲昆裔捧祥云。

三婶九十寿庆

萱堂日耀芝兰茂；
玉树花开岁月稠。

陈佳勇、出雅婷新婚

佳士弄潮心劲勇；
雅文陶性玉娉婷。

出腾伟、雷雪新婚

伟彦顶天心似雪；
腾蛟起凤气如雷。

注：以上两副系剑峰子女双双成配贺联。

出泽文、出丽云新居贺

丽日江山添福泽；
云天气象入诗文。

祖厝祠堂联

祖屋重修

祖苑重修新气象；
孙枝茁发大风光。

开基创业经风风雨雨；
振翮腾骧冀子子孙孙。

莫嫌地瘠栽松柏；
更信山深养性情。

甘雨蕃滋桑梓梦；
蔗乳哺育叟童心。

倾心书屋中，春光无限；
放眼燕山外，雅量有余。

读赋吟诗添墨韵；
修心敦礼沐仁风。

祖宇春风生瑞气；
燕山花雨伴祥云。

此处本称甘相地；
显夫公是奠基人。

注：敦举二兄开拓者。

门对青山云汉气；
家传古籍哲人才。

万里离人心系祖；
千寻列树叶归根。

注：其祥初稿。

霞墩卫东祖屋

霞光映照江山秀；
墩水润滋昆裔贤。

学渊太姑妈厝重修（育才、契娘）

育公修德成姻契；
才子依仁谢乳娘。

添英家祖屋

族沐淳仁兴祖业；
家传耕读启鹏程。

燕山出氏西坑分派祖厝重修

观音山水滋昆裔；

光育公孙见德贤。

大圣爷心真梦境；
神牛坡岭好风光。

燕山分派芝兰茂；
智惠开源族脉长。

谦和处事根基固；
耕读传家世代芳。

九社出氏宗亲祖厝重修落成

九社宗情厚；
燕山族脉长。

王好发、陈平山纪念堂（红色交通站）

好义居仁，革命征程犹怒发；
平心处世，金兰情谊似高山。

横溪祖厝重修

横岭风光秀；
溪流福泽长。

甘蔗园祖厝

遥对三山，宗德流芳兴大业；
独居一族，文风昌盛毓英才。

蒙古族出氏小宗四房祖厝重修

三山聚秀风光好；
独姓称奇福泽长。

祖宇重修生瑞气；
人才辈出耀荣光。

族脉流长枝叶茂；
燕山积厚水云深。

山涵淑气宜耕读；
家有仁风自礼诗。

抒情谐趣联

石雕精湛石文化；
惠服显扬惠女情。

注：2005年元旦，石狮、惠安书法联展在石狮举行，谨撰此冠首联并为书写。

墨花香溢油田上；
铁汉志存黑土边。

注：为全国第六届楹联书法展在大庆举办而撰。

弄墨潭

松风煮酒忧无鹤；
竹雨敲诗喜有僧。

云寺言诗增雅趣；
林泉品酒得清闲。（陈紫晨先生句）

丙申“五一”吟惠安

雕艺精通播四海；
文声兴起响五洲。

品牌特色吟“三惠”；
产业优良数“二雕”。

海门潮涌风帆起；
文笔峰摇墨韵生。

片瓦风光高士梦；
奇桥魅力蔡公心。

辋水悠悠迎海日；
科峰郁郁蕴文心。

入展第八届全国楹联书法展

盛世同歌，墨海弄潮升大纛；
佳期幸遇，楹联赛事展新风。

惠安文化馆春联

文华螺邑千秋事；
化雨春风百代心。

文脉流长滨海邹鲁；
化心养魄惠安精神。

地名联

西安市

东来紫气北宸蕴玉；
西映红霞南吕朝阳。

泉港区

泉润红台生浩气；
港描风物对蓝天。

崇武古城

七尺男孩勇驭涛声上；
三坊邻里融和海岸边。

永安某公园

和风柳絮留诗话；
带雨梅花入酒怀。

文笔峰

文章锦绣，见海边邹鲁；
笔墨氤氲，滋螺邑江山。

螺阳镇洋坑村

洋变桑田，卅代人枝繁叶茂；
坑承仙露，二溪水朗月风清。

涂岭镇

桃岭风光秀；
人文气象新。

此地人才辈出；
千年文脉长流。

泗水溪滋蕃景物；
观音山护佑黎民。

多彩大花园，芳香四溢；
清华金土地，年岁丰登。

注：应涂岭三行诗社撰。

学校联

嘉惠中学

嘉木欣荣成栋干；
惠风和畅伴书声。

开成校庆

开源引水滋养家山杏苑；

成教育人敢争业界桂冠。

赵振新校长幼儿园

小荷才露尖尖角；
新燕更思乐乐园。

挽联

挽林伯母（凌鹤兄母亲）

九秩风华慈心留百代；
一生俭朴美德耀千秋。

新诗

生命的情怀

——忆远祖木华黎

啊，我的生命
你从远方走来
骏马的嘶鸣声撕破宁静的夜空
冒雨雪，踏泥沙，涉溪河，越峰岭
风餐露宿，筚路蓝缕
圣祖：太行以北，朕自行略；太行以南，卿其勉之
肩负至高荣耀
“九斿白纛”更是一种责任
真挚的情怀
拥抱中原文化的精髓
刚毅的意志
开拓时代新标
你是时代的骄子
从草原走到海边
走到山里
历史的年轮记忆着每一刻灿烂
忠诚，是你的本性
实在，是你的品格
执着，是你的特点
追求，是你永远不懈的脚步
因为有你坚定的眼神
生命充满着希冀和想象

你的足迹留下纵横轴线
你的生命孕育着信念
你的生命依旧延续着——照船山下

东亚文化之都泉州景点扫描

蔡襄与洛阳桥

枯浓相宜的线条横亘在山水之间
生命的思想融和着
格外优游
清逸的墨花伴随涛声起舞
心性飘动在寥廓与苍茫
绽放着潇洒的韵致
凝固了深邃的哲思
从宋代向着明天
思绪依然浪漫
一千年的故事与
五千年的文化
构筑灿烂的生命律动

净峰寺弘一法师旧居

浅黄的小花摇曳在风中
蜂蝶舞蹁跹
石墙上纤弱的指痕

流淌着生命的光霞
依稀看到那些划出的刚柔线性
青灯微微，仍旧燃烧着岁月的风华
与月光轻轻地相吻
真挚的露水
深情地呵护着那几许
历经风雨洗练的秋色
淡淡的清香执着地散溢着
其韵味或超梅花

啊，光明之城

——东亚文化之都·泉州

蓦然回首，你款款走来
典雅而精致
素淡而雍容
你不再羞涩
不再犹抱琵琶
你从容地走向时代的 T 台
没有仙女般的姿态
却有艺术家最喜欢的回眸一笑
这是内在发出的
如金子般闪亮
自然而质朴
清真寺，是你兼收包容的注脚

开元寺，是你吸收外来文化的例证
清源山，是你传承文脉的典范
洛阳桥，是你智慧的悟化
海外交通史，是你创造辉煌的旅程
九日山，是你书写的精美史册
安平桥，是你跨越的力度
草庵，是你融和的情怀
惠安女，是你朴实、坚强的化身
还有……
这些生命的因子
精灵而活泼
鲜活而阳光
充盈着每根脉络
展现无穷的魅力
释放出神奇的音信
谱写一曲曲美妙的时代赞歌
当你漫步在西街
触摸斑驳的红砖和脱落的白灰壳
心怦然而动
一双双粗糙的双手牵引着先辈创造的文明
唤起你思绪游荡在传承生命的情愫
当你依偎在东西塔
聆听千年的钟声
柔韧的线条
穿越着时空，油然生发艺术生命力的感触
还有刺桐花，犹如蟳埔女孩头上插花
摇曳在风中
鲜美而多姿

让你妩媚而婀娜
贫瘠的花岗岩风化沃土上
任你自由地吮吸着
古典与现代
倾听着大港脉搏
此起彼伏
清越的钟声空宇悠扬
古雅的南音低回绕梁
纯朴的闽南语古意盎然
弘一法师，清癯的脸庞
告诉你，生命依偎在宁静的净土
思绪清远而节奏
心境自然而优游
这些清澈而潺湲的溪流
汇聚成时代的春潮
一艘现代文化的彩舰
徐徐启航在刺桐港
驰向美丽的东亚
向宽阔的五大洲出发
板块运动，激起汹涌的海浪
托起你的热情亲吻晨曦
扬帆前行
灿烂而阳光的笑脸
博大而洒脱的胸襟
时尚而开放的情怀
喷薄出五彩的岩浆
装扮着美丽的华夏文明
浪漫而优雅

矫健而轻盈
青春而舒展
携手五十六位兄弟
拥抱世界
传递正能量
生发新的生命
构筑新时代的文明史
啊，东亚之都——泉州
你是时代的标杆
矗立在现代文明的潮头
展现着宋代东方大港的风范
“市井十洲人”
“涨海声中万国商”
在这片美丽的土地上
凭着你超越的智慧
再创辉煌
创造新的历史
指日可待
光明之城的再现
已不是梦想

生命有你

——中秋答谢会暨福建闽武长城岩土工程有限公司泉州分公司成立

山与海的交融
贫瘠的花岗岩土地
滋养在风风雨雨
生发着泥土的芳香
胡杨小树破土而出
摇曳在清风中
静静地吮吸着涓涓的甘泉
羽翼逐步丰盈
纤秀的枝条舞动在辽阔的天空
轻轻地呼吸着清新的空气
荡漾着快乐的情怀
澄澈的海天
思想自由地飞翔
灿烂的云霞
托起飞扬的心性
二十道年轮
凿刻着坚实的履痕
孕育着生命的思绪
依偎在温暖的海边砂砾土壤上
倾听涛声悠扬
枕眠梦想的翅膀
感触流淌的热血

和着青春的律动
砥砺前行
啊，是你大海般的胸襟
拥抱着千树成林的愿景
是你把咸涩的海水化成清甜的乳汁
哺育着生长于斯的每一颗生命
于是，生命绽放天使般的笑容
生命因你更精彩

燕山诗文集

出武祥自署

下卷

出武祥 著

中国文联出版社

家中静读

夫妇同游泰宁大金湖

游湖南永州

夫妇同游成都都江堰

首届中国书画小作品大赛

获奖证书

出武祥：

你的作品在首届中国书画小作品大赛中荣获优秀奖。

特颁此证　以资鼓励

湖南省书法家协会

二○○二年七月十八日

首届中国书画小作品大赛
优秀奖

入选作品

武祥同志

您的书法作品入选《全国地质首届书法篆刻展览》特发此证

中国地质书法家协会

一九九一年九月三日

入选“全国地质首届书法篆刻展览”

福建省全民阅读组委会
授予“书香之家”称号

毕老师：新年好！

转眼又是一年过去了，祝愿新的一年老师依然充满家庭温馨岁月，满满对人生、生命的丰富精彩。虽然身负五洲诗社编审主委这样的重任，但老师的精神特质铸就人格魅力，依然书写创下一片新诗词人生，闪烁生命的光华和神彩。

这两年我离开惠州书法家协会秘书长一职，把更多时间用在读书和书法诗词以及文章方面。二〇一七年书法入展全国楹联展，并得评委的评，发表中国书法杂志实习综评选表扬，我的作品具有厚文化内涵，充为佳作。同年入展福建省的首届丹青兴书法作品展。在书法已带给我感觉已是走上新的起点。我学习书法思想端正，学习路子较正，更承厚积薄发以及文艺书法的宗旨。我也随着时间的积淀，我的书法有了继上升的较高的水准。这也是许多专业家、名书法教育的专家所认可的。

人生历经以往岁月，在不断积淀和学习之中，对生命之感所越来越深刻，体悟到来的也多。所以近二年我创作了大量的诗文。这些诗文在该说了我不同的对生命和社会生命体的认知和感受，以正确的人生观和世界观来歌颂正能社会的真善美。特别是十几篇乡愁文章组织体现我对家乡和个体生命的感恩情怀。这些文章都是过去，我有说生长过程切身感受的。我也希望这些文章能唤起每个人对生命和生活的热爱，并成为传递每个时代的人对生命追求的信息，为后来人能有的痕迹也和传承。中国书法发展史人物以和书法理论和批评家诗作合计百余首。这也是我要将年完成的一项规大诗词创作工程，比起我认真阅读中国书法发展和批评史之本书。同时本书阅读每个人物历史背景，以一种诗性的情怀观照每个人物的中国书法史影响和地位。读完这百余首诗，对中国书法发展在书简编有了解。我对自己用四个月时间读完二本书并写下七绝百二首较为满意。

上述我对自己二年来主要的想法，老师须眼前请毕老师提出批评和指导意见。

独凌碧的建议，拟以文和诗分开形式编辑，并把文和诗的部分印刷寄去，还请毕老师斧正。对这方面我并不熟悉，只是作为一种阶段性成果。我想利用日前精力以做个小小的总结。我知道还有很多方面不成熟，显得粗糙，尚须作很多改正和调正。所以敬请

毕老师指正！

己亥新正　[illegible]谨上

致毕彩云老师函

为画家添英《秋山图》题诗

悼念余光中先生诗

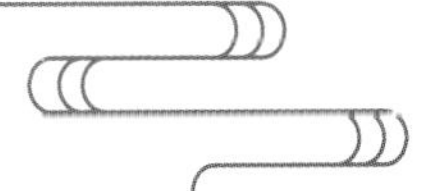

尘海记缘

燕山记

时维乙酉年冬，农历十二月二十二日上午，适逢周六，天气阴寒，陈赞法、骆良益、林舟、郭文田、骆适鸣、出学范诸贤结伴造访学渊家，欣赏鄙人书法拙作之余，邀吾结识，欣然驱车以赴。主人用心准备黑山羊肉、狗肉等农家饭菜，佐以红酒，盛情之至，醉意乃浓。感慨先人几经周折，唯图发展，辗转寻源，终寓居胜似桃源的半山腰——洪厝坑。但见群山环抱，青翠欲滴，林幽鸟鸣，雾锁峰巅，山岚氤氲，屋舍俨然，云烟缭绕，气候宜人，鸡犬相安，童叟怡然，任凭一条不规则溪流左冲右突直奔山外。族人不负托望，世以耕种，安居乐业，民俗淳厚，热情豁达，辅以庠序，放眼山外，科联懿范，俊彦星驰，励精图治，欣欣向荣，世人所羡，遂以记之。

随 笔

7 月 18 日晨 6 点 30 分，侄女平红来电喜告，女儿玮婧为厦门大学录取。余因昨夜期盼厦大本科一批录取情况得以公告，然迟迟未获取信息，思绪难以平静，黎明即起床查阅相关情况，闻意外来电，真是喜出望外，难抑兴奋之情。

女儿以良好的心态，扎实的基本功，认真的学习态度，灵巧的学习方法，在高考中发挥水平，临场不乱，思如泉涌，以 581 高分取得全县第 70 名佳绩，令我甚是满意，感谢运气，感谢天赐良运啊！

女儿生性勤勉，乐于助人，善解人意，在学校努力把自己培养成德、智、体全面发展的学生。热爱集体，尊敬师长，勤思好学，与人为善，共同进步，凡事总能设身处地为别人考虑，老师交代的工作一丝不苟。先后获得学校优秀班干部、三好学生等称誉，当选学校学生会副主席。

在家中，女儿尊老敬大，礼貌待人。岳母八十余高龄，起居不便，食物难适，女儿总能换位思考，理解老人家难处，特别是寒冬、暑夏，哪怕从学校回来再累，也不忘惦念老人家是否盖暖、食好等问题。我作为家长，甚以为好，支持她的举止和言行。同样与左邻右舍以礼待人，甚得好评。

女儿生性好学，严于律己，小学三年自个儿报名参加古筝学习，初中毕业之前通过九级考试，同时兼修钢琴、文学等。

女儿高考为厦门大学录取，论个人感情是很高兴，也很骄傲的，也许因为祖宗显灵吧，我宗族世居山区，农耕为主，信息贫乏，读书者鲜，更何谈学业成就，真是寥寥无几啊。

20 世纪 80 年代初我偶然通过补习考上中专学校，已是荣光耀宗族，激励后人，今天女儿取得佳绩，更将极大鼓励着后来人，其意义深远。

谈及我族为学，真是寥若晨星，十二世祖宗亲出科联荣取解元、进士之后，已近十世没有卓荦学子了。“地瘠栽松柏，家贫子读书”，女儿取得佳绩能不高兴吗？我期望她能在新的学业征程扬鞭奋蹄，不懈努力，勤勉向上，争取更上一层楼，践行厦门大学所秉承的“自强不息、止于至善”，同时祝福女儿品学兼优、平安快乐、身体健康。特赋三首诗以志并勉之。

其一

轻风曙色入罗纱，独坐屏前眼近花。
忽起铃声疑虑散，佳音捷报到吾家。

其二

十年寒苦告初成，慎敏言行自布声。
学业新高当振翼，木兰犹可匹男生。

其三

学于廿世绽新芽，经岁沧桑发已华。
诗画琴棋书卷气，传承耕读路途赊。

手足之情

汽车奔驰在平坦、笔直的高速公路上，穿梭于星星点点微光照亮下的夜幕，少了白天的喧哗和嘈杂，显得格外的安宁和静谧。

侄儿秦信，挺能理解我这五叔的心境，上车之前特意准备了些易拉罐啤酒和卤料，好让我多喝几杯更好地休息。

这是我第三次带老四来上海华山医院做脑鞍区瘤手术了，今天我是带着初愈的老四回家的。前二次由于侄儿念大学，尚不谙世事，我只好独自一人负责老四上海手术相关事宜，虽然组织人员护理、筹备资金及询医问药等诸多事做起来很辛苦，然心里的煎熬独自承受着更是负累。今年侄儿毕业走出校门，我有意把这个重任交由他分担，好让他明白自己的责任和义务，切身感受生命的情怀，我更大程度是外部协同组织和帮助。基于此，加上工作较忙及其他诸多小事缠身，于老四手术后第二天即提前回家，照料之事交由兄嫂及侄儿了。然而情谊如炽，未敢有丝丝懈怠过，唯恐哪里做得不好，故有此行。

想到这艰辛、煎熬的历程，心里真有点难受，也真难为了老四，四年做了三次开脑大手术，一次 γ 刀放射理疗，生命无端受到摧残，有时真恨上天不公啊!

正是眷眷亲情和丝丝牵挂，心情难以平静。本想喝下三二瓶以增睡意，然恰相反，更是精神，脑海似翻云，辗转难眠，于是坐了起来，看到侄儿甜睡的样子，心里多了几丝宽慰，本想拍醒闲话几句，聊以放松，然又于心不忍，虑及他连续二十余天照料乃父，肯定很疲惫，于是打消念头。看着一张国字小脸，稚气未脱且仍带腼腆，竟承载如此历练，心情有点不好受啊，思绪闸门终被打开，少年的记忆历历在目……

老四和我相差三岁，打从懂事，二人心情契合，无论做家务、农事及其他都心有灵犀，一拍即合。老四瘦小，自幼体弱，然生性精灵，好强，稍急躁，但吃得了苦，思维敏捷，善经营，颇能捕捉机遇。虽然山区农村受计划经济的桎梏，思想封闭，然老四却不一般，能充分利用山区资源优势，从事木草销售经营等活动，很快走上初步脱贫之路。但毕竟是山区农村，受到各方面制约，发展有局限性，故很难取得突破性飞跃，其结果自然可以想象，小富即安罢了。可针对我的事他是很有远见的，也许兄弟多，家境贫困，家贫子读书，所以对于我的发展他很关注和倾情，极力扶持。说真的，我的性格相对温和、爽朗、少虑，从某些方面来说，是他促成我走到这境地的。记得在我读小学五年级的一个星期五下午，老四当时上初中，他从学校放假回来，考虑到父母太劳累了，提议我一起干些农活，我当即响应，兄弟荷锄挑箕，乘着落日余晖，带着笑语，来到山间农田耙土、锄草、施肥等，二人互相鼓劲，直至月亮高挂树梢，月光洒满脸上，才高兴地回家吃晚饭。这种事其实是很经常的，烙印在脑中非常深刻。回想起来，童趣无穷，感情至纯。还有高中毕业之年，我高考落榜，他空着急，四处托人把我安排到惠安二中补习，由此我才考上中专学校。20 世纪 90 年代初，随着市场经济发展，地质队逐步走向市场，老四以敏锐的眼光及时建议我放弃在外地工作及成家念头，着手在本地帮找对象、人事调动一系列事情。由于单身汉总欠长远打算，老四一人既出力又出钱，竭力帮助我将各方面工作做得完善些，结果都如愿以偿。很多事情好像是命中注定，但我认为有准备的人才能享用到，想到这些我真很感谢老四，真是很难为他，在经济力量、社会关系薄弱的情况下，心怀大志，顾及兄弟情，舍个人利益顾家族大利益，真是难得。以后的路我们二人好像天生一对携手不断走来，顺顺畅畅。然而晴天霹雳，2005 年 4 月，他患上脑鞍区癌，这是一个极其敏感的中枢神经重要部位，尽管花了很大精力和财力，由全国著名医院华山医院一流专家手术，都难以达到预期目标，反而每况愈下，真让人揪心啊！虽然带着希冀，还是不敢有丝丝宽怀。未来不敢奢望，只想努力把兄弟情谊发扬，希望给他更多快乐和欣慰。

说真的，不知曾经多少夜里，每次看到病情报告，苦痛从心中涌出，几多泪水空自流着，想着为兄弟事没少做，花这么大的努力，充满着期待，可总难以达到心中的目标，有时很自责，怪命运无情，但更多是无奈。

生命真是很脆弱，经不起风吹雨打，一场大病，带走了你的希望和努力。

生命真的要惜爱，友情更要珍惜，友情可以穿透时空，价值是无限的。生命很短暂，真情留在世间永远具有无穷的生命力。我真的很珍惜这份兄弟情谊，希望它成长为常青树。

汽车猛地摇晃，打破我的梦境和思绪，睁开惺忪的眼睛侧身俯瞰。老四依然安详地休息着，洋溢着初愈幸福回家的梦想。期待他回老家依然喧喧嚷嚷着，忙个不亦乐乎，快快乐乐，健健康康！

2008 年 5 月某夜于汽车上

嵌字对联

小人物勇挑大担　黑孩子乐唱红歌

女儿厦门大学药学系同宿舍的四位同学分别来自山东、青海、广西、福建四省区，性格各异、聪明睿智、品学兼优，但她们有个显著特点即肤色黑些，且崇尚黑色调，故将自己宿舍命名为“小黑之家”。这一点从昨天带女儿至厦门中山路购买衣服可以看出，女儿基本上首选黑色衣服，这也许与宿舍同学性格比较内敛、稳重有关。

元旦前夕，女儿突然打来电话，要我写副“小黑之家”春联，好在春节放假之前贴在门口以示过节及雅好。起初我甚以为怪，为何起这样的名字，后经了解也甚恰意，故为添雅趣，根据“小黑之家”以及厦大漳州校区所处位置撰写了两副对联，分别是“小人物勇挑大担，黑孩子乐唱红歌”“依山增秀色，临海有涛声”。后经比较选择了第一副，感觉比较贴近“小黑之家”之意趣，并予勉励和增强信心，赋予青春更大勇气和生命力，期待她们能各取所长，勤奋学业，走向成功。

祝福“小黑之家”明天更加灿烂！

生命中的记忆

一轮明月高悬在天宇，月光静静映照着，洛阳江面时而吹来阵阵微风，偶尔夹杂欸乃之声，点点渔火飘在波光上，若隐若现。这是一个非常令人惬意的夜景。

一个初夏的夜晚，我和乃钦老师一见如故地闲聚在他洛阳新居五楼露天阳台上，四面通透，视野开阔，依山面海，紧靠洛阳江。我们边酌边聊乃添雅趣，时而斜靠背倚任习习清风吹拂；时而踱步空庭仰望灿烂繁星；时而切磋书法、文学等；时而议论人生修为、风俗世故。每每有感于物，或笑之，或叹之，或饮之，无所忌也。至半酣，则诗兴勃发，文思如涌，羡渔翁独酌，任轻篷漫随轻波，萧散放达，情有所托，性自畅然也。我为之动容，情融于景。旁边王老师好友塔兄不时逗趣几句，让大家愈加开怀，这也是我第一次与王老师于此小聚，显得特别轻松、愉悦，甚是深刻。

这一年王老师刚遇知天命之年，精彩的人生依然显得从容、淡定，也不失性情、幽默，一张俊朗的脸庞富有亲和力，一双矍铄的眼睛传递着智者的神采。

也不知何因，从此冥冥中一条无形的丝带轻轻地连接着彼此真诚的心灵，每每都是把牵挂和思绪认真地编织着。也许因为喜欢书法，也许对传统文化骨子里执着，也许是缘分吧。

正是心性的契合，我更喜欢王老师酒过五分的超然和不羁，多了几分童趣与率真，人生的真味从艺术家线条中流动，生命的律动格外空灵。

光阴似箭，转眼十余年如白驹过隙，从不谙世事到鬓毛渐衰，人生如过眼云烟，逝者如斯，于是多了几分慨叹和领悟，对生命愈发思虑，对人生的际遇尤为珍惜，感谢生命的每一次相遇，这应是天赐吾生的一笔财富，我当倍珍重之。

王老师际耳顺之年，经历了十几年最为丰富的人生，不论阅识、学养、修为、技艺都已渐臻化境。经慎思选择这次回家乡筹办“举家回乡书法、美术、篆刻、诗联汇报展”活动，这是生命的情怀，是对家乡眷眷之情，这也是惠安文化人的喜事，更是惠安文化的一件大事。当然还应感谢惠安文化沃土孕育着伯乐之才，方有善举，择此良机，成全美事。

（刊登《惠安书法》2011 年总第 11 期）

长者阿英伯

秋日的早晨，天朗气清、惠风和畅，马路上车水马龙。忽然手机铃响，乃永兴老兄的，嘱予写点关于其岳父刘锡英先生印象，我欣然允诺。

说到刘锡英先生，我油然想到那熟悉的“阿英伯”，这是我少儿时常脱口而出的称呼，这个声音自然唤起我许多有关童年的思绪……一群村童泥垢满面、黄发卷丝、短裤衩、小背心、赤着脚无序地戏玩在古厝院落，或追逐，或游戏，或打架，或歌唱，弄得周邻不安，常常挨长辈的吆喝和痛斥……

天井厢房回廊，时常一位老者斜靠藤椅，戴着一副老花眼镜，手捧《圣经》专注阅读，任凭天井东侧一束束阳光的抚慰，阵阵清风的浸润以及屋檐如帘雨水的陪伴，显得特别的优雅和淡定，心境格外悠然，他就是阿英伯。其鼻梁高挑，眼窝深陷，身体修长，前额宽厚，额上泛起阵阵波纹，烙印着岁月的履痕，气宇轩昂，翩翩然如方外之士。

这一年他随着两位儿子（老二振华、老三忠华）上山下乡，从山腰镇迁居甘蔗园。甘蔗园乃老边少山区，位于燕山东南半腰，蒙古族出氏聚居点，民风淳朴，以农业经济为主，少量畜牧，受交通条件的制约较闭塞。其两位青年朝气蓬勃，随和大方，青春正直，书生意气，充满自信和积极进取的精神，给山区的青年注入一针兴奋剂，激活青年人的思维，带来一股青春的气息。

阿英伯一家的到来，给这偏远山区的村民带来几分喧闹和新鲜，增添许多见识和思维，注入一股充满活力的血液。其一家团结和睦，气息融和，真诚勤敏，言行有度，俨然诗书人家。

特别是阿英伯温文尔雅、和蔼慈祥、和善谦恭，不因自己见识广、知识丰富而高高在上，而是随和健谈、不拘一格，很快融入农村艰苦的工作、生活环境，以自己的言行影响着周围每个人。在村民纠纷、书信誊写、小孩教育、家庭矛盾、财产析分诸方面以及生产队的各种事务等都能积极参与，身体力行，公正办事。每年春节不顾年纪较大，主动为全村书写春联，给大家带来节日祝福。我们这些小毛孩总是围绕在桌边，或提纸，或倒墨，或摆联，好奇的眼神随着笔锋而转。只见阿英伯写得那样专注、倾情，笔墨间流露着对乡邻的挚爱和真情，给我们这些山村小孩以熏陶和教育，好似上了一堂生动的写字课。我的书法兴趣可能就是从那时开始孕育的。

阿英伯长期从事讲道工作，心明如镜、温和蕴藉、品格高标、博爱仁心、克己厚人、包容宽待、俗气尽脱。三儿子忠华青春年华，在村运输龙舌兰翻船事故中为了家乡父老生命安全，不顾个人安危，奋勇营救，不幸遇难。老人以崇高的情怀为生者祈祷，独自承受失子的苦痛，无怨无悔，为家乡留下一笔深情的、生动的生命教育材料，充分体现仁者的包容和宽厚，为后来者树立了榜样。

阿英伯虽然在甘蔗园居住时间不长，却带给大家许多人生启迪，其以德为邻、上善若水的情怀成为家乡人的眷念，随着时间的推移这份情缘愈显珍贵。

谨以此文献给刘锡英先生诞辰 100 周年。

2012 年 9 月 5 日

我的父亲

40年前，落旧的惠安东门头大众饭店门前熙熙攘攘、川流不息，门内热气腾腾，油香扑面而来，油条、豆干、肉包子、薯粉团等琳琅满目。这一年我大约10岁，因背部长个脓肿，父亲背着我来到惠安县城找医生看病，也顺便理个发，同时来到大众饭店享受一餐美味。这是山区小孩梦寐以求、心中的天堂。东门头、八一旅行社等喧闹嘈杂的景象依然历历在目。父亲那一背在我生命烙下无限的思绪和情意，这永远抹不去的记忆伴随着我人生每一刻的旅程。

父亲给我的印象是寡言、实干，不太善与人交往。在我和弟弟、妹妹都年幼时，记得每天晚上，用完晚饭，喂好猪羊，父亲总是抱着弟弟，逗着我们三人笑声朗朗，童趣悠然（我上面四兄一姐年纪较大自己玩去），母亲在旁边认真缝补着衣服，整理房柜，其乐融融，我们就在父母的呵护下快乐而健康地成长着。

随着兄弟姐妹长大，家居环境越显仄陋，父亲忧郁焦躁的眼神多了几分决心和坚定，筹划着如何改变居住环境，于是他踌躇满志并付诸行动。他开始起早摸黑，每天早晨3点多就起床，吃了点心便扛着钢钳、锥板，浸漫着浥露来到村边的山崖露岩下，唤醒宁静的大山，开始一锤一板、一凿一孔地开挖，辛苦的血汗化成一块一片的新居基石。就这样日复一日，年复一年，无怨无悔，执着而坚毅。母亲也3点多起床，煮饭、准备着猪食，忙得不可开交，经常把我叫醒，帮忙烧火。母亲每天为父亲准备一碗热腾腾的面条或一碗鸡蛋羹，为父亲创业助力。我时常得到母亲的表扬，奖励一个鸡蛋，就在这种物质激励下，我从不懈怠，准时起床，融入创业的队伍。

经过多年的艰辛准备，克服种种困难，一幢四房一厅的农家石头房终于艰难矗立于村头。全家人提着灯笼、水桶、扫把等家具乐呵呵地搬到新房，总觉得新居是无比的宽敞而明亮，那种甜蜜劲儿甭提有多大。稍事喘息，父亲开始思量着如何为儿女娶嫁的事情。

夏天的夜晚，黛墨色的山廊清静而俊秀，几只蟋蟀悠闲鸣叫着，月光静静地泻着，既柔和又诗意。一家人在门前空地上用晚餐。父亲似乎轻松了一点，但还是很少出去与别人闲聊，总是认真地呵护着我们几个年幼的儿女，慈爱而严厉。他时常给我们讲起自己参加泗洲水库建设的点点滴滴，说参加集体劳动要如何团结身边的同志，努力学好技术，学会与人交流，积极主动参与公益事业等。最让我印象深刻的是每每谈吐正兴总是喟然一叹，说自己因为小时候读书太少，文化程度不高，虽凡事都努力着，但难有成就，即便比别人更早盖好新房，也因此付出巨大的艰辛，克勤克俭，兢兢业业，虽然心安理得，但终究太辛苦、太劳累（正因为如此，我母亲50岁得了胰岛素依赖型糖尿病，于60岁病逝）。于是开始讲到读书之事，以身边所见所闻启发我们，例如隔村古大厝柱上所写楹联是特意从惠安请来读书人写的，听说还因为带有亲戚关系，那对联写得如何如何的好，博得村里人的啧啧赞赏。这些不完整琐碎、平淡的话语，在我心里激发思维的飞扬，这一年我刚小学毕业，开始对写字读书的事有朦胧的感觉，兴趣渐浓。于是我跑到镇里买来字帖有模有样地自个儿写着，但真正对写字有更多的认识是我在福建省地质学校读书时因为参加河南省书法家协会举办全国书法函授培训班才有的，至今我对书法的坚持依然未辍，虽然期间因工作关系影响学习连续性，但对书法的兴趣烙印心痕依然新鲜。书法丰富了我的生活，陶冶了我的情趣，同时触发了我对诗文的兴趣。坚持广泛阅读各种书刊，特别对古典诗词、散文情有独钟，并动笔以诗文形式表述生命感触、生活感受，并以书法自由挥洒，流露心性，情有所托，颇得其乐。在书法和诗文的路上，我依然执着地追寻、耕耘着。因为它寄托着父母对文化和知识的追求和梦想。

改革开放的春风骀荡，偏僻闭塞的山村春意渐浓，市场经济浪潮涌向山村、河谷、树丛……父亲似乎敏锐感受到这春的气息，于是开始引导三哥、四哥从事木材经营生意，充分利用本地资源优势，掘得第一桶金。然而由于文化和意识的差距，发展极限性是显然的。但毕竟触摸到市场经济的脉搏，摆脱了“割资本主义尾巴”的桎梏，过上相对宽裕的生活。

1995年春分时节，当我们兄弟姐妹都建立了美好家庭，事业也正逐步走上发展之路时，父亲却意外生病，溘然离去。我们感到特别难过，我们未能尽到子女的责任让父亲安享晚年应有的快乐人生，深感遗憾。

父亲少年失学，终身囿于边远山区，守候田埂。青年丧偶，重新组建家庭，一家六男二女，任务繁重，父亲依然以豁达的心境、坚毅的信念、敏锐的直觉、包容的情怀处理着日常事务。勤勉而努力，耐劳而坚毅，有担当且诚实地面对一切矛盾。父亲以自己的实际行动影响和感染着我们一家人，是我们心中的丰碑。

父亲经常教育我们，做人要以和为贵，诚实真挚，特别是劝导我们兄弟姐妹虽多更不能仗势欺人，要学会讲道理，宁可吃亏不贪小便宜，反对不劳而获，要靠自己的努力创造一片天地。其实父亲何尝不是这样的，这也是他坚守的信念。

在我心中父亲永远是一盏指路明灯，不断鞭策着我在人生的路上认真做人，踏实做事，以善为邻，以德为居。我正努力朝着一条艰难而又光明的正道前行着。

（刊登《惠安乡讯》2013 年第 141 期）

我的老师

——毕彩云先生

晋水悠悠，杨柳依依，我心忧忧。我的老师毕彩云先生马上要回老家了。

我有幸认识毕老师是2010年，我报名参加中华诗词学会研修班，她是我的指导老师，第一次作业批改稿从葫芦岛寄来，其批改认真，点评精到，许多知识点都是平时学习、交流很难感受到的，真是获益匪浅。

过后中华诗词寄来《中华诗词学会通讯》，其中发表了不少学员作品，还有中华诗词客座教授对学员作业的批改分析文章。让我印象深刻的是毕老师作业批改点评细腻、翔实、贴切、精练，无论是平仄、韵律、用语、词组、语境等要素，娓娓道来，引经据典，深入浅出，阐释清晰，让我感受到参加函授学习是明智之举，充满信心。

一年的函授学习，在毕老师的指导下，我学了不少诗词知识，最让我感动的是毕老师特意从葫芦岛寄来了《诗词创作技巧》，该书内容系统、丰富实用、指导性强。其中有两期作业未能如期批改，她还特意说明，因为八十几岁的老母亲生病需要照顾而耽误，并道歉，着实让我发自内心敬佩老师的真诚和修养，诗人的雅怀、潇洒和散淡。

由是，我打开网页，输入毕彩云三个字。毕彩云先生：著名诗人、作家、编审。一位富有才情的女性，精神骄子，从下乡插队、知青生活走来，凭着天赋和勤奋，写下了不少让许多诗家和诗迷感动的诗词。其诗词出道较早，影响面大，中华诗词学会创建人之一，当代女性诗人翘首，其诗风清新典丽，情真意纯，蕴藉含蓄，动人心魄。还有一篇《红妆淑女，巾帼奇才——记诗坛英才毕彩云》评论文章，让我进一步了解毕老师的诗词人生，以及其诗词意境和生命感触，从而对诗词有了更进一步的理解，尤其是如何将写诗与生命境遇、心灵感受、生活态度等要素联系起来，营造诗意、诗境，提高诗词的可读性和生命力。例如《无题》：莫道书怀假与真，思如潮水笔如神。红残可是梅魂冷，绿瘦因何玉色新。无意浮云怜月魄，有情落日掩风尘。石头犹作娇羞态，只叹迷离梦里人。吟梅诗，以梅喻己，体现诗人特有风骨和神采，影响大江南北，得到全国许多诗词前辈、教授和名家的应和和赞誉。还有有关知青生活、人生命运、生活感触等方面的诗，清新自然，贴近生命，发自内心，感人肺腑。

因此，我对写诗有了更好的理解，对写诗的思路做了调整，我尝试把个人的阅历、追求和对生命的理解点点融入诗中，逐步形成清新、雅逸、散淡的诗文表述语言。回馈过来的意见是我的诗有了提高，这也许是我的真正提高，也许是勉励吧，但不管如何我与诗是有缘分的，我视之为知己。

我从小生活在农村，阅读的诗书不多，我的生命伴随着快乐和呵护成长。父母亲不识几个字，每每早晚一家人在一起，总是教诲着：爸妈没文化，虽然辛苦打拼半辈子还是未能创造宽松的生活环境，尽管克勤克俭、兢兢业业盖了一座石头房，总算让大家居有定所，但毕竟是难以言状的苦劳换来的。

每每回想，月光下的父母既平静又焦躁的劝导，使我萌生了对诗、书法的兴趣，于是我开始自学写字、阅读诗词，对古文特别是古体散文情有独钟，感觉这样的坚持总是不知疲倦，直至今日。虽然没有什么成绩可慰，但我想这不是唯一的。人生能够闲心适性，做点自己喜欢的事情足矣，也因此拓展了生命的宽度。

毕老师两年前应陈埭诗社恳切邀请来到泉州，让我感到意外，也许是缘分，因此有了直接请教的机会，近距离感受诗人的生命体悟。龙年正月初四我和许筱玲诗友造访了江头中心小学老师公寓毕老师住所，清淡的年意，清冷的灶台，简陋的桌椅，不完整的茶具，几大包书本整齐而有序地排列着。一位当代著名女诗人寓居他乡过年的情景，寒灯冷凳，让我心情有点难受。我们的到来，毕老师显得特别高兴，打开灶火烧了一壶开水，放了一把茶叶，给我们沏了两杯热茶，缕缕清香，几分暖意，问候之余谈起诗词、人生等，一个下午感觉有许多话题可谈。毕老师似乎也从孤寂的感觉中走来，焕发诗人的率性。“从容谈岁月，潇洒对人生”，虽然人生几经磨难和坎坷，依然散淡、从容，生命中流露的是悠然、真挚、坚毅。

正当她踌躇满志要为泉州诗词做点工作时，因办刊理念、思路等因素迥异，她毅然辞职，专心指导来自全国各地的学员，不为一个没有目标的工作而耽误，体现一位诗人为艺术的真情。然而也有伯乐欣赏她的艺术才华，例如晋江诗词学会、安海医院、蔡襄文化研究会等恳切邀请她为晋江文化做点贡献。

两年来，毕老师为晋江带来了新的诗词创作观念和意识，晋江许多诗友都把她当朋友、老师，促动了晋江诗词的发展，特别是她主编的《安海医院建院 55 周年纪念特刊》，可以说是目前我见到的基层刊物最好之一，其中她付出的心血是可以想象的，刊物中征集到不少来自全国各地诗家反映安海人文环境、安海医院风采以及安平桥的诗文，堪称佳作，为晋江增添了一笔宝贵的文化财产。我想安海医院 55 周年纪念特刊是有时代的高标。

因为我是惠安人，还有应凌鹤贤兄的邀请，毕老师抽空来惠安作了诗词讲学，大家聆听后反响热烈。毕老师对惠安诗词的现状和前景非常看好，特别是对老三届荷山中学的几位同志包括敬尊、炳明、谷金等人的诗词创作水平颇为赞赏，对凌鹤兄的才情更是称道。对惠安的文化积淀深感难得，认为惠安的文化沃土有深度、有厚度、有特色，惠安是出人才的地方，只要敢走出去，胆量再大一点，完全可以构建一支很有影响力的诗词队伍。

毕老师因为思乡心切，马上就要回老家了，来也匆匆，去也匆匆，我依依不舍，我祝福老师一路平安，“莫愁前路无知己，天下谁人不识君”。但愿泉州的现代意识、人文环境能给老师留下美好回忆。

当我写完这篇拙文，与阿炳兄商议好邀请毕老师共游净峰寺时，3 月 13 日 9 点，电话中毕老师已准备启程前往厦门，乘坐火车回老家葫芦岛，让我感到特别惆怅和难过，我未能在其离开泉州之前送她一程，道声一路平安，这成为我生命的遗憾之一。

一颗冉冉升起的惠女之星

——记杰出青年女科学家庄诗美教授

因为在科学技术协会工作的缘故，我对从事自然科学的科学家总怀敬佩之心。

听留美好友少彬兄介绍，其中学同学留学回国受聘中山大学，其科研成果卓然。于是利用女儿参加中山大学研究生面试机会，专程造访了这位当代杰出青年科学家庄诗美。

五月的羊城，乍暖还寒，阴晴不定，女儿面试结束这天下午天空作美，晴空万里，清风惬意，阳光柔和，心情畅然。于是乘着地铁来到中山大学旧校区，首先映入眼帘的“中山大学”四个字特别显眼，这是一个令人敬畏的大学名门，在近代中国变革中经历世事沧桑，蕴藉着岁月的风华。

漫步在校园大道上，古木葱然，花草丛生，斑驳的树干记忆着时间的变迁。各种小花或黄或红或白鲜美无比，婆娑多姿的光影亲吻脸庞，亲切又自然，几只小鸟在树上悠然鸣叫着，甚是悦耳，第一次与中山大学如此贴近，自是怡然。

循着小道，来到生命科学院大楼前，五层高的实验楼既平实又朴素，掩映在绿色中清新自然，淡然而宁静。

来到实验室，科研气息扑面而来，整齐而洁净的实验仪器告诉你科学的条形码。因为是老乡，又年龄相仿，庄教授乡情油然而生，心境自然爽朗，于是聊起了家乡变化、人生境遇、子女教育等。想象中庄教授应是一位科研型十足，戴着深度眼镜又显文绉、不善言谈的女学者，然恰恰相反，其举止优雅、雍容大方、谈吐幽默，既有学者的严谨风范，又有惠安女特有的质朴和善的秉性，充满着智慧和快乐。

庄教授毕竟人生经历了几十年的砥砺，生命特别丰富多彩又从容淡定。她提到一点科研工作与烹饪关系，即优秀科研者也应是一位很好的烹饪师，印象深刻。虽未经证明，但可以看出庄教授是位很会生活的人，对工作与生活、事业与家庭一定处理得十分融洽，这一点从她谈到一对灵巧的女儿中可以感受到其人生的幸福。

闲聊中，庄诗美教授乡情自然流露，一生追求事业，奋斗在事业的路上，眷眷乡情蕴含在言语之中，对家乡“地瘠栽松柏，家贫子读书”这良好的学习氛围甚是赞赏，对自己从幼儿园到高中在惠安接受良好教育充满感恩情怀，希望有机会为家乡的科技事业、科学教育尽自己一份力量。

庄诗美，女，1965年出生于惠安，1987年毕业于上海医科大学临床医学系，1992年获上海医科大学儿科学临床医学博士学位，其后受聘为上海医科大学基础医学院讲师直至1993年5月自费出国。

她出国后一直从事肿瘤细胞与分子生物学研究，其中1993年8月至1994年12月在荷兰莱顿大学医学生化系分子癌变实验室做访问学者，从事apoptin诱导细胞凋亡的分子机理研究。1995年受聘于瑞典林雪平大学医学院细胞生物系医学分子遗传学实验室，从事癌变的分子机制研究。1999年获第二个博士学位：细胞生物及分子遗传学博士。2000年7月被聘为瑞典林雪平大学助理教授，继续从事癌变的分子机制研究，同时开展了肿瘤耐药机理及天然活性成分抗癌机制的研究。

自1993年以来，她一直从事癌变机制及信号传导领域的工作。2002年底受聘为中山大学生命科学院教授、博导，目前的研究重点是非编码RNA在肝癌发生发展中的作用及其分子机制；非编码RNA对细胞信号通路的调控及其机制；非编码RNA的表达调控机制。近三年主持的科研项目包括科技部的863专题和973课题（组长）、国家自然科学基金面上项目、教育部科学技术研究重点项目以及广东省科技计划重点项目等。

庄诗美博士在世界上首次证实apoptin通过不依赖p53途径诱导多种人癌细胞株的凋亡，且对抑制细胞凋亡的癌蛋白具有抗性。更重要的是，apoptin只诱导恶性转化细胞凋亡，而不引起正常细胞死亡，表明apoptin具有发展为抗癌药物的潜力，尤其是对那些伴随p53功能失活的肿瘤仍有效。在瑞典进行癌变的分子机制研究期间，尤其系统研究淋巴瘤发生过程中细胞周期调控因子的基因突变，发现在鼠和人的淋巴瘤细胞中，对细胞周期具有重要调控作用的 Ras/Raf，p53 和 pRb 通道被破坏，同时在世界上首次发现编码 p19ARF 蛋白的基因缺失，提出 p19ARF 可能是一个潜在的抑癌因子，目前这一观点已被广泛接受和引用。

多年来，庄诗美教授已在肿瘤研究领域的一流杂志如 *Cancer Research*、*Oncogene* 等发表多篇文章。她所获得的成就已为肿瘤研究专业所瞩目。

庄诗美教授有一个美好的家庭，其先生郑利民教授任职中山大学生科院，二人都曾先后获得“长江学者奖励计划”特聘教授和“国家杰出青年基金”。夫妻双方都是博士、教授、长江学者，有一对聪明的女儿。郑利民、庄诗美夫妇被戏称为“四双家庭”。谈及家庭成功的秘诀，庄诗美教授说，他们的家庭读书格言是“勤奋出真知，努力成真才”。

庄诗美教授，一个从普通家庭走出的惠安女，凭着坚强的意志、远大的抱负、对科学的执着，勤于思考，勇于实践，创造出非凡的成就。她是惠安人的优秀代表，更是惠安女成功的典范，为惠安女树立了从事科研工作的榜样，成为年轻学子心中的高标，其影响必将深远。

庄诗美教授作为国家杰出青年科学家，其科学之路才跨出第一步，康庄大道展现在脚下，任其驰骋，其未来将是铺满鲜花，其人生将如她的名字一样富有诗的美。

我们期待着，期待着庄诗美教授为惠安人，特别是惠安女建树更为辉煌的成就，展现精彩的惠安女人生。

不一样的年味

丁酉年春节真是一个难忘的春节，也是一个无可奈何的春节。尽管春天已是来临，山花怒放、阳光灿烂。然而生命就是这样让每一天都有期待，期待什么，期待生命更是有章可循，但可能很难啊，不以人的意志为转移。

想起半年前的七月初六上午，侄子说他爸身体有点不好，我下班后，即驱车回家看望。躺在床上的四哥已是打呼噜般的，气喘如牛，似难以为继，在此之前20天医院治疗从未出现的。村隔壁80岁高龄的老姑听说之后拄着拐杖，连夜探望，掰着眼眶说，瞳孔似有点放大。然而凭着我对四哥的信任和期待，其意志坚定，不轻言放弃的性格，我想坏事不会出现的。于是我组织人员到镇上请来医生，添加氧气瓶等辅助设备，为四哥引尿、输氧等。过后稍有轻松之感，我以为可能憋尿等原因造成其呼吸困难，经此一番处理形势好转，气息也平和下来。于是组织几位乡亲打起麻将以消耗时光，观察病情。直至午夜后，我看到老四安稳地休息着，才放心由侄女婿开车送我回惠安休息。然而近五个小时休息后，打开手机，听到侄子哽咽的声音，我清楚意识到，四哥可能不行了。我即刻回家，摸着四哥热乎的体温，然而心跳却已停止，我潸然泪下。四哥就这样静静地与兄弟不辞而别了，其平和的脸庞，安详的神态，任何时候我都历历在目。快过年时，有一天我突然想到四哥已离我而去，不能够像去年初四找我要钱时的场景，我油然伤感了。其实当时不大愿意给他，主要是他见物即忘，已丧失记忆能力，想起来心情有点自责，为什么我就不能豁达点，爽快地给他，有时慨叹着，人生的机缘只有这么一次，真应该珍惜之。

12年与病魔不断抗争，四哥表现出倔强不屈、不服输的人生精神，对生命充满乐观和期待，然而终究敌不了死神的纠缠。四哥走了，其人生是完整的，也是幸福的。尽管病魔带来许多痛苦和不快乐，但兄弟们真情的呵护和伴随他走过艰难的12年，我想他真是幸福的，他应感谢生命中这么多的真情和温暖，期待走上另一个世界仍然是快乐而幸福的。

进入腊月，年关将至，年味渐浓。然而十二月初七晨，当我尚在梦中，家属把我唤醒，告诉我姐姐被车撞到了，已送到医院。我一脸茫然，悲从心生，刚失去四哥的心情仍未释然，突然听到这样的消息心里着实难过。于是我喝口水即往医院奔去。

几天前，姐姐给我电话，让姐夫送来一些地瓜粉等，由于年纪大了，不打算再种植地瓜，以减少一些农活。我也劝她年纪大，子女都长大了能独立生活，应多休息，然而才几天，就……

当我走到医院 ICU 门口，我外甥把我接进去，正好碰到主治医生黄医生告诉我，情况不好，瞳孔已放大，需马上手术，医院正通知护士和医生做好术前准备工作，医生会尽最大努力，你放心。当时我也很坚定，看到黄医生自信的眼神我充满信心，也很感激黄医生的职业操守。虽然如此仍然很是纠结，毕竟姐姐六十余岁了，经得起这样的折磨吗？但还有什么办法呢？只能听天由命，默默企盼姐姐好运。

在手术的一整天，我都守候在门外休息室，期待姐姐顺利渡过这人生最大劫难，直至下午手术顺利完成并转至 ICU 继续观察。

姐姐从小聪慧、勤劳。虽然婆家家境不好，然而她能凭着自己的艰辛努力，充分利用涂岭乡村特色小吃，打造自己的家庭小作坊，蒸年糕，炸浮粿、芋粿等，样样做得精致好吃，受到乡人邻里的喜爱。姐姐靠自己的聪明机智和辛苦努力打造一片新天地，养育二女三男，子女健康成长，诚实做人，自立自强。正当她有条件步入晚年，安享儿孙绕膝的天伦之乐时，命运却又跟她开这么大的玩笑，突然出现这样不幸的事情，让她这老残的生命继续与伤痛抗争着，真是苍天无眼啊！

姐姐的生命虽保住了，却成了植物人，这已是不幸中之万幸。春天已来了，姐姐的冬眠也应该到期了，应该醒过来看看阳光和煦、山花烂漫的时光了。

接连出现的事情，让我感到生命真是脆弱，生命的定律总是难以个人意志为转移的。跨过五十有四年，尽管是知天命之年，仍然对生命茫然，甚是无奈和无助。于是我时常在想，顺乎天意，道法自然，也许才真是顺应生命的律动。珍惜生命，珍爱生命是每个人应把握的，生命往往走着不由你意愿的方向。淡泊名利，快乐生活，善待人生，追求一种轻松、无欲的生命状态应该成为一种自觉心性。

丁酉的春节心情虽是郁闷，似乎在生命的旅程中感悟到人生真谛，生命或因此更加豁然、放达、无拘。游走在善良、温情的生命之河，让身边每个人感受到生命的温度和热情；融合在春天般的生命暖园，让生命在温暖的乐园中吮吸营养，滋养情愫，快乐地生长着。

生命的艰难，让我体会到更应呵护生命，热爱生命。

生命总是在期待中前行。期待充满顽强生命力的姐姐尽快醒过来，看看这美丽的春天，聆听悦耳的富有动感的春声，感受春天特有的生命气息和温度，在这繁花似锦的春天里把你黄莺般的歌声展现，为春天放歌，为秋天播下收获的种子。

祝愿姐姐的冬眠结束，健康生活！

丁酉的春节，不一样的春节。在生命履痕烙下深刻的情愫，难以磨灭。

岁月如歌

——丙申端午八三级水工班 30 年同学会寄怀

巍巍五虎山耸立云间，乌龙江水奔流不息，几叶渔舟游荡在江波间，江边石阶上浣女笑声不断，雀鸟叽叽喳喳地盘旋枝条上，榕树下老阿伯悠哉地打着那把芭蕉扇，斜倚石凳上，目送江水一波又一波，任时光悄悄地在足下流去，一群青春年少的同学，风华正茂，奋起矫健的双臂，畅游在江面上……

丙申端午，30 年同学会重游螺洲，伫立江畔，眺望远方，宽阔的江面水波平静，清风徐来，思绪油然而生……

1983 年秋季，我有幸被福建地质学校录取，就读水工班。带着青春的憧憬和希冀，背着行李踏上开往福州的汽车，经历四个多小时的颠簸，终于来到福州长途站。从未到过大城市，面对如此繁华和喧闹有点茫然，不知所措间，忽然“福建地质学校欢迎新同学”的牌子映入眼帘，同时传来悦耳的声音，“欢迎同学们来福建地质学校读书”。一下子心情轻松，如释重荷，喜悦之情涌上心头，走进了如家似的学校。

从小在农村长大，特别是说话带着浓厚的闽南腔，刚来到学校真有点顾虑。记得第一次到食堂点菜，对“主食搭配菜类”普通话表述有点不自信，总担心说出让同学们听不清楚或听不懂，会让同学们笑话的话，还真有点犹疑，是“配”字还是其他什么字，斟酌片刻还是勇敢地说出“稀饭配青菜”。我看了看同学眼神，似乎大家没有什么不一样的眼光或听不清的感觉，于是我就认为这样的表述是可以的，以后在各种场合里讲话时，就没有这种障碍，顾虑也就少了。

班上共 41 个同学，其中山东籍 10 人，福建籍 31 人。来自南北方，性格特点差异，习惯不同，难免有不同的看法和想法，甚至出现争执和吵架之事。刚开始由于彼此了解较少，沟通不足，出现南北同学产生矛盾的不愉快事情。后经老师调解和讲理，同学们学会相互理解、相互帮助和相互包容的思维方式，这也许就是年轻人必需的经历吧。每每想到在橘园张绍武老师召开双方同学沟通会，其景历历在目。想起来真是幼稚、可笑，却是每个人生命中宝贵的财富。它让你真正学会融合、友善、相亲相爱，学会换位思考，为对方着想，学会与人相处。这真是人生一次非常有教育意义的经历。

且不说有南北方性格差异，即使同一地区的同学由于兴趣、人生阅历不同，其性格差异也是显然的。正是因为来自五湖四海的各个生命体交互融合影响，三年的同学生活才如此的愉快和精彩。不论是学习生活、旅游休闲或野外实习，大家都能相互帮助，共同克服困难。记得在永安石林实习时，为调查溶洞分布情况，在不知地下地理、地质环境情况下，不论是山东同学或是福建同学，大家拧成一股力量，同心协力，主动请缨，争做先锋。给我印象特别深刻的是，山东同学更率真、勇敢，总能走在前头，主动下洞，勇于冒险，令我佩服。

25 年同学会在山东举行，同学们一起登泰山，游烟台、威海等，瞻仰孔庙。置身齐鲁大地，感受邹鲁文化的博大精深，对滋养于这样文化沃土的同学，我们愈发感到羡慕，他们是很值得骄傲的、是幸福的。他们的人生是精彩的，内质是隽永的。感谢生命的缘分。

第一次综合性野外实习给大家带来许多快乐。欢唱《勘探队之歌》，舞动青春的脚步，洋溢着青春的风华，真正拿着罗盘、铁锤，背着地质包行走在荒岭、溪流、田埂……到处都有我的足迹。以一个地质工作者的姿态为地球丈量和识理，感到非常自豪和浪漫。以地球为认知对象，探测其奥妙，其思维需要宏阔和充满想象力，在客观和精微的交会中体现青春的价值，青春的情怀融合在大自然中，充满生机和激越，这一次实习我写下第一篇散文游记《永安石林》并发表于校刊。

老师的无私奉献，手拉手的指导，使大家对地质工作的概念有了初步认识。教你如何辨识岩性生成，分析构造成因，野外工作安全等。记得林光乃老师看到我写的《永安石林》散文游记，要我多加几个比喻句，使文章更生动，令我记忆犹新。

师者所以传道授业解惑也。老师成为你人生跨出社会非常重要的引路人，教会了你如何生活、工作和处世，对你的一生影响深远。

林光乃老师对我第一篇小游记的热心指点，在我心中种下对文学诗文兴趣的种子。在今后的三十几年中，我坚持阅读的习惯，对古典文学、诗文坚持自觉的诵读，丰富自己的人生，对培养一种诗性的人生、诗意的情怀都有着特别意义。经过长期的积淀，2004 年我开始执笔创作诗文，目前个人《燕山诗文集》正在勘校，该书共收录近十年创作的古体诗 350 首、文 50 篇，还有新诗、对联、书法等。许多诗文发表在各种刊物上，如《中华诗词》《书法导报》《泉州文学》《泉州晚报》等。

记得入学第二学期，林斯扩先生给我们上地理课，闲暇聊天时讲到我们班级传统文化的学习有待加强。林老师的毛笔字写得端庄、隽秀，传统功力深厚。在福建地质学校大门重修后，校名门牌是林老师写的，宣传栏也经常可以看到林老师的书法。老师的一席话，大家触动较大，于是我重新买来字帖，柳公权楷书字帖。由于本来没什么基础，我开始报名参加由河南省书法家协会举办的全国第一个书法函授班，系统学习书法知识相关课本，经常下午放学后到阅览室学习有关书法方面知识，星期六有空到于山看书法家写字。记得有一次自己创作了一幅作品，向书法家王西平校长请教，王校长鼓励我好好学习，同时要求我加强楷书基础训练。这一句话对我影响很大。

学习书法成为我人生中一件非常有意义的事情。虽然书法并不是我的主要工作，但作为业余兴趣，作为工作之余一种雅趣，我依然坚持，成为生活中的重要部分。1991 年，第一届全国地矿系统书法展福建省三人入展，我忝列其中。书法给自己生活带来情趣，也通过书法参与许多社会公益事业，丰富了人生。特别是2006年担任惠安书法家协会副主席兼秘书长，为惠安创建“中国书法之乡”、书法普及教育、创作队伍建设等做了大量工作，为惠安文化事业的发展做出积极贡献，得到社会的普遍认可和赞许。

30 年岁月如梭，过眼烟云，大部分同学银发白鬓，青春不再。每个人的人生境遇发生了很大的变化，但大部分同学仍然坚持在原来岗位。这种不离不弃，干一行爱一行的职业操守令人心生敬佩，把青春献给祖国地质事业无怨无悔。当然许多人因工作需要在不同岗位，同样也发挥作用，为社会主义建设贡献青春的力量，同样闪耀着人性的光辉。

30年同学会再聚首，漫步在螺洲校园，尽管黑发不再，校园焕新。青春的脚步依稀可见，一张张灿烂的脸庞如花绽放眼前，琅琅读书声回荡耳旁，生龙活虎的身影闪现在球场上，榕树下安静地看书，结伴晨跑在通往三叉街的大道上…… 一幅幅青春的画图构筑美丽的画卷展现眼前。

永泰福满酒楼测绘赵老师吹起葫芦丝，那悠扬沉郁的曲子引起我思绪翩跹，几十年同学情愫蕴藉的生命情思融合在热烈欢快的宴会上，大家尽情拥享眼前的相聚和欢愉。

光阴荏苒，友谊长存。三年的同学生活成为生命中不可或缺的一部分，犹如一壶三十年的老酒，甘醇浓烈，每品一杯都有不同的人生感悟和对生命的回味。其生命的酸甜苦辣和幸福快乐交织融和着，韵味悠长。

端午节第三天，同学们来到林光乃老师家，向林老师表示节日问候。林老师虽然行动不便，反应迟缓，但可以感受到他内心的幸福和激动。林光乃老师，一个长期从事野外水文工程地质工作的地质专家，以其丰富的野外经验和精深的专业理论知识，教授我们班专业课兼班主任。其平和、率性、真诚让我们感动，使我们终身受益，当以怀记之。回家后我写下古风一首以志：

乃师才八十，轮椅半为床。
言语虽迟缓，面容也瑞详。
清风临吉地，笑意溢华堂。
近水思垂钓，观云羡奋翔。
少年心志远，壮岁杏坛芳。
端午见晴朗，福州流彩光。
龙舟情热涨，学子意绵长。
共祝先生好，身心寿而康。

同样也真诚感谢许许多多老师的教诲，同学的相互帮助以及学校良好的学习氛围，并祝老师、同学及家人们健康、快乐、幸福。

三年的学校学习生活，烙下深深的生命履痕。随着时光流逝、风雨洗礼，犹如古大篆线条更显沧桑和内质，让人回味无穷，岁月的光华生发着温馨的人生情味，芳香四溢。

感谢生命，感谢缘分！请幸福地享用生命的精彩和浪漫，享用这天赐不可多得的人生岁月。

生命因你而精彩！

2017 年 3 月 20 日

（福建信息职业技术学院纪念建校 110 周年“信息之光”杯征文一等奖）

母爱依依

——纪念我的母亲去世三十周年

翻开正在校订的个人诗文集《烟山诗话》，近 11 万字的诗文稿，居然未见一篇专门写母亲的文章，想想真有点内疚。

其实并不是不想写，每每提笔后总是又搁下。想想母亲的一生，喉底便开始哽咽，人多想说的话，无从写起，感觉怎么写都难以表达对母亲的思念。母亲的生命其实早已完全融入自己的血液中。

1986 年 7 月，我中专毕业分配在闽北地质大队工作，随后到政和杨源水库从事坝基防渗防漏灌浆工作。农历八月初七下午，突然收到家里发来的电报，传来母亲病逝的噩耗。虽然早就知道母亲身体不好，糖尿病折磨得她走起路需依着墙，但突然接到这一噩耗，不啻晴天霹雳，欲哭无泪，母亲斑白、憔悴的面容依然历历在目。

由于杨源水库地处闽北政和边远山区，交通特别不便，历经几番转车，两天后才赶到家里。因家乡习俗，这时母亲已下葬完毕。趴在母亲的新坟头上，我失声痛哭了好一阵；走进母亲住过的房间，看到空荡荡的房间，无比的悲痛再次袭来，记忆的闸门也慢慢打开。

母亲出生于本镇芦朴村下墩角落一个黄姓的贫苦农家，幼年丧父，由寡居的外婆拉扯着舅舅和母亲姊妹几个，生活的艰辛自不必说。据说，好几次因外公落下的债务没有还清而被人插青（家乡习俗，欠人家的债没还清，债主把青树枝插在你的田头，你就不能耕种），秧苗挑到田头而不能下插，那种辛酸的境遇简直不堪回首。

长大后，母亲先是嫁到涂岭林角村蔡家，生下一男一女，后因丈夫去世，女儿夭折，经人撮合，母亲便携蔡姓长兄改适于我的父亲。当时我父亲的前妻因故去世，撇下一男一女。重新组建家庭后，母亲又生下四男一女。这是一个多子女的大家庭，生活的困苦可想而知。但母亲不偏不倚，对我大母留下的二哥和大姐更是疼爱有加，在她的精心操持下，建立起一个虽然贫困但却充满温馨快乐的大家庭。但在其间母亲花了多少心血，吃了多少苦头，忍受多少委屈，只有她自己清楚。母亲从不言语，默默忍受，把所有的苦痛揽进怀中，尽心尽职地把一家老小管好，把一群小孩养大，培养成人。

母亲明知多子女困难户，需要付出比别人更多的努力和劳苦，然而她并不在乎。在 20 世纪 60 年代初最困难阶段，依然让二位大哥念到初中毕业，后因社会原因辍学，阻断他们青春的梦想。但母亲重视教育，并未让教育改变命运的希望熄灭。

母亲睿智地经营着这个大家庭，但处在困难年代的一家十口人的吃住总是困扰母亲的大问题。她克勤克俭，合理安排家庭口粮，特别是经历“大跃进”后，口粮严重不足，为哺育幼儿，母亲经常是饿着肚子，光喝汤度日，米粒打捞给幼儿吃，白天还要参加高强度的集体劳作。其艰辛可想而知，其毅力令人佩服。

那时我爷爷与我大伯一家住，每次来到我家，看到那口二尺八大锅里热腾腾的稀饭，拿起瓢子在锅中一捞，深不见底，只见一些菜叶漂浮在上面。看看我们一群小不点，正瞪着大眼睛渴望晚饭上桌，爷爷直摇着头，无奈地苦笑着，默默地祈祷着我们能健康成长。虽然爷爷对此无能为力，但我们依然很尊敬爷爷，总是缠着爷爷给我们讲故事。我们这一群山里娃就是这样，在父母亲及其他长辈的呵护下健康、快乐、无忧无虑地成长着。

母亲的娘家在山下的平原地带，每逢农历九月，他们都要到山上来割草收柴，把我们家当作休息的驿站，母亲总是尽己所能地接待他们。我们一家拮据的生活状态，常常是他们议论的话题，对于母亲何时能走出困境、出人头地特别担忧。当时舅舅家与几个姨妈家也很困难，并不能给我们多少帮助。

然而母亲总是不为困难所动，坚定自己的生活信念，面对现实，努力创造条件，改善家庭环境，尽责尽力把孩子养大，所有困难自己承受。

随着子女们的长大，家庭居住问题日益突出。姐姐只能到外面与堂姐妹合铺，父母意识到再困难也要建造房子。在吃饭尚未能完全解决的情况下，开始着手申请宅基地，筹备建筑材料，所有主要材料全部从镇上运到山区。

买料、雇人家帮忙搬运石料到山顶，经历了很多磨难，花去了家庭大部分粮食和储蓄。地基、墙体砌石和杂料大部分是由父亲和几位大哥到山脚开山凿石，一块一块地搬回来的。

为了准备更多的造房石料，父亲经常独自一人天未亮即准备着钢钎、锤子、畚箕等到村边山脚挖采。母亲则每天凌晨三四点起来煮饭，为父亲热汤，并在忙完三四个小时家务后，匆忙吃完早饭继续参加集体劳动。

经过几年准备，终于在众人帮助下盖了一幢四房一厅的石结构房屋，一家人高高兴兴搬到新居，虽然装修简陋，下雨天经常滴水湿地，但总算暂时缓解了一家子的居住问题。在计划经济时代，依靠省下口粮和少量自留地收入，盖房子是难以想象的。为了盖房，家中粮食几乎用光，曾经有一段时间断过粮，母亲只好向邻居借粮下锅。然而在完成大屋落成的面前，这种困难算不了什么。记得有一年清明节，我和村中小伙伴放学后到山上采树枝，回家后看到母亲正煮着地瓜渣包着花生米，这种食品我们管它叫薯渣丸。虽然是比较低劣的粗粮，但是只要可饱腹即好，兄弟姐妹吃起来依然很香、很香。

随着哥哥姐姐们的日渐长大，筹划子女的婚事就开始摆上父母亲的议事日程。历尽千辛万苦，总算把四位兄长和姐姐的婚事给办妥了。大哥成家后回到林角村。可不幸的是，我二嫂因为产后大出血，溘然去世，撇下一个男婴，这一变故给我们的家庭带来了极大的痛苦。特别是侄儿的抚养问题，母亲带着悲痛的心情，把孙儿抱在怀里，泣不成声，很多亲戚和邻居建议把孙儿送人，但在困难面前，亲情第一，母亲毅然决定自己喂养。于是母亲白天干活，晚上自己照管小孩。在母亲精心照料下，孩子健康成长。然而就在这过程，母亲因劳累过度，加之营养严重不足，出现严重消瘦现象，经查已是重度糖尿病，母亲失去最佳治疗和控制的机会，只能靠胰岛素缓解病情。1986 年暑假，也是我毕业等待安排工作之时，我利用暑假带着母亲到惠安县人民医院住院治疗，用以缓解病情，延长寿命。整整住了两个月，然而母亲的病情依然日渐恶化，虽然我们千般不愿、万般不舍，但是母亲还是离我们而去，享年只有 59 虚岁。

母亲的一生是顽强的一生。母亲为我们打下坚实的基础，以超乎常人的意志和精神同命运抗争。母亲艰苦朴素，诚实做人，成为农家妇女的典范。

我们成年后还来不及行孝，母亲就已经离我们而去，但母亲以自己的言行、正确的人生观如甘泉般一直滋养着我们，母亲的教诲一直在我们耳旁响起，鞭策着我们在人生路上砥砺前行。

记得我到二中读书期间，每逢星期日，母亲都特意为我准备了一碗地瓜粉煎，这是家里能拿得出的最好食品。同时考虑到学习压力大，需要补充营养，母亲还特地到镇上买来一瓶补脑汁，这是慈母之爱的最好体现。每一次吃饭时，母亲都会再三叮咛着我要好好学习，几位大哥都未能读成书，是她最大的遗憾。她希望我能考上大学，找个好工作。母亲的叮嘱如山重，每一次讲到这方面，都不忘告诉我，你将来如果有成就要帮助大家，特别是你弟弟，他眼睛不好。这件事是母亲最放心不下的。还有自己亲手抚养的长孙，因为缺少母爱，要多给予关心和帮助，让他健康成长。

母亲的话总是烙印在我的脑海。20 世纪 90 年代初我利用专长，兼职经营一些业务。当我赚到第一桶金时，我即想到如何帮助兄弟姐妹，特别是小弟。于是我开始着手开山种果，搞养猪场，由我弟弟独自经营管理。虽然收入不是很多，但作为弟弟一家的生活来源还是够的。以后我也陆续把其他人都带出山区来发展。这也是母亲的愿望，我总是努力去实现，我想母亲在九泉之下应该是欣慰的。

母亲擅于理家，合理安排家务，从不贪小便宜，管理小孩特别严格。教育我们做人要有骨气，做事肯吃苦，诚实做人，认真做事，宁可吃亏，不可斤斤计较。平常村中集体用膳、婚事等总是把小孩安置在家中，以免让人有闲话。印象最深的一次，生产队里集体加餐，我和妹妹弟弟三人在家，母亲怕我们到队里食堂去，就给我们开小灶，中午让我们自己焖干米饭吃，这可是天上掉馅饼的大好事。这一天我是老大，三人共同把母亲交代的家务事做好，切猪菜、切地瓜、扫地板等，不到九点，所有工作做好。生火焖饭，三人面对一锅热腾腾的干米饭喜出望外，开心极了，这是我童年印象最深的。

母亲人小志气大，家贫重情义，有侠义心肠。我舅舅早逝，舅妈家的日子过得异常艰难，在 20 世纪 70 年代大家都非常困难的情况下，她都要挤出些费用帮助我两位舅表哥读完高中。虽然能力有限，但这种重情重义的举止是非常感人的。这些资助都是母亲深更半夜挑自家柴草到镇上卖换来的，是用血汗换来的，那时候生产队是禁止的，可是生活所迫，哪有什么更好的办法呢？我舅妈非常感激这位有情义的小姑，每一次我去看舅妈时她都会谈起，看到舅妈流着眼泪说起母亲的事情，我们更怀念母亲了。

母亲追求人生完满，遵守妇道。虽然生命经历坎坷、苦难，在其生命弥留之际，她交代要把自己的骨灰拿到林角村与她前夫合葬。刚开始我们兄弟有点不理解，但慢慢地明白了母亲的情怀。1996年冬至，我们几兄弟一起把母亲的骨灰送到林角村与她的前夫合葬，完成了母亲的心愿，让她的生命找到归宿。

母亲的生命是短暂的，但她的生命却是精彩的。她的人生书写的是责任和贡献。正是因为她积极进取的人生信念，克勤克俭的生活品质，爱家爱人的处世态度，脚踏实地的办事风格才有了我们这个美好的大家庭。其慈悲、仁怀、善良、包容的胸襟一直教育着我们。那种越挫越勇，不服命运安排，以顽强的生命力去战胜灾难的精神不断激励着我们，给我们村以及周边的群众树立良好的榜样。母亲永远是我们心中的一座灯塔，指引着我们前行的方向。几年来，每当我们回到老家，那些长辈乡邻在跟我们谈起我母亲时总是赞不绝口。我为自己有这样的母亲而自豪不已！

母亲虽然已经去世30年了，但她一直活在我们的心中！

（刊登《惠安文学》2017年秋季刊总第3期）

我认识的画家添英兄

认识添英兄已是二十余年了，其时我刚从外地调回惠安档案馆工作，认识的人不多。文化馆设在孔庙，不时有各种类型的书画展览，因为我喜欢书法，于是就有走进文化馆参观的习惯，也因此认识了添英兄。

此时他刚从艺校毕业，风华正茂，书生意气。一副俊朗的国字脸，眼神专注，略带刚气。工作室在孔庙崇圣祠右庑一单间，面积不大，稍显潮湿阴暗。然而就在这不起眼的陋室，墨香四溢，墨象俱生。其随和的性格，艺术的氛围，不时来自各方才俊悟言一室、切磋技艺，或老或少，往来无白丁。由于我们工作单位较近，我经常造访，彼此也就熟悉了。

随着与其交往深入，逐步喜其诚实、真心、正直的品性。在其刚气中透露善良、仁慈的本质。对事物的客观、公正阐理和认知，不附庸流俗的思维，一股清气荡漾。尤其是他身上渗透出那种静气、雅气，正是当今社会追求速度带来急功近利、浮躁浅薄所缺的。其舒缓的节奏与古代文人雅士之举相契合。从事艺术创作，这方面甚是难得，也充分体现其特性，难以用金钱买来，这也是我所喜欢的，于是我们二人也逐步有了深入的交流。

几年来，为了照顾父母，让父母老有所乐，老有所依，作为长子他毅然放弃了许多继续深造的机会。其初衷是父母的生命是自己重要构成部分，倍感珍重，力尽更多的子女义务。朴实的想法和言语说明其真实的内心世界和眷眷之意，正是这赤子之心让我甚为感动。这件事他做得很完满、真切，我想不论是现在或以后他都不会感到遗憾的。对兄弟姐妹也视同手足，怀拳拳之心，竭尽所能地帮助和支持。其情也真，其品可嘉。

添英兄生来是一块画家的料，其悟性与生俱来，天资颇高。自幼喜欢涂鸦直至走上专业之路，从不自觉行为至自觉行为，从连环画到漆画、雕塑、工笔、水墨等都甚用功，犹重雕塑、国画、水墨，并日渐成熟。近期倾情水墨，达其性情，初有所得，已见端倪。其注重技巧磨砺同时勤阅画理，探究美术史、文学等艺术元素，对于书法的重视，则是画家的自觉认识，甚是难能可贵。

其碑体行书开张朴茂，小楷则灵秀俊逸，为其画作增添许多笔趣。作品整体呈现出构图新颖，文气温雅，气象宏阔，笔触精微。这也是一件好作品的基本形成要素，可见其潜质。

丙申年在工人俱乐部展出其《墨荷》，六尺整张，此水墨荷花作品我特别喜欢。在参观之后我写下一首诗：“红雨随心至，清风偎绿池。云窗明月夜，山色素笺诗。朵朵荷花异，层层墨韵奇。雏鹰思展翼，烟水自堪期。”这幅作品无论从墨象、笔趣、构图都比往日的作品有突破性的跨越。之后我也在想，作品背后究竟蕴藏作者怎样的精神世界和思绪，从这件作品中隐隐可以看到作者生命世界新的意象和情趣。

之后在交流中我才知，他从近两年特别红火的培训班退出，放弃利益的驱使，淡化浮名的追求，从而更专注于画理思索、生活体验、现实感悟等，寻找生命的切合点和表现心性的笔墨语境，丰富作品的生命意蕴，提高作品的境界。

生命历经新的洗礼，追求一种自在、超然的状态。通过这次作品展以及作品集的付梓，他将砥砺前行，深度探究，把自己对生命的理解和作品的墨象方面结合得更完美和到位，使作品更有内涵和精神特质，从而构筑自己作品的精神世界的哲理性和生命意蕴。

添英兄是善于思考和注重积淀的人。随着岁月风雨浸润，人生酸甜苦辣的熏染，其生命将更丰富和精彩，其作品将更具内质和韵致，其将如山岗上青松摇曳在风雨中，愈发遒劲、青翠，迎接朝阳。

放养记

农村小孩独立性普遍较强，从小即可参加各种不同的家务或社会劳动。虽然年小，但干起一些家务事也是响当当的。既可为家长分担一部分责任，同时也锻炼了自己。在所参加的家务劳动中，印象最深的是放养家禽一事，感觉特别有意思。

每逢秋收季节，秋割后的田野空阔而宁静，散落在田地中大量的谷粒，自是放养的唯一原因。利用翻耕播种前，把家禽挑到田间放养不失为一种好办法，既可让小孩亲身体会劳动的快乐和艰辛，也可节省家中的粮食，何乐而不为！我正处小学高年级，在家中最适合担当这项任务了。

此日，日上竿头，秋风习习，山路两侧林木扶疏，草木参差，各种颜色的小花点缀山坡，香气流空。由于年小，挑起鸡笼还是有点困难的，而且沿途有较多的坟地，经过时平时大人讲过的各种离奇的故事会突然浮现在脑海，心里有点怵的感觉。三哥体贴我，为我解忧，主动帮我将鸡笼挑到田间。一路上三哥走在前头，我则紧随其后，路过坟地脚跟有点颤抖，眼神也不敢正视坟地的形状。稻田离家一公里多，沿着屋后蜿蜒山路，兄弟边说边走，自然也打消害怕心理，大约二十分钟来到即将放养的稻田。田地依山坡开垦成梯田状，数亩多，或条状，或块状，大部分不规则，西侧一条溪流自西北向东南径流而去。

站在田埂，放眼望去，群山连绵，燕山峻朗高拔，苍翠横披，远处山梁一片尚未收割的稻田，金黄的稻穗随风摇曳，似乎在向我招手，阵阵山风从谷中吹来，稍有凉意，秋日柔和，秋阳普洒，大地光耀焕彩，令人心旷神怡，置身原野，泥香、稻香、果香扑鼻，沁人心扉。

于是我选择了一块较大田地放养家禽。放飞的家禽情绪释然，或专注觅食，或鸣啼，或拍打着双翅，高兴得像小孩似的，自由奔跑，相互追逐，对周遭感到特别新奇，换了天地似的。母鸡则带着小鸡三五一群，沿着不同方向自立阵地，自在安然。公鸡则无拘无束，穿梭往来，好不快乐。个别公鸡要性子，飞翔在田岸边石榴树上，引吭高歌，啼声飞扬，展现应有的雄姿和魅力，颇是气宇轩昂，不可一世，似乎告诉你，我来啦！

我则着手搭建草房，利用稻田散放的新鲜的稻秆扎捆搭建大小各一个，小的供母鸡下蛋或小鸡避雨之用，大的供人休息。搭建草房也需用心的，叠草捆需注意穿插、搭接，长短交错，保证安稳而且有空间。盖好草屋日上中天，到了准备午饭之时，于是开始到山坡搬石头，搭筑灶台，拾干枯柴枝，然后到溪边取水，生火烧水，近午时分开始煮饭。

每一次独自放养都是带着大米，而且是足以焖饭的量，这次也不例外。你可别以为焖丁饭是小事，其实在那困难时期，吃白米饭还真不是容易的事，如果不是放养而得到犒劳，平时是不可能随便带着大米野炊的。每一次放养，午饭我都处理得很满意，山泉水煮白米饭颇有特色，煮好的干饭白白的，香香的，一粒粒晶莹剔透，配上家中带来的咸菜，真是可口美味，特别诱人。

放养过程中得随时关注天上老鹰冷不丁来袭，捕捉小鸡，观看周围动静，是否有野狐之类出入，同时也需根据家长交代留心下蛋母鸡去向，是否跑到草丛或其他地方下蛋，防止疏漏未捡回来。

虽然是一个人放养，并非无趣。时而攀爬石榴树上，斜靠树干歇息，仰望长天白云悠悠，聆听林间野鸟喳喳，偶尔成群黄雀从眼前飞过。时而独自步行溪边，轻掬清流，含啜甘甜，静静地观赏小鱼自由地游来游去，偶尔看到一只小虾游来，伸手捕获，剥壳即食，鲜味爽口。溪石大小不一，镶嵌成堆，排列零乱。静卧磐石上，溪流潺潺，流水淙淙，遇坡坎，水声变奏，时而叮咚响，时而哗哗然，水流款款前行，怡然自得。静观流水遇石溅起水花，雪花似的，轻灵而莹透，别有情趣。

日近黄昏，夕阳西落，霞光淡去，暮色笼山体，于是开始清点家禽数量，捡鸡蛋，逐只赶回草房，然后装进鸡笼。记得这次母鸡下了十个蛋，其中四个装在左右口袋，心里暗自高兴，一天的放养带着丰收的喜悦心情回家了。

三哥或许忙于农事，或许相信我有能力处理，未能如期来接我。此时真是犯难了，想到路边坟墓又害怕了，思来想去，毅然放弃原路，自己挑着鸡笼选择另一条山路。这是一条崎岖小道，其中有一段坡较陡，还有一段难走的田埂，只是远山有人作业热闹些，真是无奈的选择，迎难而上。

然而由于年小，个子不高，挑起鸡笼显得笨拙，特别是遇到爬坡的路段，狭窄不平，每往上登一步，务须稍蹲借力方可上行，结果稍不慎一蹲，右口袋的鸡蛋挤破了，蛋黄水从口袋慢慢渗出。这下可麻烦了，明明是带着愉悦的心情回家，却因这一招搞砸了，心里嘀咕着，这下恐怕要挨批评了，于是一路闷闷不乐回家，绕了一大圈长路，至少多花十五分钟。

回到家中，卸下家禽，清理蛋黄渣，母亲看我闷闷不乐的样子，问了一声：“今天母鸡下几个啊？田里谷粒多吗？”我“哦”了一声，无奈只能把情况如实说清，母亲摸着我的头笑着说：“孩子，你啊胆量太小，男子汉要勇敢点。”母亲并没有责怪我，我如释重负，脸上随即绽放笑容。

这次放养给我的童年留下深刻印象，虽已过四十几年了，依然历历在目。放养是一件非常有趣的事，既可为家中做事，又丰富了人生，其乐趣难以言尽。

生命的每一次过程都是必需的，童年的放养趣事，伴随着生命成长，随着时光的流逝，恰如久酿的甘醇含饴怡性，从中每每体悟蕴藉于生命情怀的真善美。

快乐的童年，灿烂的笑容，清脆的童声，依然时时浮现在脑海，显得特别的清晰和可爱。虽然已是渐去渐远，淡淡如丝，但依然萦绕，挥之不去，生命也因此丰富和精彩。

走进出氏翰林第

渐寒冬气闹山村，流水依依翰第门。
五百年来秋社醉，清泉浊酒不言浑。

每年农历十月二十九日，蒙古族出氏发祥地洪厝坑都要举办隆重的祭祀活动。请来戏班，邀来亲朋好友，欢聚一堂，共庆丰年。村里称之“普度”，我以为更宜称之“秋祭”。在这秋收冬藏的季节，通过秋祭活动庆祝一年来的辛苦劳作，庆贺秋收的喜悦，春华秋实。秋祭象征丰收、快乐、幸福，更是积淀，为未来积蓄力量，迎接春天的到来，更好地播种和收成。因此，大家载歌载舞，举杯畅饮。“桑柘影斜春社散，家家扶得醉人归。”蒙古人素以豪饮著称，在这欢快的节日充分展现其特质和个性。那种无拘的言行、豁达的个性、豪爽的情怀通过酒生动地展现。

学渊宗兄雅性俊逸，热情好客，广交朋友，以酒会友，邀来众多好友聚首家中，亲自烹饪一桌好菜，还准备了佳酿，真是“有朋自远方来，不亦乐乎”！我已多年未参加此秋祭活动了，今年情致高昂，很快融入这种过节氛围。众亲朋觥筹交错，你来我往，酒过三巡，酒意油然而生，性情随之而来，思绪因之飞扬。

每一次来到洪厝坑，我对翰林第总怀有丝丝的牵挂，稍有空总喜欢去看看，今天也不例外。席间，我和学范相约一起走进翰林第。

丁酉的冬天似乎来得比往年早，这一天骤然降温并伴有小雨，与往年大不一样。

雨淅淅沥沥下着，一幢幢别墅式农舍紧挨着，酒令声此起彼伏，融合在雨声和奏着秋祭的快乐韵律中，回响在这桃源般的山村上空。船山、燕山、大林山环连一体，烟雾缭绕，流动着轻雨随风自由飘动，迷离可爱。路旁木棉树枝干遒劲，枝繁叶茂，刚整治的小溪流水潺湲，几棵有点老气的龙眼树静静地厮守着，秋割后的田野展现其原始和粗犷，泥香扑面而来，几只小鸭和一群小鸡悠然地踱着，自在地寻觅着食物。

行走在雨中，尤为惬意，虽然带有点点寒意，难掩心中热血的涌动，很快来到翰林第门前。“翰林第”三字首先映入眼帘，泉州市人民政府颁发的市级文物保护单位“出氏翰林第”矗立埕中，花岗岩材质，金黄色电脑刻字耀眼。翰林第建筑典雅大方，气宇不凡，难得佳构，依稀可看到曾经的辉煌和灿烂。翰林第曾经代表着惠北甚至惠安的荣光和骄傲，是泉港唯有的。其坐西向东，占地面积约600平方米，建筑面积约300平方米，五开间，穿斗式土石木结构，硬山式屋顶。据说这是科联公联捷进士后，钦假荣归故里拆旧兴建的。随着时光的流逝，岁月侵袭，风雨剥蚀难掩其破落之象，令人扼腕叹息。

沿着石阶跨入木槛，下厅横梁悬挂“进士”牌，显赫而庄严。尚未重修的下厅数根木柱朽色可见，可以感受到岁月之无情，轻抚其面粗涩而斑腐，偶有木屑沾手，可见其老之将至，但其依然坚挺着，撑起一片天，传承着先人的嘱托，告诉后人这里曾经的高贵和气派，其殷殷情怀可领略一斑。

天井光照通透，石板条井然有序排列，一簇簇小草从夹缝中长出，吸收着天井的阳光和雨露，孕育着生命之无穷。

步向顶厅，业已修缮，保持着已有规制，横梁陈列着文魁、解元匾牌，让人思绪浮翩，空阔而宽敞，素净而明亮。曾经组织书法家创作的几件作品不规则陈列在墙上，文化的因子期待追寻生命的律动，然而随性的管理稍有滞后。斑驳的石阶曾经留下的足迹，烙印着生命生生不息，蕴藉着一代又一代的生命从这里走向精彩的世界，传递着浓浓的生命情愫，镌刻着生命的沧桑和无奈。

北厢堆积杂乱，灰暗而陈陋，厢庑小草青青，似乎看到一个个童子手捧四书五经诵读有词，专注得可爱，诵读声透过窗帘传递到遥远的希望，寄托着生命的期许。

南面厢房大都塌落，难见初象，只留残垣，任风雨侵蚀、剥落。残存梁柱也摇摇欲坠，依稀看到初始轮廓，令人想象。

恍然突发奇想，倘若此时夜静天清，星辰寥落，明月从燕山徐徐升起，月光从空中折射到中庭，一个人静静地坐在石阶上，任山风轻抚，月色轻吻，思绪任由流淌，时光随意从脚下流过，聆听门前轻柔的流水声，独自来杯小酒轻啜，等候月亮上到中天邀来共品，那是何等的释怀和惬意。

静静地端详这里的一瓦一木，凝视檐边线性水柱，倾听嘀嗒的打篷声，仿佛视觉回到那热烈的场景。一位眉目清秀、宽宇俊朗的青年从前方款款走来，充满自信，温文尔雅，这就是创造一个时代奇迹的拳拳学子——科联公。其影响了一代又一代的文化精神，构筑了一片精神高地，迸发出不同凡响的声音，成为后人追求的高标和象征，是这个山村的骄傲和品行，是一朵绽放在这片土地上的山花，鲜艳无比，瑰丽的生命芳香馥郁。他点缀了这里的山村、屋舍，抚慰了历经沧桑和苦难的生命，成为不可抵御的精神力量，影响着人们不断励精图治，奋发图强，不断超越自我，走向灿烂的未来。

出科联，出氏第十二世祖（1709—1753），字乾甫，号淑渠，别号素亭，谥允文，蒙古族，蒙古札剌亦儿部人，木华黎后裔，清著名官吏。雍正六年程宗师科取第五名，雍正十一年（1733，癸丑）杨宗师科岁榜首补邑优行廪生，乾隆三年（1738，戊午）乡试第一称解元，乾隆四年（1739，己未）会试第二百二十二名，殿试第三甲二十六名，赐进士出身，钦点翰林院庶吉士。乾隆五年（1740）庚申冬钦假养眼，乾隆九年（1744）甲子回京，乾隆十年（1745）乙丑散馆升检讨。其诗、书、文著世，成为许许多多学子追求的典范和榜样。

史载出科联有《淑渠诗文集》付梓，目前未见其书本及书法作品。其传世诗《游庐山》：“庐山竹叶几春秋，云锁高峰水自流。万里长江飘玉带，一轮明月滚金球。眼观西北三千界，势压东南十二州。一时光景看不尽，天缘有幸再来游。”即随乾隆游江南所作，深得诗家三昧，展现其遒劲的笔力和宏阔的胸襟，对祖国大好河山的观照，具帝家气象。目前此诗为庐山风景区以明太祖名字镌刻于仙人洞壁，可见此诗的价值和分量。传其书法学习虞永兴，我深信其实。虞永兴，唐初大书法家，字宗二王，深谙笔法，外柔而内刚，内含而冲和，其人沉静寡欲，志性刚烈，议论正直，科联公儒雅之气质，不善奉承之性格，独立而清刚之风骨，与之有契合之处，真可谓字如其人。

科联公虽然不能官场亨通，十年史馆，不得升迁，官运受挫，落归故里，不能在更高的社会层面展现儒家士子兼济天下的志向，但其内在蕴藉诗性的情怀，诗家的气质，敦厚的品性，耿直的性格，不肯苟且于庸俗的官场迎合与结营，敢于直言和正视时弊，这正是儒家士子内心炽热的、正直的、高贵的品质，这恰恰是任何时代所需要的高尚精神气质，我深深地感佩之。

科联公少耽芸窗，勤习诗文，精心翰墨，志存高远，矢志不移。从蜿蜒的燕山小道走向遥远的人间天堂，掬着清清的泉水，怀揣栀子花香，孕育纯真的性情，襟怀飞翔的思绪，驰骋在翰墨世界，书写人生的奇迹，成为一颗耀眼的星星，闪烁在闽南山川，托起惠安人的梦想，展现自己的风骨和特质，构筑自己的时代精神品性，为惠安乃至福建增彩。

步出翰林第，雨依然下着，轻柔而空蒙，山岚静静，林木萧萧，节日的气氛依旧浓烈，我和学范兄信步走进杰升、学章诸兄的家，融入一场又一场的欢庆和歌唱。

梦香萦绕在丝丝细雨和悠扬的草原之歌。当我醒过来，阳光透过窗纱，温和而静雅。

2018 年 7 月 13 日

（刊登 2022 年 3 月 31 日《惠安乡讯》）

老家的那些树

前几天，阳台上的桂花树开花了，幽香飘散，沁人心扉。这是三年前内人从三哥家移栽的。我不由自主地走近花盆边，绿叶掩映下的浅黄花，晶莹而秀丽，伸手轻抚，心情爽然，我油然想到老家的桂花树、龙眼树、梧桐树、茄冬树等。家乡是山区，树种又多又杂。这些树有的已是老去，只留下美好记忆；有的依然保存着旺盛的生命力，它们构筑着家乡的良好生态，给这里绿色的资源和养分，滋养着这里的各种生命，成为不可或缺的，伴随着这里的人们一代又一代地成长。几十年过去了，这里的许许多多生命体也都长成参天大树，成为后来者乘凉的地方，传承着先人的生命力量，坚韧而自强，自觉而担当。快乐的童声萦绕在青枝绿叶之中，记忆是鲜活的，生命的履痕遒劲饱满，富有篆籀之味，沧桑而有韵味。老家的树是一种思绪，也是一种情怀，更是一种期许。记忆中尤为深刻，从中可以感受到许多生命的依偎和情愫，勾起许多美妙的梦想，体悟到生命的温度和脉动。

桂花树

家乡的桂花树离村舍约有三里远，位于烟墩山（燕山）南侧半山腰古驿道之下，四面通透，山体连绵，沟壑发育，泉流汩汩，林木葱郁。小时候懂得桂花树时，树径已有一米左右，枝条扶疏，柔和而舒展，绿树浓荫，叶盖有几十米。八月桂花开，浅黄花缀满，清香飘散，四邻可闻到香味。

据长辈介绍，桂花树可能有百年以上的历史了。周围残垣断墙，杂草丛生，布局规则，面积较大，可以想象这里常年居住人较多，应该也是大户人家或多户聚居，比较旺盛。门口种植桂花树也是有寓意的，象征着对未来美好生活充满期待，也可以说此户人家具有一定的文化素养。

树下埕地空阔，夏日里，山谷清风四起，显得特别凉爽。每逢这个季节，劳作归来的乡亲都会在树下用餐和休息。特别是集体劳作年代，参加的人较多，这里尤为喧闹，满山鼎沸。小孩是特喜欢这种气氛的，满山遍野奔跑，采树枝，摘野花，捉虫鸟，快乐无比。埕前空旷，前后左右梯状农田连成一片，建造精细，梯岸累石整然，山卵石斑驳而不规则，足有几十亩。单户人家很难完成这么大造田工程量，因此可以推测这地方住人时间较长。每逢春耕，春雨绵绵，云雾缭绕，空蒙的山体迷离可人，浑然一体，难分山界，斜风细雨，村民俯身插秧，排列有序，黄牛在老农的吆喝下，奋蹄阔步。若遇浓雾，迷蒙山中空闻人语，伴随着流水声回荡在云谷中。

读小学时，每逢秋收后，干旱的田地一大片，稻粒散落。村中一群年龄相仿的孩子都能自觉地为家做点事，大家相约，或牵牛，或赶羊，或挑鸡鸭放养。大家集中在桂花树下，奔跑的、游戏的、歌唱的，还有攀爬桂花树的，各种各样娱乐。有时把学校教的一些体育活动拿到田里玩，印象最深的是跳高。大家充分利用捆绑好的稻草，两边叠得高高的，一米多，中间横一根细竹竿，竿下及身体着地点铺一层稻草，根据跨越情况增减高度，背身翻，跨越跳，各种形式任大家选择，不受限制，参与的人也多，简便易行。除此之外，还有打牌等活动，童趣多多，其乐融融。

每逢夏秋之交，田中花生刚收成，山泉水满溢梯田，为了秋播翻耕花生田，我们一群小孩提着竹篮子，满水田跑，跟在翻耕的黄牛后面，捡着从泥土里泛起的花生，花生新鲜又带有泥土清香，高兴时剥几个吃，清甜可口。这种活大家最喜欢干，既可戏水又可捡到很多花生。每个人都希望得到家长的表扬，总是天黑尚不想回家，直至月上桂花树梢。月光洒在绿叶上熠熠生辉，透过稀疏的枝叶，斑斑月色浮游在水上，浮动的月亮与我们捉迷藏似的，时隐时现。月光下寻找着水中花生很有意思，虽然是劳动，但很快乐。

责任田承包后的那一年，到了花生收成季节，拔过的花生秧被堆放田中，小孩大部分被安排到田中摘花生夹。工作并不重，但由于位置相对固定，且天气闷热，白天山中小黑蚊子特别多，大家穿着短裤，经常是两腿布满小黑蚊子，甚至满脸都是，被叮咬后特痒，挠后还会长红包，特别难受。因为每个人的血型不同，感受就不一样。我就特别怕这种蚊子，但没办法，小孩放假期间是一定要帮做事的，尤其像这轻活。每每手脚痒极了，真的难以专注做事，眼神总在关注着蚊子的行踪，抬头四处张望，看看日头在桂花树上位置，以判断回家的时间。由于太专注经常失神，忘了手中的活，有时挨大人的批评，但很无奈，只有埋头把事情做完方可回家。这时母亲会鼓励说："休息一下，到山上田边走动，提提神。"这时的心情特别好，回过来干起活也有精神了。至今想起这种事心里还是有恐惧感的。

去年回家，有事到山上走走，桂花树不见了。村里人告诉我，几年前因特大台风，整棵大树被吹倒了。刚一听心里有点闷，毕竟它在我童年烙下深刻的印象，在生命中桂花树总是给我美好的记忆，留下许多童趣。然而这是生命不可逾越的自然规律，只是为它叹惜，毕竟生命是有情感的。

茄冬树

村中有棵茄冬树，位于村舍东南面，农村通称"水尾"位置。村中无人知晓它的树龄，若是参照虎岩寺千年茄冬树径，估计应该有好几百年的历史了。其树径一米余，二枝干从地面约一米高分成西南和东北展开，枝干遒劲，树皮鱼鳞状，枝条交叉，枝繁叶茂。水尾位置，地势低洼积水，易于它生长，树下经常种有水芋子，阔叶深绿。

由于近村舍，村中小孩子无事会在树下玩，或攀爬。小时候经常到菜地里浇水，或赶鸭子到田里或水沟觅食，间隙常爬到树上玩，有时斜靠树干悠然自得，哼着小曲。

说起村中茄冬树，尚有点宗教色彩。因为是水尾位置，村民都把它视为风水树，带有一定神秘感，对这棵树也就比较重视。大家不会随便破坏和伤害它，毕竟其涉及全村的安宁和宗族的发展。正因如此，茄冬树没人敢去砍伐，任其自然成长，也一直得到村民的自觉保护。

老家甘蔗园，位燕山南侧山脉半腰，坐东北向西南，东面与后头自然村相邻，沿山腰盘山而下至山底溪流约二公里，村远对观音山、大林山、大雾山，群山环绕，门口的东南侧虎头寨山巍然耸立，四周沟壑纵横，前前后后山谷大小梯田分布其中，东面泗洲水库尽收眼底。村中人口近三百，部分移居山下小坝和外出工作、做生意等，目前常住人口不上二百（不包括已移居后头和小坝田园的村民），都是蒙古族。出氏十四世祖显夫公携三哥、五哥肇基发展，历时二百多年，枝繁叶茂，事业昌盛，历史上以农业经济为主，山林为主要收入来源，小量畜牧。这里民风淳朴，重视教育，20世纪五六十年代农业经济时代，由于农田面积大，为国家贡献大量的粮食。

其实这里更早是甘姓人家移到这里居住，据传民间一般称之“甘丞相”，但目前没有留下任何的建筑构件或文字记载。燕山周围山体在中华人民共和国成立前分布十几个姓氏，大家各自生活、生产。目前大部分移居到不同地方，这部分人可能集中于其他几个自然村，唯有出氏一支比较系统记载着发展脉络。而这棵茄冬树究竟是谁栽的，什么时候栽的，栽这棵树有什么意图都无从查考。

历经风风雨雨的茄冬树，见证着这里几百年的生命历程，其生命年轮记载着这里的沧桑岁月，和这个村庄一起成长，从过去一起走来，共度风雨，共享阳光，共饮这里清澈的山泉水，共同呼吸这里的新鲜空气，成为这里生命不可或缺的组成部分，融合到每个生命血液之中。

据说茄冬树几年前因台风刮倒，一蹶不振。茄冬树粗壮的枝干，茂密的枝条，翠绿的叶盖不见了，留下的是高大的影子和挥之不去的思绪。目前村水尾位置空荡荡的，村民闲时也经常议论这事，这里的风水是否受影响。不管怎么说，茄冬树在宗族开基至今二百多年历史中，蕴藉着宗族的情致和寄托，他们看到或想到茄冬树自然会有一种难以割舍的情怀，在他们内心依然有着深深的宗族情结。

虽然我已是五十开外了，但从小生长于斯，不论是攀爬情景或长辈讲过的故事依然牢记着，难以磨灭。闲时无事也会想到老家的那棵茄冬树，其雄壮、富有生机，也曾给我无限的力量。家乡的茄冬树是一棵吉祥树、平安树，保佑着村民安居乐业，兴隆发达，保佑着走出家门的游子。

几次回家聚首闲聊，大家自然会谈到这棵茄冬树，说明它在宗亲生命中感情是深厚的、纯洁的，融入他们血液之中。

茄冬树，本无生命，几百年根植于这片土地，不曾离开过一时一刻，和这里的每一个生命体滋养于这片沃土，感情相通，生命相连。我想茄冬树是有生命意识的，它一定感恩于这里给予它生命，它一定非常留恋这里的一草一木，虽然它的生命已然离开，但它的灵性却和这里所有的生命相融，飘荡在空中，伴随着这里的幸福、快乐、繁荣和发达，其生命情愫和这里休戚与共，一起走向未来。

茄冬树，你已成为一种期许和思念，化成一丝丝红色飘带连接着过去、现在和未来，伴随着这里的日出而作，日落而息，轮回着每一个春夏秋冬，眷怀依依。

梧桐树

记得村尾东面山坡有一片梧桐树（家乡惯称梧桐树，实为油桐树），树径大小不一，大的有四十厘米，小的则有十几厘米，高达十几米，树叶阔大，叶径二十厘米左右，翠绿葱郁。梧桐树枝条较脆，小孩不大喜欢攀爬。随着村舍向东发展，沿坡新造房屋，占用了梧桐树的生存空间，特别是沿坡开挖，推土，土壤破坏，根系受损，地下水流泄，除了人为砍伐，其他逐渐枯萎至死。

上初中时，即四十年前，这片梧桐树还是枝繁叶茂，郁郁葱葱，大群喜鹊飞来飞去，叽叽喳喳地叫着，一派热闹的景象。那时候经常参加各种劳动，田里除草，山上捡树枝、放羊等。天气炎热，随便爬到梧桐树上摘下树叶，然后用小树枝串接成帽子，戴在头上既遮阳又有装饰作用，不用即可扔掉，很方便。

记得每到深秋，梧桐树叶开始飘落，枯黄的树叶撒满地上。到了冬天，树干上只剩下枝丫，光秃秃的，显得萧疏而零落，各种不同形态的枝条孤单地横穿空中，清瘦而冷峻。枝条上喜鹊筑巢上方，各种树枝、泥土胶结，不规则，或方或圆。鹊巢静静地依偎在树枝上，任上下左右、东南西北的风侵扰，雨轻轻地抚慰，吮吸着空中甘露，月光如轻纱笼盖上面。当月亮徐徐升起，穿行上空，小喜鹊睁开惺忪小眼好奇地观赏着，呦呦作响。白天大喜鹊经常盘旋于巢上，保护着小喜鹊的安全。村中小孩无事拿着竹竿捅鹊巢，弄得小喜鹊惊慌失措，喳喳作响，似乎在呼叫着“妈妈快来救我啊”。小时候没有动物保护意识，纯是好玩。

小时候经常捡梧桐果籽，这种果富含油脂，压榨出来经煮后特别黏稠，可用于给刚箍好的木桶上漆。它的密封性特别好，不易漏水，所以梧桐籽油在生产、生活中作用还是蛮大的，应用较广。虽然梧桐木质地较脆，但轻便好使用而且干净。记得我结婚新床床板是用梧桐树做的，这还是我三哥、四哥两人特意从其他村大山中偷砍来的，做成床板又宽又厚，兄弟情由此可见。虽然这床已很久不用了，但我很珍惜兄弟这份感情，这种清纯、血浓于水的感情，随着时光的流逝，岁月的延续，其情味越浓，如经年老酒醇厚，人生只有一次的兄弟机缘，相遇就是缘分，应倍加珍重。

由此我又想到家族最早开过南音馆，梧桐树作为管弦乐器的重要木材，不知村中这么多梧桐树的存在，与此有关乎？族中是否也具有制作管弦器具的工艺？无从考证，油然想到汉代书法家、音乐家蔡邕燃桐识音之故事。

喜鹊在农村大家很喜欢，是吉祥的象征，列入吉祥鸟。大家不喜欢乌鸦，其声凄然，有不祥之感。喜鹊的声音给人带来愉悦和希望。然而梧桐树没有得到很好的保护，喜鹊也随之飞到其他地方，现在很难再看到喜鹊飞翔在房前屋后的身姿，更别说听到其美妙声音。每次想到也不知说些什么为好，也许这就是生态意识淡薄使然。人总是这样，当你拥有一种好的东西，却往往不知珍爱，失去时才意识到。想当初为什么不能重视，把梧桐树保护好，创造一个好的生态环境，多种梧桐树，引来喜鹊，带来吉祥和快乐。

前几天回家，路过老房子。曾经我的整个童年在这里度过，如今眼前却是残垣断墙。岁月悠悠，恍如昨日，懵懂声音回响着，似乎回到童年无忧、自由无拘的景象。忽然屋后山墙半壁一棵梧桐树摇曳在风中，枝条上挂满桐果，桐叶青翠。我眼前一亮，心生愉快，充满期待，希望很快地看到成片的梧桐树在这里茁壮成长，从而引来成群的喜鹊，给这里带来吉祥和美妙的声音。

我想这片土壤是适宜梧桐树生长的，我对这片土地充满期待。

龙眼树

龙眼树在泉州太普遍了，因为气候、地理、土壤等诸多有利因素，种龙眼树已有悠久的历史。村中种了不少龙眼树，分布在村前屋后、田埂山坡。许多树龄有百年以上，说明村中很早以前便重视龙眼树种植。从每家龙眼树拥有数量可初步评估当时家庭的经济收入情况，当然这是在中华人民共和国成立前的情况，中华人民共和国成立后龙眼树归集体所有，到了家庭联产承包责任制实施以后，龙眼树重新归原种植户。从我父亲所分龙眼树数量看，爷爷当时种得不多，村中最多的有几十棵。

农村社会主义土地改革，所有土地、山林、果树以及牲畜都统归集体然后重新分配，贫富平均。家乡的龙眼树是村里唯一成规模的经济果树，集体统一管理。村中每年都统一采摘，然后剪枝、去叶、清皮、筛箩、分类，最后烘干。村里建造多个烘灶，山上收来很多枯树根，其质地坚硬，燃烧较慢，有利于烘焙。龙眼烘干后色泽金红，成色好看，龙眼烘得壳酥肉干，恰到好处，易于保存，烘焙龙眼形成一套经验和管理措施。烘干后的龙眼干分成各种品类，主要根据颗粒大小定级。通常粒径小的、品相较差的，甚至有点破壳的分给村民，根据人口确定，其他都为国家收购。小时候，每当采龙眼季节，村中小孩都会跑到树下捡龙眼，或者围到炉灶旁观看龙眼烘焙，有时遇到好的工作人员顺手给你几个，大家很高兴地回家去。

家庭联产承包责任制实施以后，龙眼树归属原来村民。20 世纪 70 年代后期，龙眼价格较好，到了 90 年代，龙眼市场价格上升到高位，采青价格达到每斤十元，这是非常好的价位。遇到好年头，龙眼大收成，那些拥有较多龙眼树人家经济收入非常可观，年可增收五千元左右。记得有一户人家靠近山边田地种植了两棵龙眼树，一大一小，其中一棵时间较长，又高又大，长势喜人，水分阳光充足，品种又好，果大肉厚。有一年风调雨顺，这棵龙眼树挂满生果，外地来的购买商特别喜欢，一下花三千多元买下生果。这一笔收入在 90 年代是相当大的数字，对一个家庭的经济状况影响非常大啊。

童年时期，农村物资非常匮乏，除了山上野果如石榴、土余甘、山苦桃之类，印象最深的就是龙眼。每逢秋季，房前屋后，山坡荒地，龙眼果挂满枝条，金黄累累，随风摇曳。闷热的时候，小孩不由自主跑到龙眼树下乘凉，抬头一望，一个个晶莹而鲜亮，大家都有期待，希望能自然掉下一串，以饱口福。每年台风来时是小孩最高兴的时候，刚熟的龙眼遇到台风掉落满地，大家不顾风吹雨打，提着篮子冲向村中龙眼树下，捡起撒落满地的龙眼，经常可以满载而归。

龙眼作为主要经济作物给我的童年带来很多的快乐，同时也给小孩带来了诱惑。记得小时候，刚搬新屋不久，村中有一位大我五六岁的哥哥，正读高中，一个晚上两人不知怎的谈得特别投机，一拍即合，月明星稀，一前一后来到水尾山坡园地。这里清静、偏僻，不易被发现，有一棵龙眼粒大肉多又甜，两人采了一大篮子，提到南面山冈石壁上慢慢吃，蹑手蹑脚，小心翼翼，唯恐被人发现，直到夜深一扫而光，各自静静地回家。由于难得满满吃一顿，竟然吃超量了，太饱胀，一晚上辗转难眠。现在回想起来，感觉很可笑，不时有忏悔之感。

真正又一次大规模种植龙眼树，应该是 20 世纪 90 年代后期。经历了八九十年代好价格、好收成，以及市场经济的建立，物资流通渠道敞开，龙眼为市场畅销品，价位也好，市场有利可图，催生了农民种植龙眼的欲望。于是村中满山遍野挖坑砌路，种龙眼的热情空前高涨，对龙眼树充满信心，对未来充满期待，把美好生活寄托在满山遍野郁郁葱葱的龙眼树上。然而，短短十年左右，龙眼市场发生根本变化，由于经销商不守信用，在鲜龙眼晒干时受了雾水，东北龙眼商不谙此道，未及时烘干，致使龙眼大量发霉，损失巨大，造成销售渠道断开，加之受东南亚龙眼对市场冲击，本地龙眼需求量骤然下降。随着人们物质生活水平日益提高，饮食结构作了新的调整，龙眼本如东北洋参高贵却一下贱价，出现大量滞销。至今二十年过去了，龙眼价格一蹶不振，大部分树木已进入成熟期，然龙眼经济未见好转，更是果熟无人问津，龙眼已是自生自灭的状态。

短短的三十年，市场瞬息万变，想做到真正把握市场并非一件容易的事。特别是这样一个飞速发展的信息时代，想得到发展，触摸市场脉搏，跟上时代节律，不仅要有敏锐的洞察力和判断力，更要有充分的积累和储备，否则真的难以轻易获得成功。

龙眼从紧俏品到受冷落，直至荒芜，其命运是天意吗？龙眼没有灵性，没办法直接告知我们，更没有主观意识，主动去调整和适应。而人呢？却不一样，人是有思想的，有判断力的，有生命态度的。应该说，龙眼的命运更仰仗人的主观能动性，更需要人的主动介入。然而从目前来看，这方面还是很欠缺的。

从龙眼的命运我感受到很多。

（刊登巴黎《世界华人文学网》，《泉州文学》2020 年第 10 期）

燕山出氏西坑祖厝重修记

吾祖燕山出氏乃蒙古贵族后裔。一门忠烈，英才辈出，元世辅弼，股肱之臣，门庭显赫。

远祖木华黎，佐元主创业，功勋昭著。诏封元礼仁开国辅世佐命功臣、太师，开府仪同三司、上柱国、鲁国王，谥忠武。

九世裔孙纳哈出乃出氏入闽始祖，元丞相、太尉、开元王。次子佛家奴出氏二世祖，以本等名色授指挥官，占籍福州中卫街，屯田御倭。因兄坐“蓝玉党”事件即去纳哈以出为姓，辞官南下，隐居惠北。历经通昭、舜宾至五世祖光育公，百年风风雨雨之行程，在艰辛和坎坷中前行和发展。

光育公谨遵神意，携妻挈子（智惠公）肇基照船山下，拓荒立业，励精图治，人丁兴旺，族脉流长。

六世长伯智惠公梦托神灵，“西住神牛坡，丰衣足食；东饮观音水，丁财兴旺”。1505 年举家迁居西坑。这里位于观音山南侧半腰，视野通透，山清水秀，风光旖旎，钟灵毓秀。开基后添丁进财，安居乐业，家运隆兴，人杰地灵，枝繁叶茂，瓜瓞绵绵。

11 世美侯公忠义耀门楣、西坑出风范。圣祖仁皇帝功加左都督，谥忠节。

智惠公饮水思源，兴庠序，传儒学，敦仁义，诗礼传家，家风厚朴。

11 世裔孙兴祖业，修祖厝，并具规模。风吹雨打，岁月沧桑，几番修缮，直至 1997 年。规制为石砖土混合结构，五开间，面积约 200 平方米。但已显破败之象，局部塌落之危。

在族亲惠川、燕清的组织和主持下，族亲同心协力，踊跃参与，各尽所能，重启祖厝翻建工作。2018 年戊戌五月初八动土，十一月底竣工，戊戌十二月初八举行晋主仪式。祖厝翻建原则上遵循已有规制，现为三开间二进歇山式，砖石混合结构，建筑面积 200 平方米，投资近 60 万元。

落成后祖厝焕然一新，气势恢宏，简朴典雅，具浓郁文化气息，展现燕山出氏西坑支脉的历史渊源和脉络，成为族亲祭祀祖先、敦亲睦族的地方，凝聚着每个族亲的血脉和生命情愫，连接着过去、现在和未来，传递着秉承家风、继往开来和奋发图强的精神内质。

祖厝，这是乡愁的开始，更是精神的家园。它是一种传承，更是一种期许。

2018 年 10 月 25 日

（镌刻石碑置出氏西坑祖厝）

又到冬节

农历十一月十二夜，也即冬至前四天，皓月当空，月色清冷，应剑锋贤弟之邀，几位相好聊聚，辅以小酒，相酌甚欢，带着几分酒意回到家中。

推开木门，一阵清香扑鼻而来，厅中灯光明亮，温馨而安静，但见内人坐在沙发上专注地捏着花米粿，一个个陈列铁盘中，紫色的，浅黄色的，色泽鲜艳，圆满而精致，表面烙着寿字和不知名的花草叶，未经蒸煮，粿面线条沉浑而劲练，看上去着实可爱。看到如此温暖而舒适的场面，热情涌动，随即拿下手机拍下已做好的米粿和内人专注的神态，幸福感也油然而生。

沉醉在愉悦的气氛之中，记忆的闸门于是打开了，思绪回到童年，一幕幕犹在眼前：小时候每逢年节，我们一群小不点蹦蹦跳跳，好不欢喜，对节日充满期待，希望有好多好多的东西可吃，好衣服可穿。母亲总是很重视过节的事，唯恐自己的小孩因困难吃不到东西被别人瞧不起，她总是准备得特别充分，不同节日都有不同的手工粿品展现，让小孩高高兴兴吃个够。记得每逢春节都要准备好几种粿类和糕类，一篓一篓的，堆放满桌，虽然那是一个物质非常匮乏的年代，但母亲总能利用家中所有的食材做成各种各样的糕粿，糯米包、芋丸子、芋块，有咸的、有甜的，油炸、蒸煮。印象特别深刻，菜地里采来很多的芥菜，经煮挤了苦汁，然后捏成一团裹了米粉，蒸熟后即可吃，虽然粗俗，但很好吃。平时也可以随便吃，因为成本低，材料自可解决，所以做了特别多，个头又大，也可供二三月份粮食困难补充填饱。老家旧宅有一口石井，水质清澈甘甜，每到中元节，家中都要裹粽子，这跟其他地方不同，具体原因不清楚。母亲把准备好的糯米经浸泡滤水放在篮子里，橙黄色，晶莹闪亮，洗净了一大堆粽叶堆放在井边，母亲一个人坐在那里专注地包扎着，一勺一勺地打着糯米，其神态记忆犹新。

七月包粽子是我们老家的习惯，煮粽子也得特别有工夫，不然是煮不透的，未煮透的粽子很难吃。母亲手艺甚好，对粽子配料、碱性等技术的把控特别讲究。我虽然没学到这些本领，但小时候在灶口加柴添火往往是我的职责。

说到这些技巧，我感觉二哥、三哥他们学得不错，至今他们尚是家中的掌勺呢。

我学艺的感觉较差，尤其在烹饪方面智商很低，没学到那些经典的米粿类手艺，但母亲认真而精明的形象依然烙印在我的脑海中，在我好几篇文章里，我都不经意想到我母亲那拳拳情意并把她记录下来。记得我从读中学直至长大到外地读书，每一次星期六或暑假回家，母亲总是想方设法利用家中食材做些好吃的。每一次出去读书，母亲总是再三叮咛要吃饱穿好、好好学习、踏实做人，直至1986年毕业参加工作，而母亲却因病不治离开人世。从此再也听不到母亲亲切的叮嘱声，看不到母亲期盼的眼神，感受不到母亲的温暖情怀，但母亲的言行和教诲依然铭记在心。母亲那种自立自强、克勤克俭、朴素无华、战胜一个又一个困难和挫折的精神不断地鞭策着我。这些记忆都融入我的血液之中，流淌在生命的每一个历程，不论走到哪里，遇到什么困难和坎坷，以及取得什么成就，自然而然就会想到或浮现，并在生命的路上延续，伴随一路砥砺前行。

这也许就是乡愁吧！乡愁是由自小成长起来各个生命点汇聚而成的，有甜有辣，有酸有苦，五味俱全，有平直有曲折，有欢喜有泪水，有失败有成功。这些生命点谱写一首悠扬而沉郁、浑朴而轻灵、舒雅而急促的生命旋律，每个音符都闪耀着不同时间点的生命光华，如星星闪烁在生命的天河，每个点都烙印着生命的履痕，如屋漏痕、印印泥，精练而遒劲，沧桑而沉雄，充满韵味，让你回味无穷。

乡愁，是一壶酒，一抔家乡的土，多了几分期许。乡愁，是无垠的爱，如高山流水，静静地滋润着每个人的心田和思绪。乡愁，是一种根，是生命的起点和原点，传递着生命的力量和源泉。丰厚的底蕴，才能破土而出，呼吸灿烂的阳光，舞动潇洒的风姿，展现在浩瀚的蓝天。

内人生性外刚内柔，细腻而温情，凡事特别认真，讲究原则，工作踏踏实实，为人小心翼翼，言语不多，从不信口开河，遇事总是喜欢揽在自己心里，偏向多愁善感。我们结婚近三十年了，她总是一心扑在工作和家庭上，相夫教子，任劳任怨，不喜欢无事闲聊。除了工作，家中老小吃喝拉撒都管，家庭环境布置得井井有条、每人衣食住行等合理搭配。她律己宽人，对一家人饮食穿着很重视，总是在力所能及的情况下把菜做得特别可口、衣服买最好的，而自己很俭朴。她更喜欢兰草的品性，幽居而静雅，无嘈杂之念，无争而心安，不喜欢纷杂而喧嚣，喜欢静静安逸的状态。家中小小阳台花草葱郁，桂花树、君子兰、文竹、茶花、榕树，还有兰草等。单兰花就有近三十盆，不同品种兼顾，配上各式各样花盆，或方或圆，或陶或瓷，或蓝或白，姿态各异，陈列在阳台上还真是琳琅满目，清新怡人。每当花开，幽香阵阵，沁人心扉。家是她生命的全部，一生尽职断守，从中找到生命的快乐。她努力创造一个温馨和睦的家庭，营造一种健康快乐而积极向上的氛围。我们家虽然居住城里，但生活方式和习惯却遵从农村许多民俗要求。每到节日，内人都认真准备，精益求精，根据传统的过节形式去做，尽量做得最好，精耕细作，让一家人享受到节日的快乐和幸福。

这不，冬至节又快到了，内人又开始准备着，着手做米粿、芋粿等，把自己一颗炽热的心通过辛勤的劳动展现出来，也给家庭和小孩带来吉祥和快乐，这就是她的人生价值之一。虽然非惊天动地之举措，然而恰恰是这些平凡、细腻而有情味的工作，寄托了其内心的情致和挚爱，也打造了我们家庭的良好风气，给小孩留下难以磨灭的生命记忆，充满着温度，其乐融融，滋养着每个人谦和而自信，积极而向善的人生信念。

女儿、女婿同为澳大利亚昆士兰大学录取并攻读博士，女婿已于两个月前开始上学，女儿下个月也要远渡重洋，走上人生新的旅程。作为母亲内心是纠结的，女儿远赴他乡，一切需从头开始，学业精进当然是好事，其间需要克服许多困难，适应新的环境，做母亲的肯定会难过。母女同心，女儿是母亲的心上肉，相处近三十年，马上要离开独自生活、发展，自然于心不忍，情深难舍。冬至即将到来，内人提前准备做糕点，好让女儿回来品尝到自己亲手做的亚年糕点，一点一滴都代表着母爱慈心。我想这些真挚情意在女儿心中烙下的是永恒的，难以消解的，随着时间的推移，将越见珍贵，并将滋养着她的生命情怀和人生价值取向，成为其走向人生更大舞台的坚实力量和精神源泉。

家是一个温馨的港湾，家是生命的起点，也是生命的归宿。家需要精心打造，更要包容和换位思考用心呵护。母爱是家的支柱，母亲在家就在，营造美好幸福的家庭是内人的执着追求，她是这样想的，更是努力付诸实践。

2018 年 12 月 20 日

斯人已去　文心犹在

——谨以此文纪念何清峰馆长

1993 年初，我从外地调回档案馆工作，当时办公地点在现在县委办公大楼西侧一层，面积 60 平方米左右，地面铺着传统方块红砖，局、馆两套人员合署办公，约十人，空间较为逼仄。何清峰先生任馆长，他的办公桌位置在过道门边，我的座位在他对面。局、馆事务由局长主抓，何清峰馆长看上去轻松自在。那年我值而立之年，也不谙世事。记得他经常手上拎着一个小铝桶，后来才知道，他的家属在市场上做服装生意，利用空闲帮点忙。

何清峰馆长言语不多，举止文雅，少有谐趣之言，显得内敛、安静，一看就是读书人，文质彬彬。这个时候的他差不多 50 岁，乃知天命之年，添之阅识丰富，积学渊深，显得从容而淡定。

记得有一个晚上，我登门拜访，墙上挂着的“慎独”书匾映入眼帘，古之君子注重“三慎”，乃是追求优秀品质的表现。何清峰馆长乃读书人，以“慎独”警戒自己，自律自警的言行，寄托自己对品行修为的内心追求，情理之中，我暗自佩服。

何清峰馆长为人处世谦和，虽博学宏词，然很少意气用事、慷慨陈词，保持一种淡雅自然心态看世事。他精研文史、诗文，旁涉书画、篆刻等，多方涉猎，气象清新，但蕴藉长存，温文尔雅。

也正是因为他这种谦逊、不事张扬的性格，他的才华才不为外人所熟知。记得有一次有位喜欢文章、辞赋的市局领导来惠安档案馆检查工作，他在座谈会上说的一句话让我印象深刻，其大意是惠安局、馆干部要加强综合素质学习。他的言下之意是惠安缺乏熟悉诗词歌赋、琴棋书画的人才。领导要求没有错，在档案馆这种文化属性较浓的地方，文化修为就显得尤其重要。的确，那个时期档案馆的同事忙于档案馆业务重建、升级工作，便无暇顾及文化宣传这块，因此整体文化氛围缺乏。

这当然是一种误会或因交流不够所致。殊不知，惠安童生个个猛。其实档案馆人才济济，文学、书法、诗文等都有人才。单何清峰馆长在文学、诗文、书画多有所善，其书法端庄秀雅，整饬韵纯。记得 1997 年全县农村档案建设，大量档案需要整理，几万个卷皮需要用毛笔书写，何清峰馆长一手好毛笔字发挥了很大作用。我的行草书从王铎学起，更喜欢挥洒的意态，小字行书线条灵动，而何清峰馆长小字行书端庄、平实，我也从他比较安静的意态中吸收一点静的元素为我所用。

还记得当时创建全国“一级档案馆”的时候，我负责汇编一本书，篇首语由何清峰馆长撰写。读完篇首语，我感佩良深，其文笔典雅，言辞精丽，篇章行云流水。我暗暗要求自己要好好学习，多读书，多看报，多动笔。

后来我到科协工作。何清峰馆长也退休了，又被县志办聘为《惠安史志经纬》的编辑，发挥了自己“史”的专长，真是如鱼得水，做了大量卓有成效的工作。凌鹤兄经常提起，合作惬意，如逢知己。

我们也时有电话联系，然后加微信。得知他闲暇持竿垂钓、撰文赋诗和读书写字，陶然自得，其乐融融，深以为慰。老领导经常关心我女儿学业情况，我也在微信上时有发诗请赏。他对我的诗境、立意颇为肯定，对我写的长排律《月亮湾赏月》褒扬有加。

何清峰馆长既是我的领导又是前辈，无论是学识修养、人生阅历还是为人处世都是我一辈子学习的榜样，我庆幸人生遇到这样一位有才学、有品位的领导。正当我期待拟结诗文集《烟山诗话》聆听他的指导意见时，却得到何清峰馆长不幸因病去世的噩耗，天不假年，深感痛惜。

我随出殡队伍送出石灵街口，独自回到办公室，斜倚木椅，思绪万千。同事十年，历历在目，叹时光易逝，生命短暂，天意难料；惜芳华凋零，幽香淡淡，清风缕缕，飘逸云天。

何清峰馆长安息吧！

2019 年 1 月 3 日

（入编《何清峰先生文集》）

新建微信群记

——建"泉清水秀"家族微信群兼忆我的爷爷

泉水无声世泽长，清庭花草吐芬芳。
木铎音响滋昆裔，秀色祥云绕玉堂。

清明节前两天，堂侄跃坡建立了以爷爷辈衍派的家族微信群，以便信息共享、沟通感情，也便于组织活动。邀我加入，并要我为家族微信群起个名，我欣然答应。次日正在阅读一篇文章，油然想到起名的事，思索一下，既然是以爷爷辈支系，包括大伯、三叔和父亲三个家庭，于是灵感一来，脱口而出，顺口一吟，得"泉清水秀"四个字。泉：爷爷的名字金泉；清：大伯的名字庭清；水：父亲的名字水木（原名庭兴，少多病不易养，欠水欠木，故易名）；秀：三叔的名字庭秀，涵盖了以爷爷繁衍三个男性家族，感觉较为贴切。

清明日晨起，准备参加祭祀、扫墓活动，天气晴朗，心情爽然。即兴吟出这首七绝（以微信名四字四句成章，铎字为新诗韵声）。诗中包含父辈三人的名字，祥云之"祥"字则代表爷爷的孙辈，整首诗涵盖爷爷繁衍三代家族，虽然只有仅仅二十八字，但是其意义还是比较丰富的，既有传承，又有新的期许。诗风清新典雅，意蕴隽永，易于记忆。在这感恩的日子里，以诗性的情怀，寄托了对先人的思念和感动，也充满对未来新的期待和勉励。

建立了家族微信群，组织相关活动也方便了，清明节扫祖墓，群中一通知，大家心明意会。以民祥、文阳为代表的，以及跃坡、秦信等这批二十一世的裔孙，主动承担组织家族相关的集体活动，让人看到希望，希望他们在更大的层面发挥作用，为家族多做贡献。他们经历社会的不断打磨和历练，对生活、生命逐步有了新的认知和体悟，他们内心感受到更多的来自亲情和亲人的力量支持和温度，他们更愿意把这种团结和凝聚的精神发扬和传递。我对他们的热心和感悟能感觉到，对他们充满信心，期待他们特别是年轻的一代以一种责任和发展的眼光，包容和付出的情怀，服务家族，走出社会，立足社会。

清明日上午，阳光普照，日色清和，山岗披翠。家族中十几个中青年，包括我们四位20世纪60年代出生的，其他大部分是二十至三十开外的年龄，最小的七八岁。大家准时出发，前往祖墓地扫墓、祭祀，或荷锄，或持扫帚，或提祭品，各有所备。一路上，山路崎岖，林木扶疏，百花竞放，青草依依，一束束阳光穿过树枝斑驳陆离，映照脸上，青春而灿烂。大家谈笑风生，边走边交流，轻松而融洽的气氛融入草色葱茏的山岗、田埂、云岭，和着清脆的鸟鸣声和溪流淙淙声，伴随山风阵阵，心情格外愉悦，坦荡而舒畅。

约略二十分钟来到祖墓地，墓地坐落在望头尾山龙脊上，后龙紧倚燕山，前脉缓坡直伸小坝溪流，整个山体庞大，山脉舒缓。左右两侧山体相倚，参差沟壑分布其间，左侧溪流沿山体径流，与前方小坝溪流汇合。大墓里是曾祖父、曾祖母、祖父、祖母四棺椁合葬的。据说这是爷爷为了报答母亲养育之恩，经风水先生认真选择的吉地。其气格宏大，视野通透，龙脉气盛，宜四棺合葬，期盼家族人丁兴旺，事业兴盛，人才辈出。

说到这方面，就得从爷爷的故事讲起了。当年十九路军同国民党军在涂岭寨山一带交战正酣，爷爷路过不幸脚部中子弹，当地村民了解爷爷的为人处世，用竹篓把他抬到村中包扎、疗养。此时家中母亲闻讯受惊病倒，不久离开人世。在这大难时刻，乱世投荒，人心不定，自己又受重伤，无奈之下，只能草草找个墓地安葬。这事情一直让爷爷心情不畅，好像一道阴影亘于胸中。爷爷感恩于其母亲一辈子的辛劳和付出，当爷爷伤愈，战事相对平稳，请来风水先生找到这个位置，于是重新架棺，举行隆重安葬仪式，成为乡邻传颂佳话，其谨遵孝道，感天动地，给我们带来美丽的回忆。

2002年春，经我倡议，请年龄最大的堂兄其祥牵头组织对祖墓重新修缮，按家族中每丁收一定数额费用，不够部分由我负责。修祖墓的事得到大家的认同和支持，大家踊跃参加，族中大小义务参加劳动。历经两个多月的准备、整修，本来芒草丛生，沟土流填，坟墓风吹雨打，淹没在视野之外，经砌墓墙、围填墓埕、竖墓牌、水泥粉刷等，一座气派、清洁的祖墓呈现在眼前，远望即可辨识到祖墓地位置。这是家族团结的象征，这是族人精神的园地，凝聚着族人的拳拳之心，流淌着家族的殷殷血液，滋养着每个人的情怀，连接着过去、现在和未来，蕴藉着希冀和期许。

对于曾祖父，我们这批 20 世纪 60 年代以后出生的都不认识，有关他的事情知道的也少。曾祖父是一位德高望重的人，这一点总是让我们引以为荣。曾祖父是我们整个出氏家族的“公亲”，也即出氏家族红白事都得由他来主事，这可不是简单的事，说明曾祖父的为人处世能力和声望。正是这一点，我对曾祖父总是充满想象，烙印在记忆是很神奇的，遗憾的是我们对他的精彩人生知道的太少了。目前想了解到更真实的或者更多的故事也不是很容易的，毕竟到我们这里已是第四代了。父辈男性都已去世了，留下少数女性也一知半解。

说到这些，我们这一代人对爷爷倒是尚有清晰的信息。爷爷出生在相对宽裕的家庭环境中，滋养了其豪放、侠气的性格。爷爷喜欢交朋结友，为人善良、仁慈。据说每年夏谷收成，家中酿了好几缸的酒，其实爷爷一家包括三个儿子都不会喝酒，这些酒都是让亲朋好友喝的，听说外地朋友一来经常是连住数日的，其热情好客成为美谈。

爷爷气量大，知情理。村中有两户人家矛盾纠纷，引起烧房大事，爷爷父子四人秉承大义，毅然阻止，一场大难幸免发生。目前这幢八卦楼依然矗立在村中，虽然有点破败，但从斑驳的墙体和精心设计的建筑风格，可以看到建造这座大楼的能力和眼光。每当我走在村中，经过这大楼门前，端详其豪华和沧桑，油然想到爷爷留下的美丽故事。这幢大楼是闇良叔公缔造的，村中戏言，闇良叔公不闇啊！其精明可见一斑。据说门前这棵老龙眼树，原是爷爷和闇良叔公一起到园庄买来的，后来栽在他家门口，长大后归属于他家的，这棵龙眼树以后几十年创造了不少经济价值。小时候无论春夏秋冬，龙眼树下都是我们的最好去处。特别是夏秋季，龙眼正是成熟期，那种对龙眼的羡慕是可以想象的，不知爷爷在世时看到这一幕幕是怎么想的，但从我小时候未听到有什么杂音，说明爷爷还是很坦然的，不拘小利，难能可贵。

爷爷留在小时候的记忆已是有点模糊了。记得老房子分成前后两排，主要生活活动在后排，后面一排三间，连成一片，门户相通，西面两间是大伯家的，东面一间是父亲的。爷爷住在中间一间，安置一张精雕细刻，典雅大方的大床，床前放了一张八仙桌，大伯一家在这里用餐。小时候我们都会在爷爷床前上上下下玩耍。爷爷个子不高，清秀，头额较宽，有点光亮，头发很少，精神矍铄，显得智性。大约我读小学二年级时，爷爷年老去世，享年 78 岁，记得爷爷出殡那天，送的人很多，从古厝门口沿田埂，直至对面山垛口，其情景相当壮观。

爷爷是个外向的人，常年在涂岭集镇闹区走动，喜欢打麻将，也因此结交了不少有见识的人，视野也较宽广。其性格豁达善友，乐于助人，留下较好的名声，也就有了受伤被救的动人情景。真是积善成德，免灾祛难。

爷爷因为更多时间花在处理外面社会的杂事上，对家中的事管得偏少，以致家中劳动力主要依靠大伯、父亲和三叔，他们可能也因此失去更多的教育机会，他们一辈子囿于山村，囿于这个小家，给我的感觉胆量偏小、生活保守、踏实做人，个人事业发展有局限性，一辈子从事体力劳动，甚是辛劳。这可能也是我们这些后辈经常提起的，并引以为戒的。但毕竟那已成为历史的一个过程，也许生命需要如此，才能多姿多彩，丰富而美丽，我还是喜欢爷爷洒脱的人生。

爷爷是一位善良的人，极富同情心。在涂岭活动期间，了解到一户人家膝下无子，家中困难。爷爷怜悯之心油然而生，不假思索，不经奶奶及家人同意，就把小女儿送给人家养育。

爷爷在外为人处世深得社会认可和喜欢，博得许多人的赞誉。我岳母很小就认识爷爷，住在我家时经常讲起他，甚至说当时爷爷还想把她介绍给自己儿子做媳妇呢，不知啥原因，也许没有缘分吧！我一堂伯庭川（原名出献忠），1926 年 7 月毕业于惠安县立初级中学，实施“壬戌学制”之前，保留科举制度的痕迹，相当于“贡生”。毕业后在厦门发展一段时间，不知什么原因，后来回到涂岭街开店发展，插户居住，做叔叔的力所能及予以帮助。这位堂伯经营一家豆腐店，经营良好，一家人其乐融融，注重子女教育。他每次回到老家，总是穿得很整洁，身材高挑，显得有一点驼背，下巴右边留有一撮胡须，文质彬彬。他是读书人，时代变革，否则兴许也是举人之上的士人，也算是曾祖父衍派我们这个家族首个书读得多的读书人了，也说明我们家族历来重视教育。其用心誊写的出氏家谱，乃是最新的，也是最完整的。我看了族谱，用毛笔抄写，虽然纸质一般，但是书写很认真，也工整。其用心梳理出氏渊源和脉络、编写出氏族谱是花了很多心血的，其精神可嘉，其行为可敬，为后来出氏恢复蒙古族做出很大贡献。

爷爷是位很负责任的人。大姑丈年轻得重病，兄弟家庭困难，各自为计，爷爷直接把他接到自己家中治疗，请来医生诊疗，调动身边力量照顾，花了很大精力和财力，终因病入膏肓，直至临终送回家中，尽了一个长辈的责任心，令人感动。

爷爷一辈子不贪财，重义气，轻名利。其中年以后，许多家族中理不清、难决断的事情都请他介入调解，其也继承了曾祖父的角色。只是特定历史背景发生变化了，“公亲”这个角色和意义也随之退出了历史舞台。由此我想到，小时候墙上总是挂着一顶牛仔帽，据说这是曾祖父每次出去调解时遮阳使用的，手上还需配一根策杖，可以想象那是多么的神奇啊！帽子形态虽在，但已是老旧了，依然记起那个年代的特殊价值和使命。牛仔帽一种剽悍、帅气、野性、粗犷的特性，从这帽子也依稀感受到蒙古人马背民族的风采。

爷爷做了一段“公亲”工作后，深有体会，做人的工作何其难啊！就其个体行为只要个人侠气精神、雅量行为、仁爱慈心等都具备，即可施行个人人生抱负，然而“公亲”恰恰是在处理宗族成员之间利益矛盾争执，往往不是个人可以主裁的，必须考虑争执双方感受、得失等，“平衡”在公亲工作中就显得至关重要，但“平衡”也是相对的。爷爷留下一句经验之谈，千万别做“公亲”工作，因为调解过程首先总是弱者吃亏，强者处强势，一时难以压住，处理过程中倾向于弱者先退让，自然平衡过程还是在弱者吃亏的基础上平衡。这就是爷爷的经验之谈，也是发自内心的感受，其难为情只有自己感受到，毕竟是为整体利益。但是在法治社会尚未形成之前，以宗族为主要构成的社会基本单位，这种工作还是很重要的，其保障了社会的安定和稳定，为社会减轻了很大的负担，这其实也是一种社会贡献。

爷爷一生乐善好施，对人友好，宽容律己，社会对他评价也高。闍良叔公裔孙至今仍怀感激之心。若不是当时爷爷仗义相助、解难，他们一家现不知在何处，感激之情溢于言表。

中国古代社会是宗法社会，管理好家庭和整个家族是个大问题，最好的办法是推行孝悌、仁慈、礼让等观念。古人云“齐家治国平天下”，家庭作为最基本的构成单位，是社会稳定的基石，上延到家族，家族的团结扩大了社会稳定的基础。

爷爷作为那个时代的人，在做好家庭工作同时，能以个人的人格力量，兼顾家族利益，甚至参与到整个宗族的调解工作，这本身说明他具有良好的品行，积善成德的贤人理念，也是深得族人的信赖和认可的。

今天我们建立以爷爷为家族轴点，以爷爷衍派出来的家族微信群，要构建一个积极向上、宽容友爱、互谦互让、诚实好学、克勤克俭的群体，体现一种包容谦卑、以和为贵、和而不同的情怀和理念，以更宽阔的视野，积极的人生态度，务真求实的生活作风，诚恳坦荡的胸襟，树立正确的人生观，凝聚家族各种积极力量服务家族内外，服务社会，成为宗族构建的一种典型。同时推及曾祖父以及更上一代又一代，直至融入整个出氏家族的团结、协同、共勉，成为一个整体不可或缺的组成部分，从而使整个出氏家族融入大社会之中，成为推动社会发展进步，安定团结的一股力量，共同建立和谐社会。

建立以爷爷衍派的家族群，是为了更好传承优秀的传统，学习先人优秀的品质，传递友情、仁爱、谦逊的精神气质，发展健康的家族文化，构筑互助、包容的良好氛围，创造良好的学习、生活环境，树立一种新时代的宗族精神，服务社会，为下一代树立榜样。

爷爷啊！您去世快五十年了，您可能怎么也没想到，在这春色满园、鸟语花香的季节里，一个时常在您膝下晃来晃去的“大头”孙儿，正以微薄的力量，用手中的笔描绘您美丽的人生，记录着您生命精彩的每个片段。您肯定还有许许多多精彩的故事，小时候听了把它忘了。一旦我想起来了，我一定继续把它记下来，把您的故事传递下去，让更多的后来者学习和继承。

爷爷，您安息吧！

2019 年 4 月 11 日

感恩的家庭聚会

己亥七月初一早晨，刚走进办公室，忽然接到老庄（永兴叔）电话。其长子少彬携家眷包括爱人、一对儿女，从美国回来探亲。拟于七月初四晚在德和酒店举办家庭聚会，邀我与内人参加，我欣然同意。好友少彬许久不见，在美国从事高端科研任务，时间紧，工作忙，回来一趟不容易，何况还是举家尤为难得。我怀着迫切心情期待着。

初四傍晚，下班后约略6点半。内人亲自开车，汽车行驶在国道上，思绪飞扬，充满想象，40分钟左右到达酒店。

是夜新月如钩，天宇澄明，清风徐来。虽是暑气未消，但觉清新怡人，心性爽然。

来到三楼宴会厅，已是宾朋满座。首先迎来的是老庄，虽是82高龄，依然精神矍铄，健步如飞，充满激情。见此，我深受感染，心花怒放，心情自是快然。上前紧握老庄双手，深情道语：见到你，我心情格外高兴，真的，这是我深切的感受。看到老庄夫妇身体健康，子孙满堂，一堂和气，腾蛟起凤，我真诚地对他们表示由衷的祝福。

老庄夫妇是20世纪50年代优秀知识青年，受到良好的教育。他们积极参加社会主义建设，在锻炼中成长，在劳动中结下深厚友谊。他们从相识、相知到相爱一辈子，携手并进，艰苦创业，精心培养子女，含辛茹苦，克勤克俭，和和美美。目前含饴弄孙，温馨幸福。真是举案齐眉，堪称楷模。

我是1981年下半年到原惠安第二中学上中考补习班，住在老庄家的。当时年龄18岁，不谙世事。自小生活在山区农村，自由奔行在山野田间，习惯了无拘无束，对礼节方面知之甚少，对人间世事更是懵懂。两年的学习时间，得到老庄一家的关心、照顾和包容。在这书声琅琅、举止文雅、言语有度、平和而朴实的家庭中，耳濡目染、滋养心性，烙印在生命中是一种积极向上、好学谦恭、彬彬有礼、和善优雅的良好家风，对我以后的人生之路产生了深远影响。

老庄虽为机关干部，但为人谦和，热爱生活，乐于助人，积善人家。对子女教育宽严相济，对家庭大小照顾贴心，对朋友真心诚挚。20 世纪 80 年代初期收入单一，家庭经济并不宽裕，也是多子女困难户，一家六口，还有父母双亲。他身体力行，俭朴持家，营造了一种融洽轻松的家庭氛围，其乐融融。

老庄非常重视子女教育，三男一女各有特长，学有所成。大儿子少彬兄自幼聪颖勤勉，朴实敦厚，学业精进。惠安一中毕业考上上海生物化工学院，继学硕士研究生毕业，之后远涉重洋到美国攻读博士。现在美国一所高端研究所从事科研工作，成为一名科学家，学术成果斐然，实现了少年的梦想。二儿子少强天资聪慧，艺术感赋能力很强，中学毕业即进入惠安县木偶戏剧团学艺，很快在这方面展现出天赋和才情，取得优异成绩，并执掌木偶戏剧团。其敏学勤思，热心公益，积极传播传统艺术，不遗余力，得到社会的认可和赞赏。三儿子少煌勤勤恳恳，孜孜以求，为人师表，甘做人梯，从事基层教育工作，默默奉献，培养了大量农村学子走向广阔的社会，为社会做出应有贡献。

7 点半，晚宴准时开始。在悠扬而轻松的乐曲声中，满堂谈笑风生，热切而亲和。一张张洋溢着幸福的笑脸，映照在辉煌灯光下灿烂可爱，充满融和而快乐的宴会徐徐拉开序幕。

但见少彬兄大步走向屏幕前，举止优雅，潇洒儒风，举起话筒宣布晚宴开始。其声响洪亮而深沉，凝练而畅快。他深情地介绍了晚宴主旨，屏幕上跃然展现“感恩”二字。

生命因为充满着爱和力量而感恩；

人生因为经历了风风雨雨而感恩；

生活因为充满酸甜苦辣而感恩；

生命因为过去源远流长的滋养而感恩；

生命因为新的起航、向未来出发而感恩；

生命为此时大家相聚共享时光，共同祝福而感恩。

生命充满着爱，融入殷殷的血液，融入真切的生命情怀，生命因子充满活力和希望。这是一个游子的心声，充满着对生命的热爱，带着对未来的期待和憧憬。这是 56 年人生路上对生命的深刻体悟，深情而动人。

经历27年留美的艰苦奋斗，从孤身漂洋过海求学到带着一双儿女回家，向父老乡亲汇报自己的人生经验，其眷眷之情可以感受到发展过程的不容易。其艰辛的创业历程是每一个海外青年学子的缩影，其成功经验值得许多后来人学习和借鉴。其间也简单介绍了一双儿女学业情况。儿子毕业于美国沃顿大学，拿到金融和生物双学位，现在纽约一家高端金融公司工作。女儿刚高中毕业，为耶鲁大学录取，多才多艺，音乐、美术都取得不俗成绩。特别是击剑运动入选耶鲁大学击剑队，师从国家队王海滨教练，尤为难得。少彬兄夫妇都是高才生，双双取得博士学位，在各自不同的工作岗位砥砺前行，精益求精，术业精进。

我与少彬兄同龄，属龙。其天资聪慧，雅性高洁，专心致学，一心向上，在人生路上自律而勉励，取得骄人成就。我虽然住在他家，真正相处时间却不多，其间他大部分时间在外求学。但其朴实、坦诚、好学的作风给我留下很深的印象，在彼此不断交往中心灵愈是契合，情谊日深。

当时住在老庄家，这是一幢刚建好不久的石头房，四房一廊。对老庄家来说居住本是很挤的，但硬是腾出一间给我住，这让我很感动。良好的家庭气氛，轻松的学习环境，积极向上的生活态度给予我很大的学习动力。正是室雅何须大、花香不在多。在这个过程中，我真切地感受到真情和友爱，滋养了很多生命的正能量，学习了许多做人做事的方法，成为我生命中不可或缺的一部分。

1983年夏季，我参加中专考试达到录取线，立即跑到水利局请教老庄。他认真分析了往年中考录取情况，专业优劣势，建议我报考福建地质学校。我终于被顺利录取，开启人生发展新的历程。转眼已是38年了，自己从一个懵懂不谙世事的少年步入满头华发的中年，充满沧桑感的生命历程，随着时间的推移，愈发使我感触到生命曾经的美好时光的珍贵，正如陈酿的老酒醇厚而芳香。

几十年来，老庄夫妇总是不断关注着我的成长，成为我的引路人。在我生命的旅程中种下催生生命成长的正能量，播下许多生命的真切情谊，滋养着我从青春走来，使我保持一腔纯粹而热烈的情怀，吮吸着充满着爱的热情。

这种健康向上、上善若水的情谊融入生命的血液，乃是世间最珍贵的，我倍感珍惜。

在这感恩的家庭聚会中，让我深切地体悟到生命的真善美。这一夜我心潮澎湃，56 年风风雨雨的人生之路，每一个生命因子融合成一股股波浪，托起生命的浪花，晶莹雪白，阳光下闪闪发亮，让生命之美展现在世界，精彩夺目。这些清纯的友谊助你托起梦想的双翅，飞向发展的蓝天，实现心中的梦想。这些真切的友爱乃生命最重要的力量。

宴会厅热情洋溢，歌声动人。老庄三个儿子及其孙女多才多艺，把深情、真挚的感恩情怀以歌声献给大家，献给生命，献给缘分。《爱拼才会赢》《滚滚长江东逝水》《呼伦贝尔大草原》，或浑厚，或悠扬，或激越。少彬兄与女儿深情演绎《九儿》，浓烈的乡土气息，浓郁的民族情味跃然幕前，深切动人，也充分展现了游子热爱家乡，心系家乡。那浓浓的家乡情结通过优美的旋律激荡着每个人的心灵，烙印在悠悠的生命思绪。

夜色深沉，静谧而空灵。一曲《难忘今宵》情意绵绵，凝结着时间和幸福，穿透时空，连接着过去、现在和未来，托起对未来美好生活的向往和祝福。

记得有一位诗人说：当你回想二三十年前，甚至更长，人生每一个驿站也好，过程也好，当下都成为美妙的图画，都会化为一首首精彩的诗章，成为你富有诗意的人生的重要元素。我想真是这样的，当我写下这篇拙文时，我的心是充满浪漫和诗性的，快乐而幸福的。我要感激生命有这曼妙的过程，总是让我对生命充满期待和想象，成为生命的重要组成部分。

2019 年 8 月 5 日

老家的那一代读书人

阵雨燕山月色愁，瑶台泪洒族亲忧。
西风肯带诗书路，天宇墨香堪慰秋。

己亥农历七月十一日晨，堂兄其祥不幸因病去世，我赋诗一首以悼念。

堂兄其祥，1948 年农历十一月出生。幼入私塾就读，生性好学，敦厚朴实，品学兼优，1965 年初中毕业遇“文革”未能续学高中，返家参加大队、生产队劳动，一生囿于山区，没有机会走向社会更大舞台。然其心向学，这从平时与之交流过程中可以感受到。其病重住德诚医院我去看望，为减轻其思想压力，有意聊一些历史的事情，其记忆真好，讲到《金陵春梦》了如指掌、侃侃而谈，可见其平常还是很注重阅读的，我每每为其没有机会在读书这条路走下去而扼腕。其病重住医院期间，还给我写了一小张字条，说明村中早期办学情况，在这简短的文字里，满怀对党重视教育事业的感激之情，我为之感动。

由此，我想到了村中与之同龄的一批人，出生在中华人民共和国成立前后，我粗略算一下，男女有二十人左右，其英、其汉、其良、庆祥、平祥、其兰、美荷等，他们可以说是共和国的同龄人，遇到了好时代。但在中华人民共和国成立初期，社会恢复秩序，重建工作千头万绪，整个社会教育事业百废待兴，特别山区农村更是滞后。

在这个时候，爷爷刚到知天命之年，其社会活动范围较广，眼界也宽。考虑到村中这批小孩已是上学年龄了，与老地下党员福元伯协商小孩教育事情，两人一拍即合，村中自筹资金办私塾学校，爷爷从乡里后坪村请来老师林建居授教，地点设在福元伯家，时间为 1953 年。虽然办了私塾学校，毕竟是自费筹集的，普遍家庭经济困难，也有许多农家小孩没办法得到学习机会。

私塾学校只办了一年，究竟什么原因，无从查考，是经济原因或其他的，也许是村中人口偏少，就读学生较少。第二年林老师应聘到洪厝坑任教，村中小部分小孩随之续读，堂兄其祥就是其中一个。

随着政府对全民教育的重视，特别是大约 1958 年开始要求适龄小孩必须上学，大队加大了小孩教育工作。最初部分小孩到邻近泗洲村读书，后来是大队自己设立教学点，开始教室设在大队部旁边梁其聪家祖厝，然后移到庄其碧家祖厝，最后落脚到小坝宫，这个点时间较长，这样一来村中大部分适龄小孩都有机会就近接受初小教育，完成初小教育要求。

村中大部分女孩没有机会读书，男孩子也是大部分读到初小，有六到七位到涂岭读完高小之后，晋升到初中并完成初中学业，他们分别到惠安六中、五中、三中等学校，这些人主要是我的几位堂兄和亲兄。值得一提的是村中女孩出美荷（按辈分应称姐）不但上了学，还就读了惠安一中高二十四组，完成了高中学业，也算是这批人学历最高的，她一生从事教育工作。

应当说在这边远、贫困的山区，村中有这么多人念完初中甚至高中，充分体现先辈们对教育的重视，在他们能力范围内创造最好的学习环境，让下一代接受良好的教育，这是难能可贵的。

之前有一位堂伯出庭川，1926 年 7 月毕业于惠安县立初级中学，实施“壬戌学制”之前，保留科举制度的痕迹，相当于“贡生”，他是我们村最早接受系统学习并完成较高学业的。

值得骄傲的是，村中族兄出其顺（按辈分称呼）天资聪慧，气宇轩昂，1952 年毕业于惠安时化初级中学。在家庭无力支撑继续学习的情况下，励精图治，砥砺前行，坚持走读书之路，考上著名爱国华侨陈嘉庚筹办的集美水产学校，先后在烟台、青岛、天津等水产部门工作。1964 年受国家科委委任与其他六位同志组建国家海洋局，退休前任国家海洋局厦门管区党委书记，为我国海洋水产事业奋斗一生。他是我们村第一个通过读书走向社会并改变了命运的优秀学子，是我们这些后来者学习的榜样。

说到教育的事，出氏家族还是有重视教育的传统。自出氏五世祖光育公开基洪厝坑之后，很是重视子女教育，形成良好的读书氛围，并得到传承，不到百年时间，人才辈出，秀才、举人、进士不断涌现，特别是出科联荣膺解元，联捷进士，出氏读书风气成为惠北乃至惠安一种现象，真乃书香门第。

记得几年前惠安三中校庆时，有一天忽然接到一个电话，打听出庆祥认识否，三中校友，通知参加校庆活动。我由衷高兴，想不到自己亲二哥还是惠安三中毕业的，曾经来到县城如此好的环境学习，甚是引为骄傲。油然想到小时候，经常看到二哥独自倚靠他住的房间窗边，手捏横笛，认真地吹着，那时我很小，也不知吹啥，但见他很专注。有一次下雨天，祖厝下厅房启顺家，围着很多村民，我也很好奇跑过去围观，只见二哥坐在那里认真地登记着，原来是在讨论集体劳动记工分。看着一行行娟秀的钢笔字，我心想二哥很有文化。

村中唯一女性读书人美荷老师，一辈子在村小学任教，扎根乡村教育事业，坚守本职工作，不离不弃，勤勤恳恳，为山区教育事业奉献一生，培养了大量的学生，为让山区小孩走向社会发展奠定了良好基础。我们这一代率先通过中高考走出山区，还有各行业许多优秀人才，都曾在这里接受教育，很多是她教过的学生，我就是其中之一，我们若能取得一点成绩都是与她的辛勤付出分不开的。目前她已退休在家，虽然子女都在城市发展，而她依然留守乡村，不慕繁华，怡然自得，眷眷不舍这片生养她的土地。

这是一批优秀的、接受了很好教育的青年，在那教育普及率相当低的历史时期，应该说是非常宝贵的。但由于历史境遇，他们没有得到更好的机会，一辈子囿于山区从事农业生产。在那种思想禁锢、思维单一的影响和限制下，他们所见到和听到的都是很有限的，他们的沸腾热血渐渐凝固下来，他们燃烧的激情渐渐式微。

特别是像我们这样的小山村，人口少，劳动力缺乏。根据历史归属分配的田园特别多，远远超出其他村庄，而且山体庞大，耕田分布零散，同样一分收成需要付出比别人多几分的辛苦。

在那计划经济的年代，以农业经济为主导，集体经营，缴纳公粮根据所归属田园而定，村中每年需要上缴国库几百担粮食，给这个小村庄造成很大压力。但生产队发扬自力更生、艰苦奋斗的精神，以国家利益为重，每年度如数完成任务，经常得到上级政府的表扬和肯定。特别是这些年轻人的作用不可或缺，他们年轻、有朝气，他们把青春和热血洒在这片热爱他们的土地。

记得有一年，村山下社尾一片秋薯正值翻耕、施肥季节，泗洲水库涨水，上游溪满。为了把肥料送达，村中年轻人横着溪流排成一字形，把一担担的肥料传递过去，这些年轻人一整天浸泡在水中，充分发挥年轻人的担当作用。正值初秋，溪水已生凉意，这些年轻人不顾个人浸水染病，团结协力，连续作战，体现了集体主义精神。

每年到了梅雨季节，大量的麦穗抢收回来堆积仓库埕上。由于担心发芽、生霉，必须及早脱粒晾晒保管，晚上仓库前经常灯火通明，机声隆隆。年轻人集中在这里打麦谷，个个脚踩踏板，手握成捆麦秆，精神奋发，赶工抢收。我们 大群小孩喜欢热闹，跑到麦堆捉迷藏，很是快乐。

年轻人的思维总是比较活跃的，记得每当下雨时，集体停工，这些年轻人集中在祖厝启顺家打牌或玩其他游戏，我经常跑去凑热闹，看他们玩，这可能是他们最快乐的时光，也给村里带来很多新鲜的气息。

20 世纪 70 年代，由于村中上交公粮成绩突出，公社优先安排一部拖拉机，推广农业机械化，以减轻劳动力严重不足。村中知识青年发挥了作用，他们以此为契机，把村中粮食加工、机械耕田等配套设施建立起来，改变了生产、生活方式，提高了生产、生活质量。

20 世纪 80 年代初期，市场经济改革春风吹到山区，父亲第一个投资买拖拉机搞运输，经营木材。因为二哥会驾驶拖拉机，从而首先开拓了生产模式和发展思路。

由于村劳动力紧缺，田地又多，每年都必须赶季节，农耕、播种经常是上季接不了下季，以致大队发动邻村协助。洪厝坑出氏族亲见此情景，主动组织年轻劳动力来帮忙，共渡难关。记得有一年以学渊兄带队，十几位年轻人来帮忙，住在大伯家。每当收工用餐，家中那口老井挤满了人洗漱，还好当时这口井出水量尚可，基本可以满足使用。那时我可能还不到 10 岁，生性好奇，爱热闹，也很快和这批大人打成一片，而且和他们一起参加劳动。年小不谙农事，只能听从大人使唤，帮忙递送秧苗，满田跑动，急人所急，每天总是一身泥土回家，但甚是快乐，如今每每想起童趣依然，充满着幸福感。

为了完成上级下达任务，生产队全体动员，充分发挥集体力量。这样一来村中所有年轻人成为主要力量，也因此全部被卡在村中从事体力劳动，不得外出学习或从事其他工作。特别是这批年轻的知识青年，长期被压抑在这封闭的环境中，日出而作、日落而息，对外面社会的发展知之甚少，缺乏应有的了解和接触。

虽然上交的公粮最多，红旗飘飘，但村民极度劳累和辛苦，让周围的村民都认为这个村庄太贫困了，以致远近姑娘都不喜欢嫁到这里。确实山体连绵，沟壑交错，田园分散，路远坡陡，都是靠人工作业，生产量又大，这能怪她们吗？本来这一代人扎根农村，安心发展生产，结果正当男大当婚年龄，却找不到对象或者说很难找。虽然他们都有一定的文化知识，但是姑娘很现实，环境造就人。村中很多帅气的小伙子找不到理想的对象。有的只好靠姑嫂交换，勉强成家，这给他们造成很大的心理阴影。有的年轻人产生不想待在这里的念头，宁愿到山外入赘。婚姻这件事给这批年轻人很大的打击，在精神上造成一定创伤，思想上产生对人生的怀疑。

恢复高考后，他们超出了学习的年龄和时机。常年缺乏系统再学习，放弃较多，自然没有了竞争力。特别是改革开放后，市场经济冲击了以计划经济为主导的农业经济主体，依靠团体力量生存的集体劳动方式失去了根据地。市场经济依赖着每个个体的市场嗅觉、社会信息、社会沟通以及资本原始积累等，而他们缺乏走向社会的准备，单纯的生产、生活方式烙下的是思维简单、前瞻性不足的印记，虽然个别人尝试着走出去，但都没有成功。从思想上、物质上以及社会资源都储备不够，缺乏应有的竞争力和决断力。他们只能在彷徨中艰难前行，眼看社会高速发展，身处激烈的竞争环境显得有点力不从心。随着年龄的增大，思维随之落后，与社会的进步渐行渐远。

于是只能回归农村，安然守护着原有贫瘠的土地，依靠相对单一的生产方式，对着旭日初升充满想象，看到夕阳灿灿多了几分无奈。

这是一批善良、有作为和有潜质的智性青年，他们为社会主义建设，为村集体发展，为大家的光荣和梦想，把青春年华留在这里，为那个时代的繁荣和发展做出自己的努力和奉献。他们心甘情愿默默无闻，不计较个人得失。他们安心守护着这片土地，他们依然努力耕耘着。他们辛苦打拼，与前辈一起创造美好、幸福的生活环境。他们承前启后，给后来人搭桥筑路，我们这些后来人应该感谢他们的付出和努力。

虽然这一代人整体没有得到很好的发展机遇，但他们无愧于这个时代。可能他们对目前的境况不是很满意，我想他们对这片土地是真诚和炽热的。他们质朴的情怀、善良的心地蕴藉着生命的真善美。他们身上流淌着热血，滋养着这里的每个生命体，他们就像山上的栀子花，每年都绽放美丽的花朵，或黄或白，鲜亮无比，清香怡人。

他们目前正当或者已经步入古稀之年，正遇上中华复兴，社会繁荣，社会福利越来越好。我很期待，他们能够得到社会更多的关注和回报，希望他们未来的路越走越宽，幸福安康，快乐年年。

这几年，我经常参加一些社会活动，接触到不少与他们同龄的优秀人才，每每油然想到老家的这代人，我也很惭愧没有能力为他们做点什么。值此国庆 70 周年大庆，谨以这篇文章献给老家与共和国同龄的一代人，以表我的崇敬之情。

2019 年 10 月 13 日

老家的松树

提前退休，赋闲在家。每天读书写字，适当安排时间野外走走，感受自然之美，兴来赋诗一首以志，体悟别样的生活情趣，感觉怡然自在，每一天过得充实而从容。

这几天，忽然老想着老家的松树，其实这些松树也没什么特别之处，只要生活在山区的人都是司空见惯的。然而老家的松树却给我平添了许多思绪和记忆，萦绕着许多想象和思念。

老家甘蔗园属老边少地区，蒙古族出氏村民聚居地，位于戴云山余脉，处于烟墩山（现称燕山）南向山腰上。这里山体连绵，沟壑纵横，属火山凝灰岩地质地貌，很适宜松树的生长。记得小时候满山遍野都是松树，它也因此成为村里人生产、生活的主要材料，也是村中主要经济来源之一。松树林伴随着一代又一代人从过去走来，亲切而融和。

松树林用途广而实用，包括搭房子、造桥、制作工具、木屐等，其全身都是宝，从上到下都有用，包括树干、树枝、树叶、树蕾，甚至松子都有药用价值。其松干、针叶作为燃料非常适宜，易燃火旺。小时候帮忙烧灶火最喜欢松针叶，干的松树柴因富含松脂油，火焰尤猛，坐在灶前经常满脸通红，有时大人不在偷烤地瓜特别快熟，其既清香又松透，可口香甜。如果换上麦秆或其他杂类，烧起火很是累人的，因为不容易着，特别那些有点湿的燃料，往往吹得人眼泪直流，经常被呛得难受。

正因松针叶是一种好的燃料，卖出去比较值钱。很多家庭舍不得用，总是把平时积累下来的，在深夜时挑到镇上销售，换取一些收入，作为家中补贴。记得小时候母亲经常在深更半夜时分去卖柴火，白天还要准时参加集体劳动，可见那时多么辛苦啊！这样一来，我们放学后，一有空都会结伴到山上采树枝或收松针叶。农村小孩常年野外奔跑习惯，大家很会爬树，我们经常爬上很高的松树采下许多枯枝，捆成两大捆挑回家。

记得有一年端午节，那一年家里盖了新房子，动用了很多帮工，家中粮食几乎吃光。据说差点断粮，善良的隔壁大婶（金娘姑）主动借了一些麦粉，这件事母亲经常讲起。有一天中午放学回到家，村中一群小朋友相约结伴上山捡树枝和松针叶等，那个中午自己感觉状态特好，可能是逢节日吧，想着回来有好吃的，所以连续爬上了好几棵大松树采下许多枯松枝回来。遗憾的是家中粮食严重缺乏，母亲只是煮了地瓜渣团掺和花生米，不过吃起来很香，我还是特别高兴。这个节日给我印象非常深刻，至今记忆犹新。

生产队在村尾山坡上养猪场旁边盖了两间大仓库，其中一间隔成两间，记得小时候全民扫盲教育，集中了村中老少在这里学习。有一阶段村中发展蘑菇种植业，两间搭架装上稻草和小泥块，每一年都采收很多新鲜蘑菇，销往城里罐头厂。后来种植业发展不好，这些房子只是作为装半干松树木块用的。

秋收冬藏，每年农历八九月，村里按计划准时从山上采伐大量的半干松木块存库。村中大部分劳动力都上山伐木，选择一些比较大的松树锯倒，锯成一截一截的，有40厘米左右，然后劈开成块，用麻绳捆成一大包由大人挑回，小孩力气小，用竹篮装着挑回来。由于都是论斤记工分的，大家都会尽力使劲，尽量多挑一些。那一年我可能才十一二岁，也到山上挑木柴，由于不谙事，加上大人的鼓励，一下子挑了将近百斤回来，小小个子，一下子挑这么多着实让周围的人感到惊奇，因此自己也感到很高兴。

印象最深的是每年“九月九头风，十月做绣工”时期，村里按时组织砍伐洋里山一大片松树林，位于烟墩山（燕山）最高峰东面山脊。这里坡陡沟深，风又特别大，从山谷吹来阵阵山风强劲，不小心连人带柴会被风卷到山坡下。近山识鸟音，山里的小孩也很有智性，每一次挑柴草下来，每往下一步，脚步都得踩实，小心翼翼，一步一脚印，沿着不规则或土或碎石或块石铺就的路阶一级一级从上而下。现在想起来心里感觉还是怵怵的，其实山中小孩适应能力还是比较强的，也许是自然环境造成的。

生产队每年贮存很多松木在仓库里。临近春节，城里人过节特需要木柴，他们就会结对踩着三轮车，从二十几公里外县城来到村里买木柴，每次他们都装了满满一车拉往城中，然后销售给居民。几年前有一位书友森杰兄闲聊时，讲到年轻时到我们村里买柴的事情，记忆犹新，困难重重，真是生活所迫。

当时村中刚修的山路坎坎坷坷，弯曲陡峭，路面又滑，每次从村中放下一车木柴都需要费很大力气。特别是安全问题，引人揪心。为了提高效率，多赚点钱，往往尽量装了一车满满的，无形中也给自己增加压力和困难，还好未曾发生事故。

这可能是山区村庄在那个以农业经济为主导时代的独特优势吧，应当说作为生产队主要经济收入的资源优势还是比较显现的。

我母亲善理家务，勤俭持家。她总是利用家中有用资源包括松木枝、针叶等，挑到镇上销售换来收入，作为补贴家庭费用。平时我们利用时间捡来的树枝或松叶都集中起来，自家舍不得烧火，更多使用的是灌木树枝、麦秆、稻草或其他。到了年底房前屋后草垛上堆了一大堆，春节前正是柴草好价格时候，三哥、四哥用三轮板车或独轮车拉到镇上卖。他们每天早晨二三点起床，吃了早饭马上出发，将近天亮之前赶到镇上集市，越早到才可以排上好位置，容易卖出去。我也经常参与帮忙，但我只能帮忙推车到西安岭上，就得回家帮忙家务，还不能到镇上看热闹，有时心里还是很不舒服的，但也没办法，毕竟年龄小，到集市也不能帮什么忙。春节前卖柴草可以收到一笔现金作为过节全家费用，包括给小孩买衣服、添年货等，这才是最重要的。

村中松树林生长区域可分成两种类型，大部分生长在缓坡或幽谷位置，这些地方水分充足、风力小、土壤肥沃，树木生长也比较快，长得挺拔、秀美，很适合于做成各种材料，单亩面积收成木材量较高，是我们村生产、生活的主要材料来源。另一部分是生长在烟墩山南向峰脊山崖上，这里岩石累累，水源贫乏，水土流失，土地贫瘠，常年风吹雨打，特别是每年台风季节，狂风劲雨，无端摧残。这里的生存环境特别差，所需营养严重不足，所以这里的松树林生长很不容易。大部分生长很慢，很难成材，形体各异，或粗壮或弯曲，作为材料利用率也不高，很难引起一般人的重视和喜欢。它们默默地依偎在山崖，吮吸微薄的营养，克服困难，坚强地生活着，不因自然环境的恶劣而改变自己的品行和特性。

记得小时候，我大哥经常利用林场集体劳动休息时间，到这片山上采松枝。母亲考虑到哥哥晚上需要挑一担回涂岭，路途较远，总会安排我上山帮哥哥捡树枝。因为这里山高路远，一般人很少到这里取材，一二小时搞到一大担柴枝也不是很难的。哥哥每次都满载而归。我则在天黑后独自下山回家，当然也挑了一小担柴草。

家乡的松树林，它们不论是长得好看或是不好看，都是我们整个生命体不可或缺的。它们具有无私奉献的优秀品格，不求回报，心甘情愿，默默地把自己的一切奉献给这片土地。它们具有坚忍不拔，不屈不挠的精神特质，充分体现了这里人们的气质和特征。

若是从个人感情而言，我更喜欢峰脊山崖上那片松树林。它们历经风雨洗礼，顽强地抗争自然，韧性而自信，不屈而执着。虽然它们外观不是很美，但是它们面对艰辛而坚持，体现出特殊的品质和气格。我很喜欢这种从容而潇洒，历经磨难而悠然自在。它们傲立在山崖上，掬浥露，赏明月，接天风，涵灵气，修内心，无畏无惧，坦然淡定，快乐成长。

其实人何尝不也是这样呢？往往生长在优越环境下，很难激发其内在潜质和精神喷发。恰恰正是历经各种坎坷和曲折的磨砺，其内心蕴藉着更多的生命质素和能量，滋养着生命的灵魂，丰盈着生命的活力，生命往往绽放着鲜艳美丽的花朵，其芳香郁郁，韵味无穷。

我喜欢这种富有生命挑战性的，不断地超越生命理想，在不断的否定之中找到自己生命的归宿。心于是安然，情于是依偎，浪漫的生命情怀坦荡而无拘。

我爱家乡的松树林，我更爱那些生长在山崖上的松树林。

2019 年 12 月 1 日

青春年华

——原惠安六中八一届高中同学微信群随想

岁月的涟漪总是在逝水年华中不经意荡起，升腾起如梦的青春年华。庚子的年轮显得不一般，带来不同的感受。新冠肺炎疫情的肆虐，在这个多彩的春天里，为生命平添了许多希望和想象。

2 月 7 日由吴碧莲、陈玉琴、张秀梅诸女同学发起，陈淑顺、何建平、出剑锋等男同学大力推动，建立了高中同学微信群，目前已联系到 60 位同学参与其中。我初步了解一下大概二班、四班、五班的同学多一些，可能这几班同学以应届生为主，大部分高一、高二都在这里学习，虽然其中有学习成绩或其他原因分班交叉。其他班的同学以补习生为主，来自其他各个学校，有二中、南埔中学、后龙中学、辋川中学等，以惠北生源为主。这些同学一经提起都有印象，但在记忆中已是逐渐模糊了，恐怕若是在路上遇到，很多人已认不出来了，因此说，建立这个同学群很有必要，也很及时，无形中给同学们提供了一个很好的交流平台。

青葱岁月，辗转已入中老年。这一届同学大部分年龄都在 55 岁至 58 岁之间，女同学可能大部分退休了，除了少量高级职称可以续岗，男同学尚有五年左右退休，当然若是工人编制也已是退休了。同学们的家庭、事业相对稳定，子女也大部分成家立业，渐渐地大家也开始从中年走向老年的生活状态或思维方式。建立微信群很是有利于这一年龄段的思想交流。这是一个秋季，成熟、多彩和丰富，也是一个总结和体悟的时光。五十而知天命，浪漫、优雅和淡然，五十几年生命的得与失，风风雨雨交织演化的泪水和笑语犹如眼前淡淡的云霞，温馨怡人，甘甜自知，任自回味畅想。

近段时间因困于生活琐事，微信平台关注不多，偶尔闲暇稍浏览同学群，却能够感受到同学们的真挚和善意，其乐融融，真是羡慕和高兴。

弹指一挥间，岁月不饶人。高中毕业已是四十年了，回首求知年华，彼此从青春走来，历经不一样的人生，经历不一样的世态，感受不一样的酸甜苦辣，留下了灿烂的笑容，怀着对未来依然憧憬和期许的青春情怀，这是非常好的生命姿态，感谢生命赋予这些人的机缘和情分。在这阳光、快乐和平和的岁月中，把各自祝福和思绪共享，让每个人一起分享各自不同的生命体悟和精彩，值得珍惜回味！

“岭上烟云泗水长，书声绕屋墨清香。少年挥斥师生趣，六十风华杏苑芳。”（《泉港六中六十年校庆》）记得三年前，我应邀参加母校六十年校庆。是日，晴光灿烂，惠风和畅，校园内一片火热，操场上热闹喧天，主会场坐北向南，庄重大气，一个个红色气球飘扬空中。来自各行各业的六中历届校友、老师、与会各界人士云集一堂，共贺吉庆，同襄发展之路。在拥挤的人群中，很难看到熟悉的面庞，在张望和期待中，厦门涂岭同乡会亚贤、锦聪和朝阳出现在眼前，顿时感到非常亲切，话语连连，青春涌动。

三十多年过去了，漫步在久违的校园尽是新鲜感，母校也发生了翻天覆地的变化。整个校园焕然一新，一幢幢崭新的教学楼、宿舍楼矗立着，鳞次栉比，东风楼、红旗楼的红色大字格外醒目。畅谈中了解到，学校的教育质量也有了质的提高，特别是初中部办出特色、办出质量，以科技创新教育为主导的农村特色学校办学模式逐步形成。会上各行各业取得骄人成绩的校友代表做了热情洋溢的发言，让人热血沸腾，特别是那些通过自己艰苦创业发展起来，捐献重资成立学校教育基金的校友让人钦佩。他们的拳拳之心，让我们看到学校发展的希望和未来。

想到母校六中的教育，让我印象深刻，烙印在记忆是永恒的。成立于1956年的惠安六中，原名为惠安朝阳中学，第一任校长乃是我们出氏先贤、族叔出仲法，这是一位从山区走出去的读书人，聪明勤敏，为人谦卑，热心好学，积极上进，20世纪50年代毕业于仙游师范学校。在那特别困难的年代，不负组织期望，身体力行，艰苦创业，在各种条件极其欠缺的情况下，带领一帮拓荒者把六中建起来，为涂岭这些贫困山区学子创造了学习条件，改变了农民子女无处读书的困境。

母校秉承“明德尚行、自强不息”的校训，在几十年的发展中，教学机制逐步完善，教学设施不断健全，教学质量日益提高。学校聚集了一大批优秀的人才，这是学校发展的灵魂，他们为学校教育事业的发展做出重大贡献，也培养了一大批优秀学子，他们在各行各业中取得优异的成绩，为涂岭这个贫困山区走出贫苦、走向社会做出重要贡献。

特别是恢复高考之后，母校培养了大量青年学子，印象深刻的是七九届学生的学习成绩特好，当时不论是老师或学生都展现出很好的精神面貌，这一年高考也取得好成绩。记得当时学校拥有一批学养深厚、堪为师表的优秀老师，包括庄文荣、邱锦堂、洪腾勇、林文魁、林桃梁等，涉及数学、物理、语文、化学等，他们后来调到惠安一中等重点中学授课或从事领导岗位管理教育工作。

比较遗憾的是我们八一届高考成绩并不理想，应届毕业生不论大学或中专录取率为零，此后大部分学子各显神通，到各类重点中学补习，应当说不少学子通过补习走进了高中等学府学习，也有一部分走进军营。由于缺乏联系渠道，沟通较少，大部分信息不通。在几十年的历练中，成长了许多优秀人才，大家都默默地奉献在不同的工作岗位。

说到八一届，从高一到毕业班，进行了多次分班组合，变动较大，本微信群应是以二班为发起对象的，但由于同学班级交叉较多，逐步形成了以八一届为整体的同学群，这样反而“群”体增大了，覆盖面更广，信息量更丰富，传递了更多友情，起到更好的效果。

四十年转眼过去了，光阴如白驹过隙，端详同学发在微信群的照片，一张张质朴的脸庞，依稀感受到那青春的气息、花样的年华，在母校生活、学习、劳动的点滴情景依稀浮现。

犹记得，夏日里，龙眼树掩映下，喇叭声格外响亮，一首首民歌回荡校园上空，高亢而嘹亮，激越而振奋，特别是那一首《乌苏里船歌》依然回旋耳畔。同学们一个个端着各样饭具，席地而坐，热气腾腾，吃得满头大汗，脸上洋溢着快乐和幸福。

还记得，篮球场上同学们生龙活虎，运球、争球、传球、投篮，专注而生动，自由而奋勇，加油声、欢呼声汇成快乐的乐曲。

曾记得，四百米跑道的操场，奔跑在线道上，有的快如疾风，也有的慢如踱步，记得班级中贯乐同学百米 11 秒多，令人羡慕。还有其平的标枪，为了迎接体育考试，独自投标训练。

红楼后园地，同学们集体劳动，深切感受“锄禾日当午”的艰辛和快乐，付出和收成。

夜幕下，红楼灯光如昼，这是一幢红砖楼，二楼铺着木板，比较高级，只有高年段才能享用。灯光下，学子专注地学习着，或抄写，或阅读，或交流，任凭窗外树枝随风嘎嘎作响。

五班陈景雄同学是本届的学习佼佼者，临近高考仍与小朋友玩拾小石子游戏，虽然应届高考未达录取线，但其轻松的学习状态和天赋令人羡慕。次年到泉州五中补习考上浙江大学，真是难得！之后我们还是有书信联系，畅聊别后真情。

更记得，高二学《廉颇蔺相如列传》一文时，陈金法老师课堂上提问，“已而相如出，望见廉颇，相如引车避匿”中“见”的意思，我主动回答，得到老师的表扬，为此沾沾自喜一阵子。至今印象深刻，从此自己对古文有了兴趣。上了中专之后，因为喜欢书法，经常阅读诗文，对古文也是颇为用心的。亲其师，信其道。老师的每一次表扬和鼓励对每一个同学播下希望的种子，开花结果，芳香久远。

“泗水长流芳草地，虎岩云绕雨迎春。醉我应是家山月，独爱书声情自真。”（《丁酉正月初六莆田回来路过六中有感》）学校是一个难以忘怀的地方，更是一生应该感恩的。

一个个精彩的故事，一段段美丽的传说，一首首悦耳的歌曲，一朵朵绚烂的花儿，一个个精彩的生命音符装扮着美丽的青春年华，那种纯粹而多彩的生命律动，谱就了明快而昂扬的生命华章。

学校的记忆是最让人难忘的，学校的学习是生命中最重要的人生时间段，为你开启知识的门锁，把握人生的方向，种植思想的火种，引导你走向光明的大道。在知识的海洋中，让你自由自在地吮吸着生命的乳汁，滋养生命的体量，体悟到生命的真善美和无拘的快乐，丰盈着青春的翅膀，为未来翱翔天空储备必需的能量和智慧，这是一段美丽而动人的人生旅程，让你一辈子受用。

打造同学微信群平台，回忆美好的时光，感恩曾经的拥有，珍爱逝去的年华，期许着未来淡淡的岁月，感悟人生履痕每个节律的生命韵味。生命的年轮是不可逆向的，让生命在和风细雨的滋润下，温和而惬意，不激不厉，如临流掬泉，安逸自在，如随性漫步菊花丛中，品清香淡雅，怡情怡性。让一颗自在的心依偎在生命的无垠，感受淡淡月色轻笼窗前静雅的枫叶，清风盈盈浸漫飘逸的思绪，青春的笑语悠扬回荡在岁月的流连，纯粹而洁净的心思浪漫悠游，但愿岁月静好，生命悠然。

当我2月28日写好初稿搁置案边，次日打开微信，几位女同学包括吴碧莲、陈玉琴、程明华等聚会聊天，那种快乐而活泼的场面，无拘的言行，纯洁的同学之情溢于言表，仿佛让人看到学生时代的纯真和靓丽，尽管少了几分青涩和含羞之美，多了几分矜持、成熟、从容和淡定，依然感受到那份自信的情态，如春天的花朵，多姿多彩，温馨自然。油然让我想到这个平台的目的和效果，期待微信平台能给这群步入中年的老同学，走出家庭的生活、工作诸多辛劳和烦扰，平添生活的真趣，享用人生自有的快乐和情趣，品味人生更多的乐趣，陶然自乐，悠然快哉！

期待在这个平台，同学们畅所欲言，放飞思想，吸收清新的空气，感受生命真善美，让一颗清雅、纯粹的心依偎在这多彩的午后云霞，让生命优雅而快乐着，让生命在渐行渐远的风景中历久弥新，芳香永远！

2020年2月29日

好友张庆林

己亥年底的一天，王乃钦老师打电话咨询友人电话，并问道：“庆林过世了，知道吗？”我愕然，转而感到痛惜。之前曾闻洛阳白沙出租房死人的事，不曾想……喟然叹曰：生命如此脆弱啊。

记得寒露后三日（2019年10月12日）下午，庆林打电话给我，问我在忙什么？电话中我感觉到他好像有什么心思，问他有什么事，回答“没有，聊聊”。既如此，我索性邀请他来惠安聚聚，边喝边聊，他也欣然答应。

于是我特邀了凌鹤、国波和宏杰等兄弟。他们如约而至，晚餐开始。彼此熟悉，不拘小节，畅所欲言，举杯相酌，气氛融洽，兴之所至。凌鹤兄似有几分酒意，口占一首寄武祥弟：“月号云兮不寄秋，天边涧水洗前忧。不知鸟语知人至，还说雁行说路猷。廿载谁堪春去晚，三生只托梦来悠。漫漫可作沙尘暴，不作风流那个流。”鹤兄诗才是不容置疑的，诗境宏阔，信手拈来，便为佳作。平时几人相聚每遇此，自是喜以唱和，踊跃出句，争得先机，气氛浓烈。庆林每每跃跃欲试，不甘拜下风，他也具有这种才气。我自愧不如，每每绞尽脑汁，偶有佳句。

是夜，庆林老弟坐我身旁，与平素不同，少了往日少年轻狂，多了几分沉郁，心情好像也没有往日阳光，似有喝闷酒之感。夜深宴散，桌上剩酒一瓶，包装好让他带回，嘱托他闲来自酬。

走下酒楼，夜色清寒，天宇寥廓，周遭渐已寂静。大家各自回家，庆林孤孑一身，提着酒向路边走去。我乘着几分酒意，优哉地走着回家。路上回想着刚才凌鹤兄赋诗一事，余兴未尽，走着走着，诗意油然而生，渐渐地有了思路和轮廓，回到家中即兴写下初稿，后经几次修改，内容为：“露从今夜白，寒菊满高山。策杖烟云涧，看花松雪鬟。秋风嫌日短，月色喜心闲。酣枕清流上，任由溪水潺。”几分酒意助长了诗性飞扬，想象的翅膀飞向遥远的浪漫和无拘，一种自然的快感随着酒意和诗情生发。

又二日，庆林发来微信，其实是10月14日凌晨1点30分发来一首诗：“今天露早来，白雪染青苔。岁月催人老，真诚两不猜。”附言：“寒露后三天，应武祥兄之邀小聚，凌鹤社长即时口占助兴以考，武祥兄也随之而出口占一首，吾不才，滥竽充数，苦思迟迟两天以复甚愧矣！！！”一个青春、自信、上进的青年，充满激越、昂扬的生命状态似乎不见了，好像显得老气和沉闷。往日初生牛犊劲，好与争胜的状态不见了。

这个清冷的夜色，成为我们相聚的诀别，挥手在淡淡的暮色之中。虽然之后有电话联系，但都没有感觉到特别之处，想不到人生相聚匆匆，总是那么稍纵即逝。回想起来依然惆怅，惜其年纪轻轻，血气方刚；惜其事业未成，踌躇满志；惜其妻离子散，生命在孤单中走向远方。

与庆林相识，那是十几年前的事。有一次到洛阳办事，顺便看望国琛兄，惠安书协早期主要参与者，此时他还在搞着文印店，留用午餐并说中午介绍一位喜欢写诗的朋友认识。这我当然高兴，这个阶段我也利用闲暇写了一些，兴趣正浓。中午庆林如约而至，身着工作服，稍带泥土味，他在一家农业发展公司上班，上午下了田间，下班后直接过来的。中等个子，肤色黝黑。稍作寒暄，午饭开始，由于下午需要上班，简单喝点酒，并没有开怀畅饮，聚会后也没有单独联系过。

几年后，台商区成立书法家协会，王乃钦老师牵头筹备，庆林为主要参与者，后当选副主席兼秘书长。我时任惠安书法家协会秘书长，经常应邀参加他们的一些活动，还有许多书协工作商讨、心得交流，诗词、书法学习，等等，彼此间联系多，交流日频，渐渐地相互了解和融合，关系也逐渐密切了。

我比庆林大七八岁，若从写诗方面他比我早，后来了解到他出道很早，十几岁对写诗感兴趣，并写了几首让人刮目相看的诗，得到许多前辈和诗友的肯定。其好学、肯钻研，对古典文学、诗词学学习较早。其对书法也有学习，但对其学习过程了解不多。我想可能是在洛阳打工期间经常与王乃钦老师学习、交流诗词，然后开始学习书法的，早些时候王乃钦老师住洛阳，我经常过去，但未听提起过。其书法以行书为主，学习何绍基一路，兼习颜真卿，经常得到乃钦老师指点，兼之个人悟性，虽学习时间不长，进步很快，而且中规中矩，假以时日应该可以上到一个水平，毕竟有传统文化积淀的支撑。

若从他诗书来看，我更喜欢他的诗联。其天性肯思考、重积累，颇有灵性，落笔自然，笔道老成，如其《游仙公山》五绝诗：“气喘息高峰，飘然置太空。我来为见佛，佛却去无踪。”意境空灵，禅意蕴藉，气格冲远。他注重向省内和本地区老前辈及青壮年诗词家学习，同时也向省外优秀诗词家学习，问道拜师，力求精进。

他拜丁芒老先生为师，并被吸收为入门弟子，说明他的诗词有一定的功力和特点为老先生认可。这一方面在平常交流中有所流露，我很少留意。当他把丁芒老先生为我《燕山诗文集》写的序言发给我，我很惊讶，也才知道老先生对庆林还是很器重的。事情是这样的，2018 年底我写下了《读〈中国书法发展史〉诗吟百名书法家》，庆林读了感觉很好，当即发给老先生过目，并介绍了我的基本情况。老先生很高兴，为我写了近三百字的序文，听说老人家是躺在床上念给他女儿记下的，然后发给庆林。庆林小弟还是性情中人，为人坦率，只要他能力允许，他是很热心的，而且能自觉地为朋友做事的。

丁芒先生 1925 年 9 月出生，1946 年参加新四军，当代著名老诗人、作家、文艺评论家、散文家、书法家，在诗词界有巨大的影响。丁芒文学诗词研究会吸收了当代许多优秀诗人、词家参与。庆林成为入门弟子，说明了诗词创作能力和年轻人好学求进的优秀品质。目前我正着手汇集个人《燕山诗文集》相关材料，每每读到丁芒老先生为我写序文，我内心油然生发感激之情，同时感叹庆林老弟不辞而别，匆匆走完人生之路，无声无息地独自随鹤云游四方，展现出诗人特有的任性和不拘，寻找生命的自由和自在，不受世俗的拘绊。

庆林老弟的人生走得并不顺畅，第一次来到洛阳街租房内，虽是沿街热闹，甚是拥塞，店面连同阁楼，一家人住着可想而知。室内没有什么贵重家具，墙上挂了几幅字证明了主人的雅兴。店面排着一些酒瓶样装，看上去好像是经营酒类的，但又不成规模和档次。第一感觉他的经济收入不好或经营不理想，后来证明其经济收入确实不充裕。虽如此，感觉为人还是豁达乐观的，对未来也是充满自信和期许的，依然有几分自适。从他《自题乐雨小楼》诗可以感受到。诗云：“于今无大业，乐雨一书楼。花木绕其顶，风云入我眸。琴棋虽不识，纸笔每为俦。年少如春草，萋萋自出头。”

庆林老弟羡慕文人的风骨和自信，他很想成为一个有成就的文化人，在诗、词、书法、文章多有涉及，自觉学习。然而成就这些是需要很多条件和机缘的，特别是经济基础，毕竟是有家庭的人。做一个穷文化人或没有一定的经济收入为保障是很艰辛的，需要承受比别人多得多的压力和付出，想追求悠闲自适的诗性境界真有点为难。

特别是他担职书法家协会秘书长，这是一个费神又费力的差事，是社会公益事业，并没有什么经济来源，庆林老弟做得很用心也很有成效。但家庭经济还是没有搞上去，他也在努力想办法，开拓各种有利渠道，力争从根本上解决这种窘境，使家有定所，家人无后顾之忧，应该说他还是费了很多心思的，也正逐步走向好转。

也正是居于这种认知，平时有空，庆林很喜欢邀请我和凌鹤兄到洛阳小酌，一来谈诗说艺，以增雅兴，二来个人消解忧愁。每次我都感到为难，担心给他带来经济负担，索性有时我邀来惠安自做主人，有时凌鹤兄主动买单，兄弟相处相互理解。

为了尽快帮庆林老弟脱去经济困境，我曾多次电话探讨可能办法，如：做少儿书法培训、文字编辑、文化策划等，少儿书法培训切入快，教学相长，更易见效，而且自己也喜欢，也有更多的时间留给自己学习，我更看好这一块。做其他生意，在资金严重欠缺的情况下，只能借鸡下蛋，但需要很多条件。

他诗吟："骤雨连天透骨寒，奔波生计湿衣冠。性情岂可随流水，一任飘零把酒端。"生活并非平坦，发展需要机遇，前进的方向依然寻觅着，但生活依然彷徨，甚至无奈。

在他仍未找到改变目前困境的情况下，爱人携幼女离家出走，从此杳无音信，究竟什么原因并不知道，只知道目前经济是比较困难的。然而导致家破人走的地步，着实让人为之担忧。这给庆林老弟很大的打击，本是很自负的，踌躇满志努力寻找发展门径，突然变故，把自己的梦想打碎了。妻子不能理解、经济困境和其他因素给他很大的精神压力，也把这个富有文学天赋的青年人推向绝境。

我想庆林老弟肯定很难过，也很为难，对这个世界仍未深谙，犹独自品尝着人世间的冷漠和孤独，在孤苦和无助的生活中，步履艰难地前行着。我想在他面对四壁空空，静听洛阳江不息涛声，心潮一定难以平静。面对窗外皎洁的月光，孤寂地凝神着，慨叹生命的无奈和艰辛，思考着路向何方。

我想庆林老弟对生命依然是充满希冀和期许的，他独自遥怜妻女，思绪飞向“天府之国”，期盼着、忧伤着，期待一天忽然妻女回到身边，眷念之情难以释怀。这从平时的交谈中可以感受到，他是爱着妻女的，他曾说：自己要求不高，希望一家子温暖生活着，足矣！但他却走得如此突然，来不及等待，然而一切的一切已是不可重复的。这里录他中秋节步王乃钦先生《吟中秋》诗二首之二：“中秋之夜盼团圆，岁岁年年有几天。我愿初心能忘我，粗茶淡饭赛神仙。”

生命就是这样难以预料的，一切都只有庆林老弟经行着，所有感受只有他一人知道。作为好友祝福他一路走好，在极乐的世界歌舞升平，浪漫无拘，以诗性情怀，伴随诗意的新生活，快乐悠然！

2020 年 3 月 4 日

（刊登《崇武文学》2019 年合刊总第 45—46 期）

深切怀念我的岳母

人生风雨路，九十五春秋。无疾天怜爱，慈心福奉酬。

西方寻极乐，儿女寄哀忧。此去绵绵意，思情结海楼。

己亥十二月三十日，除夕之日，上午 10 点左右，用早饭后，我正着手整理书房，准备着迎接新年。忽然内人市场购年货匆促回来，说着：“我老妈早上至今没有上来吃饭。”于是下楼骑着摩托车赶往连襟老郑家。

约略半个小时后，内人打来电话说：“你赶快过来，老妈有点不对劲。”我随即雇车赶去，走进老人家房间，但见岳母倚靠在孙子郑强身上，精神萎靡，说话已有困难。爱人蹲着一手拿着碗，一手用汤匙喂着，神情焦灼。此时我第一想法，问题较大，老人家的生命已有点困难了。脑海考虑着是否把她送回老家？毕竟老人家已是 95 岁高龄了，虽然一个月前在医院治疗十几天，检查各种生理、生化指标不错，但高龄人会有很多意料之外的状况难以说清楚。民俗以为逢大节气，老人身体有时很难扛过去，这也是我判断事物发展的依据。

渐渐地老人家似乎有恢复的迹象，大家以为近段老人家食量缺少，早餐空腹乏力难支。于是大家信心又来了，感觉没有什么大事，包括我自己也稍有乐观，对刚才的想法也略有改变，期待如愿。

这个时候，老人家突然转过头来，向我招手。我愣了一下，以为有什么事呢，俯蹲在她身边想听听说些什么。她举起瘦弱的手在我的脸上轻抚一遍，然后手摆了摆，似乎在向我说，我走了，再见。这一点是内人感触到的，过后给我说起，我当时也没有意识到这一点。

其实我爱人娘家人大部分在政府相关职能部门工作，年青一代从小在城市生活、学习、工作，很少接触老人家临终各种生命状态，对表现出的各种现象也不清楚，对一些异常举止也是盲点，显得懵懂，所以大家想法都很简单。以致看到老人家的一些表象没有想很多，只是感觉状况好些，也就平静下来了，一边照看，一边喝茶。

小女雪红负责安排午餐的事，打来午餐用完后，我回到家中稍歇一下。3点多内人回来准备“过节”事宜。两人都在想着老人家若是卧床不起下一步怎么办？由于突然的变故，我给内人说，包括晚餐一切从简，晚上需要早一点去照顾老人家，陪她过可能是最后一个除夕之夜。于是准备物项，做好礼节，把昨天一些剩鸡汤烧热，捞一些面线，这个除夕就这样简单用餐，这是我自从安家惠安二十几年来第一次如此简单的，真是不一样的除夕之夜。

6点半左右，我们驱车来到连襟老郑家。内人和女儿照看老人家，她们准备了一些牛奶喂老人家喝。我在大厅看电视。将近中央电视台春晚节目开始时，只听到内人大声一喊：“武祥，老妈不行啦！”声音急促，我一个箭步冲过去，一看老人家神态颓然，脸色苍白，眼睛微闭，感觉已是奄奄一息状态。

大家顿时紧张起来，我也意识到问题紧迫性，当即打电话给孙媳小雨，她也意识到老人家身体状况，及时与医生联系咨询情况。几分钟后孙子郑强从泉州回来，分析具体情况后，大家一致认为应该连夜送回老家。

于是着手打理行李，收拾平时用品。八点多，阿强开车，内人和小雨负责照料老人家。我和老郑及其家属，还有晓岚同乘一车，由小女雪红开车，感觉到她临大事还是很稳的。一路赶车，九点多顺利到达涂岭老家，安置床上观察、照顾。此时老人家气息逐步下沉，生命状态已是很差。

新年的钟声响起，迎来庚子新正子时，天宇爆竹声浓烈，偶尔老人家微睁眼睑，感触人世间的热闹和温暖。在春暖花开的祥和中，老人家静静地离开了生她养育她的这片土地，离开了自己亲手哺育成人的子孙们，离开了身边所有爱她的亲人们。老人家就这样安详地走完95岁的人生，在春天烂漫的岁月中，悠然地寻觅着新的极乐世界，伴随悠闲的白鹤云游四方。

老人家95个春秋的生命中，有风也有雨，有苦更有甜。她幼年遭弃，至今不知亲生父母家居何处，还好遗弃涂岭为好人家收养，健康成长，积极参加各种集体劳动，如泗洲水库建设、生产队各种生产劳动。成家后相夫教子，遵守妇道，克勤克俭，艰苦创业，与邻为善，操持家事，上和下睦，夫唱妇随，奉敬父母，关爱姑叔，注重小孩教育，努力打造一个温馨美好家庭。

老人家虽然没有念过书，但是深明大义，遵法明理。她心怀仁爱，颇具童心，在协助培养和管理内外六个孙子、孙女成长过程中，悉心照料，疼爱有加，也深得他们的尊敬和爱戴。她虽然不谙几个字，却深知读书的重要性，对他们的学习很看重。记得她经常对我女儿说：“姥姥未识字，你们要好好读书，以后才有本领。”这一句是她经常叨絮的。

说到这里打开了我的记忆，老人家近 40 岁生我爱人，我们结婚时，老人家已是 65 岁左右了。1993 年我从邵武调回惠安工作，家也安置在惠安，老人家大部分时间与我们一起生活。记得刚到惠安，租房居住，一间房子，住得很挤，她经常身上背一个，手上牵一个，奶孙三个人乐呵呵的。1997 年搬了新居，房间也大了，一家人生活，其乐融融。这个时候孩子也渐渐长大，开始上学了。后来我爱人考虑老人家年龄大了，特请小孩二姨帮忙料理家务，好让她老人家清闲。当然老人家也是闲不住的，总是争着找点事做。其实她的身体素质还是不错的，虽然一辈子都在劳动着，特别是农村有许多重体力劳动，生活水平是可以想象的，但感觉到她的精神状态特好，尤其晚年生活方面得到根本保障。她心态平和、快乐，她与我女儿虽然相差了六十几岁，但相处得很好，这与老人家心态有直接关系，也与我们家庭整体和睦氛围有很大关系，我想老人家在我们家的生活是快乐的，也是满意的。

我想事实也应是如此，这从她多次谈话中可以感受到。大约农历十一月老人家住在我们家，一个下午晚饭时间，老人家突然感到身体不适，吵着要回我连襟老郑家，内人再三动员劝留，餐桌上老人家说出心里话，她说：“我很想在你家住着，但我担心身体不行死在你家中。”老人家很明理，遵世俗，后来真拗不过，送她到医院治疗了半个月，然而再也没回来了，直至她离开了这个世界。

其实老人家喜欢住在我们家，平时也以另一种方式表述过两次，说是她年轻时，我爷爷经常在她们村附近打麻将，对周围比较熟悉，很想把她介绍给自己儿子做媳妇。说明老人家在我家生活还是快乐的，对我们这个大家庭是羡慕的，也羡慕我爷爷有这么个孙子。

当然让老人家过得幸福、快乐，这也是我们作为年轻人乐意的，赡养老人也是我们的责任，尽每个人的责任和义务这是最起码的道德修养。我的女儿她们都很懂事，记得在她们读初高中时，晚上回来很迟，虽然学习很辛苦，但总会抽空到老人家房间看看睡否，给予关心和温暖。我总是最大自由度留给老人家，很少干预她的行为，让她有家的感觉，信任是最重要的。内人生老人家的气，都是为了老人家吃和穿，老人家一辈子清苦，舍不得吃穿，每次遇到有吃穿都得推让再三。医院管理车辆人员，经常看到我爱人独自骑着摩托车载着老人家看病，说她很孝顺，不收她的停车费。让我感动的是，我岳父岳母两位老人家临终都是在内人喂好最后一口饭而离开的，这可能就是生命的缘分吧！

说真的，我 20 岁从家中到外地读书、工作、生活。我粗略估算一下，从我在惠安安家，老人家与我们相处的时间比我和父母相处的时间可能更长。几十年来，在这种简单、平和的生活环境下，平平安安，健健康康，顺顺利利，和和气气地生活着，不断地前行着，在这相处过程中融入深厚的感情，彼此互相信任、互相关爱，共同依存。

一个家庭融洽的气氛，充满理解、包容和呵护，给大家带来无限快乐，小孩子也能专心学习，无忧无虑地生活，在爱的呵护下成长。老人家去世时，女儿在昆士兰大学读博，未能亲自送外婆一程，感到非常伤心。她一度想着乘机飞回，经劝方未成行，随即写了《怀念姥姥》的新诗一篇，情真意切，读之感人。

阿嬷安静地走了。
她喜欢吐槽婴儿时的我食欲太好，以至于
用光了她一屋子的柴火。可是也会告诉
我，她如何为我支一架温暖的婴儿床。
她会在夏天的晚上为我们扇蒲扇，也会用
棉绳牵住昆虫的触角，让我们遛着小虫玩。
她会趁着妈妈去买菜时偷偷做好吃的小零食
给我们吃。
冬天的早晨，天还没亮，她会叫醒我们、
为我们穿衣。这个时候，她总爱取笑我脑

袋太大套不进秋衣。
后来慢慢长大了。
需要天天穿白球鞋的日子里，她保证我们
的鞋子总是干干净净的。
她会在我练琴的时候安静坐在后面的沙发上。
她喜欢在我们写作业时坐在床上看着，时
而闲聊一番。
早晨赖床的时候，她总爱说，阿嬷快饿坏
了，快起床陪阿嬷吃早饭。
煎鸡蛋是她教会我的第一道菜。
同时学会的还有洗碗和缝衣服。
后来，我们去上大学了。
我心里难受，因为阿嬷再没有见过我在读的学
校的样子。
再后来，她身体不太好，喜欢提前安排很
多事。
每次见面，她总会和我说，我都安排好
了，我们都会好好的。
直到现在，她还是叫我们“婴仔”，就好像
我们从没有长大。
她总能给我安全感，考研压力很大的时
候，一天一通给阿嬷的电话就是我的安
慰，即便她什么也不会说，只会让我早餐
要记得吃鸡蛋。
她常说：人啊，就像鸟一样。
可是我太顾着自己飞，以至于来不及见她
最后一面。
阿嬷不幸运，一生经历了许多苦难。

最辛苦的时候，她靠自己的力量撑起一个
家却不被理解。
但她仍保持一生勤劳、善良、聪敏、细
致、周到。
我不到她万分之一。
感念上天眷顾。
弥留之际阿嬷没有受苦，在子孙身边安详
走完她辛苦却有价值的一生。
阿嬷放心，我们会好好的。
如果有下辈子，希望您幸福，希望我还能
做您的孙女。
永远想念您！

2020 年 1 月 25 日

老人家是幸运的，也是幸福的。在自己人生 95 个春秋，几多甘甜、几多泪水、几多慈心、几多的爱都化为自己对家人的幸福和快乐，把自己对人间真切的感受转化为对子孙的爱，犹如无声的春雨，滋养着一棵棵小树逐步成长为参天大树。

但愿上天眷顾着老人家依然快乐，无疾之忧。祝福老人家一路走好！

2020 年 3 月 16 日

蒙汉一家亲

——记阿英伯一家

老家甘蔗园位于燕山（或称烟墩山）南侧半山腰上，山体四面延伸，岭长沟深，南北通透。房屋坐落处呈畚箕形，北侧山脊阳面，一字形排列，坐偏东北向西南，面积不大，门前阶梯状田园分布，一条小水沟自西南向东北蜿蜒而过，小时候雨水充沛，山上引水渠道管理较好，门前流水淙淙，鱼虾常见。根据村中老人介绍，此地早为一户甘姓人家居住，但未见具体的文字记载和构件。

二百多年前，十四世祖显夫公偕两位兄长一道从洪厝坑来到这里，兄弟协力，风餐露宿，未雨绸缪，事业昌盛，人丁兴旺。很快这个位置显得有点逼仄，于是显夫公先见之明，率先建议次子在邻近山头现称后头另辟新基。随着人口急速增长，举夫公后裔迁居小坝田梁发展，敦夫公又迁回洪厝坑。之后整个村庄状况相对稳定，在这有限空间有序发展，保持一种日出而作，日落而息的半封闭状态。

20 世纪 60 年代，国家掀起兴修水利大潮，惠安陈田水库、菱溪水库、泗洲水库作为惠安重要的水源地，列入重点建设计划。因征用土地，发动部分村民搬迁重新安置。为配合国家建设需要，在居住空间非常有限的情况下，主动接纳一户张氏人家，安置在村东面山坡上，这里原来是一片梧桐树。记得为了迎接新迁户，村中发动了很多劳动力帮忙，为张家夯墙筑室，提供各种方便，不久一幢土墙泥瓦大屋矗立在山坡上，他们很快地融入出氏大家庭，大家和睦相处，亲如一家。

1970 年 10 月，阿英伯一家移居甘蔗园，当时居住顶厝房祖厝其孙（人名）家旧屋，还有其他村民提供房间。这样村中又增添了一户异姓人家，村中的人文气息也丰富了。阿英伯一家的到来，给这个淳朴安宁的小村庄带来清新的气息，从思想上、行动上都产生了积极影响。

阿英伯即刘锡英，乃基督教名士，学识渊博，阅历丰富，积善怀仁，诗礼传家。时年五十开外，精神饱满，充满沧桑感的脸庞，展现了人生的痕迹和特质。他携一家来到这里。两个儿子振华和忠华都是知识青年，英俊潇洒，风华正茂，思维活跃，充分利用自己的才智为改变村容村貌出谋献策。山区沟壑纵横，路窄坡陡，大部分为泥路，少量石阶，雨天路滑难行。大部分田园分布在不同的山谷和岭脊上，人工作业劳动强度很大。他们不怕苦、不怕累，很快适应这里的生活方式和作业状态。由于他们长期生活在城镇，对山里许多作业方式都很陌生，刚开始确实为难，面对大量的人工作业压力也很大。犁田、砍柴、挑谷子等都是山区的作业常态，但对他们来说颇有难度，起初连用扁担挑东西都不会，何况其他更多的生存方式。但他们肯学习、肯钻研，发挥自己有文化、有知识的作用，取长补短，很快就适应这里的环境，与这里的村民融为一体。

20 世纪 70 年代初期，开展社会主义农村大扫盲活动，生产队在村厝尾猪场北边盖了一排房子，其中有一间作为扫盲教室。白天集体参加劳动，晚上集中村民到这夜校学习文化知识。阿英伯次子振华派上用场，白天干活，不辞辛苦，晚上为村民上课，教村民读书识字，给村民普及文化知识，利用其学识为群众服务。振华兄尽管年龄比我大很多，但他留给我的印象还是很深刻的。其身材高挑、面庞俊朗，给人高大帅之感，从小又接受良好教育，文质彬彬，眼神睿智，颇有才气。

由于生产队缴纳公粮年年创先，上级为减轻村民劳动强度，率先分配了一台拖拉机并配送到山下粮库旁，然后由振华兄组织几位年轻人开上山来的。当时刚开成的盘山路，路面逼仄凹凸不平，几位年轻人小心翼翼的，开的速度很慢。记得我们一群小孩，听说村里有先进机器，高兴得不得了，都跑到山下看个究竟，大家蜂拥在拖拉机旁边，好奇的眼神，目不转睛地观察着。在振华兄的操作下，如一只螳螂似匍匐着，貌不惊人，一步一步地沿着山路爬上去。

随着拖拉机进村，村里的生产、生活方式悄然发生改变。振华兄开始主导布置粮食加工、机械耕作等。生产队专门腾出一间仓库布置粮食加工设备，这样村中粮食大部分可以加工成品，碾米、碾麦、榨地瓜，还有二次加工，如打面等，给村民带来很大便利，从而拥有了许多城里的生活方式，幸福指数明显提高，特别是机械耕田作业，减轻了农民的劳动强度。同时，人们思想也发生了变化，视野自然拓宽了。其间培养了村中几位热爱技术的青年，现代农业技术得到普及，为后来走向市场经济从事运输经营创造了有利条件。

那个年代山村封闭，劳动力少，信息闭塞。大家安心农业经济，自足自给，发展意识很淡薄。阿英伯主动向生产队建议大力发展副业经济，这个建议得到生产队的采纳，于是把夜校改为种植蘑菇和木耳。记得每个房间两侧靠墙架起两层木架，铺了木板和塑料薄膜，然后撒满小泥块掺杂牛粪，把菇菌种植土中，保持室内适当温湿度，一段时间之后一朵朵乳白色的鲜菇竞相冒出来，大小不一，参差错落，着实可爱。到了采摘期，经过精挑细选，一筐筐蘑菇拉到罐头厂或市场零售，就这样给村里增加经济收入。种木耳也是，充分利用村中木材优势，砍了一大堆的杂木，质地松软，锯成一段段的，或露天或室内，用机器打了一排排小孔，然后把菌装进孔中，吸收木头自然营养，自然成长，管理也方便。老家有一种木头，困难时期用以制作木屐的，很是轻便，我小时候经常穿这种木屐，听说经常被收购做成象棋子等，这种木质也很是适合种木耳。以本地资源优势发展经济，因地制宜，就地取材，这种思路是对的。这就是阅识，良好的建议往往已是成功的一半。由于受各种因素影响，这种产业并没有呈规模化和持续化发展。

阿英伯一家长年生活在城镇，生活比较城市化，其生活理念、方式给小山村带来较大影响。印象特别深刻的是振华兄结婚时闹洞房，很精彩，很有仪式感。村子不大，大大小小都会跑过去观看，那时我还很小也跑去看热闹，那个晚上拥挤的房间里人声鼎沸。但见在一盆清水里放了两根针，让夫妻用筷子共同夹起来，很能体现夫妻协作精神，团结一心，和睦相处，游戏很有智慧和趣味，给这个宁静的山村带来快乐。

阿英伯一家的烹饪很是讲究，给这个村庄带来观念的改变。由于是移民户，住居拥挤，他们的灶台是开放式的，设在顶厅上，灶台靠左边墙壁，紧靠右边墙壁放一个煤炉。每逢节假日，经常有亲戚来访，大部分是在外工作，个个衣着笔挺，举止文雅。他们利用团聚时间，做了一餐可口的饭菜。我小时候经常在祖厅玩耍，经常会驻足观看他们烹饪过程。村中好多种食品制作技巧是从他们学来的，如口酥、卷煎等，有的制作技巧至今保留着。卷煎很有特色，把洗净的大肠灌入糯米，煮熟后切成小段，然后放到锅里文火煎，色香味俱全，真是诱人。说真的农家人是很少做这道菜吃的，但至今想起依然有食欲。倒是口酥因易存放，很多家庭春节都会做一些，小时候经常拿两三个边吃边玩。

阿英伯是宣教名士，具普世情怀，心存大爱，注重小孩教育，家风淳厚。移居不久即融入山村生活，与出氏人家同甘共苦，关键时刻体现出大义担当的精神和人格魅力。

1972 年 12 月的一个下午，朔风凛冽，寒气袭人。村中一批龙尾兰从泗洲水库船运到镇上，由于村民对水运并不擅长，船体装货及搭乘十余人可能超载或其他原因，当船行驶到虎鼻岩水库最深位置，忽然船体漏水严重，村民骤然紧张。其中三位年轻人刘中华、出庆祥、出其良见状，采取卸货救人措施，无奈船进水太快，很快侧翻并伴有人员落水。在这万般危急情况下，三位年轻人不顾个人安危奋勇施救。在附近干农活的新川村村民闻讯赶来，不顾隆冬水寒，纷纷跳入水中帮助施救。特别是忠华兄身强力壮，水性也好，在冰冷的水中奋力救起多名蒙古族村民。由于天气寒冷，浸泡水中时间长，体力消耗太大，他终因体力不支丧命。忠华兄以自己的实际行动和生命，救起如亲人的同胞，发挥了大无畏的精神。忠华兄和新川村民见义勇为的英雄行为，唱响一首可歌可泣的民族大团结之歌，高亢而震撼，深情而动人，他们的精神给这个山村留下非常宝贵的生命财富，值得后人传颂和发扬。

阿英伯胸怀大义，有担当，心存对这片土地的感恩。在失去爱子痛苦之中依然关注着村民的安危，默默承受着内心的苦痛，体现出一种浩然之气，大爱慈心。我想他对忠华兄的义举是赞赏的，引以为傲的。忠华兄依然静静地安卧在四十九坑那不起眼的山冈上，聆听着青鸟呦呦，欣赏着波光粼粼，依偎在夕霞和曦光交织之中，一颗炽热坦荡的赤子之心伴随着一草一木，春来秋去，和着自然的生命律动，成为永恒的记忆和思绪。

阿英伯一家如一阵春风吹到这个荒僻的小山村，山村更绿了，更美了。人们的精神面貌随之改变，人们更多看到了希望和未来，对生命平添更多期许。

1976 年 6 月，阿英伯一家迁往涂岭西青农场居住，虽然他们在这个小山村仅居住五年多，但留给这里的记忆是美好的，难以忘怀的。他们与蒙古族村民融为一体，亲似一家，体现了生命的相依偎和共呼吸。五年的历史长河是很短暂的，但结下的友谊是源远流长的。

当我在写这篇文章时，那个春寒料峭的夜晚我和阿英伯漫步在厦门鼓浪屿街道上的情景浮现脑海。那是 1987 年正月，我带着弟弟到厦门第一医院做眼睛手术，阿英伯听说我对厦门不熟悉，特意陪我们一起，找到他在厦门医院工作的学生，安排妥当后，那个晚上我们共游琴岛。那一阵阵涛声邈远而律动，清旷而韵致。时而传来悠扬的琴声让人心生惬意，生命的旅行迈开轻盈的脚步，烙下清晰的印记，蕴藉着别样的情致和韵味。

有时我在想，文化需要多元，需要沟通，需要交流，需要融合。不同文化形态的交融，生发别具特色的新文化观，催生彼此的包容和互补，就像不同内质的音律谱就旋律优美的华章，悦耳而动听。就如这蒙汉两种文化，不同的生命因子交融碰撞生发灿烂的火花，照耀着辽远的长空，引领人们向着美好的未来携手前行，不是很美妙吗？

2020 年 9 月 10 日

仁者寿

——造访族贤兄其顺记

寓居鹭岛，虽初来乍到，琐事缠身，但拜访族贤兄其顺乃是我近日重要事情之一。

初夏的午后，暑气稍浓，薰风阵阵。汽车行驶在成功大道上，窗外一排排姿态各异的景观树从眼前掠过，青翠欲滴，隔离带 簇簇二角梅鲜艳无比，日光映射下柔和而透亮，养眼而惬意。

片刻来到大学路厦大海洋新村宿舍区，修葺一新的小院干净、规整，绿树掩映下幽静、空灵。少小同伴惠耕已在门口等候，于是边聊着走向他家。其顺兄闻声已在家门口相迎，但闻他清亮的声音，喊起我爸的名字，并说见到我如见到我爸似的，一股暖流油然涌上我心头，亲切而愉悦。仰望眼前这位长者，我心中的偶像，气宇轩昂，温和敦厚，儒气风雅，慈祥和蔼。虽近90高龄，依然精神矍铄，充满睿智和从容，我心生敬畏。

坐在沙发上，大家边喝茶边畅聊别后工作、生活、家庭以及子女情况，还有家乡的人事变迁，沧海桑田。此时大嫂借助着板凳从房间移出，与大家分享相聚的快乐。看到兄嫂二位耄耋之年玉体吉康，举案齐眉，含饴弄孙，我深深为他们高兴和祝福，真是“仁者寿”。

今天当我再次回到这个既熟悉又陌生的地方，心潮澎湃，感慨良多。思绪油然回到34年前，那是我刚从学校毕业参加工作后第一个正月，我带着小弟到厦门第一医院做眼睛降压手术。由于医院床位紧张，排队等候，茫茫人海，举目无亲。年轻不谙世事，还好阿英伯引导，我们来到其顺兄家住了几天，得到他们一家的关心照顾。

小弟的手术得以顺利完成，这也是我走向社会独立办理的第一件大事。之后我仓促回到单位上班，转眼三十几年过去了，记忆历历在目。自己的人生也从青年走到中老年了，忙忙碌碌的青春岁月留下许多精彩和深刻的记忆，让人流连和眷念，许多心中的感动总是难以释怀，成为生命中不可多得的精神财富。

其顺兄乃是我们甘蔗园自然村第一位通过读书走向社会从而改变命运的优秀青年，也是中华人民共和国成立后我们出氏蒙古族第一代读书人。从这贫困、封闭的山沟里走出，励精图治，奋发图强。他是我们村的骄傲，像夜空上的星星，闪亮在燕山上，指明了一条成功之路，照耀着我们这些后来者不断砥砺前行，成为我们学习的榜样，给这个村带来希望，让大家对未来充满信心和期许。他坚持读书之路，好学上进，胸怀大社会，放眼祖国海洋事业并为之奋斗一生，甘于奉献，默默无闻，让我们肃然起敬。

其顺兄 1950 年在惠安时化初级中学学习，1952 年毕业。由于家庭经济困难，不能继续读书求取光明之路。他矢志不移、坚定信念，克服各种困难，在学费无法供给续读高中考大学的情况下，选择了直接考免收学费的中专学校。于是他考取了集美水产学校，这是著名爱国侨领陈嘉庚先生创办的学校。经三年的刻苦学习，1955 年以优异的成绩毕业分配到山东烟台渔业公司工作，之后先后转战青岛、海南、越南、天津等地工作。由于工作表现出色，1964 年为国家科委委任与其他六位同志共同组建国家海洋局。后因家眷不适宜北方气候环境生活，调到厦门国家第三海洋研究所工作，退休前任国家海洋局厦门管区党委书记。

小时候，我爸经常给我们讲关于其顺兄如何通过读书考上国家单位并在北京工作的事。端铁饭碗、生活在大都市北京的事，对于边远闭塞山区的小孩来说简直就是天堂或梦想，是多么的遥远，可望而不可即，对幼小的心灵太震撼了，烙在记忆依然鲜活。

记得有一次，大约夏秋之午后，我正在石灰埕上晒谷子。其顺兄回老家走到村口，手提公文包，身穿一件白衬衫，风尘仆仆，文质彬彬，见到家乡老小热情地打着招呼，洋溢着幸福和快乐情绪，那时我煞是羡慕。村中一群小孩在一起玩耍时，其子惠耕常讲起到北京后的所见所闻，我们这些小伙伴听得入神，平添许多憧憬。

20 世纪 70 年代初期，村头矗立起一幢二层楼。其外墙部分是夯土墙，当时村中许多村民帮忙建造，他们站在墙体上一层层夹板，然后充填泥土夯实，很是热闹。那时我还小，也凑到现场观看。当时农村还很穷很落后，吃饱穿暖尚是问题，大部分人对盖房子都是奢望。据说是其顺兄在北京工作有工资才有能力盖新房子呢。记得今年5月我有事回老家，趁闲暇在村中走了一遍，当我走到村头，这栋二层楼依然静静地矗立着，周遭杂草丛生，乱花点缀，已是很久没有人住了，疏于管理，显得零乱和破旧，但依然安静和牢固。其承载着曾经的艰辛和付出，烙印着人生奋斗的足迹，流淌着殷殷的生命血液和情怀。

其顺兄因工作在北京，路途遥远，平时回乡极少。他很热爱家乡，热情为乡亲服务，每当春节回来，都会主动为乡亲写春联。记得有一年父亲派我拿联纸请他写，他很热情，把联纸铺在圆桌上，拿起毛笔蘸着浓墨，挥洒自如，写得专注、认真。但见笔锋流注着墨汁形成灵动字样，遒劲活泼，让我们一群小孩看了如痴如醉。这些墨迹给童年留下生动记忆，熏陶了童年对读书写字的兴趣，对于我以后学习书法的执着和自觉之影响是不言而喻的。

我爸非常敬重其顺兄，他总是以其顺兄的成功范例来教育我们。这也许就是我父亲内心世界的理想寄寓吧！也是对读书成才的感知，更是对我们兄弟的希望和期待。

其顺兄志存高远，少年即把握着自己的人生路数，并不断付出艰辛劳动，脚踏实地，真诚做人，淡泊名利，面对宽广的海洋世界和汹涌的波浪，如海鸥自在飞翔，到达理想的彼岸。

窗外一眼望去，霞光绚烂而绵长，厦门港海风阵阵，波浪层层，云帆点点。厦大校园青春涌动，周遭高楼林立，远处山岚宁静，一切显得怡然自得。夕阳无限好！我真心地祝福其顺兄、嫂安康快乐，寿享期颐！

我婉辞惠耕晚餐之邀，两人一起下楼。回首一看，其顺兄不顾年迈下梯困难，毅然下楼赶到车前送别，我心中涌现的感动如粼粼波光，浓浓的乡音情致编织丝丝的思绪，萦绕在生命的旅途。我想，随着时间的沉淀，其将如陈年老酒愈发芳香醇厚，回味无穷。

2021年1月3日

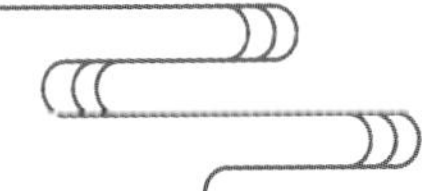

游踪记感

惠屿岛游记

丙戌秋日，天高气爽，清风惬意。应肖文煌、梁碧龙书友之邀，何栋桂、何路鸿、出武祥等畅游泉港区惠屿村。惠屿乃申报省级农村自然观光村，假日农家游首选之一。记得几年前因私事来到惠屿村，因孤岛无桥，交通不便，并且无电，通信设备落后，岛上供应淡水有限，村民文化生活、生产发展都受到很大制约，如今竟能课以假日农村游并获得大家推荐，游者观光络绎不绝，知名度渐显，可见变化较大，景观优美，故有此惠屿之游。

时为中午11点左右，我们来到肖厝村渡口，映入眼帘的是烟波浩渺、波光粼粼，俨然一幅现代气息浓厚的工业港口画卷。但见四周高塔林立，商船竞渡，游人穿梭，一幢幢崭新的厂房如璀璨明珠镶嵌在自然山冈上，依山傍海，鳞次栉比，引人入胜。

请来渔家夫妇娴熟驾驭小舟准时出发，带着诸友轻松泛舟于海田间，水上网箱养殖规划井然有序，渔家乐于生计。伴随着渔家夫妇纯朴、幸福和满足感，大家谈笑风生，雅趣不断，竞相邀请合影，陶醉于海上旖旎风光，仿佛置身尘世之外，忘乎所以。

约略20分钟，小船行驶到靠近岛屿临时码头，下船后沿着石阶拾级而上，路的两侧各种石房坐落在不同的阶坡上，显得逼仄而拥挤，虽然布局零乱却清净而安宁，走进民房少有人在，偶有三两阿婆坐在门前闲聊。村中大力发展海洋养殖产业，大部分村民到海上作业或远洋捕捞。一条水泥路刚铺好，约有两米宽，蜿蜒穿梭村中，盘旋在岛屿腰脊间。漫步在村路上，走走停停，豆干块菜园地不规则分布，菜叶青绿，偶尔随风而来阵阵尿臊味，很是刺鼻。几只小狗慵懒地斜靠路边，连看你一眼的欲望都没有，也没有点陌生感，显得很自在。沿路边新建的水泥房屋焕然一新，路边商店零星分布，店里商品琳琅满目。虽然不能与集镇商店相比，但相对于长年的海上孤岛，摆脱了无电无水的困境，这已是很大的变化了。同时也带来了各项事业的大发展，特别是依赖海上资源优势，大力发展海上养殖、乡村旅游业，大大改变以往落后的面貌。

虽然岛屿的发展仍需社会各界的继续关注和政府的大力支持，已经跨出关键的步伐为持续地向更高的目标发展奠定了必需的基础。只要发展的信心提升了，固有的观念改变了，发展的思路也来了，这样新村的发展就有希望了。

站在岛屿最高点，四面通透，海风阵阵，虽有点凉意，但却很是惬意。远望福建炼油厂烟囱林立，直向云霄。各种吨位货船油轮慢悠悠穿行海港，汽笛声清亮而辽远，一片繁忙景象。思绪飞驰到几年前，由于岛上严重缺水，我因读水文地质专业，对地下水分布特点和成因比较了解，应邀来到岛上寻找地下淡水，局限于自然地质环境，地下水资源相当贫乏，未能得到解决。如今国家发展了，政府重视了，这些老边远地区得到政府的大力扶持，解决了几辈子未能解决的心头大事。我发自内心为他们感到高兴，也默默地祈祷着他们过上幸福的新生活。

忽然接到手机信息是友人询告，即邑内科级干部调整刚公之于众，规模之大、范围之广非一般，不知是否沾了光。我默然，叹之曰：“不知然，何来也。”乃自顾享受博大精深海洋文化带来的怡悦，陶然忘机，由是生赋：

邑内传来人事梦，扁舟轻渡静听潮。
心仪屿外悠闲处，酒共诗书情逸超。

2006 年 11 月 3 日

大雾山纪行

7月24日8点30分准时从惠安出发，沐浴着仲夏晨曦，沿着324国道往北朝大雾山历时45分钟，盘旋在宛如大蟒蛇蜷曲的三十六道弯脊上。行至约略600米海拔高程，倚窗俯视，群山连绵，灌木丛生，青翠欲滴。举首仰望，周遭笼罩云海之中，烟霞缭绕，清新宜人，挥手窗外任随烟雾流动五指间，自是惬意。车上同行情绪骤然高涨，喧闹一片。车外依然显得静谧、肃穆。大家畅想着登临大雾山之美妙，渴望感受峰巅之奇趣，于是沉浸在快乐之中。此刻，童年的梦想回荡在脑海，一幕幕……

我家住戴云山余脉烟墩山（燕山）东南半腰，与大雾山遥相呼应。每当夜幕降临，农家小朋友饭后总是聚集在埕上游戏、玩耍，高唱“大雾公，烟墩妈；观音媳妇，大仔林”（即海拔高低依次相连的四座山）。伴随着幼小心灵一日日快乐生活，大家闲聊之际总是共同把目光聚焦于大雾山上那璀璨的亮星，争论着有关驻守在山上的部队，每个人畅所欲言，随便臆想，妄加猜测，每每争得脸红耳赤，甚至怒目相视、无休无止，但难有结果，总是不欢而散。20世纪70年代当兵可是青少年的崇高追求，每人期盼着有机会亲临其境，参观学习，感受军人的生活，这是何等荣耀和欢欣。然而这一盼将近40年，光阴荏苒，逝者如斯，怎能不珍爱和兴奋呢！但愿这是一次深刻的大雾山之旅。

片刻，峰回路转，来到峰顶，映入眼帘的部队营房整洁、精致，在有限空间依山规划、布置，井然有序，四周通透，凉风习习，营部官兵神采奕奕，威武严肃，显得训练有素。

稍作寒暄，“迎八一、送知识进军营”活动开始了，参与单位和官兵共同布置活动场地，活动内容有法律知识咨询、科普知识谜语竞猜、惠安书画家写字、作画等，活动气氛浓烈，官兵踊跃参与，或猜谜语，或摄像，或欣赏字画，或观摩书家舞墨，欢歌笑语，各得其趣，其乐融融。我乘兴抄录之前所作七绝《大雾山之行》：“雾锁高山立海疆，烟霞浥露沐军装。虚怀旷达凌霄志，卫国安邦意气昂。”同时触景生情，摘录王维诗句“行到水穷处，坐看云起时”，创作草书和行草书各一幅赠送部队。

漫步峰巅，闲庭信步，心旷神怡，遄兴逸飞。虽时近正午，群山依然淹没在浓厚烟雾之中，四周看不到边际，仿若一张大白轻纱披盖大地，随风飘扬，此起彼伏，婀娜多姿，妩媚动人。此时置身云海，心伴随着一片片、一撮撮烟霞自由游动于丘壑之间，自由、轻松、无拘无束、随遇而安，心境随之变化，身心因之游荡，思绪飞扬，心怀荡漾，飘飘然如临仙境，恍恍乎如若无我，超然物外，尘俗尽脱。古人云：“仁者乐山”，尽得真趣也。

活动圆满结束，军民共用午餐，我与同桌士官玩笑说：“饭真香，但配甜绿豆汤，还是首次，真特别，难得啊。”士官会意一笑，自顾享用。只见同行个个满头大汗，谈笑风生，这就是现代军人生活的一幕。

确实在此闷热的暑夏，来到这特殊地方，经历特别的感受，丰富了人生阅历，获益匪浅。此趟绝非虚行，想来人生的境遇尤其是颇具特色能在记忆中烙印的恐怕不多啊！

我想此行当以铭记心怀！

2007 年 7 月 26 日

清源山之行

2008年4月30日下午，按计划准时开车来到清源山下，集体组织登山运动。仰望山巅烟雾缭绕，浮云游动，虽然天气略有点闷，有点阴沉，但大家热情洋溢，于是选择了登主峰路线。

拾级而上，曲径通幽，石壁参差，盎然成趣。大家谈笑风生，深深为路边千姿百态的奇花异草、琳琅满目的石雕镌刻和清脆悦耳的鸟语和鸣所吸引，不时驻足细细品味和倾听大自然恩赐的奇特天籁。女同胞当然更喜欢脚下散发出各种芳香的花蕊和小草，不由自主地伸出白嫩的小手去抚摸小花和幼芽，然后放在鼻前一嗅，深深地吮吸芳香，沁人心脾，既优雅又迷人。我和振奎兄更侧重欣赏沿途保留的唐宋元明清各个时代不同石刻内容，感受历史。但见各种石刻书法，或静穆，或清逸，或行，或草，或楷，诸体并存，赋予清源山新的生命和韵味，增添了历史的厚重感。

当来到一座古色古香大门前，门上嵌镶“北山胜槩”，未见作者署名，其中“槩”字大家平常少见，也不经常研究变体字书写，所以大家马上面对着我，认为我一定是比较熟悉，怀着充满信任的眼神，一时让我也感到为难，该字我见所未见，又不敢妄自猜测，尽管脑子里有几个字的可能性，但也不敢明确说出，只好向大家实话实说，回家再查阅古汉语字典，这样大家尽管很失望，但也是可以接受的（之后经查这字乃“概”的隶书写法，其把左中右结构改为上下结构，北山胜概，意即“北山胜境”，“概”为景观之意，有泉州之大观之意）。

近前有近代高僧弘一法师的舍利塔，我独自一人来到塔前，瞻仰一代高僧，认真品读欣赏舍利塔门前两侧对联、书法，感受大师的高远、圣洁。其“悲欣交集”四字萦绕在脑海之中，挥之不去。这是对人生大喜大悲、生命律动的最佳诠释。我默然，深深为之震撼，禅意如一股清泉轻轻地浸润着我的生命，一种空旷静远的思绪如同一条薄如蝉翼的丝带黏在心头。丝的这一头是大师教诲如何珍爱生命，博爱宽怀、远离浮躁、淡泊名利，追求一种娴雅意趣；

丝的另一头身心努力，摒弃着纷繁的琐碎、世俗的眼神，置身于简静、清雅意态之中，如此心境随之雅逸，生命自然超然物外。

登山热情依然不减，大家似乎有用不完的劲，特别是小陆同志年轻气盛，比较熟悉清源山景观，很是满怀信心，大有把大家甩后之傲气，独享捷足先登之快乐。然令人惊奇的是年近50的琼珍同志居然不甘示弱，保持与小陆近距离，携手并肩共享登顶之快乐（后经询方知缘于经常锻炼）。

刚才振奎兄还兴致勃勃，孩童般跳跃登级，现在已是气喘吁吁，有点上气不接下气，看来后劲稍差，年纪不饶人啊。兴许忙于工作，锻炼不足吧。

约略半个时辰，来到近峰顶处，大家找个相对广阔的地方稍事休息。回头眺望，一览众山小。西湖、闽台缘博物馆、东西塔等尽收眼底，晋江宛如一条银带游弋在天空，镶嵌在宽阔的平野、村庄之间，水色山光，穿崇山，越峻岭，汇百泉，纳百川，微澜轻波，蜿蜒逶迤，滔滔不息，直奔台湾海峡，舞动着泉州人的热情，孕育着泉州人的灵性。沿江两岸，矗立着鳞次栉比的高楼大厦，广播电视大楼、东西塔等凌空夺势，气傲天宇。

随着一阵清风熏沐，依傍在石阶旁大石上眼神悄然迷惘，飘然有点沉醉之感，此时脚似乎也不想动了，仿佛身心已是沉浸在这清新静幽、如梦如幻之境。倘若允许，很愿意在此一憩，任思绪飞扬，梦想如期，自由飞翔，随遇而安，那是何其惬意啊！

稍稍歇息，抬头仰望，天空作美，只见峰巅胜景历历在目、触手可揽，大家似乎注入一股新鲜血液，又来劲了，整装出发，继续朝着峰顶前进。大家似有先睹为快之意，竞相快步登峰。

转眼，来到峰顶，风清气爽，林阴境静，施永康书写的“清源大观”四个字映入眼帘，镌刻在清源上峰石壁上，遒劲苍茫。

漫步峰顶，旷野杳杳，山体连绵，峰峦起伏，山腰天湖不时传来喧嚣的笑语声，弥漫在清净的山野，和着鸟语清音，奏响一曲幽雅乐章，响彻在林涧、山泉、花朵之中。

伫立清源山峰顶，环望四周，气宇高远，心旷神怡，遐想无限。清源山不愧为泉州胜景和国家重点风景名胜，除了老君岩这座全国现有最大的宋代道教石雕造像外，素有“闽海蓬莱第一山”之誉，依临东海，以石奇、泉清为特质。清源山就像是一道屏障屹立城北，忠诚庇护泉州市区及晋江两侧子民世代繁衍，它是泉州的象征，承载着泉州发展的历史。

泉州中心市区坐落在清源山下这片肥沃的冲积小平原上，正处清源山龙脉，山清水秀，温和湿润，风景宜人，风调雨顺，人杰地灵，物华天宝。自西晋士人，“衣冠南渡”沿江而居，盛唐逐步走向繁盛，宋元扬名海内外，世界东方大港美誉引以为傲，“市井十洲人”“涨海声中万国商”的繁荣景象令世人赞羡。

改革开放三十年来，泉州人更是因势利导，充分发掘本地资源优势，克服诸多不利因素，锲而不舍，走一条内联外引的民营经济创业之路，成为改革开放民营经济发展的一面旗帜，成为中华大地上一颗璀璨明珠。

今日，在建设海峡西岸经济区的强大动力下，泉州人锐意创新，整合资源，坚持以创新调整和升级产业结构，提出两个先行区和先试先行的指导思想，重塑海洋大市、科技建市和文化旅游发展城市的新战略，迎来了新一轮的创业大潮，以民营企业催生城市发展的泉州就像一艘航空母舰驶向辽阔的大海，扬帆前进，承载着泉州人的梦想驶向新的历史航程。

时近黄昏，回到清源山下，天空飘洒着零星小雨，凉意骤升，雨沾脸上，清凉爽快。刚才登山疲倦之意顿消。兴奋之余来到清源山最著名景点——老君岩，但见，老君岩依山而造，坐北向南，林木葱翠，老君端坐其间，宽绰雍华，神采奕奕，目光炯炯有神，深邃高远，凝神专注，意清气和，慈祥面善。我私下臆猜，泉州自宋以后走向繁荣之路，是否与老君身临其处有关联，我想太上老君一定很满意泉州子民的诚挚之心，默默地祈祷庇护着泉州子民的安居乐业。

泉州，历史文化名城，泉州的名山、名水、名人、名物成为一幅优秀画卷的重要元素，展现了每个历史阶段的优秀特质，构筑厚重的历史积淀，泉州以历史积淀为荣，以现代思维为傲。

这是一次深刻感受泉州历史的登山活动，净化身心，陶冶情操，贴近山水，寻幽问趣，陶然自在。

快哉！清源山之行。

2008 年 5 月 25 日

走进二郎巷

泉州，历史文化名城，世界多元文化宝库，太让人眷恋。不但有众多名人、名物、名事，更是几千年积淀的厚重历史迸发的思想火花，照耀这片颇具魅力的现代化特色都市。即便是北京第二十九届奥运会，这世界级的伟大盛会，泉州文化元素同样引人注目，可见其历史性和经典性的价值。

深厚的文化底蕴除了源于地理位置、历史机遇，更是泉州人爱拼才会赢和包容性的精神特质，是泉州人历来重视教育、文化建设，注重传统文化的继承和发展，也是历史的嘉奖。

走进泉州，只要您随便一抬头，顺手一捻，便是能说话的文化精品，任您看不完、想不尽、挖不竭。清源山、老君岩、洛阳桥、崇武古城、九日山、圣墓、少林寺、东西塔、安平桥，梨园戏、南音、木偶戏，欧阳詹、李贽、王十朋、蔡襄、郑成功、朱熹、弘一法师等，一连串数不清星光闪烁的名胜名人，让您惊叹，让您喜欢。

不论哪一条街、哪一条巷都烙印着历史痕迹，告诉你一段精彩的历史故事，充满着历史的韵味，孕育着新的骄傲和机缘。城隍庙、状元街、孝感巷等这些文化的标牌，无不刻画着泉州人的心性和情怀，当然还有许许多多不算显赫，或者未真正认知和宣扬的，但同样蕴藉希冀和期待，同样是泉州现代文化重要的构成元素。

二郎巷，这大家比较陌生，我个人的感受是这样，但凭着二郎这名字我想应当是同样记载着非常美妙的过去，都怪我懒惰未作详查。虽然它似乎有点淡出眼光，让人遗忘，然而我对它充满敬慕和欣赏。这不足五米宽，两边错落低矮的旧房，零星几棵榕树，看起来并不咋的，似乎与现代的泉州气息相去很远。可当你走进二郎巷，你会发现，这里居然寓居三位年轻才俊，他们富有潜质，充满朝气，为二郎巷注入新鲜血液，增添几许灵气。他们是泉州书坛青年中坚力量之一、实力派书法家何路鸿、刘顺华、陈钊，分别就职于泉州华侨职校、市文联、泉州师院。他们专注艺术，热爱生命，陶冶情操，注重操守，积极向上，艺臻化境，争取德艺双馨，努力创作精品力作奉献社会，为泉州市文化建设发挥积极作用。更为可贵的是三位书家来自三省，分别为湖南、福建和河南，也印证了泉州这片神奇土地特有的包容性。

何路鸿，湖南永州人，中国书法家协会会员，惠安县政协委员，书法作品参加中国书法家协会主办的全国第二届正书展、全国第三届楹联展、全国第八届中青展和全国兰亭展、首届全国青年展等。

刘顺华，福建泉州人，中国书法家协会会员，泉州市青年书法家协会副主席，近年成长为颇具实力的青年书法家。书法作品参加中国书法家协会主办的首届全国青年书法篆刻展、全国第四届正书展、全国第九届书法篆刻展等。

陈钊，河南省人，中国书法家协会会员，河南省美术家协会会员，自幼倾情翰墨，少年勤学书法，中年主攻美术，书画双栖，扎根教育工作，2008年出版《陈钊工笔画集》，美术作品入展并获奖中国美协主办纪念长征七十周年美术展等。

每当夜深人静，漫步二郎巷，任凭轻风浸漫，月光轻抚，自然感受它特有的文化气息，既优游又闲逸。透过那微光，仿佛看到三位青年或挑灯夜读、咬文嚼字，或晤言一室、叙述幽怀，或认真临帖、一丝不苟，或挥毫泼墨、自由潇洒。置身萧散静雅，翰墨清香之境，任由心性漫随生命律动，游于艺术，寻求生命真谛，真可超然物外，尘俗尽脱，怡心悦性，雅哉、乐哉。

一条小巷同时拥有三位青年才俊，其密度恐怕连上海、北京也不多，当然还有许许多多我未曾了解的。“酒香不怕巷深。”二郎巷真是让人充满期待，相信会吸引更多的眼光去关注，关注青年的成长，关注他们为这片土地洒下青春。二郎巷啊，你太值得骄傲，让人羡慕，你承载着新的希望！

请走进二郎巷，感受二郎巷，关注二郎巷。

漫步万安桥

落日的余晖轻轻洒在江面上，清风徐来，水波荡漾着阵阵的涟漪，或明或暗。翠绿的红树林显得格外鲜亮，几只小鹭白的褐的，无忧无虑地追逐着，一阵清脆的歌声传入耳中。近梭形的扁舟随处游弋，伴随渔翁爽朗的吆喝声，时快时慢，轻逐白浪。远处洛阳桥、后渚大桥上游人川流不息，车水马龙，喧闹无比。江滨两侧脚手架凌空而上，一座座高楼大厦拔地而起，巍然耸立，一片繁忙景象。真是江山如画，绚丽多姿。

漫步万安桥上，置身其中，凭栏观潮，心境尤为安静、清逸。抬头仰望，蔡襄公雕像映入眼帘，神情怡然，默默眺望远方，面向江上渔船，日出而作，日夕而归，心绪系之。

宋代文豪、泉州太守、蔡襄后任王十朋，知事泉州，伫立江畔，看到一桥飞架南北，天堑变通途，犹若彩虹置身烟波之中，蛟龙戏水，承载着希冀和欢乐，由衷感激建造万安桥之奇绩，赋诗二首《题万安桥》《咏蔡公祠》，并唱出“遗爱胜于郑国侨”的感言。可见蔡襄公主事建造万安桥得到充分认可和赞许。其规制宏伟，思路新奇，工程艰巨，堪称“海内第一桥”，并留下许多佳话。特别是致力于创新技术，克服波涛汹涌，地质环境恶劣，难以成基等技术和施工困难因素。按照现代语言，是用科学发展观指导自己的工作，敢想，敢做，敢创新，有眼识，坚持以人为本，为民解忧谋利。确实从建造万安桥采用垒址于渊即现代片筏型基础、浮运悬机的施工方法以及养蛎固基的自然防潮护桥固墩，还有万安桥中亭以北第二桥洞上的七音石，每当江水击桥，七条大石梁咣当作响，宫、商、徵、角、羽、变宫、变徵之音分明悦耳，相传听潮声中秋节最佳。这一切无不彰显建造万安桥的智性，蕴含着主事者的智慧，建造者的巧劲，以及人定胜天的信念。“天昊日驾涌灵鼍，狂潮横海走蛟螭。垒址于渊架石梁，长波凌跨玉虹垂。”清代张之翼《七古诗碑》歌颂古代惠安造桥工人的聪明才智和伟大的创造精神。

建造万安桥不单是民生工程，其包含许多桥梁设计、施工、材料、力学等先进技术，部分技术至今仍普遍沿用着。一千多年前的技术创新一直影响到现在，这是何等超越和胆识，同时也充分体现了建造万安桥功在当代，利及千秋，更可取的是充分利用本地自然资源和自然生态，包括石材采取、养蛎固基等，既是技术创新又不破坏自然环境，做到人与自然环境和谐相处，可见建造万安桥不能简单地以造桥一事而论，更蕴含着许多深刻社会哲理，赋予它许多生命因素，让人品味无穷，值得思考和借鉴，这是一笔不可多得的历史文化遗产。

蔡公虽一介书生，然其生命情怀却注定与泉州血脉相融，成为泉州历史文化不可或缺的组成部分，为泉州文化增添异彩。

蔡襄（1012—1067），字君谟，福建莆田仙游枫亭人。其母卢节，惠安峰尾人，在蔡襄5岁即送至娘家，让“课子孙不令称懈”的父亲卢仁授教，与表兄卢锡一并在涂岭虎岩寺读书。宋仁宗天圣八年（1030），18岁的蔡襄以农家子弟举进士，后任泉州知府，主事建造万安桥，谥“忠惠”，为人忠厚正直，讲究信义，学识渊博，宋四大书法家之一。书法浑厚端庄，淳淡婉美，充满妍丽温雅气息，自成一体。传世墨迹有《自书诗帖》《谢赐御书诗》等，碑刻有《万安桥记》《昼锦堂记》。其楷书自作碑记《万安桥记》胎息颜体，端庄博厚、气息高古，乃字文俱佳，内容歌颂惠安人民建造万安桥的伟大功绩。另有督造小龙团茶事及撰写《茶录》《荔枝谱》等书闻名于世。

蔡公乃文化人出身，从仕，但不因文化人而幽居一室，舞文弄墨，无病呻吟，孤芳自赏，而是站在社会责任角度，以文化人的襟怀，关注民生，承担社会责任和义务，创造奇迹，这是何等伟大和超迈，让人称许和赞叹，记下灿烂人生的一页。

站在桥上，浸染清新的空气，感受厚重的历史，倾听潮浪轻轻拍打着桥墩响起美丽的旋律，和着历史的律动，奏响一个又一个绚丽的音符，伴随潮起潮落，心境优游无拘，情意悠悠……

2008年12月

（刊登《惠安书法》2014年总第18期）

走进惠女水库

天空飘洒着细雨，伴随着阵阵清风，略带丝丝寒意，但觉很柔和。空蒙的山体笼罩在若隐若现的烟雾之中，宛如少女穿着薄纱步履轻盈款款走来。时而偎依树丛采摘花果，时而俯蹲水边，掬起清澈甘泉，优雅地放置眼前，细细地吮吸着如甘乳的芳香。惠女水库就像母亲一样慈祥地呵护着少女，显得格外静穆，从容，怡然。镶嵌在惠女水库大坝上的“万女锁蛟龙”“惠女万岁”，映入眼帘，引以为傲，思绪在心头泛起阵阵波澜。

自幼生活在偏远的山区，小时候，每当夜幕降临，晚饭后一家人总在庭院闲聊，父亲高兴之余，经常讲起参加泗洲水库建设的点点滴滴，由是对那个时期惠安水利建设涌现的一个时代特点稍有了解。

由于惠安特定地理位置，尽管是滨海小城，然而奇缺的水资源极大制约了惠安的快速发展。“地瓜县”成为远近闻名的标牌，“靠天吃饭”“地瘠栽松柏，家贫子读书”，这些传统生存方式和改变命运的观念深深扎根在惠安人心中，影响着一代又一代。

中华人民共和国成立后，人民思想得到大解放，改造自然、人定胜天的主观能动性成就惠安人民敢于挑战自然、挑战自我，从而完成了一个时代性的思想超越，塑造了一代惠女精神，闪耀在历史长河之中。自力更生，艰苦奋斗，在短暂时间内先后完成了惠女水库、菱溪水库、陈田水库、泗洲水库等重要水利工程，根本上解决了惠安人民饮用水、灌溉用水这历史上一直未能解决的两个重大问题，也改变了已有的生产、生活方式，带来了翻天覆地的变化。

惠女水库，这特大型水库，规制宏伟，地理地质环境恶劣，参与人数一万余人，其中妇女占 80% 以上，年龄为十几岁至五六十岁之间。在那物资匮乏、技术落后、条件简陋的年代，凭着勤劳自主、拼搏奉献的精神，依靠坚韧的双手和钢铁般的意志，以朴实的情怀和科学的思想，团结协作，力争上游，巧学创新，充分发挥每个人的聪明才智，克服了难以想象的困难，完成了艰巨的建设任务，开创了一种斗天地、泣鬼神、自强自立的历史典范，何其超迈和伟大，令后人肃然起敬。

看看一张张泛黄的照片，一件件锈迹斑斑的水利用具，一个个鲜活的施工场景，仿佛回到惠女水库建设的工地。或抡起大锤，开山劈石；或挑起畚箕，健步如飞；或推独轮车，阔步前行；或三五一组，学习文化；或谈笑风生，载歌载舞，奏响了一曲曲壮丽的青春惠女之歌，回荡在山涧、河谷、田野、花丛之中。

平凡而朴实、顽强而坚毅的惠安女，以与众不同的方式，甘于奉献的精神，挑战自我的品质，坚持必胜的信念，树立起一座富有时代特色的惠女精神丰碑。辛娌、杨亚赏、许配、王立金……一串串珍珠般的名字，闪亮在这座丰碑上。

一张张青春俊俏的惠女脸庞，洋溢着豪迈、灿烂的笑容，看不到忧愁，只有乐观；看不到疲倦，只有刚毅，描绘了一幅幅绚丽的英雄惠女创业的优秀画卷。

天地为之动容，山河为之折服，嫦娥为之惊奇，蛟龙为之俯伏，百兽为之欢歌。清清泉水汇聚成河，滋润着每个惠女心田，绽放出无比鲜艳的惠女之花，光彩夺目，充满活力，魅力无穷。

站在惠女水库大坝上，阅读不平凡的历史，心潮澎湃，思绪无限，感慨系之，赋诗一首：

风轻雨细润无声，树映湖光夕照明。
坝下甘泉流不尽，千年流淌故乡情。

（刊登《蓍花》2009年，入编纪念惠女水库建成60周年征文作品集《巾帼丰碑》）

东北三省纪行

2009 年 9 月 22 日，利用出差到沈阳顺便游览了黑龙江省牡丹江镜泊湖、八女投江纪念广场，吉林省长白山天池以及辽宁省本溪水洞、丹东鸭绿江等著名景点。

牡丹江镜泊湖

当东方第一缕晨光透过纱窗映入眼帘，我猛然醒了过来，火车依然安稳行驶着，简单地整理下衣服，便下卧铺，推开窗户，探着头往外望去，但见清晨的原野在烟雾笼罩之中，山岫、村庄、树木、田野、河流若隐若现，平缓的山峦漫无边际不断延伸着……当阳光照在水雾上折射出五彩斑斓的光影流动在草丛树木之间，伴随行驶的火车，显得那么融和，置身其中，如幻如梦，好一派东北的秋晨，这可是我第一次直接感受到这美妙的景色。

尽管气温有点低，但觉爽然。很快，火车已驶入市区火车站，终于踏上著名旅游城市——牡丹江。

牡丹江是一座风光秀丽的旅游城市，清晨的市区清雅素净，少有喧闹，井然有序，偶尔一群上班族穿梭而过。

站在宽阔的大街上显得特别轻松自然，微微的寒风亲吻脸庞，带来丝丝凉快，两侧鳞次栉比的高楼大厦，现代化气息浓郁，信息量丰富，富有牡丹江特色的地下商场，更是一景。沿着大街同步规划地下防空洞改造为地下大型商场，足有二三公里长。漫步其中琳琅满目，一间间店铺装饰别致，服装款式多样多彩，不时看到家乡品牌如安踏、锐步等闪亮登场，自豪之情油然而生。

用完早餐，品尝了东北正宗小吃，结伴来到八女投江纪念广场，该广场是为纪念以冷云为首的东北抗日八名女官兵而修建的。

八女投江的英雄壮举谱写一曲惊天地、泣鬼神的抗日史诗，被列入一百位为中华人民共和国成立做出突出贡献的英雄模范之中。

站在牡丹江畔，江面一派绮丽，江水平静无波，许多小船停泊在江边，显得特别宁静。

下午驱车来到著名景区——镜泊湖，同车还有三位来哈尔滨参加会议的台湾学者。一路上微缓的山峦连成一片，一望无际，秋黄的玉米满山遍野，很难真正分辨出哪些是田或园地，几辆大卡车停放在公路边等待收成。规整的成片田地，已翻土的马铃薯整然排列着，农民兄弟姐妹或挑或耙或抬，洋溢着收获的喜悦，不时传来清脆的笑声。

首先参观了地下森林，又称“火山口原始森林”，这是大约一万年前的火山爆发形成的低陷的奇特罕见的地下森林。循着人造石径进入地下森林，坡壁分布许许多多岩熔碎石，杂草丛生，奇花异草经霜后多彩多姿，各种树木高达数丈，竞相向上，争取得到更多阳光。于是乎，林叶茂密，绿影扶疏，偶尔几缕阳光穿越层层密叶，给谷底带来亮点。沿着石阶不断下行，遂增凉意，达到谷底，一万年前岩熔喷涌点依然保持完好，只是散落在火山口周围未经完全凝结的岩熔碎块、碎屑，告诉人们一万年前这是地球的一个通道，但不知道什么时候还会复活，也不知将带给人类是福是祸？

晚上住宿在镜泊湖畔山庄，天公不作美，下起了小雨，虽然不大，但伴随气温骤降，略显寒意，周遭显得格外静谧、空灵，小鸟也早早找到老巢歇息，伴随着淅淅沥沥的雨声很快进入梦乡。

次晨六点，天空依然下着零星小雨。用完早餐，沿着镜泊湖畔散步前往渡头乘轮船。霜风过后，一路落叶铺满，散落在路上或黄或红或紫，斑驳陆离，几只松鼠轻盈跳跃在大松树上，似乎在向远方的客人招手，真是一幅绚烂多彩的秋色图画。

约略一刻时辰，来到湖边，经历一阵秋雨后，镜泊湖景区清新怡人，山峦鲜翠欲滴，微风过后，水面波光粼粼。据了解镜泊湖乃火山爆发岩熔堆堵自然形成的一座湖泊，世界第二高山堰塞湖，5000 年前经过多次火山喷发熔岩堵塞牡丹江古河床而成的火山熔岩堰塞湖，分为北湖、中湖、南湖和上湖四个湖区，由西南向东北走向，蜿蜒曲折呈 S 状，共有吊水楼瀑布、大孤山、小孤山、珍珠门、道士山和老鸹砬子等八大景点。

轮船泛游湖区，宽阔的湖面显得格外寂静，阵阵微风扑打脸上尤为清爽，偶尔几点雨珠也来添趣。这时忽然看到湖边老翁早早垂钓水边，显得十分怡然。本想挥手打个招呼，又恐惊扰那份宁静，看到叟翁独钓石矶上，任凭清风细雨浸漫，独自悠然，不为所动，我甚是羡慕，忽然诗意萌生，得之曰：“青山带雨溢清新，正是江南四月春。碧水连天天映水，渔翁独钓镜湖滨。”随着游船返回渡头，我不禁怅然，真是徒有羡鱼情呀！

中午时分，来到红罗女公园，令人感到独特乃是由于表面岩熔覆盖，地下溶蚀空洞，地表水几乎渗透在下面溶洞之中，难见地表水系，农民的谷粮也是在坚如磐石的岩熔凝结层表面种植的。据说由于太阳照在石板上地温较高，表面覆土比较薄，所种水稻成熟期较早，也易丰产。一旦雨季，极易造成“水漫金山寺”，形成水患，当然也就有了吊水楼瀑布这样壮丽的景观。

漫步在红罗女公园，秋天景致特别美，灌木阔叶林高 2—3 米，一堆堆火山碎岩无序排列着。进入灌木林中，花团锦簇，赏心悦目，真是秋色满园关不住。吊水楼瀑布，由于枯水期，未遇奇观；潭水波平如镜，静如处子；八角亭榭依岩而立，人称观瀑亭，显得特别清静、安宁。

美丽、聪慧的“红罗女”以一句“什么是人间最宝贵的”而征婚，竟然把求婚的勇士、书生、商人，甚至国王也难倒。于是勇士含羞而去，书生浴耻而归，商人倾宝于湖，不再提亲，只是国王认为权势至高无上，厚颜无耻地呆立吊水楼前苦思冥想，最终老死在悬崖上。每当游人至此，感慨良多，引发许多人的深思，这是一句很难回答的言语，但是我想只要上善若水，一切自然就有了答案。

延边长白山天池

下午，乘牡丹江至延边朝鲜自治州的火车，约略午夜到站，住在一间简易的宾馆，4 点起床，乘车从延边州开往安图县长白山景区，所以对延边州未能置身其中感受其城市风貌、人文特点，很遗憾。只是车上导游介绍了基本情况，初步知道延边州是个多民族城市，以朝鲜族居多，体现东北边疆与朝鲜人民的密切关系。

清晨，天空明朗、清澈，感觉就是旅游的天气，心情也格外高兴，充满期待。因了开往景区的路上旅行社边捡客边介绍旅游产品，也逐步对这个城市有了了解。

约一个时辰来到长白山风景区，首先迎来的是一片松树，号称迎客松，其高大挺拔，英姿秀美。由于土壤肥沃，风平浪静，生长较快，树干显得稍清瘦修长，不像南方的松树遒劲多姿。若作比较，我更喜欢南方的松柏。南方的松柏大多生长在贫瘠的山崖、岩隙之中，不但营养成分贫乏，而且饱受风吹雨打，特别是每年的台风更是肆无忌惮来袭。然而恰恰是在这艰苦的困境之中，凭着顽强的毅力和不屈的生命力，坚强地在热爱它的土地上茁壮成长，坚实走好每一步。南方的松柏虽然不以挺拔秀美博人喜欢，然而其憨厚、敦实的品质，让人从另一个侧面感受其美，这是内在、无华、质朴的美，也是自然美，更是大美。当然也不是说北方松柏不美，这只是两种不同的美。

半个小时的车程来到长白山大门口，但见邓小平写的“长白山”三个字映入眼帘，景区两侧商店显得很冷清。进入景区后，树木葱茏，公路盘旋在长白山主体山峰上，汽车沿着柏油路轻快地行驶着，游客欢歌笑语，不一会儿来到天池峰脚下，换乘越野登山专用车，汽车奔爬在长白山天池峰山腰上，从山下到山上，分布着从温带到寒带四个自然植被景观，包括树木、花草、真菌苔藓、地衣，分界清晰，让人领略到从温带到寒带这世界上唯一的特殊景观。

来到峰顶，狂风四起，游客如织，虽略显寒冷，但大家热情高涨，感谢天公作美，今日的天气格外晴朗，不时有几朵白云从头上飘过。俯视天池澄蓝碧绿，清雅净眼，显得非常安静，给人摸不透看不清的感觉，特别神奇。中、韩、朝都把长白山天池峰奉为神山，据说清代皇太极建政北京后，多位皇帝曾携宗亲及大臣祭拜长白山天池峰，就像泰山一样，中原历代大多数皇帝登山祭拜、封禅、行礼。正因如此，他们一直认为长白山这座神山圣水无疑保佑着八旗子弟驰骋在历史长河之中，可见长白山在东北子民心中有多厚的情愫。

长白山是朝鲜、韩国、中国三邦友好的象征，它孕育着松花江、鸭绿江、图们江，滋润着广袤的关东大地物华天宝、人杰地灵。长白山是一颗镶嵌在东北大地上的璀璨明珠，闪耀在寰宇之中。

站在峰巅，放眼望去，长白山群峰竞耸，高入云霄。但座座山顶如出一辙，寸草不生，光秃秃的。由于火山爆发年代不久，凝结较差，山顶岩土松散，山坡也松裂易崩，所以风景区特别画了一条红线界限，警示游客注意安全，遗憾的是前日一四川大学生怀着感恩情怀携父母来到天池峰游玩，由于不慎掉进 200 多米下的天池里，经历了两天打捞，今天尸体刚捞上，看到这一幕，油然生悲，令人揪心。

从山顶回到山脚，漫步在白桦林下，白色桦林因季节性绿叶尽脱，只剩下斑驳的树干，萧瑟的景致也另有一番情趣。天池也沿着隘口飞泻直下，浪花四溅，流水成溪。俯身掬起一抔圣水轻啜，心灵得到净化，心境伴随着清澈的溪流，悠悠然，一种清静、闲适的情怀涌上心头。不远处地表温泉弥漫着热腾的云气，增添了朦胧气息，也似乎告诉我们这里曾经是火山爆发的自然景观。

回家后，我写下了《己丑初秋游长白山天池峰》诗一首以志：

八月霜风起，天池作胜游。
奇峰凌碧宇，怪石枕清流。
四景争飞彩，三邦共献酬。
荡胸云卷浪，浩气此山收。

本溪水洞、丹东鸭绿江

下午驱车回安图乘火车，次日上午回到沈阳，然后由旅行社驾车来到本溪水洞，并参观了国家地质公园。本溪水洞应该是此生中游历较壮观、景致优美的水洞，堪称世界级，较之福建将乐玉华洞更是奇美了。整个水洞长约 1—2 公里，宽 20—50 米不等，洞中有洞，曲径通幽，洞四周千姿百态，钟乳石、石笋发育较好，或如大鼓，或如长剑，或如群女弹琵琶，或如幔幛，小船漫行在水洞之中，甚是清幽、爽快。

国家地质公园，这是我所见到最完整、最形象、最直观的地质博物馆。其应用现代科技，从地质形成、化石分类、生物繁衍、地质构造、生命起源等方方面面揭示了地球形成的奥秘。虽然我也读地质专业，然而首次进入这规格高、内容丰富的博物馆，甚是诧异，很有新鲜感。从另一点也说明本溪市重视科普教育工作，充分利用本地科普资源，结合生态旅游，让更多人了解大自然的奥秘。我认真地游览了一遍，大多不能记得深刻，但又一次从内心迸发出对大自然的热爱以及青年时代追求的梦想。

下午 4 点，太阳西挂，光照柔和，汽车行驶在高速公路上直奔丹东。但见群山连绵，山体平缓，如馒头状，一座座富有北方特色的低矮民房错落有致地坐落在小平地上，井然有序，夕阳下别有一番情趣。约略两个小时，来到丹东城区。此时已是暮色浓浓，夜灯灿亮，喧闹无比，俊男靓妹慢悠悠地逛着，一张张青春俊俏的笑脸惹人喜欢，赋予了这座城市鲜活的魅力，伴随着阵阵清风格外愉悦。

富有东北特色的导游小姐让人印象深刻，做事显得干练、热情，其爽朗、明快的性格很能鼓动游客远游他乡情绪，追求轻松、潇洒生活方式颇让人羡慕。当将游客安置好后，她便迫不及待相约友人喝酒去了，酒兴过后竟留下摩托车于酒店前而雇车回家，待第二天再顺搭导游车探看摩托车是否丢失。据介绍这还是家常便饭，大家认同的生活方式。

的确，根据当晚聚餐的小饭馆便可感觉到，本想旅途疲乏，稍酌小酒，以驱倦意，然菜馆主人却明显给信息，8 点关店，请大家准时，这点我很难认同。要是在家乡普通生意人只要有生意，哪怕通宵大家都愿意干着。这种活脱、超迈的生活思维，也许正是当前大家所认为的不太发达城市，反而居民的幸福指数更高，他们更容易满足，喜欢过着闲适、自在的生活。在南方城市中是比较难见到的，尤其闽南女性中更是鲜有的，不论是少女、妇女，总是显得拘谨、内敛、温存。显然这是受闽南特定地理位置和社会文明仍未高度发达所造成的，如资源缺乏，以捕捞渔业为主，耕地较少，难以自给，努力打拼，不断创业等。这也形成闽南人爱拼才会赢的特质。这种观念影响着闽南女性长期养成一种恋家的情怀，勇挑着许多男人出海捕鱼、外出打工等留下的重担，独自担当起照顾家庭的大义精神，承担起许多社会责任和义务，体现着闽南女性的博大、宽厚、仁慈的胸怀，为富有特色的闽南文化注入伟大的生命元素。这也许是一方水土养育一方人吧。

入住宾馆后，稍整顿，沏杯绿茶，拉开窗帘，悠然着。仰望长空，浩瀚天宇，皓月当空，恍然李白“床前明月光，疑是地上霜。举头望明月，低头思故乡”。一股淡淡的思乡之意油然而生，思绪飘至江之南，海之滨……感而赋诗曰：“独倚窗前潮水声，一轮秋月映江明。心随雁度千山外，梦入云烟又几程。”

次晨8点用完早餐来到鸭绿江畔，登上断桥架，清风微动，显得特别惬意。江两岸截然不同，一边是民房低矮、陈旧，但充满着浓厚的田园气息，一边是高楼林立、车水马龙，彰显着浓郁的现代化气息，然而鸭绿江水依然静静流淌着，不分南北，以同样的襟怀拥抱和滋润着两岸的百姓，不论是富是穷，显得从容和淡定。

重修后的鸭绿江断桥静静地矗立着，记载着抗击美帝国侵略的硝烟岁月以及中国人民志愿军的英雄事迹。漫步桥上，江风柔和清寒，抚摸铁栏，心潮澎湃，思绪飞翔。1950年10月19日，彭德怀总司令临危受命，率领中国人民志愿军从这里跨过，多少热血青年积极响应祖国号召，“抗美援朝，保家卫国”，雄赳赳、气昂昂，奔赴朝鲜战场，不怕牺牲，以大无畏的精神打败侵略者，为祖国迎来了长久的和平。回家后，写《鸭绿江断桥》诗一首以志：“当年抗美渡江催，十八从军杀敌来。胜利凯旋英勇曲，家乡建设栋梁才。”

中午饭后驱车回沈阳，下午6点乘飞机回厦门，凌晨1点到家。

三天的北方黑土地之行，漫游在东北三省辽阔的丘陵、平野、草泽之间，领略无限风光，尽管旅程紧凑，生活简单，但内心充满热情和新奇，所见所闻都显得特别的珍贵。人生短暂，经历无数的辛苦和甘甜，但差距性如此之大的人文、地理、风景等元素，终究得以身体力行，亲身感受，不能不说是一生一大快事也。山川、河流、奇树、奇山、圣水是对生命的洗礼，生命由此得到升华。

沧海一粟，生命尽管很渺小，但很珍贵，这当然要感恩大自然的恩赐，创造如此充满神奇的世界，让生命健康快乐着。

2010 年 4 月

平山的臭菊

漫步平山上，徐行幽径间。蓦然回首，一丛丛、一簇簇的臭菊花绽放在山崖、田埂、水塘、小径中。稀疏的枝条，纤柔而斑驳，摇曳在风中婀娜多姿；浅黄的花朵晶莹透亮，迎着晨曦，笑容可掬；如月的花盘几只蜂蝶追逐着，还有小黄雀轻盈飞舞其间。

平山的臭菊开得那么鲜美，把整个山体装扮一新，多么烂漫，热烈高洁，给予萧瑟的初冬平山增添了一抹灿烂的风姿。

倘若不是因为利用周末来到平山晨练，真难感受到初冬难得的淡雅、飘逸、清新，给心灵带来了几分雅趣。

因为太美了，我每锻炼十分钟，总喜欢独自来到田埂、山脊、池边对着鲜活的花儿深吸淡淡的清香，聆听风儿带来的清音，认真欣赏着那些蜂蝶的自在，或两三只一组，或三五只一群，无忧盘行在黄色的花瓣上。

小时候只知道臭菊可用作有机肥料，平时走在路上，草绿的枝叶虽茂盛，但也未过分注意。臭菊不择地点，不论贫瘠还是肥沃的土地，都能自在生长，随遇而安，生命力尤强，只因为臭字当头，也给人印象不那么深刻，不受人待见，路边的野菊给人也是很平常的感触。

然而这个初冬，我感受到其特别的风情和意趣，虽然因其枝叶奇臭，没有牡丹、兰花诸多名花异草的鲜艳和惹人喜欢，也未引来多少墨客骚人的吟赋。然而平淡无奇的臭菊却给初冬带来特别的生机和生命意蕴。在这百花凋零之时，它依然无声地点缀着宁静的山野，自是超然。可能它的生命非常短暂，然而在这空寂、清寒的季节，却能给人带来无尽温馨和怡悦，独具韵味，自放异彩。

臭菊虽花期不长，短暂的生命却能绽放精彩的人生，给人带来美的享受；臭菊平凡而渺小，但其生命却是丰富而具哲思的。

如果你闲暇之时来到平山赏菊，对这个初冬的感觉一定是很温暖、惬意的，同时也能找到一种淡然、从容的感触。由此我想到了五柳先生为什么喜欢菊花并写下了“采菊东篱下，悠然见南山”。为什么弘一法师离开净峰寺之前要种下几株菊并写下了“我到为植种，我行花未开，岂无佳色在，留待后人来”。于是我也把自己的一首小诗《弘一法师与净峰寺》摘来与大家共赏：浅黄的小花摇曳在风中 / 蜂蝶舞蹁跹 / 石墙上纤弱的指痕 / 流淌着生命的光霞 / 依稀看到那些划出的刚柔线性 / 青灯微微，仍旧燃烧着岁月的风华 / 与月光轻轻地相吻 / 真挚的露水 / 深情地呵护着那几许 / 历经风雨洗练的秋色 / 淡淡的清香执着地散溢着 / 其韵味或超梅花。

平山的臭菊自然、清新、优雅，让我这个初冬的心情因此浪漫而怡然，从中我想到许多与生命有关的事儿……

韩国坡州之行

应韩国美术协会坡州支部邀请，惠安雕刻协会同时邀请惠安美术家协会和书法家协会（6 人）一并前往坡州参加 2014 年韩中现代美术交流展。

暮秋的中午，暖和而安静，一行 18 人乘着中巴沿着高速公路驰向厦门国际机场，下午 4 时许准时登上飞向韩国仁川的飞机，机舱内洁净、清雅，厦门航空的服务质量、管理已得大家认可，每次乘坐我喜欢阅读《厦门航空》这本杂志，其内容丰富、装帧精致，内容涉及企业管理、文化、旅游等方面。

不觉两个半小时，飞机安全着陆。仁川国际机场宽阔整洁，现代气息浓郁，走进宽敞大厅，清静而素雅，乘坐地铁行程五分钟，即到仁川国内航楼，整个感觉很一体化，不会予人有两个机场之感觉。

走出航楼大门，韩国坡州文化局代表金教授一行已在门口等候，见到大家如期到达，他洋溢着热情的笑容，举起欢迎的双手不时地打着招呼，与大家逐一握手，体现韩国重礼仪的特点。虽然听不懂韩语，但从他们眼神中看到了热切和真诚。未见想象中寒天冻地、千里冰封、瑞雪纷飞的情景，相反天公作美，气候温和，虽然有点遗憾，但很快被这热情所融化，失落之感也顿消。

稍加寒暄，即登上大巴专车，让我惊奇的是，车内装设有如酒店房间似的，窗帘一尘不染，顶篷灯光设计别致，彩光绿的、黄的映衬篷顶，电视播放着的似乎是韩国新闻，只是不懂韩语，看到的只是流动的画面和主持人一张一合的嘴巴，然而车内舒适得真是令人很快适应这里的环境。汽车行驶在公路上，穿行在夜幕中，远处点缀的灯光构筑各种不同形态浮动在眼前，随着汽车的前行，不断变幻着形状，予人以美的享受。约略一个半小时来到坡州，已是韩国时间近晚上 11 点了。第一天晚餐开始了，这一餐是主要组织者安教授（韩国著名雕塑家，在坡州影响较大，许多城市雕塑作品由他设计、制作）的朋友请客。一个下午行程，略带疲倦地走进餐厅，初始以为如同家乡用餐大盘大碗张罗着，坐在安置的横排长条桌子上，每四人一组，成一字排开，稍许，服务员端来一块肉（后来才知这一块可是猪身上较好的），并剪成小块状撒放在烤盘上，桌子四周放着几小盘小菜，如韩国酱菜、花生米等，还有小配料，两瓶清酒和几瓶冰冻啤酒，另有一瓶冰冻纯净水。这一餐就是这样拉开序幕，当时我很纳闷，怎么菜还不上，还有汤呢，可不懂韩语，也不好意思多问，只好静观其变，期待好戏还在后头。随着主人热情端起酒杯，你来我往，相敬如宾，晚餐就这样在犯疑的神情中逐步进入尾声，将近结束来了盘干面，大家很快三下两下见底，随着金教授一声大家吃饱否？这一顿饭总算是一个完整的夜餐，这是我人生第一次享用到韩国的晚餐，既新颖又别具特色，于是踏着夜幕走向旅社休息。

预先已安排好宾馆，拿好钥匙来到房间，房间虽然不大，暖烘烘的，初来乍到，有点小心翼翼的，对房间陈设的东西倍加思量，不敢随便使用，来之前雕刻协会小吴通知日用品需要自带，韩国宾馆东西有偿使用，所以我家属帮我准备得较完整。时间很快过了午夜，简单整理一下行李，我与文忠兄同一宿舍，二人聊了会儿天，很快进入梦乡。

十一月五日

宾馆位置虽然临街，但周遭并不嘈杂，房间里也较安静，可能东北亚气候寒冷，房屋设施隔风防冻效果较好吧。一觉醒来即已韩国时间 7 点半，其实也相当于北京时间 6 点多，按常规还算较早，匆促洗漱后，来到一楼餐厅用早餐，一看排列桌上没有几道可选的，没有稀饭，也没有豆浆，于是按照通常想法打碗干饭，来个蛋，拣了几样菜，还来一道汤，认真一看是海带汤（后来回家才知道这道汤还是韩国著名的特色汤呢），习惯性吃法先喝口汤，很咸的汤到口中真有点受不了，本想乘着兴吃饭，却蔫儿了，但还是强忍着干咽下饭菜，一顿早餐总算吃饱了。

清晨的韩国街道宁静而萧疏，虽已是 8 点多依然喧闹不起来，霜黄的银杏树倚立在街旁，井然有序，单一浅黄色调带给街道的清晨略显苍凉的气息，可能北方的近冬季节街景大概都是如此吧。不时有小车穿行而过，向你展示这是新的一天的开始。

9点，大巴准时来到，大家有序登车，落座后汽车向桥下艺术中心出发，大约30分钟，来到坡州现代艺术馆也就是这次作品展示中心，下车后，扑面而来的北方晨气清新宜人，眼前一片清朗而澄碧，周围视野开阔而宁静，一座刚落成的现代艺术馆展现眼前，于是大家拾级而上，路旁小草虽历秋霜而怡然，远处一大片略显枯黄的草坪如人工雕琢似的，大家径直来到艺术馆，大门前坡州雕塑家作品有序陈列，姿态各异，意象丰富，体现韩国艺术家的情趣和思想。

展馆内现代钢架构的中心圆球四面镶嵌凸镜，从不同角度可以审视到各种不同的意象，根据了解待完工后从凸镜中可以看到坡州不同历史阶段各种史料和故事。

现代艺术馆尚未完全竣工，因为举办中韩现代艺术交流展的缘故提前使用。馆内整洁、大方，已陈列好的艺术品有序而精致，中国惠安带来的作品包括雕刻、书画按照坡方意见陈列，几件书画作品显得耳目一新。这也是历届艺术展所没有的，给艺术展增加别致气息。

一个多小时的初步布馆，金教授带我们到艺术馆周边走走，整个展馆坐落湖边，沿着湖边散步，放眼望去，高楼林立，空间疏朗，山上层林尽染，浓郁的北方冬天气息扑面而来。展馆外观呈长方形状，屋顶呈斜状，犹如一道水车从湖中不停地推送着，湖水清澈，轻风阵阵，凉意习习，精致而有序的布置，感到很畅适。沿着小径漫步在枫林之中，浅黄、褐红的枫叶散落小路两侧，深红的叶片在清风中飘荡着，湖边芦苇已渐枯黄，灰白色的芦花柔和，纤弱的枝条摇曳在风中。沿着湖边慢悠悠地散着步，心情超然而散淡，韩国文化精致的理念体现在每个角落，如湖中亭阁中心东西南北四维标识清晰印在地盘。

注重科技教育的理念和艺术熏陶无处不在，展馆周边山坡墙壁被充分利用，为儿童腾出大片的艺术熏陶空间，尽是各种故事的彩画。此时恰好一群幼儿班的小孩在老师陪同下，无拘地戏玩其中。远处空旷的草坪上有一群少儿在沐浴着冬日的温暖。旁边的科普馆设计古典而简约，由于时间关系未作深入详细了解。

一路上，金教授讲授着韩国的人文和现代构建思维，印象深刻的是韩国现代艺术理念深厚，充盈在社会发展过程中。据说在城市建设中，凡是大盘建设超亿的项目即需支付 2% 工程款作为城市环境设计建设费用，让城市建设者直接参与到艺术投入，感受到艺术气息，所以城市整体艺术氛围较浓，这方面在行程中即可感受到。

中午，文化院院长特意在展览馆附近一家韩式餐厅宴请大家，浓郁的韩菜特色，精致的料理加工，让我们一行印象深刻，只是一桌午餐依然未能见到大盘的鱼、肉之类。

午饭后回到展览馆，整理展品，优化展面布置。初始有点纳闷，已近3点了，开幕式宣传氛围好像很淡，未能感到热闹气氛。然而想错了，约略 1 小时后广告公司及相关部门把展馆内外布置得热闹而简洁，大门张悬“韩中现代艺术交流展开幕仪式”条幅，大厅大门内排列长桌放置西式小菜、果品、饮料，还有红葡萄酒等。4 点 30 分左右，来自坡州的政府各部门官员如期到达，首先举行剪彩仪式，然后大家围绕在饮品周围，如同酒会似的，主持人安排各部门代表讲话有序举行，讲话结束之后大家举杯共祝开幕成功，整个活动非常简洁明快。随后大家陪同领导参观展品，惠安书画家及雕艺家细致、认真地向坡州领导及相关部门介绍各件作品创作特点、思路及材料等。之后举行惠安书画家现场挥毫创作，吸引了坡州许多文艺界人士及观众前来观看。鉴于中韩艺术交流，我也即兴把五年前游览长白山天池所作的诗，作为书写内容赠送给当地文化名人。长白山作为中国、朝鲜、韩国三国共同景仰的神山，天池哺育着三国人民从过去走到现在，向着未来继续前行，我想书写长白山的诗作为赠品更能体现中韩友谊的渊源和历史积淀，具有特别意义。其内容为：“八月霜风起，天池作胜游。奇峰凌碧宇，怪石枕清流。四景争飞彩，三邦共献酬。荡胸云卷浪，浩气此山收。”此外应金教授之邀我又写了一幅“厚德载物”，这件作品在临行的午餐会上赠送给坡州政府议员。

晚上应坡州下属区议长的邀请，来到其弟新开的饭店用餐，整体韩菜特点相同，不一样的是每一餐好像都是一道主菜，其余尽是韩国料理，今晚主要是一只鸡，几道小菜，四人一桌，外加米饭，最后来了盘面放在大锅底，连同汤一并吃完，这也许就是韩国勤俭、精简的体现吧。桌上可谓是“光盘”，根本不剩什么东西，到此一餐我有一个基本感觉，想吃到中国南方那种大菜齐上的风格已是基本不可能的。因为一方水土养一方人吧，其特点更与日本相近，与西方国家简单方式接轨。

由于昨天休息较差，晚饭后大家即回旅馆休息，况且第二天要早早驱车前往首尔参观。

十一月六日

由于要驱车前往首尔，早晨起来得特别准时，做好出门前的准备工作。大巴 8 点准时到宾馆来接，驶向首尔。约一个半小时来到韩国故宫昌德宫。由于后妃宫得下午 12 点后开放，于是安教授先带我们到附近繁华的商业街参观，沿途经过现代汽车总部，其大楼端庄大方，门庭布置简明，企业文化代表雕塑矗立在显要位置，隔壁一座别致的建筑物引起我的注意，据了解其原来主人为韩国当代著名设计师，已过世，该建筑由政府出资保护下来。这一点引我深思，一个国家能对一个从事设计的大师如此重视，可见其艺术影响力在国民心中的位置。

清晨的商业街宁静，沿街布置石板材景观，让我感到有“曲水流觞”的韵味，也许设计者当初确有这方面取意吧。站在街头放眼望去，错落有致，各种装饰琳琅满目，建筑外观呈多样化，虽不是高楼大厦，却装潢别致，思路新颖，给人感觉到浓郁的韩国风情和现代艺术元素多重融合。随便走进一家艺术馆，艺术家作品陈列有致，造型精巧，思想丰富。初步估计近一公里小街两侧大小艺术馆近十家，说明韩国的艺术充盈在大众生活中，现代艺术元素丰富，同行的雕刻家们更钟情于沿街两侧陈设的各种雕艺作品，不时打开照相机拍摄视点。

近午回到昌德宫，此时已是游人如织。我们在石阶稍歇，等待主人买票，一群白鸽自由自在地在身边转来转去，显得亲切、无拘，看不到丝毫的恐惧感，看到它们从容地行走在游人之间，自然萌生爱怜之心，于是拿起相机多拍了几张。

昌德宫宏构高檐，整个设计理念大致与沈阳故宫类似，修复后的皇宫规格宏伟，依着山势布局自然和谐，显得简洁大气，而中国的宫廷有各种雕刻楹联点缀其中，赋予更多的思想家的情愫，蕴含更丰富的情趣和意蕴。沿着后妃宫方向漫步，青松郁郁，枫叶飒飒，色彩斑斓，仿佛置身一幅深秋的画图中，让人陶醉。伴随落叶纷纷，在清风中舞动的叶子姿态各异，似乎向远方的客人招手，诉说着这里的年华和沧桑。于是心随着浪漫，飞扬的思绪融汇在幽静的景区之中，特别的怡然。枯萎的荷叶静静地漂浮在水中，斑驳的石房依旧静静地矗立在山坡上，还有那棵斑驳的不知名的古树挺立在路旁，任风雨洗礼。各种不识的鸟儿飞翔在林丛中，歌声悦耳。后妃宫掩映在灿烂的秋色中安然而寂静。抚今追昔，触景生情，高丽国沧桑的历史可见一斑，于是我吟诵着："世事沧桑几度秋，风砖雨瓦月光愁。纷纷落叶霜天里，化作泥香景更幽。"

用完午饭，大家来到首尔中心城区商业街，韩国著名教堂矗立闹区中，世界许多政要和明星都曾礼拜。步入商业中心，人头攒动，现代气息浓郁的商业大街果然热闹非凡，各种韩式商品粉饰登场，街中一队韩式风俗表演印象深刻。公认的中国人采购热情欣然迸发，大家眼光集中在化妆品上，毕竟难得一趟跨境，总是希望给家人带来一点快乐，所以大家自觉地涌入到各种化妆品专营店里，一个小时的激情，个个都满载而归，连好友添英，给我感觉是不大理家事的，居然此趟也融入采购大潮。

回到车上，采购热情消退，大家疲倦依偎在窗沿，夕阳下汽车开往坡州。由于晚上是坡州议长请客，所以逗留时间有限，得提前到位以示尊重。来到酒店，韩国人的热情和准时令我印象深刻，议会机关领导准时到位，热情地迎接我们这些远方客人，于是大家有序端坐案前，右前方价格牌上显示，晚上每道菜都是昂贵的。据说这里还是专门列属有关重要人士请客使用的，于是充满期待。

饭局即将开始，我心里都有点纳闷，怎么看不到一盘充满诱惑的菜呢？

依然清酒一瓶，冰冻啤酒二瓶，冰冻纯净水一瓶，陈列约十盘小菜，然后上了三碗说不出用什么做成的半菜半汤之类。晚餐开始了，议长热情地致辞，欢迎大家来到韩国，希望吃好、健康等。于是清酒一杯杯动起来了，夹配着小菜，盛宴气氛融和，祝福声此起彼伏，个别同志声律较高，引起隔壁反映，服务员及时进来提醒。一个小时的晚宴很快就结束了，如此朴素、简单的晚宴予我深刻印象，这也许是韩国的一道风景吧。

晚餐后，安教授客情未了，特邀请大家到小酒吧再喝两杯，于是我们近十人一并参与，权当作聊天，了解风俗人情罢了。果然韩国生活方式不一样，秋末初冬，大家都是喝冰冻生啤，外加几道小菜，这一点若是在中国南方是较少的，除了少部分青年人。

约略一个小时，由于安教授这次整体活动丰富，涉及朋友参与较多，我们应邀写几幅作品回报其朋友，于是我们几位书法家也不把喝酒过分强调。大概 10 点半回到宾馆，利用一楼餐厅平桌作为书写位置，惠安六位书画家分别为安教授创作书法作品和题写扇面。我私下认为韩国人很看好扇面题字这活儿，这晚上我写了件“清风入梦”的扇面作品，行书，自认为尚可，后来送给坡州文化部门负责人，另外写件草书，作品内容为自作诗《坡州之行》：“红叶金风醉晚秋，湖光山色数坡州。墨香飘荡无穷趣，艺韵交流谊未休。”这首诗是我首日参加开幕式所作，我认为作为书写内容有即景生情，又有对中韩友谊和文化交流的期盼，较为贴切。

十一月七日

由于历史原因，今天的活动内容给我们多了一点思考，根据金教授之前的介绍，尤其像我这样的 50 岁中年人对这段历史更是充满想象。

清晨，汽车沿第三坑道方向出发，途经安教授朋友厂房，主人特意向在座中国朋友送来春卷似的米包果，每人一份，据说还是这位朋友早晨 4 点多起来专门做的，让我们特别感动，物轻情义重，说明他们对来自中国朋友的友善和关爱。

一路上金教授和安教授不时向我讲述韩朝两国关系，特别是沿途江边铁丝网密布在分隔线上，美国士兵参与出入境边防工作，这些都说明当前南北双方仍然未解冻，关系不信任，一条铁丝网无端隔开同喝一江水的人民，听了之后我心里有点不是滋味。

穿过检查站，很快来到第三坑道口广场，阳光下广场显得特别清明，萧疏的林木在霜风中发出沙沙响，广场角落象征和平的雕塑作品“和平球”尤为引人注目，大家争相在这里留影。这里连厕所里都布置雕塑品让我感到意外。一条充满想象和传奇故事的第三坑道之行终于开始，曾到中国某大学学习现代汉语的士兵神采奕奕，充满青春朝气地向中国来客讲解了第三坑道的缘由以及参观之规定。于是大家按照要求排队参观。这是一条记忆着冷战思维阶段的军事工程，从朝鲜开向韩国，距首尔仅 52 公里，行走坡度约 50—70 度的次洞。大约 25 分钟来到第三坑道，顶板花岗岩构成，高 2.5 米，宽 2 米，松碎处顶板支护较好，据说洞前端分三段隔开，韩国士兵严密监视另一端的军事动向。参观第三坑道回到地面，金教授问我有啥感想，我喟然道：“路通了，然人未想通。”确实，同一民族，血肉相融，然因政治、意识形态的差异而人为造成隔阂，使多少人无辜地承受着伤害，这种苦痛是深刻的，是否值得？社会本应该是多元的，也只有这样才能产生动力促进发展，就如水力发电，只有高差才能产生能量，社会应允许多元文化共存、相融和互动，就像中华民族五十六个民族，五十六种文化，正是这多元文化的差异，形成合力，共同推动着中华文化向前发展，因此应允许文化差异存在。

参观了第三坑道，汽车沿着山体盘旋而上，来到乌头山统一望台，这座位于汉江和临津江交汇处的美丽乌头山上，是北朝鲜和非武装地带之间距离最短的地方，庆幸天色尚好，天气晴朗，朝鲜边境历历在目，一条通往金冈山开发区的道路蜿蜒前行，由于稍有点雾气，远处群山连绵，村落嵌镶在坡谷，川原上偶尔几缕青烟飘荡着，具体人的行动难以看清。台下缓冲带据说尽是地雷，不慎进入随时有生命危险。

由于离午餐还有点时间，安教授安排我们来到临津阁参观，这是 1972 年南北共同声明发表之后开发建立韩国最具代表性的统一观光胜地，该广场展示各种遗物和纪念品，并设有自由桥和钟。我和安教授、经民兄三位详细地游览了该广场，并参观了安教授雕塑作品象征和平使命的和平树，广场中联合军各种照片镶嵌在镜框中，其中著名歌星梦露现场放歌，风采依然，科普馆陈列着南北缓冲区各种生物供青少年参观学习。隔路和平天地，充分展示和谐、共存与共享的理念，在这里可以深切地感受到南北统一的希望而不是国土分裂的痛苦。

回到家中第二天，晚饭后登莲花山，思绪依然飘荡在韩国之行，对南北和平纪念广场印象深刻，于是写下五律《临津阁——南北战争纪念广场》："临水思乡土，登高望故人。同根相摒弃，异处自吟呻。袅袅炊烟起，朦朦月色氤。何时南与北，和善不伤神。"这首诗充分反映我个人参观后对南北和平的期盼和深深祝福。

中午坡州文化部门负责人宴请，饭店位置说不出来，但交通方便，坐落在公路外侧，紧临稻田地，店内布置自然，园林景致，几棵松树显得特别挺拔、苍郁，在浓浓的秋色中展现勃勃生机。水车自在地盘旋着，流动的水声增添动感，小阁内陈设小餐桌，显得雅致、清幽，由于有二十余人，餐桌一字形排列在露天埕中，大家列坐两侧，桌的一头伸向空谷稻田，一侧伸向路边，融入自然景观，特别轻松、自在。

今日恰是中国传统的立冬日，韩国也一样过节。落座在空旷的埕上，天气宜人、清风徐徐，阳光映照，大家绽放出灿烂的容光，置身在这五彩缤纷的冬日既幸福又高兴。这是一次特别的境遇，是人生不可多得的体验，我倍加珍惜。文化部负责人特意向其同事介绍我，说我很像他的亲戚，也增添了亲近感。一样过节的气氛融入山水之中，显得朴实、幽远，宁静的大山、河谷，飞翔的小鸟都见证我们这次中韩现代艺术交流的历史和友谊。

谈笑风生，笑语萦耳，寄情在这美丽的山水之中，生命油然生发更精彩的韵律。安教授把我昨天写的一幅题扇作品"清风入梦"送给该负责人，这幅作品我想很能体现出我们这时的心境和状态吧，大家浪漫的思绪飞扬在异国风情之中，特别愉悦和轻松，生命平添无穷乐趣。

午饭后，即开车前往南北战争中朝志愿者墓地参观，大约二十分钟路程，汽车停靠路旁，我们一行在坡州文化部门引领下来到墓地，一通通花岗岩做成的墓碑井然排列着，分布成两区，我们参观此区为中国志愿兵和朝鲜兵墓地。由于中韩关系转好，出于人道主义精神，上半年中国已将志愿兵骨灰请回并安置在沈阳，所以我们伫立的空旷田野中，其实只剩下朝鲜人民军的墓。死者依然静静地安息着，我们采来几束青枝替代鲜花，在惠安县雕刻协会常务副会长李肖男女士引领下向志愿者鞠躬三下。驻立在空坟边，心情格外沉重，英雄的中国志愿兵灵骸终于回归家门。而朝鲜军人的灵魂依然漂泊在这让人不堪回首的惨烈战争氛围上，这是一场悲惨的战争，多少热血青年把生命牺牲在这片土地上。由于两国关系至今未缓和，细心的金教授特意提醒献花要放在中国人民志愿军空坟上，以免产生误解。确实，尽管战争已是过了六十多年，然而双方依然充满敌意，这从我们参观后，部队从监视发现后马上派人来咨询事情缘由，说明还是充满戒备的。我们参观过程也尽量入乡随俗，注意言行，以免引来不必要的麻烦。

“抗美援朝”这个概念对我们这些步入中年的人来说印象太深刻了，这也是一个时代的产物，这次身临其境，感受到其特别的气息，感到特别难得，回家后我写下了一首七绝《南北战争志愿者墓》：“青枝一束祭英魂，驻足空坟我默言。‘朴习’高瞻开眼界，他乡忠骨入家门。”以志此趟特别的行程。

参观后，我们开车径直前往素有韩国“孔子”之称的李珥遗址，李珥俗称栗谷先生。首先参观纪念馆李珥的书法作品，其草书印象深刻，笔法宗帖、清劲萧散、连绵自然。其母书画兼善，在韩国有“孟母”之誉，得到国人崇高的尊重。整个遗址开辟成公园式，初冬的李珥遗址五彩缤纷，茂林修竹，空旷的草坪上游人自在地观赏着。作为韩国儒学代表，崇尚朱程理学，受到当地儒生广为尊崇，紫云书院正是栗谷先生的灵魂精神和安息之地，该书院乃 1615 年由当地儒生为追慕李珥先生的学识和德行而建立的。

据介绍，韩国社会目前依然有尊崇文化人的传统，对社会有贡献的文化人都能成为国人自觉地普遍认可并作为典范来学习，而政治家则略逊。

之后驱车前往韩国行业协会专门生产经营高丽洋参的企业集团，考虑到中国朋友是来参加艺术交流的，坡州政府特意交代要优惠销售，由于贸易畅便，市场上供货较多，大家参观之后顺便采购一些以慰韩国之行吧。

由于晚上安教授好友在其饭庄设饭局请客，时间稍早，我们来到韩国电视剧《对我而言可爱的她》拍摄地。韩剧近年在中国颇流行，以韩国传统文化为据点制作电视连续剧可以说风靡中华大地，韩国歌星、影星在中国制造了不少粉丝，特别是如“大长今”之类更是沁入中国人民的骨髓，这也是韩国文化成功之处。基地依山而建，其实也是一个小商品集聚地，虽然已近黄昏，但游兴未减，整个购物广场布置充分体现韩国的精细文化，所有商店沿山坡随形布设，鲜花、霓虹灯装饰，规模不大，建筑物也简单，然而精巧的布设使整座购物小城在夜幕下有梦幻之感，大家欣喜地游览其中，感受异国文化风格。

6 点左右，我们来到安教授朋友饭店，其朋友安排一单间用餐，大家依然席地而坐，标准的韩式用餐方式，地面一尘不染，打扫得颇为用功，我看了厕所打理得非常干净，光脚进去一点粗糙之感都没有，由于底板下设置热气管，所以房间特别温暖。

今晚正是立冬夜，月亮也早早地爬上树梢，绿荫掩映下小屋灯光辉煌，显得特别安静。主人非常重视中国来的朋友，整个餐桌非常丰盛，热情的女主人语调温柔，致欢迎中国朋友光临词。每逢佳节倍思亲，韩国朋友的热情，把我的思乡之情融化，整个晚餐犹如在家中似的没有生疏感，气氛融融。真是巧遇，人生到中年，难料到有一天在国外过节，这确是给生命带来意外的收获。

十一月八日

根据行程安排，这天上午在坡州艺术馆举行研讨会，近 9 点汽车准时出发，韩国早班较晚，9 点正式上班，来到艺术馆，广场上安教授雕塑作品栩栩如生，走进艺术馆，感觉清幽，办公室布置规整、简洁，几盆鲜花增添生机，走廊两侧陈列当地书画家作品。

由于社会制度差异，其社会管理理念、制度更倾向西方化，据了解艺术馆馆长是社会聘用的，而且需要交上一定社会金，编制人员只有艺术馆馆长和办公室主任二人，其余都是社会聘任的专业人才，这些人才充分利用艺术馆这一平台，先做好个人的艺术创作、培训、创造经济价值，为社会服务，如此一算其行政费用自然节省很多了。今天刚好是星期六，早晨各专业培训室吹拉弹唱有序进行，各种声调此起彼伏，我好奇地来到窗前看，大部分是少儿朋友，大家学习很专注，各专业训练室隔音效果不错，彼此影响较少。

研究会10点准时开始，两地艺术家各自从展览作品谈谈观感，由于社会发展途径不好，韩国书画现代元素较多，取法也多元，更具现实性，就如书法而言，虽然与中国一脉相承，但犹如分叉成两条溪流，各自丰富和发展，其发展方向、思路都有差异性，但都是在探索如何更符合当代人的审美情趣，很难说明哪一派、哪一条路是好和不好，客观讲中国更注重传统元素的继承和利用，韩国艺术更吸收现代西方审美情趣；中国艺术更以追求文人化为情趣，有一种幻化理论，韩国可能更趋现实，有一种朴实感。由于时间关系，研究会仅用一个半小时就结束。

中午由坡州议员请客，主人为了体现诚意，特意选在一家韩籍华裔山东人开的饭店用餐，据说其先祖来韩国开饭店已近百年了，但毕竟是华人开的，其理念依然部分保留中国的味儿，如餐桌就是高脚的，靠背椅，用餐期间，安教授把我写的一幅“厚德载物”送与议员，正是文化相通，安教授很用心，特意用这幅作品作为赠送礼品，也给此趟韩国之行画上很美好的句号。这也许是艺术家的一种追求吧。

下午，安教授和金教授带我们来到一中等规模、档次较高的商场采购。这是一个专门经营高档次商品的商场，包括鞋服、皮带、餐饮等，整个商场三层高，呈排式回廊布局，中庭布置山水景观，种植各种花草。初冬的韩国气候尚暖和，经霜后的枫叶黄红相间，鲜丽耀眼，让人赏心悦目。虽然买东西的欲望不高，但徜徉在步行街上心情格外怡然，想到马上驱车登机回国，甚至有点留恋这冬天的灿烂。这趟韩国之行给我留下美好的回忆，如这斑斓的红叶让人心旷神怡，就像一杯橙红色葡萄酒使我欲醉，韩国的冬景，是这般的浪漫和优雅，沁人心扉，留下记忆的一定是淡淡的清香，难以消失。

下午5点，准时驱车开往机场办理手续，进入安检台，回头一看，安教授、金教授热切的眼神让人难以忘怀，不知如何表达对他们这几日的辛劳和周到的感谢，特别是金教授已近70岁，依然精神焕发，思维敏捷，谈笑风趣，唯恐照顾客人不周，想尽办法营造各种轻松气氛，给这些远离他乡的客人带来愉悦和快乐。几天来我们都是发自内心的感激，对主人热心款待和周到安排，也充分体现韩国文化的历史传统。这趟韩国之行在每个人的生命中一定烙下了美好的印象。正是据此我聊以记述之，以便成为记忆传递下去。

几天的韩国之行，虽然时间很短，接触不一定很深入，了解也未能都很到位，但韩国在处理传统和现代两个时间文化的结合上是可取的，在如何继承和发展方面我感觉做得不错，特别借助传统文化，搭建平台为现代社会发展助力这一点我想是很值得借鉴的。中国有博大精深的古代文明沿袭下来，在当代文明冲击下，如何结合得更好，是应予思考的。

弄墨潭随想

“弄墨潭”乃长汀王期红先生创办的，位于长汀县南坑村，为书院式书法教育培训基地，现为中国书法家协会书法培训教育基地之一，承接华南地区成人书法教育部分培训工作。这里为社会主义新农村建设示范点，小桥、流水、松林、田畴、风声、雨声、小鸟、虫鱼汇成一幅幅优美的田园风光油画，景致幽静。

弄墨潭为南坑小学部分旧校址改造而成，与南坑小学一墙之隔。九棵松树尤显特色，遒劲挺拔，疏枝横影，摇曳多姿，小鸟、黄蜂栖息其中陶然自乐。房屋前后竹林丛生，清劲隽秀，伴随阵阵清风，沙沙作响，轻盈婆娑。“奉魁承杓”楼即弄墨潭主要佳构，古朴大方，典雅冲和，客家居所特色明显。一层作为学员学习教室，二层作为主人及老师教研、创作场地。绿荫掩映下的书院显得特别端庄、博厚，墨香飘荡其中，沁人心扉，风华之韵油然而生。门前小溪静静流淌，杂花无序点缀周遭，几只小鸭悠游其中，草坡上小鸡竞相追逐。

月光下的恭耕书院，清静无比。月光透过松枝静静地泻在黛瓦和门埕上。倚靠在“奉魁承杓”楼门口粗大的松树旁，仰望星空，泛起阵阵幽思。灯光映照下，学员神情专注，或执笔临帖，或专心阅读，或细话交谈，思接千载。每个人面对字帖，认真对话古典，对话大师，追寻精神的契合点和生命的律动。思绪随着一点一画激荡着，思想的浪花自由地飞翔。

每一次来到弄墨潭，我心都特别怡然、旷远。生命犹如行走在世外桃源的清幽小径上，心情随着一花一草而悠然自得。读书、写字让许多喧嚣和繁杂荡然无存，如清风徐徐，轻抚你的肌肤，浸润着枯燥的心田，心境于是畅达、萧散。学习的动力如门前的溪流源源不断。

如何让你的生命得到快乐、有意义，其实也很简单。追求一种轻松无拘的性情，让生活慢下来，优哉些，从容些，让心情伴随和风细雨，曲水流觞，舞动着任性的思绪，即可通向生命的原状态，达到生命的原点。为心所用，为性所为，这也许是我学习书法、读写诗文的心得吧。

弄墨潭的价值除了培养更多书法家，继承传统文化，塑造人性，陶冶情操更是其价值所在。文房四宝，赋予书法许多生命意趣，蕴藉着鲜活的生命因子，枯湿、浓淡等许多矛盾统一性，富有形而上的哲学情思，融合在生命的本体之中，达到情融于墨之境界，这也许是书法予我们的精神食粮吧。

王期红老师从农村走来，发展实业，但其酷爱书法，注重传统文化传承工作。多年游历京华，结学名师，积学颇丰。怀宏志而施之，去商业而办庠，在闽首创个体承办成人书法教育培训点，其行可称，其言也实。其将自己的生命融合在弄墨潭，不断散发浓郁的墨香，飞入人们的心田，其量何其大，其行也自远，其善可嘉也。

弄墨潭，潭何其大、何其深，未见也，然其烙在记忆深矣。

2015 年教师节次日

（刊登《惠安乡讯》2016 年总第 324 期）

燕山之行

岁在乙未，时维杏月，值族贤科联公诞辰。应学渊贤兄之邀，我偕同惠安部分诗人、作家、书法家包括林凌鹤、蒋维新、张炳明、陈谷金、张平海、陈国波、何栋桂等先生参加纪念活动，感受富有滨海特色的蒙古族文化。

出科联，字乾甫，号淑渠，生于清康熙四十八年（1709）二月。元太师、鲁国王木华黎裔孙，一世祖元太尉纳哈出次子佛家奴，因故另立“出”字为姓，嗣第十二世祖。清著名官吏，一代鸿儒，名望书法家，官至翰林庶吉士、检讨，乾隆三年秋闱（乡试）第一（世称解元），次年联捷进士，惠北地区有史以来第一人。

出科联精研制义，饱读诗书、经史子集，诗名冠世，钦点陪乾隆皇帝游幸江南，并作诗二首《游庐山》《故乡别笺》，气势不凡，笔力雄浑。书法习虞永兴，惜未见墨迹。其为人刚直方正，不喜逢迎，不屑于阿谀钻营，有传统儒学名士之清高自负之秉性，故十年翰林，孤灯面壁，不得时运，未能升迁，更因官场变故，落任泉州梅石书院教务之职，令人痛惜。

是日风和日丽，云淡天高。我们一行从惠安出发，约略半小时汽车行驶在通往东南海边的蒙古族聚居地——小坝村蜿蜒的山路上，群山连绵，峰回路转。周遭奇花异草郁郁葱葱，阵阵清香扑面而来，淙淙溪流从脚下穿行而过。沿着泗洲水库上游，过了小坝小学后，汽车盘旋在燕山南侧山腰上，攀越十八道弯，“山重水复疑无路，柳暗花明又一村”，终于来到蒙古族出氏发祥地——洪厝坑。这里三山环抱，坐西北向东南，两条分别从西北与东北的山涧在此交汇，穿梭群山，沿东南方向流入下游的泗洲水库。村落屋舍俨然、错落有致，一幢幢别墅矗立其中，一派新农村景象。四周溪流潺潺，草木葱翠，鸟语花香，烟雾缭绕，乃世外桃源也。

首先映入眼帘的是路侧壁画，其规制宏伟，展现了出氏蒙古族发展历程，勾勒出每个历史阶段的闪光点。随后参观了出氏家庙、翰林第和村落里巷等。

翰林第虽已呈颓势，但昔日辉煌景象依然可见，这是出科联联捷进士，钦点翰林，奉敕兴建的府邸。其隐居在山林中的小村落，远离庙堂，荣沐皇恩，堪称奇迹啊。

午间学渊兄亲自烹饪，准备了十几道新鲜可口、荤素结合的农家菜，并拿出自制佳酿款待客人。大家兴会吉日，举杯畅饮，畅所欲言。纷纷感叹蒙古人豁达、豪爽、谦和之人格，热情好客、率真豪饮之情怀，由是诗怀荡漾，诗性油然而生，写下十余首诗词，歌颂出氏一门辉煌的历史以及负重拼搏、艰苦创业，打造美丽新生活的史诗般历程。

出氏一门虽然历经风雨洗礼，却能走出一条崎岖之路，特别是历经三百年的隐匿后，以出科联的出现为标志，重焕世家门楣，书香经久不绝，人才辈出。改革开放以后，出氏子民更是励精图治，勤奋好学，广开思路，诚实做人，放眼未来，以顽强而坚毅、融和而独立的精神品质，开创一片新天地。

感恩家族文化渊源，感念诗友的情谊，感谢这个时代！诗曰：

春深水曲聚清氛，草长莺飞白日曛。
出氏燕山浮皎月，翰林门第挂红雯。
诗怀荡气才思逸，酒盏沉香挚友醺。
蒙古包前迎远客，同舒情谊共斯文。

2015 年 11 月 9 日上午

（刊登《惠安乡讯》2016 年总第 282 期）

老家的祖厝

祖厝是乡愁的开始。少年几乎都在祖厝戏玩过，其音其影依然萦绕在记忆中，不时如放电影。乡愁是酒，更是期许。

老家的祖厝不知是什么时候建的，目前无从查考。据家族长者介绍，乾隆年间大约1785年，十三世祖彩仲公三子敦夫公、五子举夫公、六子显夫公，相继从洪厝坑分居甘蔗园。兄弟协力，拓荒垦田，开创一片新天地。至于何时开始建设这幢二进五开间大屋，并未记载。最初模样究竟是什么样的，难以想象，无从得知。只是根据族谱可查文字，民国五年岁次丙辰五月十二日重修祖宇，并将三公列入牌位祭祀。目前整个祖厝模样大概是这次重修后的结构形式，其规制宏大。硬山顶建筑，穿斗式木构架主体，屋顶正脊呈曲线尾形，两端高高翘起，燕尾脊。五间开张，二进式，深井四周条石厚宽。整体宽敞通透，光线充足，闽南典型建筑风格。红砖、土石墙相混，坐东北向西南。改革开放以后，经济发展较快，大部分原住户搬新居。目前主要是供奉先人、祭祀、治丧等活动的场所。但经百年风雨侵蚀，破损非初，飘摇难支，部分角落出现塌落现象。

乙未冬月，宗族中热心人士求彬、朝阳、武祥、民祥、文阳、其卿、求碧、世民等积极倡议，共商重修事宜。翻修祖厝排上宗亲议事日程。大家分工协作，各司其职，积极宣传，广泛发动，以宗族利益为上、不计较个人得失，勇挑重担，敢于负责，特别是村老大嫂秀兰，年近80岁，也积极参与其中，以自己经验和能力指导年轻人。还有其顺、启顺、其祥等老兄身体力行，梳理开基以来族流脉络。翻修工作得到宗亲积极的回应。大家鼎力支持，把翻修工作当成自家事并解囊捐资，重修工作顺利启动。重修原则遵循祖厝已有规制，撤拆部分后期加盖建筑，保留古大厝风貌。历时一年时间，丙申十月初六吉日顺利竣工并举行晋主仪式。

此日秋高气爽，丹桂飘香，阳光明媚。鼓乐喧天，张灯结彩。宗亲们怀着炽热的心情，精心准备果蔬、五谷等祀品陈列厅前，琳琅满目。一张张灿烂的笑脸伴随着和煦的阳光闪耀着青春的光华，喜气洋洋。大家怀着感恩的心，沐手焚香，虔诚地祭拜先人。告慰先人，宗亲事业昌盛，人丁兴旺，团结和睦，人才辈出。感谢先人的艰辛创业和率先垂范，铸造辉煌的事业，为后来人继续前进奠定坚实的基础。

甘蔗园背靠烟墩山（现称燕山，为纪念出氏蒙古人从燕山来），面对三大山，即观音山、大林山、大雾山。群山环绕，沟壑纵横，房前屋后茂林修竹，溪流潺湲，汇成一股股清流流向泗洲水库。

这里山清水秀、人文昌盛、民风淳朴。自三公从洪厝坑分居而住，齐心协力，风餐露宿，注重经济发展同时兴教办庠，诵读四书五经，辅以音律、诗文，以仁风沐育、礼义教化、诗心传家，营造一种团结和睦、礼让谦卑、好学进取的村风村规，秉承蒙古人豪放、率真、热情之遗风。

据前辈介绍，家族百年前设有南音馆，培养音律人才，滋养宗亲人文情怀，丰富村民生活。记得小时候，经常在祖厝戏玩，祖厝下厅左尾间房堂二伯庭元公常独自一人，手抱琵琶自在地弹奏着他心爱的琵琶曲，以消遣幽思，寄托情趣。清秀的脸庞，宽阔的前额，几根山羊胡须飘逸在风中，俨然仙风道骨也。每逢此景，少年的我总是驻足斜倚厅柱上，聆听那悠扬沉浑的曲子，虽然不谙世事，也能感受到其韵律之美。从前辈怡然的神色中感受到一种超然和自在，在幼小的心灵播下美的种子。遗憾的是堂二伯并未充分发挥其这方面的才能，把南音充分发扬，把村中许多很有才华因时代局限在家乡务农的青年人组织起来，培养更多的后继者，营造良好的氛围、熏陶村民的情操。也许受时代氛围限制吧，决定其只能自娱其乐。据说我大伯从小也是受过专业南音训练的。

说到这件事，油然想到一件让我遗憾的事。记得那年我在福建地质学校读书，暑假回家无事，受到学校氛围影响，想到弹琵琶一事。于是向堂兄借来他家的那把琵琶（即堂伯使用的），学了一段时间。琵琶有点破损，放在老家，家里人可能未引起重视，不知什么时候丢了，回家后找不到那把琵琶，让我心情甚是怅然。据说这把琵琶是民国期间用十担谷子换来的，可见其价值珍贵。其材质是正宗桐木做成的。这件事直至今日仍搁在心头，挥之不去。

虽然不是故意的，但是总以为自己没有管好，感觉甚是愧对堂兄。物虽不在但情依然在。有时很想能再次抚摸那把祖传的琵琶，毕竟那是前辈的精神寄托，滋养多少人的情怀，每念此思绪依依。

站在古厝大埕，放眼四望。层峦叠嶂，青翠欲滴。阵阵山风沁怀，清爽宜人，阶梯状田畴生机勃勃。“甘蔗园出氏祖厝分居”映入眼帘。雄浑、古朴、遒劲，篆籀味浓，展现出氏家族的渊源，记忆着出氏蒙古人在甘蔗园分居后开创伟业的殷殷情怀。

走进大厅，墨香四溢。由当代惠安部分书法家创作的书法作品和楹联或悬挂或镌刻在墙上、柱上，草、隶、楷、行，诸体兼备。墨韵生动，风格各异。何栋桂主席欧体谨严险劲，庆文兄章草古朴端茂，路鸿、温平兄草书飞扬激越，永堂兄魏体行书博厚雍容，文忠兄汉隶端严舒展，武祥行书碑帖融合，侄子栋梁楷书褚体初具模式，还有凌鹤兄文气郁乎。这些书法作品充分展现各位书法家的艺术审美情趣，给祖厝增添艺术韵味，传递书法这门传统中华文化精髓的情愫，增添蒙汉文化融合，给家乡人带来美的享受。

柱上十副对联是根据家乡历史、人文、地理等撰写而成，富有地域性、民族性，特色鲜明。挂在墙上的十幅书法作品内容为民国五年重修祖宇，族先辈“味古山房”（具体人名查不到）四首诗，以及根据我个人生活成长对家乡的情怀撰写的《家乡述怀》五首。其中部分：“百年谋计筑宏基，伟业隆昌福泽施。风雨兼程书大志，流长族脉赋新诗”；“门对青山云汉气，家传古籍哲人才”；“万里离人心系祖，千寻列树叶归根”。这些诗和对联充分反映出氏蒙古人对家乡的眷恋和热爱，记载着历史的沧桑和荣耀，镌刻着后人对先辈奋斗历程的感恩和思绪。

时间易逝，文化永存。祖厝是记忆的载体、情感的摇篮、生命的依偎。重修后的祖厝烙印着时代的足迹，赋予时代的情怀，流淌着生命的眷恋，述说着生命的沧海桑田，凝聚着团结和融合的时代要素，展示着对未来的希冀。蕴藉新的期许，激励后人奋发进取，在未来的征程书写绚丽的华章。

2016 年 11 月 20 日

（刊登《惠安乡讯》2017 年总第 331 期）

聆听春天的脚步声

夜半忽然一阵春雨潇潇而下，打在阳台遮阳篷上啪啪作响。我恍然惊醒，步出阳台。稀疏的雨点打在兰叶上，叶片青青的，滴滴水珠顺叶间流下，纤细的叶片摇曳在冷风中，婀娜多姿。

春雨如帘，遮去远山的轮廓，如烟的薄纱轻笼夜空，洒下珍珠般的丝丝甘甜。万物吮吸，空气浸润，一幅水墨画展现眼前，迷离可爱。

过早的春暖很似初夏，空气弥漫着浓烈的躁动和喧嚣，让呼吸都有点不畅，青鸟喳喳难安，山坡的幽篁竞相抽长，呼吸远空的清新。

难得的春雨，滋润着土地的干渴，春风习习，清气荡漾在风中。步入春天的芳扉，踏着人间的仙踪，彩蝶轻盈地飞舞，扑面而来，时常驻足肩上，端视着，似想告诉你什么。溪流又回荡在林间，和着春天的脚步，舒缓地演奏着如古琴的韵律，心和着如丝的春雨编织一张拥抱明天的梦。

绿柳枝条轻柔喜人，依偎在波光粼粼，静雅的风姿如少女娇羞地舞动着青春的浪漫，尤为可人。山岚云生气流，摇荡的松枝吐芽寸余，几只黄蜂悠悠地辗转在芽蕊间。岩洞下清泉汩汩而出，带着几分暖意，游荡在山间，温暖了那冰凉的山芋，多了几分惬意。几只小鱼无忧自在，穿行在磨滑的小石之间。

如油的春雨洗涤空中所有的喧杂和零乱，澄明心中的雾霾和浑浊，逸气飘浮在时间和空间，轻轻呼吸，尽是新颖的野趣。心中又回到那遥远的思绪，明快、悠然的春声奏响生命的放歌。

那间小红屋依山面溪，檐下小燕轻眠，不时的呢喃声传递着春天的气息，小虫唧唧作响，回荡窗前，院前苔绿，清灵透澈。小红屋主人早早背上竹篓行走在云水间，采撷那茂密的无忧草。

苍茫的原野，用双手挹着林间甘露，往脸上轻轻一抹格外怡然，滋养着粗糙的毛孔，温润浮躁的心境。斜倚在遒劲的松干，轻眯眼神，时空在心中穿梭，缕缕薄雾把心带向地平线。

生命依偎在无拘的烟雨，思绪缥缈，空旷的氧吧滋养，任你随性荡怀，轻闻淡淡的花香，沁人心脾，悠然自在。

春天的花丛最宜你倾心和荡漾，寻觅那遥远的诗性伴随岁月的风华，不愿脚步停下，心性依然执着。

2017 年 3 月 21 日

（刊登《惠安乡讯》2017 年总第 346 期）

家乡的石拱桥

桥，连接着过去和未来，架起通向远方的征程。桥，维系着心灵的彼此，让生命融和到更宽广的世界，生命的维度因此无限。家乡的石拱桥，永远是一道绚丽的彩虹，矗立在生命横纵交织的坐标点，孕育着生命的因子，和着生命的律动，奏响一曲曲悠扬的生命交响曲。

我的家乡甘蔗园坐落在烟墩山（燕山）南半山坡上，遥对大雾山、大林山、观音山，东接泗洲水库直至东海边，家门前虎头山寨突兀在眼前。一条逶迤曲折的盘山小路依偎在阳坡上，延伸到坡底溪涧。山路陡峭，宽则米余，窄近二尺，或泥泞，或碎石，或石级，凹凸不平。

读小学时，我们一群村童背着书包每天行走在这条山路上，不论风雨、阴晴。阳光灿烂，童声响亮，自由地奔跑于漫山遍野，采摘野果山花，乐趣无穷。风雨交加，则小心翼翼，蹑步前行，唯恐滑倒，摔个跟斗。比较困难的是每到雨季或暴雨，溪底河水上涨，过河相当危险，每逢此时，安全意识比较好的家长总是亲自背着小孩上学去，大部分家长忙于农务，小孩都独自行走，大家相互帮助，自想办法，高年级同学主动带低年级同学安全过河，山区小孩总能适应这种恶劣的自然环境，自然有一种抵御能力，也孕育各种聪明才智。

大约在读二年级时，有一天上午，学校突然来了一群疑似干部的人，后来才知是桥梁专家工程师，正实地考察建造桥梁事宜，大家听到有此事，竞相跑出教室围观，充满期待和好奇的眼光。瞧着专家，眼神专注而羡慕，羡慕这些专家竟有这本领，帮助家乡造桥。

果然过了不久，造桥的工程队轰轰烈烈上马了，就在学校西侧坡底，许多工人开始挖土、搭木架、整场地，热闹的场面从未见过。下课后大家蜂拥现场，只见搭木架的、挖土的、凿石的、测量的，还有运石头的，大家忙得不亦乐乎。喧闹的场面让人兴奋，嘈杂的声响交织成美妙的希望赞歌。

不久，一座半圆形的木架飞越溪流两侧，踏上铺好的木板，大家好奇地、专注地审视着，带着疑问探个究竟。而后师傅们开始在木板上铺设经加工成各种形状的大石块，浇注水泥，很快一座宽约 5 米、长 14 米的单拱石桥横亘在山间，而后桥面装上石栏，桥头石栏刻上由学校老师章纪辉写的隶书，端庄、古朴、挺拔，内容为毛泽东诗句：“天连五岭银锄落，地动三河铁臂摇。”雄壮，豪迈，充分体现造桥工人师傅人定胜天的气概，丰富了这座桥的精神内质。

看到一座桥由一块块石头相接而成拱状，无须木架支撑，又不会掉下来，我们心生好奇，这个问题直到我读地质学校上岩石力学课时方得以理解。

桥建成后，每逢夏天，放学后大家匆匆背着书包直奔桥下，一个个像小鱼似的游玩在水中。烈日下，仰望穿越在空中的拱桥如彩带，刚健而婀娜，多姿多彩，飘动在流动的白云中，两端伸向无限的未来，让我们充满想象。

石拱桥的建成，我们这群村童从此不用再冒险过河了，甚至时常可以倚靠桥栏俯视潺潺溪流，静静地观赏小鱼在澄碧的溪水中自在地游来游去，观赏溪流遇石激起的层层浪花，给童年带来无限乐趣。

石拱桥的建成，给家乡带来极大的变化，推动了生产力的发展、生活方式的改变。村中本来都是石级陡坡的路，后开凿一条可供拖拉机等机动车辆行驶的山间公路，现逐步发展成宽敞的水泥路。特别是路建好后，人们的观念开始有质的变化，山内山外交流增多了，人们的视野开阔了，思维开始活跃，山区从此喧闹多了。往日单纯的生活情景一下子丰盈了，车辆来往多了，拖拉机开始粉饰登台，生产方式开始调整，插秧耕田开始机械化，许多物资如米粉、麦粉、地瓜等都可以在村里加工成品，进行二次加工转化，人们向往的山外许多生活方式在这里得到实现。山区许多物资因此盘活了，山区的资源优势逐步显现，人们的生活水平从而得到根本提高，整体村貌得到相当改变。

然而由于在计划和理性规划方向缺乏政府的长远引导，也造成了许多不可再生资源未得到保护和控制，生态造成一定破坏。

四十几年过去了，这座石拱桥也老了，为适应新形势发展的需要，前年在旁边又造一座崭新的石拱桥，期待其在未来的发展中发挥更大更好的作用。

历经四十余年风风雨雨，旧的石拱桥依然静静地矗立在河上，伴随着每天的人往人来，观照着这里的一事一物，镌刻着时代从计划经济向市场经济，从封闭式向改革开放，从自给自足融合到大社会的多种要素，承载着希冀和期待，孕育着丰厚的人文情愫。

这段时间，我不知什么原因，不时惦念着这座石拱桥，虽然人生步入知命之年，走过、看过的桥不计其数，东西南北各类桥很难一一道出，但这座桥在我的生命记忆中难以释怀，总是萦绕在我生命的思绪，内心有许多道不尽、说不完的感触。这是一位与我几乎同龄的、一起成长的好伙伴，从一起成长到一起走向老，生命蕴藉着同样的沧桑和荣光，生命的心绪更是能同拍感应。

几天前，我回了一趟家，路过新桥，我特意停下车来，驻足端详着那座让人感到过时，甚至有点孤单的石拱桥，它优雅地伫立于草丛，芳草萋萋，杂花点缀，虽然有点寒寂，却也自在。然而看到石栏经风雨侵蚀后的斑驳、沧桑而又憔悴的面容，我心油然生起一丝酸楚之感。虽然你依旧安然、淡定地守护着这一方土地，虽然你发挥的作用越来越小，但从你枯瘦的躯壳仍然让我感受到你血液的流淌，你把自己的青春年华融入这片山和水，聆听百鸟歌唱，共享酸甜苦辣，和这里的生命息息相连，任足下溪水有缓有急自然流淌。

家乡的石拱桥，你不是一座孤立的石拱桥，也不是简单的几块石头拼成的模具。你是由生命情怀构筑的，内心流淌着炽热的血液。你承载了几代人的希望，给许许多多的山村小孩走向未来的梦想，给每个生命体以欢乐和歌声。你把自己的生命融入这里的一石一木、一草一花，成为这片土地不可割舍的组成部分。你的情怀烙印着过去和未来的光华，共同构筑着这里的人文思想和精神家园。

由是我想到家乡的父母、老师、乡亲以及这片土地上的每个生命体，这些亲情、友情、乡情等何尝不是我们人生成长过程中重要的桥梁，给予我们无限的正能量。正因为滋养在这片土地，吮吸这里新鲜乳汁，我们的枝叶方能逐步丰盈和茁壮，才能舞动在清风之中，展现着生命之美。

正因为在生命中有一座座桥默默地为我们铺平前行的道路，有你心甘情愿的付出，我们的路才能越走越宽越远，生命才能越来越有活力。所以我们应感恩生命成长过程中的每一座桥，它是希望之桥，实现理想和愿景之桥，它让我们的生命更精彩，生命的价值闪耀着华彩和灵光。

感谢家乡的石拱桥，感恩生命中的每座桥。

2017 年 4 月 2 日

（发表“大美涂岭”公众号）

老家的古井

清明节回家扫墓，兄弟三人边聊边干活，转眼大家年龄都在50岁至60岁之间，光阴如白驹过隙，匆匆眼前过。话题不由转到童年时光，老三带着对我满意而期待的眼神说着："老五啊，你命好。"由是开始讲到童年发生的事儿："记得你才4岁那年，刚学会走路，尚且步履蹒跚，走到爷爷房门前，一只小狗疯狂似与你擦身而过，你一个飞身扑向门前石井，穿过井口木桶底盖，直向井底，'扑通'一声掉到水中。人家目瞪口呆，慌忙叫喊着救人啊。13岁的姐姐在隔壁闻声赶过来，她思维敏捷，机灵胆大，竟直沿井壁，如猴似下到井底，把你抱起，还好水井储水不多，然井壁乃为石头砌成，而你居然安然无恙，但见额头有些伤痕，神志清楚，大家才放心，这可是你第一次遭到的劫数啊！"家中的古井啊，你真是在考验着我。

老三侃侃谈来，又提到第二年我5岁时，无事从餐桌上爬到窗口，不慎掉下窗外三米深的土石堆上，由于草垛下铺满石块，偶有草捆，竟然无事，不可思议啊！看来命运甚是眷顾，开了这么大的玩笑，也许命运本来是如此艰辛的，必须从娃娃抓起，历经磨炼和打造。也许正因如此我在以后50年的人生旅程中，始终能保持一种从容、快乐的状态，造就一种遇事果敢、坚韧、不畏怯、积极上进的性格特质。人生虽然经历许许多多的风吹雨打，依然有一种"一蓑烟雨任平生"的淡然。

小时候居住的是祖爷留下的石屋，依山凿壁，沿坡而造，坐北向南，紧靠山体三间房屋后期添建，中间为爷爷住，左侧一间为大伯家住，右侧即东面爸爸分得，前面并列三间阁楼，为大伯家主房部分，相隔后排三米左右，高差一点五米。东面这间连接一排南北向阶梯状三间阁楼为我家居住，阁楼底层为畜牧、粮储等使用，较为潮湿阴暗。家中古井坐落在爷爷住房门前的小高台上，离门一米高差，井径七十厘米左右，井深约三米，圆形，方石块砌成，井水为岩壁泉流积蓄，经年不绝。古井何时开凿无以考证，可以推断应是祖爷独立分居后开挖，至今应有百年以上。

古井虽然不大，但据说初始可供半个小村使用，说明水量尚可，后因岩坡开凿建设，泉路流向改变，以致泉量下降，但依然可以满足两个家庭的使用，包括洗漱、食用、畜牧饲养等。其水质清洌，甘甜爽口，夏凉冬热。记得小时候我们一群小孩，时常在井台上洗浴，光着身子戏水，欢快的笑声至今依然萦绕耳边。

连同大伯一家将近二十号人挤住在不是很宽敞的空间，喧闹得很，但大家和睦相处，其乐融融，同一片蓝天下，同喝一口井水，情深深，意浓浓。孕育着生命无限的思绪和愉悦。

让我印象更深的是每逢端午节日，母亲总是把浸好的糯米、洗净的粽叶堆放在井台上，一个人静静地坐在井边，细心地包着粽子，橙黄色的糯米闪闪发亮，包好的粽子堆积如山。母亲平时非常俭朴，但很会打理，在困难时期，多子女困难户，她精心经营，认真筹划，把家庭口粮安排得妥当有余。她很注重节日，总是把节日办得特别有气氛，让我们一群小孩高高兴兴地过节，母爱之情融化于每一粒粽子之中，至今依然回味无穷，感触良深。

家中这口古井养育着家族一代又一代，目前我们亲堂兄弟姐妹十几口人及部分侄子都是喝着这口井水长大的。大概我十岁时搬到新居后，就不再喝这口井水了。由于交通不便，以后没有再来古井取水，其实这口井的水质，远比生产队开挖的大井好多了。

古井作为我们家族的组成部分，烙印在童年的记忆是幸福、欢乐的。虽然那年代生活非常困难，但古井滋养我们健康成长，积聚了生命无法抹去的情愫。斑驳的井石、凹凸不平的井台留下的痕迹，都在诉说着这里曾经的沧桑和岁月的侵袭，记载着生命发展的每一个轮回，蕴藉着新的生命力量和希望。

古井成为家族发展的标志，书写着生命历史的荣光和苦难。清澈、甘纯的泉水融入每个人的血液，成为生命的融合剂，彼此交融、连带，融合成共同生命的元素体征，哺育着一代又一代朴实、善良、勤奋的性格，与人为善的品性，好学上进的情怀。

记得小时候我经常捧着书本在门口背诵，堂兄其祥每次提着饲料桶经过，都会调侃说着，又在“念书歌”了。那略眯着的眼神似乎告诉我“学而不思则罔”。读书，这是我从小开始就有的自觉性，虽然在跌跌撞撞的成长路上，在这迷迷糊糊的人生旅程，读书并没有真正停止过，并且往往能自觉地催促着你在这方面努力着。

同样在读书这方面，秉承出氏蒙古族良好的读书家风，我们家族还是重视教育工作的，注重传承读书这个良好的传统。我亲堂兄四人是20世纪50年代初出生的，他们都顺利完成初中学习，由于时代原因，他们在读书这条路上未能取得人生的更大突破。但我感觉到他们对读书尚是有期待的，这种内在意识和内心需求依然存在。我堂兄其祥质朴、内向、诚挚，但他始终把看书当成个人兴趣。这次祖屋重修，他欣然作了一副对联，内容为“万里离人心系祖，千寻列树叶归根”，由书法家创作镌刻在石柱上。在他60周岁作了一副对联，我用书法创作。去年由于身体不好，自己又作了一副对联以寄情思，我看后感觉比较消极、悲观，故而做了较大修改：“春秋如寝梦，岁月自风华”，并以行书创作，我希望能给堂兄带来情致和轻松。

1983年，我和堂弟文祥一并考上中专学校，在那高考录取率较低的情况下，我们堂兄弟同年并举，大家都为我们高兴，虽然成绩并不是特别出众，但在那博取铁饭碗的年代，总算圆了几代人的读书梦，走出那贫瘠又落后的山村，承载着先人们的愿望告以初成。

至此，我更是再接再厉，把读书作为自己人生的兴趣，滋养性情，坚持不懈。在书法基础非常薄弱的情况下，自学书法，阅读诗文，用艺术滋养自己的人生品格，丰富个人的生命体量，激励着人生不断向好，在这条路上坚毅而执着，不断探寻，沿着既定目标砥砺前行。

近二十年，随着经济发展，生活水平的提高，家长越来越重视子女教育，读书逐步形成良好氛围。无论有多大困难，哪怕房子盖小一点，大家都愿意把钱投到教育上。总体来说，读书态势良好，“小荷才露尖尖角”，目前大部分年轻人具有大专以上学历，可喜的是已有五六位本科生，其中不乏211、985高校研究生，他们未来的路会越走越宽，值得我们期待。

古井，虽然已荒废，旧屋成断墙残垣，但一砖一石依然记载着曾经的日出而作、日落而息的生命状态，传承着先人的希冀和期许，诉说着曾经的坎坷，歌唱着生命的光华，赋予新的生命、新的启航，向灿烂的未来勇往直前，带着星星的梦，流淌着炽热的血液，舞动在这春天的温暖之中。

每每想到家中的古井，笑语盈盈，童声依旧，展现眼前一幕幕阳光而通透的画帘，油然感激生命中烙下无限的爱和热，感激滋养着我生命的温暖情怀，这些点点爱和热，汇成一股洪流，托举你驶向远方，享用光明和灿烂。

古井，你是我们生命不可或缺的，镌刻在生命的精神柱上，成为信仰，成为航灯，指引我们向锦绣的未来出发。

吃水不忘挖井人，初心难忘，情爱依依。

2018 年 4 月 10 日下午

（刊登《崇武文学》2017 年合刊总第 41—42 期《老家二题》）

家乡的泗洲水库

前两天中午，我和爱人、岳母三人正静静地用餐，不经意提到泗洲水库，这期间确实想写点泗洲水库的记忆。桌旁93岁的岳母，平时耳背得很，年高智昏，不喊恐怕难以听到正常的谈话，可能她对泗洲水库太熟悉了，甚至烙印在脑海中，猛然受到刺激似的，抬起头来，眼神一亮，思绪犹如水坝开闸似的倾泻而下，滔滔不绝地讲起当年参加泗洲水库建设的事情。自言自语，似乎又回到当年的景象，那种青春飞扬，意气风发的状态又回来了。

其实关于泗洲水库建设的事，父亲在我们小时候经常讲起。父亲没什么文化，也很少外出，一辈子局限在山区小村庄。参加泗洲水库建设也是父亲第一次从生产队调来参与政府大项目建设，父亲引以为豪，在大项目建设中学习到不少的先进技术和理念，领会到大集体劳动的氛围和团结，以及耐劳苦干、无私奉献的大集体精神。

我的家乡位于燕山东南方向半山腰上，为泗洲水库的上游，站在房前屋后，泗洲水库一览无余。每当夜幕降临，暑气袭人，山岚静朗，月明星稀，阵阵山风从谷底吹来，甚是惬意。一家人饭后在门前闲聊，父亲总是不由自主地讲起这段经历，在童年也是较好的故事。

20世纪50年代，社会主义初期社会经济正处于复苏阶段，国民经济相对困难，落后的农业设施迫使人民要努力改变恶劣的自然环境，改变生产方式，从而提高生活质量。惠安地处海滨丘陵地带，地瘠水缺，工业不谈，单是农业基础发展设施已是相当薄弱，根本难以保证正常的生产生活需要。改善水利环境，创造农业生产灌溉，改良农业基础设施是那个年代的共同目标。

泗洲水库位于泉港区涂岭镇涂岭村泗洲溪上游，1958年6月动工，1959年11月大坝主体工程完工，1960年7月13日渠道正式通水。枢纽建筑主要包括主坝、副坝、输水涵道、溢洪洞等。主坝为土石混合，坝高40米，顶宽6.3米，底宽191米，长231米，坝顶高程78米。上游山体有观音山、大林山、照船山和燕山，山脉连成一线，为戴云山余脉。山体高峻，林茂竹修，沟壑深幽，溪流淙淙。蒙古族出氏发源地坐落在水库源头洪厝坑即照船山下。这里风光旖旎，人文丰富，胜似桃源，著名清官吏、进士出科联即诞生于此。

泗洲水库作为超先公社（指惠安辋川以北区域）农业生产灌溉、居民生活储水罐，为这个地区经济发展注入重要的原动力，纳入惠安水利枢纽建设重要布局，包括惠女水库、菱溪水库等，都是同一时期开建的。由于惠北缺水，人口众多，泗洲水库上游汇水面积相对其他库区小，供水需求大于补给，时常需要得到菱溪水库的补充。

泗洲水库乃泉港母亲河水源地，静静安详地矗立于群山之中。60 年来默默地哺育着惠北一代又一代的生命，为惠北社会经济各项事业的发展做出巨大的贡献。重新修缮和加固的泗洲水库，将以崭新的面貌迎接新的挑战，为新一轮序泉港的腾飞做出更大的贡献，建设泗洲水库功在千秋，利在当代。

小时候，水库水位基本处于满库。特别是 20 世纪 70 年代雨水丰沛，水库水位经常涨到我们村小学后溪浦，村中男孩都会在水库上游游泳戏水。记得有一次我三哥、四哥及村中一群小同伴畅游泗洲水库，豪情万丈，大家从上游径直游向水库中心库区开阔处，劈波斩浪，快乐无比。我们一群不善游者非常敬佩他们的能力，只能徒有羡游情啊。

由于村庄处上游山区地带，道路既窄又陡，公路尚未开通，运输物资到集镇，购回物资运到村中都是非常困难的。大部分物资包括建筑材料、生活用品、生产资料等都是依靠人工扛挑。泗洲水库建成后政府给甘蔗园和后头两个自然村各一条船作为运输物资工具，物资运输多了一种方式，也大大提高了生产效率，减轻人工困难，给我们走出山门带来方便。

然而，毕竟山区人从事船运对水性熟悉程度有限。1972 年冬季的一天，发生了一次船难给我们山村蒙上了阴影，也使童年的我生发对水运的胆怯。那一年我大概 8 岁，已经可以帮家中做点事了。这一天，天气特别冷，寒气袭人，按照农村冬藏习惯，正是晾晒地瓜干、萝卜干的季节，以好收藏保管，春夏季食用。村中一批龙舌兰拟运至集镇，同时约十个成人搭乘前往。

当船行至虎鼻岩附近即水库最深处，距坝堤近 700 米左右即可停泊。船体突然出现漏水，渐渐支撑不住了，村民惊慌失措。在这万般危急之际，决定卸货抛物，以救人为重，然船终因浸水倾翻，关键时刻，村中三位善游者忠华、庆祥、其良不顾个人安危，奋力施救，确保每个落水者找到支撑器物。此时附近新庄村劳动的村民闻讯纷纷赶来，浑然不顾水的冰冷，脱衣跃入水中，游向出事地点，帮助救护。经大家协力抢救，落水村民终于脱险。而村中移民户阿英伯三子刘忠华，年方二十出头，英俊爽朗，仗着体力好、善游，以落水村民生命为重，拼力救助。由于水冷天寒，体力透支，致使抽筋沉水，献出自己年轻的生命。新庄村民和忠华兄见义勇为，危难时刻见真情，发挥大无畏精神，救下蒙古族村民，充分体现蒙汉民族血浓于水的情怀，团结友爱的精神，写下一篇值得传颂的民族友谊之歌。

昨天下午我和爱人驱车来到泗洲水库，重修后的坝体气势恢宏，行走在堤上，偶遇年龄相仿的李先生，见我似面熟并主动打招呼问好，于是两人攀谈一会儿。恰好李先生正是新庄村人，对于当时发生的船难，记忆如初。虽年小未能参与，但这事本身已是家喻户晓，对村民的见义勇为大家啧啧赞赏，传为佳话。虽然他们不曾留下名字，也没有宣传过，但对此善举已成后人的美好回忆和学习榜样。我也顺便对李先生说声感谢，并请他向参与者表达我和受救者的感激之情。

刘忠华随父来到甘蔗园居住，温文尔雅、和善待人，很快和村民打成一片，积极投入生产队各项工作之中。他与我二哥、堂哥年龄差不多，玩得也比较好，平时经常到我们家。我记得他们经常聚首在爷爷床前八仙桌喝茶聊天，虽然我那时很小，但印象依稀可见。

出事这天傍晚，村中都在谈论此事，大部分村民赶到出事现场，我年幼被安排在虎头寨山顶收地瓜干。伫立在山顶上，寒风四起，冷飕飕直扑面上，手脚冻得直哆嗦，我眺望远处的泗洲水库，烟波茫茫。村中出现这么大的船难，幼小的心里也是很害怕的，甚是茫然，担忧着船上有我的二哥（庆祥）和大嫂，不知生命如何？这也是我知道村中历史上唯一的船难。

阿英伯一家，1970 年 10 月由山腰移居甘蔗园，我在《长者阿英伯》一文，曾提到此事。对于忠华兄的英勇行为，记忆依然丝丝萦绕。我感佩阿英伯的豁达和深邃，感激忠华兄和新庄村民的英雄气概。虽然我已走出家乡几十年，但对村中一事一物依然眷怀，对这刻骨的记忆难以磨灭，对这感天动地的行为我想寥寥数语是难以尽意的，但对英雄情怀是不可忘记的。

童年步行去集镇，经常在泗洲水库六角亭下歇脚，特别是每逢西北雨，首先想到的是这个避雨亭。这是个英雄的亭，记载着在国家困难时期，六千多奋斗在水利建设的英勇劳动者，他们的生命和人生价值与这座水库、这个亭同在。矗立在溢洪洞边的六角亭，静静地伴随着这里的水涨水落，聆听这里青鸟歌唱，静候山边的花开花落，见证着水库的过去、现在和未来，刻下了每个历史阶段的辉煌和荣光。

抚摸纪念碑，斯人已去，精神永存。一批又一批的水利建设者浮现在风雨之中，推车的、挑土的、抡锤的……生动的生命图像活灵活现，构筑一幅绚丽的画图，就像溢洪洞奔泻的瀑布飞扬在蓝天下，给这美丽的山岗、村庄、田野添彩。

这是一群以国家利益为重，舍小家顾大家，艰苦奋斗，自力更生，克服了千辛万苦，不分昼夜，付出了青春和年华，甚至个人的生命，谱写了一篇篇英雄的情怀、青春的力量、革命的精神，多少默默无闻的建设者把自己的青春和热血洒在这山间、河道，化为千千万万的甘泉和雨露，滋养着这里的一草一木，孕育着无限的生命和灵魂，汇成时代的洪流，托起未来的梦想和希望。

漫步在修葺一新的坝顶上。夕阳下，远山淡淡的霞辉轻笼着，缕缕炊烟从不同山谷袅袅升起，一道斜阳倒映水中，如彩虹卧波，绚丽至极，水波荡漾，波光粼粼，青鸟空鸣，自由自在的小鸟飞翔在林梢、灌木丛中，岸边小船静静地停泊着，几只白鹭在水面悠然自在，周遭肃穆宁静，心随之逸然。一行鸿雁大小数十只从容地从眼前一字掠过，难得一幕，尤为惊喜，思绪油然回到眼前。

忽然吆喝声、击鼓声、爆破声……或尖或脆，或长或短，或浑或清，各种嘈杂之声交织在一起，此起彼伏，给空旷的原野注入生机和灵气，谱写成一曲曲悠扬而舒缓的旋律，回响在耳边。这正是那时代的赞歌，是一首首可歌可泣的赞歌。优美的旋律，激昂的音符，时代的亢奋，催人奋进，凝聚着团结的力量和万众一心的创业精神，回荡在青山绿水之中。

这是一股不可忘却的力量，时代应记住，人民不应忘记。这是创造伟大时代必需的力量源泉，滋养着一代又一代的生命情愫，他们的精神将是永恒的，永远和这里的生命同在，必将传递到未来。

2018 年 5 月 28 日

（刊登《崇武文学》2017 年合刊总第 41—42 期《老家二题》）

丁酉端午涂岭之行

随着年龄的增长，青春的激情渐而消退，历经风霜的岁月如秋叶斑黄的、粉红的、黑褐的诸多色彩，蕴含丰富的生命因子，传递给人更多的是丰富和多彩，也是淡然和从容。任随秋风而散落和飘游，其惬意自是深致的，而且富有韵味，是值得咀嚼的。

好友卫东老师，中学高级教师，少年勤奋、聪颖、好学，1979 年高中毕业应届考入泉州师专中文系，毕业后分配原惠安二中任教，才二十出头，比我早两届。其人谦卑、和善、诚挚，凡事以真实为本，我与他相处从 1982 年开始，已是整整 36 年了，其间往来频繁，交谊也深。正是基于对生命有相近的认知和感悟，多次倡议组织相好出去走走看看，散散心，呼呼新鲜空气，吸纳一些新的生命元素，丰富自己生命，于是也就有了这次端午涂岭之行。此行参加者还有七九届师兄辉忠、龙标、学范、丽辉、锦文和我爱人。

家乡涂岭，位福厦线中间，为泉港区后花园。这里人杰地灵，物华天宝。这里山清水秀，真乃金山银山。其人文史迹和自然景观十分丰富，蕴藉着富有特色的人文特质和品性。北宋进士、诗人、书法家谢履一门；清进士、诗人、书法家出科联及翰林第、出氏家庙；闽林始祖陵；明清一条街以及千年古刹虎岩寺；等等，星罗棋布，点缀和涵养着涂岭的人文和精神内质，成为一道美丽的风景线，非常值得走进感受和品味。于是我们走进了涂岭，对此行充满期待。

是日天朗气清，阳光和煦，由内人开车从惠安出发，略半小时来到辉忠万法渔具店，店址位于 324 国道旁涂岭街著名的蛤蟆石旁，可惜因道路扩建，此石已被炸毁，不见踪影，空留遗憾。辉忠兄原是泉港六中数学老师，为人师表。因为有政策规定，超 50 周岁已退职的中学中层以上干部可以申请内退，因此他便内退经营了这家渔具店。他与卫东、龙标、学范、丽辉、锦文诸兄等七九届许多同学是原惠安六中（现泉港六中）的优秀学子。七九届是原惠安六中恢复高考后取得较好成绩的，许多学子应届或补习考上各类大学和中专，而且有相当部分回到农村从事中小学教学工作，默默耕耘于农村教坛，培养了许多优秀学子走向社会，他们的行为赢得社会尊重。七九届这些学子在我心中永远是学习的榜样，他们在不同行业都取得不俗的业绩，是原惠安六中引以为傲的一届，为学校的蓬勃发展树立了标杆。

二

稍歇，商定行程，小车行驶在蜿蜒的农村公路上，穿过村舍、田野，十几分钟来到了石山宫，少时大家都称之“梧坑”，因为石山宫位于芦朴村梧坑，以地名称之。母亲娘家为芦朴村，对石山宫更了解，家中大小事喜欢来这里烧香求签。这里香火特别旺盛，少时这里经常演大戏，听了都很羡慕，如果有机会来到这里看戏、拜香自然是一件快乐的事。石山宫供奉钟大人，因为抽签较准，大家都乐意来这里参拜。记得三十多年前村中几位同龄人因学习的事来这里拜香，印象较深的是当时石山宫正在修葺，村中两位才子，其中有杰玉，还有一位记不清了，他们正在为宫墙画图像，给我留下很深刻的记忆，很是羡慕他们的才华。在那文化非常淡漠的年代，在我们老家那个山旮旯竟有此本领的才人，在这显灵的宫壁画像，令我非常敬佩。遗憾的是他们都失去再学习走向社会的机会，难以更好地展现他们的艺术才华。

修葺一新的石山宫，规划整然，坐东朝西，主殿为二进，六根辉绿岩龙柱栩栩如生，挺拔而壮美，红瓦铺顶日光下鲜亮明丽，热烈红火，屋脊缀两条飞龙，具腾云驾雾之势。左右有殿堂相佐，殿前一放生池与殿同时保留下来的。池边新建角亭端庄典雅，内顶篷图案清晰而活泼，亭顶六条龙奋发昂扬，直向云中。伫立池边，斜倚石栏，环视四周，静谧而清雅，静静关注池中小鱼自在地游来游去，别有一番情趣。短暂参观，未见香客，农村每逢节日之类比较集中，香火旺盛，平时都忙于农事，也许我们来得早些。

二

沿南山路行驶，十分钟行程来到虎岩寺，车停路旁旷地，仰望昆山林木苍翠，半山新落成观音雕像，气势恢宏，佛光闪闪，飘然自天而降，可以想象月光下，电光四射，那是何等的壮观。左侧石壁镌刻书法作品，楷书，字径十余厘米，著名书法家、西泠印社社长、学界泰斗饶宗颐书写，内容《般若波罗蜜多心经》，给这座山增添多少佛性和灵气。虎岩寺坐落左侧山崖石壁上，古朴而雅致，翠绿掩映下寺顶红瓦更是耀眼，如朵朵红花飘散在林梢。

我们一行沿着千年石阶拾级而上，古木苍郁，绿叶扶疏，一块块青苔依附石壁，青绿藤萝生机勃勃，攀爬在路两侧大石块上。沿坡而上，各种形制滚石交沁，堆积成各种形态，或如猛虎下山，或如雄狮蹲伏，或如群熊相偎，憨然可爱，琳琅满目。林间小鸟自由飞翔，相戏枝间，喳鸣自得，柔和的阳光透过林叶穿行而下，斑斓而鲜亮，各种形态的石盘镌刻着不同时期的诗人和书法家的作品，历经宋元明清，大部分作者湮没在历史的风烟之中，“伏虎胜境”四字楷书跃然眼前，端庄清劲，“水岩洞”三字行楷高悬岩壁，雄强遒劲。

转眼来到虎岩寺观前。寺临崖高筑，坐东南向西北，由三宝殿、观音殿、禅房等一字排列组成，殿内供奉三宝、观音、伏虎道人，寺宇古朴雅致，回廊错落。千年茄冬树郁郁生发，虬枝婆娑。门边百年桂花树生机勃勃，枝干斑驳，纹理清晰，桂叶青翠，直冲檐上。禅房右侧石壁元朝石刻犹在，记录着惠安县达鲁花赤接济军马暇余游昆山访隐士之雅趣。当年蔡忠惠读书处水岩洞依然是游客最美丽的谈资，这位宋朝名臣、诗人、书法家在这里潜心儒学，精研翰墨，修身养性，独善科举，终成名宦，名耀青史。

虎岩寺也称昆山，其以奇石、奇泉、奇洞三奇著称；高僧道养隐居于此和虎留下美丽的传说，其仁心可昭；千年名宦蔡襄公于此读书博取功名。这些给这座山增添了丰厚的文化内质，生发了许多情趣和诗情画意。

漫步在寺廊和庭台上，群山连绵，绿色纷披，穿行宇后石径，一棵棵古木耸立而雄伟，枝条奋扬而柔和。水岩洞清幽凉爽，一股股泉水从岩壁汩汩流出，清澈甘甜，蔡公读书处依稀可见。于是我吟诵着《游虎岩寺》：“端阳游古寺，物候夏如春。乱石皆奇态，秋枫自翠匀。看山方爱色，抚树更思人。岩洞书声响，千年数鼎臣。”

三

近午时分，驱车行驶在昆山连绵山体的绿荫道路上，路两侧草木葱葱郁郁，杂花点缀，清远而幽静，几分钟来到了社仔岭玉山庙，锦文兄正在主事。庙虽不大，但印象深刻，小时候经常听大人说到社仔岭抽签，听说很灵验的。环顾四周，行走林间，感觉有特别气场生成，庙前石柱刻有：神灵哉不威自畏，公老矣有德而尊。上联石柱后期换上。稍坐片刻，前往山头寺。

山头寺，在我印象中是很有名气的，自幼就有这个记忆。今天安排参观自然有更多期许，我稍回忆，好像与族贤科联公有关系，小时候有关出翰林的佳话都是通过口口相传的。虽是本乡人，但山头寺位置还真是陌生。

车行驶在乡村公路，农舍俨然，田畴绿油油，偶有鸡鸭行走路中，小狗显得慵懒，龙眼树挂果满枝。来到了黄山郑村，几经征询行驶向莲石山下，沿着山坡弯径盘旋而上，山体小草丛生，基岩裸露，林木稀疏，烈日下山光晴翠，窗外浮气。

很快来到山顶，寺前两棵榕树枝繁叶茂，遒劲多姿，盘根错节，榕径两米左右，如两把大伞支撑空中，游客闲坐树下石条攀谈，枝上小鸟悠然自在。稍歇沿寺侧面进后殿，寺内清静、整洁，单层，高出地面一米多，门前立着重修碑记，建筑古朴，难掩失修之状，木门古漆斑驳，门联书法端庄严谨，笔法精到，墨迹已是脱落。石柱二联书法为莆田郡张琴书写，字体楷书，内容为：“庭前詹葡香留座，火里莲花净出尘”；“千峰雷雨摇龙窟，七宝楼台耀佛灯”。书法水平较高，可以想象当时组织者是比较有眼力的或者说文化修养高些，重视寺堂文化构建。

随之参观大殿和相关建筑，目前所见建筑是 1986 年重修的，整体规模已非鼎盛时期的雄伟和壮观，香火也没有早时旺盛，名声自然逊落，但其深厚的文化积淀依然吸引了许多文化名士、佛界高僧的关注和参悟。清代陆叔高僧、近代弘一法师相继坐禅、讲经、参悟，然而几经劫难，昔日风华已荡然无存。虽然陆叔“活佛又请回寺中”，但终难复原鼎盛之气色。行走在大殿前，山头寺静静依偎在莲石山中，眺望前方，群山连绵，整个涂岭主要镇区坐落在泗洲水库下，尽收眼底，屋舍鳞次栉比，汽车行驶在福厦高速公路、通港路上，一派繁忙景象，偶有动车轰然鸣声穿透云霄。

“灵岩高卧不知年，放怀沧桑几变迁。滚滚涛声催法鼓，滔滔浪谷响梵音。仙泉泻玉云冉冉，石洞腾波雾蒙蒙。悟得亭前菩提树，尘缘辞却结佛缘。”《南云吟怀》一首（此诗后人传抄可能有误），据说清乾隆四年之进士，官居翰林之出科联与山头寺广济大师私交甚笃，经常诗词唱和，此首道出宦海沉浮之翰林超凡洒脱之意态，他的诗词墨宝也使山头寺声名远播。

据记载，山头寺始建于南宋景炎三年（1278），后毁于战乱兵祸，清乾隆重新兴建，由天地殿、大雄殿、观音殿构成寺宇总体格局，两边回廊通道将三殿连成一体，大雄宝殿的东面是藏经阁，西面是钟鼓楼，二楼对峙，蔚为壮观，香火曾经盛极一时。

出科联与广济大师的一段佛缘，传为佳话，出翰林成为家乡街头巷尾、老少皆知的名士。其经历荣取解元、联捷进士、钦点翰林的人生奇迹，作为一代名儒，书法、诗文为时贤敬重。然而生命历经天地之落差，回归故里之后，置身宦海汹涌波涛之中，虽不被湮没，但终究生命找到浮槎，游向安宁的彼岸，其心其情终归生命之脉动，栖息在一片可以净心，没有俗尘和忧虑的地方，让心安然。

丁酉二月十二日晨，值科联公吉诞，恰好前两天涂岭镇政府组织采风活动，想到了科联公与广济大师赋诗往来，即兴吟下七律《山头寺步科联公南云吟怀》诗云：“南云吟罢始知缘，放眼风尘自得禅。道法律宗开世界，指归佛国寄岩泉。山头明月澄心地，竹下青灯舞凤笺。宦海浮沉何足论，有诗无酒亦神仙。”

一个风清月明的夜晚，月色轻洒大地，山风徐徐，山岚静朗，榕树下，科联公与广济大师轻摇芭蕉扇，赋诗唱和，谈经说佛，好不自在，其乐融融。任时光静静地流逝，星星闪耀着，榕树上青雀梦香，周遭虫鸣声轻柔而有节律，生命依偎在空灵而清澈的世界，伴随墨香飘然，怡然自得，悠然无拘，尘念飘之云外。

四

午餐后，烈日当空，暑气来袭，一行来到下炉村参观玉笏朝天石景。从远处看，那石头就像古代朝廷官员手持之朝笏，故称之“玉笏朝天”。其屹立蓝天下，鹤立鸡群，昂扬奋发，独具精神气象，矗立九龙岗龙脉上，成为泉港精神气质之象征，泉港人民赋予顽石精神，具有坚韧、忍耐、不屈之品行，君临湄洲港，面向东海，体现了现代石化城蒸蒸日上景象，凝集了这片热土积极向上，团结一心的创业精神。诗吟《玉笏朝天》：“独立苍穹一片天，绿畴荒野说桑田。新城滨海潜龙地，顽石精神泉港先。”先试先行的石化城正如“玉笏朝天”之气象，走在时代前列，石化舰船起航在浩瀚的大海上，劈波斩浪，坚毅而自信，睿智而从容前行着。

五

随后开车前往九峰寺，位于泉港区界山镇南部九峰山上的九峰寺，其规制宏阔，沿山坡坐北向南列序。登上峰顶，山风徐来，群山披翠，灌木丛生，日照下，波光粼粼，天王殿、大雄宝殿、大悲殿依次从下向后排列，落差近五米。沿着坡上峰顶，乱石堆积，古为烟墩，军事放哨，观察敌情。松林掩映下，阵阵凉风从四面涌来，颇为快意，眺望湄洲港烟波浩茫，风帆点点。

据说这里因群山连绵，沟壑交错，居高临下，易守难攻，天然战略屏障，乃为军事要地。清军入闽时，明军涣散，驻扎九峰山上的明军将兵，为避杀伐，在兵寨盖寺尊佛，出家为僧，后来佛寺逐步拓建，遂成目前规模。最早为静胤寺，后改为九峰寺。

九峰寺四面通透，霞光普照，渐渐光线柔软，缕缕清烟伴随云霞四处飘动。远山斜阳落照，漫野金光。漫步九峰寺上净心澄怀，奇趣自生，赋诗曰：“满眼睛川漾细波，烟霞萦绕紫藤萝。诗情激越连山海，禅意转悠入佛陀。影动松梢犹月魄，泉流岩壁若天河。滔滔法鼓滋心性，曼舞空庭任浩歌。”

转眼暮色降临，初月西挂，恍然奇想，空庭雅静，四野寂然，邀来好友，放一杯清酒或薄茶，静坐庭中，端赏月色，聆听山鸟幽鸣，感悟天籁之真趣，轻掬云气，漫吻月色，悠悠心意何其清澈和悠远，心性自在，与天地同呼吸，吸纳山川之瑞气，挹取云间清芬，心性优游云水间，其趣无穷，其乐也融。

六

艾草清香，草虫鸣声阵阵，聚首清风饭店，窗外新月如钩。辉忠兄拿来存储多年的白酒“醉条汉”，酱香型，52 度，勾勒我思绪回到二十年前创业的景象。当年三十出头，意气风发，参加“福建省 6・18 商品展销会”，签约了中国“帝源葡萄酒”泉州总经销，作了远景发展规划，当时的葡萄酒市场尚未起步，但因种种原因未能坚持，结果半途而废，甚是遗憾。

清风饭店在涂岭镇区，清净雅致，富有农家特色，饭菜自然适宜我们这些土生土长的回乡人。席间，大家畅所欲言，难得闲暇相约寄情山水，感悟家乡文化，体悟人生逸怀，自然是逸兴遄飞，觥筹交错。在座每个人都是知天命之年，生命历经风雨洗练，饱经风霜，对生命多了几分豁然和宽容，也多了几许乡愁。其实人生走过五十几年也非易事，每个人都在执着追求生命的最佳状态，如此结伴游历释怀应当说是比较难得的，随着岁月匆匆，对世俗的名利纷争渐而淡然，找到此种感觉和状态更应成为生活经常化。

相约几位好友，寄情山水，寻求更多自然真趣，丰富自己生命应作为一种新思考和努力。

端午节，诗人的节日，更是每个人追求诗性的人生，诗意的生活。一杯清酒怡养心性，悠然的生命状态如杯中酒自在地晃着，生命芳华自是超然和逸性。于是诗曰《聚会清风饭店依孟浩然过故人庄诗韵》：“山行归夜晚，相聚在农家。艾草萋萋发，清风款款爬。临窗新月近，把酒弱身斜。莫笑杯中少，深情话岁华。”

窗外虫声依旧，马路上嘈杂之声渐消，酣然之生命依偎月色之中，步入无拘的梦乡。

春意融融

——陪老班长杨文才夫妇春游

正月初三，老同学顺明兄豪宅乔迁之喜，老班长文才兄偕夫人特意从安溪来道喜，不辞劳苦，令人感佩。虑及顺明兄忙于家事，无暇顾及，我自然应主动承担并安排好班长惠安之行，不敢懈怠。

老班长和我同龄，1983 年秋季同时被录取进入福建地质学校水工班学习，荣任班长。其天资聪慧，确如其名文才，文质彬彬，才华横溢。同时从农村走出去，我尚懵懂不谙世事，只顾任性无拘地享用青春时光，而老班长已是个很成熟的优秀青年，显得很睿智，我打从心里佩服。不论学习态度、生活方式、人事往来都显得老成干练。一手流畅、端庄的钢笔字令人羡慕，文章自不待言，组织能力超强，作为学校恢复高考之后次二三届录取的中专考生，无疑他是凤毛麟角的。他把一个班级组织得条理有序，积极向上，气氛融洽。富有亲和力和超常人气使其在三年的学习中从容成长，也荣得学校的认可和赞许，毕业分配安排留校，作为学校后备人才培养，自然前途无量。他是我们的榜样啊！

这次利用春节回乡，特意莅临惠安，与老同学聚聚，其重情重义可见一斑。我唯恐照应不周，想想老同学更看重三十几年同学情，也就释然了。

初三白日仍然清风和畅，艳阳高照，夜来风云突变，狂风来袭，气温骤降，紧接飘下零星小雨，让我担心次日行程受到影响。虽如此，我们依然计划按之前商定行程，对此春游还是充满期待的。

洪厝坑

初四清晨，天公作美，天气清寒，虽有零星雨点，但不影响旅行的决心。于是我们两家并车从惠安出发，小车行驶在福厦公路上，一路谈笑风生。我作为导游，虽不善言辞，总想尽力把惠安最好的一面告知老同学，也增加了不少自豪感。不知不觉车行驶在通往洪厝坑的盘山公路上。远处山体云雾缭绕，山岗披翠，山体连绵不断，沟壑纵横。盘旋在陡峭的山脊上，掩映在绿色的海洋里。一路上各种蒙古族特色路灯屹立路旁，各种蒙古族不同元素点缀在不同的建筑构件上，展现出不一样的风景线。

很快车行驶到洪厝坑村口，茂密的榕树下，一幅出氏蒙古族溯源图映入眼帘，我们停下车，驻足观赏。此时天下起了小雨，似乎感动于远方的客人，欢迎他们的到来，告诉他们这里是热情好客的蒙古人聚居地。

出氏蒙古族溯源图展现了出氏家族从北方到滨海惠安整个发展历程及历史渊薮。从出氏远祖、草原雄鹰木华黎助力元太祖成吉思汗驰骋沙场，建立蒙古帝国；入闽始祖、不归功元太尉纳哈出捍卫元朝，忠君报国的英雄气概；入惠始祖佛家奴辞官南下，入惠隐居；入洪厝坑始祖光育公历经坎坷、励精图治、艰难创业、奋发有为，修祠堂、办学校，开创了一片新天地；十二世祖出科联少年励志、肯读诗书、荣取解元、联捷进士、光耀华庭，揭示了出氏蒙古族波澜壮阔的史诗般发展历程，描绘了出氏蒙古族风雨兼程的美丽画卷，每个闪光点都是美丽的音符，奏响一曲曲豪迈的绚丽华章。

随之我们来到出氏家庙，路上恰好碰到宏斌贤弟，陪我们一道参观。走进出氏家庙，二进式闽南传统建筑形式，精致而典雅，整洁而规制，墙上新布置的家风家训，内容丰富，充分反映了出氏蒙古族形成独有的理念和思想。既传承着蒙古族草原血统特殊气质，又吸收了中原汉族博大精深的儒家思想和文化。横梁上牌匾进士、解元、文魁金光闪闪，富有文化气息的出氏家庙，告知人们这是一个重视传承、教育、修为的家族，“燕南无二族，惠北独一家”；“帝庭称奇姓，闽海振科名”，代表出氏蒙古族的不一样经历和曾经的荣光。目前整个惠安家庙只有四座，据说建设家庙有相关的要求和规定，还不是随意建设的。我们两家在家庙前合影拍照，把美好的记忆烙印在这流长的生命情怀之中。

之后我们来到翰林第，古朴而大气，虽尚未修缮，但依然可以看到当年的辉煌景象。这是出科联荣中解元、联捷进士、钦点翰林之后回家建造的，这在当时的惠北乃至整个惠安都是比较少的。出科联，清著名官吏、诗人、书法家，其诗文为时贤所重，作为传奇式人物为惠安、泉州乃至整个福建争得荣誉。当年乾隆钦点翰林，询问出氏渊源，甚以为奇，引为佳话。其随乾隆下江南游庐山，写下《游庐山》诗更是传诵，庐山管理局甚至把这首诗当成明太祖的诗刻于仙人洞内壁，其成功案例告诉了莘莘学子，皆有可能。在这边远的山区，只要你愿意努力同样可以出成绩，鼓励了多少后来人砥砺前行，成为学习的榜样。

烟云笼罩四野，随风飘来的毛毛细雨轻轻地吻着你的脸，凉爽而惬意。清静的田园感到格外的安宁，潺湲的溪流静静地流向山外，没有嘈杂，没有喧扰，稀疏的行人各自忙着，显得自在。置身在这桃源般的山谷，颇是惬意。溪边的龙眼树茂盛翠绿，遒劲多姿；田畴上油菜花正开着，鲜亮无比，生机盎然；盛开的李花，洁白无瑕。行走在田埂上，文才兄握着手机兴致勃勃地抓拍着，凝神而专业，置身花丛之中，悠然自得。

随着山雨渐行渐远，天空更加澄澈，放眼望去，一幢幢农家别墅无序地坐落在山涧坡地上，人们安然而无忧。此时学渊贤兄外出归来，我们一行登门造访，问好佳节，稍作寒暄，聊品农家茶，片刻驱车离开，思绪优游在云水之间。

樟脚古民居

家乡虽是小镇，卤猪脚却相当出名。于是午餐我就找了一家做得有点特色的本地餐馆用餐。简单地用餐后，我们驱车前往樟脚古民居参观。

樟脚古民居，因为700年前种植一棵樟树而得名。山石垒筑的各种民房，历经几百年风吹雨打，色彩斑斓，宛如一幅多姿多彩的油画展现于观音山南侧。坐落于山坡台阶上错落有致，前后建筑风格、式样迥然不同，代表着过去和现代的两种不同文明，但生命是传承和融合的，一脉相承的。丁酉年二月应涂岭镇政府邀请，来到樟脚采风，我写下一首五律：“春深何处去，东寨任君行。溪水门埕静，山坡草木荣。村樟枝戴月，硒石雨含情。煮酒峰楼上，呼来共对觥。”

行走在古民居之间，油然感触到童年的生活情趣，当你伸手触摸到每一块石头，看到曾经熟悉的用具，都会自然勾勒起每个人心中的乡愁和情味。循着各条小弄慢悠悠行走，展现眼前的一石一木都是那么熟悉，古朴而简陋的房屋，天井下的石井长着兰草，郁郁葱葱，农村古土灶历历在目。还有那少年经常使用的石臼，静静地靠在墙边，曾经多少的日日夜夜，农家老少使用这种工具加工粮食，利用杠杆原理，使用人力捶击，加工舂米和糍粑，制作果品，眼前闪现童年过节的情景。民国记忆、雨润硒石、红埕古厝等镌刻在老枯木头、悬挂墙上，古味盎然。我和文才兄选在代表景点前合影，斑驳的石墙，碎花状颜色，五彩缤纷，春节鲜红的联纸点缀在每个坚固而青绿色的窗柱上，显出强烈的跳跃感，给生命带来无限的情思和意趣。

樟脚村作为新农村建设抓得比较早、比较好的点，充分利用本地资源，在条件并非特别优越的情况下，注重挖掘、丰富、引导，种桐引凤，打造成远近闻名的特色新农村，给当地农民带来财富和快乐。

因为时间关系，其他相关景点如金钟潭、玻璃栈道等留给下一次了。

海丝艺术公园

时近黄昏，我们驱车来到海丝艺术公园，公园位于泉州台商区百崎湖畔。

公园以海丝文化为统领，把亚洲各地代表性文化特点按照东亚、东南亚、南亚、西亚四个文化片区规划布景，各种文化形态以雕塑形体坐落公园之中。公园主雕“帆影”，纯白色，寓意“海丝梦”，好像在浩渺烟波里扬帆前行，非常具有美感和想象空间，具强烈视觉冲击效果。

漫步沿湖四周布置的绿荫小道，各种景观树生机勃勃，各种形态草坪有序延伸，一团团、一丛丛鲜花点缀。真是草木争春，百花齐放，芳香四溢。湖中小岛青松翠绿，荷叶零星漂浮水面，小鱼自在优游着。

站在主观台上，放眼望去，烟波茫茫，主雕“帆影”高耸入云，可以想象夜幕下环湖灯光闪烁，微风徐徐而来，波光粼粼，那是一幅多么美妙的夜景。

在此乍暖还寒的早春，带给人们的是愉悦而爽快。

展现在公园中亚各地文化元素点缀着公园美景，丰富了公园的内涵，赋予公园许许多多新的生命力量，给公园带来无限的魅力。围绕公园构筑的生命意蕴给亚洲人民和平相处、共谋发展注入新鲜的力量，蕴藉着未来共同发展的梦想。

静坐湖边，静静地倾听海潮声，节律可循。一艘白帆舞动着风樯，在涛声中歌唱生命的赞歌，挥舞着青春的力量，扬起希望和热情，启动前行的航程，意气风发地向着未来出发。

远山的夕霞晕成绚烂的彩霞，日色渐渐温和。湖面光影也变得多彩了，阵阵凉风给人清新的惬意，偶尔飘来丝丝毛雨，于是驱车回惠安。

这是现代与古代文明的对接，是古代文明在当代的复活，给时代注入新鲜的血液和生命因子，构筑海上丝绸之路新的历史境遇和新的生命履痕的起点，向未来扬帆前行，在和平和共赢的历史烟波中展现新的风采和舞姿。很高兴把自己的生命情趣融入这多彩的公园，吸收了许多优秀的文化素质，孕育着自己更多美好的期待和思绪，和着美好的梦想飞翔在蔚蓝的天空。

九七海鲜城

夜幕降临，我们准时到达九七海鲜城。老同学难得闲暇同聚小县城，我想选择这一家餐厅比较合适，让老同学感受惠女特色和海鲜味道融入的海洋文化。

这是一家以打造惠安女为特色的品牌餐饮店，经营二十几年了。惠安女作为福建省打造的六大旅游品牌之一，富有浓郁的地方特色。质朴无华，勤劳勇敢，吃苦耐劳是其精神内质。著名的惠女水库即以惠安女为主要力量，靠自力更生、艰苦创业的精神品质建设而成的，改变了惠安常年生产、生活用水的困难，成为一个时代性的精神高标。

顺明兄偕两位朋友特意赶来参加夜宴，使得晚宴更为圆满。文才兄素以豪兴畅饮而感染我们，自然离不开酒的参与。平日同学聚首每每倾情相酌，达到杯盘狼藉之态，甚至言无戒、行无拘，性情之至。虑及次日行程，春节期间应酬也多，只有节序进行。虽如此仍觥筹交错，举杯畅饮，酒伴随一种轻松的生命状态，融入生命情怀，体悟人生，尤有感触。

大家已是中年，难得聚会，闲谈人生，关怀生命，更能以一种哲学的思辨看待前进中的社会，感受不同的人生，对生命过程的得失已显淡然和萧散。除了个体生命应有重视，大家更注重的是家庭的幸福生活，亲朋好友的快乐生活、愉悦人生。

一杯酒，诉说了生命的风华，时光如白驹过隙，三十几年如过眼云烟，但蕴藉着青春的情愫和浪漫。时光不可倒流，波纹状的五线谱横亘在额前，沧桑的岁月烙印在记忆，酸甜苦辣，如眼前的酒醇厚而有韵味。

在夜色渐深的春风中，虽有寒意，窗外零星的鞭炮声时而响起，室内却是很温馨。浅酌低吟，轻松自在，在静静安逸的闲谈中，随性自然，畅所欲言，任时光在无拘中流淌，淡淡清雅，尤为惬意，和着春天的律动渐渐地进入了梦乡。

聚龙小镇

初五晨，天空清明，我们来到聚龙小镇。这是由本地企业家精心打造的桃源般宜居小镇。依托黄塘大寨山及水库，规划十万亩山地，历经近十年的建设已初具规模，基础设施完善，可以说作为新时代现代气息浓郁的居住地，全国不多。其园林式规划、亲水理念、靠近自然诸多元素充分融入整体发展之中。

从县城开车约十五分钟即到，进入镇区，花园式整洁规序，四周花团锦簇，枝叶扶疏。车停车场，我们选择沿湖边方向行走，在繁花似锦、草木葱茏的小道上，吮吸自然的芬芳。目遇之，草木枝繁叶茂，乱花鲜艳，或枝条摇曳，或含苞待放。耳听之，百鸟争鸣，或清脆，或嘹亮，或如窃窃私语，或如男女对山歌般高亢。真是赏心悦目，春心荡漾。走近湖边，静静的湖面时而随风泛起阵阵波纹，水体清澈，平静的湖面倒映着山体和高楼清晰可见，宛如一幅水墨画。各种小鱼自在地游来游去，隐匿路旁的音响奏响各种优美的旋律融入静雅的自然之中。四周高楼林立，静静地矗立在不同的山岗上，视野通透，明净鲜亮，真是“横看成岭侧成峰，远近高低各不同”。我们选择一个临水的藤椅坐下，倒影依偎在水中，默默感受着自然的生命状态，足下生风，任山风轻浸，鸟声悦耳。我能感受到文才兄此时的感觉，对此佳景他是情有独钟的。

如此佳景，对我们这些中年人，别有魅力。历经几十年的努力，对生活、生命逐步有了新的感受和理解，对如此风景，我想应该是有所触动的。山岚翠绿，山花烂漫，山鸟殷勤，流水淙淙，一年四季如春。安静无喧嚣之扰，空明无浑浊之侵，生命依偎在这空灵而超逸的自然景致，目遇之而成色，耳闻之而生音，心融之得天然之趣，生命的芳华融入奇妙的自然，其乐无穷，其趣也奇。

漫步在沿湖的小道上，绿荫下的摇椅任你飘摇，闲适而自在。路边大棋盘随你奇思妙想，清静而安然。奇花异草，一丛丛，一簇簇，或鲜艳，或柔和，多姿多彩，步移景异，芳香扑鼻。伴随潺湲的流水声，清音悦耳。不同物态和风姿触动内心，产生对生命的仁爱之美，整个身心慢慢地融入云水茫茫、空灵而飘逸的景色之中，真是游心世外，独自超然。

这个春天，我和老同学伴随着春天的脚步声，徜徉在绚烂的花园，轻笼着春光的温情，感受到生命的勃勃生机，聆听春天的赞歌，依偎在无垠的浪漫，心为之怡然，情为之激昂。在这古典与现代文明交融，传统与时尚碰撞的生命乐园，感受春天的生命脉搏，真切享用生命的真善美。

我想，老同学文才兄应深有同感吧。谢谢你的同行！

福鼎之行

三人行，必有我师。应国波兄邀请，还有凌鹤兄三人一道前往福鼎太姥山九鲤溪风景区游览。于我而言，当然是很高兴的事，有机会与二位贤兄同行，收获自不待言。二位贤兄为作家、诗人，才华横溢，在我县文学界自是翘首之才。我素以敬佩，不论写诗、写文都喜欢得到他们的金言玉语、点石成金，与他们一道出行当然充满期待。

其实欣然答应同游，对此趟行程还是懵懂的，还好连同行程计划、车票都有劳国波兄的用心准备。论理我这小弟应主动做这些工作，歉意得很，这方面我做得确实不好。只是精心创作了一幅书法作品，斗方 48cm×48cm，草书，内容为《宋刘镇吟太姥山》七律诗，心想他们会喜欢的。

十一月十六日

是日上午，我们三人准时乘车从惠安出发，黄塘动车站上高铁，经福州南转换车程，然后直往福鼎方向前行。其实福鼎这个地方，我还是比较陌生的。虽然读地质专业，福建其他地方大部分走过，恰恰闽东地区是个空白点。当然大名鼎鼎太姥山慕名已久，早从李白《梦游天姥吟留别》认知，虽然这里的太姥山乃指浙江的天姥山，但也沾了点边吧。

一切都显得新鲜而好奇，动车行驶在闽东大地上，穿山洞，越平川，跨河流。倚窗眺望，蒙蒙细雨，烟笼山岚，若隐若现。林木、池塘、屋舍、田畴……映入眼帘，一幅迷离可爱的水墨画，或苍茫雄浑，或澄明净雅，真是人在画中行。

大约下午一点，动车到了福鼎。文金兄早早开车来到车站前等候，随之接我们来到一家精致、雅洁的小餐厅用午餐。此时雨还在淅淅沥沥地下着，天气清凉，但气温与惠安差不多。文金兄乃国波兄原惠安第二中学同学，现为九鲤溪风景区旅游开发公司副总经理。其个子不高，平头，黝黑，一双犀利眼神，给人一种精明伶俐、干练爽快的感觉。

说到福鼎，惠安人是比较熟悉的，也是有许许多多情结的。20世纪90年代，惠安惠泉啤酒开始走上兴盛之路，可以说在福建一枝独秀，在全国也数名牌。为了拓展市场，扩大生产规模，率先在全国布局设厂。福鼎作为福建连接江浙一带，进而北上自然是最佳位置，同时有利于闽东市场经营，这种战略思想应该说还是有前瞻性的。惠泉福鼎啤酒厂的建设也是必然的，也因此福鼎和惠安结下了难以割舍的情缘。

简单用餐后，文金兄开车直往九鲤溪景区。小车行驶在高速公路上，群山连绵，自己感觉没有了方向感。从车行速度和稳定性，可以感觉到文金兄也是果敢之性格，做事应当是雷厉风行，还是很能体现泉港山腰一带海边人的特质。约略一个小时来到景区，“星期八酒店”醒目，也很有意思。非常遗憾的是，当我写完这篇文章，听说“星期八酒店”已是拆了，留下的只有记忆。

简单安顿之后，文金兄带我们参观“蝴蝶谷”。此时雨也渐渐停了下来，清澈的溪流平缓，四周山体连成一片，百分之百的森林覆盖率，绿的海洋，绿的世界。修长的毛竹摇曳在风中，姿态各异，显得轻盈而韧性。沿着蝴蝶谷慢行，芒草丛生，顺河谷铺就的小路延伸到山中，不同形状小卵石排列，色彩斑斓。各种形态蝴蝶描绘在大块滚石和乱石上，栩栩如生，蝴蝶谷因此得名。如潭的溪水轻漾着波光，黛墨的山体倒映水中，周边杂乱的滚石堆积着，蝴蝶谷显得安静、空灵。

沿着山坡小路拾级而上，一番阵雨过后，栈道显得有点滑，郁郁葱葱的林木横披上空，稀疏的雨点穿过树叶而下，落在脸上有点凉意。此时隐隐听到流水哗哗作响，原来瀑布就在眼前了。片刻来到观瀑亭，放眼望去，顺着山峰一条如练素带飘洒风中，瀑布从远空飞泻而下，水流打在观瀑亭前清潭上，溅起层层浪花，洁白如雪，碧蓝的潭水点缀雪花，泛起阵阵波纹，光洁的石壁温润流脂，青绿的苔草依偎着。回望夹壑，远处山体云烟轻笼，两壁灌木丛生，青翠欲滴。置身其中，静观水流，倾听来自天外之音，心自怡然，心性也自在、单纯、无拘。

回到山下，来到乌杯峡谷运动户外乐园，其乃全国最大的景观级户外培训基地，包括水上飞、浮桩桥、荡绳过河等趣味性峡谷游玩项目。我们试着玩了一两个项目，童心大发，置身于清旷的原野，陶然自乐。正当玩劲兴起，任性释怀，天公不作美，雨下得越来越大，群山雾锁，于是雨中快步回到酒店。

回到酒店，庄庆彬老板和朋友打着牌，包括老村长。看到我们来了，马上停下手中牌，沏茶闲聊。老同学国波兄偕好友从家乡远道来游，庄总自然喜出望外，其实他是在等候我们的，大家品茗间，嘘寒问暖。

庄庆彬，1963 年出生，山腰人，中等身材，形象俊朗，1982 年大专毕业分配到宁德第一医院（福安）工作，由于工作出色，很快在行业中成为翘楚。后来随着改革的春风毅然下海发展实业，凭着自己的精明、真诚、实干和智慧很快把事业发展起来，完成原始资本积累。其思想开放、与时俱进、因势利导，以敏锐的感觉率先转型投资旅游产业，选择在此号称中国扶贫第一村开发旅游项目，从零开始，艰辛创业，带来新思维、新理念，给这个老边少的贫穷山区吹来新鲜的春风，带动了这个小山村走向发展的新历程。

稍作寒暄，进入晚餐时间。公司食堂精心准备了山区特色佳肴，土鸡、竹笋、溪鱼等，美味丰盛、可口。庄总习惯性喝啤酒，虽说尚未入寒冬，但毕竟也是五十开外的人了，不容易。我感到力不从心，只能喝点葡萄酒，而国波、凌鹤二兄则擅长喝白酒。山区的夜晚阵阵生寒，第一次来到这里，天又下起小雨，我则披着带来的风衣，但见庄总好像只穿着一件衬衣，可能是习惯吧。还有凌鹤兄好像没有喝几杯很快就有了醉态，可能中午没休息的缘故吧。不多久我和国波兄把凌鹤兄送回宿舍休息。国波兄酒量大，酒风也好，继续与庄总开喝，毕竟是同学难得一聚，几十年交往尽在杯中，畅所欲言，随性无拘，情之所至。

果然，庄总确实阅历丰富，积淀丰厚，聪慧大气。座上侃侃而谈，从人生感悟、社会见识、生命现象等以哲学思辨阐述自己的认知。常年的历练，睿智而明性，沉淀而轻松，机智而幽默。看来一个男人的成功并不是随便的，其思维灵活，思路清晰，能感时而动，把握节度。

正当酒兴欲来，雨越下越大。于是大家来到公司卡拉 OK 室，准备一展歌喉，老板夫人也踊跃参加。由于大家对音响不熟悉，估计也有一段时间没有用了，工作人员检查未到位，结果音响未调好，歌也唱不成了。听说老板夫人擅长歌唱，却不能一展歌喉，展现风采，遗憾的是第二天有事到厦门，也就不能听到她的美妙歌声。

约略晚上十点大家各自回宿舍休息了。国波和凌鹤二兄住一间，照顾我独自一间。稍酌但不超量，时间也早点，于是沏了一杯红茶，推开门走向阳台，倚栏望去，山体笼罩在黑色之中，酒店灯光下，网状雨丝纷飞在空中。门前溪流淙淙，夜幕下泛起轻微水波，波光依稀可见。四周静得很，一点杂音也没有，草虫鸣声不见了，溪流声显得很纯净，飘浮在茫茫的夜空中。一个人安静地凝视着，周遭浑然一体，在这静谧的空间里，游心在空旷而清纯的世界，心也纯净，显得特别的惬意和自在，此身安处，悠然自得，心思任自优游，雅逸而淡然，自是超然也，快哉。渐渐地进入梦乡，心依偎在无垠的苍茫之中，随着梦想飘游着，真好，真难得。

之后我写下诗二首，把一日的感受以诗的形式记下。其一为《夜宿星期八》："冬雨蒙蒙竹叶青，溪游九鲤入画屏。山中做客留心趣，流水淙淙梦里听。"其二为《九鲤溪》："蒙雨浮山谷，鲤溪波浪长。清音萦白屋，太姥着蓝裳。瀑布飞天际，仙家筑竹冈。气寒醪酒暖，心近喜同觞。"

十一月十七日

清晨，海一样的竹林，青翠欲滴，随风而起波浪般欢快地舞动着。九鲤溪依然自在地缓缓地向前流去，波平浪静，天气清寒，阵阵山风从溪谷吹来。文金兄准时招呼大家，早晨拟到一家畲族农家小店用餐。驱车行驶在溪流两侧山涧水泥路，一排排纤竹簇拥着，挺拔而遒劲，摇曳在风中柔和而多姿。片刻来到赤溪村，"中国第一扶贫村"映入眼帘，金光闪闪，刻在青黑色石头上，长条形，不规则，雨水浸润，显得温润，我们集体拍照留影。此时雨越下越大，远山笼罩在云雾之中，田畴烟雨轻笼，显得朦胧可人，迷离可爱。很是震撼，我对此趟旅行逐渐有点感觉了，并生发更多的想法，对此行也充满期待。

一会儿来到农家小吃店，店主是位五十来岁的畲族妇女，她正忙碌着。农家小灶台，木柴燃烧着，火焰嗞嗞作响，几张木质八仙桌无序地排列着，淳朴的农家小店散发着泥土的味道。周围大部分畲族农家木屋已改造了，沿街上留着小部分木屋依然记忆着这里的生生息息，虽然有点破败，也能感受到这里老百姓的生活情景。很快小店特色米粉上来了，米粉汤清纯，米粉筋道可口，搭配鸡汤鲜美开胃。门外的雨突然越下越大，我们在静候中体味畲族人家的生活状态和韵味。

随着雨渐渐小些，文金兄请来赤溪村讲解员，我们一行走进赤溪展示厅。门外墙壁“中国扶贫第一村——福鼎赤溪”非常醒目，整个展厅约略200平方米，展示了地处福建闽东地区的福鼎赤溪村，从20世纪80年代作为贫困代名词，全村90%以上为贫困户如何走向脱贫，逐步走向奔小康的不寻常历程，记载和见证着党的扶贫政策工作在这里的成效。讲解员自豪而认真，娓娓道来，大家也深深地感受到党的扶贫政策功在当代、利在千秋的伟大创举，这也只有中国共产党才能做到。

1988年至1990年时任宁德地委书记习近平高度重视，曾主持召开脱贫工作会议。2015年1月，习近平对赤溪的脱贫工作作了重要批示。2016年2月19日上午，习近平总书记在人民网演播室连线福鼎市赤溪村，同村里的干部群众进行在线交流。扶贫工作是党和国家的重大举措，得到国家领导人的高度重视和全社会的广泛赞许。这种神奇般的变化，是中国扶贫工作取得成效的典范，见证了中国扶贫工作的辉煌。

听了讲解员的介绍，深有感触。在这四面环山、交通极为闭塞、资源并不占优势的小山村，人们的精神气质、思想意识在政府的引导下产生了质的变化，与城市几十年的发展差距明显地缩小了。这是多么的难得，人定胜天，首先应感激党的政策和关心，更感佩赤溪畲族人民这种勇于面对现实和困难，肯于接受新鲜事物，接受新的发展理念，坦然面对自己的不足，以发展的眼光，积极种桐引凤，改变落后的面貌。这不但是钱的问题，我想更是观念的变化、求变的思想和积极进取、滴水穿石的精神品质。

走在赤溪村街道，整洁、宽敞，各种现代文明信息广告、生活方式和手段充分展现。庄总带朋友用早餐，街道上不期而遇，于是带我们走进一家茶馆，茶馆布设、经营理念与城市差不多。电视反复地播放着习总书记连线讲话，这使赤溪发展迎来新的机遇，赤溪人们充满自信，积极迎接新的春天，我们对赤溪的发展充满信心。

紧接着文金兄开车带我们参观吴彦祖“烟笼厝”，乍听有点丈二金刚摸不着脑袋，不明白有什么新奇之处。车沿着山上泥泞路颠簸前行，两侧山体高大，偶见沿坡开垦茶果园，种植了各种果树和茶叶，稀疏的村落零星散落在山坳。大约半个小时车开到一山坳处，此处相对宽阔，沿路上下开垦茶园、菜地，路上几幢砖石木混建筑，大部分已是破旧得很，甚至荒废，往上村头一幢稍新点，好像有人居住，看上去这里本来应当是一个小村庄，住有几十人。从目前景象可以看出，大部分人家已搬走了，或进城镇，或外地打工了，门前清静得很，也没有看到什么人影，感受到空灵寂静，只有几只小鸡和母鸡优哉觅食着。

吴彦祖“烟笼厝”坐落在路下茶园边，由竹木搭建的大门紧依园边，门前泥泞路上杂乱无序的小石子散落，周边杂草丛生，沿着园埂走过，来到屋前，门关得紧紧的，落下的玻璃帘布整齐挂着，屋内看不到什么。一条溪流从门前穿过，溪流淙淙，经雨后水流湍急，河谷底无序堆积各种形态卵石，遇水激起层层浪花。溪对面枫树稀疏成片，只是气温稍高，枫叶依然翠绿，期待“霜叶红于二月花”的景象难遇，毕竟福鼎难得北方的冷寒气温。刚下一阵小雨之后，山岚静朗，微风习习，闲坐小石桌旁，静观四野，悠然自许，很是惬意。

据说“烟笼厝”乃是当地一户遗弃的旧竹屋改造而成的，买来后，经过精心设计，充分利用已有建筑材料，以现代的思维和眼光，利用传统建筑工艺，重新加工、组合而成。其流水线瓦顶，传统建筑元素，曲径回廊、柱梁式空间，典雅而精致，融入自然环境，充分体现人文思想和自然的融合。周边种了竹子，充分展示主人的精神追求和意念，代表一种士人情怀。苏东坡曾说“宁可食无肉，不可居无竹”。确实竹子对传统中国文人来说有特殊的情结和意味，吴彦祖先生把房子融入竹的元素，是有他自己的生命价值取向和考量的。

我想当你离开喧嚣的城市，安静地居住在这小房子，自在地生活着，寻求你内心的娴静和逸趣，融合在这自然、空灵的物态之中，你的生命犹是超脱、清雅，听流水纯净地歌唱着，看农家小鸡悠然自在，漫步在小茶园，轻抚洁净的茶叶、亲闻淡淡的花香，触动生命内心的是自然的韵味和鲜美。当你静静地坐在屋前看门前山岗云卷云舒，青鸟飞翔，那种心境是难以形容的安逸和愉悦。一种纯真的情感自然融入一草一木和这里的山山水水，与每个生命体和谐相处，真是温馨怡然。

回到赤溪村，恰好庄总正在协调工作，带我们来到杜家堡。这是由七座古朴典雅、恢宏大气的明清古民居组成的。坐落于文笔山下，为清式江南四合院二至三层明楼构建，坐南向北，比邻而建，相互承接，呈阶梯状。保存着杜氏文化、建筑文化、古民居文化多元素融合一体。历经四百多年的风雨侵蚀，岁月流逝，人事变迁，显得一片荒凉，杂草丛生，青苔披地，局部已有毁塌现象，整体仍然展现其辉煌的迹象，目前正在修缮之中。行走在堡里，曲径通幽，清雅娴静，端详各种构建，精巧可见工匠心。可以预期，经修缮后融入当代文化元素，打造特色旅游项目，自然可以成为一处旅游胜地。庄总边走边谈自己的设想，也许他正参与到古民居复原和打造工作的宏大计划之中。

从保存完整的古民居，可以想象当年杜家落户在赤溪是多么的兴盛和繁华，相继建成如此规模的建筑群诚非易事，必须具有相当的财力或者说具有很大规模的实体经济作保障的。现在赤溪当然处于历史最好的发展机遇，具备创业发展和宜居的大环境和条件。想象几百年前，可能这里的木材资源及水源才是保证经济发展的重要因素。

接着我们来到“星期八酒店”附近艺博园参观。据说这里是杜星垣先生的祖居地，究其实，尚难以定论，但作为一处保存尚好的大厝，开辟为工艺博览园有利于丰富景区内容，构建特色旅游点。由于景区尚处发展阶段，游客量有限，艺博园的经营处境可想而知。走进屋内，厅堂空空的，商家大部分的商品已搬走，只残存一些无价值的东西零散堆放。但从建筑构件，如粗大的梁柱、精细的雕刻品以及门匾上丰富的文字内容，可以感受到主人的文化修养或者说其对文化的重视，同样也说明其对子女教育和成长的用心。后门小门匾富有寓意的书法，内容出自《诗经》，看了之后我和凌鹤兄同时查了百度，了解其意义，虽然内容一时忘了，但从中知道主人家庭的文化内涵还是比较深厚的。国务院原秘书长杜星垣先生2002年来赤溪曾题“景美人更美，人到胜似家”。

午饭后稍歇息，我们驱车来到赤溪畲族民俗博物馆参观，整个展馆称为“凤凰居”，它是展示福鼎畲族文化的一个窗口，研究山哈刺绣，传递公益文化基地。展品丰富，特色浓郁，充分展示畲族人们在穷山恶水的发展历程，形成了富有自己文化特色的畲族文化。展品包括生活用品、生产工具等，有艳丽的服饰、多彩多姿的嫁妆、精美的生活器物和独特的乐器，琳琅满目，成为一道绚丽的风景线。这一切充分反映了畲族人们历经600年的发展史，利用自己的聪明才智创造出独特的文化，以及与汉族同胞融和发展的文化多样性；展示了畲族人民几百年的筚路蓝缕，兢兢业业，克服穷山恶水，从极度贫困发展成为奔向小康生活水平的艰辛创举；展示了畲族人民勤劳勇敢、吃苦耐劳、善思求变、融合求新的大智慧和积极的人生态度，成为中华大地上靠自力更生，从贫困走向富裕的典范。

夜幕下，一群年龄相仿的中年人围坐桌边，又是一晚的闲聊开始了。经过一天多的相处，大家也没有生疏感了，餐桌上更随性了，自然是畅所欲言，举杯相邀，天南地北无所不谈，日中所见所闻自是谈资重点。庄总酒过三巡语兴也来，我喜欢偶尔一提与他发展旅游产业有关的想法，问些当时开发初衷的思路以及如何与此结缘的。庄总当然是酒兴所至，开口侃侃而谈，深有感触。他第一个来到赤溪创办旅游公司，发展旅游产业，依托太姥山强大的影响力，率先开发九鲤溪风景区的艰辛历程。也感谢政府对贫困地区的大力扶持，也包括村干部的积极配合，如杜村长。

第一个来到这个号称中国扶贫第一村办实业，凭着个人胆识和毅力，跨出第一步落脚到这里其实也是相当不容易的。假如当初继续在房地产业持续开发，扩大经营，可能实业已是上升到更高的规模了。然而选择发展旅游业是一件长期性、公益性的，其见效慢，因此需要马拉松式体力和精神做支持和保证。庄总谈到这些依然是啤酒一杯又一杯呷在口里，看不到激动的情绪、迷茫的状态，显得平淡和从容、胸有成竹。

酒过几分，文金兄倡议到公司卡拉 OK 唱歌，大家欣然同意。夜静山深、天气清寒，迷蒙小雨下个不停，这也是最好的消遣方式了。音响经检修已是调好，大家放开歌喉尽情歌唱，这几天好像游客较少，离居民地也远，不会影响周边的休息。

文金兄精心准备了啤酒、小菜，同时弄来了笔、纸、墨。凌鹤兄晚上似乎状态不错，丝毫没有醉意。酒可助兴，我和凌鹤兄挥毫创作了几张，过后看了感觉还可以，只是不清楚有笔会的事，也没有带来印章和印泥。

在歌声中舞动笔杆，在酒兴中意气挥毫，墨香四溢。开写第一幅作品，我触景生情油然想到王维名句“行到水穷处，坐看云起时”，此时此景这句话很是贴切身在九鲤溪风景区。然而选择了上午游赤溪即兴写下的一首七绝《赤溪村》：“烟雨轻笼第一村，扶贫助力建家园。同心奋发新风尚，幸福安康谢党恩。”由衷而发我对赤溪村的真切体会。伴随着音乐的韵律，夜色渐深而浓烈。

忽然庄总兴致而来，宣布歌唱到此结束。大家也不知他葫芦里卖着什么药，只是大家很有组织性地跟着庄总走了，原来是杜村长邀请大家到他家小酌几杯。

此时已是夜深了，行走在山村小道，四周群山环抱，漆黑一片，云雾笼罩，丝丝凉意，门前九鲤溪淙淙流水声清脆而悦耳。大家都有几分醉意，步行在弯曲的村道上，伸手不见五指的夜色中，恍恍惚惚的。不一会儿来到杜村长家，门前修竹风中摇曳，不时发出咔咔响声。杜村长沿路边修建一幢四层楼住宅，一楼作为生活场所，我们几人聚集在厨房，空间不大，主人热情客气，庄总的同学朋友从泉州老远来玩，其心意可以理解。于是我们围坐餐桌，相酌而尽。杜村长不胜酒力，倒是他小女儿（公司员工）酒量尚可，热情举杯向我们敬酒。

这是一次难得聚会，此时此刻显得不一样，回家后我写下五律一首《半夜访杜村长家》：“烟雾笼荒野，溪声日夜流。远村无月色，青竹有朋俦。云路欣同步，杯醪为共酬。农家兴逸趣，此处适心游。”此夜的感觉尤为明显。

随着夜色渐深，约略午夜，带着几分醉意，步履蹒跚地回到宿舍。还好路程不长，稍歇，很快进入梦乡。

十一月十八日

清晨，窗外零星飘散着雨点，满山青翠欲滴。文金兄安排我们乘竹筏漂流，开车来到渡头，忽然雨越下越大，担心着难以成行，稍歇，天公作美，雨也渐渐小了。艄公准时而到，我们三人乘坐一张竹筏，随着艄公一声吆喝，竹筏开始顺流而行。开始一公里左右，山体逼仄，河谷较窄，但波平水静，由于这几天雨下不大，没有山洪，水流也显得平稳，不会湍急，水色湛绿，水波粼粼，山体倒映水中，清晰可见。当路过桥下，由上而下传来的音乐，清和舒缓，美丽的旋律融入自然景色，回旋天地之间，犹如自然生成的，清音悦耳，心情舒畅，随着竹筏慢悠悠前行，心境犹自旷远和超逸。仰望四周山峰，云雾缭绕，林木披翠，空灵而澄明，置身于大自然之中，仿佛是浮游在空中尘埃，显得特别的渺小，作为一个生命体体悟着无穷尽的宇宙气息，吸自然之真气，采天地之神采，滋微躯之心境，乃情之所欲。渐渐地视野开阔了，两侧岸边芦苇草一丛丛的，偶尔几只白鹭自由飞翔。左侧岸边大石头上一垂钓者静静地坐着，凝神而专注。斜倚椅子上，轻松随意，浸染在青山绿水之中，风光旖旎，远处大寨山栈道横亘在山之巅峰，云雾流动处，星星游客穿梭其中。“中国第一扶贫村”赤溪石刻下，已是停下好几部旅游车，人头攒动，簇拥的人群竞相拍照。前面现代观光农业田埂上稀疏人群穿行观赏，小量油菜花晶莹鲜亮。此时又下起了雨，竹筏正穿越弯道，溅起的水花晶莹剔透，连同雨点打在身上丝丝凉意。不知不觉已到渡头，艄公熟练地把竹筏调靠岸边，一一把我们送上岸，很有礼貌地欢迎大家再来游玩。

上岸后，来到科普教育基地，精心设计和打造的科普园，包括蝴蝶园、军营训练点、动物饲养园等，印象深刻的是模拟战争场面而设计的游戏园，引来了特别多的团体参与，这也是年轻人乐意参加的。

蝴蝶园罩在铁丝网里，各种形态、颜色的蝴蝶自在地飞来飞去，圃中种植了各种花卉，供蝴蝶采食、栖息。珍奇动物养殖园，其观赏价值大，种类也多，养殖费用也大。据庄总介绍，年花近三十万打包由专业团队来养殖，公司提供场所，这种方式也是政府目前提倡的第三方购买服务。

约略十点，文金兄驱车带我们来到霞浦渡头村参观榕枫林。汽车行驶在水泥路上，山清水秀，层峦叠嶂，林木苍翠，山花烂漫。沿途可见多处在打造休闲度假村，竹筏也是优先项目，但所见溪边多处闲散着竹筏。今天是星期天，本应是人流较多的时间点，但实际人流较少，更看不到漂流的影子，似乎经营惨淡。看来打造乡村旅游项目，生意竞争也大，充分利用本地自然条件和资源优势没有错，但如何合理有度也是需要整体布局的，这也需要更大层面的宏观规划。随着全国各地都在打造乡村旅游产业，游客的资源分布会更趋合理，这就需要产业打造更具科学性。

倒是榕枫林景点游客好像多一点。在特殊区位上，北纬 27 度生长的古榕树群，乃福建甚至全球最北的地方，遒劲苍翠，枝繁叶茂，盘根错节，其板状根系也是唯一的，不长胡须的榕树在这里怡然自乐，体现女性的温柔美。枝条上悬挂着许多红丝带飘动在风中，素有“榕树王”之雅称，列入《中国树木奇观》一书。几只水牛雄健彪悍，或卧或站，神态各异，各有所思。右边山体生长一片枫树林，青翠茂密，浅黄色的叶片点缀其中，地上大片白色冠芒草纤细，摇曳在风中，姿态百千，婀娜多姿，穿行其中，轻抚柔和而优雅。

据介绍，万株红枫林为金缕梅科香属的枫林，为中国目前面积最大，分布最南的枫香纯林，既非人种，又非鸟播风传水送，其种源和成因至今还是个谜。据说每年秋冬气寒，枫叶经霜，层林尽染，远望一大片绯云停驻，近观一团团烈焰腾空。因为此行尚属仲秋，故未能欣赏到多姿多彩、漫天飞舞的枫叶，聆听其“沙沙作响”之奇观。只有青鸟在枝丫上飞翔，清脆的歌唱悦耳动听，由是感受到自然之魅力，如诗如画的枫林景色依然烙印脑海，时而幻化出美丽的图案浮现眼前。

午饭后，继续驱车行走在美丽的闽东大地。水光山色，风物别样，这片古老和现代文明交融的闽东土地上，孕育着丰富的人文资源，也衍生了许许多多新时代的传奇故事。

大约半个小时，我们来到柏杨村。此时福鼎市党校潘其信常务副校长已是提前到了柏杨村史馆，向来自各地的参观者专业地介绍柏杨村的发展历程。

当我们行走在柏杨村打造的“水乡渔村”湖景石板路上，静静的湖水中矗立着一排排小屋，外观为红色基调，如一艘红船停泊在水中，象征着南湖精神在这里传承和发扬。石雕构筑的围墙上镌刻着中华五千年兴衰史，图案栩栩如生，厚重而深沉，线条凝练，人物惟妙惟肖，各个历史朝代精神闪光点描绘成一幅美丽的画卷展现眼前，尤为震撼。漫步在整洁而光亮的石道上，细细浏览、阅读，对中华五千年的发展历程油然生发自豪和敬佩之情。中华五千年历史凝聚着各民族伟大智慧、文化特质和精神基因，汇聚成滚滚洪流流淌在中华大地上，滋养着各民族人民的情怀，各个历史时代的英雄人物、时代才俊像一朵朵美丽的浪花飞扬在这条历史长河。

很快我们来到村史展示馆，红色的外观，二层混凝土结构，坐落在湖边，门前安置入党誓词，红色字样雕刻在白色花岗岩石板上，醒目大方。走进展馆，潘副校长热情洋溢，声情并茂地给我们介绍了柏杨村如何充分发挥党支部的战斗堡垒作用，党员先锋模范作用，团结全体村民，以现代发展的眼光着手布局，抓住发展机遇，与时俱进，因地制宜，找出一条适宜本村发展的道路。这从金山农耕文化园规划图、工业小区规划图以及核电服务区规划图等，可以感受到柏杨村的发展是以科学为依据的。他们充分利用核电服务区的社会功能，明确指导思想，调整发展思路，整合本地资源，做好长远规划发展路线图，取得翻天覆地的变化，给老百姓带来福祉，造福一方，令人钦佩。

我们走出展示馆，依偎石栏，眺望远方，翠绿的山体显得宁静而悠远。眼前湖光清澈，微波轻漾，一艘红船正从这里启航，向着远方出发，带着希望和期许，砥砺前行。

当我们走出大门，准备离开柏杨村时，恰遇老村书记路过。潘校长热情招呼，并向他介绍下午村史馆参观团情况。村书记听了心花怒放，毕竟经过多年的未雨绸缪，用心经营，一个现代版农村展现眼前。从原本非常落后的贫困山村，通过艰苦创业，励精图治，走上脱贫致富，特别是人们的自信心提高了，发展理念改变了，精神面貌焕然一新，这一过程真是经历了凤凰涅槃，是需要付出极大的努力和辛劳的。目前的景象老书记当然是高兴在心头的，我们也可以感受到。

根据行程安排，晚上住在福鼎市内，于是我们驱车向千年古刹昭明寺出发。半小时行程，汽车盘旋在通往昭明寺的山岭上。此时又下起小雨，山体周遭沉雾笼罩，伸手只见流动的云雾穿行指间，不到十米的视线，更谈不上眺望福鼎整个城区。汽车小心翼翼地攀爬着，还好过往车辆很少。

十五分钟左右，我们来到昭明寺。千年古刹，庄重典雅，古朴雄浑，书香郁郁，整个大门正面镶嵌着大大小小十几块牌匾，黑底黄字，以行草书为主。“昭明古刹”由当代书法名家赵朴初先生题写，行书，端严隽永，大小错落有致。大门联“相遇须向机前鉴，已到方知格外玄”，行书，清劲古厚，让人喜欢。

千年昭明寺位于福鼎城西三四公里的鳌峰山顶，建于南朝大通元年（527）。相传为昭明太子萧统所建，明嘉靖十三年（1534）重修。寺内供释迦牟尼佛舍利一粒，迎自斯里兰卡，为镇寺之宝。“昭明夕照”乃桐城八景之一，可惜天不作美，不能领略到此美景。

昭明太子萧统，南朝梁宗室大臣，文学家，梁武帝萧衍长子，梁简文帝萧刚、梁元帝萧绎长兄，天监元年（502）十一月，册封太子，举止大方，爱好佛学，这也是其倾心之处。看来这可能受其父亲梁武帝萧衍影响较大，梁武帝长文学、善音律、精书法、重佛学、轻帝业，深研禅理，三番入佛寺修行，我在《读中国书法发展史诗吟三十名理论批评家——萧衍》诗：“自古帝王有几家，倾心社稷喜袈裟。艺文禅理皆精善，逐意书评入望赊。”没有把帝业思维传递给长子，恰恰把文艺才情遗传给他。

走进寺内，肃穆庄严，烟雾轻笼，天下着小雨，感到凉意侵人。首先来到六面砖塔，潘校长兴致勃勃地介绍了塔的前身和机缘，从其专注的眼神，富有表情的介绍，可以感受到潘校长对佛学也是钟情的，也很有研究，起码是一位虔诚的信佛者。

接着潘校长带我们来到方丈工作室，时任住持界空法师，俗名林金文，福建省佛教协会副秘书长，可见昭明寺在福建佛教界的影响和地位。界空法师端严慈祥，双目炯炯有神折射出生命的光彩和佛性。他热情地向我们介绍了寺的过去、现在以及未来发展设想。听说是来自泉州三位俗家弟子，又是书法家，欣然邀请我们当场写字。初次进入佛门要地，作为俗家弟子还是有点畏惧的，小心翼翼，但又不能拒绝，只见笔筒上都是笔锋径足有3厘米的毛笔，我也不好意思多问了，稍事镇定，逐步放下思想包袱，提起笔来，蘸满金粉，在白色的宣纸上写下“佛海无边”四个字，字径40厘米左右，总体感觉安静、厚重，虽然毛笔、金粉都是第一次使用，但不失所望。紧接着凌鹤兄也挥毫泼墨，创作一幅作品。

临行界空法师与我们合影留念，并送我们每人一本有他题字的笔记本和一串过炉佛珠。我很珍惜此趟昭明之行，至今回味无穷。写到这里我忽然想到唐朝素有小杜之称诗人杜牧的《江南春》：“千里莺啼绿映红，水村山郭酒旗风。南朝四百八十寺，多少楼台烟雨中。”漫步在昭明寺，切身体悟其佛性，感触良深，油然吟出七绝一首，以志昭明之行。《昭明寺》：“雾锁鳌峰寺界清，登临拜谒佛心生。禅风道雨凡身净，古刹钟声世路明。”据了解，整个福鼎境内有三百多座的寺庙，看来福鼎也是一个很有灵性和佛缘的地方。

十一月十九日

早晨漫步在市区街道，清净无嘈杂之感，用完特色小吃，驱车来到资国寺。古寺大门恢宏大气，各种雕刻精致细腻，两幅腾龙图案，气势雄伟，横空出世，尤为醒目。门前一对狮子气魄非凡，神情气镇。闽东千年古刹，福鼎市六大寺之一，建于唐咸通元年（860），为唐冠庄庞叶兄弟所建，历经多次修复，目前规制宏大，唐井、宋泉、宋代法堂基石等构件依然保存寺内，千年铁树、清代柏树等枝繁叶茂，陈列池栏上，古雅秀美，还有历代高僧题吟，记载着千年古寺兴衰史。沿着大门进去，漫步其中，古色古香，回廊曲径，静静地感受别有一番情趣。

随之我们来到城区河边散步，一座宝鼎矗立广场上。随性地行走在河道上，清风徐来，溪流平静宽阔，澄碧而清澈，山体、高层建筑倒影水中，显得亮丽清秀。河堤石雕墙镌刻着福鼎历史风物和大事，栩栩如生，内容丰富、情景感人。站在鼎前，似乎告诫人们“一言九鼎”，人不能言而无信，同样自然想到“福鼎”这个名，也许代表着此地方人们的承诺，蕴含着这个城市的精神特质。

行走在此充满诗意和佛性的山水之中，我依依不舍，这是一趟富有感觉的山水之行，颇有收获。感激庄总和文金兄的热情款待，感谢国波兄携我同行，这真是一趟曼妙的旅行，留给生命的不是简单的山水之行，烙印在记忆深处的是情谊和缘分，留下了的是思绪和浪漫的情怀。

我为有这样的乡贤而骄傲，感动他有开拓精神、拓荒情怀，把自己的生命与社会责任融为一体。古之君子“齐家治国平天下”，做企业更应思考社会良知。庄总率先步入这充满不平坦的道路，方向未测的前景，带动了一方人主动改变观念，开创新业，其情也浓，其格更高，其生命价值融入这片神奇的土地上，其生命意义不可估量。

动车行驶在云水之间，踏上回家的路，如梦的行程，悠然惬意。

利用出差闲暇，用一天的时间写完这篇文章初稿，已是下半夜两点了。推开窗户，深沪湾涛声阵阵，徐徐海风吹拂着，眼前施琅将军雕像静静地矗立在沙滩上，遥望着海峡烟波，任时光流逝，风雨侵袭，依然坚毅如初。

2019 年 4 月 14 日于晋江龙湖海韵酒店

山高人为峰

——五一节走进涂岭前欧采风随感

五一节之前，张庆辉校长打电话给我，前欧村目前各项事业蒸蒸日上，村“两委”认识到文化的软实力作用，坚持发展为硬道理的同时，应加强村文化阵地建设。首先是把村几十年发展史作了阶段性总结，目前这方面工作有序开展着，总结、回顾、采集历史发展经验，收集整理整个发展过程中的文字资料，拟编辑村史资料成书。同时希望村文化建设方面找到切入点，挖掘村的文化资源和人文资料，总结各种文化渊源包括宗教信仰、宗族发展、人文形成，等等，以及滋养这片土地人们的文化素质，继承和传扬前人的优良传统。请我组织涂岭籍诗人来村采风，期待为前欧村几十年发展史留下一些诗篇，记下村发展的履痕，为后人更好地学习和传承留下一笔珍贵的文化财产。我听了很高兴并欣然答应，感到这是一个很好的举措，加大软实力建设，推动文化建设与其他社会事业同步发展，为村可持续发展奠定坚实基础。同时抓好村的精神文明建设，歌颂真善美，真是功在当代，利在千秋。

昨晚才打印成文《福鼎之行》，这是我去年十一月游览福鼎，参观了“中国扶贫第一村”赤溪和贫困村柏杨村展示馆的体会。我深深感受到这两个村在党和政府的高度重视下，村党组织发挥关键作用，党支部彰显了战斗堡垒作用，党员体现了先锋模范作用。他们肯于思考，主动融入社会发展潮流，积极调整思路，换位思考，能以新的思维、角度看问题。以发展的眼光，积极面对自己的不足，敢于把自己缺点晒出来，从而找出落后的结症和解决问题的办法。经过十几年的发展，旧貌换新颜，带领一方群众走向致富道路，改变了群众的精神面貌，重塑了群众的信心和精神气质，成为全国脱贫致富的典范。正因为有了此趟行程和感受，对这次走进前欧村采风活动充满期待，也是形成这篇文章的原因之一。

5 月 1 日上午，天气阴沉，天空偶尔飘起雨花，我们一行六人从惠安出发，驱车来到前欧村。村“两委”高度重视，专门邀请了包括小坝村、樟脚村支部书记以及前欧村“两委”、老协会同志参与座谈会。会上出文彬书记全面、详细地介绍了前欧村历经几十年的摸索和实践的经验，发扬艰苦创业、励精图治的精神。围绕建设社会主义新农村的历史使命，挖掘本地资源，理清发展思路，做好规划布局，筹谋远景目标。从引进项目、村容整治、宣传工作、基层组织建设和基础设施投入等，从硬件到软件建设都有序地推进，同时积极争取得到上级政府的支持和帮助。经过十几年的大力发展，一个崭新的社会主义新农村展现在人们的眼前。村容变了，村路也宽敞了。环境改变了，生活更有秩序了。绿化卫生都逐步标准化，人们群众精神面貌更阳光了，自信心也提高了。物质和精神生活丰富多彩，对未来新生活有了更高的期待和憧憬。前欧村从一个贫困村发展成为泉港区的“明星村”，全区社会治理网格化管理的样板村。正在努力打造的“前欧模式”在全区具有标杆性作用，像一颗美丽的星星，闪耀在泉港的天空上。

若说前欧村的基础条件、资源优势并不是最好的。改革开放以来，村“两委”不断地寻找着符合自身发展的模式和思路，萤火虫式的闪耀并不能真正形成大片光芒照亮这片土地。过去虽然做了大量的尝试和努力，依然没有从根本上改变这里的面貌，未能带领群众走出脱贫的窘境。因为发展滞后，致富无力，缺乏收入渠道，部分群众曾经以卖血换取收入，解决家庭经济拮据，助力改善居住环境，解决子女读书费用等，“卖血村”这个名字也因此传开了。其实据我所知，20 世纪八九十年代涂岭卖血的人还是不少的，听到这个名字我心里总是酸酸的。

如果从区位优势来说，前欧村位于福厦路边，交通便捷，接收外来信息也快，发展机会还是有的，但它还是滞后了。分析其原因是多方面的，比如基层组织建设问题。如何形成一个有战斗力的党支部，还有作为支部领头人也是相当关键的。还有思路问题，其实思路决定发展方向，发展成效。再有是奉献精神。我们已经看到许多发展快的地方，都有一个热心于为群众排忧解难，一心为群众着想的支部。还要求干部有肯于吃亏的思想准备，群众工作无小事，需要付出许许多多的艰辛和努力。

前欧村委会大楼，清洁、明亮、布局合理。党员活动室基层党组织各种制度完善，分工明确，由此自然会让人感受到，这是一个富有精气神、具有凝聚力和战斗力、勇于创新、充满活力和气魄的支部。事实也如此，近几年前欧村能有如此发展速度，整个村貌焕然一新，在泉港农村发展中树立了一面旗帜。这面旗帜就是前欧村支部，它发挥了引领作用，凝聚了集体的智慧和力量，富有亲和力和奉献精神，充分展现支部的创新精神。其目标明确，思路清晰，正确领会上级精神和政策，脚踏实地，结合本村特点把每一项工作落实到位，有计划有步骤地推动工作的实施和落实。

简单地介绍了村情村史，文彬书记及相关同志带我们参观了前欧村。首先我们来到乌石宫，坐落于距离福厦公路150公里的狮山下，始建于宋嘉祐二年（1057），已有九百多年历史，供奉着妈祖娘娘和顺天圣母黑面妈祖，与湄洲湾妈祖庙如出一辙，具有丰富的文化内涵。据说其在台湾的香火还是很旺的，有许多地方建设乌石宫，每年都有不少台湾香客来这里上香。看到墙上展示的规划图，作为乡村旅游发展的一部分，乌石宫已被列入村重点发展的一个点。

坐落于福厦路西侧的前欧村广场，白色石板材铺就，规整大气，视野通透，各种景观树沿四周布置，靠南侧园圃种植了一棵榕树，郁郁葱葱，枝繁叶茂，展现出强盛的生命力。四周各种规则的花圃开满了鲜花，各种标有社会主义核心价值观的支架有序安置在不同角落。西边园圃亭台小阁，花团锦簇，弯弯曲曲的小溪流水潺湲，四个小片区各有主题，有民俗的，有婚姻的。西南交界处一片古民居，既有传统闽南建筑砖混也有后期石条砌成的石屋，这些充分体现了新的时代气象和古典气息相互交融。

当夜色降临，月亮从狮山升起，皎洁的月光洒在广场上，柔和而空旷。四周各种不同颜色的灯光相映成趣。人们经过一天的劳动，晚饭后，漫步在中庭，静静地感受夜色之美，或者相约几位同伴放着音乐，在这空旷的广场上轻歌曼舞，放松情绪，一天的疲惫烟消云散。难得的广场给村民带来无限的快乐和情趣，确实是实实在在地为老百姓办实事。

当我们走进高铁建设拆迁安置区，路边石头上镌刻“前欧新村”，红色醒目。

一切都显得新鲜、不一样，干净、规整是给我的最大印象。行走在小区感到清新、自然，无嘈杂之感。红色瓦顶像一朵朵鲜花绽放空中，远处观望，如绯云浮游，伴随着人们的思绪，富有动态。配套“口袋公园”绿树成荫，一套完整健身器材科学安置，项目齐全。房屋四周菜圃、花园打理得简洁，几棵龙眼树下围砌的小花圃很是别致，龙眼树干显得青劲，看样子也就十年左右树龄吧，结合周边环境感觉合适爽然，倘若在龙眼树下添置小椅或是小桌，烈日下，无事闲倚，闭着眼睛，任思绪飞翔，聆听小鸟歌唱，轻闻杂草花香，我想一定是很惬意的。此时真有点“小浦闻鱼跃，横林待鹤归”，那一定是很悠然的，生命融合在这清雅、无忧的自然景致，自是萧散无拘，心随云游。

漫步在村前宽阔的水泥路上，路下稻田青苗绿油油，层层梯田不同规则镶嵌着。远山起伏不定，连绵不断，犹如一条绿色丝带飘忽在空中。红星水库山坡上几座高楼拔地而起，直冲云霄，飘逸俊美。两三群白鹭不同角度飞翔在天空，姿态各异。三三两两妇女在田间专注地劳作。田园诗意般的家园融入时代气息，显得多彩多姿，魅力无穷，同行的诗友快捷地捕捉着难得的镜头。

紧接着我们来到老人活动中心参观，位于村中部，周边整片旧屋重新规划改造之中，显得有点凌乱。沿着水泥路走来，一幢三层砖混结构红楼伫立眼前，其设施完备，功能齐全，旁边配有“门球场”。参观后，我感触良深，一个村级“老人之家”建得如此规范、独立，不亚于城市甚至超过了城市，这里的老年人真是很幸福啊！

忽然“前欧出氏祖厝”展现眼前，坐落于老协会西侧。走进祖厝，右墙壁上“前欧出氏祖厝复建记”碑刻清晰可见。燕山出氏四房四、九世祖从滔公受请来前欧私塾教书，其学识渊博、认真做事、与善为邻、敦厚朴实、诚恳做人，得到当地群众的喜欢和认可。据说是一位“钱”姓老人家，家业殷实，看到从滔公的为人处世，把自己的家业馈赠给他。从此从滔公携妻挈幼在此落户定居，成为一名耕读人家，率先示范，诗礼传家，树德立人。其长子汝宪公、出一騆和曾孙述甫公、出希尧先后中了举人，一门双举人，传为佳话，并分别在浙江乐清和河南孟津任县知事，荣耀族门。这在封建社会是非常难得的，书香门第，给这个村带来莫大荣耀，也激励了农家莘莘学子勤敏好学，积极上进。他们一方为官，廉洁奉公，勤政爱民，深受赞许。他们任知县的两个地方都是人杰地灵、物华天宝，具有深厚的文化积淀，人文素养都是很高的，他们胜任这个地方的工作，也说明各自的能力、品性和才学达到相当的高度。出一駉任职乐清，以修志为己任，为乐清留下地方史志，成为后人研究一方历史的重要史料，至今还在传说。

站在祖厝天井下，遥望天空，思绪万千，曾经有多少的风华和荣耀从这里开始。从滔公开辟一片新天地，山川毓秀，为燕山出氏开基惠北培养了第一个举人，其对周围以及出氏家族产生了积极影响。出氏家族素来重教兴文，注重子女教育，形成良好的学习氛围。根据族谱记载，自七世祖以后就培养了大批处士、庠生。之后燕山出氏家族 12 世、13 世走向辉煌、人才辈出，共出了一名进士、五个举人，都是任职知县以上，特别是出科联荣取解元，联捷进士，钦点翰林庶吉士，特授检讨，誉为一代名儒，诗文为时贤所重，乃惠北的骄傲。真是书香门第，文脉流长。油然想到 2018 年泉州中考状元出云芊即出生在前欧村，正是风华正茂、书生意气，这也许就是家风的传承吧，期待这种精神发扬光大。触景生情，赋诗一首《走进出氏前欧祖厝》：“燕山处士善为邻，耕读怡心不染尘。诗礼秉承修品行，辞章潜学出文人。公孙乡试皆荣禄，浙豫县知同达臣。擅美状元巾帼志，家风焕彩喜传薪。”

可以感受到，整个前欧村的人文资源丰富，文化积淀深厚，具有重教兴业的优良传统。自从湖南人来这里开基，以烧瓦、瓯为业，也是充分利用南宋时期这里交通便利，海上贸易兴盛的有利条件发展实业。经历大几百年，不同地方的人们陆续移居置业，包括中华人民共和国成立后建设水库的移民。这里是多元文化元素的融合，具有很强的包容性，形成了这个地方的人爱拼敢赢、吃苦耐劳，不断求新求变，主动融入时代洪流，以敏锐的思维，发展的眼光，捕捉发展机遇，创造一片新天地。他们善于吸纳外来文化，西尾池青山宫即蕴藉着这样的思维。他们具有博大宽容的情怀，我国台湾建有不少乌石宫，即是从这里分化出去的。同时也蕴藉着大义和担当的气质，在多个水库建设时期，接纳库区移民，在困难时期展现出为国家分忧，同甘共苦，自力更生的劳动者本色。这里的土地滋养着具有很强的传承性和可塑性的文化特质和精神品质。

由于时间关系，围绕前欧村的人文资源、社会事业、历史渊薮等，这仅只是冰山一角。培文中学的进驻，各类企业的落地，红星产业园的兴起，未来新镇区的建设等宏伟蓝图展现在人们的眼前。他们踌躇满志、斗志高昂、信心满满，按照描绘好的蓝图一步一个脚印地实施，前欧村正行走在发展的康庄大道上。我们有理由相信，在党和政府的领导下，在村党支部的坚强有力推动下，前欧村人民聚精会神、团结同心、众志成城，前欧村前进的道路是繁花似锦，让人们充满期许和远景，前欧村的未来更加美丽。这些方面从出文彬书记坚定的眼神和富有激情的讲话中可以感受到，对此我们充满信心。由此谨赋诗一首以志采风的粗浅感受，《走进涂岭前欧村》：“曾经积弱不堪言，远近闻名贫困村。落后心思期一变，超前愿景赶三番。春风沐浴千山绿，秋雨荣滋百姓敦。众志成城同创业，小康新路共金樽。”

祝福前欧村百尺竿头，更上一层楼！

2019 年 5 月 4 日

（入编《前欧村志》）

燕山寺的思绪

近段时间，寓居鹭岛，赋闲在家，日无所事，案边《历代辞赋鉴赏辞典》、笔墨砚纸成为生活中不可或缺的一部分。日优游于阅读、书写的生活状态，徜徉于千年辞赋晦涩而繁缛的文辞，体悟古人的生命情态和律动；信笔挥洒着流动的线条，笔端流淌着生命的情趣和意韵，任由窗外车水马龙，来去匆匆。时而阵阵清风，时而幽幽雀语，时而微微馨香，悠然自得，渐渐地喜欢上这种寂静、自我的状态。放逐着无拘的心性，思绪随性地漫游在闲适、从容，淡淡如丝的烟霞伴随轻盈的步履，世俗的琐碎和嘈杂历经微风细雨的洗练，清新而通透。心依偎在空灵、散逸的时光，世事悄然忘却，渐也为世所淡忘在缥缈的记忆，无由的纷扰因之释然，简静而平和，心之所快，性之所欲。

然而此间“燕山寺”三个字时常萦绕在记忆的诗弦，烙印在儿时的梦想如放电影似的，催发自己回想着许多曾经的美好、天真和纯粹，幽栖的物象孕育成一幅幅精彩的水墨图画展现眼前，每每独自流连，任由感知。

燕山寺位于烟墩山（或烟道山、烟倒山，现称燕山）山峰颈部断崖处，形如太师椅的雅座。其背靠大山体，乃戴云山脉余脉，气脉流长，古为烽火点，故而乃区域的制高点。其岩壁陡峭，植被茂盛，烟霞缭绕，鸟语花香。这里是火山岩地区，凝灰岩地貌，岩体裂隙发育，常年风雨、阳光、流水等侵蚀风化，外加其他动力源作用，大片岩体塌落无序堆积，形成了一个天然洞穴，小时候家乡人称之“仙公洞”，简称“仙洞”。

仙公洞坐北向南，南北通透，视野开阔，周遭群山连绵，峰峦起伏，山清水秀。东面可以瞭望到东海，烟霞海雾，破晓晨曦，一轮红彤彤的太阳从海面徐徐升起，霞光万丈。炼油厂烟囱直冲云霄，闪闪火点如星星飘动夜空。南面正对着大林山、观音山、大雾山，巍峨雄壮，山廓峻峭，林壑优美，如若一道天然画屏，色彩斑斓，矗立眼前。西接照船山，与仙游园庄相拥，成为两地分水岭。

记得读小学四年级时，学校组织了一次野炊活动，地点仙公洞。这下可把大家乐坏了，这可不是平时组织田间劳动，又怕日晒，又怕虫咬，而是实践技能的活动，不但可以游山玩水，还可以带好吃的东西到野外自己煮。家里也特别支持，妈妈也帮着准备，担心带出去吃不饱。

仙公洞虽然位于村背后大山上三公里左右，毕竟年纪尚小，未曾去过。但仙公洞是从小耳熟的地方，也是家乡的一个出名景点。其周围有芦朴村果林场、村大浪尾养殖场，还开垦了大片田园。在农业经济为主导年代，每一亩土地都很宝贵，村民尽最大努力把分布于不同山体的田园种植各种不同的植物，包括粮食、经济作物，时而播种早晚稻谷，时而种植花生、甘薯，还有甘蔗，部分山坡园地种植茶叶等。芦朴村林场紧邻仙公洞，规模较大。中华人民共和国成立后政府分配这周围山体归属他们管理和利用，主要种植茶叶，管理山林和饲养牛羊等。大繁荣阶段有十几号人马驻场参与劳动，芦朴村离这里有十几公里远，大部分人都住宿林场，这片山体显得很热闹，有人气。每到秋收冬藏季节，他们组织村民准时上山刈草伐薪。

我们村中一群小孩经常到这片山上拾柴、放牧、田间劳动，但真正到仙公洞游玩可是第一次，对这次野炊活动格外珍惜。大家很认真准备，拿出家里最好的，其实那个年代也就是白米外加一点腌肉、酸菜之类的，部分同学直接带来熟品。来到仙公洞，有的同学忙于拾柴、打水、架石灶，准备着煮饭；有的同学攀爬到大洞顶四处观望；有的同学钻到洞里捉迷藏。丰富多彩的野炊活动给大家带来乐趣，也给童年留下深刻而美好的记忆。

毕竟已是四十几年过去了，记忆也渐而模糊了，但当遇闲适之时，还是不由自主地回想曾经的快乐和流连。生命不可重复，人生的履痕就像写书法的线条不可重描，每个时间节点都成为生命线的重要组成部分，这些音符奏响生命的华章，优美而铿锵。七年前的一个上午于办公室随性记下当时的记忆，《燕山仙公洞》之一：“石室生灵气，烟墩伴九仙。满山扶绿林，圆砾吐青莲。挹得林间露，乘来海上船。优游天地外，依旧我心虔。”《燕山仙公洞》之二：“四十年前乐一游，野炊薪火享珍馐。云烟萦绕童心趣，仙迹依稀梦里留。”

几十年后重游仙公洞，那是丁酉暮春，平山寺照元师父前往燕山寺参观并考察发展可能性，我应邀和学范陪同。是日春光骀荡，清风习习，莺歌燕舞，几朵白云闲游着。我们驱车从惠安出发，车停洪厝坑十八弯路旁，路下溪流淙淙，沿着重新整修的土路向山上跻登。山路两侧种满了速生林和李树，青翠茂盛，李树枝头挂满一簇簇青果，尚不能食用。少量桃树鲜花绽放着，姿态万千，彩蝶纷飞。沿坡草丛各种鲜花点缀，鲜艳无比，几只小鸟自在地飞翔。约略三十分钟经过芦朴林场，群犬争吠，林荫下一群鸡鸭优哉觅食着。随之来到了仙公洞。

仙公洞（燕山寺）目前规制基本保留20世纪90年代重修后面貌，门前茶园不复存在，显得空阔清朗，增添了香炉，梵音缭绕。其时年久失修，破败严重，进香者遂少，香火渐稀。先族贤仲发叔召集村中热心人士，发动群众募捐，有力出力，有钱出钱，重新修整。他起早摸黑，为了工程质量，每天从山下爬山上来，不辞劳苦，亲自督管。修缮好的燕山寺渐渐地香火旺盛，远近香客慕名进香者不绝。其间，寺内管理等事宜主要由出振文伯负责。他虽已近古稀，仍然风雨无阻，其诚心可鉴。印象深刻的是西坡一棵红杉生机勃勃，特别珍贵，庆幸得以保存下来，其生命年轮起码有几十年，它是燕山寺兴衰的见证者。虽然它不会说话，但对这里的一草一木、一花一叶都有深切的体悟和感受。眼前的燕山寺宛如一座民间平屋，门前护架四根石柱安稳支撑着顺岩壁增建的大殿，外观二层结构，门面大气端庄，飞檐燕翼，红色琉瓦，闽南建筑风格。上层屋檐镶嵌一块青色辉绿岩，镌刻“九真观”三个大字，端稳朴厚。一层檐间正中间嵌有“别有洞天”的匾额，切景幽思，蕴藉着道家法道自然思想。门楣“燕山寺”引人注目，大门门柱石刻对联“巨石洞天仙雅会，燕山古地客清游”，对仗工整、合律，展现仙人聚居地，云衣霓裳，气象万千，切合意境。据传说，东南角有一块天然形成的大石，石面宽阔，成天然桌面，为九位仙公盘坐开神仙会的地方。从联中看可能是后期增补上的。

走进大门，迎面即是大殿，奉祀“九仙公”，左手侧生活房间，还有圆梦厅，仙公运梦是一大特色，如有机会还是可以尝试一回。洞体面积不大，形体不规则，曲径通幽，顶板岩盘高低错落，行走其中须小心翼翼。二层檐间天窗阳光隐隐约约，给隐晦而昏暗的洞内多了几分神秘感。

参观了洞内，虔诚地奉上一束清香。然后顺着洞外石级登上洞顶。几十平方米岩面，由四五块不同形状镶嵌而成，东面紧靠洞边几棵朴籽树遒劲挺拔，郁郁葱葱，枝梢挂满朴籽果。据说朴籽果采来晾晒，经腌制即可食用，很多尼姑和尚都有吃朴籽果的习惯。我顺便摘下几颗，放在口中咀嚼，初苦涩转而生甘，禅意油然而生。

站在洞顶，放眼环视，晴空万里，层峦叠翠。蒙古族出氏居住地横溪、洪厝坑两个自然村坐落在照船山下，或白或灰或红，一幢幢别墅般房屋错落有致，一道道炊烟摇曳在空中，偶尔吆喝声随着白云飘洒在林间，依稀可见行人漫步在村路上，一切显得平和自在。油然喟叹：出氏五世祖光育公独具慧眼，幸得神助。历经苦难，放眼未来。开基吉地，重兴祖业。瓜瓞连绵，人才辈出。以坚毅而果敢，忍耐而包容，积善成德，涅槃重生，源远流长，开创了一片新天地。回到家里写下《丁酉春陪平山寺照元师访燕山寺》："深林斜日照，相约寺中行。荒径桃花放，阳坡朴籽盈。孤峰群岭出，古洞九仙盟。寻迹思奇遇，尘心烟水情。"

根据福建古驿道发展变迁情况，在宋元以后，由于经济发展较快，大量造桥修路，福建古驿道快速向水陆交际处推移，涂岭古驿道正是这个时期开始形成的，由此也带来了明清的繁荣期。在更早的时间段，福建古驿道主要是盘山而行。惠安段是否从仙游进入秀溪天马山，然后沿大岭山体穿过燕山，进入洛江马甲直至泉州，我了解不大清楚。但燕山寺前山陵横亘这条古驿道，小时候称之"大道"，宽有一米左右，铺有不同规则的石块。历时已久，路面已是大部分破坏，但路的基本形态可见。这也说明这条路作为古早时期应是很重要的，影响着很多人的生活。唐代著名诗人罗隐来泉，曾住秀溪，为云门寺题字，现保留有其读书处和垂钓处，著名诗句"小溪养不了大鱼"就出自这里，蕴含哲理。

古时烟墩山（燕山）周围散居很多不同姓氏山民，大岭、打珠角、大浪尾、桂花下尚有许多人类活动痕迹，留下许多生活生产构件，中华人民共和国成立后整合搬迁到相对平缓集约居住。我们蒙古族算是比较晚才来到的，之前如洪厝坑即"洪"氏人家居住，甘蔗园则是"甘丞相"人家居住，顾名思义，应该是官宦人家，但目前没有看到留下什么可以考证的构件，湮没在历史烟云之中。

由此可以说仙公洞可能更早时间源于生活在这里的人们奉祀“九鲤仙祖”，即信奉“九仙公”。明以后蒙古族出氏开基洪厝坑，人丁兴旺，各项事业不断发展。于是开始重视教育、文化等，主动融入汉族大文化圈，吸收其优秀的文化元素，丰富和发展蒙古族文化特色。特别是儒道释成为本民族吸收的重要思想精华，推动了本民族思想的建构和发展，丰富了本民族的精神内涵，从而融入社会洪流，成为一支独立而又融合的特色民族。于是开始积极参与仙公洞建设和管理，并命名为燕山寺，赋予仙公洞新的信仰内容和文化情愫。

坐落于风光旖旎之处的燕山寺，是蒙古族出氏崛起于洪厝坑后修建的，为纪念先祖来自北疆燕山，同时把位于出氏聚居地的烟墩山改为“燕山”，并以“燕山”为洪厝坑蒙古族出氏丁号。赋予蒙古族出氏怀古思乡的情怀，承载着每个人浓浓的追远情意，绵绵的山脉演绎成出氏传承和发展的意蕴，燕山自此孕育着别具特色的生命情趣，这些成为蒙古族出氏的精神寄托。

燕山寺与出氏家庙、翰林第、出氏丁号等共同组成体系，成为蒙古族出氏的文化符号，以及历史渊源的记忆和积淀。其丰厚的文化素质和殷殷血液铸就民族的特质和灵魂，蕴藉着每个生命体曾经的沧桑和荣光，体现了出氏子民的精神象征和生命托喻，凝聚和团结着每个人迎接灿烂的阳光，启航在波澜壮阔的旅程，走向辉煌的未来。

梦依然延续，优雅的云彩伴随无拘的年轮，清澈的石泉温润浪漫的诗性，阳光轻吻木棉树的春夏秋冬，生命生生不息。

庚子的小满，多雨的季节，蕴含多情的思绪。窗外淅淅沥沥，叩问烟霞轻笼的情致，把你带向温和而欢愉的诗意。

2020 年庚子小满

（刊登 2020 年 7 月 25 日《澳洲新报·新文苑》第 958—959 期、《岷州文学》2020 年秋总第 55 期，入选海峡文艺出版社《惠风著韵——惠安籍作家优秀散文选》）

难忘的家乡味道

当你到了一定年龄或当你老了，无论身处何方，荣华富贵也罢，抑或普通百姓也好，自然会产生对家乡的怀旧之情，总是对家乡的风物以及逸闻趣事津津乐道。家乡的味道沁人心脾，让人眷恋和牵挂，也充满着诗意和浪漫。

家乡的味道，丰盈而庞杂。生活在山区，天然拥有丰沛的食品来源。山上门前果实，有野生的也有种植的，如龙眼性温味甘，野生石榴籽多耐嚼，杨梅酸甜生津，余甘初食酸涩后转甜，生柿甘涩，还有路边、田埂、山坡上各种无名的杂果，星罗棋布，信手摘来即可食用，甘苦不一，酸辣异同。肉类更是数不胜数，家中、溪里、田间、树上和山上的，跑的、飞的、爬的，样样皆有。如蛇肉鲜美、田螺嚼劲、羊肉腥膻、溪虾清甜，等等，还有众多家禽，皆是美味佳肴。真是千种万样，营养不同，口感不一，哺育着一代又一代的人们。

如果要你说出如此丰足的食物中留下印象最深刻的是什么，我会脱口而出是羊肉。小时候每年立冬夜吃羊肉在记忆里烙印深刻，至今难以忘怀。过节吃羊肉成为一种渴望，营造出节日的氛围，充满着快乐和幸福感，也渐渐成为村里的风俗。

羊肉与我们出氏人家似乎有天然的情结，大家喜爱有加。虽然其羊膻味浓，有的女性同胞比较忌讳。但煮熟后的羊肉气味醇厚、细嫩和甘、鲜美可口，大部分人比较喜欢，这也许与我们宗族基因有关吧。

草原蒙古族素以羊为食、以羊为伴、以羊为生，养育着一代又一代彪悍勇猛、豪迈爽朗、热情好客的蒙古人。“天苍苍，野茫茫，风吹草低见牛羊”，辽阔无垠，蓝天白云、水草丰美的自然环境滋养着他们的生命因子，悠扬沉郁的歌声浸润他们的生命情怀。

出氏人家乃蒙古族人。朝代更替，明太祖朱元璋新政，草原英雄、元鲁国王、太师木华黎后裔元太尉纳哈出次子佛家奴福州屯田御寇，出氏不归公。为纪念先祖来自北疆草原，取其父纳哈出“出”字为姓，从而隐姓埋名南下并安居于泉港后龙上狮，后逐步西迁，直至五世祖光育公开基洪厝坑，进行艰苦卓绝的创业，天意眷顾，福运连绵，终于在此扎根，重新走上兴盛之路。一颗流浪的心找到生命的栖息地，生命平添更多的希冀和期许。于是兴庠序，置宗祠，行礼教，主动融入中原优秀的文化传统，从而人丁兴旺，文风昌盛。新的支脉不断繁衍，分布在燕山周遭不同山体上，发芽生根，呈现枝繁叶茂，深深融入这片钟灵毓秀的山区。

以蒙古族文化为传承基因的出氏人家，滋养于这片沃土，吮吸其乳汁，健康而顺畅地成长，既保存了草原民族的性格特质，又吸收了大量的汉文化精华，丰盈自己的内心世界，构筑富有特色的海滨蒙古人。

14 世祖显夫公率先开基甘蔗园，随之三哥、五哥迁入，兄弟三人同甘共苦，励精图治，餐风宿露，开拓进取，诗礼传家，开创一片新天地。瓜瓞绵绵，弥昌弥炽，安居乐业，和和美美。

中华人民共和国成立后，开始社会主义新农村建设。实施农业合作化阶段，村里即利用山后大林尾“尼姑庵”改造为饲养场，作为村发展副业经济基地。改造后的饲养场为单排式，坐东北向西南，墙体由山石砌成，共有四间，西面两间为管理人员生活区，东面两间为猪羊圈。这样村里每年立冬都会组织人员宰羊分发或者直接把毛羊分给村民自己宰杀，分配量按人口数为标准。

到了 20 世纪 60 年代，随着村经济的发展，逐渐有很多村民利用工余饲养放养黑山羊，一般三五头一群，个别饲养多一些。这其实是给村民松绑，让大家可以利用自己的闲暇发展一点个体经济，靠勤劳增加家庭收入，改善家庭生活。另外，燃烧后的羊粪作为农业肥料上交集体，还可以记工分，何乐而不为？真是一举两得，发挥了每个人的积极性和创造财富的能力。

我父亲考虑到子女多，家庭困难，便充分利用家中子女多的优势，饲养比人家多一些，发挥小孩放羊作用，又不影响集体劳动。这样每年立冬或者春节自家就可以宰杀一只，一方面补充集体分配量少问题，另外可以分赠一点给亲戚。母亲善理家务，立冬夜总是炖了一大陶罐，全家大小高高兴兴吃一顿，其他炒熟包装起来，平时食用。

20 世纪 60 年代，家中小孩一个个长大，居住逼仄。父母开始着手申请宅基地，准备建筑石料，大部分石板、石柱由涂岭西垄村运至山下小坝溪边，然后请村民或亲戚帮助扛到山上，从山下到山上一天只能来回四趟，一条条石板长五六米，宽四十余厘米，石柱更是粗壮，花岗岩石材其重量是可以想象的。终于在村中较早矗立一幢石头房，那是何等的艰辛！这真要感谢那些曾经为此付出辛苦劳动的乡邻、亲戚朋友。

当时整体经济是非常困难的。人们很淳朴，左邻右舍相互帮忙都是义务的，但需要安排伙食，这样立冬日或春节留下的羊肉就发挥作用了。

村里炖羊肉都比较简单，一般是先把生羊肉洗净切块，再放到大锅炒一下，然后放到专用陶罐加入清水慢炖。个别人家尝试放点生姜之类调味，但效果不好，有人认为会破坏其营养成分。陶罐从枫亭集镇买来的，大小不一，根据家中人口而定。我们家中的陶罐特大，呈葫芦状，中间大，两头稍小点，最大直径三十余厘米，高有四十余厘米。立冬日下午 3 点左右开始准备，先在灶台边或户外墙边用杂石块垒造简易小灶，然后把装满清水和羊肉的陶罐放在上面，下面用松木块燃烧，松木块富含油脂易燃，火力较大，陶罐易热。记得小时候经常被指派照看炖罐，添柴护火，先大火烧开，然后文火慢慢炖，防止羊肉汤外溢或小狗乱跑撞倒造成损失。

立冬夜每家每户都吃羊肉，大家都比较重视。父亲好像很少管家务事，照样忙他的田间活，管好牲畜。倒是三哥对家务更熟练，炖羊肉的事通常由他负责，我做帮手。

晚上开饭时间，母亲总是把罐中浮在上面的乳白色油打捞到一个专用的小盆，冷却后，羊油成块。平时我们不得食用，是专门留给我父亲拌面或咸稀饭用的，据说这样增加油质，起到润胃、护胃作用。记得父亲经常打长嗝，可能肠胃不畅，小时候不懂事，直至父亲 60 余岁患高血压轻微中风，经治疗转好，后自制草药降压，导致胃大出血而去世，才懂得父亲胃不好。

立冬日分羊、宰羊、吃羊肉成为村中一道风景，也渐渐成为村里的习俗，大家都当成重要节日看待。秋收冬藏，冬天来临补补暖气，羊肉还是比较适宜的。养精蓄锐，盼望一个安宁的冬天，迎接春暖花开。

村里持续几十年的分配羊肉福利，直至分田到户，集体经济各种财产能分则分，不能分则拍卖。羊场也不例外，除了羊场固定资产不能处理，因为离村太远，其他包括几十只羊全部分给村民。

记得20世纪80年代初，由家兄老三和村民细求共同承包羊场，这也是村资产拍卖最后两年。每年向村里缴纳一定数量的毛重羊，其余由承包者亏盈自负、多劳多得。两位年轻人发扬艰苦创业、同心协力、吃苦耐劳的精神，除了饲养一大群的羊，同时利用羊场周边田园地种植大量的甘蔗。应当说两年时间取得大丰收，除了应缴村里任务数，个人分余数量可观。那个时期，家庭收入非常有限，母亲病重，父亲年老，三哥承包分余给家庭赢得很大经济补充，从而在父亲领导下，兄弟雄心壮志，鼓足干劲，把父亲手上未完成的丁字廊后五开间连同二楼以及门埕挡土墙建造完成。大楼十余房间，稍坐东北向西南，空间通透，坐落于村头很是显眼，值得骄傲，令人羡慕。三哥踏实做人，认真做事，责任心强的优秀品质令我感动。

三哥和村民细求承包羊场时，我正读高中，空闲经常上羊场帮忙。场里经常会宰杀小羊或羊羔，三哥都会让我去一饱口福，特别是小羊羔肉质细嫩，采用炒后再焖，吃起来清香可口，有入口即化之感，印象深刻。三哥胃肠不好，曾经十二指肠溃疡治疗一段时间，只因从小缺乏营养所致，自从承包羊场经常吃羊肉，疾病也自然好了。

两年承包期到了，羊场也散了。除了上缴村里份额，家中还分得几只。父亲因势利导，精心管理，最后又发展了十几只，这样每逢立冬依然有羊肉可吃，保持了好几年。之后随着兄弟成家自立门户，这段时间我到外地学习工作，对立冬过节也渐渐淡忘了。

20世纪90年代初我调回惠安工作，后来与老四合作做点生意，两人商量立冬宰羊补冬，一拍即合。于是每年都会到老家邻村搜罗品质较好的放养黑山羊，家兄老三负责宰杀，兄弟每人分一份，共享其成。直到老四病后，这件事交由小弟民祥负责，后来侄子秦信长大了，也乐于此事，积极配合。十几年来立冬宰羊补冬成为常态，他们都很尽责，成为一种家风。

由于山体植被茂盛，放养黑山羊也不好养了，原本就珍稀的放养黑山羊已是越来越少了。自然物以稀为贵，吃到好品种放养黑山羊更难了，小弟会利用时间四处调查，尽量争取买到比较好的。虽然量不多，但作为一种家族保持下来的好风气，能起到融合感情，增进合作，增强凝聚力，体现同甘共苦、有福同享的骨肉亲情，这也是家族团结的载体。

每年立冬，内人都比较重视。虽然她自己不大喜欢羊肉，考虑到我对吃羊肉的兴趣，除了家族分得一份，总是另外到市场买一些好的羊肉保鲜着，让我平时食用。随着年龄增长，吃羊肉的量已不如从前了，但吃羊肉这种情怀依然存在。

每年农历十月二十九日乃蒙古族出氏五世祖光育公开基地洪厝坑普度日。己亥十月二十八日午，族贤侄惠川设全羊宴，邀来亲朋好友会聚一堂，共享佳肴，佐以佳酿，美不胜收。于是逸兴遄飞，浪漫无拘，心性依偎在辽远的思绪，聆听一曲曲缠绵的乡音。辽阔草原的全羊宴以及少小立冬日村里宰羊、吃羊肉一幕幕快乐情景映入眼帘，从而找到童年的味道。性情所至，即兴诗一首以志。《己亥十月二十八走进蒙古村洪厝坑》："冬日暖融融，燕山气势雄。松林留倩影，溪水上清风。薯色田园艳，稻香岁月丰。年年情性在，杯酒乐无穷。"

立冬后，出氏人家吃羊肉成为一种风气，其实吃的是一种味道，这是家乡的味道，这种挥之不去的味道蕴藉着深深的生命情愫，成为生命的一种记忆，也就是乡愁吧，烙印在生命的履痕深刻而隽永。

家乡人吃羊肉的习俗，是一种传承，更是一种情态，一种思绪，寄托着对来自塞北草原文化的挚爱和源远流长血脉的眷念。过好立冬日成为村民的期待，涌动的情绪如同一首草原牧歌悠扬沉郁。我油然想到草原青青的牧草，白云飘动的蓝天，一群小白羊优哉地觅食，时而仰望天空，时而专注聆听大地的清音。自然对曾经游荡在草原的远祖充满想象，他们骑着骏马，手持羊鞭，自在地奔驰在无垠的草地，一颗自由的心依偎在浪漫的云彩，片片彩霞蔚为壮观，轻轻地抚慰着沧桑的脸庞。月光轻笼的蒙古毡房宁静而旷远，门前依偎着的小狗是忠实朋友，马头琴声传递着不老的传奇，数不清的星星记忆着曾经的思念和传说，纯粹而静穆。

远祖木华黎出身蒙古札剌儿氏，生于斡难河（今鄂嫩河）东，据说出生时白气充满营房，有神巫见而异之，曰“此非常也”。果其然，长大后以沉毅多智、雄勇善战著称，成为大蒙古国名将、开国功臣，被铁木真誉为“犹车之有辕，身之有臂”。元太祖元年（1206）被封为征金大元帅、太师、国王，赐九斿白纛，代铁木真施行恩威。他忠心耿耿，精心经略中原，把中原汉文化精髓输向燕北，为圣祖开疆拓土注入新鲜血液。元英宗追赠木华黎为体仁开国辅世佐命功臣、太师，开府仪同三司、上柱国、鲁国王，谥号“忠武”。明太祖取古今功臣三十七人配享历代帝王庙，其中就有木华黎。清顺治（1644—1661）初年，木华黎的塑像被请到太庙中，成为四十一位陪臣之一，与历代帝王共享皇家祭祀。其裔孙秉承忠义家风，辅助世祖忽必烈成就元朝伟业，股肱之力，世代为将，忠贞辅佐，一门英烈，德昭天下。朱元璋建政，有感于此，依然重用先祖元太尉纳哈出，封为海西侯。由此想到多年前写的一首新诗《生命的情怀——兼忆远祖木华黎》：

啊！我的生命
你从远方走来
骏马的嘶鸣声撕破宁静的夜空
冒雨雪，踏泥沙，涉溪河，越峰岭
风餐露宿，筚路蓝缕
圣祖：太行以北，朕自行略；太行以南，卿其勉之
肩负至高荣耀
“九斿白纛”更是一种责任
真挚的情怀
拥抱中原文化的精髓
刚毅的意志
开拓时代新标
你是时代的骄子
你从草原走到海边
走到山里

历史的年轮记忆着每一刻灿烂
忠诚，是你的本性
实在，是你的品格
执着，是你的特点
追求，是你永远不懈的脚步
因为有你坚定的眼神
生命充满着期许和想象
你的足迹留下纵横轴线
你的生命孕育着信念
你的生命依旧延续着——照船山下

昨晚澳大利亚昆士兰大学读博的女儿视频通话，告诉她妈第二天带到实验室的午餐为羊肉。澳大利亚时为冬季，吃点羊肉补暖是对的。据了解到了澳大利亚之后小两口儿还是经常吃羊肉的，心想小孩对羊肉还是喜欢的。看来吃羊肉的家风影响到小孩了，这恐怕是基因吧，蕴含着天然的生命情致。

秋天到了，冬天也不远了。对这个冬天依然充满期待，具有中和温性的羊肉一定会给这个冬天带来暖意，那温醇甘香的味道，那蕴含独特的生命思绪在传承和期许中漫向又一个满园春色，诗意盎然。

2020 年 8 月 26 日上午

（刊登《武夷》2020 年第 5、6 期合刊，《厦门文艺》2021 年第 3 期）

花岗岩的灵性

——游福鼎太姥山随记

小时候经常听到大人批评或评价一个人说："花岗岩的脑袋"，其意形容一个人迟钝、不灵活，也即对周边事物敏感性差些，这说明花岗岩自身具有这种特性才被人们赋予这种"贬义"。确实，花岗岩坚硬、致密的内质，经过风吹日晒，千锤百炼，各种形态都有，如圆的、椭圆的、方形的等，展现出敦厚、朴实的外观，可能因此给人们这种印象吧。我却不以为然，我所感受到的花岗岩，具有伟岸、坚毅的生命特性，这也是我所喜欢的。

花岗岩属于酸性岩浆岩中的侵入岩，中粗粒结构，块状构造，主要矿物质为石英、钾长石和酸性斜长石，次要矿物质为黑云母、角闪石等。作为大陆的标志性岩石，花岗岩构成大陆上部地壳的基础。其结构致密、颗粒胶结，历经几亿年地壳运动和大自然各种动力源作用，保持特有的坚质和硬性，形成自己的姿态和神采，表现出应有的品行和风格。

花岗岩自身的特性，决定了其对人类社会的发展发挥积极的作用。自从有人类活动以来，包括先民居住的洞穴以及后来营筑的各种房舍、桥梁、防御城堡等，人类的生产、生活都离不开花岗岩，这是由其本质决定的。我很喜欢其展现出的生命价值，虽然给人的印象是朴素的，却是实在、具体的，没有半点儿玄乎和浮夸。

其实，花岗岩除了朴实和博厚的一面，其内心蕴藉着丰盈的生命情愫，表现出与人类通感的慧性，这是我从这次福鼎太姥山之行体悟到的。景区花岗岩经过自然力量的雕琢，展现给人们栩栩如生、活灵活现的景象。涵天地之灵气，化神灵之气象，众仙班列，龟蛇涌动，鼓瑟喧天，草木争荣，真是仙家胜地，万物生灵，呼风唤雨，云气渺邈，灵光耀眼。

2020年10月19日晨，我偕内人乘着旅游车盘旋在蜿蜒的山道来到景区。首先映入眼帘的是《十八罗汉赶斋图》，但见峰顶十八罗汉神态自若，衣袂飘逸，健步如飞地赶向白云寺用斋，给这座灵山平添佛性和神秘感。山之静，物之慧，心之善，油然陶怀。

紧接左侧山峰由一大一小圆石镶嵌着，状如夫妻相拥，名为“夫妻石”，温柔含情，颇让游客动心。我更喜欢将它命名为“母子峰”，左侧小圆石更像幼子依偎在母亲怀里，母爱温存而博大，更符合自然天性，也体现了母爱的宽容和伟大，给这座山孕育着更多的感动和情致。

沿着木栈道前行，红杉林葱茏阴郁，路边杂草丛生、乱花点缀，秋日的早晨清凉而惬意。忽然，一个“葫芦”依偎路旁，“葫芦”具有“福禄”之谐音象征，乃为招财纳福吉祥物。这让人心生疑问，这“葫芦”是否铁拐李从东海云游于此醉而忘带了？由此想到福鼎境内寺庙众多，香火旺盛，看来此地乃仙人喜游之地。

当我们来到太姥之心位置，心怦然而动。这里山形陡峭，四面环山，林木扶疏，青翠欲滴，各种红楠、古杉挺拔遒劲，一块形似心脏的圆石静静地躺着，一条条藤蔓、树根如血管缠绕着心房，向心室输送着血液，涵养着生命，我们仿佛走进了太姥娘娘的内心深处，感受到生命的真切和律动。

顺着石级向上攀爬，行至峰腰，仰首眺望，迎客峰正热情向我们招手。但见前方一座山峰像五指并拢的仙人掌摆动着，欢迎着四方来客。右侧一对老翁对弈着，目神专注，怡然自得。左侧放眼望去，峰间一根笔直仙杖耸立着，直向云霄，不知哪位高仙策杖云游，飘然而去，留下仙杖纪念。

继续攀行，真是异彩纷呈，如龟蛇相会，妙趣横生，惟妙惟肖。金龟露出头部仰视长空，不可一世之感；银蛇仰首面对，“咝咝”发响，超然物象，相以感知。穿行在危岩累累、参差错落、曲径迂回的石径上，站在一块圆浑的岩壁上，对面突兀的岩石俨然一位头戴金盔、身披银甲的将军岿然屹立，凝视东海，酷似厦门鼓浪屿的郑成功雕塑，保护着东海海域人们的安全。

步移景异，景随意成，天然的雕琢幻化成各种生命意态。对面一幅“金猫扑鼠”跃然眼前，笔直的石峰上相顾而生，大者如猫，蹲身欲纵，凝神蓄势，小者如鼠，见势灵机一动，逃过一劫。

稍歇，来到仙人锯板前。巨石被锯成三块平行排列的石板，长约 10 米，岩体上留有明显的斑痕，第三块还可以看到墨斗线痕。顺着岩壁走过，平板似的岩面镌刻着一幅书法作品，我特意走近端详，其内容为：“太姥无俗石，个个似神工。随人意所识，万象在胸中。上天有溶洞，入地多幽窿。胜景无穷致，游人思来重。”落款：长汀陈廷桢，民国廿七年巡视区政便道而题。虽诗律欠工，但寓意切景。读罢，忽然一只兔子从树丛间探出脑袋，竖起耳朵，眼睛转动不停，似乎静静地聆听着东海阵阵涛声。

拾级而上，赵朴初先生题写的“太姥胜景”跃然眼前。右侧一块巨大石嶂如电视屏幕，正在播放着太姥娘娘的故事和太姥山的沧海桑田。转个弯，来到了峰间“云标亭”。六根石柱挺拔，柱上刻有“万壑烟霞生袖底，千峰岚气绕襟前”，依偎在巨石镶嵌的山间，幽静而安然。

随之沿着蓝溪洞石缝而下，时而侧身，时而俯首，穿过玲珑别致的石洞。石洞长约 50 米，曲折错落。若是春夏或遇雨，则岩壁泉流渗出，汇成小流傍着洞道，低吟徘徊着流入蓝溪。

紧接着是国内最窄的一线天，考验着你的智慧和胆量。60 米高的一线天，最窄仅20厘米左右，折射而下的太阳光感依稀可见，夹悬上端的滚石摇摇欲坠。穿行在如此逼仄的空间，让人在一种如此规矩中体现人的能动性，感受什么是“夹缝中生存”。

走出幽曲的石洞、涧道，豁然开朗，清光万里，仰面看去一块“金龟爬壁”巨石矗立在对面山坡上。此处乃太姥娘娘升天石，传说太姥娘娘于农历七月初七从这里羽化升天。在升天石下方，有一只金龟正从下往上爬着，其爪痕依然存在，可见人物通性。

循着蜿蜒石径，灌木丛生，松风侵怀，片刻来到太姥圣殿前，稍歇，品太姥山原生福鼎白茶。几棵笔直的柳杉丰致，静静矗立着，左侧巨大岩嶂镌刻着鸿雪洞丹井龙泉泡千年仙茶故事。“绿雪茶”“大白茶”味甘甜，性寒凉，色香俱全，据说英国女皇独好。左侧一片瓦禅寺依石壁而建，典雅而精致，乃太姥山胜境之核心，始建于明朝万历甲辰年。大门联为隶书，内容是“尧封汉赐名尊太姥，海印潮音福地迦山”。来到大雄铜殿，它全由铜铸而成，悬空在山崖岩壁上。倚栏凭眺，群山连绵，薄雾轻笼，日光映照下，青坡绿野，波光灿灿。

慢行于洞罅，徜徉在松涛云气之中，来到了南天门，观看观音莲座。但见两峰夹峙的山谷，两扇峭立的岩壁徐徐拉开了天幕，眼前幽深而邈远，森森然云气蒸腾。天门边那座山峰形似云头顶的莲花端坐在莲花座上，称为观音莲座。倘若东海大片云雾升腾，连成一片，犹如佛祖观音腾云驾雾从海上巡游于此。

正当大家小心翼翼地行走在绝壁小径，忽然听到猩猩嚎叫着，循声望去，原来是一群猩猩正下着山，可能碰到可摘果实，呼叫同伴共享。坐落于东侧岩石上的猩猩群像形态逼真、五官清晰。紧邻猩猩下山右侧山峰还有沙弥拜月，一位形似和尚身披袈裟，双手合十于山峰上，默默地祈祷着，给这片山川带来了禅意和宁静。

如上所见，真乃比比皆是，不胜枚举，充满着趣味和灵性。优游其中，感受到生命的丰盈和生动，这是一个天然的动物世界，是人和自然世界的高度融合和互动。漫步其中，时而流水淙淙，野鹿饮水蓝溪；时而林叶摇曳，松鼠腾跃其间；时而群猴戏逐，惊鸟飞鸣；时而仙人炼丹，火光映空；时而仙子捧书，静坐云标亭下。清净自然，松风萧瑟，云雾出岫，泉声幽咽。远望东海茫茫，波光点点，云蒸霞蔚，山海连绵；近看峰崖陡立，古寺绝壁，青林翠竹，轻烟缭绕。云谷间暮鼓晨钟声，悠然空邈。列仙起舞，百兽欢歌，仙家胜地，披星戴月。掬天风之浥露，酿清醇之甘酒，举杯畅饮，感自然之超妙，浑然梦境，天地幽旷。瞬间又是沧海浮霞光，曦照漫山谷。

以太姥山风景区为核心地带的太姥山，相传尧时老母种蓝于山中，逢道士羽化仙去，故名“太母”，后称“太姥”。传说东海诸仙常年会聚于此，故有“海上仙都”之誉。山体主要由中生代火山岩、花岗岩构成，以石奇、洞异、峰险、雾多著称。以花岗岩为主要山岳地貌，在自然风化和地壳运动作用下生成各种富有生命意蕴的奇石、奇峰和奇洞，历经几百万年的自然打造，生成了万千奇态，各种不同的形态阐释了不同时境的特性，丰富了这座山的生命内涵，塑造其特有的品格和内质。以花岗岩为主导构筑的太姥山儒道释多元文化元素融合，让我们从不同侧面理解朴素表象蕴藉的更为丰富的生命质素和力量，与天地人的共融，形成富有禅性的生命，矗立于天地之间，陶染着自然的超妙意境，悟化为天地人一体，生命的灵性高度的融合和统一。

我不禁遐想：假如有人称我“花岗岩的脑袋”，我会感到自豪和发自内心的愉悦。从中我也感受到，看待事物一定要透过表象看内质，不能简单和表象化，就像花岗岩被贬义的智性是有失偏颇的。

在这金钱和浮躁的社会里，有许多人看问题和认识一个人更多是从个人感觉和问题的表象判断，而缺乏对事物内质的探究和研判，这就造成了一个社会人心的浮躁和焦虑，从而使那些只注重个体虚幻的表演、没有真才实学的人博得认可和接受，反而对那些不善表演、脚踏实地、追求内质修为的人造成伤害，如同花岗岩遭到贬义的命运。

当然随着传统文化的回归，人们继承和学习传统的自觉，社会风气的清正，这种现象将逐渐消弭，对此我还是充满信心的。

2020 年 11 月 12 日

（刊登《泉州文学》2021 年第 4 期，《崇武文学》2020 年合刊总第 47—48 期）

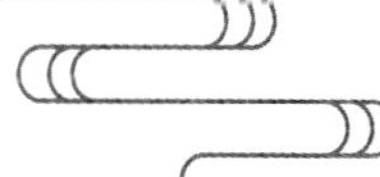

笔砚记思

笔会札记

岁次丙戌春日，杏月下浣，周六，晌午，风和日丽，气候宜人。应潮乐村张汉辉书记、“瑞芳鱼卷”总经理钱瑞芳邀请，在海天大酒店庆祝“瑞芳鱼卷”荣膺三项国家级称号暨新春笔会活动。参加活动的有惠安县书法家协会何栋桂、何路鸿、出武祥、陈启明、何文忠，惠安县志办主任林凌鹤，惠安县政协委员、作家蒋维新及其他人士（书法爱好者）。活动在祥和、热烈的气氛中进行。

午宴，品尝瑞芳鱼卷，清香可口，甜淡相宜，细嚼松脆，佐以红酒，品味极佳。初以为干白葡萄酒，不甚在意，每举杯尽饮。然几杯之后，方觉不妙，酒劲逐显，细察方知乃是进口佳酿红酒、掺和香茶，遂慎饮之。席间，张汉辉书记（全国人大代表）满怀激情，畅谈社会主义新农村文化建设、企业文化与经济，瑞芳鱼卷如何适应市场经济竞争创品牌、求发展。钱瑞芳总经理叙述自己是如何利用本地资源优势，整合人才，创建品牌历程以及获得三项国家荣誉称号之感想，并就今后如何塑造企业形象，加大企业文化建设展望设想。不经意间，逾一时辰，离席倚窗，任凭习习海风扑面，甚是惬意，“崇武古城”四字映入眼帘，城门古韵犹存。窗下车水马龙，商业街上熙熙攘攘，霓虹灯光闪烁多姿。遥望海面一片黛墨，港湾里一排排渔船静静歇候，显得安然、恬适。思绪油然而生，海韵、古城、惠女服饰等孕育着丰富的人文思想，真是物华天宝、人杰地灵。

改革开放以来，崇武迎来真正的春天，社会、经济、文化、教育、卫生等事业蓬勃发展。全国著名黄金海岸线，南方“北戴河”成为引以为傲的称号。崇武注定是时代的骄儿，是成功的象征，是人们向往的地方。我们赞叹崇武从一贫如洗发展为全国明星镇的艰苦历程和超前的意识，更是展望崇武有着美好前景。因为我们看到有潮乐村张汉辉这样具有时代弄潮儿气魄的基层书记和“瑞芳”这样的新生企业的崛起。

一阵阵鼓掌声，打断了梦一般的思绪，只见何栋桂同志正挥毫着，翰墨飘香，其乐融融，性情之至，撰书对联：“崇武怀古韵，潮乐唱新声”，以赠瑞芳鱼卷。

补记于 2007 年 3 月 8 日

心灵旅途

掬着泥土芬芳，踏上求学旅途，一望无际，带着几多憧憬，心境无限。

那是1976年一个夏夜，星光寂寥，月儿刚从东方升起，山野一片黛墨，灰蒙蒙天空中飘来几朵白云，自由自在，无遮无避。一家人习惯性搬来两条凳子，一张小桌，于门前小埕共用晚餐，伴随夜虫唧唧鸣响，享受着天伦之乐。晚餐之后，暑气渐消，妈妈开始收拾残羹碗筷，爸爸习惯地拿来那支老旧的烟斗，点燃烟丝，一口一口吸着。之后眉梢舒展，一天劳累疲意似消，呵呵一声，打开闸口，四兄弟一妹专注聆听着爸爸关于邻村学堂杜上书法的感怀，感叹自己因为家穷负累，无法上学，徒羡学堂多种字体书法，既有隶书、行书，又有楷书、篆书，既飘逸又静穆，引来了乡邻青少年兴趣和学习，据说这些书法作品是民国时期由惠安一中一位书法老师应亲戚邀请才予帮忙书写的，充分体现山区村民对知识的渴望。

之后，“书法”二字在我脑海烙下深刻印象，思绪油然而生，思索什么叫书法，难以理喻，初步理解是写字事儿，不知不觉幻想着把字写好，然而山区小学哪来书法老师，更谈不上授受“书法”之意。从哪里学起呢？于是自个儿跑到镇上新华书店，买来一本柳公权楷书字帖按照笔画顺序临摹。大概学了一个月之后，小学毕业考试，写字事儿也搁了。尽管是普及初中教育，但因祖辈读书不多，数位堂兄、亲兄“文革”前都读过初中，只因“文革”所以辍学，然后安分守己耕作几亩农田，默默守候着小家园，不敢越雷池半步，无奈地接受着命运安排，在很有限的空间生生息息，无端耗尽青春，度过平淡而艰辛的一生。我庆幸自己遵记先辈教诲，学业勤勉，也有幸遇到恢复高考这一录取机会。

光阴没有虚度，几分耕作几分收获，1983年考上福建地质学校。然而无巧不成书，校长王西萍乃地下党员，也是书法家，二王书帖写得端庄、雅美，由是重新勾勒起我对书法的浮想，因此再一次拿来字帖和笔墨砚纸，继续学习写字。这一年也是全国书法全面复兴阶段，全国“文汇杯”等书法大赛相继举办，书法热掀起。河南书协书法教育应运而生，最先开办书法函授教育，我参加了函授学习，开始认识到什么是执笔、笔法、宣纸、墨砚等，还有古典文学、书法历史、装裱艺术等与书法相关的知识，书法视野拓宽了，学习书法兴趣一发不可收拾。同时激发我对古典诗词的兴趣，唐诗宋词每每独自诵读。

然而由于毕业后从事野外地质工作，流动性较大，又一次将书法学习耽搁了，其间偶与南平地区书协副主席黄光辉先生往来，从中学了不少东西。

直至调到惠安档案馆，所从事档案工作与书法稍有联系，让我重新萌生学习书法热情，书法成为个人业余雅好。此时我开始加强技法、理论等学习，同时向著名书法家王乃钦老师学习，从而深入接触书法，比较系统地钻研和学习，同时放眼域外，非常羡慕曾翔先生取得骄人成绩（两次全国中青展获一等奖），其书法意态轻盈，线条厚重，篆刻个人风格凸现，具超时代意识。羡慕之余报名参加其函授学习，把自己临写字帖寄予指导，曾翔老师不吝赐教，逐一批改同时指出学习思路和个人优缺点。2006 年 8 月福建省著名书法家李木教先生（中国书协草书创作委员会委员、评委）莅临惠安指导书法学习、创作，针对我的作品提出不少看法，对我以自作诗创作书法作品表示肯定。其指导意见一针见血，我获益匪浅。2006 年元旦，泉州几位书友前往福州画院拜访李木教先生，畅谈之余，木教先生拿出十余幅其近期精心创作的大幅草书和小行书让大家欣赏学习。感慨书法何其难成，也真正感触到为什么木教先生青年时期在上海举办书法展览，并得当代许多著名书法家包括沙孟海、谢稚柳等的赏识和青睐。其大字草书气势恢宏、郁勃，小行书精致、雅妍，令人赏心悦目，悟性之外传统功力真正助其成功啊。

相形之下自己的差距即术欠精、志未坚、心难静，乃学书之大忌也。有志不在年高，余届四十而不惑，然业尚未就，暗自思忖着如何加强传统技法训练、文化修养、品格铸就等，希冀早日登上书法之神圣殿堂。

艺无止境，“路漫漫其修远兮，吾将上下而求索”。

丁亥春正月十七夜深酒酣，心畅之余，由衷感怀并予志之。

问渠那得清如许，为有源头活水来

——《惠安书法》付梓感言

第二十九届北京奥运会从会徽中国印·舞动的北京、汉简笔法北京·2008以及开幕式卷轴、四大发明、文房四宝、舞蹈家泼墨，无不充盈着中国传统文化元素——书法。作为中华文化之核心，书法在第二十九届北京奥运会得以淋漓尽致展现，充分展现书法在中华传统文化的历史积淀和文脉承传。第二十九届奥运会以书法展现中华文明历史的奇特和新颖，书法依托第二十九届奥运会展现其应有的风采和魅力，书法从未享受到如此至高的推崇。两千多年来，书法首次得以最佳形式闪亮登场，即便唐太宗李世民钟爱书法，极力宣传王羲之书法，也仅限个位书家罢了。这是书法人的骄傲，更是书法艺术自身存在的历史价值，充分展示书法涵藉的历史厚重，承载历史的文脉和中华民族的精神和灵魂。

“文以载道。”党的十七大提出，建立社会主义和谐社会，促进社会可持续发展，必须加强社会主义文化建设，繁荣文化，提高公民文化素质，依托深厚历史传承和积淀，促进社会主义各项事业大发展及中华民族的伟大复兴。书法艺术乃中华传统文化重要组成部分，是文化建设不可或缺的，在繁荣社会主义文化中起到重要作用。书法艺术在文化建设中蕴含巨大的潜在能量，必须得到充分挖掘和发展。书法是中华民族的文化瑰宝，是人类文明的重要财富。这朵中华文化之奇葩，迎来新的发展机遇和挑战，充满着历史发展的期许。

笔墨当随时代，书法的发展要紧跟历史发展的步伐。作为县级书协要与时俱进，认清形势，抓住机遇，坚持发展，认真贯彻“双百”方针和“二为”方向；坚持文化服务大众，服务基层，服务本县社会经济事业发展的理念。因此要努力构筑服务平台，壮大书协队伍，提高综合素质，培养书法新人，普及书法教育，不断创作具有现代气息的书法精品、力作，力争德艺双馨。

这是新时期社会对书协、书协会员以及书法爱好者提出的新要求，也是书协更好发展的源泉和力量，是书法展现魅力的保证。

“问渠那得清如许，为有源头活水来。”书协要更好服务社会、服务大众，最根本是提高书协会员的综合素质，不但要有高超的创作技能，更要有服务于社会的责任和义务，同时要有高尚的品性和操守。“腹有诗书气自华”，书法人要认真学习，陶冶情操，修身养性，加强经典书法学习，吸收现代艺术元素，努力旁涉文学、美术、体育、戏剧、建筑等诸多艺术生命，从生活中提炼，反映生活，歌颂生命，增强社会责任感，积极参与社会主义建设。加强内在修养，提高服务能力，实现书法人更潇洒、更精神、更有品位的人生。书法人立足现实，历史就有了更充分的基础。

正是基于以上认识，县书协广泛协商，多方努力，认真筹办，《惠安书法》得以付梓。创办该报，期待其成为书协会员、书法爱好者及广大书法朋友沟通、交流、学习的平台；期待更多的书法家及爱好者得以展现风采和魅力；期待涌现许许多多的书法名家和新星；期待扎根在惠安这块文化沃土上茁壮成长；期待成为书家心性融合的港湾；期待……

当然不能辜负这个时代对书法及书法人的期待，希冀书法这朵奇葩绽放在绚丽的春天更加光彩夺目。

书法因春天而美丽。

2008 年 9 月 15 日

（刊登《惠安书法》发刊语，2008 年 9 月）

书法，快乐的港湾

追求快乐的生活，让心性轻轻憩息，是许多人期待的目标，但得到快乐的方式可能是多种多样的，不过根本一点应该是要能达到保持轻松心态，淡泊心境，优雅无虑。

记得先哲说：一个人如果能保持平静的心境，就能够没有烦恼，因而你的生活就很快乐。

《菜根谭》语："水不波则自定，鉴不翳则自明，故心无可清，去其混之者而清自现；乐不必寻，去其苦之者而乐自有。"

这些都说明人只有排除心中的烦恼，那么快乐也自然呈现了。

然而要保持没有烦恼，追寻快乐，并非物质丰富、名利双收等可为，没有烦恼需要在一种闲适、雅逸、清远的近自然状态方可修成。"意随无事适，风逐自然清"，如此清雅之境随之而至，烦恼去之。

书法，虽小技也，然由技进乎道，其乃人之性情、品质、意志、修身诸多方面体现，书法之所以乃中华传统文化之核心，也正是其如上之特质使然。

自古以来学习书法可以陶冶情操，修身养性，追求禅意，净化心灵。人们总希冀通过学习书法来调整个人的心态，使之保持清静、冲淡之境。这正是书法异于其他艺术门类之处。

汉代书法家蔡邕《笔论》云："书者，散也，欲书先散怀抱，任情恣性，然后书之。"又云："夫书，先默坐静思，随意所适，言不出口，气不盈息，沉密神彩，如对至尊，则无不善矣。"

这就要求作书之时，无论临帖、创作，甚至读帖，都要把自己的身心状态调整到一种非常轻松、自然的境地，然后静下心来，思虑专注，方可为之。

又晋书圣王羲之《书论》云："凡书贵乎沉静，令意在笔前，字居心后，未作之始，结思成矣。"

唐著名书法家欧阳询《传授诀》也云："每秉笔必在圆正，气力纵横重轻，凝神静虑。"

这些都启发和强调我们学习书法首先要有平和心态，专虑无杂念，静以修行，如此方可合乎孙过庭《书谱》所云，神怡务闲，感惠徇知，时和气润，纸墨相发，偶然欲书五合之意也。

学习书法，乃雅趣，每当你喜欢它，只要专精其一，你一定能够在这个过程中感受到无穷的乐趣。在纷繁、喧嚣、繁杂的社会竞争状态下，当你回到家中，端着一杯清茗，啜它一二口，不妨多坐坐书房，从书柜上拿一二本书看，或走近案前提起那“惟笔软则奇怪生焉”的毛笔，静静坐在案前，认认真真临写古人字帖，让心贴近古人心性，心舟泛游历史之波，追寻生命的律动，任凭窗外小雨淅淅沥沥下个不停，风儿无端扰侵，伴随着窗户架上青雀啾鸣声，你一定会从中感悟到许许多多平常未曾有过的真性。当您认真感受这优雅的过程，你的心境一定很淡定、静穆、从容。所谓名利之争、躁烦之侵等竟消失无踪，一颗非常清纯的心伴随着无拘的思绪优游着，陶然忘我，尽情享用生命之乐趣，那是何其惬意啊。

正如《菜根谭》语：“人心有个真境，非丝非竹而自恬愉，不烟不茗而自清芬，须念净境空，虑忘形释，才得以游衍其中。”

我想书法正是因为使人心境净化，杂念摒弃，性情陶冶，品性铸就，故也能为历代骚人名士之雅兴，历几千年而不衰，成为中华传统文化之奇葩，闪烁在艺术之林。

这也正是书法之特质，因为它很好地把生命结合起来，使生命上升到更高的境界，由是萧散、悠然、怡乐得之，达到追寻生命真谛的彼岸。

感谢书法带给我们无尽的乐趣。

2008 年 9 月 20 日

长风破浪会有时

——惠安县首届少年儿童美术大赛暨第二届少年儿童书法大赛综述

己丑初夏，荷香飘溢。

由惠安县文学艺术界联合会、惠安县人口和计划生育局、惠安县司法局、惠安县教育局、共青团惠安县委会、惠安县妇女联合会、惠安县未成年人思想道德建设办公室共同主办，惠安县书法家协会、惠安县美术家协会承办的“惠安县首届少年儿童美术大赛暨第二届少年儿童书法大赛”历时三个多月的征稿、评选等工作，于5月27日在县文化中心三、四楼顺利展出。这是继2008年成功举办惠安县首届少年儿童书法大赛后，惠安县少年儿童书画活动又一个重要举措。比赛和展览得到惠安县委、县政府的高度重视，广大家长的大力支持和少年儿童的踊跃参与，取得圆满成功，为推动惠安县少年儿童书法美术的普及发挥积极作用，有力地促进了我县文化事业的繁荣发展。

本届参加展览作品计560多幅，参加人数550多人。获奖作品225件，其中书法作品获奖100件：一等奖4件，二等奖13件，三等奖26件，优秀奖57件。书法作品有篆、隶、楷、行四体，以楷书居多。整体特点是基本功扎实，结体合理，用笔准确，取法多样。作品形式有条幅、横幅、对联、斗方、扇面等，作品风格或豪迈，或蕴藉；或粗犷放达，或细腻内敛；或敦厚安稳，或轻灵萧疏；或温润，或干燥；或刚劲，或飘逸。总之，整体给人清新的感觉，愉悦的情怀。

虽然是少年儿童作品，对其评述远不能喻之古今书家名作之语境，部分作品难免会有瑕疵和不足，略显稚嫩，然而透过这些雅致、灵动的作品，可以看到少年儿童的用心和巧智、纯真和灵慧。其发展前景值得人们欣慰。

“小荷才露尖尖角”，从这两届少年儿童书法大赛作品看到惠安县少年儿童书法教育的成功之处，整体水平不断提高，具有良好的发展空间。参加本县比赛展览如初试牛刀，其中有多位小作者在省、市甚至全国少年儿童书法比赛中获奖、入展。这些都应视为惠安书法后继有人，发扬光大。

惠安县少年儿童书法发展得益于惠安这块文化沃土，兼之少儿们有聪慧的特质，勤学善思的品性，良好的学习氛围，对待传统经典的执着，才会有如此成果。特别是近年来，在各级党委政府的关心和重视下，惠安少年儿童书法教育体系逐步完善，书法培训、书法教育基地以及各种书法辅导课、创作、比赛、展览等如雨后春笋，蓬勃发展。惠安书协以《惠安书法》为宣传阵地，重视少年儿童书法的宣传，两届书法比赛作品均在《惠安书法》全版刊出，为惠安少年儿童书法事业的发展营造良好健康的氛围。

惠安少年儿童书法事业沐浴在明媚的阳光下，它是一艘希望之船，启航在波涛汹涌的大海上，驰向未来的彼岸。

“长风破浪会有时，直挂云帆济沧海。”惠安少年儿童书法事业的发展，值得期待。

关于“中国惠安”书法形态说明

受中共惠安县委宣传部委托，惠安县书法家协会组织五位书协骨干参与惠安城标“中国惠安”四个字的书法形态研究，并选择以王羲之草书“中国惠安”四个字组合而成。

一、立意

王羲之乃东晋名士，风流倜傥，创书法新体，其书法流美雅逸，典雅蕴藉，温润平和，潇洒散淡，乃文人字之典范，故有“书圣”之誉。

惠安置县千年，文化积淀丰厚，素有海滨邹鲁之称。传统文化根深蒂固，“地瘠栽松柏，家贫子读书”，读书乃惠安人走向社会的最佳选择，历来受到重视。因此英才辈出，形成文化元素多元、特色鲜明的惠安文化。选择以王羲之草书作为城标契合惠安文化特点，符合惠安重视文化的情结。

二、草书“中国惠安”特点

以草书为基本形态最能体现时代精神面貌和审美趣味，其充满想象，视觉冲击力大，与图标惠安女朴素、内敛气质相得益彰，“中国惠安”四个字横向取势与纵向历史古典形成全方位文化坐标，体现惠安博大的海洋文化精神，具无穷尽的审美潜力，充分展示惠安无限的发展空间和时序，其流便、畅达、潇洒的书法风格具极高的审美情趣，其中“中”字流畅婉转，“国”字雍容大方，“惠”字典雅俏丽，“安”字张扬潇洒，每字各具姿势，整体开合有度，聚散相生，将枯遂浓，轻重有致，正侧顾盼，融和自然，可谓佳作。

基于以上认识，我们认为选择草书形态“中国惠安”作为标识较好。建议采纳。

2013 年 10 月 24 日

惠安书法断想

——写在创建“中国书法之乡”之际

峠山依偎在涛声之中，新石器遗址依然传递着生命的信息。

惠安宋太平兴国六年（981）置县，历千年风雨洗礼，蕴藉着丰厚的文化积淀，素有“海滨邹鲁”之称。

惠安书法正是孕育在这片文化沃土，伴随着涛声羽翼不断地丰满，书法脉络滋润在风雨之中，源流不断。

惠安书法自唐以来代有书家出现，陈蝦、谢履、谢子龙、黄吾野、戴卓峰、洪钟善、黄朝栋等，影响着惠安人对文化的执着。历代名人蔡襄、朱熹、林则徐、何绍基、弘一法师等在惠安留有墨迹，点缀着惠安的山川，这些都是惠安人不可或缺的文化财富和精神食粮。

惠安书法楷、隶、篆、草、行诸体皆备，风格各异，传统风貌浓郁，在涛声中温润，在清风中妩媚，在风雨中洗练，在贫瘠中刚毅，在修为中前行。

惠安书法是惠安文化春天的一朵小花，娇艳而素雅，与其他花朵一起拥抱着美丽的春天，无论是驻足在海崖山边，依然勇敢地面向狂风恶浪，或者是花岗岩风化的土壤上仍如青松坚韧、执着、淡然、遒劲，富有生命的意蕴，不断地在春天中浪漫地歌唱着，成为春天不可缺少的一股清风，其生命的沧桑伴随着青鸟殷勤的歌声走向灿烂的明天。

惠安书法在继承中前行，在发展中丰富，在浪花中飞扬着欢快的歌声。特别是改革开放以来，生命的因子融合在这文化血液更为活跃，逐步呈现着生命的正能量，显现出其特有的魅力，陶冶着人们的精神和意念，充盈每个人的思想乐园。

经过十余年的酝酿，惠安书法终于走向破壳的机遇，吮吸着春天的甘露，茁壮地成长着，让春风鼓动着翅膀，自由地飞翔在春天之中。

2014年惠安书法迎来更为灿烂的春天，在县委、县政府的重视下，创建“中国书法之乡”由有识之士倡议转化为社会共识，进而上升到政府行为，给惠安书法以腾飞的力量和希冀。

惠安书法让人们对它充满期许和愿景，这朵中华传统文化的奇葩，绽放在这美丽的春天里，以自己的美装扮着热爱它的春天。

惠安书法因春天而美丽！

2014 年 4 月 23 日

（刊登《惠安书法》2014 年总第 17 期）

惠安书法惠风堂展前言

晋水悠悠，清源巍巍。

一千多年前，唐宣宗微行于此，驻足桃花山放眼望去，烟海茫茫，惊涛拍岸，叹曰：山川胜概，有类洛阳。故有洛阳江之称也。

清源山素有闽海蓬莱第一山之誉。前国家领导人参观了老君岩造像，并嘱应向外国大力推荐。

泉州因山水而名扬。

泉州钟灵毓秀，文脉流长，孕育丰厚的文化沃土，文星耀眼，闪烁在中华大地的文化长河，欧阳詹、李贽、张瑞图、李光地、吴鲁……

北翼惠安，泉州重镇，民风淳朴，勤俭奋发。

“地瘠栽松柏，家贫子读书”是惠安传统文化。读书成为每个学子走向社会的最佳选择。融合于古郡文化血脉，遵儒扬道，文风炽盛。文化情结流淌于血液之中，代有学成，享誉文坛。

学习书法、钟情书法，正是这种文化情愫的表现。自唐至今代有书家出现，特别是改革开放以来，全国书法热催生全民学习书法的热潮。学习书法、研究书法成为一种风尚，呈群众性、普及性，不少书法人才涌现在当今书坛，书法正影响着惠安群众的生活方式，成为陶冶情操、提高文明素质的重要手段。

借此惠安创建“中国书法之乡”，结合毛泽东在延安文艺座谈会上的讲话精神，今集25名在惠安工作的书法家50件作品展示于惠风堂，作品篆隶楷行草诸体皆备，或静穆，或流丽，或奋扬，或沉郁，或简远，或平和，或粗犷，或精致，姿态万千，风情各异，墨趣盎然，充分展现了惠安书法家的精神面貌。

书法乃中华传统文化的核心之一，文以载道，惠安书法沐浴在海西文化建设大前景，融合在几千年传统文化流淌的血液中，随生命的律动轻轻地吻着古郡的文化因子。跟随着刚刚从刺桐港启航的现代文化的彩舰驰向美丽的东亚，向宽阔的五大洲出发。

惠安书法——期望迎来新的春天！

2014 年 5 月 15 日

关于草书作品《独卧》创作说明

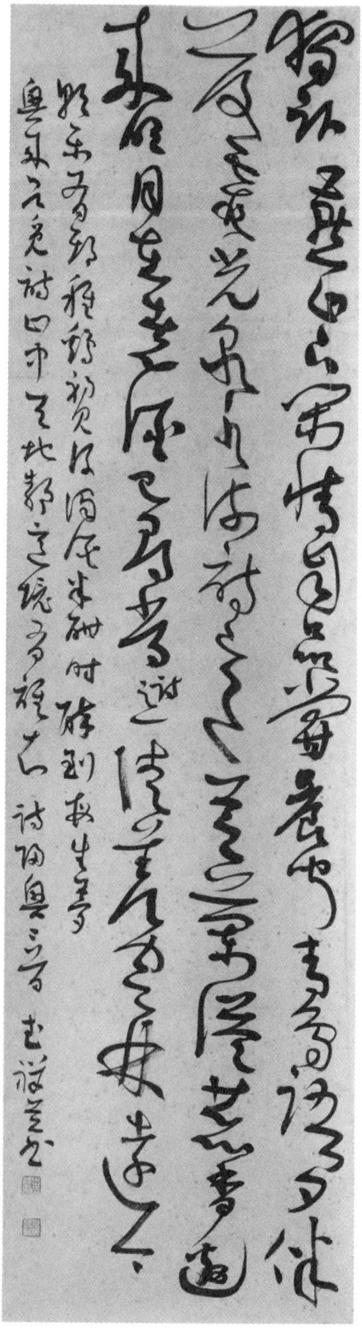

此件草书作品内容为自作诗《归兴》五言二首。族兄桂法年近六旬承包林场植树养禽，其性喜酒，放达无拘。多次邀我及学范游览品其自酿酒，赏自种果蔬，放情山水，寻取幽趣，虽未果，可其诗意已生。诗曰：

其一

独卧燕山下，闲情自品尝。
晨闻青鸟语，夕伴落霞光。
泉水出无意，芝兰淡有香。
邀来明月在，煮酒已寻常。

其二

徒羡空林远，今朝乐有期。
稚鸡初见后，浊酒半酣时。
醉到犹生梦，兴来欲觅诗。
山中天地静，意境又谁知。

该草书作竖式三行大字二行小字幅式，以中锋为主，中侧相辅，具篆籀意，方圆相融。通篇聚散有致，浓枯相遂，顾盼有姿，使转取势，气韵生动，优游于颠张醉素之意趣。

2014 年 7 月 3 日

聆听时代的脚步声

——2014 年福建省书法家走进惠安采风活动综述

秋水长天，金风送爽。

坐落于溪边公园上游的泉州万晟基业房地产开发有限公司办公楼，在绿树的掩映下显得格外典雅、大气、朴实，石径两旁树木葱郁、光影斑驳陆离，小草伴随阵阵清风摇曳多姿，各类鲜花点缀其中，或黄或红或白或绿，多彩多姿，鲜美无比，焕发着生命的神采，几只青鸟自由飞翔在林中，鸣唱着欢乐之歌，置身其中犹显娴雅、淡然。

大厅里翰墨飘香，陈列有序，近百幅书法作品形式多样：或气象磅礴，或精微雅致，或长风飘带，或阵云列空。楷、行、篆、隶、草等各种书体粉墨登场，各呈异彩：或秀逸，或静穆，或粗犷，或精致，或典雅，或流动，或奔放，或安详，或雍容，或内敛，欹侧相生，疏密相谐，浓枯相遂，粗细相和，刚柔相济，方圆结合，使转有致。来自全省中青年书坛 48 位青年才俊和泉州、惠安部分书法家的书法作品洋溢着浓郁的时代气息，体现了学习经典、继承传统的良好氛围。

由泉州万晟基业房地产开发有限公司赞助的“第五届中国书法兰亭奖、第十一届书法国展福建看稿会暨福建省书法家走进惠安采风活动”，在这里隆重举行。

开幕式上，县委常务委员、教工委书记、宣传部部长蒋向群热情洋溢，向中书协培训中心主任、著名书法家刘文华先生，福建省文联领导、书协主席团主要负责人，来自全省各地书法家和嘉宾介绍惠安地理位置、人文特点以及社会事业发展情况；介绍惠安千年历史的文化积淀和浓郁地方文化特色。充分展示惠安历史现状和未来，着重介绍惠安建设文化强县的决心和发展文化的自觉，以及如何对接“东亚文化之都”建设，重兴“海上丝绸之路”加大文化建设的设想，把创建“中国书法之乡”工作纳入 2014 年政府工作议事日程，期待通过创建工作推进惠安文化历史跨越发展，催生新兴文化产业，服务地方经济和社会事业的发展。

省书协主席陈奋武，省文联副主席、省书协副主席兼秘书长柯云瀚等同志发表重要讲话，充分肯定惠安学习文化、发展文化、注重经典、注重传统的优秀品质。盛赞惠安积极融入时代文化大发展背景，加大对传统文化的挖掘和继承力度，展现出足够的文化自信，为未来的发展找到可持续性条件和保证。

万晟基业公司高董事长介绍该公司企业文化建设情况，对县委、县政府、省文联、省书协重视惠安文化建设和创建“中国书法之乡”这一重要举措表示高度赞赏，对惠安富有地方特色的文化积淀深感钦佩和赏识，愿意加入惠安文化建设行列，对推动惠安文化事业发展贡献自己的一份力量。

中国书法家协会培训中心主任、著名书法家刘文华先生全面阐述中华文化是中华民族之根之本，中华传统文化构筑中华五千年历史。书法作为其重要组成部分，是五千年中华文化流淌的血液，融和着民族的情结，承载着希冀和期待，继承和发扬就是继往开来，学习和继承书法经典是对历史和未来的书法事业的负责。刘文华先生用整整一天时间，对录制的一百余件作品进行认真讲解，深入析理，分析作品的源流和艺术规律，肯定优点，指出不足，明确学习方向和改正办法，给在座中青年书法家上了一堂非常生动的书法课，从中学到许多平时难以摸透或含糊的书法机理，触摸到书法真正的脉络，许多观点和论述有时穷尽一生也难以体会到。刘文华先生工作认真，责任心强，同时用了一个上午现场观摩原作，点评其要，结合视频感触的差异性，深入体会原作的品相和真实性并作具体比较和指导。

刘文华先生为活动气氛所感染，现场挥毫创作“鹏举”“养拙”作品二幅，其隶书汉味醇厚，用笔劲利，蕴含内质，墨韵生动，一堂生动的示范课展现得淋漓尽致。刘文华先生深有感触地对记者说：惠安政府对文化的重视并且落到具体行动，这是对惠安文化发展和书法事业建设的贡献，这是独具慧眼的。

刘文华先生怀着对惠安书法的愿景，与福建省书法家协会领导、惠安县县长洪于权先生共同种下“中国书法艺术常青树”，对惠安书法艺术的发展寄以厚望和期待。

浸染于浓厚的书法氛围，受邀来自全省各地的48位中青年书法家兴致勃然，大家挥舞如椽的毛笔，奋笔疾书，胸中涌现出无尽的激情，心性流注笔端，“秋水文章不染尘”，天性伴随着生命的无拘，自由地跳起优雅的舞步，流淌着自然的雅怀，传达生命的意蕴。林景辉，纵横开阖，挥洒自如，海边男孩的率性、放达油然而生；曾锦溪，提按自如，如涓涓清流，文气生焉；邱慧娥，巾帼不让须眉，振翮欲飞，跃然纸上。

来到工人俱乐部，“惠安书法精品展”映入眼帘，书法家有序走进展厅，琳琅满目的书法作品，装帧别致，大小参差，各种书体互补，墨趣盎然。书法家们惊异于惠安书法风貌多样，传统功力深厚，细细品读每件作品墨韵，感受这多彩惠安书法如此曼妙的墨趣，铸就惠安书法的历史高度和未来，许多书家甚至要求延长观看时间。

暑气未消，文化中心三、四楼陈列惠安书法家协会会员作品近百件，各类书体、各种款式充盈展厅。书法家们顶着酷暑，汗流浃背，认真细致观看每一件作品，不时驻足细品，感受其趣。

汽车沿着山坡徐徐前行。净峰寺，这千年古寺迎来一群特殊客人，他们都是文化的虔诚者，学习文化、探索文化、追寻历史足迹、聆听历史声音。近代高僧弘一法师乃大家膜拜的先行者和楷模，在这里挂锡并写下“我到为植种，我行花未开。岂无佳色在，留待后人来”。其倾情南律，献身佛教，精研传统文化书法、美术、音乐、文学等，特别是创造了“弘一”体成为时代文化的高度，矗立在中华书法历史长河中，任凭风雨洗练将愈发晶莹和丰富，沧桑的生命情怀蕴含在这棵书法常青树上生根、发芽、开花、结果。感受到净峰寺特别的文化内蕴，由衷敬畏，在省书协副秘书长余端照主持下并写“高山仰止”，所有参观书家共同签名，表达对文化的向往和对大师生命情怀的仰慕。

千年古县，文风蔚然，文脉流长，文化情怀流淌血液，文化积淀丰厚，文化特色鲜明，不愧为“海滨邹鲁”之雅称。惠安书法孕育在这片文化沃土，惠安书法艺术源远流长，地域书法风貌初具。福建省书法家走进惠安采风活动如太阳山吹来缕缕的清风，滋润着惠安书法的生命因子，撩拨那跃跃欲试的心性，给惠安书法的发展注入一针强力催化剂。惠安书法如林辋溪流泛起阵阵的涟漪，荡漾着青春的律动，在这美丽的夏秋交会散发别样的清凉和爽意。

整个活动的开展，在惠安这片文化土地上烙下鲜亮的脚印，在优美的惠安书法艺术旋律中点缀响亮的音符，吹响了惠安书法砥砺前行的时代号角，为创建“中国书法之乡”丰富了惠安书法艺术更活泼的生命元素。

惠安书法展现得更为精彩、更富有魅力！

2014 年 8 月 15 日

秋水文章不染尘

——读惠安当代书画作品集书法篇

翻开惠安当代书画作品集，墨香扑面而来，一幅幅经霜似的秋色图映入眼帘，绚烂多姿，饱我眼福。

70 幅书法作品犹如 70 个音符，生发出其内质的光华，蕴藉着特色浓郁、灵动无拘的生命基因，或雄强，或清劲，或秀润，或质朴，或静雅，或奔放，鲜活的生命构筑一首跌宕起伏、旋律优美的欢快乐章。奏响富有时代韵律的惠安书法，闪烁在纵横的历史坐标点，承接着历史和未来的交融；融合在文学、音乐、雕刻、建筑等艺术元素生成的惠安文化；和着悠扬的涛声，演绎成海滨邹鲁的人文特质。

惠安书法朴实无华、典雅温厚，如本地特产甘薯，在这花岗岩风化的砂砾土上，在这山与海的交会处，紫色的薯花鲜美无比、晶莹剔透，藤蔓叶荣，开花结果，呈现无穷的生命。其根植传统，传承经典，静静地吮吸着千年古邑文化沃土丰厚的乳汁，生成地域特色鲜明、多元取法的书法群体。王乃钦、朱以撒、朱守道、黄鸿琼等代表惠安书法创作、理论、教育的当代高度，引领惠安书法砥砺前行。七名惠安女的书法作品诠释着惠安女精神的新内涵，一批中青年书法家正蓄势待发、意气昂扬，舞动着青春的律动，扬起希望的风帆，向未来出发。

当代惠安书法在构筑时代文明展现别具一格的精神风貌，为惠安文化注入鲜活的血液，成为惠安文化激荡的生命因子，书写着时代文化新的篇章。特别是随着创建“中国书法之乡”工作的深入，书法呈现了普及性、群众性，书法在人们生活、生命中将烙下清晰的履痕，学习、研究书法将不断影响人们的精神构建，书法的普世观念和哲学情思真正成为人们形而上的追求。

当代惠安书法群体注定成为一颗耀眼的星星，闪亮在惠安书法历史长河，成为惠安文化不可或缺的一道亮丽风景。

惠安书法值得赞赏和自豪。

2014 年 11 月 3 日

（刊登《惠安乡讯》2014 年总第 225 期，《惠安书法》2016 年总第 22 期）

惠安·漳浦书法联展前言

惠安、漳浦乃闽南重镇，具有相似的地理、人文等特点，皆依山傍海，置县千年，物华天宝，人杰地灵。

漳浦，历史积淀丰厚，人文鼎盛，荣获福建省首个“中国书法之乡”美誉，充分体现书法历史的厚度。黄道周，明代忠臣，以其特殊的人格魅力和文化气质，成为中国书法史长河一颗闪耀的星星。新时期书法事业蕴藉传统文化沃土，呈现盎然生机，绽放着一朵朵美丽的书法之花，装饰着“书法之乡”的绚丽春天。

惠安素有“海滨邹鲁”之美誉，富有地域特色的惠安文化，秉承“地瘠栽松柏，家贫子读书”的信念，在这片海与山的交织，潮声和风声相融的花岗岩风化而形成的美丽文化沃土，唐之陈翃、宋之蔡襄、近代弘一法师等书法的成长与之息息相依。当代惠安书法呈现高度的繁荣，矗立在时代的潮头。惠安申报“中国书法之乡”正是仰仗悠久的书法历史积淀，钟情于传统文化的传承，体现了对经典的敬畏之心。

在惠安创建“中国书法之乡”之时，举办惠安·漳浦书法联展，为创建工作鼓劲欢歌。其集惠安作者35人，书法作品65件；漳浦作者25人，书法作品40件。这些作品充分展现了两地当代书法家创作水平和艺术风貌。其篆、隶、行、楷、草五体皆备，风格各异，气象万千，墨韵生动。或风樯阵马或清新雅逸；或细雨轻风或惊涛骇浪；或刚毅雄强或纤柔内敛；或如南音缠绵幽咽，或如西域民歌高亢嘹亮；或如水墨画淡然萧散，或如自然石刻古质朴茂，给予大家视觉冲击和美的享受。

惠安·漳浦的书法联展，是惠安继2005年惠安情·永州风书法展又一次力作。是惠安书法对外交流新的闪亮点，不但对两地书法的发展起了积极推动作用，更是惠安书法经历十年腾飞后又一新的阅读。期待这次展览成为惠安书法未来十年或更长时间的蓬勃发展的前奏曲。

我对书法、诗词的理解

——莲馨诗社培训讲稿

书法、诗词这两个中华传统文化的精神因子，早已融入中华民族每个人的血液中，在人们心中的地位是至上的，不论社会如何发展，人们对这两个如同手足的骨肉都是难以割舍的。经过五千年中华文化发展洗礼，诗词和书法依然生机勃勃，并随着时代的发展而发展，虽然其间出现了短时的理解误区，如“五四”有人提出去汉字，采用拼音字母，以便摒弃传统文化对社会发展的负面影响。虽然无押韵新诗一度占领中国诗歌主坛，然而有韵诗词又有席卷重来之势，可见五千年文化伴随着社会发展，诗词、书法在人们心中的情结是如何的，不言而喻。作为一名诗词、书法爱好者，要我来讲这两个课题，不论选择哪一个确有其难，首先，作为爱好者研究得不深、不系统，如果说懂点的话，也仅是皮毛，偏颇。另外，几千年来多少专家、学者的研究，二者都形成相对固定的理论体系和审美情趣，刘勰《文心雕龙》、司空图《二十四诗品》、严羽《沧浪诗话》、袁枚《随园诗话》、王国维《人间词话》及朱光潜《诗论》等对诗学的形成产生深刻影响。同样历代书论也不少，这里不一一罗列。因此说我想来想去感到很难办，又不善辞，难以回绝张社长的美意，所以也只能赶鸭子上架，想想还是谈谈自己学习创作诗词和书法的几点体会吧，希望在这里与大家共同学习探索，也可以说共勉吧。

一、诗词创作

这里我只谈谈自己作诗主要抓住三个要点，至于平仄、韵律、炼字等诗词创作手法这里不多赘述。

（一）阅读

“熟读唐诗三百首，不会作诗也会吟。”这是前人留予我们的经验，质朴的语言，但确是效果明显的。只有大量阅读经典诗作，方能感受到各种诗作的写作意趣，吸收创作的源泉，为自己创作诗歌打下量的基础。特别是大量阅读唐及唐以前的诗歌能从各方面吸取构成诗的手法、意象、遣词等，无形中在你的脑海里烙下诗意的感觉。我虽然写诗很迟，大概2005年我参加“惠安情·永州风”书法联展，参观了长沙马王堆、韶山毛泽东故居、橘子洲头、舜帝陵等著名景点，回来后我一口气写下《永州之行》十首。其中长沙这首诗是我最喜欢的：“橘子洲头湘水声，马王堆墓世人惊。星移斗转春秋史，风物长宜健步行。”这也是我首次外出参加社会活动，并触景生情，油然而写下的诗，也让我感到平时阅读诗词的好处，因此阅读古典诗词也就成为我平时一种生活习惯。如每天上班前十五分钟，我都会尽量安排时间打开中华诗词网，定量阅读几首中华诗词，但并不刻意去背，有时也就草草地阅读了一下。对于比较切合自己心性的，如清新、空灵诗作风格的作者，如王维、许浑、谢灵运、孟浩然等，我就多读。我倾向山水诗词，对于闲适、淡雅的诗句我更喜欢记之，我创作的《忆丙戌年秋登滕王阁眺望》这首诗也是在阅读时突然有灵感而写下的。2004年市科协组织全市科协系统办公室干部游庐山、滕王阁等地，但真正写这首诗是2009年写的：“秋色临青浦，苍茫见远天。霞飞横塞雁，雨落湿轻烟。新月江中客，疏钟寺外仙。悠悠思未尽，今古几多贤。”这首诗也是我比较喜欢的，充分运用夕阳下登滕王阁所见所闻所思，把各种物象充分运用到这首诗，如一喷泉高达百米，秋天的飞雁，夕阳下的钟声，托物思人，想到王勃，一位英俊少年翩翩走来，一代文才英年早逝，创作了伟大诗篇《滕王阁序》，等等。

（二）游历

游历对于写诗的作用自不待言。行万里路，读万卷书，触景生情，情因景异，览物思情，不同景物触发作者内心灵感是截然不同的。我喜欢游山玩水，品赏各地风俗人情，摄取各地山川精神内质，这十年我每年都安排时间出去走走看看，触动诗心重燃。2010年我中专同学会在山东聚会，偕家属一起登泰山。自秦以来，许多皇帝都登泰山封禅，其文化意义自然不言而喻，其在中华文化中的地位是崇高的。首次登泰山真有一览众山小之感，虽然泰山处齐鲁大地，论高度、宽度、险阻、奇幻等都与其他川岳并无突出，然其如何能突出如此呢，自然是内质使然，参观后我写下《忆登泰山》：“帝子今何在，青山几度游。苍茫天下立，混沌世间留。千里长风夜，万年明月秋。巍巍乎泰岳，谁与共风流。”触景引发作者诗心荡漾，于是乎写下这首苍茫、辽远、深沉的五言诗。同时参观了烟台蓬莱仙境，烟波浩渺，亦真亦幻，于是写下了《蓬莱仙境诗》：“二海冲融双叠生，八仙相约到斯瀛。亦真亦幻蓬莱境，烟水苍茫任我行。”处黄海、东海交融之地，气候、地理因素形成的奇异仙境、仙山、仙意，让人有点飘飘欲仙之感，置身其中，心自然萧散，情于是无拘，放任心性漫游在天地之缥缈无拘的浪漫，你的心情自然快哉，遂有是诗也。

去年因事到成都，顺便游览了都江堰、青城山、草堂、武侯祠等著名景点，富有西南特色的浓郁文化积淀，让人诗情激越，于是写下《成都行》诗五首。

《访杜甫草堂》：“清晨游圣地，竹影挂流金。佛塔扶红叶，泉声抱绿琴。草堂生命曲，斯世仕人心。万古苍生事，于今有大音。”游历了草堂，一首《茅屋为秋风所破歌》回响耳畔，一名枯瘦的士子历经岁月的沧桑，胸襟依然坦荡、明亮，心系着身旁比自己更为艰辛的劳动者，一个伟大诗人高大形象在我的脑海呈现，于是吟了这首。《游武侯祠》：“山城秀色映忠祠，合祭君臣众口碑。锦里潜心轻世界，隆中对策巧兵师。担当肯与同清苦，仁义方能共急危。风雨相携天下计，中华万代仰公仪。”游览武侯祠感慨万千，即便胸怀万兵，功盖千秋，然终究是一名臣子，但享受到与君王同等地位，受到人民祭祀，这可谓完人也。中华民族“中庸思想”为主导的治国方略，让五千年文明持续完善地保存在世间，这也是其他文明不可比拟的，也是特有的中华文化思想的闪亮点，走出武侯祠，心存警意，诚惶诚恐，圣贤谨慎、忠诚之高尚人格，触动自己内心的灵魂，以诗歌之。《登都江堰玉垒阁眺望》：“置身云海上，群岭望中收。黛色披山野，清溪绕阁楼。钟声天地外，玉垒古今传。佳构文章著，人生几度秋？”登斯阁也，油然想到范仲淹《岳阳楼记》、王勃《滕王阁序》、崔颢《黄鹤楼》江南三大名楼等，楼阁皆因文章而在。人生几何，只有文化方可传承，今天我们站在这个点上做点人生应做的，这也是一种境遇。然而人事更替，江山依然，人只是沧海一粟，人生一站，何其短暂，登斯阁油然感慨生命之无奈，自然之伟大。

（三）意境

情和景相结合即意境的基本特点，情要体现作者的真挚感情，也即作者内心世界所必然呈献给读者的情思、心性。正如我目前年龄逾五十，追求的生命意趣更倾向于闲适、悠然状态。所以我更喜欢游山玩水，通过对山水之间的描写来寄托我个人的思想追求，追求人生的一种真善美。

如星期六参加族贤出科联公诞辰纪念日，诗友、书友、朋友相聚畅所欲言，举杯浅酌，酒至微醺，漫步在田野溪边石径上，依偎在斑驳龙眼树干上，倾听清溪静静流淌，任清风浸染，青鸟婉转，歌声悦耳，于是即兴写下诗二首之一："半亩桃园燕子斜，长流溪水格桑花。木棉郁郁风光地，山路弯弯来种麻。"之二："照船山下菜花开，春半暑寒应响雷。莫道山高偏路远，月光流水酒中杯。"两首诗虽然尚待完善，但比较好地反映了我个人的生活方式、态度和追求。时值春分，诗中几个元素桃园、燕子、格桑花、种麻、酒、月光、流水，这些都非常有生命情趣，构筑一幅田园画图，富有想象，这当然是我所喜欢的。还有如前几天前往聚龙小镇参加省书协副主席陈秀卿"书法艺术与人生"讲座，闲暇我来到聚龙小镇湖边稍歇，雨后的山岚清静，草叶鲜亮，清风徐来，丝丝寒意，然湖上的白鸥自来自往，性情怡然，于是写下了："潋滟波光宿雨收，繁花异草石泉流。世中何处寻真趣，自得自鸣湖上鸥。"一种轻松、自在的心情随飞鸟悠然状态而生，生命的原状态应是如此指向，当然毕竟是理想，但生命追求是没有错的。

《乙未岁杪游青山湾》："才见寒潮又见春，江天四野雨风频。断崖烟起鸥飞没，沧海波翻龙微巡。一叶扁舟欣破浪，千重白雪欲披身。莫嫌恶境摧吾老，挥洒人生动八垠。"看到风浪中一叶扁舟从容奋勇向前，我想这也许就是我个人人生的一种生存和努力的真正态度。人生不可能凡事都是顺畅，螺旋式的人生过程才是真正的人生，如何以一种豁达、坦然、自信的生命情怀对待你生活中所遇的困难，我想这首诗已然。

二、书法与诗词

以上我简要地把自己对诗的理解结合写作过程的思考与大家探讨，请大家提出批评意见。

下面我简单地就书法与诗词的关系粗略谈谈看法：书法与诗词是孪生兄弟，书法从记载文字功能发展到书法艺术，其过程是漫长的，但其基本功能性不变，书法在中华文化传承和发展中具有特殊的作用。虽然目前书法的实用功能削弱，但其记载文字的功能尚且具备。目前强调书法的文化性，除了主要讲书法基本构成如笔法结构、章法、墨法等具有专业技巧性外，书法书写内容的文化性自然也是不可或缺的。书法内容从目前来看诗词已成为书写的重要内容，当然手札、书信，还有书法作品部分抄写散文、名句以及文人诗文稿等，但诗词作为书法重要借助载体也是不争事实。因此说重视书写内容文化性也是目前甚至今后我们相当长时间重要开发和研究的课题，一味抄写古代诗文未尝不可，历史留下经典当然是经得起推敲的，问题是年复一年，如此众多的书法家重复地书写着那些已是烂熟的内容，恐怕会削弱观赏者对书法的喜爱程度和书法艺术的观赏性。所以提倡和鼓励书家书写自己撰写的诗文，为自己书法作品注入新的内涵和素养，丰富了书法作品的思想和情趣，增强作者在艺术作品的生命关切和哲学思想，对书法作品保值、收藏都具有无可限量的潜质和价值。诗词作为书法作品内容之一有其客观内质的联系性，如诗词具有音韵优美、节奏动人等特点，容易使作者产生联想，与书法创作要求的节奏有契合之美，诗词的内容、情趣与书法追求高雅相通，易引起欣赏者认同。另外诗的体裁特别是律、绝句很符合书法作品的创作形式，这些方面都充分说明诗词不论目前还是今后可能是书法作品重要组成部分。至于日本少字数书法局限性比较大，这与其审美情趣以及汉字在日本生存现状有关，但中国不会这样的，富有特色、与众不同的中华汉字书法才是真正书法。通常一件作品如字数多些，其书法艺术元素含量较高，各种元素如长短、粗细、疏密等章法构成更丰富，其艺术价值也自然较高。当然也不是绝对的。好的书法汉字内容对提升和丰富艺术性作用是明显的。这里我顺便提一下：历史上留下三大行书王羲之《兰亭序》、颜真卿《祭侄文稿》、苏东坡《黄州寒食帖》，都是自作诗文，列入第一、二、三行书，除了技法上等外，文辞为书法添加很多分数。

三、书法欣赏

许多人在面对一幅作品时都很茫然，对作品的好坏也说不出所以然，大部分是凭个人感觉和心性而定，例如有的喜欢安静，则小楷、正书等可能倾向这方面，即喜欢之；有的个性比较张扬，性格活泼，面对奔放、雄强的、大起大落、节奏感强的作品更钟情；内心比较安逸的人面对小行书那种不激不厉、悠然状态、富有书卷气和文气的作品更能接受。所以审美情趣因人而异，对作品判断仁者见仁，但书法作品的好坏总体还是有基本标准的，欣赏书法作品要有哲学情思，首先应是形而下，然后形而上的渐进过程。

形而下方面：在面对一件作品时，映入眼帘的感觉应当是第一取法：一件作品取法和切入点，可以看出作品学古的深度、厚度，吸收传统的数量和质量。例如草书学唐以前或明清等，其特点都不同；楷书写习二王、蔡邕等，行书学什么，篆隶学什么，一看应给人以一点信息，特别是初学者更应加强这方面的储备。第二笔法：各种字体笔法应详细研究，用笔是书法的灵魂，笔法未达到入古要求，书法作品难以达到专业或难符合技术要求。第三墨法：墨法的变化是书法发展的必然结果，唐以前墨色在作品中体现较少，其作品特别是行、楷，字小，手扎式墨色未成为书法作品主要审美构成，墨色是随着作品幅式发展而形成，特别是晚明王铎把墨色应用推到极点，为后来书法欣赏丰富性做了很大贡献。第四结体：结构美是书法重要组成部分，法道自然，方形汉字以自然美为宗旨，各种书体对结构美要求有异，正体如楷、隶、篆，要求端庄、和谐、自然美，更倾向讲究单字结体方法：如小篆讲究对称美，楷书讲究笔画合理搭配，空间切割符合自然审美状态，行、草更讲究整体美，体现在字与字、行与行之间自然连缀，相互映带，但最终归宗自然。第五章法：一件作品放在眼前，首先看整体，气韵生动，墨彩浑滋，自然流动，顾盼有致，这样作品看起来易引起欣赏者的兴奋，当然楷书这方面不是很突出，但并不是不追求这方面，特别当代楷书追求行书化的意趣，更加强调楷书的书写性，其次看具体笔法映带、线条质感、变化方向、印章位置等的诸多书法元素融和矛盾统一性。

形而上方面：一件作品的好坏决定因素是形而上的，所谓形而上即书法具体形态以外如人的内质、修养、品格等，其影响着一件作品的价值，例如当代书法大家谢无量、毛泽东这些都不是专业书法家，但其书法作品价值可是得到社会认可的。2015年在广州拍卖近代文人书法作品呈现强劲市场潜力，说明文人书法在中国人心中的情结依然浓厚。秦桧、蔡京、陈独秀等人的书法作品不能说不好，但因其特定的人生影响到作品的社会认同。这些因素都说明书法作品的特殊审美情趣，其与诗歌文学等直接反映作者心绪，对事物直接客观反映比较清楚有所不同，书法作品则依托作者诸多因素来共同形成其价值和存在。所以一个书法家更应注重修心养性、品行建构、社会担当等，从各方面综合修养形成个人书法作品的社会价值。这就是书法的不一样，也是书法难的地方。

学习书法需要一生的体悟和积累，成功依然是未定数的目标，它是每一天都在爬山的路上，艰辛地前行着。但它在陶冶人们心性，净化人们心灵，其作用是特别的，确有很多好处。

如果让我选择，我更希望成为一名诗人。当然这不是说我不喜欢书法，二者都能真实地体现作者性情和真善美。近代齐白石、林散之、沈尹默、白蕉等诸多前贤皆喜以诗人自居，沈尹默的墓碑上竟然刻的是诗人沈尹默。不知为何，每人都有自己的心向吧。

今天我粗略讲述了自己所知的几点，不能对每个问题作详细分析，有机会的话，再来针对具体每个问题共同探讨。希望对大家能有所帮助，这样我就觉得很幸福，希望大家提出批评意见。谢谢！

2016 年 3 月 24 日

第二届惠安县书协会员展前言

辋水悠悠迎海日，科峰郁郁蕴文心。

千年古邑，文脉流长，文风昌盛，素有“海滨邹鲁”之誉，书法人才辈出。陈覞、蔡襄、谢履、黄吾野、弘一法师等，一串串珍珠般的名字，闪耀在惠安文化长河，在惠安留下珍贵的文化遗产，成为惠安文化不可或缺的重要组成部分，构筑惠安书法灿烂的历史。

当代惠安书法孕育在这片文化沃土上，汲取着丰富的文化营养，呈现空前的繁荣，体现出充分的文化自觉和自信。书法成为社会主义精神文明建设的重要抓手，成为构建人民精神家园的有力推手。书法呈群众性、普及性，书法丰富了人民的内心精神世界、蕴藉着丰厚的宗教和哲学情思。

为庆祝中华人民共和国成立 67 周年，惠安县举办“迎国庆”惠安县第二届书协会员作品展，经广泛征稿和认真评选，共展出近百件作品，其篆、隶、楷、行、草五体皆备，充分反映目前惠安书法家和书法爱好者的创作水平及对艺术的思考。其传统功力扎实，创作视野开阔。作品形式新颖、气韵生动、墨趣丰沛，或开张，或典雅，或秀逸，或浑滋，或奔放，或精致，充分展现艺术家的生命律动和笔墨情趣以及歌颂社会主义真善美的真挚情怀，给人们带来美的享受。

2016 年 9 月 25 日

我的书法之路

——应温平老师邀请培训班交流

受温平老师的邀请，借这个平台，与大家交流学习书法的点点体会。说心里话，对这次交流，我是很矛盾的，自己学习书法近三十年并未取得佳绩（主要是指参加当代书法展览情况），对学习书法究竟是成功还是失败尚难以说清。如果从学习时间以及参加各类展览情况来看是很不满意的。尽管是这样，但我想说出来权当与大家交流，也许对大家也是有益的，从中可以感悟到什么。这也是我这次来交流的主要目的，希望大家少走弯路，取得更快更好的成绩。

从我初中开始到镇里买来一本柳公权字帖《玄秘塔》自己临摹，1984 年参加首届河南省书法函授迄今三十余年，其间学学停停。由于 20 世纪 80 年代考上中专学校比较难得，拿到铁饭碗，有了稳定工作，大家更重视的是专业的学习，对书法的理解和认知也是皮毛，仅仅兴趣而已，未当回事。所以学习书法顺其自然，并未刻意去追求想参加什么展览或要学到什么程度，只是在 1991 年参加全国地矿系统首届书法展览，之后直至 2010 年连续三年入展中国书法协会学员书法展，从这一点来说我学习书法不算成功，其间也没什么新的突破。但是学习书法带来的好处是有的，记得我 1992 年从地质队调回档案馆时，那是最后一批外调干部，名额有限，当时档案馆接收我，有一点可以肯定，是我喜欢书法，当时档案馆这方面人才比较稀缺。调来档案馆后，本应是充分利用这段时间，把自己对书法的兴趣进一步发展和思考，然而由于居住等生活方面原因，1993 年大家开始关注单位集资房，有的人已经开始搬居集资房，所见所闻，我的思路也发生转变，眼光投向市场。于是我先做好本职工作（其间参加全国档案自学考试），负责全县档案业务科工作。同时，开始利用自己的地质专业特长从事生意工作，开拓创收渠道，改善家庭居住环境，整整用了十余年时间做生意，书法也因此淡化了。当然这其中由于工作需要，整理档案卷皮需毛笔书写，这方面也是我的优势，我因此未完全放弃，倒是在书写卷皮标题过程中形成一笔俊逸、富有书卷气和书写性的小行书。由于这个阶段我主要学习大字，以王铎行书为主，小字行书便有王铎味道。同样抄写卷皮封面，档案馆馆长何清峰先生国学深厚，一手小行书写得端正、灵动，气味醇厚，我看后称为好字，便思考把字写得更内敛、端庄些，逐步形成自己的小字行书风格。这个阶段我书写大字更追求气势和墨韵。记得五六年前，启民兄到我家看到这时期的一些作品感觉很不错，甚至以为我近几年学习书法进步不大，确实有的书法作品比我以后几年调整期创作的书法作品还好。

42 岁以后，我有意把生意转交兄弟管理，回到自己学书法这个兴趣来。2005 年参加“惠安情·永州风”书法联展，游览了长沙毛泽东故居及永州舜帝陵诸多景点，回来后油然想到写诗这件事，于是我当即写下了十首永州行的诗。由于我本来就有读诗的习惯，写起诗来还算特别顺手。历经近二十年的社会锻炼，人生阅历也自然丰富了，对生命有了新的认知，我很喜欢用诗和文的形式表现自己对生命的认识。从 2005 年至今的 12 年，我写下近 350 首近体诗、古风，还有新诗、散文、随笔几十篇，把这十几年对生活、生命的履痕和思想记录下来。有时我在想，如果当时没有认真坚持写文章和诗的话，现在怎么也难以回忆起，更不用说写了。当有空时每一次翻阅写下的文章、诗，我感觉生命历历在目。著名诗人作家编审毕彩云先生评我的诗文：“诗文并好，诗具备在全国性各种诗刊发表。文笔较好，文笔典雅、流畅，文章优美，所写文章很有学术性，具保存价值、资料价值。”

这十余年同时也是我书法重新调整和认知的过程，我对书法不断通过交流和学习获得提高。虽然我学习书法以自学为主，不够系统，也不够深入，因此学习的深度是有欠缺的。2006 年我和顺华、路鸿到福州画院造访李木教先生，虽然木教兄弟年龄比我小两岁，但学习书法先于我，更是成绩骄人，20 世纪 90 年代初多次蝉联全国各类书法展览一等奖，我从而师之。2005 年他曾来惠安，我们在大鹏酒店畅饮，他为惠安书协部分书法家点评作品，过后他也每次讲到很是关注我的书法发展。造访木教兄之后，我亲身体会到自己学习书法的差距和方法，其小字作品精致，大字郁勃，线性遒劲，笔迹清晰，气韵生动，给我印象深刻。回来后我写下一文《心灵旅途》，总结自己的学习以及对书法的认识。于是我开始放弃本来学习王铎只一味地强调散怀这种感觉，这条路的书法作品笔势和墨韵尚可，但字的结构和线条在吸收王铎的东西不够深入，于是开始学习王羲之《十七帖》《圣教序》，帖路精致、线条劲健。其间我报名参加曾翔书法函授班，并学楷书《元腾墓志》，其实楷书我更喜欢《张黑女墓志》，目前我间歇还在临写。小楷以钟繇、王宠一路为主，目前学习金书小楷，感觉较为顺畅、入味，特别加入平时学习碑体、墓志楷书的一点用笔感觉、笔趣显得更有味道。曾翔对我以碑用笔写《圣教序》比较肯定，尽管字形不很准确，但方法是正确的。以后学习《圣教序》成为学习行书的主要字帖，我喜欢《圣教序》主要是其字形美，对写小行书有比较好的基础，目前我行书主要扎根在《圣教序》和宋诸家，特别是米芾手札用工较多，东坡的也吸取一部分。

全国第九届书法篆刻展我随市书法家协会到广州参观书法作品，一幅三等奖作品江苏书家陆家衡行书手卷给我印象深刻，静穆、简远、典雅。由此我更喜欢平静、厚实的小行书，看了给人清静平和之意，随意、轻松的感觉。展厅中许多大起大落、龙飞凤舞的作品倒是印象不深。回来后我自发地加强《十七帖》等的学习，坚持《圣教序》学习，以此来构筑自己的字体骨架。

2010 年参加中国书法家协会培训中心导师班学习，导师赵雁君，浙江省书法家协会副主席兼秘书长，素称“南李北赵”，20 世纪 90 年代初几次蝉联全国书法展一等奖。第十届书法篆刻展之前在金华点评作品时，我把在家中已写好的一些字带去让老师点评。赵老师评点我的作品有文气和书卷气，这让我很高兴，说明自己在学习书法过程，路没有走偏，追求方向正确。只是学习的程度、深度有差距，对我提交一件六尺屏小行书自作诗，赵老师也比较满意，认为第十届书法篆刻展可能入展但看运气。之后我也与温平先讲过，虽然没有入展，但我心里同样平和，说明自己学习书法到什么点上，作品具有多少分量以及自己的长处和短处，对自己以后的学习是有指导作用的。

2013 年我参加中国书法家协会培训中心龙岩班培训，我临写张旭草书《古诗四帖》一张，中国书法家协会培训中心主任、著名书法家刘文华，用整整

6分钟点评我的作品，对我学习书法提出看法，希望我能认真去调整好，对我学习草书充满期待，鼓励我草书调整得好，会有大的出色。然而我至今也未能在草书方面有所突破，也曾想过专门找名师指导，但尚未如愿。学习草书我是比较喜欢的，最能契合我的心情。从目前来看，由于近年审美的调整，反而使我写草书胆量更小，更拘束，放不开，倒是在一些公共场合气氛营造放手写下的作品更精彩。学草书将是我未来努力的方向，学习隶书、楷书都是为未来更好学习草书作准备的，特别是隶书不可缺。我喜欢写《石门颂》，其线条浑圆、结体开张、篆籀味浓，写草书需要篆籀意，学习篆或隶都是对其用笔的补充，也才能写出苍茫的感觉。我看了王厚祥草书写得很纯熟、圆润，注重控制，但苍茫感少了点，狂放野逸少了点。

我目前学习草书坚持临习怀素和张旭的字帖，近段主要以学习怀素《千字文》为主。

2014年参加王金泉老师在长汀举办的导师班，其实在龙岩培训我分在他指导的小组。他看了我一些作品，问我入国展几次，我茫然。王金泉实力派青年书法家，一手颜体行书卓尔不群，诸体皆精。20世纪90年代即在上海游学，教授书法，中国书法家协会培训中心教授，诗文并修。

参加导师班后，王老师对我较迟走出来学习感到可惜，评价我的字具文气、书卷气，有较大发展空间，有谢无量的影子。同时认为我写《圣教序》一入手即有自己的特色，希望不要放弃。从展览的角度希望目前阶段选择小行书找个突出点。根据我提供的作品看，建议我学习点赵之谦或苏东坡的，于是我学习赵之谦。学习一段赵之谦感觉其行书碑味太重，圆熟，缺少帖意那种通畅便达的感觉，在学习过程中难以获得其中信息融入我的作品，倒是赵之谦《致艾臣书札》这帖字可能更有感觉，其浑厚、气息流便、姿态多样，我更喜欢。虽然如此，但对目前我的书法风格，也没有特别的影响。

其实我与王乃钦老师亦师亦友，也经常在一起交流书法，20世纪90年代末他经常到我家挥毫。他对我的书法学习并未更多要求和设定，提出写字要从“重峻苦灵”等方面去把握，不要追求时风。但其对我写字的灵性比较喜欢的，对我的小字行书作品比较肯定。2016年，我参加台商区消防大队笔会，王老师很欣赏我的书写能力，对每次泉州书协举办展览创作的书法作品及时评价，对抗日战争 70 周年书法展创作的草书作品，认为除李德钦师一件外，我算为较好的。他经常对我讲，你写字的灵性是难得的。

学习书法是我个人的自觉行为，虽然我在大赛中没有入展、获奖，但我坚持以自学为主线，注重多方交流和学习作补充。书法成为我生活的补充、生命的构成部分。学习书法始终坚持以我为主，不刻意去追求和模仿现代人的展厅思路。我希望以文养字，增强文化内涵，写我个性的字，写我心中的字，写我生命中的字。为此，我对书法的学习始终坚持三方面的追求。

（一）追求书法作品的书写性

追求书法作品的书写性、构建富有书卷气和文气这是我对书法的理解。我追求一种轻松自然、率真坦然、圆而不熟的生命状态，避免刻意造作，道法自然，在生命的自然状态中如清泉轻轻流淌，在笔端静静的行止中反映生命的依偎，这种自然、轻松的书写状态最能体现我的个性。这与我的心性相契合，最能反映我的性格特点。

我的一生在幸福和快乐中享用着，尽管我的生命历程比较曲折，在外地工作，调回家乡，发展事业，解决兄弟亲戚家人就业等一系列事情，我做了相当多工作，历经多少辛酸和苦痛。但我总是感觉这世界充满爱和人性友善，恰恰这种履历丰富了我的生命内质。无拘和率性是我的本性，我生命依然在快乐中前行，我为人处世坦率，不计较，包容别人的不足，笑对人生，对生活充满自信和进取，具浪漫主义情怀。我曾写过一篇散文《书法，快乐的港湾》。“学习书法，乃雅趣，每当你喜欢它，只要专精其一，你一定能够在这个过程中感受到无穷的乐趣。在纷繁、喧嚣、繁杂的社会竞争状态下，当你回到家中，端着一杯清茗，啜它一二口，不妨多坐坐书房，从书柜上拿一二本书看，或走近案前提起那‘惟笔软则奇怪生焉’的毛笔，静静坐在案前，认认真真临写古人字帖，让心贴近古人心性，心舟泛游历史之波，追寻生命的律动，任凭窗外小雨淅淅沥沥下个不停，风儿无端侵扰，伴随着窗外户架上青雀啾鸣声，你一定从中感悟到许许多多平常未曾有过的真性，当您认真感受这优雅的过程，你的心境一定很淡定、静穆、从容。所谓名利之争、躁烦之侵等竟消失无踪。一颗非常清纯的心伴随着无拘的思绪优游着，陶然忘我，尽情享受生命之乐趣，那是何等的惬意啊。”我喜欢行书和草书，我感到这两种字体更能展现我的心性和性情。我倾向从行书、草书流动线性中流淌生命的萧散和雅逸，书法能伴随我一生成为自觉的追求，正是这种心性的契合，启开心灵的感悟。方圆、曲直、燥润、动静等的书法元素皆是富有生命意蕴的，在你挥洒过程中形成的生命篇章，把生命的内质和情愫汇成一部部生命的哲思，让你的哲学情思和生命律动等生命音符在线条的流动中舞动和歌唱，充分展现崇尚自然的生命状态。

（二）追求书法作品的文化性

在上次莲馨诗社诗词讲座时，我也谈到书法的文化性问题，在《我对书法、诗词的理解》一文中，谈到书法与诗词的关系：书法与诗词是孪生兄弟，书法从记载文字功能发展到书法艺术，其过程是漫长的，但基本功能性不变，书法在中华文化传承和发展中具有特殊的作用。虽然目前书法的实用功能削弱，但文字记载功能尚存。强调书法文化性，引导人们正确理解书法具有重要意义，书法的文化性除了书法技术层面的专业性，如笔法、结构、章法、墨法等，书法内容文章的文化性更是不可或缺的。

文化是书法的核心，学习书法首先必须在技术层面上过关，书法作品具有视觉艺术的属性，书法创作充分展现抒情的特性，但书法艺术不能满足于表层的视觉需要，书法更应是哲学层面的，形而上的，必须是一种包括文辞内容、文化含量的内在的深层次文化信息的全面体现过程，书法不是抽象艺术，书法最主要的是文学的情感和文学的内涵，书法肩负着历史沉淀下来的深厚文化内涵，书法之所以在中国的艺术和文化中独领风骚，在于其内部蕴藉的深邃的文化，对书法的审美必须把它放到中国哲学思想的层面。

历代优秀的诗词、散文、警句、辞章等传统经典文学都是书法作品的重要内容，是书法艺术的重要组成部分，单单追求形式主义和认为文字内容不重要的书法艺术观恐怕也要过时了。近百年受西方形式主义、结构主义、解剖主义的影响，对书法艺术的审美产生了误导。当代西方提出“生态美学、生态文化”，倡导重新回归人和自然、人和社会，重新确定优美典雅的美学风范。其实中国书法倡导的人文情怀和止于至善都是经历几千年发展形成的具经典性的审美，书法作品以形而上的哲学情思品评即是上升到人的本身生命的理解，包括人品、情操、修为、行止等，书法的人文情怀决定了书法在诸多艺术门类的特殊性和崇高地位。

文辞作为书法内容的组成部分，在构筑书法作品风格和个性方面具有重要作用，特别是自作诗文对书法作品营造书法艺术情趣、丰富作品的内涵具有不可或缺的作用。历代三大行书王羲之《兰亭序》、颜真卿《祭侄文稿》、苏东坡《黄州寒食帖》三件作品都充分印证这一点。我想这三件作品能成为经典，为历代所接受，具有至高无上的地位，除其书法技巧性足够支撑外，其文辞以及形成文辞所赋予书法的感情成分恐怕是其中重要的影响因素。

我平时坚持读书写字，注重阅读经典，每天坚持读报读书，包括书画频道、国学频道、各种杂志，涉及地理、人文、历史诸多史料，特别是古典诗词、文言文、古典散文等。通过各种渠道吸收优秀经典文化元素，丰富自己的内心世界指导自己对世界、人生的认识。同时我注重诗、文撰写，坚持动笔习惯。目前我已写下三百多首诗和几十篇游记、随笔等散文还有新诗，对书法作品我坚持以自己创作诗文作为书写内容，丰富作品的内涵，增添作品的文化性。每首诗词、每篇文章都是我亲自经历，有感而发，把它作为书法内容对构建自己作品风格特点，丰富书法作品的内质和提升作品的价值，我认为是有重要意义的。这次我家乡祖厝翻修，我自己动手撰写十副对联、五首诗、晋主祭文，一些作品由我县书法家创作，我个人创作一部分。通过自己撰写充分展示家族文脉源流，家乡沧海桑田变化，作为后来人怀着一种虔诚和感念的情怀去歌颂前人，感恩哺育我生长的一泉一石。特别对晋主祭文我特别用心，并用我擅长的小行书书写，然后把这些作品装裱后捐给家乡，作为一名走入社会的读书人的一点心意。这些作品或镌刻或张挂在家乡祖厝，为家乡人提供学习文化、感受文化的小园地，让更多的人来阅读，了解家乡文化渊源，增强家族凝聚力和热爱家乡的自豪感。这些作品因此在形成过程中产生了更多文化意味，增添了这些书法作品的文化性。记得我书写有一幅五言诗书法作品补小字款式“祖厝是乡愁的开始，少年几乎都在古屋游戏，其音其影依然萦绕在记忆，不时如放电影似的，乡愁是酒，更是期许”。我想这件作品的文化性是显然的。

这次第二届全县书法会员展我写了一件小行书，内容也是我自己撰写的。这是一篇名叫《燕山序》，2016年2月我县十几位诗人、作家参祭清著名官吏、进士、诗人、书法家出科联诞辰。大家诗兴大发，写下十几首诗，并由我撰写的这篇序文，以便创作一件完整的书法作品或汇编成册使用。该序文充分反映这次活动的情趣以及出氏蒙古族在滨海山区史诗般的历程，歌颂出氏子民在五百多年发展奇迹以及辉煌的历史，这是一篇我比较满意的序文，情景结合，内容翔实，首用书法创作，虽然书法水平未达到相应高度，但这篇自作序文，为这件书法作品丰富了艺术内涵，提升本件作品价值，增添作品的可读性。

抄写传统经典诗词、辞章这是很好的，毕竟这些内容都是历史洗练形成的，但如中国书法家协会去年归纳那些适宜书法家创作的诗词、文学作品，我认为全国数千万计的书法家每天都在创作，如果都围绕这些内容，恐怕几十年后很多作品内容都是重复的，当然这未必不可，历史上《千字文》是个例。只是如此单一，可能影响书法作品的艺术性和内容丰富性，作品特色构成也会有所硬伤。目前在许多展厅都可以看到内容相同的书法作品，可能造成审美疲劳。书法作为艺术品其风格、特点差异性很重要，内容的阅读性更不可缺。

我会坚持走这条路，以读书、写诗、写文和游历丰富自己的人生，丰富自己书法作品的内涵和情趣，铸造自己书法作品的风格和特点，提高书法作品的内在品质和思想性，构筑自己书法作品的哲学情思。

（三）追求诗性的人生

我人生乐观、通达、坦然、率真、随性。我喜欢以书法形式表述我对客观世界的认识以及大自然的真挚情怀。我追求一种诗性的生活、诗意的人生，以一种诗性的情怀来对待生活、生命。我喜欢喝酒，但酒量不大，喜欢与朋友在一起喝两杯，似乎可以激发神经，让思想更放达、活泼。我有许多诗都是在稍酌几杯之后即兴而成的，如夏秋之交王乃钦老师偕泉州诗人、书法家来惠安，是夜我们在尊湖酒店小酌，几杯之后，诗兴即来，即席写下：“暑气渐消秋色来，波光云影共徘徊。山风最爱清闲客，酒到半酣偎月台。”情景相融，诗意别致，心情舒畅、清远。如若配以行草书，我想应当是一件宜情宜性的作品。

这次我写了一首古风《月亮湾赏月》，十六行、三十二句、单韵（平水韵），反映了作者对中秋佳节所寄托的情怀。这是一首结构宏阔、意象丰富的长诗，也是我十几年来除《登泰山》《滕王阁》《镜泊湖》诸多佳作后，写的一首比较好的诗，这是丙申中秋节十六晚偕家人到张坂海上世界月亮湾赏月品酒开始构思的。这首古风将作为我未来相当长时间创作大件草书的主要内容。这种内容创作出来的作品宜于大场合展示，相信其情感丰沛，艺术感染力也较强。

我更重视阅历，每年都安排时间偕家人游历山川、河海，通过对不同境地感受到历史、人文，产生更多情趣，给自己诗文创作积淀丰厚的文学素材。前年随惠安雕刻协会去韩国坡州参加艺术交流展，回来后我写下一万多字的随笔《坡州之行》，现在重读，此行历历在目、记忆犹新。当时在游览韩国首尔昌德宫后，触景生情。有感于高丽国沧桑的历史，我油然吟诵着：“世事沧桑几度秋，风砖雨瓦月光愁。纷纷落叶霜天里，化作泥香景更幽。”这是一首历史沧桑感的诗，让我感触到岛国的忧患历史，大国的棋子悲欢，当代何尝不是这样。

游历给我增添不少人生阅历，给我带来愉悦、快乐，使自己的襟怀更澄明，心胸更加豁达，情致更为优雅和文气。我的诗作大都是旅游诗、风景诗，比较清新、典雅、精练、意象丰富，诗味浓厚，这与我重视走出去有关，虽然可能花点钱，但收获却是不一般的，它滋养着自己的生命性情。

追求诗性的人生，给我带来不一般的快乐，散淡、从容、无拘无束，悠然自得，淡化名利，追求自我，展现个性。

追求诗性的人生，与书法作品创作是相吻合的，清新淡雅的诗风，雅逸、闲适的诗性情怀对我写字起到很好的涵养，与我追求文气、书卷气有密切联系。我对书法的追求是性灵派的，追求其自然性，书法作品笔调轻松、率意，刻意东西较少，相反有时率意过之，精微不足，我对章法的构建研读不足，我想随着笔墨量的增加，学习的专注，对书法认知的深入，自己对人生、生命的认识以及生活的不断锤炼，对自己书法作品的构成元素会不断丰富，追求一种人文情怀、诗意情趣的书法表述语言得到不断完善和成熟。

若是总结自己三十年书法作品入展、获奖少的原因，我认为与我个人的工作状态、思想准备以及对当代展览研究比较缺失有关，但我对自己书法的学习充满自信和坚定。我对书法的热情依然不减，我将坚持诗、书、文三者并修的学习方向。我更追求的是水到渠成的自然状态。

腹有诗书气自华。学习书法的人生永远在路上，我依然执着。路漫漫其修远兮，吾将上下而求索。

以上是我对书法的简单认识，抛砖引玉，意与大家共勉，请大家提出宝贵意见。

2017 年 1 月 20 日

全国第八届楹联书法作品展入展作品创作体会

丙申年老家祖厝重修，我根据家乡的人文历史、地理环境诸多因素撰写了十副楹联并由惠安部分书法家书写镌刻石柱上，这十副楹联内容各异，取象有别，或气象宏阔，或博实敦厚，或刚柔相济，或秀逸雅气。于是我根据每位书法家的书体特点和表现手法，有针对性地分配内容，结果十件书法作品效果较好，达到内容和形式的有机结合。

其中我创作一件书法作品，其内容为：倾心书屋中，春光无限；放眼燕山外，雅量有余。文辞典雅、温和隽永，比较适合我以行书表现。

全国第八届楹联书法作品展提倡作者自撰楹联，经一番比较，我选择了这副对联作为创作内容，并考量以行书作为创作手段。

5 月 16 日下午上班时，忽然想到全国楹联展即将截稿，决定当晚创作。创作之前稍作酝酿，主要从三方面去把握。

一是 2015 年为迎接创建全国书法之乡的检验，由惠安书法家书写崇武风土人情为内容的崇武楹联书法一条街，我创作两件作品，后经镌刻、悬挂，效果较好。作品很有张力，文质、古朴。我决定以其中一件作品作为创作指导，尽量思考当时创作状态和环境因素，同时检点其中不足之处。这次创作的作品写得更轻灵、文气、自在，以区别展厅和镌刻创作的差异性。

二是根据著名书法家、中国书法家协会培训中心教授、安徽省诗词学会会长王金泉老师评点我的行书书法创作作品特点“个人风格形成，品相较好”，特别是小字行书具较大发展空间，因此把行书作为创作法象的原则，确定了基本的创作思路。

三是根据浙江省书协副主席、秘书长赵雁君老师评点我的作品“小字行书文气、书卷气较强，大字稍弱”的特点，取小字行书笔意，加强大字线条中段的控笔和起始笔转换的到位。

创作这件作品纸为预先留下的三张浅黄粉笺，墨为久久墨汁，笔为卫笔坊如意狼兼毫（大号）。

创作并无特别指意，只是根据个人平常的书写习惯，没有特别的设计和要求，并不刻意要求写什么风格特点的作品，而是根据平常积累，延续自己喜欢信手拈来即写的特点，强调作品的书写性。调整好个人书写状态，以一种轻松无拘状态，把笔控制在自己手中任自挥运。在挥运中全神贯注，引笔过程中把观整体布局，特别是对联还要为下联预设空间，在书写中诸多书法元素如轻重、欹侧、方圆、长短、疏密、浓淡等在整体中稍以观照，使整体作品在轻松中完成，不刻意去雕饰和布置，充分体验个人平时的书写表现方式和追求自然书写性的要求。个别地方书写过程随机应变，如下联最后二字“有余”稍有空间即加快节奏，拉长线条，产生枯笔，然后在余字旁钤一印章以补空，感觉也是有奇效的，与上联的“中”字下方空间钤一印章相呼应，整幅作品从书写节奏、取法等自然融合。

纵观整件楹联作品上下联之间，或单联表述前后矛盾统一，不激不厉，舒缓有致，和谐自然。整幅作品中锋运笔，中侧并用，碑帖结合，劲健温润，和选择内容较统一，达到心手双畅、文质相生之感。

写完这件作品，自我感觉不错，当即用手机拍照并发给温平兄，得到不错的肯定，信心倍增，次日即寄出参评。

这次个人书法作品能入展全国第八届楹联书法作品展。首先感谢运气，在近 2.5 万件作品，参与人数万余人，入展 300 件，入展率 1.2%。个人作品能入展，得到评委青睐，真是运气啊。没有最好的，只有更好的。也许这件作品某些特点为评委所认同吧。

其次，在目前赛事减少，强调比赛质量的大观念下，参加比赛真是越来越难，学习书法越来越专业和年轻化，其参加人数不断增多。我想唯有加强笔墨积淀，创作出来的书法作品方有竞争力。本次入展说明自己在学习书法道路尚未落伍或停滞，虽然已是知命之年，然学习书法的足迹依然紧跟时代的脚步，这是我感到欣慰的，也为自己继续在书法之路前行增添信心和力量。

另外，我认为学习书法不应过度关注展厅效应，研究展品形式，追求书法时风。学习书法应当作为个体的一种自觉追求，成为生活、工作中的组成部分，修身养性、陶冶情操。围绕展览而写书法，为追求名利去创作，恐怕对个人学习书法也是一种误解。当然，适度追求展厅效应以积累经验，提升声誉，这也是必要的。

再次，可能是书法作品的传统文化功能性回归，书法虽然强调其展厅效应，但回归到本位，书法魅力应是其文化属性。如何增强个人书法作品文化性，包括正确的技能技法外，文化性应该得到加强，如越来越多的展览提倡书法家自撰诗文，个人展览也开始展示每个书法家对社会方方面面的关注度，如日记形式、新闻时事、人生励志等，都可以作为书法家书写内容，表现社会、表现人生、表现与生命息息相关的载体。这需要书法家更关注社会、关注人生，不能停留在书斋舞文弄墨，自我陶醉。

还有，当代书法家普遍受到的诟病是传统文化缺失，唯技法功能，轻国学修养。其造成的后果直接导致书法的审美价值和文化地位的削弱。书法家首先应回归为文化人的传统观念，因此，我们在学习书法的同时，如何加强其他美学元素的吸收和传统文化的积淀可能成为以后相当长时间的要求和趋势。

在这方面我认为自己坚持的方向应该是正确的。至今我坚持每天有读报读诗的习惯，同时坚持写诗写文，提高动笔能力，十余年共完成古体诗近400首，文章近50篇，还有一些新诗、对联等，同时注重游历，增加阅识，通过游、看、记、写来丰富人生，增强理解，歌颂祖国大好河山，寄托情怀。我的诗大都以山水为题材，从而体现自己对生命的理解。这也是为什么我一直要求自己以文养书法，通过读写和参与社会工作，深入体悟生命意义，更好滋养自己的书法，使自己的书法更有内质和韵味，这条路我会一直走下去。

2017年《中国书法》杂志第11期刊登全国第八届楹联书法展“主题·形式·内容”笔谈，中南大学建筑与艺术学院罗红胜、冯高二位老师《楹联书法创作的思考》一文中，关于文化内涵方面的阐述，对我的作品做了如下评语：在楹联展中也不乏文化内涵深厚的佳作，例如第八届楹联展中一副行书联“倾心书屋中春光无限，放眼燕山外雅量有余”，作者上联落款“家乡祖厝重修联”，下联落款“出武祥撰书”，作者出武祥系福建人。“厝”为闽南语，福建方言，“厝”一词用来表示具体的居住地。“祖厝”一词意在说明，此联是为祖上老房子重修而作的，作者言简意赅地表达了作此联的目的，同时宣扬了福建家乡语言文化与习俗文化。虽然我很欣慰得到如此评语，但我知道尚需花更大的努力方可在书法这条路上取得更好的成绩。

学习书法终究是一条漫长而又艰辛的道路。书法赋予人生的不仅仅是美的享受，更重要的是承载着对生命真谛的追求和探索。学习书法很难，也正因如此，不论入展多少次，其实每一次都只说明这件作品可能达到相对高度，并不能真正说明你在学习书法这条路走得多远，积淀多厚，认识多深。人生每一次都是新的起点，只有正确定位，回归原点，加强内在修养，以更专注、踏实的步伐，不断储备，丰富内涵，你的羽翼才能长得更丰满、矫健，也才有可能扬起双翅飞向浩瀚的天空，让生命进入一种更有高度的视野，生命因此更美丽。

2017 年 8 月 10 日

《写给毕彩云老师的一封信》书法创作随想

一番淅淅沥沥春雨过后，窗外榕树青翠欲滴，几只小鸟自在地飞翔着，鸣声清亮、悦耳，清风徐来，虽然略有寒意，但却很惬意。轻啜香茗，暖意沁心，走近案边，浏览昨天才抄写过半的信札诗稿，墨韵生动，姿态多方，虽是首试，亦感到笔意流畅，墨气丰盈，自然快意顿生，激情涌动。于是油然提起小笔，端坐案前，蘸满墨汁，行笔在乌丝栏上，任思绪随笔意行走着，一行行、一首首地进行着，愉悦而畅怀。这是我目前尝试以信札形式创作自撰诗稿，这本诗稿共抄录七十首诗，以行书为主，夹杂少量草书，诗稿创作较随性，更注重书法的意趣和气息。通观整本诗稿，充分体现诗稿书法本身的特点，流动、率性、轻灵、质朴，不像创作展厅效应的书法作品，从字体、形式、内容、章法、结构等都需做严格分析、比较，同时研究墨法、布局甚至内容、字法都是一丝不苟的。而创作诗稿感觉轻松、自在，不做雕琢，提笔即可书写。整体效果也不错，也仅仅是第二次书写，感觉有点意外，能够较好切入个人心性，与诗的风格也较统一，清新、自然、真率，这种表述方式很能体现我的整体艺术风格和特点，同我的性格特点也较吻合，达其性情。

随之，考虑到待整理出版诗文集，拟寄去初稿请毕彩云老师指导，听取其意见，同时请她为诗文集作序。于是准备完整寄去两本，诗文各一本，以便全面了解诗文内容，对写序有帮助。感恩于毕老师的真诚和厚爱，我心花怒放，提起笔来，铺开宣纸，在纸上迅疾地写下这封信，把两年来学习书法、诗文情况，特别是创作《读〈中国书法发展史〉诗吟百名书法家》以及十几篇乡愁文章的基本想法和理解向毕老师汇报，约略半个小时完成，虽是即兴，但一气呵成。

以书法形式写信给毕老师，这不是第一次。记得两年前曾也以书法形式写了一封信，其效果感觉也不错。这次创作也是同样，其行文流畅，所思所想通过笔端自然流露，写在宣纸上温润自然，笔触灵动，气息融和，整篇文章不经打稿，即想到哪里，写到哪里，感觉篇幅完整，内容真挚，感情充沛，虽然个别语句有待推敲，但感觉在短短时间内，随着毛笔的锋颖自然流动，源于内心的自然感受，倾情流露，一口气表述了近八百字的文辞，同时挥毫完成，应该称得上合格的作品。

书法作品形式以我擅长的小行书表现，字径 2—4 厘米，长 180 厘米，高 24 厘米，采用浅黄色半生熟宣纸，笔用卫笔坊狼王毫小楷笔，字态自然，气息连绵，粗细、枯湿、欹侧、大小、长短等多方观照，作品神采奕奕，笔性灵动，线条遒劲，清奇雅洁，空疏淡逸。作品及时拍照保存，拟作为诗文集扉页展示。

以书法形式写信，这是书法表现形式比较有文化气息的一种，具有浓厚的文化韵味，是文人或文人书法家乐意使用和表现的形式，其具有多方面的艺术元素的融合。不但要求内容真挚，辞章简约，词语典雅精丽，同时需要与书法笔墨情趣诸多要素融为一体，使作品顿生优雅、秀慧，作品因之涵养着书写者综合的内在的文化情愫和对生命情怀的体悟，自然生发不可取代的文化价值，充分展现作品的文化性，其丰厚的情趣和可赏性自不待言。

这是一种我比较喜欢的表现书法创作形式，其要求文思敏捷，笔性自然，流美而天真，率性而通透，无拘束之感，随个人思维运行转化到行笔之中，笔到意到，墨韵涵泳书家文思、精神内质，把书法所表现作者的思想感情、内在意象以及真挚情谊均自然而又纯真地流淌在纸上，没有一点杂念，清醇而意真，使书法作品从墨色、章法到文本融为一体，展现出栩栩如生的生命意蕴，透过书法作品线条、墨韵展现书家内质清纯的意象，给整幅作品注入无限的想象思维和生命情趣，所谓文质相生，逸趣超妙也油然而生。轻松而自然，无丝毫功利色彩，拳拳之心透过笔墨跃然纸上，透过真挚流露情感注入线条和书法空间意象，丰盈了作品内在生命意趣，书法也自然提升到更高的人文品格和价值，作品的精神气象自然生动。

文人化书法作品具有丰厚的文化素质，在构筑书法作品原生品相具有重要作用，其蕴藉着丰富的生命因子，使作品更具生命力和人格魅力，真正体现文以载道的重要艺术特质，使书法作品闪烁其精神直接作用和影响于社会的精神行为，怡悦人们的精神品格，真正构筑丰富了人类精神家园，特别是其精神内核阐释的哲学思辨和宗教色彩影响着后人的内心世界和价值取向。

由此想到，我创作书法作品时，更喜欢摘抄自己创作的诗文，通过书法的笔墨情趣把诗文所反映的对生命的感悟更全面地揭示出来，融入书法作品，使书法作品具有的精神世界更全面和宽阔。唐代张怀瓘《书议》对书法和文辞的关系进行了历史定位，他说：“昔仲尼修《书》，始自尧舜。尧舜王天下，焕乎有文章。文章发挥，书道尚矣。”我个人重视诗文创作，并用大量时间阅读诗文，每年安排适当时间旅行，通过身体力行，感知世界，体悟生命，写下大量诗文，歌颂当代社会的真善美和祖国的大好河山，表现当代人的精神风貌和文化自信。通过读写充分展现个体生命价值取向和对生命真谛的追求，构筑个人人格品相。通过书法创作展现自己诗文，应当说是“笔墨当随时代”的表现。同时也表现了作者的思想内涵和人文修养，反映了这个时代作者对社会价值的观照和认知，使书法作品更具时代性、社会性和现实性。丰富了书法作品的时代语言和生命体征，充分体现这个时代人们的精神风貌和思想境地，展现了书法作者的心性和精神特质。正如黄庭坚在《跋东坡书远景楼赋后》中讲“余谓东坡书，学问文章之气，郁郁芊芊，发于笔墨之间，此所以他人莫能及尔”。

几十年来，我个人能自觉地养成阅读的习惯，并通过阅读带动家庭成员，形成良好读书氛围。2018年被评为福建省“书香之家”。阅读，包括阅读文史、诗词等成为我们的自觉行为。我个人坚持“以文养书法”的理念，坚持通过读写诗文提高内心修养，静养清纯的生命情怀，滋养个体生命浩然之气，陶冶心性，铸造诗性的人生和诗意生活。营造一种清雅、淡然的生命状态，以和为贵的人格特质，好学上进的人生态度。这些诉诸自己的书法作品，显现出来的就是文气、书卷气。这个其实也是长年积淀而形成的，并非靠一时生发，是常年修养和丰富自然滋养出一种和畅、文质的书法气息和品相。

2010年我到北京学习，著名书法家赵雁君先生评我的作品说“具有浓郁的书卷气和文气”。2013年著名书法家刘文华老师在龙岩书法培训班上说“你的草书作品调整得好会有大出色的”，并提出中肯的指导意见。2014年著名书法家王金泉老师更是对我的书法赞赏有加，甚至褒奖从我的书法作品中可以看到当代著名书法家、学者谢无量等诸名家的影子。他们对我书法作品的肯定主要从我作品所展现出人文特质和书法作品品相。虽然目前我的书法作品尚未达到他们期待的高度，但我想追求书法作品的书卷气和文气正是我的心性所然，自然我将沿着这条路不断地探寻和求索。

诗、书、文三者并进，这是我既定努力方向，我不会落下任何一方面的，三者都希望达到相当高度，这是我的终极追求。目前我已具备良好的基础条件，有机会在这三方面都创作出好的作品。同时我期待把三者有机融合，创作出优秀的书法作品。我想其艺术价值随着时间的推移将逐步显现，我充满信心和期待。

书法人生行走在路上，这是一条艰辛而又充满想象的，孕育着无限的生命魅力，让你生命激越，助你思绪飞翔，生发无穷的能量推动你不断地砥砺前行，蕴藉着丰富的生命情愫，使你的生命越发精彩。

书法是快乐而又励志的，怡性而又修身，书法作为一种生命形式，行之越远，爱之越深，积淀越厚，散发的光和热越大。我想许许多多书法人会有同感的。

2019 年 3 月 25 日

值得记忆的一天

因为办理提前退休，昨天刚从单位拿来退休证，11 月 1 日开始执行，今天是在职最后一天，也就不去上班了。

虽如此，依然如有上班的作息时间，6 点半左右起床，喝了点开水，随即做“八段锦”，沐浴在秋晨的清冷和曙光中，然后打了两遍 24 式太极拳，这已渐渐成为我早晨的基本定式。

8 点半准时端坐电脑前，打开电脑新浪新闻，稍浏览当天国内外主要新闻时事，约略 9 点开始阅读黑格尔《美学》第三卷（上）第二章“雕刻的理想”，有关理想的雕刻形象中的一些个别特别因素。

黑格尔《美学》第三卷是我近期重点阅读内容，目的是提高自己的艺术鉴赏能力，深度了解各艺术品类的艺术特征和审美原则，特别是侧重于诗歌方面的，因此开始直接针对诗歌这方面内容进行选择性的阅读。读了之后，感觉很是抽象，有点断章取义之嫌。分析之后，感觉如此难以真正宏观而系统地把握整个美学思想体系，包括审美原则和哲学思想等。

于是决定调整学习思路和方法，对整个第三卷系统详细地学习，从头开始包括建筑、雕刻、绘画以及诗歌四部分，从而了解其关联性和共同的美学机理。

目前已阅读到雕刻部分，虽然只是其中部分，尚不能整体了解整个美学精神，但也渐渐地感觉到其中一些美学原则和思维依据，读之越觉有味道。许多美学思想和理论对自己多年书法研究和诗歌创作的认知已有比较、纠偏和折射作用。我想随之系统、全面深度地阅读、理解和吸收，对自己整个艺术审美水平的提高将是大有裨益的，对进一步探究书法、诗词和散文创作的美学原理将起到很大的推动作用。

10 点开始临帖，近段还是希望在行书方面稍作加强。主要着力《圣教序》《致艾臣书札》和《祭侄文稿》，希望以《圣教序》为基础，吸收其他两种有益书法质素，为自己的行书增添更多的经典元素，丰盈自己行书的艺术气质。

上午以大字行书（10—15cm）临写《圣教序》，以碑的笔触融入王羲之法帖之中。参照著名书法家沃兴华先生《创作与临摹》一文关于五行相生“土生金”原理，即陶文的风格厚重，属于“土”，《圣教序》的风格清刚，属于“金”，如此写《圣教序》宜加强篆书笔法或碑版。因此希望吸收颜真卿的雄浑和赵之谦的碑味融入自己的行书之中，这种书写也是近期思考和探索的。以碑版笔法写《圣教序》早在2004年就尝试过，当时正在参加著名书法家曾翔的书法函授班，看到我的作业这种写法很是肯定，并要求保留下去，其批阅：虽然字形不像，但临写得法。

午休后2点半准时起床并沏了一杯清茶，随之阅读了国学书院系列《中国最美的100传世散文》，这是我近期拟定的阅读散文书本之一。虽然目前个人文章达二十万字，以散文为主，但自我计划重点阅读一批国内外经典散文，以便丰富自己散文的语言内容，学习更多的语言手法来调整和完善散文写作技法，提高自己散文的穿透力和内在魅力。目前首选这本书，并选择了阅读现代卷部分，近几天相继阅读了十几篇。今天阅读了老舍《想北平》《姚蓬子先生的砚台》，还有俞平伯《清河坊》。《清河坊》读第一遍没什么感觉，也许不够专注，重读了一遍渐而对其中的表现手法、语言特色和作者内心思想有了初步了解。

阅读花去了一个小时左右，然后继续临摹《圣教序》。

4点半按计划登平山。是时，天气阴沉，独自一人背着水壶沿着旧北关街向平山出发。此时恰是幼儿园放学，本已是寂落的北关街因第三幼儿园而自然活了起来，街上挤满了车辆和人群。拥挤的街面，成群的小孩，嘈杂的呼叫声，一张张童真的笑脸，交织成一幅美丽的图画，让人感到生机和活力。

伫立乌桥边，本应直向平山路，心绪忽然想到北渠，于是沿着乌桥路径直踱去。记得大约两年前的一个下午，自己曾独自一人来到这里，那时我辞去惠安书法家协会秘书长。那个午后冬日融融，白露横飞，漫步林荫，尤为惬意，并写下了《丁酉冬至二日午后独步螺城北渠》：“漫步溪堤上，斜光落照林。紫花开满岸，绿叶护良禽。冬日阳升起，柳枝春唱吟。鼓声催暮色，归去远山岑。”不期，明天是我提前退休，人生走向新的起点，我潜意识油然想到北渠，感觉很有意思。

北渠乃城北工业区一条重要的排洪涝水渠，深约略 4 米，宽 10 米左右，渠两侧用条石砌护，堤岸用花岗岩切磨砌成护栏。人工整治后美丽、壮观，虽然处枯水期上游供水量不多，但每个拦水坝水量充盈。阵风过后，泛起波光粼粼，堤边羊蹄甲花倒映水中，倩影可人。

北渠上接梅山村上游山体汇水，下接泗洲山惠泉啤酒厂以下排涝水道，直至玉溪桥，通向林辋溪汇入大海。古时这是一条连接辋川海的重要水道，行运通航。特别是德济寺前的德济桥，乃是连接南北的重要桥梁，也留下许多美丽的传说。北宋状元韩琦认母，重修德济庵和建造德济桥故事动人，至今依然感动于人。

水渠两侧种植大量羊蹄甲树，绿树成荫。树下按照不同规则布置，种植了各种不同的花草，有海芋、茶树、红花檵木、红背桂花、乌药等。走进花木丛中，沿着水渠向东慢悠悠走去，秋声猎猎，秋意稍凉，树下枯叶成堆。大片羊蹄甲花色泽鲜艳，或浅白，或深紫，随手伸向木枝一摇，咔嚓声响，枯叶纷纷飘下。但见渠对面一位老兄立于堤下，专注地垂钓着，显得怡然自得。偶见几只水鸟从渠中飞起，片刻潜入花丛中。

下午的夕景显得暗淡，夕阳早早躲进黑云背后，黄昏的景致因此沉郁而空疏。独步林荫下，依然惬意，并没有秋凉而不爽之感。身旁凋枯的花草坚毅地绽放着，渠壁一丛丛芦苇花摇曳在风中，柔长而轻盈，感到遗憾的是一路走着没有听到往日的鸟叫声，那种喧闹而轻快的气氛没有了。其实此时也才 5 点余，虽然天色灰暗，我想鸟儿也不是这么早栖息了。记得上次来的时候，也差不多这个时间点，然而鸟语花香，热闹得很，心情也格外愉悦，情景大不一样。究竟什么原因？是不是鸟儿都离开这里，而另找栖息地，是不是因为这里的环境不好，抑或周边工地施工噪音影响，抑或工厂生产空气污染，相信它们是根据自己判断做出决定的。古人不是说过吗？良禽择木而栖，适者生存，不是吗？

循着林荫来到下游渠道边，这里穿插一片复羽叶栾树，正开着花，一簇簇如稻穗，浅红色，缀满树冠，感觉很是舒服。对岸几棵美丽异木棉树，枝上朵朵鲜花怒放，鲜艳无比，给这昏沉的暮色平添生机和色彩。斜倚凝望，忽然一只白鹭展翅飞翔着，时低时高，急促盘旋，似乎在寻找伙伴。夜幕降临，伙伴失散，我想白鹭心里肯定很着急，但愿它很快找到。瞬间，白鹭似乎感觉到伙伴的招呼，展开翅膀飞快冲向天空，径直向远方飞去，我欣然看着它消失在夜空中。

忽然眼前呈现一片花木郁郁葱葱，花色鲜亮，我循着小桥走去，各种花盆簇拥着，显得很耀眼夺目。本以为草木搭建的简易房有人住着，走近一看，空空的，只见室内堆积杂乱，看来可能只是夜间在这里简单住一下，所以显得简陋。我独自在花圃间欣赏一遍，静心地感悟自然的生命状态，在美的世界里享受着。

天色渐而暗了下来，夜幕笼罩着四野，周遭工厂灯光逐渐亮起来，由此感受到工厂繁忙的气息。四周也因此静了下来，偶尔车辆从眼前穿行而过。此时只见天边如钩新月高高挂起，慢慢向我走来，淡淡清辉洒向无边的山际，给这个夜色增添了朦胧和清静的感受。

于是戴着月光，优哉地沿车道行走在回家的路上。来来往往的行人脚步匆匆，沿街烧烤、鞋摊、水果摊等无序排列着，各种霓虹灯闪烁着。推开木门回到家里，已是新闻联播时间，打开电视关注新闻，这也是我每天必做的事。

次二日，我写下了《十月初四午后漫步螺城北渠》：“十月羊蹄甲盛开，秋风萧瑟没青苔。清光淡淡幽人醉，流水依依暮鼓催。”

这一天，我感到富足而自在，脚步轻盈，心致舒雅，情绪清逸，闲适而无拘。

虽然明天将是人生一个重要节点，在经历了既是轰轰烈烈又是平平淡淡的五十六载，有少年的懵懂、青年的激昂、中年的回归，人生艰难地跨出每一步伐，烙下了坚实的脚印。虽然生命的风华蕴藉着几多沧桑，但在奋斗和前行中滋养着善良和友爱，包容和理解，生命也因此快乐而从容。

选择提前退休，走向新的平台，同样将是不可预测的。可能充满鲜花，可能布满荆棘。舍得也是人生的一种境界，正确看待得失展现了个人的胸襟和气量。人生任何时候都是富有挑战性的，如何以一种积极、自信的生活态度迎接新生事物和生存环境，这也是每个人的修为和涵养所决定。我想自己有能力坦然面对着生命每个阶段的风风雨雨，和风细雨也好，狂风暴雨也罢。“从容看世界、美丽写人生”，这是我心中的期许。

新的选择，这是符合我的心性以及对生命价值的体悟。追求适性、淡然、自由的生命状态乃是内心的执着，搭建新的平台展现了对生命追求新的精神气质，期待融入更多的生命质素，丰盈生命的体量和价值，让生命更潇洒和自在。

当然生命希望有理想的结果，并非靠想象和喊出来的，很多方面无论从思想、行动都应有充分的准备，要努力调整和适应新的时间节奏，正确看待社会的淡忘，真正做到舍得。还好，我对自己的人生定位还是比较明确的。自己尚是比较自信和通透的，对事物发展总能以辩证、发展的眼光和态度看待，也比较容易接受新生事物。这可能得益于自己充满曲折的阅历和自主的奋斗历程，得益于常年阅读经典的习惯，得益于我对生命的执着和热爱，得益于我对这个社会的感恩情怀，期待通过自己的努力回馈于社会。

今天是昨天的总结，明天的开始。我希望把今天的状态带给明天，成为明天或更多时间的生命追求，这当然是我想要的。我会努力把这种状态保留并加以丰盈和发展。

2019 年 11 月 7 日

梧桐湾诗创作漫笔

当我日渐疏于俗事，淡于尘世的喧嚣，倾心于古人生命律动觅得心灵的慰藉，静雅、安逸、随性的意趣影响着个体生命的行止，于是闲看窗外花开花落，草木枯荣。

5 月 15 日下午村副书记（主持工作）惠川贤侄打电话要我给梧桐湾题个字并创作诗一首，这让我很高兴。不是因为由我做这件事，而是因为作为新一代村负责人有知识、有思想、有谋划，认识到文化的意义和文化产品的价值并付诸实践。我即兴写下《梧桐湾——兼忆蒙古族出氏五世祖光育公开基洪厝坑》：“众峰连四野，岚气绕船山。飞瀑春秋意，微躯天地间。云涛闻风喜，月色慰心闲。神惠踌躇路，仙家共此湾。”

诗以白描的手法，情景结合，寓情于景，采用我喜欢的五律表现形式，充分利用场景物象“船山”“梧桐”“瀑布”等，展开想象，结合到思维构筑的表述立意中，显得自然生动。此诗并非就景论景，而是借诸多与生命息息相关的鲜活物象，揭示行者内心世界的生命律动。如古有“栽桐引凤”之说，《诗经·大雅·卷阿》：“凤凰鸣矣，于彼高岗。梧桐生矣，于彼朝阳。”自汉以降即有栽桐树的习惯，寓意着瑞气、吉祥和美好，当光育公眼前出现一片梧桐并有凤凰翔鸣，心生快意和慰藉。“船山”即猪槽兜，光育公在人生最是困难、处于抉择的十字路口，是神明指向照船山，当照船山隐隐约约展现眼前，人生的希望已向他昭示着。

构思这首诗，首先浮现的是一位高大健硕的中年蒙古汉子，憔悴的面容，彷徨的眼神，沿着溪侧不成规则的小径艰难地前行着，时而仰望、时而俯蹲，每一步都是那样的坚实，从而联想到蒙古族出氏的发展经过和历史渊源。以至于我在写下这首诗心依然难以平静，唯恐没有表述准确或者未能以更多的信息量来展现我对先人的敬仰之心。写这首诗体现了与我平时迥然的性格，感觉更小心了，或者说犹豫了。“近乡情更怯。”因为爱之愈深，想的自然也愈多。因此多易其稿，反复修改，始觉切合心意，姑且以之书笺。

蒙古族出氏乃为元朝立下赫赫战功、草原英雄木华黎之裔，入闽始祖元太尉纳哈出为其裔孙，洪厝坑出氏一世祖。其次子佛家奴以本等名色授职指挥使，占籍福州中街十三甲，屯田三十二亩，以役边倭有功。后因世事变故，去“纳哈”，以“出”为姓，弃职归田，南下旋籍惠安之北九都海滨象狮乡，即现在后龙上西，面水而居。后因种种原因，渐而向西迁居，四世祖舜宾公率子光育及家人始落脚涂岭新厝乡。

历经多年，五世祖光育公承继家业。由于单户独姓，寓居他地，屡遭欺凌，于是祈梦卜仙，得仙兆云：“若要富，洪厝坑猪槽兜。若要贵，兴化涵头口。”光育公毅然肩挑锅盆，携妻挈子，沿着泗洲溪流右侧石径向山里前行。途经石梯界乌云密布，锅掉人摔，骤然风雨交加，恐惧和无奈之时，仿佛听到“既卜之则信之，破旧方可立新”。猛然醒悟，坚韧地向山里而去。在彷徨、踌躇、犹豫的行走中，跋山涉水，披荆斩棘，一路千辛万苦。族谱载：“石梯路勒铭犹云：涂岭出光育喜舍石梯路。壬午冬十月。”据此结合每25—30年为一代推测，约为1582年10月行经此地，并记之。

当行至梧桐湾时，山形陡峭，坡体高大，梧桐树枝繁叶茂，郁郁葱葱。左侧岩壁直立，瀑布从天飞泻而下，如一张美丽的轻纱随风而起，飘洒在空中。涧底岩盘凹凸不平，水流清澈，潺湲东流。仰望照船山巍峨耸立，横亘天宇，云蒸霞蔚。驻足溪涧清凉惬意，时而云涌风起，时而群风翔鸣，清脆悦耳。周遭瑞气祥和，令人心生愉悦，油然感触到神灵旨意，意识到也许这就是自己想要寻找的地方。于是提振精神，信心倍增，继续前行，终于来到了桃源胜景照船山下。

时来运转，老天眷顾，历经多年的艰苦创业，渐而人丁兴旺，家业昌隆。进而兴庠序、修族谱、立宗祠，开创蒙古族出氏一片新天地，瓜瓞绵绵，人文昌盛，英才辈出，形成了富有特色的海滨蒙古人。

梧桐湾位洪厝坑十八弯位置，刚打造的观瀑台美丽壮观，构件上添加了诸多蒙古族元素，格外显眼。站在台上居高临下，梧桐湾、小坎瀑布尽收眼底，谷底沿坡新砌石径蜿蜒曲折，两侧种植各种花草，绽放着不同小花，或黄或红或紫，多彩斑斓，赏心悦目。谷底拦坝水波荡漾，晴光映射，蓝天下山体倒映，如若水墨画镶嵌山间。枯水期山体汇水面积不够，溪流较小。若是雨季，水量丰沛，瀑布呈三级状，蔚为壮观。放眼望去，群山连绵，层峦叠嶂，大林山、观音山、大雾山、照船山、燕山连成环状，青翠欲滴。一股股炊烟从不同山谷袅袅升起，隐隐听到远处传来的鸡鸣声、犬吠声。

己亥立夏次日，内蒙古四子王旗巴图副旗长挂职惠安，听到泉港区山里定居着蒙古族出氏，甚以为奇，随即组织参观和调研，我允以陪同。这一天，晴光万里，风和日丽。我们驱车从惠安出发，来到洪厝坑蒙古族出氏发源地。当车辆停在观瀑台，巴图副县长信步走向台前，倚栏眺望，油然感叹山川俊美，钟灵毓秀，别具特色。对面如练的白彩带飞扬在空中，阳光下飘逸灵动。更远处扑面而来满目葱茏，绿的海洋，波澜壮阔，一朵朵大白桐花点缀着山冈，连串成一条条洁白的哈达披挂在山坡、田野、云谷，迎接着远方的客人和来自各地的朋友和亲人。

随之，我们参观了蒙古族出氏源流图、出氏家庙等。学渊贤兄介绍了蒙古族出氏渊源，回忆出氏家族艰辛的创业历程和对未来发展的期待。巴图副县长赞叹蒙古族出氏辉煌的历史，卓绝的精神品质，富有传奇色彩的史诗历程。对蒙古族出氏的发展充满期许，对正在规划建设的全国少数民族特色山寨旅游产业提出了个人建议和看法。之后我写下了《己亥立夏次日巴图副县长蒙古村调研》诗以志：“绿水燕山下，桐花开满园。田畴秧子秀，乡野族风敦。家庙源流在，翰林诗品存。远方蒙古客，醪酒不嫌浑。”

这是一片静谧、安宁、祥和的净土，让人心生惬意。满山遍野的梧桐树，绽放着洁白无瑕的圣洁之花，说明了这片土地很是适宜梧桐树的生长，自然会引来更多的金凤凰在这里栖息，给这山村带来吉祥和平安。

蒙古族出氏历经五百多年的积累和沉淀，在发展中继承，在继承中发展。不断吸收汉文化各种优秀的文化素质，丰富和充实蒙古族出氏的文化内涵，形成了系统而连续的，特色而多元的文化，呈现了单一和不可复制性 。既保存着蒙古族自身天然的民族特质，坚毅而开明，融合而独立，灵活而坚持。呈现出豪放、耿直、坦诚等优秀品质，又善于吸纳中华大文化包括儒道释等丰沛的文化元素，滋养自己的生命，展现出一种和而不同、积极入世的包容之心。

蒙古族出氏虽然开基洪厝坑仅仅数百年，但发展迅速，涌现许多优秀人才，展现出非常正能量的一面，给社会带来积极的影响。特别是出科联的出现，曾经给整个惠安甚至八闽大地带来了荣光，成为一个时期八闽大地学子心中的标杆。这些成绩的取得源于对传统文化怀有敬畏之心，注重吸收和发展，在学习中成长，在蕴藉中丰盈。

保持富有民族特色的文化根源才是存在之本，是民族之魂。进一步丰富和发展是血脉的延续和精神的传递。做好继承和创造需要更好地总结、宣传，注重挖掘传承和保护民族优秀的传统文化，以史为鉴。让后来人感知民族文化的生命力，只有保护好源头才能有活水源源不断，这是精神产生之本。只有这些精神融合于血液之中，其精神特质才是具象的，影响才能显现，其潜在的生命力量是无穷的，也是不可代替的。

发展民族特色文化才能保证民族的存在和繁荣，才能产生更大的亲和力和凝聚力。民族特色文化具有独一性和差异性，几百年来形成的特色文化已是社会所认同和接受，这是一个特色鲜明、充满活力的文化因子，鲜活而力量。在这伟大的时代，在这融合的氛围、肥沃的土壤，健康而茁壮地成长。

我想每一个人对家乡的事业都是充满信心和关注的，同时也是有忧患意识的，愿为家乡的发展鼓和呼，这也是每个人的使命和荣光。

2020 年 5 月 19 日

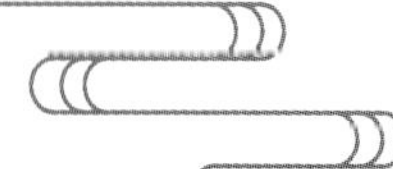

春秋记梦

给庐山管理局局长的信

尊贵的庐山管理局局长：您好！

丙戌秋日，本人参加泉州市科协组织考察学习，并畅游心仪已久的庐山风景。偶然于仙人洞名景处发现新镶碑刻书法，署名明太祖朱元璋《题竹林寺》诗，但见其内容为："庐山竹影几千秋，云锁高峰水自流。万里长江飘玉带，一轮明月滚金球。眼观湖北三千界，势压江南十二州。庐山美景观不尽，天缘有份再来游。"该内容与吾族先贤出科联随乾隆游江南至庐山所作《游庐山》诗多有雷同，其作品录入福建惠安文化丛书《古今诗词》第68页及《出氏族谱》之淑渠诗文，其原作内容为："庐山竹叶几春秋，云锁高峰水自流。万里长江飘玉带，一轮明月滚金球。眼观西北三千界，势压东南十二州，一时光景看不尽，天缘有幸再来游。"加以比较不难发现碑刻诗有："庐山"二处、"观"二处、"几千秋"似有不妥，如此当然不具佳诗之特质，其他尚有多处不同如：湖北—西北、江南—东南、竹影—竹叶、有份—有幸。据查庐山历代诗文集中未见明太祖有此诗抄。传说先贤出科联智慧过人，满腹经纶、才华横溢、诗文潇洒、气贯天宇，当年写下《游庐山》《故乡笺别》《为郑必捷妻书》在杭州府及民间可能有存抄，当时影响甚大，有气韵高古、气魄宏大、并肩古贤之誉。特别是《为郑必捷妻书》因内容情义、孝德至天，为杭州民众传抄并贴在街头巷口传读。在泉州地区也多有记载和传唱，为泉州民间百姓所喜爱和诵读。现代人依然把这三首诗文看作是出科联留下较有影响的传世诗章，也能为书法家所喜欢和抄录。同时查看《庐山诗文集》未见录入该诗，也未见出科联名字。据以上资料分析，本人认为该诗应为出科联所作。

出科联，字乾甫，号淑渠，康熙四十八年即1709年2月出生，世居现福建省泉州市泉港区涂岭镇小坝村洪厝坑，蒙古族，乾隆三年即1738年登本省乡试第一（中解元），次年联捷进士，殿试第三甲二十六名，时年31岁，授翰林院庶吉士，特授检讨。惠安县志载科联著有《淑渠诗文集》，但未见存世。其学识渊博，诗文为时贤所重，八股文写得制义娴熟，气味甚深，人谓其闱墨得杨会元传礼，字与虞永兴。清乾隆帝对他的诗文十分赞赏，二百多年前（1751）随乾隆第一次游江南至庐山，相继写下《游庐山》《故乡笺别》及后所作《为郑必捷妻书》等脍炙人口的诗文，为世人传唱。出科联秉性刚方，不搞钻营，十年翰林，不得升迁，后因谗言，只得归泉州梅石书院授学。故世名不著，诗文为史所忽，传世文章、墨迹鲜有，甚以为憾。

鉴于笔者非研究史学，对出科联随乾隆游江南相关史料查证未详，敬请贵区组织相关专家查证此事，以澄清史实。同时建议对世界级著名风景名胜区镌刻优秀历史文化作品是否应慎重核实，以免贻笑后人，损坏庐山形象。谨呈此信给尊贵的庐山管理局局长，望能引为重视。幸哉！

2006 年 10 月 10 日

秋香果熟时

春华秋实。秋天，收获的季节，品尝成功的季节，也是人生快乐的季节。

早晨，弟媳利用休息时间，回老家采来十几斤新鲜龙眼，上班顺便带来几斤给办公室同事分享。莹亮、翠绿的鲜果摆在桌上，果能引人嘴馋，同事们迫不及待地品尝着我家乡的土特产，谈论龙眼种植产业。协会郑红英副主席（高级农艺师）开门看到茶桌上龙眼果品，马上询问龙眼来历，品尝后大加肯定说该品种果大、肉嫩、汁甘、味香，乃优良品种，具有原生口感，真是佳果啊！办公室小詹等品尝之余，啧啧赞赏，洋溢着青春的笑容。我由衷欣慰，思绪油然……

20 世纪 90 年代初期，农业经济结构悄然变化，市场经济春潮涌动。这一年我刚好由南平调回惠安工作，也经常回到家乡，看到乡亲依然信息资源缺乏，思路单一，原有农业耕作观念守旧，乡民的经济收入非常有限，计划经济面貌依然，人们的生活水平未得到根本改善。那种忧郁、彷徨的眼神引起我的思索。

我自个儿揣测、思考着如何促进乡民改变观念，调整农业结构，放弃原有耕作模式，以现代农业眼光发展生产。于是我与自家兄弟商讨，把村里分予我们的两块约 30 余亩山坡地由我搞种植。顾及我刚从外地回来，能主动在家乡搞点事业，一是以后经常接触，联络感情；二是相信我出门见多识广，相信我的思路能带来好的促动作用，于是欣然同意。

记得自我懂事，龙眼一直是令我垂涎的果品。每当夏秋之交，金黄果实挂满树梢，一群村童戏耍在龙眼树下，抬头仰望，口水欲流，总期待着能自然掉下一粒，以解馋口。特别是每当八月台风季节，少年同伴个个争先恐后、风雨无阻，天还未亮就提着篮子、打着手电筒奔跑到龙眼树下捡拾满地散落的熟果。龙眼给童年带来无尽的欢趣和快乐。

龙眼这优秀果品经历计划时代的营销培植，泉州、莆田地区较多人参与，市场营销网络健全，果品行情看好，经济效益可观。更因为龙眼品种非常适宜泉州自然生态环境，不论温湿度、土质、地理、地貌等，并且本地早就有种植龙眼树、烘焙桂圆干的传统，种植龙眼树是老家乡民的主要副业收入。因此我选择龙眼这优质品种，规划着龙眼种植事业。

为了更好地发展，于是着手制订种植计划，按规范要求开荒垦地，垒坡筑梯、挖坑填料，为确保肥料来源，还投资近五万元建养猪场，配设沼气池，真是轰轰烈烈上马、踏踏实实办事。一年后山坡果木茁壮成长，绿油油一片。村民老少羡慕之余，思想涌动，大家充分利用房前屋后、田头埂尾大力开垦，投入开荒育果开发之中，满山遍野奏响开荒种果希望曲。大家看到希望，充满信心，人生多了几分成就感和几许收获的期待。

然而，市场是无情的。转眼几年，泉州曾引以为豪的优质龙眼滞销，龙眼市场价格一降再降，农民投入血本几乎无收，严重挫伤了农民的积极性和信心。挂在果农脸上的笑容不见了，看不到希望，农民不再期待龙眼能给自己带来富裕和改变落后面貌，于是出现了砍树换种、放弃管理等现象。龙眼的出路何在，农民不敢期望，十几年的损失不自言，耽误发展才是致命的，人生能有几回搏？目前农村大量龙眼树因疏于管理处于荒废，开发难以成果，松散型管理妨碍着产业化发展。

据不完全统计，山区农家普遍户均龙眼树百棵以上，这是何等可贵，倘若能走产业化、集约化、专业化，将直接影响着农民生存和改善生活、生产环境。然而，几百年建立本地特色的优质品种基地处境依然堪忧。

近年来，市委、市政府高度重视，充分认识龙眼这个泉州特色品牌的价值和影响，先后出台了一系列优惠政策，也身体力行，政府牵头，走出泉州，加大营销力度，增强科技扶持，有力地促动泉州龙眼走向复苏。但离泉州龙眼重塑新形象，铸造新品牌，成为泉州农村新的经济增长点，根本上保护农民积极性，维护农民的利益尚需很长的路。泉州龙眼真正走向产供销一条龙、产业化构建仍需要很大努力。

加大政策、科技、财政、信息的支持和引导，营造泉州龙眼新特色，整合本地资源，规划发展愿景，建立专业市场，培植传统品牌魅力，增强农民种果积极性，从根本解决“三农”问题，促进农村经济发展，加快社会主义新农村建设步伐势在必行。

果农，期待着春天的到来，更期待着秋天鲜果收获时的快乐！

2007 年 8 月 29 日

进一步挖掘文化资源　促进文化产业发展

泉州作为全国第一批历史文化名城之一，是世界多元文化宝库，具有悠久的历史和深厚的文化积淀。惠安作为泉州重要组织部分，文化渊源深厚，洛阳桥、崇武古城、惠女民俗等一系列富有鲜明地方特色的文化品牌，是惠安人们引以为傲的。惠安完全可以依托“南音”申报世遗名录成功，闽南文化建设全力推动等有利时机，加快惠安文化资源的挖掘和整合，促进文化产业升级，推动惠安经济社会事业可持续发展。

近年来，惠安在文化产业方面做了不少工作。2009 年 11 月 18 日在螺阳举办的三十集电视连续剧《奇才怪杰辜鸿铭》剧本研讨会，11 月 19 日在崇武举行的以“推动戏剧文学创作，繁荣海西文化产业”为主题的第六届中国戏剧文学奖颁奖盛典，都凸显出惠安对文化产业化的重视，但是惠安文化产业发展同经济社会事业发展的需要仍有很大差距。根据惠安本地特点以及惠安发展定位，结合文化产业特征，惠安应站在历史的高度，更好更快地做好文化产业化的远景规划和实施意见。结合个人理解，提出几点想法，供决策参考。

一、做强做大“惠女”品牌

加强惠女民俗品牌内涵的进一步挖掘和丰富，开发惠女民俗文化新的视点和亮点，促进惠安民俗文化品牌的规模化，提升惠安民俗文化品牌的文化品位，推动惠女民俗文化品牌的持续影响力。打好“惠女精神”品牌，加快惠女精神内涵的挖掘和宣传活动，提升惠女精神在新时代的影响。可以围绕“惠女精神”开展系列文化产业建设，如利用惠女水库、八女跨海拓荒、小岞海堤防护林场等惠女题材开发电视、电影、动画等创意产品。

二、致力建造文化强县

利用政府办公大楼改造，腾出空间，在孔庙边建设“李硕卿、陈书涛、陈大业纪念馆”。通过收藏展览画家作品，供后人了解惠安历史，同时展示当今惠安艺术家美术、书法等作品。

加快惠安“书法之乡”创建力度，该工作已纳入我县国民经济“十一五”计划，申报“书法之乡”对推动惠安在全国的影响力，推动惠安全民文化素质教育，具有很好的促进作用。

培养壮大惠安文学队伍，加大扶持惠安籍作者文学、诗歌作品的编辑、出版，积极反映惠安风土人情和经济社会事业的繁荣景象，讴歌惠安人民在新的历史环境中艰苦创业、奋发有为的精神面貌。

二、提振惠安人文力量

在洛阳桥北建设蔡襄纪念馆，广泛征集蔡襄诗文、书法以及“中国第一座跨海大桥”的史迹。同时，与吴文季纪念馆、郎静山纪念馆、陈金城故居等纳入一个新的文化视点加以建设。

加大净峰寺建设力度，借助“弘一法师”纪念馆在国人中的影响力，进一步丰富内容，提升宣传规格，提振惠安人文力量。

四、建设文化产业基地

推动华光摄影学院的建设和发展，以华光摄影学院为平台，开展更高水平的文化外联工作，推动惠安文化产业发展。

加快建设文化产业园，以“海西”建设为契机，加大对台湾文化产业合作力度，引进外来文化产业投资，推动我县文化产业更全面地发展。

充分利用三十集电视连续剧《奇才怪杰辜鸿铭》拍摄的机遇，有序推动相关文化产业规划和建设，让惠安成为影视创作基地，展示出惠安在新的历史语境下的文化高度和厚度。

总之，惠安文化资源丰富，文化特色鲜明，文化产业具有良好的发展基础和潜力。把惠安文化资源优势转化为文化产业优势，打造富有地方特色的文化产业品牌，更好地服务于“海滨邹鲁”的文化发展。

（汇编政协第十二届惠安县委员会第四次会议发言材料）

春天的蒙古村

——泉港区第六届少数民族文化节

岁次壬辰，春雷未鸣，春风拂面，照船山下春意盎然，阵阵清风吹拂寒冬的树梢，芳草透青，木棉吐绿，泉声潺潺，鼓声、掌声、欢笑声汇成一股春天的赞歌，带着龙年的祝福飞舞在山间、田野、乡村……

泉港区第六届少数民族文化节在照船山下洪厝坑隆重举行，这是一次迟来的文化活动，也是一次与时俱进的文化活动，在新的历史时期，在这富有民族特色的蒙古村举行，其意义特殊。这是文化的魅力，也是传统文化的影响力，更是文化的传承。

洪厝坑位于照船山半腰，处于大林山、船山、烟墩山（现称燕山）环抱之中，两条分别从西北、东北的溪流在此交汇，形成一条永不停息的热流直奔山外。洪厝坑翻越照船山即仙游园庄，离涂岭镇区 10 公里余，乃泗洲水库的发源地。此处层峦叠嶂，林茂山青，空气清新，气候宜人，风光旖旎，桃源之境也。其掬天上之浥露，吸群山之灵气，得天然之逸性。仙公洞、翰林第、出氏家庙等蕴藉着丰厚的文化积淀，滋养着蒙古族出氏子民生生不息，形成温和敦厚、祥睦融洽、谦卑慈善、丰衣足食、兴文重教的民风。希冀在这里孕育着。

只见乒乓桌上银球翻飞，拔河绳头对手相搏，楚河汉界棋子激战，还有篮球场上生龙活虎，挟着春天的歌声飞扬着……

村埕四周，张灯结彩，彩蝶飞舞，着装一新的乡亲扶老携幼，结伴而行，笑语频频，一双双炯炯有神的眼光，融入春天的祥和……

家庙里的笔会主要由惠安县书法家协会主席何栋桂带队，鲤城区书法家协会、泉港区书法家协会部分书家参与，包括刘顺华、何路鸿、庄绍英、出武祥、庄永堂、何文忠，还有吴耿阳和市文联小苏同志。解元、进士、文魁……一块块匾牌，吸引着每一位书法家，眼神专注地阅读着。激情随着春风而萌动，于是如椽的笔杆舞动了，流动着青春的韵律，洋溢着生命的情趣，或灵动，或静穆，或优雅，或奋扬……一幅幅绚烂而富有生命的画卷镶嵌在春天的山谷。

这是我生命中最激动的一天。我有幸在家庙里把自己的执着融入乡情，融入眷恋，思绪如泉涌，一幕幕……

五百年前，元鲁国王木华黎裔孙元太尉纳哈出五世孙光育公，携妻挈幼，背锅带杖，沿泗水谷底经石梯而行，仰望天上白云，周遭烟霞缭绕，两侧石壁陡立，茂林修竹，景色清幽，引人入胜，心境畅然，于是充满期盼。突然恶云挂壁，四周漆黑一片，绳断锅掉，在幽静的溪谷响着凄哀的小孩哭声。风为之而凝，云为之而散，山为之而肃，心情格外沉重，前程猛觉彷徨，悲情融入草木之中。然而，凭着坚毅的性格，自信的情怀，不屈的精神，沿溪而上，披荆斩棘，历尽艰难险阻，攀石壁，涉溪流，穿丛林，终于来到照船山之下。只见霞光依偎在照船山峰巅，露出灿烂的笑容，似乎告诉光育公，这是你要寻找的地方。于是凭着灵感，坚定地选择在这里定居，由是流浪的青春得到呵护，生命之根焕发生机，茁壮成长，枝繁叶茂，从而坚韧地走向繁荣的今天。这是流淌着多少先辈的心血，汇成一股股甘甜的泉水，孕育着一代又一代的生命，涵养着每个人的性情。

12 世祖族贤出科联，乾隆三年（1738）登本省乡试第一（中解元），次年联捷进士，殿试第三甲二十六名，时年 31 岁，授翰林院庶吉士，特授检讨，钦点翰林，著有《淑渠诗文集》。清乾隆帝喜其诗文，有幸随乾隆游江南登庐山，并写下《游庐山》《故乡笺别》《为郑必捷妻书》等脍炙人口的诗文。从其《游庐山》“眼观西北三千界，势压东南十二州”的名句，可见其气魄和胸襟，该诗镌刻在庐山仙人洞壁。然命运不济，十年翰林，不得升迁，更因谗言而落归泉州梅石书院主持授学。

出科联像金子般的名字闪烁在蒙古族出氏族系，曾经代表着惠北乃至惠安，甚至八闽大地曾经的荣耀，给桃源般的山谷带来许多传奇、想象和期待。其文魁、解元、翰林等一串串珍珠般的荣光，如同灯塔照亮着一代又一代族裔不断前行，鞭策着一批批后学者砥砺琢磨，成为心中向往的永恒高标。

走近稍有点破败的翰林第，依稀可见当年的辉煌和光华。门前淙淙的溪流依旧歌唱着这里曾经的灿烂。抚今追昔，几多思绪，几多慨叹，我轻轻地吟哦着旧作《烟山寄怀——出氏家庙重修怀先族贤出科联公》组诗：

其一

低眉思圣德，敛性老家归。太守官途享，伊人仕命希。

情钦梅石抱，才溢学生围。斯世何能遇，临泉沐日晖。

其二

燕山烟雾处，眷意欲何依。书得临窗趣，灯挑为夜辉。

月闲心更逸，室静志无违。漫步清泉近，悠然性自归。

其三

平明和浥露，赏叶不知归。偶会名僧寺，常思古佛机。

樵夫遗足迹，溪谷见蓑衣。暮鼓生灵息，轻推月下扉。

一张清癯的脸庞和蔼而慈祥，若隐若现……

站在家庙里，我默默地注视着每一匾牌，阅读着每一对联，心潮澎湃，心性飞扬，于是写下一幅“惠风和畅”。这是我对如桃源般的山谷，充满期许。没有角逐，没有忧虑，没有计较，一片充满暖和而宁静的气息，显得特别的温馨和向往。

鲜艳的柱上，联语告诉我，这是充满艰辛和荣耀的祠堂，记录着多少传奇，烙印许多奋斗的足迹。

我热爱源远流长的文化，庆幸在这个盛世和谐的年代，各民族团结、互助、融和，感激宗亲同心协力把家庙修复一新，由是写下《出氏家庙重修感怀》：

座处飞龙地，心怀宇外翔。山环掬秀色，水聚蕴灵光。

燕舞祠逾丽，花开第更香。阴晴祥瑞至，夕旦彩云妆。

先世遗宗迹，后昆植桂芳。感时重建构，情愫万年长。

自由地挥洒，无拘地言行，陶然乐怀，心性随着线条的流动而优游，心境融入优雅的墨趣之中，墨香悠然飘荡着。

一声声猜拳声，划破傍晚的喧闹，随着芗剧的锣鼓声响起，梦想沉醉在热闹的山谷。于是乎古人诗曰：鹅湖山下稻粱肥，豚栅鸡栖半掩扉。桑柘影斜春社散，家家扶得醉人归……回荡脑海，仿佛找到生命之源，依偎在温柔的春风之中。

2012 年 2 月 20 日

（刊登《惠安书法》2013 年总第 15 期）

癸巳祭孔文

时维癸巳，节届中秋，值先师孔圣夫子诞辰日，谨备时蔬清酒，配管乐歌舞，恭拜大成殿下以祀之。

先师吉诞，文庙流光。中华圣哲，诗礼华章。
仁依德据，清源绵长。艺游道志，杏树栖凰。
磊磊落落，君子尤藏。浩然正气，万世名扬。
高山仰止，纲纪之常。春风沐育，文脉隆昌。
千年惠邑，处处呈祥。科峰竞秀，翰墨飘香。
梓桑学子，福海无疆。人才辈出，智女贤郎。
石雕焕彩，惠女奇装。新兴产业，石化方昂。
旅游奋起，潜质难量。海滨优势，名列前行。
城乡发展，和谐谋襄。安居乐业，乃寿乃康。
兼容博爱，永秉传芳，谨躬敬祀，歌舞举觞。
伏惟
尚飨！

2013 年 9 月 10 日

（此文应王平山校长之邀而作，并为当年祭孔文诵读）

又到中秋月明时

中秋，这中华民族传统节日，千百年来穿越着宇宙时间坐标，承载着多少中华儿女亲情、爱情、友情、乡情诸多生命情愫。中秋月也因此别具生命意蕴，一轮皓月高悬天宇，悠然行走在昼夜轴线，勾起多少骚人墨客的逸思和遐想。屈原《天问》“夜光何德，死则又育”；张若虚《春江花月夜》“江畔何人初见月，江月何年初照人”；李白《把酒问月》“青天明月来几时，我今停杯一问之”；王维《山居秋暝》“明月松间照，清泉石上流”；苏轼《水调歌头·中秋》“人有悲欢离合，月有阴晴圆缺，此事古难全。但愿人长久，千里共婵娟”。这些咏颂明月、寄托幽思的诗词佳句，成为构筑中华文化的重要元素。明月成为维系家庭、社会和谐、团结的重要精神力量，成为有血有情有活力的生命体，富有诗情画意。以明月歌咏生命、探究人生、寄托情操成为一道亮丽的风景线。

如何把中秋节过得惬意，富有生命的律动，有时也是需要考量的。

每个年龄段的人追求意趣也是迥异的。或登高揽月、神思逸兴；或临水抱月、柔情似水；或晤言一室、畅叙幽怀。追求的都是生命中最美好的情趣。

步入中年的我，这几年中秋节都是选择游览科山，登高赏月。任山风浸润、心性漫游，显得清雅淡爽，别有幽趣。或漫步在林荫下，透过稀疏的树梢伴随清风，月影婆娑，柔软的月光轻吻脸庞，怡然自得，无拘无束；或倚靠石栏，放眼遥望，群山连绵，银色月光如薄纱轻罩其上，闪烁的夜光点缀岗峦丘壑，山体安静而寥廓，清音悦耳；或驻足惠女广场，仰望天庭，天高云淡，圆月优游，任你畅想，内心更加淡然、优哉。

随着生命的经历，每一次的赏月对生命的理解似乎都不大相同。记得2008年女儿刚考上大学，这一年也是第一年小孩不在身边过节。但过中秋节浓浓的家庭气氛依然存在，小孩不在家中那种空寂的感觉尚未那么明显。晚饭后，我偕家眷夜游科山，感受别有一番趣味，似有一种释然之感，毕竟十几年小孩的管理、教育等，还有工作、生活都给自己的青春裹得紧紧的，甚至有点喘不过气来，如今偕妻登山赏月自然显得萧散，生命因此而旷远和从容。于是，写下《丁亥中秋夫妻登科山赏月》：“信步科峰把月观，清辉共沐袖衣寒。且由心性飘林谷，应任禅风浸肺肝。世上同歌天地好，岁中应庆北南欢。高悬蟾兔金波耀，撒向人间夜未阑。”

伴随着年龄的增长，其生命状态更趋超然物外，追求着精神旷达，心境无拘的生命更有意味。生命的洒脱、优游也油然而生。2011 年的中秋节我写了《中秋即怀》：“湖光黛影映心明，荡漾清波画舫行。载向云乡千里梦，桃源何处月盈盈。”

岁月如歌，人事无常，青发渐稀，对生命的理解似乎更着眼其深邃哲理，探究人生的真谛，这也是快到天命之年的自然情致。2012 年中秋节登莲花山赏月，我写下《壬辰中秋登科山赏月》：“青山漫步远尘嚣，云淡烟轻听海潮。人事几多风雨去，依然明月乐逍遥。”并把它发给友人，聊寄对生命的感悟。

今年的中秋节又快到了，明月还是那轮明月，生活依然有节奏地进行着，只是不知对生命的感悟会有何不同？只待中秋月明时……

感谢林闻绿先生携厦门小岞同乡会捐资协办《惠安书法》“癸巳中秋”专刊，谨以此文志之。

2013 年 9 月 15 日

（刊登《惠安乡讯》2014 年总第 165 期，《惠安书法》2013 年总第 16 期）

春天的小花

——我与《惠安乡讯》

轻轻地推开窗页，任春日的阳光亲吻脸庞，格外柔和，窗前的小榕树枝繁叶茂，青翠欲滴。几只小鸟自由地戏跃其中，喳喳相语。远处天空成群飞燕相逐着，自由自在，逗人喜爱，甚是惬意。其中一只小黄雀似欲把春信带来，突然落脚在窗口，转视了一圈，依偎在窗沿上，静静地思虑着什么，眼神专注。我特别地喜欢它的神态，所以也不想去打扰，让它悠闲自在。

今天又是星期四，我如期收到《惠安乡讯》。作为一名读者和特约撰稿人，甚是喜欢，每期必读。因为它是本地报刊，反映的是本地风情，虽然篇幅不大，然而内容丰富、翔实、生动，既有时政新闻、民情社意，又有风土人情、逸闻趣事，具雅俗共赏，可读性强。它是惠安经济社会发展的重要宣传窗口，文化建设的重要阵地，颇具社会责任和担当。

于是端来一杯清茶，热气袅袅，和着阵阵清风，不时地轻啜两口，自在而悠闲地阅读着，清茶就着美文，悠然自得的心情自不必说。作为文化爱好者，自然“笔架山下”这栏目更是我关注的，其中“天翼杯”我与《惠安乡讯》有奖征文进行之中一行字映入眼帘，其实奖对我来说不是很有吸引力，但让人总有一种表达的冲动，引起了我的遐想。

喜欢它是因为在这块不大的平台上，能让我把自己朴实的心声和情感流淌出来，融入生命的沃土，和千千万万的生命血液融合，汇入宽阔的家乡文化情怀。在享用这生命热情的同时，感受到爱的温暖，从而自觉地把自己的生命情愫融入其中，共同构筑这生命的洪流，哺育着这片土地上生根发芽的文化未来，把生命的信息传递在发展的路上，成为传承过去、延续未来的组成部分。生命的音符在这丰富多彩的文化链条里蕴藉着，谱就一首首娓娓动听的生命情歌，也许某个闪光点就是自己的生命因子在歌唱着。

虽然你仍不强大，但却是构筑惠安文化沃土的重要力量。尽管仍需要不断从四方汲取营养，不断滋养于惠安千年的文化传承和不断地丰满自己的羽毛，但你总是努力托起让人希冀的天空，热情地唱响着时代的真善美，发挥着传播文化的正能量，与时代的脉搏共振着，展现着无穷的力量和生命力。

你是春天中的一朵小花，绽放在百花丛中。虽然很平凡、朴素，却把自己的美献给春天，你是春天不可或缺的。祝福你在春天中更加妩媚、浪漫。

2014 年 3 月 20 日

（刊登《惠安乡讯》2014 年总第 212 期，“天翼杯”我与《惠安乡讯》有奖征文三等奖）

创建“中国书法之乡”之我见

文化造盛世，盛世兴文化。

文化以其特有的软实力渗透到整个社会发展过程中，影响着社会前行的步伐。文化是确保社会持续发展新的生产力，社会的发展离不开文化的大发展。

中华民族五千年灿烂文化，说明文化在凝集民族团结，促进社会发展，展现人文精神具有特殊力量。

日前我国经济发展处于结构调整阶段，产业思维创新，文化生产力正以清新的面貌展现在世人面前，以其极具潜质的“发展股”闪亮登场。

书法乃中华传统文化核心之一，其附带着民族灵魂和精神因子，随着现代社会发展书法正显扬其文化原动力，在推动社会进步，构建现代社会文明中发挥着越来越重要的作用。

惠安，这块贫瘠的花岗岩土壤上，“地瘠栽松柏，家贫子读书”是传统家风，读书成为每个学子走向社会的最佳选择，所以历代士子文化情结浓厚，文化因子融合在这块土地上。两千年的文化积淀丰厚，文化源远流长，文化特色显明，滋润着一代又一代的惠安人。惠安依托丰厚的文化构筑自己的精神家园，惠安也就有了“海滨邹鲁”之美誉。

书法这朵中华传统文化的奇葩蕴藉在惠安传统文化沃土，茁壮成长，绽放美丽的花朵，装扮着绚烂的春天。

惠安书法自唐以来代有书家出现，成为构筑惠安传统文化的重要元素，影响着惠安人对文化的执着，陶冶着每个人的精神灵魂。

2014 年是惠安书法人的喜事，更是惠安文化大发展的前奏曲。为主动对接泉州“东亚文化之都”建设，实施“文化提升年”活动，全力打造文化品牌，在县委、县政府的高度重视下，惠安创建“中国书法之乡”由有识之士倡议转化为社会共识，进而上升到政府行为，目前创建工作正在有序开展之中。

通过创建工作，将有力地推动我县特色文化体系建设，为惠安注入鲜活的时代元素，打造文化强县新形象，连同“惠女精神”“中国雕艺之都”，共同构建惠安特色文化体系。其次可以增强全民文化素质，陶冶情操，营造新时代生活方式和休闲方式，推动社会文明进步，同时为我县构建新的文化名片，既可以推动文化产业的建设，也可以促进旅游业的发展，促进国际旅游目的地的生成，特别是将惠安书法与雕艺结合催生新型产业更具市场潜质。创建“中国书法之乡”是与时俱进，勇于创新工作精神体现。

创建“中国书法之乡”需要政府的高度重视，更需要广大群众的热情参与和各界人士的大力支持、帮助。热切期盼全社会广泛参与到创建“中国书法之乡”这项工作中来。

2014 年 8 月 19 日

秋水荡漾　莲叶浮香

——纪念抗战胜利七十周年诗书画展暨莲馨诗社成立活动综述

金风送爽，丹桂飘香。

坐落在县城老城区中央的孔庙，庄严而肃静，大成殿“万世师表”引以为敬，一对石雕蟠龙柱静静地矗立在殿前，孕育着惠安人对教育子女的期待和努力。两庑红地砖铺砌的行廊古朴而典雅，斑驳的痕迹烙印着岁月的沧桑。东西厢占红漆色泽鲜美，古意盎然。几盏红灯笼高高挂起，摇曳在风中，托喻着千年来惠安学子的孜孜以求和桑梓情怀。大成殿前宽敞的中庭花岗岩条石有序砌成，坚实而整洁，一束束斜阳穿越戟门歇山屋顶散落其上，整个院落通透而明敞，阳光柔和，清风徐来，真是惠风和畅。

戟门内侧“纪念抗战胜利七十周年诗书画展暨莲馨诗社成立大会”字幕映入眼帘。东厢及走廊翰墨飘香，50幅书法美术作品陈列其中，书法作品楷、行、草、隶、篆五体皆具，美术作品有水墨、粉彩、工笔等，形式多样，意趣丰富。书法作品或粗犷或隽秀，或奔放或静雅，或行或跑，或偃或立，姿态各异，韵味醇厚。书法作品内容大部分由莲馨诗社社员创作，反映抗战胜利七十周年。这些充分体现惠安诗书画艺术家热爱家乡、热爱生活，积极用笔墨歌颂祖国、歌颂英雄的生命情怀，充分反映艺术家勇于担当，积极服务社会的责任意识和宗旨意识，充分体现笔墨当随时代，艺术服务人民、服务社会的时代精神。特别是老领导涂瑞南、庄晏成等亲自送来书法作品，寄托着对惠安学子的殷殷期待和期许。

诗书画展于10月7日上午10点准时开幕，省文化厅原副厅长、正厅级巡视员庄晏成，县人大原主任江炳其，原副县长黄华德以及相关部门领导参加。老领导庄晏成、江炳其先生为展览揭幕，开幕式由县文联主席黄丽蓉女士主持，整个活动庄严而简洁。来自莲馨诗社、惠安书法家协会、县美术家协会以及其他县市诗社等各界人士、诗人、作家、书法家、画家和爱好者近百人参加。

揭幕后，大家依次参观诗书画展，灯光下东厢艺术作品琳琅满目，装帧精致，墨趣盎然，一个个生动的富有生命意蕴的艺术元素谱写成一曲曲美妙的旋律，歌颂着时代的精神，激荡着观赏者的心性，融合于生命意趣的律动之中，特别是反映抗战胜利七十周年的诗作，通过书法家变化多端的线条韵律传递着作者歌唱祖国的热情和对英雄的敬意。与会参观者从每件作品中都能得到视觉的享受和心灵的体悟，真正从中感受到艺术之美。

11点，节日气氛浓郁的东南酒店二楼，金碧辉煌，惠安莲馨诗社成立大会在这里隆重举行，老领导庄晏成、江炳其、黄华德和县工会常务副主席张锦山先生、县文联主席黄丽蓉女士以及其他县、市、区诗社代表在主席台就座，来自惠安各界诗人、书法家、美术家以及相关部门百余人参加，气氛热烈。

诗社成立大会由常务副社长兼秘书长王平山先生主持。成立大会在国歌旋律中拉开序幕，根据会议章程安排并按照相关程序完成诗社成立和选举工作。首任诗社社长张焕欣先生作了热情洋溢的讲话，详细介绍诗社筹备情况，特别感谢老领导庄晏成、江炳其、黄华德等先生莅临指导，县委宣传部部长蒋向群先生对诗社成立的关心和指导，县文联的大力支持以及企业家黄荷山先生的热情赞助。认真总结诗社创建一年来的工作情况，对诗社在普及诗教工作作了积极探索。张会长同时兼任县老年大学诗词教学工作，对于如何普及诗词知识、弘扬和继承传统文化，特别是诗词作为国粹如何得到进一步发扬和普及作了认真思考，尤其对中青年诗词作者培养方面，更是充满信心。希望通过诗社这个平台，在全县诗教工作方面发挥更大作用。

惠安历来重视传统文化教育和继承，诗词创作群体庞大，普及度较高，大部分乡镇都成立诗社，包括崇武、东岭、辋川、螺城、净峰以及台商区张坂、洛阳等，他们开展了大量工作，在诗词创作、教育、培训、普及、编辑以及出版诗集等方面都具较高水平，在全县诗教工作中做出较大贡献。

进一步做好诗教工作，推动惠安建设富有诗意的社会，构筑人们诗意的生活，铸就人们诗意的人生，提高每个人的精神气质和道德情操，诗社负有不可推卸的社会责任和担当。期待在县文联的领导下，在各级诗社、社友的关心和指导下，有计划、有步骤地开展这方面工作，并争取收到良好的成效。

鲤城诗社社长庄玲玉先生代表兄弟县、市诗社在大会上发言，对惠安莲馨诗社的成立表示热烈祝贺，并对富有惠安特色的地理、人文、历史等构筑惠安诗文化高度赞赏，期待惠安诗文化特别是古体诗词在文化大发展时期发挥更大普世作用，创作出更多的优秀诗词作品。

福建省文化厅原副厅长、正厅级巡视员庄晏成先生对惠安莲馨诗社的成立表示衷心的祝福，提出宝贵意见，并寄予厚望。惠安富有诗的传统，富有诗的生命本源，海滨邹鲁之地，文化源远流长，千年文化沃土滋养着这里有着海的情怀的人们，陶冶着人们诗性的情趣，构筑着别有特色的惠安诗文化，铸就了惠安文化的地域性。庄厅长再三对诗社的成立予以勉励。

抗战胜利七十周年诗书画展暨莲馨诗社成立午餐会在一曲《陪你一起看草原》悠扬的歌声中缓缓进行。席间县委宣传部长蒋向群先生莅临看望老领导和与会同志，并祝贺诗社成立。

诚如诗家李柏松先生所言“有梦诗心常浪漫，多情秋意亦缠绵”。的确午餐会在吟诗、歌咏、演奏、朗诵等一个个艺术因子相互碰撞中，谱就一曲曲莲馨诗社之歌，在觥筹交错中演绎成一腔诗性的情怀，浪漫在斑斓的秋色，舞动着任性的青春依偎在诗意的人生。

诗的海洋宽广而富有想象，生命如莲花绽放在碧波荡漾中，悠然而自在。

秋风渐起雁声迟，遍地黄花缀夕炊。
细雨临窗笼皎月，微寒袭夜蕴幽思。
莲心初放澄新宇，馨德方成涤旧词。
文海滔滔舒远志，清明世事任君期。

新的起点，新的航程，谨以此诗祝贺诗社扬帆前行。

2015 年 10 月 10 日

（刊登《莲馨诗社》发刊首页）

燕山序

岁在乙未，时维杏月，值族贤科联公诞辰。应学渊贤兄之邀，惠邑诗人、作家、书法家诸君聚会燕山下，参祭前贤，感受富有滨海特色的蒙古族文化。

出科联，清著名官吏，一代鸿儒，名望书法家，诗、书、文著世。秋闱荣榜，联捷进士，钦点翰林，荣耀闽地，开闽惠北学子之先河。

是日风和日丽，云淡天高。我们一行从惠安出发，汽车行驶在小坝蜿蜒的山路上，山重水复，峰回路转。周遭异花奇草郁郁葱葱，阵阵清香扑面而来，淙淙溪流从脚下穿行而过。约略一小时来到蒙古族出氏发祥地——洪厝坑。但见屋舍俨然、错落有致，一幢幢别墅矗立其中，一派新农村景象。四周溪流潺潺，草木葱翠，鸟语花香，烟雾缭绕，乃世外桃源也。

壁画、出氏家庙、翰林第和村落里巷……一个个烙印着出氏蒙古族发展的履痕，勾勒着每个历史阶段的闪光点，流淌着殷殷的生命情怀，引人注目。

午间学渊兄设宴款待，大家兴会吉日，举杯畅饮，畅所欲言。感欢蒙古人放达、豪爽、谦和之品格，热情好客、率真豪饮之情怀，由是诗怀跌宕，写下十余首诗词，歌颂出氏一门辉煌的历史以及负重拼搏、艰苦创业，打造美丽新生活的史诗般历程。

出氏一门历经三百年的隐匿后，以出科联的出现为标志，重焕世家门楣，书香经久不绝，人才辈出。改革开放以后，出氏子民更是励精图治，勤奋好学，广开思路，诚实做人，放眼未来，以顽强而坚毅、融和而独立的精神品质，开创一片新天地。

2015 年 11 月 9 日

诸君诗作兹录如下：

小坝纪行 / 林凌鹤

小坝流波逗映霞，燕南深处舞龙蛇。清明世外无双地，翰墨山中独此家。

铁马回声留故事，炊烟飞梦迓新家。谁开蒙古包前路，记住乡愁不叹嗟。

乙未杏月访涂岭小坝民族村有感 / 蒋维新

迎眸壁画记沧桑，豁朗桃源翠岫藏。旧邸深深阶映草，新楼叠叠牖朝阳。
常追乱世嗟荒僻，敢展鸿猷拓富强。蒙裔而今看出姓，燕山大道好腾骧。

小坝蒙族村 / 陈谷金

峰回路转翠生烟，小坝人居别有天。塞外风情犹可见，汉蒙文化仍相连。
根从元代鲁王出，本自乾隆进士传。避祸先人留福地，山川毓秀子孙贤。

小坝吟 / 张炳明

避祸南迁出姓香，依然蒙古劲风扬。村含缕缕敖包气，第蕴些些进士光。
提振家声飞海岳，耕锄春色秀山乡。豪情万丈随云舞，畅写新天画卷长。

乙未春登小坝蒙古民族村有感 / 张平海

深沟半岭布遗篇，记载沧桑数百年。一脉流离来塞外，更生复出自山巅。
骚人揽胜春无限，海客寻幽别有天。见证牛羊青草地，风情独特最悠然。

乙未早春访小坝村有感 / 丁米谷

匿迹青山出姓源，几多岁月子孙繁。深居逸韵原生态，古宅遗风进士尊。
裔辈腾飞欣盛世，族旌招展喜盈门。今逢乃祖翰林诞，宾主联欢共举樽。

出科联诞辰访小坝蒙古村 / 汪达明

一

驱车小坝拜先贤，春树逶迤春意阑。隐姓匿名埋世日，登科朝阙出头天。
从山不负飘零雁，老屋犹存无二联。一幅画图千载史，间关万里说当年。

二

新苑旧祠蒙古毡，思幽探史寸心虔。风吹不见牛羊现，脍炙依然柴火旋。

恣肆才华惊帝子，纵横甲胄息烽烟。文成武就燕南客，大写盛时开创篇。

游涂岭小坝蒙古族村感怀 / 李燕辉

驱车盘绕燕山路，但见牛羊蒙古包。生态迷人文物重，古今出姓引为骄。

小坝之行依平海兄韵 / 许筱玲

天涯倦鸟往来还，一脉燕山意远烟。始信东风催柳绿，更看半岭出花田。
驰心万里营新曲，护塞五云鸿大篇。后裔先人俱智慧，桃源朗逸共熙然。

家山感怀 / 出武祥

春深水曲聚清芬，草长莺飞白日曛。出氏燕山浮皎月，翰林门第挂红雯。
诗心荡气才思逸，酒盏沉香挚友欣。蒙古包前迎远客，同舒情谊共斯文。

2015 年 4 月 17 日

（刊登《海韵》2015 年合刊总第 59—60 期）

弘扬传统文化　共建和谐社会

——惠安县家风家训展示馆简述

为弘扬传统优秀文化、构建和谐社会，结合创建“全国县级文明城市”和“中国书法之乡”，组织开展“家风家训”和“文明公益传语”书写活动，践行社会主义核心价值观，推动我县精神文明建设，该活动由中共惠安县委文明办和惠安县文学艺术界联合会联合主办，县书法家协会协办。由在惠工作、生活的省级以上骨干书法家，择录“家风家训”和“文明公益传语”创作书法作品（其中家风家训 30 幅、文明公益传语 50 幅），并于 2015 年制作灯箱在县城闹市区世纪大道两侧展示，为我县市民阅读经典格言、欣赏书法艺术、陶冶情操提供文化平台。

家风家训是中华传统优秀文化组成部分，深深铭刻在中国人的心中，每个家都有家训、家规、家风，崇尚真善美的道德情操，历经几千年一直延续下来，维系着中华民族团结、发展的共同信念。文明公益宣传语，体现当代惠安社会发展、构筑时代精神品质。传承优秀文化，体现人们积极向上的人格力量。二者共同构成时代的精神特质和人文品格，成为时代核心价值观。

书法家通过笔墨情趣，歌颂时代主旋律，弘扬时代主体精神，服务文化惠安建设，推动社会文明进步，充分体现笔墨当随时代的艺术理念。书法家通过参与公益活动，自觉提升个人修养和艺术品质，融入社会、服务社会，铸就有价值的艺术人生。

这里辑录 19 件优秀作品展示在惠安县家风家训展示馆，这是一种很好的形式和内容结合的艺术载体。它宣传正能量，崇尚良好风气，弘扬传统美德，启发后昆，使人们向着更美好的目标不断前行。

2015 年 12 月 23 日

蒙古族出氏祖厝甘蔗园分居重修告竣庆典祝文

维公元 2016 年岁次丙申十月初六，值出氏祖厝甘蔗园分居祖宇翻修进主吉旦，出氏合族子孙，谨具果蔬、薄酒、清茶、鼓乐之仪，昭告天地神人，跪祭于列祖列宗神位前，祀以文曰：

惟乎我祖，世代馨香。雄鹰展翅，驰誉沙场。耿心足智，开拓海疆。汉家精髓，经略多方。辅元股肱，重塑玉堂。千秋伟业，鼎力谋襄。家风承秉，刚烈忠良。封侯拜相，显赫风光。布施恩泽，衍派绵长。

船山奇迹，世事沧桑。福星高照，凡事无恙。春耕夏种，秋收冬藏。诗书礼义，祖祠学庠。翰林及第，五魁联芳。帝称奇姓，杏苑传扬。燕山奋起，雏鹰飞翔。枝繁叶茂，百业朝阳。

开基吉地，显夫仰昂。弟兄协力，艰苦经商。餐风宿露，培土垦荒。仁慈滋养，瑞彩绕梁。江山锦绣，道路康庄。同宗同族，莫以相忘。患难与共，和气致祥。相亲相爱，福运无量。志存高远，续写华章。融融血脉，厥后永昌。谦诚再拜，奉爵举觞。

伏惟

尚飨！

2016 年 10 月 25 日

（刊登《海韵》2016 年合刊总第 61—62 期）

家庭读书的成果

——福建“书香之家”申报材料（一）

读书给我们家庭带来和谐、温馨、快乐、清雅，家庭显得特别清净、安逸，少了铜臭味、市井味。我们家庭每个成员都能自觉地养成读书的习惯，读书成为我们家庭成员的自觉行为。作为家长，我重视读书、读报，带头读书学习，给小孩树立榜样。二十几年来，我们家中不间断订阅《散文》《读者》《中华诗词》《中国书法》《书法报》《书法导报》《泉州晚报》等，每年购买各种书本不少，目前大部分陈列于家中书房和办公室。

记得在小孩读幼儿园的时候，我即开始带着她们去四通书店看图书，至今家中书架依然陈列着《鲁滨逊漂流记》等系列幼儿读本。

良好的读书习惯，给小孩的学习带来很好的促进作用。小孩阅历、学习兴趣、认识问题和思考事情等都因读书而得到很好的丰富和提高。小孩的思路增广了，学习方法也灵活了，学艺等上手也较快，理解能力自然得到提高。我大女儿出玮婧小学三年学古筝兼练钢琴，初中毕业之前即完成古筝九级、钢琴五级，同时还学习画画、书法之类。自幼养成读书的习惯，从实小（小学）到惠安一中（初高中）、厦门大学（本科）、中山大学（研究生）均品学兼优，被评为惠安一中、厦门大学优秀学生干部。学习促进其吸收更多的思想认识、哲学营养，使其养成做事认真、做人诚实、处事讲理、严于律己的良好品格。目前在泉州医高专教师岗位从事教育工作，其研究生毕业论文发表国际期刊，并得较高评分数，目前正申报出国留学深造博士学位。

二女儿出雪红集美大学毕业，目前正在西南财经大学读金融研究生。

读书成就她们学业，铸造她们独立人格，读书将继续引领她们在人生路上不断前行。

我家属是小学语文高级教师。语文教育需要丰富的知识点和阅读面，她每日都坚持在电脑前、灯光下查阅有关资料。结合教学需要查找知识点，目的是给小孩上好课，批改好作业，辅导好作文，让农村小孩从课堂中扩延到课堂外得到更多的知识点，培养学习兴趣，提高学习的自觉性，架起小孩成长的阶梯。辅导小孩参加全县、学区各类作文竞赛每次都能获奖。2017 年中考全县第一名即其小学学生。

读书给我个人带来很大乐趣和益处。我自幼就有一种自觉读书的习惯，文史、诗词、报刊、新闻等广泛阅读，至今已坚持四十余年。读书给我带来很大帮助，拓宽视野，会古知今，融会贯通，做起事情总感到适性，特别是读书带给我在书法艺术这条路的帮助更突出。书法作为传统文化精粹之一，不仅仅是技巧训练，更需要人生阅历，传统文化滋养，其涉及美学、文学、诗词等，广泛深入地阅读，吸收传统文化精华对书法发展具有极大的促进作用。传统文化滋养下的书法作品才真正具有生命力的作品。目前，我能写一手富有书卷气、书写性的行书书法作品，与我长期坚持写诗文，秉承以文养书法的理念有很大的关系。2017 年我参加全国楹联书法展，正是我的作品具有文质相生，引起专家、评委认可，在激烈竞争中入展。

深入广泛阅读同时我重视写作能力的锻炼，坚持读写结合。在工作中、书协工作方面所涉及文章我都主动动笔。在创建全国“书法之乡”，作为秘书组组长，所有创建工作相关文件、书法展览前言等我都亲自执笔，效果较好。我充分利用业余时创作诗文，发表在《中华诗词》《书法导报》《泉州晚报》《泉州文学》《惠安乡讯》等，目前个人诗文集《燕山诗文集》正校勘，其中收录我近十年来的近体诗、古体诗 400 首，随笔、游记等散文 50 篇，还有新诗，对联等，文章《青春岁月》获福建信息学院建校 110 周年“信息之光”征文一等奖，《春天的小花》获惠安乡讯征文三等奖等。

读书得以怡性，滋养性情，激荡胸襟，丰富内质，给生活、工作带来很大的乐趣，对塑造人生言行、品性修为具有极大作用。我们家庭笃行矢志，读书将继续伴随我们的人生前行，成为生命中不可或缺的组成部分。我们坚信以自己良好言行和实践行动不断影响着周围的人，为建立和谐、阅读的社会添砖加瓦。

家庭读书事迹

——福建“书香之家”申报材料（二）

读书和写字已成为我们家庭生活的重要组成部分。我养成坚持每天读诗、读报的习惯，修身养性，陶冶情操，对个人、家庭、社会有很好的带动作用，特别是亲戚、朋友、家乡总以培养出一个书法家、诗人为傲。读书已成为我们家风的一部分。

作为一名书法家、诗人，我更注重个人品行修为，严以律己，勤学上进，努力成为内外兼修，学有所用，不但对个人、家庭有用，更重要的是对社会有贡献，充分体现对社会的担当和义务，实现个人的人生价值从局部到大局，从个人到社会，这也是我个人的理想和目标，在人生成长过程中我正往这个目标和方向前行着，努力实现正确的、美好的人生价值。

我们家庭的读书习惯，取得成绩，已对社会产生良好的影响。作为蒙古族一员，我们良好的家庭学习风气，积极进取的人生信念，与人为善的家风在家乡和社会都产生正面的影响，对其他家庭的成长和发展都有一定的引导和示范作用，特别是子女教育的成功，我个人在书法、诗词、文学方向的成绩成为家乡人及周围朋友赞誉和学习的榜样。虽然路还很长，但这种积极进取，注重品行修为的良好家风自然而然地影响着每个人和社会。家属和女儿都是人民教师，她们努力学习，积极工作，重视师德风范，树立正确的人生观和价值观，在教育讲堂上发挥教书育人的师表作用。

积极参与社会工作，为社会承担个人应有的义务和责任，这是我始终坚持的方向。我个人注重学习和修炼同时，积极参与到社会中去。2006—2017年的 12 年，我担任惠安县书法家协会副主席兼秘书长。我身体力行，团结书协会员，努力打造惠安书协服务平台，做好服务会员的各项工作。紧紧围绕县委、县政府工作中心，根据文联的工作安排，开展了大量工作。我以自己的言行带动和影响着惠安书法这个团体，努力做好书法普及工作。2014 年组织申报创建全国“书法之乡”并开展一系列的书法活动，惠安书法进社区、学校、部队、企业、农村等工作成为常态化，给惠安书法的发展注入活力，推动了惠安书法的普及和发展。经十几年的努力，把惠安书法打造成为福建省数一数二的县级协会，书法在惠安已经成为家喻户晓、人见人爱的艺术形式，学习研究书法逐步成为社会化，成为社会主义精神文明的重要构成，书法在惠安人们精神家园构建中发挥越来越大的作用。

一支优秀的书法队伍是需要经历认真打造的，开展惠安书协工作包括队伍建设、书法展览、理论研究、服务社会、培训普及等。我注重以自己的言行影响、重视文化，特别诗、书、文三者同步修行以引导这个团体的综合素质加强和修炼，在协会组织开展诗词讲课，自费邀请著名诗人毕彩云先生等给书法家上诗词课。为加大书法创作、理论培训，增进书法交流，自费邀请国内著名书法家李木教先生等到惠安指导、讲座，从多方面、多层次培养书法队伍。

目前一支既注重技法学习，又重视文化学习、理论研究的书法队伍逐步形成，整体综合素质有了质的飞跃，成为文联所属各类协会的榜样。

为做好惠安书法普及，我主动发起创办《惠安书法》刊物。我充分利用个人社会资源，向社会筹资，自己积极撰写文章，组织各种材料，围绕服务社会、服务会员，明确办刊宗旨，切合中心工作，把《惠安书法》这本杂志做好。历时八年，近 25 期的《惠安书法》，成为普及惠安书法的重要载体。《惠安书法》每期千余份分发到机关、社区、学校、农村、企业，对惠安书法的深入人心起到良好的影响。筹办这本《惠安书法》我始终坚持以社会义务和责任为工作目标和出发点，不计较个人利益得失，以服务社会、服务人民为快乐。《惠安书法》的创刊，对惠安书法的创作、理论学习上升到更高的书法研究平台发挥重要作用。通过《惠安书法》杂志的发行，引起社会各界的重视和关注，引起县委、县政府的高度重视，推动惠安书法的发展纳入政府的文化工作整体规划之中，从而为惠安书法的更好发展注入动力和源泉。

做好书法普及是县级书协的工作主体和核心。我充分利用自己特长参与书法培训、教育、讲座中去，坚持以自己的言行影响和带动社会各方面对书法的关注和重视，每一年都组织书法家到基层、农村、社区为群众写春联，创作书法作品，把书法服务社会的工作宗旨和精神传播到每个角落，使书法这门艺术深入人心。

作为我县首批中华诗词学会会员，我积极参与到诗教工作中，为普及诗词知识，营造诗性人生、诗意社会做出个人的努力。我参与到莲馨诗社的组建工作中，利用学校平台参与诗词讲座，利用业余时间创作大量诗词。诗教工作作为社会精神文明重要组成，是人类精神世界的食粮。我注重学习、研究的同时，切实做好社会诗教工作，为惠安诗词普及做了大量工作，参与组织诗社举办的多种活动，宣传社会正能量，结合多种主题创作诗词，为社会提供许多可供阅读和欣赏的作品，歌颂祖国大好河山，凝聚一种团结向上、快乐进取的良好精神面貌。先后应《惠安乡讯》邀请为惠安新农村撰写近体诗，参加福建省华光摄影学院丁酉上巳节吟诗赋词活动，应泉港区涂岭镇政府邀请围绕“大美涂岭”撰写诗词，还有多次组织本市县书法家、诗人到老家老少边地区的采风活动，围绕服务社会、宣传社会主义精神文明建设，歌颂时代主旋律创作大量诗文。

我积极参与诗社工作，努力做好诗教工作，提高诗社服务能力，构建诗社社员队伍，把莲馨诗社打造成惠安诗教工作的主要平台，成为社会精神文明建设中的一股清新力量，使诗性人生、诗性生活逐步成为人们追求美好生活的重要方式和手段，诗词阅读、撰写、传播成为社会的共同关注。我希望能继续为惠安诗教工作做出自己的贡献和努力，同时期待自己创作更多精品来歌颂社会、服务社会。歌颂真善美，成为人们参与社会重要载体，成为社会主义精神文明重要内容，给人们带来美的享受，为构建美好、幸福的惠安做出新的努力。

文化的影响是潜移默化的，重视文化修为，成为自己服务社会和群众的重要手段。我们将坚持读书的良好习惯，把读书作为自己服务社会的本能，把自己的人生价值融入时代潮流，为时代服务，这也是我们的家风。

2017 年 8 月 5 日

铸就未来的梦想

——首届惠安县青少年机器人竞赛综述

春潮涌动，春意盎然。

坐落于溪滨公园的惠安县体育馆篮球场馆内灯光辉煌，蓝色的天空充满想象和期许，首届惠安县青少年机器人竞赛在这里隆重举行。来自全县中小学校、青少年活动中心、青少年校外活动中心等共26个单位、120支代表队、234名学生代表列队球场，精神奋发，洋溢着青春的笑容，对未来充满信心和期待。市科协、县领导和主、承、协办单位领导莅临指导，部分家长、学校老师和社会热心人士到场参观指导。

2019年3月23日上午9点开幕式准时开始。主办单位科协主席许一清同志主持。随着国歌缓缓响起，场内肃然起敬，同声歌唱着伟大的祖国。选手代表和裁判组代表相继做了宣誓，紧接着市科协副主席魏隆福作指导性讲话，他首先对惠安县科协和教育局联合主办这次首届惠安县青少年机器人竞赛表示衷心祝福。惠安举办这次竞赛不仅是惠安县科技教育的大事，也是泉州市第二个独立开展此项竞赛的县（区），是惠安县积极推动新一代人工智能科技教育的一大举措，是惠安科学普及工作里程碑式的重要行动，对全面提升全县科普工作将起到积极的引领作用。在这科技发展突飞猛进、日新月异的年代，科技作为引领时代前行的主导力量，加大科技教育，特别是青少年的科技教育已成为当代社会教育的重要任务。引领科技发展，站在时代制高点，青少年科技教育是关键，培养新生力量，推动科技可持续发展是时代的必然。惠安县加大新一代人工智能科技教育工作，这是与时俱进，切入时代脉搏，走在时代前列，为青少年未来发展做好前沿性、基础性工作，其功在当代，利在千秋。衷心祝愿此次竞赛完满成功并取得佳绩。

惠安县政府副县长王也夫莅临开幕式并致辞。他对大赛的隆重开幕表示热烈祝愿，并代表县政府向参加开幕式的各位领导、嘉宾、裁判员、指导老师和广大青少年朋友表示热烈的欢迎和亲切的问候。对积极筹备这次竞赛活动做了大量工作的主办单位、协办单位以及各级部门、社团的热心支持表示衷心感谢。他充分肯定这几年来惠安县科学普及工作所取得的成绩。对下阶段我县如何推动青少年科技教育工作，王副县长提出三点要求。

一是正确把握机遇，凝成推进共识。以机器人科技为代表的人工智能产业正处蓬勃发展，已成为现代科技创新的一个重要标志，当代人工智能科技正在逐步改变当下生产、生活方式。做好科技教育工作，推动和培育青少年科技创新意识，激发青少年创新热情，这是我们的责任和担当，我们要举全县之力，积极引导、动员各种社会参与，推动科技教育工作走在时代前列，为未来发展做好物质和精神准备。

二是坚持融合创新，优化推进机制。机器人教育是现代高科技的发展和应用在中小学教育的重要体现。加强引导和规划学校科技教育工作成为一项重要工作，如何进一步把科技教育工作纳入学校整体教育之中，结合传统应试教育模式讨论有利科技教育工作的发展和实施，需要政府、社会共同努力和引导。把科技教育工作与学校教育工作同规划、同部署、同实施、同评估，成为学校教育的重要思考。坚持融合创新教育模式，加强师资培训，营造良好科技教育社会氛围，有力推动科技教育工作的开展。

三是注重普惠均衡，引导整体推进。目前我县科技教育工作已取得一些成绩，特别是机器人教育已走出第一步，但与先进地区仍有较大差距。我们要进一步制定相关政策，针对性开展对科技教育工作的研究和规划，进一步做好投入、宣传等工作，推动科技教育工作的整体发展，提升我县科技教育工作水平。王副县长对我县科技教育工作寄予很大希望，鼓励创新思维、培养创新人才。加大科技教育工作，为青少年走向新时代的发展平台创造条件，这也是时代的责任。

9 点半由市科协副主席魏隆福、县人大副主任黄育聪、县政府副县长王也夫、县政协副主席康丽红及主办单位主要领导按下启动球。“张开想象的翅膀，放飞创新的梦想”，简短而明快的开幕式，热烈而充满激情，点燃希望的火焰，燃烧着激情和思绪。首届惠安县青少年机器人大赛宣告开始。

编程区学生专注的眼神、敏捷的思路，驾轻就熟地操作着电脑，对自己即将闪亮登场的机器人进行人工编程、设计、调试，紧张而活泼。超级轨迹、机器人综合技能、FLL 机器人工程、教育机器人和创意机器人五个场区，同学们穿梭来往，专注而精神，团结而和谐，或低语沟通，或沉思分析，不厌其烦，耐心细致，每个不同的神态体现着他们对比赛的执着和严格要求，每一组都根据比赛项目进行精细、认真的分析、研究，并做相关调试，希望做到最佳状态，最大程度地把个人的思维结合比赛规则、要求灌输到机器人，传递到机器人整改编程程序中，使之充分理解和感受选手的思想要求和期望，使主体和客体融为一体，最大限度达成共识，达到意会，争取在赛场上赛出风格、赛出水平。

下午 12 点半比赛正式开始，五个分场上井然有序，每个赛区对号入座，每一组代表准备充分、俨然以待，服从大赛安排，气氛融洽，从容而淡定，精心而严谨，执着而轻松。

机器人综合技能比赛：这是个主题为“华夏文明”的比赛项目。华夏文明是世界上最古老的文明之一，也是世界上持续最长、最完整的文明，比赛内容涵盖“司南辨向”“大禹治水”“夸父逐日”“愚公移山”“神农尝百草”“张骞出使”“神秘任务”“完璧归赵”八部分内容，把中华传统文化精彩点融合到当代机器人比赛项目。这是传统与时代的对接，古老文明和现代文明的融合，其生发无穷趣味，自然吸引青少年学习的兴趣，也增加了学生学习文化的分量，了解中华传统优秀文化，增强自豪感和自信心，激发青少年的民族精神和文化自信。

FLL 机器人工程：其主题为“太空之旅”。太空旅游源于人们遨游太空的理想，把目前人类对太空旅游的基本畅想和相关要素设置在比赛项目中，让学生以准备太空旅游者的身份设置整个太空旅游的机器人编程，让机器人完成当代人构想太空旅游的想法、过程和实施。让每个人充分感受太空旅游的乐趣，体悟各种太空行程的物理现象，感知太空旅游的那一种生活状态和对生命的认知。这是现代文明高起点、高要求，让每个学生通过操作机器人来完成，让每个人对未来太空生活提前介入融入思想意识和准备。

教育机器人：机器人是当代高新科技的综合产物，机器人科技也应与时俱进。教育机器人工程挑战赛作为中国青少年机器人竞赛主要项目之一，要求各参赛队根据竞赛主题和内容自行设计和制作机器人，现场编写机器人进行程序调试和操作机器人，在规定场地内完成竞赛任务。其目的是检验青少年对机器人的理解和掌握程度，通过充满科学性、综合性、创新性、探索性、趣味性、竞技性、变化性、协调性的竞赛，激发青少年对机器人的兴趣与探索，爱科学、爱创新、爱实践、爱交流，培养理论联系实践，动脑动手结合的能力。相对来说，这个项目参与人数少一些，可能平时对此项目重视不够，或者发展不平衡。

“一带一路”超级轨道挑战：“一带一路”即“丝绸之路经济带”和“21世纪海上丝绸之路”的简称，这是中国国家主席习近平分别于2013年9月和10月提出的战略构想。

超级轨道挑战赛的主题为“一带一路”。在“一带一路”超级挑战赛比赛中，各队选手在有限的时间里设计和制定出机器人来完成“一带一路”的穿越和贸易交流等任务。

通过这一跨越时空的宏伟构想，从历史深处走来，融近古今，连接中外，顺应和平、发展、合作、共赢的时代潮流，承载着丝绸之路沿途各国发展繁荣的梦想，赋予古老丝绸之路崭新的时代内涵，通过比赛和机器人制作让每个同学在竞赛中学习和感受到所蕴含的深邃的历史和时代高标，高瞻远瞩，看到时代的文明和崇高的精神气质，以及古为今用的理论和智慧，借古通今的发展思维。这个项目开展较普及，分为中学组和小学组，参加人数也较多，充满竞争性，同时机器人比赛也具一定偶然性，个别平时或者往年取得较好成绩，本次也出现成绩落差。

机器人创意比赛：主题选定为“聪明的机器人”，经作者精心设计、制作的机器人陈列在比赛现场，反映了选手们从生活中发现和总结而产生的灵感，制作成机器人，其创造性直接体现在现实生活中，为生活、生产服务，让人感受到学生的智慧和潜能。机器人游泳教练、助瘫智能口腔清洁、旗杆检修之全向爬管、易燃气体家防、换灯机器人，等等，这些项目实用，富于智性，代替人工操作，特别是一些人为较为困难的或者操作起来危险的，用机器人代替，产生良好效果，这些都是现实生活、生产中需要而且非常实用，看得到的。通过学生的动脑动手制作直接完成，满足人们的需要，激发青少年的创造能力和创新思维。

经历四个小时的激烈角逐，五个比赛项目都顺利完成。裁判严格根据比赛规则要求，合理把握尺度，认真根据比赛项目打分表为选手表现打分，主、辅裁判分工明确，每组比赛后即由选手签字认可。比赛结束经粗略统计，基本成绩大家心中有数，赛后经裁判组认真复核，按照比赛初始确定获奖比率即总获奖率 80% 的基本原则评选。评出一等奖 15%，共计 16 支，包括综合技能 2 支，中学组高级中学陈坤雄、陈彦扬，小学组实验小学张楚莹、李嘉钦。FLL 机器人工程 1 支，东岭中心小学张垲鑫、刘佳钧。超级轨道 12 支，其中小学组 6 支：青少年活动中心 2 支，张方妤、林玮鸿，詹梓宸、余荣铉；实验小学 2 支，欧阳铭泽、黄绿蓝，蔡昌霖、陈玥如；八二三实验小学 1 支，谢宇舟、王睿；第三实验小学 1 支，柳翼凡、王欣蕾。中学组 6 支，其中高级中学 2 支，刘昕颉、柯唯君，林捷、吴嘉鑫；大吴中学 1 支，王玲玲、吴兵兵；螺城中学 1 支，王子昕、樊想；净峰中学 1 支，邱子焓、张乾炜；创意机器人 1 支，惠安二中王泽松。二等奖 25%，共计 32 支。三等奖 40%，共计 48 支。

3 月 25 日下午组委会召集相关人员参加，集体复核比赛成绩，明确公示名单。同时组委评出优秀组织奖 8 队，优秀指导老师 5 人，评选这两个奖项时充分考虑历年对科技教育工作做了大量工作，并取得较好成绩的参赛单位和指导老师，也结合这次比赛取得较好成绩的，同时根据这次比赛成绩，推荐优秀选手 28 队参加 4 月 12 日在晋江举办全市机器人大赛。

首届惠安县机器人竞赛历经两个多月的发动、培训和紧张的筹备，于 3 月 23 日在惠安体育馆篮球馆顺利举行，在竞赛组委会及其办公室，在主办、承办、协办单位，大赛各安保单位及志愿者的共同努力下，比赛取得完满成功。选手充分发挥水平，取得佳绩，充分体现目前我县人工智能教育工作水平，同时也总结比赛过程中存在的不足和需要进一步改正的问题，为下一届的顺利比赛总结了经验，奠定了基础。

“小荷才露尖尖角。”首届惠安县青少年机器人竞赛赛出风格、赛出水平，充分体现我县目前科技教育水平，特别是智能化教育方面，通过比赛产生了积极的社会影响，引起学校、学生、家长、社会和社会各界的广泛关注和重视，对推动惠安县科技普及工作，为培养更多的科技创新人才打下坚定基础。

“百尺竿头，更上一层楼。”科技引领未来，创新型人才是未来社会发展的关键。推动科技教育工作的大力发展，任重道远，这需要全社会的积极参与和政府的高度重视。我县的科学普及科技教育工作已是跨出关键性一步，具有较好基础。我们期待在注重科技人才培养、用才的大环境下，科技教育工作将迎难而上，蓬勃发展，为培养我县青少年科技创新意识搭起飞翔的高台，为惠安县科技教育事业发展做出更大贡献。

“忽如一夜春风来，千树万树梨花开。”惠安科技普及教育事业即将迎来新的春天，期待着百花齐放，芳香满园。惠安科技普及教育工作充满希望，值得期待。

2019 年 3 月 29 日

生命经行自在

农历七月初四，星期日，未休。

是晨8点整，我准时驱车来到离家约略九公里远的禹洲新城公寓大楼新办公室上班。随之如厕，囿于狭小的空间，空对四壁。口中无意絮叨着，陶渊明《归园田居》其一：“少无适俗韵，性本爱丘山……”

片刻回到办公室，拉开窗帘，晴空万里，偶有片云飘游，清风习习。放眼望去，高楼、田畴、山冈、林木……还有许多小鸟自由飞翔着。于是诗意油然而生，端坐案前，即兴写下《己亥七月初四有感》：“近台思旷野，众鸟自飞翔。形役心安静，游离日可长。成群临碧水，孤孑托山冈。五柳田园路，接舆歌酒狂。”

写下了这首诗，顿有释然之感。回首自己三十年前从地质学校毕业，青春年华，书生意气，转眼已是青丝稀少，倦意逐生，真是时光荏苒，风华易逝。

随之稍作修改，分发给凌鹤兄和国波兄，不知他们看后是何感想？兴许他们也没什么感觉，因为这首诗整体表述与我平时写诗的手法是一样的，他们可能感觉很是正常。

其实写下这首诗，我已隐隐感觉到，自己有一种新的想法已涌心头，也就是提前退休，可能这种想法早已孕育，只是此时此刻更是明朗。自己更迫切希望找到更适宜自己心灵栖息的地方和表述方式，滋养自己的心性，少一点喧嚣和纷杂，让生命回归一种安宁和素净。期待在新的时间和空间交织的人生履痕，寻求到更多的自在和欢愉，让心灵依偎在无拘的浪漫，思绪任自飞翔，简单而明了，淡然而清新，随遇而安，安逸地停靠在静静的、温馨的芳丛，让梦想如期而约。

记得几年前从一本本的杂志上读到，盘龙凤旗山镌刻“振衣千仞岗，濯足万里流”诗句，倏然一亮。这诗句我早已读过，它是西晋著名文学家左思《吟史八首》其五最后一句，其寄托着作者一种放任自由的人生态度，给我印象深刻，至今烙印脑海。虽然我未曾到过盘龙村实地考察其书法特点、地理位置、时代特征等，单凭这内容，我能感受到螺阳文化作为惠安文化重要组成部分，先人选择这诗句镌刻，充分体现游者寄情山水，蕴藉着放浪、深致的生命情怀。

新办公室恰位于盘龙村凤旗山东北侧，伫立高楼，山体横亘，葱翠连绵，这种非常有灵性的山水，孕育着多少的风华和奇迹。来到这里自然想到这诗句，也许正是这诗句触摸到内心深处，打开那沉郁的心扉，倏然迎来一片清纯而雅洁的圣地，于是豁然开朗，心花怒放。

人生的每一次境遇都有其缘由的，并非突如其来，也非心血来潮。长年滋养生命内在的，追求闲适、自在的心性，一经触动或融合，思想的火花点燃，照亮心扉，激活沉睡的生命因子，血液于是涌动，激情因之喷发，从而勇敢地出发，在充满期待中寻找远方的诗意和生命情趣。

由是，你可以自在地拥抱春天的妩媚，夏日的激烈，秋天的丰满，冬日的素洁。这些自然的生命质素融合在自己生命的血液中，生发新的希冀和期许，滋养在灿烂的阳光和细雨和风中，哺育新的生命气象，风姿绰绰。新的生命时间节点，让你的想象融入如秋天的美景，绚烂多姿。

于是你可以轻啜茶香，优雅而自然地行走在生命的思绪，起止无拘，言语自由。拿起心爱的狼毫笔任自挥洒在五色云笺，生命的情致和血液从笔端静静流淌着，歌唱着生命的风华和岁月的沧桑，让风雨静静地伫立窗前，专注地欣赏着怡然的笔致，斑斓的墨韵。横平竖直，粗细长短，片线交汇，舞动着线条构筑一幅幅不同情志的彩图，心性优游在时间纵横交错的坐标上，时而欢歌，时而起舞。笔触行走在《兰亭序》精致而变化的线性，幻化着闲适和悠然，闲云流水，轻酌慢吟，笑语欢歌，融合在自然的节律。面对张旭《古诗四帖》，洒脱无拘，风云变幻，振迅天真，任心性舞动在浪漫的时光。读罢颜真卿《祭侄文稿》，雄浑郁拔，沉郁凝重，艰涩的线条孕育悲愤，喷发出激越的力量，闪烁着灿烂的光华。面对苏轼《黄州寒食帖》，春雨绵绵，寒气侵怀，仕子炽热的心性，诗性的情怀，漫随笔端流动的墨韵，生发优雅的生命情趣，蕴藉着诗意的生命气象。这些色彩丰沛、元素精灵描绘出一张张生动的、富有生命韵律的彩图，让你的梦想依偎而陶然。

于是你可以把卷沉思，佛学、哲学、美学、诗歌、散文等，随性地翻阅，触摸每个生命质点，弹奏铮铮而响的音符。秋光灿灿，柔和清新，桂花飘香，幽兰郁郁，斜靠阳台，黑格尔《美学》，在这抽象的美学思想中，静静地体悟着美的艺术或艺术的美。《历代诗词鉴赏》内容宏阔，以现代人的思维感触先哲笔下每个生命体的生命气象，阐述每个时代的精神内核和灵魂，任你神驰。《世界散文精选》中西散文家精致笔触，朴实无华，细腻简洁，勾勒现当代人类社会精神体系构筑和人文情怀，歌唱时代和人性的真善美。这些哲学思想、精神财富和艺术元素相互融合，滋养着自己的艺术细胞快活生长，活跃着自己的思维，丰富了艺术思想，提高了哲学思辨能力和知解力，使自己的艺术生命更有精气神。

于是你可以伏案游思，拿着或红或蓝或黑的水写笔，不论草稿纸，随性地行走着，把一行行诗意划向光明和未来交错的空间，四季分明，节序有律，寒暑交替，春花秋月，记忆和诗心在烂漫中流动，焕发出晶莹的光彩，各个时间节点的风华和质素展现无限的魅力。

于是你可以抬起矫健的步伐，轻盈地漫向多彩的人生舞台，阅读自然的生命气韵，感触其优美的律动，用优雅的脚步丈量自然的生命维度，体悟每个生命体的殷殷情怀，丰盈自己生命的内在空间，激活生命因子，谱写一首首平仄交融的诗行，把生命优雅地歌唱。

于是你可以相约三五好友，携壶带酒，行走在明月清风，放棹在轻柔烟波，穿越摇曳的芦苇气息，感受漫不经心的悠然和惬意。仰望星月，任月光轻吻风雨剥蚀的斑驳，思绪遥寄邈远的情趣，岁月流经，烟霞浮动，掬起清流，洗漱沧桑的流年，于是生命纯粹而天真。相酌倾盏，临流击水，揽月托怀，野鹜对语，渔翁独钓，时光描绘着浅深相间、黑白分明、气韵生动的画面，一片怡然的风景。

于是你可以策杖独行云间山涧，寺院松林，白云纷飞，倾听青鸟歌唱，磬音节律，驻足山寺，焚香击鼓，追寻远古的遗音，浸染尘外清气。随行漫步，轻闻山花烂漫的清香，享用曲径通幽的静谧。林木扶疏，斑驳陆离，山风阵阵，甘露润滋，溪流淙淙，清澈纯净。登峰放眼，山海遥连，云水相依，横岭披翠，沧海泛光，轻帆点点，涛声盈耳，斜倚松干，暄日流光，性情依偎辽远和苍茫。

渐而夕霞殷染，山岚清气流动。顷刻，明月从海上徐徐升起，清光洒满无垠的旷野，空旷雄壮的山体静寂而安然，由是心绪放达，身与天会，性因境生，静静地感受着自然的清纯气息，纯粹而俊逸，惬意悠然。

生命如何可算精彩，我想契合自己意愿，符合本体心性，遵循生命的律动，自在地经行着，“我生本无乡、心安即归处”。每个人都有自己的远方，但行径是不一样的，维度各异，任自选择。当你选择到想要的目标或表述的形式，尽可任性地展翅飞翔，激发高昂的生命状态，孤篷振迅，把孤寂、平仄的生命质点激活成活性的音符，谱写出波澜壮阔的优美旋律，奏响美丽的生命华章。

我感到自己坦荡的生命情怀，在人生的每一个节点上，都喜欢简简单单的。在不断地否定之中前行，不喜欢凡事踌躇，而是积极地敞开心胸去拥抱通透、澄明的生命状态，追求自己心灵可依偎的境地，好让心有所依，情有所托，自在地融入生命的律动，体悟生命的真切和纯粹。

这也许就是我想追寻的诗和远方吧！

2019 年 9 月 29 日

笔架之梦

——三行诗社成立

涂岭又称桃岭，古有桃园之誉，乃泉港区后花园，像一颗珍珠镶嵌在福厦中间，为“北通省会、南抵厦漳”之交通要塞，分别与惠安、洛江、仙游接壤。其山川俊美，钟灵毓秀，各种文化元素于此交织和融合，孕育了独具特色的文化渊薮，形成富有地方性的人文特质和品性。其自然景观优美，人文史迹丰富，民风淳朴厚实，真是物华天宝，人杰地灵。

闽林始祖陵、出氏家庙及翰林第、商周文化遗址蚁山古迹、笔架山、观音山、虎岩寺、明清一条街、云门寺、山头寺、樟脚古民居等，文物景点星罗棋布，各有特点，点缀着这里的山川，涵养着人们的思想和情致。

唐代诗人罗隐与云门寺结缘，留下传奇故事；宋代名相、诗人、文学家、书法家蔡襄，自幼在虎岩寺读书成才，成为历代学子的学习榜样。一代名相清正廉明，正直勤政，成为千古美谈。他们给涂岭这片土地留下珍贵的精神财富。

谢履，北宋进士，涂岭谢庄岭人，诗人、书法家，著有《双峰诗集》。其诗《泉南歌》成为有记载的第一首描写海上丝绸之路。其一门书香，人才辈出传为佳话。

出科联，清代进士、解元，翰林及第，涂岭洪厝坑人，诗人、书法家，诗文为时贤所重，著有《淑渠诗文集》。随乾隆下江南游庐山写下《游庐山》诗为代表作，广为传诵。

特别是革命老区红色文化以及中华人民共和国成立七十年来伟大的劳动人民自力更生、艰苦奋斗，创造了伟大事业，建立了美好生活，涌现了无数先进人物和动人事迹，形成了丰厚的物质和精神财富，成为这个时代的精神内核，所形成的文化财产融入整个传统文化体系，成为博大精深文化源泉重要组成部分，承接过去，开启未来。

这里文化积淀丰厚，文脉流长，包括这些重要的人文思想、史迹材料构筑了自己的文化沃土，滋养着一代又一代人们的精神世界，丰盈了一方人们的精神内质，承载着人们的思绪和情愫，让人们对未来充满期许。

党的十八大以来，习近平总书记提出了四个自信，其中一个是文化自信。并强调文化自信是我们做人的底气和骨气，可见加强文化建设何其重要。文化作为软实力，具有其他生产力不可替代性。发展文化事业不但推动社会各项事业可持续发展，也是建设社会主义精神文明重要组成部分。加大文化建设力度，传承和弘扬传统文化，歌颂时代的真善美，这是当代人的责任和担当。

三行诗社的成立正是秉承这种责任意识，他们大部分是退休干部、职工和教师，也有一部分在职干部。他们热爱传统文化，热爱这片土地，凭着一颗炽热的心，以谦卑的态度，诗性的情怀，用诚挚的或质朴或华丽诗章，谱写家乡和祖国的大好河山，以及人们内心散发的生命真爱和对美好生活的热切追求。

他们捕捉时代的闪光点，传播时代的正能量，传递时代的美德善行，为建立和谐社会，创造诗意的社会奉献自己的才智和力量，其言也善，其行可贵。

2019 年 11 月 5 日

附 录

以道为骨，以诗为魂

——小谈出武祥书法之质美

吴伟平

禅宗说什么是佛？清潭对面就是。《观经》中云：“是心是佛，是心作佛。”我想，若把书法本体当佛观，那么一切书法之相用皆由心造。无怪乎，古人要说：“书者，抒也。”因此，书法创作是书者心性、情感最真切的表达。而心性，而真切，便是书法最值得称道的东西。凡深识书者无不以此为境界也。

与武祥兄相识已近两年了，依然记得那次深夜造访。我们侃侃而谈，渐渐有了更多的了解。武祥兄酷爱书法，在诗词方面有较深的造诣，也喜欢耍太极拳。其游历颇丰，山滋水润，胸襟磊落，不慕名利，飘飘然若有仙家道骨。与之交谈也便成了一种享受。去年，他告诉我他在中国书法网开通了个人艺术网，叫我有空去踩踩。我欣然应约。网上的内容并不丰富，但我认真地阅读了，并对其作品有了进一步的理解。我想，你若观武祥的书法，也许看不到那柔媚秀美的外形，也许找不到那种造作忸怩的矫情，繁花似锦不是他的目的，所谓前卫的满纸云烟不是他的冒险乐园，但你尽可以看到他那“苍茫见远天”的雄迈，也可以体会到他那“霞飞横塞雁，雨落湿轻烟”的性灵，还可以咀嚼到他那“新月江中客，疏钟寺外禅”之殊胜。纵观其诸多作品，尤爱行草。心随墨行，不觉高山仰止，望峰息心。武祥兄笔势飞动，恣意纵横，坚实凝重，拙而见奇，涩中见巧；又不乏萧散古淡，意趣盎然，圆融静穆；章法错落有致，穿插有序，揖让不乱，方圆兼用，气韵流畅；洋洋洒洒，极尽江左风流，囊括北碑筋骨。能达此境，归功于武祥兄甘于寂寞，日新其德，积跬致远，潜学升华；又能广采博取，意与古会，眼界广阔，志趣高深；加上驾笔挥毫能先散怀抱，任情恣性，绝虑凝神，心正气和。一路写来，不雕不琢，不衫不履，不做惊人之举，而拙趣特存，看似漫不经心，却在行云流

水、笔走龙蛇之间一气呵成。（注：段中所引诗句均出自出武祥五律诗作《丙戌秋日登滕王阁》）

读武祥兄之书法，再跟他谈艺论诗，我便觉得他是懂心性重真切的人。他说：“人生何所取，片瓦足遮风。任是寒和雨，悠然一壑松。”在《烟台蓬莱仙境游》一诗中他又吟道：“二海冲融双叠生，八仙相约到斯瀛。亦真亦幻蓬莱境，烟水苍茫任我行。”这是何等的超脱！而这铸就了他宽阔的胸襟。他说学东西不能偏，要兼收并蓄，唯有包容方能显其大。基于此，他批评所谓的一门深入，提倡“非广闻不足以具足”的圆融思想。我非常赞同。近几天，他又给我发了两首诗，感觉颇佳，欣赏之余，为其雄迈而赞叹。在《忆登泰山》中，他写道：“帝子今何在，青山几度游。苍茫天下立，混沌世间留。千里长风夜，万年明月秋。巍巍乎泰岳，谁与共风流。”在《游长城——读蔡琰胡笳十八拍》中，他吟道：“浩浩春风起，长虹卧碧空。涛声连域外，清气荡心中。绿海浮垣阁，乱花醉草丛。江山情所寓，天地任飘篷。”诗短情长，而字里行间洋溢的超脱与豪迈必然融入书法作品里，散逸着以道为骨、以诗为魂的精神元素。因此，品武祥之书法不应只流连于形式上的美，而更应欣赏其形而上的质美。

王羲之感叹道：“夫人之相与，俯仰一世。”诚哉，岁月峥嵘。蓦然回首，才知自己有诸多愚见与狂妄。过去我一直认为阅读一个人或一件作品是轻而易举的。可现在，我常常想，世间万事万物只要能用感官感触到的都仅仅只是其本身的冰山一角，而且已感触到的东西也往往因我们自身的局限而停留在表面。因此，我们认识事物的能力是多么的有限和肤浅。随着学识的增长，我愈发觉得人与物皆有千万相，这就造成了阅读的困难。我读武祥兄，我读其书法或诗词作品，何尝不是只读了一鳞半爪哉！

2012 年 11 月 7 日

诗书文师友寄语摘录

（谨按收录时间先后为序）

林长虹（中国书法家协会会员、泉州市书法家协会副主席、黎明大学副书记）

诗作拜诵，不俗、妙哉，语言精练、典丽，意境清雅、蕴藉而有葱茏气势。

黄建聪（中国明史学会会员、福建省作家协会会员、中学高级教师）

好诗，期待出翰林后又一出氏蒙古族诗书名人。

曾志刚（惠安县融媒体中心副主任、《惠安乡讯》原总编）

读你的诗是种享受。

吴伟平（作家、诗书画评论家）

高山仰止，景行行止，虽不能至，心向往之。人生的美丽就在于这份可贵的执着和向往。兄的书法及诗词的确有许多可赞之处，而境界更是绝大多数人难以企及的，这是令我感动的地方。

王乃钦（著名书法家、华侨大学艺术系教授）

书法骨法洞达，率性流美。发来《王乃钦举家书画诗联篆刻展》诗三首，觉渐臻当行本色之境，起承转合亦自然顺畅，然意境似平点。所读传来诗以《游一片瓦寺》最好。

出学典（泉港公安局指挥情报中心教导员）

《登泰山》谁与共风流，回应帝子今何在，流露诗人抱负不小，很有气魄。

许筱玲（中国国学学会会员、中华诗词学会会员、泉州诗词学会理事、惠安县诗词学会社委、崇武楹联学会副秘书长）

《山美水库》出手不凡啊，妙哉。

《登滕王阁》结句引出意境思远。

《辋川下江》写得很好，很喜欢这美景，有空唱和。

许长锋（福建省书法家协会会员、中华诗词学会会员、泉州市书法家协会副秘书长）

别样诗情入梦遥。

丁金潮（中国书法家协会会员、中华诗词学会会员、泉州市书法家协会副主席）

诗很精彩。

毕彩云（著名诗人、词人、编审、巴黎五洲诗社原执行副社长、无邪诗社原社长）

诗文并好，诗具备在全国性各种诗刊发表。

文笔较好，文章优美，很有学术性、保存价值、资料价值，文笔流畅、典雅。

在巴黎五洲诗社点评：

泉州出武祥诗友《重走惠女水库》，句句有形象语言，虚中有实，以实写事，语言饱满，丰富，实实在在，又不乏审美的艺术效果。

在《五洲诗苑》第 16 期出武祥专辑的评语：

《五洲诗苑》第 16 期合辑和第 16 期个人专辑均已发布。许多社友欣赏之后，都能主动、积极地转发到其他各群，宣传社友们的作品，弘扬我社的精神，传播我社的正能量。希望社友们继续传播，让越来越多的诗人词家都能读到我社社友们的优秀作品！以不负社友们的热望和编辑们的心血！

本期社友出武祥是福建书法家协会会员（请看其简介），是《五洲诗苑》书画副主编，是一位书法家诗人。第 16 期他的专辑很有特色，每首作品几乎都与书法有关。诗书合璧，相得益彰，耐人品味，颇具收藏价值。希望社友们在茶余饭后，多动动手指，把我社的这些好作品都转发出去，增加阅读量。如果每一位社友都能转发两三个群，那么，数量就相当庞大。请社友们尽力而为！

林凌鹤（中华诗词学会会员、福建省作家协会会员、福建省书法家协会会员）

诗书文兼修，值得书法家们仿效，代表一种方向。

何子晖（石狮市科协主席、中华诗词学会会员）

诗很好，喜和诗韵。

李木教（著名书法家，中书协草书委秘书长、福建省书协副主席、国展评委）

一直关注着书法发展情况。

熊志强（泉州市文联原主席、医高专书记）

出武祥乃真正诗人也。

赵雁君（著名书法家、浙江省书法家协会主席、国展评委、中书协行书委秘书长）

2011 年中国书法家协会培训中心导师班，赵雁君老师班在浙江永康集训。**赵老师评语：**喜欢小字行书，书卷气很浓，大字弱些。

刘文华（著名书法家、中国书法家协会培训中心原主任、中国书法家协会隶书委副主任、国展评委）

参加 2013 年龙岩书法临帖班，点评所临张旭古诗四首之二作品时，言作品能更开张、激情效果更好，要注意每段连缀变化。倘若调整得好，草书将大有出色也。

王金泉（著名书法家、安徽省诗词学会会长、安徽省书法家协会副主席、国展评委）

2014年参加导师班点评作品曰：有文气，有才情，以小字行书最佳，可临写一些赵之谦、苏东坡、米芾手札、《圣教序》等。行书可达到相当高度，看到当代名家谢无量的影子。行书作品在国展入展作品中十件居前五件，草书作品十件居九至十。

叶逢平（诗人、福建省作家协会会员，《泉州文学》编委、《惠安文化》执行主编）

诗是很好，很喜欢。文笔特别是随笔很有特色，很难得的。

蒋维新（诗人、福建省作家协会会员，《崇武文学》副主编、《海韵》诗刊执行主编）

你的书法学习特别是文学方面已经比其他书法家走得远多了。

陈谷金（诗人，净峰钱山诗社社长）

丁酉正月净峰钱山诗社新春茶话会上介绍：出武祥山水诗写得有自己的特色。

崇武楹联学会成立五周年庆典上向同人推荐：看好出武祥写诗前景。

何栋桂（中国书法家协会会员，惠安县书法家协会原主席）

读《中国书法发展史》诗吟百名书法家·七绝在《惠安书法》网评：武祥兄是我们书法家协会难得人才，积淀深厚，宠辱不惊，大家的榜样。

王鼎明（泉州诗人）

读《中国书法发展史》诗吟百名书法家多次评语：百名书法人物吟出神入化，喜读并荐与坚璋兄，坚璋兄很是赞赏。可惜只收藏部分，你若得闲，请直接将全稿发给坚璋兄。

江山代有人才“出”。

青出于蓝胜于蓝。

见解独到，诗风醇厚，精益求精。

黄卫东（惠安职专语文高级教师）

读了你写的《我的母亲》一文眼泪直流，很真诚感人。有时想读，太感人有点不敢打开读的感觉。

原学玉（诗人，辽宁省营口市老年诗词学会会长、《辽河诗词》原主编）

《读柳永〈玉蝴蝶〉即兴》古风，好诗！既有古风之“古”味，亦不乏时下之新语，亦新亦古，诗语自然流畅，殊为难能可贵。

好书法，娴熟、自然、灵动。

出武祥先生：您好！未曾谋面，神交已久矣！兄之诗与书法俱佳，堪称合璧。大作结集出版，可喜可贺！给我一个直观的感觉：你是个读书人，是个搞学问的人。

唐　风（原名陈奕然。美籍华人，诗词家、作家，无邪诗社社长兼秘书长、上海格律诗词社专家委员会成员）

欣赏了您的诗吟书法史百家大作及书法作品。收藏时漏 51—75 这部分，拟请发给我收藏，能发给我吗?

先生读史谈书品艺论人精辟独到，佩服之至。

因分隔东西半球，今天周日迟起，打开手机，《老家的那些树》一篇乡情浓郁的美文展现眼前。读罢如饮香茗口有余甘，快哉！初赏书法联作“二水润滋木棉花香鸟语，三山呵护蒙古人寿年丰”意有不解，现在也已了然。我老家潮州，青少年已在乡下度过，祖籍福建莆田，潮语乃闽南语之分支，故泉州话大体能懂，有机会我们可用家乡话聊天哦。闽南粤东气候风土接近，先生所谈昔年乡情，多有同感，我村可能少了茄冬树，其余也皆有之，榕树更是遍植，惜现在不同了，这都是普遍现象。谢谢您，让我也做了一次少年游！

《读〈中国书法发展史〉诗吟百名书法家》浅赏附注：

余爱书法，尤爱美食也！然早岁坎坷，中年奔波，铺卷挥毫，已是奢侈之求。到老只停留于初级水平，能赏味而未能烹饪。

出武祥君大作，诗吟百家绝句百首，心裁别出，见地精深。一发表便引起关注，穷追读且感悟多。本想写点心得，却苦于无从落笔。

日前答应为一画坛人瑞，硕果仅存之岭南二代传人画集撰序，故有几次厕身图书馆。顺便翻阅中国书史与书家史料，更为出君书学功力及良苦用心所感。也终于觅得着墨点而草成此拙文。

读出武祥《给毕彩云先生一封信》感言：

一封书信，一篇美文
演绎成一支动人的励志交响
真诚，挚忱和蕴藉的情愫
编织成旋律中的乐章
思绪的飞翔必将
激发起智慧的闪光
瀚海之鹰木华黎后人
将在艺术的天空越冲越高，越飞越远

读《青春年华》评语：

往事如烟，岁月的风尘总是把记忆越拉越长。有记忆就有怀念，怀念的人，可以用不同的方式去叙说。每一个脚印都在叙说着昨天的故事，只是脚印有深有浅，故事有俗有雅。精彩的叙说，是阳光和绿叶的化合，是灵感和火花的迸发……

武祥兄精书工诗，文章朴实淡雅，真忱感人。读《青春年华》，往日时光，家国情怀为之唤起并产生回响！

读《老家的松树》评语：

美文拜读，精彩！

怀乡思亲，家国情怀，愈远愈炽，我同感之！

读《燕山寺的思绪》评语：

好文章！故乡情怀，山林野趣，读后让人心驰神往，久久回味！

读《梧桐湾诗创作随想》评语：

拜读欣赏！

壮哉，草原雄鹰的后代蒙出氏；

奇哉，惠安胜景梧桐湾；

美哉，热情讴歌家乡的文书诗！

读《花岗岩的灵性》评语：

武祥兄，拜读了！很精彩。游太姥山胜景，体察花岗岩灵性；从自然变化历史演进中，感悟社会人生哲理。武祥兄有古贤者风！

读出武祥先生发表《五洲诗苑》之《华光学院丁酉上巳雅集》《读柳永〈玉蝴蝶〉即兴》古风两首、两件书法作品评语：

武祥兄二幅斗方二首古风，书美诗工，精彩！

武祥兄的散文游记，总能用温润的笔调点染情趣盎然的画面，读后让人有种愉悦、过瘾的感觉。我甚爱之！

兄的古风还是首次读到，想不到也如此沉浸浓郁，含英咀华。七古13韵，一韵通押到底；五古18韵中间一转，支、虞交替。通首清老，有篇有句；巧后见朴，浓后见淡。尤其二诗之结句：

人生何处无欢笑，心境澄明付百川。

莫道身微非足记，共写风华也可传。

寄意长风外，何忧归世途？

莫作牛山叹，烟水任酣呼。

恬淡、豁然、野逸。诗有灵襟，斯无俗趣。

观今日诗坛，好的格律诗词尚不难见到，但好的古风确实凤毛麟角。武祥兄这两首古诗，称得上佳作！

读《夜游惠州西湖兼忆苏公》诗评语：

非常棒的咏惠州西湖，绝句尤其出彩。

张庆林（诗人、福建省书法家协会会员）

读《创作随想——读中国历代书艺概览》评语：

武祥兄，不容易啊！看得出这篇创作随感几乎是一口气写下的，最起码是一口气完成初稿而做修改的。小弟文采自愧不如你。凌鹤兄今天也在称赞。你的诗、文和书法真正都有自己情致的流露，这是非常难得的。给你祝福！相当不容易。

曾碧心（厦门市广电局原局长、书记，师级干部）

读《又到冬节》评语：

你的文章我细读了，似曾相识，人物画面感强，使我想起一生辛劳的母亲和妻子。你幸福的家庭和成功的子女，是基因和家风的传承和后天的努力，祝福明天更好！

读《感恩的家庭聚会》评语：

一口气读完，很接地气，有感而发更真实，趁年富力强多写点，积章成册。

读《老家的松树》评语：

文章很接地气，画面感强，同龄人很易产生共鸣。

出美荷（小学语文教师）

读《老家的松树》评语：

山里的孩子心爱山，从小生长在山路间……与小弟同感，思念万分！我们与松树一样坚强地成长着，直至现在。

张庆辉（泉港区进修学校原副校长、特级教师）

读《青春年华》评语：

很好！回忆青春往昔，平静的言语如一丝清泉，让人感动、回味无穷，学校生活历历在目。叙事徐徐道来，似春水流淌，十分温馨，感人至深！

读《老家的松树》评语：

岸上松树今安在，一枝一叶总牵情。写得真好！

陈玉琴（高中同学、小学高级教师）

读《青春年华》评语：

刚边欣赏你的佳作边赞叹你的写作水平，如没猜错，你应该是个很有名气的作家吧！语言功底厚实，才能写出这好文章。没想到这里竟藏龙卧虎跟你的名字相匹配，但“文”超过“武”。文章里让同学们再次回到母校，再次回到学生时代。有了这篇文章的依托，提升了同学平台的层次，为将来的活动奠定基础，使我们的同学群更有历史意义。大家都应该为你的付出感到欣慰。为你骄傲！为你点赞！

陈雅宽（高中同学）

读《燕山寺的思绪》评语：

读了武祥同学的随笔，让人有种身临其境的畅快。非常随喜赞叹您丰富厚实的文采以及高深莫测的书法！我对书法虽然不懂，但看了觉得赏心悦目。在这物欲横流的时代，您还能保持一颗悠闲自在的童心，真是难能可贵！可喜可贺！

庄伟杰（著名诗人、作家、评论家、书法家）

读《燕山寺的思绪》评语：

有文史有个人感受，沉着冷静而又文采飞扬，充满意蕴。

读《生命经行自在》公众号评语：

书文俱佳矣，两者互文，交相辉映。文章文采斐然，书法让我想起东坡句“我书意造本无法”。

柯云瀚（福建省文联原副主席、福建省书法家协会副主席、著名书法家、国展评委）

读《读〈中国历代书艺概览〉诗吟百碑帖》及《创作随想》评语：

您让我震撼！

欣赏出武祥创作书法册页《毕彩云先生诗词选抄》评语：

妙哉！诗文书法俱佳。书乃具文气，时见颜苏米踪影，不激不厉，风规自远。

许筱玲

武祥兄你好！昨天到东晖那边，看了你即将出版的诗文集，非常感慨。作为同龄人，对你持之以恒的学习观非常欣赏，尤其是你的文学修养和坚持挥洒的态度值得一赞。今生能完成自己喜好的心愿太精彩了！写一小诗赠你：

灯火照窗明，知兄墨采馨。

莘莘书海梦，散作满天星。

《五洲诗苑》第16期出武祥专辑评语

出了，出武祥先生有特色的专辑出了！这是一个特别的姓氏，其必有特别的来历。

一代天骄，成吉思汗，家喻户晓。那是大蒙古帝国的缔造者，一个坐镇蒙北，头枕远东西伯利亚，脚踏中原川陕；右手握欧陆斯拉夫，左手控南亚次大陆的天可汗。而成吉思汗的江山是谁帮他打的？就未必人人皆知。那是号称“草原四杰”：木华黎、博尔术、博尔忽、赤老温，他们出生入死纵横沙场的战果。成吉思汗将前二人比之为“车之双轮，身之双臂”，可见对其器重。若论战线之广、战功之显赫，古今战史恐无人能及这只草原雄鹰木华黎，就是出武祥先生的祖先。

“俱往矣，数风流人物，还看今朝。”战神后代的一脉，就在东南沿海一处钟灵毓秀的小山村里落地生根开枝散叶。一方水土养一方人，泉州人的精明干练与蒙古族的刚毅坚韧有机地融合，出先生具备了这种精神与性格，这在他的诗文书法作品中体现出来。年初读到他的诗吟百名书法家大作，感觉其论书品艺的高超，又欣赏其龙蛇竞秀，风卷残云的行草书，给人一种清新爽快，亲切舒服的感觉，当时写了一篇《出武祥先生〈读中国书法发展史诗吟百名书法家〉浅赏》抒发感想。他后来补充了百诗百人简介与注释，完成了百幅书法创作，不久之后一册新的论书百首将会面世。另一部更具学术性的专著《读中国历代书艺概览·诗吟百碑帖》诗与文部分已完成，看来书法也将进入大数据时代。

这次专辑限于篇幅，诗只收入部分，书法也只插入几幅，但精华已在其中，打开欣赏，出先生的诗学、书艺、书论当能带给你不一样的享受。

烟岚舒卷挟风雷，蛰起龙蛇气势恢。
烂漫书林开别径，高标俊逸出兰台。

唐 风

2019年9月5日于纽约

后　记

首先特别感谢著名诗人、评论家：丁芒先生、庄伟杰先生以及美籍华人陈奕然先生（唐风）为我的拙作《燕山诗文集》写序或评论文章。

燕山，乃蒙古族出氏灯号。出氏五世祖光育公开基洪厝坑，瓜瓞绵绵，人文昌盛，为纪念先祖来自北疆燕山取之为灯号。余怀拳拳之心，故以为书名。

因为喜欢书法，很早就开始阅读诗文，渐渐地成为自觉，继而尝试着写诗和文，进而有了此本拙集。真是“有心栽花花不开，无心插柳柳成荫”。

真正开始动笔写诗文乃是2005年以后的事，这个阶段我刚调整了学习书法的思路，秉承更专业的态度，诗文创作主要利用闲暇，碎片化地把个体对客观世界的感知陆续记录下来。直至2017年辞去惠安县书法家协会秘书长，才更专注于诗文读写，于是进入系统、有针对性地学习和选题创作。应当说，很多诗文作品是这个时间段完成的。

写诗、写文纯粹个人兴趣，并非刻意为之，只是平时有感而作，期待生命的记忆和希冀以此为载体。十几年来所创作诗文充分展现个人对生命的理解和体悟，把对生命的感恩和感动留下自己的诗行，把生命的真善美歌唱，还有心中的期许。

《燕山诗文集》分为上、下两卷。上卷为诗联，包括近体诗、古体诗537首，联近百副，新诗数首；专题吟咏书法240首和3篇创作随想，包括《读〈中国书法发展史〉诗吟百名书法家》《读〈中国书法批评史〉诗吟三十名理论批评家》《读〈中国历代书艺概览〉诗吟百碑帖》。下卷文章91篇，20余万字，以随笔、游记、散文为主，包括“尘海记缘”“游踪记感”“笔砚记思”“春秋记梦”四部分。诗文集根据作品创作时间先后排列，充分反映了个人诗文创作成长和对生命感悟过程，烙下清晰的生命履痕。

在这里，我要感谢毕彩云老师的不吝指教，要感谢曾碧心老领导的真诚关注，要感谢蒋维新、林凌鹤、张炳明、刘荣成、朱祝、黄卫东、陈聪稀、陈国波、黄建聪、陈添英、王东晖、吴伟平、陈群峰等吟长及贤兄棣对诗文集的付梓给予热情帮助，要感谢张庆林兄生前恳请其老师丁芒先生为我的诗文集写序，要感谢庄宏杰贤棣恳请其亲兄、著名诗人、评论家庄伟杰先生为我的诗文集写评论文章。特别要感谢蒋维新老师、王东晖贤棣的精心编辑、校对和修改。总之，要感谢他们对我诗文创作、成长的指导和鼓励。同时，也要感谢社会各界亲朋好友，包括诗友、文人、书家的关爱和支持，还要感谢我的家人对我诗书文学习的大力支持和理解！

2022 年 5 月